Bajo un cielo escarlata

Mark Sullivan

Bajo un cielo escarlata

Traducción de
Jesús de la Torre

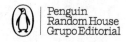

Título original: *Beneath a Scarlet Sky*

Primera edición: abril 2019

© 2017 de Mark Sullivan / Suspense Inc
Reservados todos los derechos.
Esta edición ha sido posible gracias a un acuerdo de licencia con Amazon Publishing,
www.apub.com, en colaboración con Sandra Bruna Agencia Literaria
© 2019, Penguin Random House Grupo Editorial, S. A. U.
Travessera de Gràcia, 47-49, 08021, Barcelona
© 2024, Penguin Random House Grupo Editorial USA, LLC.
8950 SW 74th Court, Suite 2010
Miami, FL 33156
© 2019, Jesús de la Torre por la traducción

Adaptación de la cubierta original de Shanti O'Leary-Soudant
Penguin Random House Grupo Editorial

www.megustaleerenespanol.com

ISBN: 978-1-644730-01-0

Impreso en Colombia – *Printed in Colombia*

24 25 26 27 28   10 9 8 7 6 5 4 3 2

A los ocho mil judíos italianos a los que no se pudo salvar.

A los millones de personas que la maquinaria de
la guerra nazi tomó como esclavas y a las
innumerables que no consiguieron volver a casa.

Y a Robert Dehlendorf, el primero que supo
de esta historia y me salvó.

«El amor todo lo vence».

VIRGILIO

PRÓLOGO

A primeros de febrero del año 2006, yo tenía cuarenta y siete años y me encontraba en el peor momento de mi vida. Mi hermano menor, que también era mi mejor amigo, había muerto alcoholizado el verano anterior. Yo había escrito una novela que no le gustaba a nadie, estaba envuelto en un litigio empresarial y me encontraba a punto de la quiebra personal.

Iba solo en el coche por una autopista de Montana al anochecer, me puse a pensar en mis pólizas de seguros y me di cuenta de que, para mi familia, valía mucho más muerto que vivo. Consideré la idea de estrellarme contra un contrafuerte de la autopista. Estaba nevando y había poca luz. Nadie pensaría que había sido un suicidio.

Pero entonces, imaginé a mi esposa y a mis hijos en medio de la nieve que se arremolinaba y cambié de idea. Cuando salí de la autopista, estaba temblando de forma incontrolada. A punto de una crisis nerviosa, incliné la cabeza y supliqué a Dios y al universo que me ayudaran. Recé para que surgiera una historia, algo que fuese más grande que yo, un proyecto en el que me pudiera sumergir.

Resulte creíble o no, esa misma noche, durante una cena en Bozeman, Montana —allí tenía que ser—, escuché fragmentos de una historia extraordinaria jamás contada sobre la Segunda Guerra Mundial cuyo héroe fue un chico italiano de diecisiete años.

Mi primera reacción fue que aquel relato de la vida de Pino Lella durante los últimos veintitrés meses de la guerra no podía ser cierto. Habríamos tenido noticia de él antes. Pero entonces supe que Pino seguía vivo unas seis décadas después y que había regresado a Italia tras pasar casi treinta años en Beverly Hills y en Mammoth Lakes, California.

Le telefoneé. Al principio, el señor Lella se mostró reacio a hablar conmigo. Decía que no era ningún héroe, sino más bien un cobarde, lo que aumentó mi curiosidad. Por fin, después de varias llamadas más, aceptó reunirse conmigo si yo iba a Italia.

Fui a Italia y pasé tres semanas con él en una vieja villa de la ciudad de Lesa, a orillas del lago Maggiore, al norte de Milán. En aquel entonces, Pino tenía setenta y nueve años pero era grande, fuerte, encantador, divertido y, a menudo, evasivo. Pasé horas escuchándole mientras rememoraba su pasado.

Algunos de los recuerdos de Pino eran tan vívidos que cobraron vida ante mí. Otros eran más confusos y tuve que aportarles claridad a través de repetidos interrogatorios. Claramente, él evitaba ciertos sucesos y personajes y había otros de los que parecía que incluso le daba miedo hablar. Cuando insistí al anciano para que evocara aquella época tan dolorosa, él me relató algunas tragedias que hicieron que los dos termináramos llorando.

Durante aquel primer viaje, hablé también con historiadores del Holocausto en Milán y entrevisté a sacerdotes católicos y miembros de la resistencia partisana. Visité con Pino los escenarios más importantes. Esquié y escalé en los Alpes para conocer mejor las rutas de escape. Sostuve al anciano cuando se vino abajo por la pena en el Piazzale Loreto y vi cómo la angustia de su pérdida le invadía por las calles que rodean el Castello Sforzesco. Me enseñó el último lugar donde vio a Benito Mussolini. En la gran catedral de Milán, el Duomo, vi cómo su mano temblorosa encendía una vela por los muertos y los mártires.

Durante todo ese proceso, escuché a un hombre que volvía la mirada hacia dos años de su extraordinaria vida, cómo creció hasta los diecisiete años y se volvió viejo a los dieciocho, sus altibajos, sus dificultades y sus triunfos, el amor y el desamor. Mis problemas personales, mi vida en general, parecían pequeños e insignificantes comparados con lo que él había sufrido a una edad increíblemente temprana. Y su visión de los dramas de la vida me proporcionó una nueva perspectiva. Empecé a sanar y Pino y yo nos hicimos amigos enseguida. Cuando volví a casa, me sentía mejor de lo que me había sentido desde hacía años.

Después de aquel viaje vinieron cuatro más durante la siguiente década, lo cual me permitió hacer una investigación sobre el relato de Pino mientras escribía otros libros. Consulté con trabajadores del Yad Vashem, el principal centro conmemorativo y de estudio de Israel dedicado al Holocausto, y con historiadores de Italia, Alemania y Estados Unidos. Pasé varias semanas en archivos de guerra de estos tres países y del Reino Unido.

Entrevisté a los testigos que habían sobrevivido —al menos, a los que pude encontrar— para que corroboraran varios de los sucesos que aparecían en el relato de Pino, así como a descendientes y amigos de los que habían muerto tiempo atrás, incluida Ingrid Bruck, la hija del misterioso general nazi que complica el meollo de esta historia.

En los puntos en que me ha sido posible, me he ceñido a los hechos recopilados en aquellos archivos, entrevistas y testimonios. Pero me di cuenta enseguida de que debido a la quema generalizada de documentos nazis cuando la Segunda Guerra Mundial llegaba a su fin, el rastro documental concerniente al pasado de Pino estaba, como poco, desperdigado.

También me encontré con el obstáculo de una especie de amnesia colectiva en lo concerniente a asuntos relacionados con Italia y los italianos después de la guerra. Se habían escrito montones de libros sobre el día D, las campañas de los aliados en Europa occidental y el ahínco de varias almas valerosas que pusieron sus vidas en peligro por salvar a judíos en otros países europeos. Pero la ocupación nazi de Italia y la ruta clandestina católica, creada para salvar a los judíos italianos, han recibido escasa atención. Unos sesenta mil soldados aliados murieron luchando por liberar Italia. Aproximadamente ciento cuarenta mil italianos murieron durante la ocupación nazi. Y, aun así, se ha escrito tan poco sobre la batalla por salvar Italia que los historiadores han llegado a llamarlo el «Frente olvidado».

Gran parte de esa amnesia se debió a los italianos que sobrevivieron. Como me contó un antiguo partisano: «Seguíamos siendo jóvenes y queríamos olvidar. Queríamos dejar atrás las cosas tan terribles que habíamos sufrido. Nadie habla en Italia de la Segunda Guerra Mundial y, así, nadie recuerda».

A causa de la quema de documentos, la amnesia colectiva y el hecho de que, cuando yo tuve noticia de esta historia, habían muerto tantos personajes, me he visto obligado en algunos momentos a reconstruir escenas y diálogos basándome solamente en el recuerdo de Pino varias décadas después, las escasas pruebas físicas que quedan y mi imaginación alimentada por mis investigaciones y mis fundadas sospechas. En ciertos casos, también he mezclado o condensado sucesos y personajes por el bien de la coherencia narrativa y he dramatizado por completo incidentes que se me han descrito de forma mucho más truncada.

Por consiguiente, la historia que está a punto de leer no es una obra narrativa de no ficción, sino una novela de ficción biográfica e histórica que se atiene bastante a lo que le ocurrió a Pino Lella entre los meses de junio de 1943 y mayo de 1945.

PRIMERA PARTE

Que nadie duerma

1

Como todos los faraones, emperadores y tiranos que le precedieron, Il Duce había visto cómo su imperio ascendía solo para empezar a resquebrajarse después. De hecho, esa tarde de finales de la primavera, el poder se escurría de las manos de Benito Mussolini como la dicha del corazón de una joven viuda.

Los maltrechos ejércitos del dictador fascista se habían retirado del norte de África. Las fuerzas aliadas estaban preparadas junto a Sicilia. Y cada día Adolf Hitler enviaba más tropas y suministros al sur para fortalecer la bota de Italia.

Pino Lella sabía todo esto por los informes de la BBC que escuchaba cada noche en su radio de onda corta. Había visto con sus propios ojos el aumento de la presencia de nazis allá donde iba. Pero mientras caminaba por las calles medievales de Milán, Pino no era consciente de las fuerzas en pugna que se precipitaban en su dirección. La Segunda Guerra Mundial no era más que una emisión de noticias que oía y desaparecían al rato de su mente, sustituidas por los pensamientos sobre sus tres temas preferidos: las chicas, la música y la comida.

Al fin y al cabo, solo tenía diecisiete años, medía un metro ochenta y cinco, pesaba setenta y cinco kilos y era larguirucho y desgarbado, con manos y pies grandes, un pelo que se negaba a ser domesticado y suficiente acné y torpeza como para que ninguna de las chicas a las que había querido llevar al cine hubiese aceptado acompañarle. Y, sin embargo, tal era su carácter que Pino permanecía inmutable.

Caminaba tranquilamente con sus amigos hacia la piazza que había delante del Duomo, la Basílica de Santa Maria Nascente, la gran catedral gótica situada en el mismo centro de Milán.

—Hoy voy a conocer a una chica guapa —dijo Pino levantando el dedo hacia el amenazante cielo escarlata—. Y vamos a vivir un amor loco y trágico y enfrascarnos cada día y a todas horas en magníficas aventuras entre música, comida, vino y romance.

—Vives en un mundo de fantasía —contestó Carletto Beltramini, su mejor amigo.

—No es verdad —repuso Pino.

—Desde luego que sí —intervino Mimo, el hermano de Pino, que era dos años más joven—. Te enamoras de cada chica guapa que ves.

—Pero ninguna de ellas le corresponde —añadió Carletto, un muchacho de cara redonda y cuerpo delgado y mucho más bajito que Pino.

—Es verdad —dijo Mimo, que era aún más bajito.

Pino respondió con desdén a los dos.

—Está claro que no sois románticos.

—¿Qué está pasando allí? —preguntó Carletto señalando a un grupo de obreros que trabajaban en la fachada del Duomo.

Algunos colocaban tablas de madera en los huecos donde antes estaban las vidrieras de la catedral. Otros trasladaban sacos de arena desde los camiones a un muro cada vez más grande alrededor de la base de la catedral. Y otros más levantaban focos bajo la atenta mirada de un grupo de sacerdotes que permanecían de pie junto a la doble puerta central de la catedral.

—Voy a averiguarlo —dijo Pino.

—No antes que yo —respondió su hermano pequeño, que salió disparado en dirección a los obreros.

—Con Mimo todo es una competición —observó Carletto—. Tiene que aprender a tranquilizarse.

Pino se rio y contestó mirando hacia atrás:

—Si averiguas cómo se hace, díselo a mi madre.

Tras rodear a los obreros, Pino fue directo a los sacerdotes y tocó a uno de ellos en el hombro.

—Disculpe, padre.

El clérigo, de veintitantos años, era tan alto como Pino, pero más grueso. Se giró, miró al adolescente de abajo arriba —advirtiendo sus zapatos nuevos, sus pantalones de lino gris, su camisa blanca inmaculada y la corbata verde que su madre le había regalado por su cumpleaños— y, a continuación, miró fijamente a Pino a los ojos, como si pudiese ver el interior de su cabeza y conocer sus pecaminosos pensamientos de juventud.

—Soy seminarista. No estoy ordenado. No llevo alzacuellos.

—Ah, sí, lo siento —respondió Pino intimidado—. Solo queríamos saber por qué están colocando esos focos.

Antes de que el joven seminarista pudiese responder, una mano huesuda apareció en su codo derecho. Se apartó y vio a un sacerdote bajito y delgado de unos cincuenta años que llevaba una túnica blanca y un solideo rojo. Pino le reconoció al instante y sintió que el estómago se le revolvía mientras caía sobre una rodilla ante el cardenal de Milán.

—Mi señor cardenal —dijo Pino con la cabeza agachada.

El seminarista le corrigió con severidad.

—Dirígete a él como «Su Eminencia».

Pino levantó la mirada, confundido.

—Mi institutriz británica me enseñó que tenía que decir «mi señor cardenal» si alguna vez conocía a un cardenal.

El rostro serio del joven adquirió una expresión pétrea, pero el cardenal Ildefonso Schuster se rio suavemente.

—Creo que tiene razón, Barbareschi. En Inglaterra se me saludaría como «señor cardenal».

El cardenal Schuster era tan famoso como poderoso en Milán. Como cabeza de la Iglesia católica del norte de Italia y hombre con influencia sobre el papa Pío XII, el cardenal solía aparecer en los periódicos con frecuencia. Pino pensó que la expresión de Schuster era lo que más llamaba la atención de él. Su cara sonriente reflejaba bondad, pero en sus ojos asomaba la amenaza de la condena.

—Estamos en Milán, Su Eminencia, no en Londres —repuso el seminarista, claramente ofendido.

—No importa —dijo Schuster. Colocó la mano sobre el hombro de Pino y le ordenó que se levantara—. ¿Cómo te llamas, joven?

—Pino Lella.

—¿Pino?

—Mi madre me llamaba Giuseppino —le explicó mientras trataba de ponerse de pie—. Y me quedé con lo de Pino.

El cardenal Schuster levantó la mirada para contemplar a aquel «Pequeño José» y se rio.

—Pino Lella. Un nombre que habrá que recordar.

El hecho de que alguien como el cardenal dijera una cosa así confundió a Pino.

—Yo le conocí en otra ocasión, mi señor cardenal —soltó Pino tras el posterior silencio.

Eso sorprendió a Schuster.

—¿Dónde fue?

—En Casa Alpina, el campamento del padre Re en lo alto de Madesimo. Hace años.

El cardenal Schuster sonrió.

—Recuerdo esa visita. Le dije al padre Re que era el único sacerdote de Italia con una catedral más majestuosa que el Duomo y San Pedro. El joven Barbareschi, aquí presente, va a trabajar con el padre Re la semana que viene.

—Le gustará. Y también Casa Alpina —dijo Pino—. La subida hasta allí es muy buena.

Barbareschi sonrió.

Pino inclinó la cabeza, inseguro, y se dispuso a retirarse, lo que pareció divertir al cardenal Schuster aún más.

—Creía que estabas interesado en los focos.

Pino se detuvo.

—Sí.

—Ha sido idea mía —explicó Schuster—. Esta noche empiezan los apagones. A partir de ahora, solo estará iluminado el Duomo. Rezo para que los pilotos de los bombarderos lo vean y se queden tan asombrados por su belleza que decidan respetarlo. Esta magnífica iglesia tardó casi quinientos años en construirse. Sería una tragedia verla desaparecer en una noche.

Pino levantó la vista hacia la elaborada fachada de la enorme catedral. Construida con mármol de Candoglia de claro color rosado, con montones de capiteles, balcones y pináculos, el Duomo parecía tan esmerilado, espléndido y fantasmal como los Alpes en invierno. A él le encantaba ir a esquiar y escalar a las montañas casi tanto como la música y las chicas y la visión de aquella iglesia siempre le transportaba a las altas cumbres.

Pero ahora el cardenal pensaba que la catedral y Milán corrían peligro. Por primera vez, la posibilidad de un ataque aéreo le parecía a Pino algo real.

—Entonces, ¿nos van a bombardear?

—Rezo para que no ocurra —contestó el cardenal Schuster—. Pero los prudentes siempre tienen que estar preparados para lo peor. Adiós, y que tu fe en Dios te mantenga a salvo durante los días venideros, Pino.

El cardenal de Milán se alejó y dejó a Pino con una sensación de asombro cuando volvió con Carletto y Mimo, cada uno de los cuales parecía atónito por igual.

—Ese era el cardenal Schuster —dijo Carletto.

—Lo sé —contestó Pino.

—Has estado hablando con él mucho rato.

—Ah, ¿sí?

—Sí —contestó su hermano pequeño—. ¿Qué te ha dicho?

—Que recordaría mi nombre y que los focos son para que los bombarderos no destruyan la catedral.

—¿Ves? —le dijo Mimo a Carletto—. Te lo he dicho.

Carletto miró a Pino con recelo.

—¿Y por qué iba a recordar tu nombre el cardenal Schuster?

Pino se encogió de hombros.

—Puede que le haya gustado cómo suena. «Pino Lella».

Mimo soltó un bufido.

—Sí que vives en un mundo de fantasía.

Oyeron truenos cuando salieron de la Piazza del Duomo, cruzaron la calle y continuaron bajo la gran arcada hacia el interior de la Galería, el primer centro comercial cubierto del mundo, dos pasillos anchos que se cruzan con tiendas a ambos lados normalmente cubiertos con una cúpula de hierro y cristal. Ese día, cuando los tres muchachos entraron, las placas de cristal ya habían sido retiradas, dejando solamente la estructura, que proyectaba una red de sombras rectangulares por toda la galería.

A medida que se acercaban los truenos, Pino vio preocupación en muchos rostros de las calles de la Galería, pero él no compartía su inquietud. Los truenos eran truenos, no bombas explotando.

—¿Flores? —gritó una mujer con un carro de rosas recién cortadas—. ¿Para la novia?

—Cuando la encuentre, volveré —respondió Pino.

—Quizá tenga que esperar varios años para que eso ocurra, *signora* —dijo Mimo.

Pino intentó dar un puñetazo a su hermano pequeño. Mimo lo esquivó y se apartó, saliendo de la Galería para aparecer en una piazza adornada con una estatua de Leonardo da Vinci. Detrás de la estatua, al otro lado de la calle y de las vías del tranvía, las puertas del Teatro alla Scala estaban abiertas de par en par para airear el famoso edificio de la ópera. En el aire flotaban los sonidos de las cuerdas de violines y violonchelos afinándose y de un tenor que ensayaba interpretando escalas.

Pino siguió con su cacería pero, entonces, vio a una hermosa chica, pelo negro, piel lechosa y llamativos ojos oscuros. Atravesaba la piazza en dirección a la Galería. Él se detuvo en seco y se quedó mirándola. Inundado por el deseo, fue incapaz de hablar.

—Creo que he caído presa del amor —dijo Pino después de que ella pasara.

—Lo que vas es a caer de bruces —contestó Carletto, que le había alcanzado por detrás.

Mimo volvió a donde estaban ellos.

—Acaban de decir que los aliados llegarán aquí para Navidad.

—Yo quiero que los americanos vengan a Milán antes de eso —dijo Carletto.

—Yo también —convino Pino—. ¡Más jazz y menos ópera!

Tras echar a correr, saltó por encima de un banco vacío hasta una barandilla metálica curva que protegía la estatua de Da Vinci. Se deslizó por la suave superficie durante un tramo corto antes de saltar al otro lado y aterrizar como un gato.

Para no ser menos, Mimo trató de hacer lo mismo, pero cayó al suelo delante de una mujer rechoncha de pelo oscuro con un vestido estampado de flores. Parecía estar entre los treinta y muchos o cuarenta y pocos años. Llevaba una funda de violín y un ancho sombrero de paja azul para protegerse del sol.

La mujer se sobresaltó tanto que casi dejó caer su funda del violín. La apretó contra su pecho con rabia mientras Mimo gemía y se sujetaba las costillas.

—¡Esta es la Piazza della Scala! —le reprendió ella—. ¡La que homenajea al gran Leonardo! ¿Es que no tienes ningún respeto? Vete con tus juegos infantiles a otro sitio.

—¿Cree que somos niños pequeños? —preguntó Mimo a la vez que hinchaba el pecho—. ¿Unos críos?

La mujer dirigió la mirada más allá de Mimo antes de contestar.

—Niños pequeños que no entienden los juegos que de verdad se juegan a su alrededor.

Habían empezado a formarse unas nubes oscuras que atenuaron la luz del lugar. Pino se giró y vio un gran coche oficial Daimler-Benz que avanzaba por la calle que separaba la piazza del edificio de la ópera. Unos rojos banderines nazis se agitaban sobre cada guardabarros. En la antena de la radio aleteaba un banderín de general. Pino vio la silueta del militar sentado completamente erguido en el asiento de atrás. Por alguna razón, aquella imagen le produjo escalofríos.

Cuando Pino se dio la vuelta, la violinista ya se estaba alejando, con la cabeza alta en actitud desafiante mientras cruzaba la calle tras el coche oficial nazi antes de entrar en la ópera.

Cuando los muchachos emprendieron su marcha, Mimo cojeaba a la vez que se frotaba la cadera derecha y se quejaba. Pero Pino apenas le escuchaba. Una mujer de cabello rubio tostado y ojos de color azul pizarra caminaba por la acera en dirección a ellos. Supuso que tendría poco más de veinte años. Tenía una hermosa constitución, con una nariz discreta, pómulos altos y labios que se curvaban de forma natural para formar una agradable sonrisa. Esbelta y de estatura mediana, llevaba un vestido de verano amarillo y una bolsa de la compra de lona. Abandonó la acera y entró en una panadería que había justo delante.

—Me he vuelto a enamorar —dijo Pino con las dos manos sobre el corazón—. ¿La habéis visto?

—¿No te cansas? —protestó Carletto con un bufido.

—Jamás —respondió Pino, antes de correr hasta el escaparate de la panadería y mirar al interior.

La mujer estaba metiendo barras de pan en la bolsa. Él vio que no llevaba anillo en la mano izquierda, así que esperó a que pagara y saliera.

Cuando lo hizo, le cortó el paso y se llevó una mano al corazón.

—Lo siento, *signorina*. Me he quedado abrumado por su belleza y tenía que conocerla.

—Lo que hay que oír —se mofó ella mientras le rodeaba y seguía caminando.

Al pasar por su lado, Pino olió el aroma a mujer y jazmín. Era embriagador, distinto a nada que hubiese olido antes.

Salió corriendo tras ella.

—Es verdad. Veo a muchas señoras guapas, *signorina*. Vivo en el barrio de la moda, en San Babila. Muchas modelos.

Ella le miró de reojo.

—San Babila es una buena zona para vivir.

—Mis padres son los dueños de Le Borsette di Lella, la tienda de bolsos. ¿La conoce?

—Mi…, mi señora compró un bolso allí justo la semana pasada.

—¿Sí? —dijo Pino, encantado—. Entonces, sabe que vengo de una familia respetable. ¿Le gustaría ir conmigo al cine esta noche? Están poniendo *Bailando nace el amor*. Fred Astaire. Rita Hayworth. Bailes. Canciones. Muy elegante. Como usted, *signorina*.

Ella giró por fin la cabeza para mirarle con aquellos ojos penetrantes.

—¿Qué edad tienes?

—Casi dieciocho años.

Ella se rio.

—Eres un poco joven para mí.

—No es más que una película. Iremos como amigos. No soy muy joven para eso, ¿no?

Ella no contestó y se limitó a seguir caminando.

—¿Sí? ¿No? —insistió Pino.

—Esta noche habrá un apagón.

—Aún habrá luz cuando empiece la película y, después, yo la acompañaré para que llegue a casa sana y salva —la tranquilizó Pino—. Por la noche tengo la visión de un gato.

Ella no dijo nada mientras avanzaba varios pasos y los ánimos de Pino se vinieron abajo.

—¿Dónde ponen la película? —preguntó al fin.

Pino le dio la dirección.

—Nos vemos allí, ¿de acuerdo? A las siete y media junto a la taquilla.

—Pareces divertido y la vida es corta. ¿Por qué no?

Pino sonrió y se llevó la mano al pecho antes de hablar.

—Hasta luego.

Se quedó mirando cómo se alejaba con una sensación de triunfo y emoción hasta que se dio cuenta de algo cuando ella se giró para esperar al siguiente tranvía y le miró divertida.

—*Signorina*, perdone —le gritó—. Pero ¿cómo se llama?

—Anna —respondió ella.

—¡Yo soy Pino! —gritó él—. ¡Pino Lella!

El tranvía se detuvo con un chirrido por encima de su voz y le impidió seguir viéndola. Cuando el tranvía continuó su camino, Anna había desaparecido.

—No va a ir —comentó Mimo, que se había apresurado tras ellos—. Solo lo ha dicho para que no continuaras persiguiéndola.

—Por supuesto que va a ir —replicó Pino antes de mirar a Carletto, que también les había seguido—. Lo habéis visto en sus ojos, en los ojos de Anna, ¿verdad?

Antes de que su hermano y su amigo pudiesen responder, hubo un relámpago y empezaron a caer las primeras gotas, cada vez más gruesas y pesadas. Echaron todos a correr.

—¡Yo me voy a casa! —gritó Carletto, desviándose.

2

El cielo abrió sus compuertas. Empezó a diluviar. Pino siguió a Mimo, corriendo a toda velocidad hacia el distrito de la moda, empapándose pero sin que le importara. Anna iba a ir al cine con él. Había dicho que sí. Eso casi le hacía delirar.

Los dos hermanos estaban empapados y se oía el estallido de los relámpagos cuando entraron en Valigeria Albanese —Maletas Albanese—, la tienda y fábrica que tenía su tío en un edificio de color ladrillo en el número 7 de Via Pietro Verri.

Goteando, los chicos se adentraron en la larga y estrecha tienda, que los envolvió con un fuerte olor a cuero nuevo. Los estantes estaban llenos de elegantes maletines, bolsos y carteras, maletas y baúles. En las vitrinas de cristal se mostraban monederos de piel cosida y preciosas pitilleras y carpetas labradas. Había dos clientes en la tienda, una anciana cerca de la puerta y, tras ella, en el otro extremo, un oficial nazi con uniforme negro y gris.

Pino se quedó mirándole, pero oyó que hablaba la mujer.

—¿Cuál, Albert?

—La que prefiera usted —dijo el hombre que la atendía al otro lado del mostrador. Grande, fornido y con bigote, llevaba un bonito traje gris, una camisa blanca almidonada y una alegre pajarita azul de lunares.

—Es que me gustan las dos —se quejó su clienta.

—¡Entonces, compre las dos! —dijo él acariciándose el bigote y riendo entre dientes.

Ella vacilaba, también conteniendo una risita.

—¡Pues puede que sí!

—¡Estupendo! ¡Estupendo! —exclamó él frotándose las manos—. Greta, ¿me traes unas cajas para esta espléndida señora de gusto tan impecable?

—Estoy ocupada ahora, Albert —contestó Greta, la tía austriaca de Pino, que estaba atendiendo al nazi. Era una mujer alta y delgada con el pelo corto y castaño y una sonrisa agradable. El alemán estaba fumando mientras examinaba una pitillera de piel.

—Yo te traigo las cajas, tío Albert —se ofreció Pino.

El tío Albert le echó una mirada.

—Sécate antes de tocarlas.

Con el pensamiento puesto en Anna, Pino fue hacia la puerta del taller que estaba detrás de su tía y el alemán. El oficial se giró para mirarle cuando pasaba, dejando ver unas hojas de roble sobre sus solapas que indicaban que era coronel. El frontal plano de su gorra de oficial lucía un *Totenkopf*, un pequeño emblema formado por una calavera y unos huesos bajo un águila que agarraba una esvástica. Pino sabía que era un *Geheime Staatspolizei* de la Gestapo, un oficial de alto rango de la policía secreta de Hitler. De altura y corpulencia mediana, con nariz fina y labios tristes, el nazi tenía unos ojos oscuros que no revelaban nada.

Nervioso, Pino atravesó la puerta y entró en el taller, un espacio mucho más grande con techo más alto. Varias costureras y marroquineras apartaban sus labores de ese día. Vio unos trapos y se secó las manos. A continuación, cogió dos cajas de cartón marcadas con el logotipo Albanese y se dispuso a regresar a la tienda, mientras volvía a dirigir alegremente sus pensamientos a Anna.

Era guapa y mayor y...

Vaciló antes de abrir la puerta. El coronel de la Gestapo estaba saliendo en ese momento bajo la lluvia. La tía de Pino permanecía junto a la puerta, viendo cómo se marchaba el coronel y asintiendo con la cabeza.

Pino se sintió mejor en el momento en que ella cerró la puerta.

Ayudó a su tío a empaquetar las dos carteras. Cuando la última clienta se marchó, el tío Albert le dijo a Mimo que echara la llave a la puerta de la calle y colocara el cartel de «Cerrado» en el escaparate.

Cuando Mimo lo hubo hecho, el tío Albert habló.

—¿Te ha dicho su nombre?

—*Standartenführer* Walter Rauff —contestó la tía Greta—. El nuevo jefe de la Gestapo en el norte de Italia. Ha venido de Túnez. Tullio le está vigilando.

—¿Ha vuelto Tullio? —preguntó Pino, sorprendido y contento. Tullio Galimberti era cinco años mayor que él, su ídolo, y un íntimo amigo de la familia.

—Ayer —respondió el tío Albert.

—Rauff ha dicho que la Gestapo va a ocupar el hotel Regina —dijo tía Greta.

—¿A quién pertenece Italia? ¿A Mussolini o a Hitler? —refunfuñó su marido.

—No importa —dijo Pino, tratando de convencerse a sí mismo—. La guerra habrá terminado pronto y vendrán los americanos. ¡Y habrá jazz por todas partes!

El tío Albert negó con la cabeza.

—Eso depende de los alemanes y del Duce.

—¿Has visto la hora, Pino? Vuestra madre os esperaba a los dos en casa hace una hora para que la ayudarais a preparar su fiesta.

Pino sintió un nudo en el estómago. No era bueno decepcionar a su madre.

—¿Os veo luego? —preguntó Pino con Mimo siguiéndole detrás.

—No pensamos perdérnoslo —respondió el tío Albert.

Cuando los muchachos llegaron al número 3 de Via Monte Napoleone, la tienda de bolsos de sus padres, Le Borsette di Lella, estaba cerrada. Al pensar en su madre, Pino sintió temor. Esperaba que su padre estuviese en casa para controlar a aquel huracán humano. Unos olores deliciosos les envolvieron mientras subían las escaleras: cordero y ajos cociendo a fuego lento, perejil recién cortado y pan caliente del horno.

Abrieron la puerta del lujoso piso de la familia, que bullía de actividad. La criada de siempre y una asistenta temporal se movían por el comedor colocando la cristalería, los cubiertos y la porcelana para el bufé. En la sala de estar, un hombre alto, delgado y de hombros encorvados situado de espaldas al recibidor sostenía un violín y un arco y tocaba una pieza que Pino no reconoció. El hombre falló en una nota y se detuvo, negando con la cabeza.

—¿Papá? —dijo Pino en voz baja—. ¿Estamos en apuros?

Michele Lella bajó el violín y se giró y, a continuación, se mordió el interior de las mejillas. Antes de que pudiera responder, una niña de seis años llegó corriendo por el pasillo desde la cocina. Cicci, la hermana pequeña de Pino, se detuvo delante de él.

—¿Dónde has estado, Pino? No tienes a mamá muy contenta. Ni tú tampoco, Mimo.

Pino no le hizo caso y centró su atención en la locomotora con delantal que salía resoplando de la cocina. Habría jurado que veía humo saliendo por las orejas de su madre. Porzia Lella era al menos treinta centímetros más bajita que su hijo mayor y, por lo menos, veinte kilos más delgada. Pero fue hacia Pino, se quitó las gafas y las agitó delante de él.

—Te pedí que estuvierais en casa a las cuatro y son las cinco y cuarto —dijo—. Actúas como un niño. Puedo fiarme más de tu hermana.

Cicci levantó el mentón y asintió.

Por un momento, Pino no supo qué decir. Pero, entonces, se le ocurrió adoptar una mirada de tristeza y se echó hacia delante agarrándose el vientre.

—Lo siento, mamá —dijo—. He comido algo en la calle y me ha sentado mal. Y, luego, nos ha sorprendido la tormenta y hemos tenido que esperar en casa del tío Albert.

Porzia se cruzó de brazos mientras lo miraba. Cicci adoptó la misma pose escéptica.

Su madre miró a Mimo.

—¿Es eso verdad, Domenico?

Pino observó de reojo a su hermano con cautela.

Mimo asintió.

—Le dije que esa salchicha no tenía buena pinta pero no me hizo caso. Pino ha tenido que entrar en tres cafeterías para ir al baño. Y había un coronel de la Gestapo en la tienda del tío Albert. Ha dicho que los nazis van a ocupar el hotel Regina.

Su madre se puso pálida.

—¿Qué?

Pino hizo una mueca de dolor y se inclinó aún más.

—Tengo que irme ya.

Cicci seguía mirándolo recelosa, pero la rabia de la madre de Pino pasó a ser preocupación.

—Ve. ¡Ve! Y lávate las manos después.

Pino se fue corriendo por el pasillo.

—¿Adónde vas tú, Mimo? —gritó Porzia detrás de él—. Tú no estás enfermo.

—Mamá —se quejó Mimo—, Pino siempre se libra de todo.

Pino no esperó a oír la respuesta de su madre. Pasó corriendo por la cocina y sus increíbles olores y subió la escalera que llevaba a la planta de arriba del apartamento y al cuarto de baño. Estuvo dentro durante unos buenos diez minutos que pasó pensando en cada momento que había vivido con Anna, sobre todo en la forma en que ella le había mirado divertida desde el otro lado de las vías del tranvía. Se puso colorado, encendió una cerilla para ocultar la falta de mal olor y se tumbó en la cama, con la radio sintonizada en la BBC y un programa de jazz que Pino casi nunca se perdía.

La orquesta de Duke Ellington tocaba «Cotton Tail», una de sus piezas recientes preferidas, y cerró los ojos para disfrutar del solo del saxo tenor de Ben Webster. A Pino le encantaba el jazz desde la primera vez que escuchó una grabación de Billie Holiday y Lester Young interpretando «I Can't Get Started». Por muy sacrílego que fuese decir algo así en la casa de los Lella, donde la ópera y la música clásica eran los reyes, a partir de ese momento Pino creyó que el jazz era el mejor arte musical. Y por ello deseaba ir a Estados Unidos, la cuna del jazz. Era su sueño más preciado.

Se preguntaba cómo sería la vida en América. El idioma no era problema. Se había criado con dos niñeras, una de Londres y otra de París. Había hablado los tres idiomas casi desde que nació. ¿En Estados Unidos se oía jazz en todos sitios? ¿Era como un maravilloso telón de fondo que acompañaba a cada momento? ¿Y las chicas americanas? ¿Las había tan guapas como Anna?

«Cotton Tail» llegó a su fin y empezó a sonar el «Roll 'Em» de Benny Goodman con un ritmo de *boogie-woogie* que acompañaba a un solo de clarinete. Pino se levantó de un salto de la cama, se quitó los zapatos de un puntapié y empezó a bailar, imaginándose con la preciosa Anna haciendo un loco Lindy Hop. Sin guerra, sin nazis, solo música, comida, vino y amor.

Entonces, se dio cuenta de que el volumen estaba demasiado alto, lo bajó y dejó de bailar. No quería que sus padres subieran para volver a discutir por culpa de la música. Michele detestaba el jazz. La semana anterior había sorprendido a Pino ensayando la animada melodía «Low Down Dog» de Meade Lux Lewis en el Steinway de la familia y fue como si hubiese profanado a algún santo.

Pino se dio una ducha y se cambió de ropa. Varios minutos después de que las campanas de la catedral tocaran las seis de la tarde, volvió a la cama y miró por la ventana abierta. Con las nubes de la tormenta ya pasadas, unos sonidos familiares resonaban por las calles de San Babila. Las últimas tiendas estaban cerrando. Los más ricos y a la moda de Milán se apresuraban a volver a casa. Pudo oír sus animadas voces como una sola, un coro de la calle: mujeres riéndose por alguna pequeña broma, niños llorando por alguna tragedia sin importancia, hombres discutiendo simplemente por el puro amor de los italianos por las batallas verbales y las burlas crueles.

Pino se sobresaltó al oír el timbre de su apartamento en la planta de abajo. Oyó voces de saludos y bienvenidas. Miró el reloj de la pared. Eran las seis y cuarto. La película empezaba a las siete y media y había un largo paseo hasta llegar al cine y a Anna.

Tenía ya una pierna por fuera de la ventana y buscaba con el pie un saliente que conducía a una salida de incendios cuando oyó detrás de él una fuerte carcajada.

—Ella no va a ir —dijo Mimo.

—Por supuesto que sí —repuso Pino saliendo por la ventana. Estaba a nueve metros del suelo y el saliente no era muy ancho. Tuvo que pegar la espalda a la pared y deslizarse de lado hasta otra ventana por la que entrar para acceder a una escalera posterior. Pero, un minuto después, estaba en el suelo, en la calle y alejándose.

La marquesina del cine no estaba iluminada debido a las nuevas normas sobre apagones. Pero el corazón de Pino se hinchó al ver los nombres de Fred Astaire y Rita Hayworth en el cartel. Le encantaban los musicales de Hollywood, sobre todo los de música swing. Y había soñado con que Rita Hayworth..., en fin...

Pino compró dos entradas. Mientras otros asistentes entraban en el cine, él se quedó con la mirada fija en la calle y las aceras en busca de Anna. Esperó hasta que empezó a tener la vacía y devastadora seguridad de que ella no iba a acudir.

—Te lo he advertido —dijo Mimo apareciendo a su lado.

Pino deseó estar enfadado, pero no pudo. En el fondo, le encantaban el valor y el optimismo de su hermano menor, su ingenio y su desenvoltura. Le dio una entrada a Mimo.

Los dos entraron y buscaron sus asientos.

—Pino —dijo Mimo en voz baja—. ¿Cuándo empezaste a crecer? ¿A los quince?

Pino trató de ocultar una sonrisa. Su hermano siempre estaba preocupado por ser demasiado bajito.

—Lo cierto es que no fue hasta cumplir los dieciséis años.

—Pero ¿puede ser antes?

—Puede ser.

Las luces se apagaron y empezó un noticiario de propaganda fascista. Pino seguía triste por el plantón de Anna cuando Il Duce apareció en la pantalla. Vestido de general al mando con una chaqueta cubierta de medallas, un cinturón, una camisa, pantalón bombacho y unas resplandecientes botas negras de montar que le llegaban a las rodillas, Benito Mussolini caminaba con uno de sus comandantes de campaña por un peñasco que se elevaba sobre el mar de Liguria.

El narrador decía que el dictador italiano estaba inspeccionando las fortificaciones. En la pantalla, Il Duce llevaba las manos agarradas por detrás de la espalda al caminar. El mentón del emperador apuntaba hacia el horizonte. Tenía la espalda arqueada. Su pecho elevado hacia el cielo.

—Parece un gallo pequeño —dijo Pino.

—¡Calla! —susurró Mimo—. No hables tan alto.

—¿Por qué? Cada vez que le vemos parece que quiere empezar a gritar: «Co-co-ro-co».

Su hermano rio entre dientes mientras el noticiario continuaba alardeando de las defensas de Italia y la influencia cada vez mayor de Mussolini en el panorama mundial. Era pura propaganda. Pino escuchaba la BBC todas las noches. Sabía que lo que estaba viendo no era verdad y se alegró cuando el noticiario terminó y dio comienzo la película.

Pino se vio enseguida absorbido por la trama cómica y empezó a disfrutar de cada escena en la que Hayworth bailaba con Astaire.

—Rita —comentó con un suspiro tras una serie de movimientos en espiral que agitaron el vestido de Hayworth entre sus piernas como el capote de un torero—. Es muy elegante. Igual que Anna.

Mimo hizo una mueca de desagrado.

—Te ha dejado plantado.

—Pero es muy guapa —susurró Pino.

Se oyó una sirena que anunciaba un ataque aéreo. La gente empezó a gritar y a saltar de sus asientos.

La pantalla se quedó congelada en un plano de los rostros de Astaire y Hayworth bailando mejilla con mejilla, con sus labios y sonrisas dirigidos a la muchedumbre asustada.

Mientras la película se fundía en la pantalla, el sonido de las baterías antiaéreas empezó a llegar desde el exterior del cine y los primeros bombarderos aliados invisibles vaciaron sus compartimentos desatando una obertura de fuego y destrucción que asoló Milán.

3

Entre gritos, el público salió en estampida hacia las puertas del cine. Pino y Mimo estaban aterrorizados y atrapados entre la marea de la muchedumbre cuando, con un rugido ensordecedor, una bomba estalló destrozando el muro posterior del local y lanzando trozos de escombros que hicieron jirones la pantalla. Las luces se apagaron.

Pino notó un golpe fuerte en la mejilla y un corte. Sintió que la herida le palpitaba y que la sangre le caía por el mentón. Aturdido ahora más que asustado, se ahogaba con el humo y el polvo mientras trataba de abrirse paso hacia delante. Se le metió arenilla en los ojos y en las fosas nasales, que le ardieron mientras él y Mimo salían del cine, con el cuerpo doblado y tosiendo.

En el exterior, se oía el sonido de sirenas y las bombas seguían cayendo, aunque todavía lejos del *crescendo.* Había fuego propagándose por el interior de los edificios a uno y otro lado de la calle del cine. Las baterías antiaéreas repiqueteaban. Las series de disparos dibujaban arcos rojos en el cielo. Las descargas brillaban tanto que Pino pudo ver las siluetas de los bombarderos Lancaster por encima de él, de la punta de un ala a la otra en formación en V, como muchos gansos oscuros que migran por la noche.

Cayeron más bombas con un sonido conjunto, como zumbidos de avispones que erupcionaban uno tras otro, levantando hacia el cielo columnas de fuego y humo espeso. Varias explotaron tan cerca de los hermanos Lella en plena huida que el efecto de las ondas expansivas casi les hizo perder el equilibrio.

—¿Adónde vamos, Pino? —gritó Mimo.

Por un momento, sintió tanto miedo que no podía pensar pero, después, contestó:

—Al Duomo.

Pino condujo a su hermano hacia el único lugar de Milán que estaba iluminado por algo que no era fuego. A lo lejos, los focos hacían que la catedral tuviera un aspecto sobrenatural, como caída del cielo. Mientras corrían, los zumbidos que llegaban desde arriba y las explosiones fueron reduciéndose hasta apagarse. No había más bombarderos. No había más disparos de cañón.

Solo sirenas y gente que gritaba y chillaba. Un padre desesperado excavaba entre escombros de ladrillos con una linterna en la mano. Su mujer lloraba a su lado, abrazada a su hijo muerto. Otras personas con linternas se habían reunido entre gritos alrededor de una muchacha que había perdido el brazo y había muerto en la calle, con los ojos abiertos y vidriosos.

Pino no había visto nunca ningún muerto y empezó a llorar también. «Nada volverá nunca a ser lo mismo». El adolescente podía sentir aquello con la misma claridad que el zumbido de los bombarderos y las explosiones que seguían resonando en sus oídos. «Nada volverá a ser lo mismo».

Por fin llegaron junto al mismo Duomo. Al lado de la catedral no había cráteres producidos por las bombas. Ni escombros. Ni fuego. Era como si el ataque no hubiese sucedido nunca, salvo por los tristes lamentos que se oían a lo lejos.

Pino sonrió levemente.

—El plan del cardenal Schuster ha funcionado.

Mimo frunció el ceño.

—Nuestra casa está cerca de la catedral, pero no tanto.

Los chicos corrieron por un laberinto de calles oscuras que les llevó de vuelta al número 3 de Via Monte Napoleone. La tienda de bolsos y su apartamento de arriba tenían una apariencia normal. Parecía un milagro después de lo que habían presenciado.

Mimo abrió la puerta de la calle y empezó a subir las escaleras. Pino le siguió mientras oía el susurro de violines, las notas de un piano y un tenor que cantaba. Por algún motivo, aquella música le puso furioso. Apartó a Mimo y aporreó la puerta del apartamento.

La música se detuvo. Su madre abrió.

—¿La ciudad está en llamas y vosotros estáis tocando música? —gritó Pino a Porzia, que dio un paso atrás alarmada—. ¿Hay gente muriendo y vosotros estáis tocando?

Varias personas aparecieron en el recibidor detrás de su madre, incluidos sus tíos y su padre.

—Es con la música como sobrevivimos en ocasiones así, Pino.

Pino vio cómo otros asentían dentro del abarrotado apartamento. Entre ellos, esa violinista con la que Mimo casi se había tropezado ese mismo día.

—Estás herido, Pino —dijo Porzia—. Tienes sangre.

—Hay otros que están mucho peor —respondió Pino con las lágrimas inundándole los ojos—. Lo siento, mamá. Ha sido… espantoso.

Porzia se derritió, extendió los brazos y abrazó a sus mugrientos y ensangrentados hijos.

—Ya ha pasado —murmuró mientras besaba a uno y a otro—. No quiero saber dónde estabais ni cómo llegasteis hasta allí. Solo me alegro de teneros en casa.

Les dijo a sus hijos que subieran a limpiarse antes de que un médico, invitado también a la fiesta, pudiese echar un vistazo a la herida de Pino. Mientras les hablaba, Pino vio algo que jamás había visto antes en su madre. Era miedo. El miedo de que la próxima vez que llegaran los bombarderos quizá no tuvieran tanta suerte.

El miedo seguía aún en su rostro mientras el médico le cosía el corte de la mejilla. Cuando terminó, Porzia lanzó a su hijo una mirada amonestadora:

—Ya hablaremos tú y yo de todo esto mañana —dijo.

Pino bajó la mirada y asintió.

—Sí, mamá.

—Ve a comer algo. Si es que no tienes el estómago muy revuelto, claro.

Levantó los ojos y vio que su madre le miraba con malicia. Debería haber seguido fingiendo que estaba enfermo, haberle dicho que se iba a acostar sin comer. Pero estaba muerto de hambre.

—Me encuentro mejor que antes —respondió.

—Yo creo que estás peor que antes —dijo Porzia antes de salir de la habitación.

Pino la siguió taciturno por el pasillo hasta el comedor. Mimo ya había llenado su plato y estaba contando una versión animada de su aventura a varios de los amigos de sus padres.

—Parece que ha sido una noche intensa, Pino —dijo alguien a sus espaldas.

Pino se giró y vio a un hombre atractivo y vestido de forma impecable de unos veintitantos años. Una mujer increíblemente hermosa se agarraba a su brazo. Pino sonrió.

—¡Tullio! —exclamó—. ¡Me habían dicho que habías vuelto!

—Pino, esta es mi amiga Cristina —dijo Tullio.

Pino la saludó con un cortés gesto de la cabeza. Cristina parecía aburrida y se marchó tras una disculpa.

—¿Cuándo la has conocido? —preguntó Pino.

—Ayer —contestó Tullio—. En el tren. Quiere ser modelo.

Pino negó con la cabeza. Siempre era así con Tullio Galimberti. Como exitoso vendedor de vestidos, Tullio era un mago en lo referente a las mujeres atractivas.

—¿Cómo lo haces? —preguntó Pino—. Siempre con chicas guapas.

—¿No lo sabes? —preguntó Tullio a la vez que cortaba un poco de queso.

Pino quiso decir algo jactancioso, pero recordó que Anna le había dejado plantado. Ella había aceptado su invitación solo por librarse de él.

—Evidentemente, no. No lo sé

—Podría tardar años en enseñarte —dijo Tullio tratando de ocultar una sonrisa.

—Vamos, Tullio —insistió Pino—. Tiene que haber algún truco que yo...

—No hay ningún truco —dijo Tullio poniéndose serio—. ¿El punto número uno? Escuchar.

—¿Escuchar?

—A la chica —añadió Tullio, exasperado—. La mayoría de los hombres no escuchan. No hacen más que empezar a hablar de sí mismos. A las mujeres hay que comprenderlas. Así que escucha lo que dicen y hazles cumplidos sobre su aspecto, su forma de cantar o lo que sea. Con eso, con escuchar y hacerles cumplidos, irás un ochenta por ciento por delante de cualquier hombre sobre la faz de la tierra.

—Pero ¿y si no hablan mucho?

—Entonces, sé divertido. O adulador. O las dos cosas.

Pino pensó que había sido divertido y adulador con Anna, pero quizá no lo suficiente. Entonces, pensó en otra cosa.

—¿Y adónde ha ido hoy el coronel Rauff?

El gesto afable de Tullio desapareció. Agarró a Pino con fuerza del brazo.

—No se habla de gente como Rauff en lugares como este —siseó—. ¿Entendido?

Pino se sintió molesto y humillado por la reacción de su amigo, pero, antes de que pudiera responder, volvió a aparecer la cita de Tullio. Se colocó junto a él y le susurró algo al oído.

Tullio se rio y soltó a Pino.

—Claro, cariño —contestó—. Podemos hacer eso.

Tullio volvió a dirigir su atención a Pino.

—Probablemente yo esperaría a que mi cara no pareciera una salchicha cortada antes de empezar a mostrarme divertido y escuchar.

Pino inclinó a un lado la cabeza, sonrió vacilante y, después, apretó los dientes cuando notó que los puntos de la mejilla le tiraban. Vio cómo Tullio y su chica se marchaban y pensó una vez más en lo mucho que deseaba parecerse a él. Todo en ese hombre resultaba perfecto, elegante. Un buen tipo. Vestía de maravilla. Un gran amigo. Una risa auténtica. Y, aun así, Tullio era tan misterioso que hasta andaba siguiendo a un coronel de la Gestapo.

Le dolía al masticar, pero Pino tenía tanta hambre que se sirvió un segundo plato hasta arriba. Al hacerlo, oyó hablar a tres de los amigos músicos de sus padres, dos hombres y la violinista.

—Cada día hay más nazis en Milán —comentó el hombre robusto que tocaba la trompa en La Scala.

—Peor aún —contestó el percusionista—. Las Waffen-SS.

—Mi marido dice que hay rumores de que están planeando pogromos —señaló la violinista—. El rabino Zolli les está aconsejando a nuestros amigos de Roma que huyan. Nosotros estamos pensando en irnos a Portugal.

—¿Cuándo? —preguntó el percusionista.

—Cuanto antes.

—Pino, es hora de acostarse —dijo su madre con brusquedad.

Se llevó el plato a la habitación. Sentado en la cama mientras comía, pensó en lo que acababa de oír. Sabía que los tres músicos eran judíos y que Hitler y los nazis odiaban a los judíos, aunque no entendía de verdad la razón. Sus padres tenían muchos amigos judíos, la mayoría músicos o gente del mundo de la moda. En general, Pino pensaba que los judíos eran inteligentes, divertidos y amables. Pero ¿qué era un pogromo? ¿Y por qué iba un rabino a aconsejar a todos los judíos de Roma que huyeran?

Terminó de comer, volvió a mirarse la venda y, a continuación, se metió en la cama. Allí, en San Babila, no había incendios, nada que indicara la destrucción que había presenciado. Trató de no pensar en Anna, pero cuando apoyó la cabeza en la almohada y cerró los ojos, unos fragmentos de su encuentro empezaron a rondarle la cabeza junto a la imagen congelada de Fred Astaire con la mejilla pegada a la de Rita Hayworth. Y la explosión del muro posterior del cine. Y la chica sin brazo.

No podía dormir. No podía olvidarse de nada de aquello. Por fin, encendió la radio, toqueteó el dial y encontró una emisora donde sonaba una pieza de violín que reconocía porque su padre siempre estaba tratando de tocarla: el Capricho nº 24 en la menor de Niccolò Paganini.

Pino se quedó tumbado a oscuras, escuchando el ritmo frenético del violín, y sintió los fuertes altibajos anímicos de la pieza como si fueran los suyos propios. Cuando terminó, se sintió vacío y con la mente en blanco. Por fin, se quedó dormido.

Sobre la una de la tarde siguiente, Pino fue en busca de Carletto. Subió en tranvía y fue viendo algunos barrios en humeantes ruinas y otros intactos. La aleatoriedad de lo destruido y de lo que había sobrevivido le molestaba casi tanto como la destrucción en sí.

Se bajó del tranvía en el Piazzale Loreto, una gran rotonda para el tráfico con un jardín en el centro y boyantes tiendas y negocios alrededor de su perímetro. Miró por la rotonda hacia Via Andrea Costa e imaginó a elefantes de guerra. Aníbal había conducido a unos elefantes blindados por los Alpes y avanzado por esa calle en su camino hacia la conquista de Roma veintiún siglos antes. El padre de Pino había dicho que todos los ejércitos conquistadores habían entrado desde entonces por esa misma ruta.

Pasó por una gasolinera Esso con un sistema de vigas de hierro que se elevaban tres metros por encima de los surtidores y tanques. Atravesando en diagonal la rotonda desde la gasolinera, vio el toldo blanco y verde de Frutas y Verduras Frescas Beltramini.

La tienda de Beltramini estaba abierta. No se veía que hubiera sufrido ningún daño.

El padre de Carletto estaba en la puerta, pesando fruta. Pino sonrió y aceleró el paso.

—No se preocupe. Tenemos junto al Po huertos secretos a prueba de bombas —le aseguraba el señor Beltramini a una anciana cuando Pino se acercó—. Y, por eso, Beltramini siempre tendrá el mejor producto de Milán.

—No le creo, pero me encanta que me haga reír —dijo ella.

—Amor y risas —contestó el señor Beltramini—. Siempre son la mejor medicina, incluso en días como el de hoy.

La mujer seguía sonriendo mientras se alejaba. El padre de Carletto, un hombre bajito y rollizo, vio a Pino y su rostro pareció alegrarse aún más.

—¡Pino Lella! ¿Dónde estabas? ¿Dónde está tu madre?

—En casa —contestó Pino estrechándole la mano.

—Que Dios la bendiga. —El señor Beltramini se quedó mirándolo—. No irás a seguir creciendo, ¿verdad?

Pino sonrió y se encogió de hombros.

—No lo sé.

—Si lo haces, vas a tropezarte con las ramas de los árboles. —Señaló hacia el vendaje de la mejilla de Pino—. Ah, veo que ya te está pasando.

—Me bombardearon.

El gesto de perpetuo desconcierto del señor Beltramini desapareció.

—No. ¿De verdad?

Pino le contó toda la historia, desde el momento en que salió por su ventana hasta que regresó a casa y vio que todos estaban tocando música y divirtiéndose.

—Yo creo que fueron listos —dijo el señor Beltramini—. Si una bomba viene a por ti, viene a por ti. No puedes estar preocupado todo el rato por eso. Sigue haciendo lo que te gusta y continúa disfrutando de la vida. ¿No tengo razón?

—Supongo que sí. ¿Está Carletto aquí?

El señor Beltramini señaló hacia atrás.

—Está dentro, trabajando.

Pino se dispuso a ir hacia la puerta de la tienda.

—Pino —le llamó el señor Beltramini.

Echó la vista atrás y vio la preocupación en el rostro del frutero.

—¿Sí?

—Tú y Carletto vais a cuidar el uno del otro, ¿de acuerdo? Como hermanos, ¿verdad?

—Siempre, señor B.

El frutero sonrió.

—Eres un buen chico. Un buen amigo.

Pino entró en la tienda y vio a Carletto arrastrando sacos de dátiles.

—¿Has salido? —preguntó Pino—. ¿Has visto lo que ha pasado?

Carletto negó con la cabeza.

—He estado trabajando. Lo has oído, ¿no?

—Había oído cosas, así que he venido a verlo en persona.

A Carletto no le parecía divertido. Levantó otro saco de frutos secos sobre su hombro y empezó a bajar por una escalerilla de madera a través de un agujero en el suelo.

—No apareció —dijo Pino—. Anna.

Carletto levantó los ojos desde el sótano con suelo de tierra.

—¿Saliste anoche?

Pino sonrió.

—Casi salté por los aires cuando las bombas cayeron sobre el cine.

—Eso es mentira.

—No lo es —contestó Pino—. ¿Dónde crees que me he hecho esto?

Se quitó la venda y Carletto levantó el labio con gesto de asco.

—Es repugnante.

Con el permiso del señor Beltramini, fueron a ver el cine a la luz del día. En el trayecto, Pino volvió a contar toda la historia y observando la reacción de su amigo se animó cada vez más, dando vueltas de baile al describir a Fred y a Rita e imitando el ruido de las bombas mientras contaba cómo él y Mimo atravesaron corriendo la ciudad.

Se estaba sintiendo muy bien hasta que llegaron al cine. El humo aún formaba remolinos entre las ruinas, acompañado de un hedor fuerte y fétido que Pino identificó al instante como de explosivo usado. Algunas personas parecían caminar sin rumbo por las calles que rodeaban el cine. Otras seguían aún cavando entre los ladrillos y las vigas con la esperanza de encontrar vivos a sus seres queridos.

—Yo habría sido incapaz de hacer lo que Mimo y tú hicisteis —dijo Carletto, impresionado por la destrucción.

—Claro que habrías podido. Cuando se tiene miedo, simplemente lo haces sin más.

—¿Con bombas cayendo sobre mí? Yo me habría tirado al suelo y me habría acurrucado con las manos sobre la cabeza.

Hubo un silencio entre ellos mientras contemplaban el muro carbonizado y destrozado de atrás. Fred y Rita habían estado allí mismo, a nueve metros de altura y, después…

—¿Crees que los aviones volverán esta noche? —preguntó Carletto.

—No lo sabremos hasta que oigamos su zumbido.

4

Los aviones aliados visitaron Milán casi cada noche durante el resto del mes de junio y hasta bien entrado julio de 1943. Un edificio tras otro se fueron desplomando y levantando polvo que se extendía por las calles y se quedaba en el aire mucho tiempo después de que el sol saliera manchado de sangre y emitiendo un calor despiadado que hacía más profunda la tristeza de aquellas primeras semanas de bombardeo.

Pino y Carletto recorrían las calles de Milán casi cada día y veían la carnicería aleatoria, siendo testigos de la pérdida y sintiendo el dolor que parecía haber por todas partes. Poco tiempo después, todo aquello empezó a hacer que Pino se sintiera insensible y pequeño. A veces, solo deseaba seguir el instinto de Carletto, hacerse un ovillo y esconderse de todo.

Sin embargo, casi todos los días pensaba en Anna. Sabía que era una estupidez, pero frecuentaba la panadería donde la había visto por primera vez con la esperanza de volver a encontrársela. Nunca la vio y la mujer del panadero no tenía ni idea de a quién se refería cuando le preguntó.

El 23 de junio, el padre de Pino envió a Mimo a Casa Alpina, en los escarpados Alpes al norte del lago de Como, para que pasara el resto del verano. Trató de enviar también a Pino, pero su hijo mayor se negó. De niño y de adolescente, a Pino le encantaba el campamento del padre Re. Cada año había pasado tres meses en Casa Alpina desde los seis años, dos meses enteros durante el verano subiendo a las montañas y todo un mes en invierno para esquiar. Alojarse en el campamento del padre Re era muy divertido. Pero los chicos que estarían ahora allí serían muy jóvenes. Quería quedarse en Milán, estar en la calle con Carletto y buscar a Anna.

Los bombardeos se intensificaron. El 9 de julio, la BBC informó del aterrizaje de los aliados en las costas de Sicilia y el virulento combate contra las fuerzas alemanas y fascistas. Diez días después, bombardearon Roma. La noticia de aquel ataque hizo que se estremeciera toda Italia, y también la casa de los Lella.

—Si se puede bombardear Roma es que Mussolini y los fascistas están acabados —sentenció el padre de Pino—. Los aliados están expulsando a los alemanes de Sicilia. Van a atacar también el sur de Italia. Pronto habrá acabado.

A finales de julio, los padres de Pino pusieron un disco en el fonógrafo y bailaron a pleno día. El rey Víctor Manuel III había arrestado a Benito Mussolini y le había encarcelado en un fuerte del macizo del Gran Sasso, al norte de Roma.

Pero, en agosto, manzanas enteras de Milán fueron derribadas y había alemanes por todas partes, instalando cañones antiaéreos, puestos de control fronterizos y nidos de ametralladoras. A una manzana de La Scala ondeaba una llamativa bandera nazi sobre el hotel Regina.

El coronel de la Gestapo Walter Rauff estableció toques de queda. Si se veía a alguien en la calle después de la hora, se le arrestaba. Si alguien incumplía el toque de queda sin documentación, se le podía fusilar. También se podía fusilar a quien tuviera una radio de onda corta.

A Pino no le importaba. Por la noche, se escondía en su armario para escuchar música y las noticias. Y durante el día empezó a adaptarse al nuevo orden de Milán. Los tranvías pasaban solamente de forma intermitente. Había que ir a pie, en bicicleta o haciendo autoestop.

Pino prefería la bicicleta y se movía por toda la ciudad a pesar del calor, atravesando distintos puestos de control y averiguando qué era lo que buscaban los nazis cuando le paraban. Largos tramos de calle habían quedado reducidos a cráteres y tenía que rodearlos o buscar otras rutas. Con su bicicleta, pasaba junto a familias que vivían bajo toldos de lona en medio de los escombros de ladrillo de sus casas.

Fue consciente de lo afortunado que era. Por primera vez, sintió que aquello podría cambiar en un abrir y cerrar de ojos, o con el destello de una bomba. Y se preguntó si Anna había sobrevivido.

A primeros de agosto, Pino comprendió por fin el motivo por el que los aliados bombardeaban Milán. Un locutor de la BBC dijo que los aliados lo habían destruido todo, excepto la base industrial nazi en el valle del Ruhr, donde se había construido buena parte de la munición de Hitler. Ahora estaban tratando de derribar la maquinaria del norte de Italia antes de que los alemanes pudieran utilizarla para prolongar la guerra.

Las noches del 7 y el 8 de agosto, unos Lancaster británicos lanzaron miles de bombas sobre Milán dirigidas a fábricas e instalaciones industriales y militares, pero también alcanzaron a los barrios que las rodeaban.

Cuando las bombas estallaron tan cerca que hicieron que el edificio de los Lella temblara, Porzia entró en pánico y trató de convencer a su marido para que se los llevara a todos a Rapallo, en la costa occidental.

—No —respondió Michele—. No van a bombardear la zona cercana a la catedral. Aquí seguimos estando a salvo.

—Solo con una bastará —protestó Porzia—. Entonces, me llevaré a Cicci.

El padre de Pino respondió con tristeza pero con decisión.

—Yo me quedo para mantener en marcha el negocio, pero creo que ha llegado el momento de que Pino se vaya a Casa Alpina.

Este se negó por segunda vez.

—Es para niños, papá —protestó—. Yo ya no soy pequeño.

El 12 y 13 de agosto, más de quinientos bombarderos aliados atacaron Milán. Por primera vez, hubo explosivos que alcanzaron las cercanías del Duomo. Uno provocó daños en la iglesia de Santa Maria delle Grazie, pero milagrosamente a *La última cena* de Leonardo da Vinci no le pasó nada.

La Scala no tuvo esa suerte. Una bomba atravesó el techo de la ópera y estalló provocando un incendio en el teatro. Otra bomba alcanzó la Galería, que sufrió enormes daños. La misma detonación sacudió el edificio de los Lella. Pino pasó esa noche horrible en el sótano.

Vio a Carletto al día siguiente. Los Beltramini se dirigían a un tren que les llevaría al campo para pasar la noche y huir del bombardeo. A la tarde siguiente, Pino, su padre, la tía Greta, el tío Albert y Tullio Galimberti, con su última novia, se exiliaron durante una noche con los Beltramini.

Cuando el tren salía de la estación central en dirección al este, Pino, Carletto y Tullio estaban en la puerta abierta de un vagón abarrotado con otros milaneses que huían para pasar la noche fuera. El tren avanzaba deprisa. Pino miraba al cielo, de un azul tan perfecto que le costaba imaginarlo negro y lleno de aviones de guerra.

Cruzaron el río Adda y mucho antes del anochecer, mientras el campo seguía cubierto por el sopor del verano, el tren se detuvo entre chirridos y resoplidos en medio de unas tierras de cultivo de suaves ondulaciones. Pino llevaba una manta al hombro y subió por detrás de Carletto hasta una pequeña colina de hierba sobre un huerto que daba al sudoeste, en dirección a la ciudad.

—Pino, ten cuidado o tendrás las orejas llenas de telarañas por la mañana —le advirtió el señor Beltramini.

La señora Beltramini, una mujer guapa y delicada que siempre parecía estar aquejada de alguna que otra enfermedad, le reprendió suavemente:

—¿Por qué dices eso? Ya sabes que odio las arañas.

El dueño de la frutería trató de ocultar una sonrisa.

—¿A qué te refieres? Yo solo le estaba advirtiendo al muchacho de los peligros de dormir con la cabeza entre la hierba.

Parecía que su mujer iba a protestar pero se limitó a espantarlo agitando una mano en el aire, como si fuese una mosca molesta.

El tío Albert sacó de una bolsa de lona pan, vino, queso y salami seco. Los Beltramini abrieron cinco melones maduros. El padre de Pino se sentó en la hierba junto a la funda de su violín, con los brazos sujetándose las rodillas y una expresión embelesada.

—¿No os parece espléndido? —preguntó Michele.

—¿Qué es espléndido? —respondió el tío Albert mirando a su alrededor, confundido.

—Este lugar. Lo limpio que está el aire. Y los olores. Sin fuego. Sin el hedor de las bombas. Parece tan…, no sé. ¿Inocente?

—Exactamente —dijo la señora Beltramini.

—¿Exactamente qué? —intervino el señor Beltramini—. Te alejas un poco de aquí y no hay tanta inocencia. Mierda de vaca, arañas, culebras y…

¡Zas! La señora Beltramini dio un manotazo a su marido en el brazo con el revés de la mano.

—¿Es que no tienes piedad? ¿Nunca?

—Oye, eso ha dolido —protestó el señor Beltramini con una sonrisa.

—Bien —respondió ella—. Ahora cállate. Anoche no pegué ojo por culpa de todo ese parloteo de arañas y culebras.

Con una extraña expresión de enfado, Carletto se levantó y bajó la colina en dirección al huerto. Pino vio a unas chicas junto al muro de roca que rodeaba el huerto de frutales. Ninguna de ellas era tan guapa como Anna. Pero quizá hubiese llegado el momento de pasar página. Corrió colina abajo para alcanzar a Carletto, le contó su plan y ambos trataron de interceptar con astucia a las chicas. Otro grupo de muchachos fue más rápido.

—Solo pido un poco de amor —dijo Pino levantando los ojos al cielo.

—Yo creo que te conformarías con un beso —le contradijo Carletto.

—Sería feliz con una sonrisa —añadió Pino con un suspiro.

Los chicos saltaron el muro y caminaron entre las filas de árboles llenos de frutas. Los melocotones no estaban muy maduros, pero los higos sí. Algunos se habían caído ya al suelo y los cogieron de la tierra, los limpiaron, les quitaron la piel y se los comieron.

A pesar del regalo tan poco común de poder disfrutar de fruta fresca recién cogida del árbol en una época de racionamientos, Carletto parecía preocupado.

—¿Estás bien? —le preguntó Pino.

Su mejor amigo negó con la cabeza.

—¿Qué te pasa?

—Es solo una sensación.

—¿Cuál?

Carletto se encogió de hombros.

—Como si la vida no fuera a terminar siendo lo que pensamos, como si nos fuera a pasar algo malo.

—¿Por qué piensas eso?

—Nunca prestabas mucha atención en clase de historia, ¿verdad? Cuando los grandes ejércitos van a la guerra, el invasor lo destruye todo.

—No siempre. Saladino no saqueó nunca Jerusalén. ¿Ves? Sí que prestaba atención en clase de historia.

—No me importa —dijo Carletto aún más enfadado—. Es solo una sensación que tengo y que no desaparece. Lo veo por todas partes y...

De repente se le estranguló la voz y empezaron a caerle lágrimas por la cara mientras trataba de controlarse.

—¿Qué te pasa? —preguntó Pino.

Carletto ladeó la cabeza, como si estuviese mirando un cuadro que no terminaba de entender. Los labios le temblaron al hablar.

—Mi madre está muy enferma. No está bien.

—¿Qué quieres decir?

—¿Qué crees que quiero decir? —gritó Carletto—. Se va a morir.

—Dios mío —dijo Pino—. ¿Estás seguro?

—He oído a mis padres hablar de cómo quiere ella que sea su funeral.

Pino pensó en la señora Beltramini y, después, en Porzia. Pensó en cómo debía ser saber que su madre se iba a morir. Un enorme agujero se abrió en su estómago.

—Lo siento —dijo Pino—. Lo siento de verdad. Tu madre es una señora estupenda. Aguanta a tu padre, así que es como una santa. Y dicen que los santos reciben su recompensa en el cielo.

Carletto se rio a pesar de su tristeza y se limpió las lágrimas.

—Es la única que le pone en su sitio. Pero él debería callarse, ¿sabes? Está enferma y él se burla de ella con eso de las culebras y las arañas. Es cruel. Como si no la quisiera.

—Sí que quiere a tu madre.

—No lo demuestra. Es como si le diera miedo hacerlo.

Iniciaron el camino de vuelta. En el muro de piedra oyeron el son de un violín.

Pino miró colina arriba y vio a su padre tocando su instrumento y al señor Beltramini de pie, con una partitura en la mano. La luz dorada del atardecer se reflejaba en los dos hombres y en el grupo que les rodeaba.

—Ay, no —se quejó Carletto—. Madre de Dios, no.

Pino sintió la misma consternación. A veces, Michele Lella sabía tocar de maravilla pero, con bastante frecuencia, el padre de Pino perdía el ritmo o producía sonidos agudos en partes que exigían un toque más suave. Y el pobre señor Beltramini tenía una voz que normalmente se rompía o desafinaba. Resultaba insoportable escuchar a los dos hombres porque era imposible relajarse. Sabías que se acercaba una nota mal ejecutada y, a veces, podía ser tan disonante que resultaba también embarazoso.

En lo alto de la colina, el padre de Pino ajustó la posición de su violín, un pequeño instrumento del centro de Italia del siglo XVIII que Porzia le había regalado por Navidad diez años antes. Aquel instrumento era el bien más preciado de Michele y lo sujetaba con cariño mientras se lo colocaba bajo el mentón y la mandíbula y levantaba el arco.

El señor Beltramini enderezó la espalda con los brazos caídos a ambos lados.

—Estamos a punto de asistir a un despropósito —dijo Carletto.

—Lo veo venir —añadió Pino.

El padre de Pino tocó los primeros compases de la melodía de «Nessun dorma» o «Que nadie duerma», una magnífica aria para tenor del tercer acto de la ópera *Turandot* de Giacomo Puccini. Como era una de las piezas preferidas de su padre, Pino la había escuchado en una grabación interpretada por Toscanini y toda la orquesta de La Scala tras el potente tenor Miguel Fleta, que cantó el aria la noche en que se estrenó la ópera en los años veinte.

Fleta interpretaba al príncipe Calaf, un rico aristócrata que viaja por China de forma anónima y que se enamora de la hermosa pero fría y malvada princesa Turandot. El rey ha ordenado que cualquiera que pretenda la mano de la princesa deberá antes resolver tres enigmas. Si se equivoca en alguno, el pretendiente sufrirá una terrible muerte.

Al final del segundo acto, Calaf ha resuelto todos los enigmas, pero la princesa sigue negándose a casarse con él. Calaf dice que si ella averigua cuál es su verdadero nombre antes del amanecer se marchará, pero, si no lo consigue, deberá aceptar casarse con él.

La princesa eleva el tono del juego y le dice a Calaf que, si averigua el nombre antes de que amanezca, ella obtendrá su cabeza. Calaf acepta el trato y la princesa ordena que «*Nessun dorma,* que nadie duerma hasta que se averigüe el nombre del pretendiente».

En la ópera, el aria de Calaf llega cuando se va acercando el alba y el infortunio de la princesa. «Nessun dorma» es una pieza sobresaliente que va volviéndose cada vez más intensa, exigiendo al cantante hacerse más fuerte, deleitándose con el amor por la princesa y sintiéndose cada vez más seguro de su victoria a medida que se acerca el amanecer.

Pino creía que haría falta toda una orquesta entera y un tenor famoso como Fleta para recrear el emotivo triunfo del aria. Pero la versión de su padre y del señor Beltramini, reducida a sus trémulas melodía y letra, era más poderosa de lo que jamás se habría imaginado.

Cuando Michele tocó esa noche, una voz melosa cargada de emoción salía desde su violín. Y el señor Beltramini jamás había estado mejor. Las notas y giros elevados le parecieron a Pino como si, de la forma más inverosímil, dos ángeles estuviesen cantando, uno agudo a través de los dedos de su padre y otro grave dentro de la garganta del señor Beltramini, ambos con más inspiración divina que destreza.

—¿Cómo lo hacen? —preguntó Carletto, asombrado.

Pino no tenía ni idea de cuál era la fuente de la virtuosa interpretación de su padre pero, entonces, se dio cuenta de que el señor Beltramini no estaba cantándole al grupo de personas, sino a alguien de ese grupo y supo cuál era la fuente del hermoso tono del frutero y de su cariñosa voz.

—Mira a tu padre —dijo Pino.

Carletto se puso de puntillas y vio que su padre no cantaba el aria para el público, sino para su moribunda esposa, como si no hubiese nadie más que ellos dos en el mundo.

Cuando los dos hombres terminaron, todos los que estaban en la ladera de la colina se pusieron en pie y empezaron a aplaudir y silbar. Pino tenía también lágrimas en los ojos porque, por primera vez, había visto a su padre como a un héroe. Carletto tenía lágrimas en los ojos por otras razones más profundas.

—Has estado fantástico —le dijo Pino a Michele más tarde, en medio de la noche—. Y «Nessun dorma» ha sido la elección perfecta.

—Para un lugar tan espléndido, era la única que se me podía ocurrir —contestó su padre, con aspecto de estar asombrado por lo que había hecho—. Y luego nos hemos dejado llevar, como dicen los músicos de La Scala, para tocar *con smania,* con pasión.

—Lo he notado, papá. Todos lo hemos notado.

Michele asintió y soltó un suspiro de alegría.

—Ahora, duerme un poco.

Pino se había hecho un sitio para apoyar la cadera y los pies y, después, se había quitado la camisa para usarla de almohada y se había envuelto en la sábana que había traído de su casa. A continuación, se acurrucó, entre el dulce olor de la hierba, adormilado.

Cerró los ojos mientras pensaba en la actuación de su padre, en la misteriosa enfermedad de la señora Beltramini y en la forma de cantar de su bromista marido. Fue dejándose llevar por el sueño mientras se preguntaba si había sido testigo de un milagro.

Varias horas después, profundamente dormido, Pino perseguía a Anna por la calle cuando oyó un trueno lejano. Se detuvo y ella siguió caminando, desapareciendo entre la multitud. Él no estaba enfadado, pero se preguntaba cuándo empezaría a llover y cómo sería el sabor de su boca.

Carletto le despertó agitándole el cuerpo. La luna estaba alta y proyectaba una luz azul plomiza y todos estaban de pie mirando hacia el oeste. Los bombarderos aliados estaban atacando Milán por tandas, pero desde esa distancia no se veían los aviones ni la ciudad, solo los resplandores y destellos en el horizonte y el lejano rumor de la guerra.

Mientras el tren regresaba a Milán poco después de que amaneciera al día siguiente, unas bocanadas negras de humo se desenmarañaban, retorciéndose y enroscándose por encima de la ciudad. Cuando bajaron del tren y salieron a la calle, Pino vio las diferencias físicas entre los que habían huido de la ciudad y los que habían sufrido el ataque. El terror de las explosiones había encorvado las espaldas de los supervivientes, les había vaciado los ojos y les había cambiado la expresión. Hombres, mujeres y niños arrastraban los pies tímidamente, como si en cualquier momento el suelo que pisaban pudiera romperse y se abriera un inmenso y candente socavón. Casi por todas partes había una bruma de humo. El hollín, a veces blanco y fino y otras de un gris volcánico, lo cubría casi todo. Coches destrozados y volcados. Edificios derrumbados y aplastados. Árboles desnudos por las explosiones.

Durante varias semanas, Pino y su padre continuaron con aquel patrón, trabajando de día, saliendo de la ciudad en tren a última hora de la tarde y regresando al alba para ver las nuevas heridas abiertas de Milán.

El 8 de septiembre de 1943, el gobierno italiano, tras firmar un armisticio incondicional el 3 de septiembre, hizo pública la rendición formal a los aliados. Al día siguiente, las fuerzas británica y estadounidense aterrizaron en Salerno, en el empeine de la bota italiana. Los alemanes ofrecieron cierta resistencia. La mayoría de los soldados fascistas simplemente levantaron la bandera blanca al ver que el Quinto Ejército estadounidense del teniente general Mark Clark se acercaba a la costa. Cuando la noticia de la invasión americana llegó a Milán, Pino, su padre y sus tíos empezaron a lanzar vítores. Creían que la guerra estaría terminada a los pocos días.

Los nazis se hicieron con el control de Roma menos de veinticuatro horas después, arrestaron al rey y rodearon el Vaticano con tropas y tanques que apuntaban a la cúpula dorada de la Basílica de San Pedro. El 12 de septiembre, los comandos nazis usaron planeadores para atacar la fortaleza del macizo del Gran Sasso, donde Mussolini estaba preso. Los comandos se abrieron paso hasta el interior de la prisión y rescataron al Duce. Lo metieron en un avión y lo llevaron a Viena y, después, a Berlín, donde se reunió con Hitler.

Pino escuchó a los dos dictadores en la radio unas noches más tarde, cuando los dos juraron que lucharían contra los aliados hasta la última gota de sangre alemana e italiana. Pino sentía como si el mundo se hubiese vuelto loco y estaba cada vez más triste por no haber visto a Anna en tres meses.

Pasó una semana. Cayeron más bombas. El colegio de Pino permanecía cerrado. Los alemanes iniciaron una invasión de Italia a gran escala desde el norte, a través de Austria y Suiza, e instalaron a Mussolini en un gobierno títere llamado «República Socialista Italiana», con la capital en la diminuta ciudad de Salò, a orillas del lago de Garda, al noreste de Milán.

Era de eso de lo único que hablaba el padre de Pino a primera hora de la mañana del 24 de septiembre de 1943, mientras volvían a San Babila desde la estación del tren tras otra noche durmiendo en los campos de labranza. Michele estaba tan obsesionado con la toma de control de los nazis del norte de Italia que no vio uno de esos remolinos de humo negro sobre el barrio de la moda y la Via Monte Napoleone. Pino sí lo vio y empezó a correr. Mientras serpenteaba por las estrechas calles momentos después, el camino se curvó y pudo ver bastante más adelante el edificio de los Lella.

Donde antes estaba buena parte del tejado, un gran agujero humeante contribuía al remolino de humo del cielo. Los escaparates de Le Borsette di Lella estaban llenos de astillas y briznas ennegrecidas. La tienda de bolsos parecía el interior desconchado de una mina de carbón. La explosión lo había quemado todo hasta dejarlo irreconocible.

—¡Ay, Dios mío, no! —gritó Michele.

El padre de Pino soltó la funda de su violín y cayó de rodillas entre sollozos. Pino no había visto nunca llorar a su padre o, al menos, no creía haberlo visto y se sintió abatido, triste y humillado al ser testigo del dolor de Michele.

—Vamos, papá —dijo mientras trataba de poner de pie a su padre.

—Ha desaparecido todo —lloraba Michele—. Nuestra vida ha desaparecido.

—Tonterías —dijo el tío Albert a la vez que agarraba el otro brazo de su cuñado—. Tienes dinero en el banco, Michele. Si necesitas un préstamo, yo te lo doy. Un apartamento, los muebles, los bolsos… los puedes recuperar.

—No sé cómo voy a contárselo a Porzia —dijo el padre de Pino con voz débil.

—Michele, actúas como si tú tuvieses algo que ver con que una bomba al azar haya alcanzado tu casa —resopló el tío Albert—. Dile la verdad y empieza de nuevo.

—Mientras tanto, quedaos en nuestra casa —propuso tía Greta.

Michele se dispuso a asentir pero, entonces, miró enérgico a Pino.

—Tú no.

—¿Papá?

—Tú te vas a Casa Alpina. Estudiarás allí.

—No. Yo quiero estar en Milán.

El padre de Pino se puso furioso.

—¡No te vas a quedar aquí! No tienes voz ni voto en este asunto. Eres mi primogénito. No voy a permitir que mueras por culpa del azar, Pino. Yo… no podría soportarlo. Ni tampoco tu madre.

Pino se quedó pasmado ante el estallido de su padre. Michele era de los que se preocupaban por las cosas y le daban muchas vueltas a todo, no de los que se enfurecían y gritaban y, mucho menos aún, en las calles de San Babila, donde se ponía la atención en los cotilleos del mundo de la moda y jamás se olvidaban.

—Vale, papá —respondió Pino en voz baja—. Me iré de Milán. Iré a Casa Alpina si es lo que quieres que haga.

SEGUNDA PARTE

Las catedrales de Dios

5

En la estación central de ferrocarril, a última hora de una mañana de la semana siguiente, Michele puso un fajo de liras en la mano de Pino.

—Te enviaré tus libros y habrá alguien esperándote en tu parada. Sé bueno y dales un abrazo de mi parte a Mimo y al padre Re.

—Pero ¿cuándo voy a volver?

—Cuando no sea peligroso.

Pino lanzó una mirada de tristeza a Tullio, que se encogió de hombros, y después al tío Albert, que bajó los ojos a sus zapatos.

—Esto no está bien —dijo, furioso mientras cogía del suelo una mochila llena de ropa y se subía al tren. Tomó asiento en un vagón casi vacío y miró por la ventanilla, enojado.

Le estaban tratando como a un niño. Pero ¿se había puesto de rodillas a llorar en público? No. Pino Lella había recibido el golpe y se había quedado de pie como un hombre. Pero ¿qué se suponía que tenía que hacer? ¿Desafiar a su padre? ¿Salirse del tren? ¿Irse a la casa de los Beltramini?

El tren empezó a sacudirse y a chirriar al salir de la estación y atravesó el patio de maniobras, donde unos soldados alemanes vigilaban a hordas de hombres con la mirada perdida, muchos de ellos con andrajosos uniformes grises, que cargaban en vagones remolque cajones de piezas de tanque, rifles, ametralladoras, bombas y munición. Tenían que ser prisioneros, pensó, y eso le enfadó. Pino sacó la cabeza por la ventanilla y se quedó mirándolos mientras el tren salía del patio.

Tras dos horas de viaje, el tren atravesaba las laderas de las montañas que había por encima del lago de Como en dirección a los Alpes. En condiciones normales, Pino habría observado con cariño el lago, pues pensaba que era el más bonito del mundo, sobre todo la ciudad de Bellagio, en la península de la parte sur. El magnífico hotel que allí había era como un castillo rosa de un cuento fantástico.

Pero, en lugar de eso, la atención del muchacho estaba fija más abajo de las vías del tren, donde entreveía la carretera que rodeaba la costa este del lago de Como y una larga fila de camiones llenos de hombres sucios, muchos parecidos a los de uniforme de apagado color gris que había visto en el patio de maniobras de la estación. Eran cientos, quizá miles.

¿Quiénes eran?, se preguntó. ¿Dónde los habrían apresado? ¿Y por qué?

Seguía pensando en aquellos hombres cuarenta minutos y un trasbordo después, cuando se bajó en la ciudad de Chiavenna.

Los soldados alemanes allí apostados no le hicieron caso. Pino salió de la estación sintiéndose bien por primera vez ese día. Era la primera hora de una tarde cálida y soleada de otoño. El aire era dulce y limpio y él se dirigía al interior de las montañas. Ya nada podía salir mal, pensó. Al menos, no ese día.

—Oye, tú, niño —gritó una voz.

Un tipo enjuto, aproximadamente de la edad de Pino, estaba apoyado en un Fiat cupé de dos puertas. Llevaba pantalones de lona de trabajo y una camiseta blanca manchada de grasa. Un cigarrillo ardía entre sus labios.

—¿A quién llamas niño? —preguntó Pino.

—A ti. ¿Eres el niño Lella?

—Pino Lella.

—Alberto Ascari —dijo él tocándose el pecho con el pulgar—. Mi tío me ha dicho que venga a recogerte y te lleve a Madesimo. —Ascari tiró el cigarrillo y extendió la mano, que era casi tan grande como la de Pino y, para su sorpresa, más fuerte.

—¿Dónde has aprendido a apretar así la mano? —preguntó Pino después de que Ascari casi le rompiera la suya.

Este sonrió.

—En el taller de mi tío. Mete tus cosas ahí detrás, niño.

A Pino le molestaba lo de «niño» pero, por lo demás, Ascari le parecía bastante decente. Abrió la puerta del pasajero. El interior del coche estaba impoluto. Una toalla cubría el asiento del conductor para protegerlo de la grasa.

Ascari puso el coche en marcha. El sonido del motor no era como el de ningún otro Fiat que hubiese oído Pino antes, era un rugido profundo y gutural que parecía hacer temblar todo el chasis.

—Este no es un motor normal —observó.

Ascari sonrió y metió la marcha del coche.

—¿Es que un piloto de coches de carreras iba a tener un motor o una transmisión normal en su propio coche?

—¿Eres piloto de carreras? —preguntó Pino con tono escéptico.

—Voy a serlo —respondió Ascari antes de pisar el embrague.

Salieron de la estación de ferrocarril con un chirrido y se incorporaron a la carretera de adoquines. El Fiat derrapó a un lado antes de que Ascari moviera el volante hacia el otro. Los neumáticos tomaron tracción. Ascari cambió de marcha y pisó el acelerador.

Pino estaba clavado contra el asiento del pasajero, pero consiguió apoyar bien pies y brazos antes de que Ascari atravesara a toda velocidad una pequeña plaza, esquivara con destreza un camión lleno de gallinas y cambiara de marcha por tercera vez. Seguían acelerando cuando salieron de la ciudad.

La carretera del Puerto del Spluga ascendía por una serie de chicanes, curvas a derecha e izquierda, en paralelo a un arroyo que iba por el fondo de un valle escarpado que atravesaba los Alpes en dirección norte, hacia Suiza. Ascari conducía por el Spluga con maestría, precipitando el coche en cada curva y adelantando a los pocos vehículos que encontraban en el camino como si estuviesen parados.

Durante todo ese rato, las emociones de Pino cambiaban a toda velocidad desde el puro miedo hasta la feliz euforia, la envidia y la admiración. Hasta que llegaron a las afueras de la ciudad de Campodolcino, Ascari no redujo la velocidad.

—Te creo —dijo Pino con el corazón latiéndole aún con fuerza.

—¿Qué quieres decir? —preguntó Ascari, confundido.

—Que creo que algún día serás piloto de carreras —le aclaró Pino—. Alguien famoso. Nunca he visto a nadie conducir así.

La sonrisa de Ascari no habría podido ser mayor aunque lo hubiese intentado.

—Mi padre era mejor. Campeón del Grand Prix europeo antes de morir. —Levantó la mano derecha del volante y apuntó con el dedo índice hacia el parabrisas en dirección al cielo—. ¡Si Dios quiere, papá, seré campeón de Europa y hasta campeón del mundo!

—Yo así lo creo —repitió Pino, meneando la cabeza con asombro antes de levantar los ojos hacia el escarpado y gris barranco que se elevaba más de cuatrocientos cincuenta metros por encima del lado oriental de la ciudad. Abrió la ventanilla, sacó la cabeza y miró hacia la cumbre del barranco.

—¿Qué estás buscando? —preguntó Ascari.

—A veces, se puede ver la cruz en lo alto del campanario.

—Está justo encima de aquí —dijo Ascari—. Hay un hueco en el barranco. Esa es la única razón por la que se puede ver. —Apuntó por el parabrisas—. Allí.

Por un momento, Pino pudo entrever la cruz blanca y la parte superior del campanario de la capilla de Motta, el asentamiento de montaña más alto de esa parte de los Alpes. Por primera vez en ese día, se permitió sentirse aliviado por haber salido de Milán.

Ascari condujo por la traicionera carretera de Madesimo, un camino empinado, estrecho y lleno de baches y de altibajos que rodeaba la pronunciada ladera de la montaña. No había guardarraíles ni arcenes en muchos de los tramos y, en varias ocasiones durante el ascenso, Pino estuvo seguro de que Ascari iba a hacer caer el coche por el lateral del barranco. Pero él parecía conocer cada centímetro de la carretera, pues giraba el volante o pisaba el freno y se deslizaban por cada curva con tanta fluidez que Pino habría jurado que iban sobre la nieve y no sobre piedras.

—¿Sabes esquiar así? —preguntó Pino.

—No sé esquiar —respondió Ascari.

—¿Qué? ¿Vives en Madesimo y no sabes esquiar?

—Mi madre me envió aquí para que estuviese a salvo. Trabajo en el taller de mi tío y conduzco el coche.

—Esquiar es igual que conducir —dijo Pino—. Son las mismas técnicas.

—¿Tú esquías bien?

—He ganado algunas carreras. Eslalon.

El chófer pareció impresionado.

—Entonces, vamos a ser amigos. Tú me enseñas a esquiar y yo a conducir.

Pino no habría podido ocultar su sonrisa aunque lo hubiese intentado.

—Trato hecho.

Llegaron al diminuto pueblo de Madesimo, que contaba con una posada de piedra y tejado de pizarra, un restaurante y varias docenas de casas alpinas.

—¿Hay chicas por aquí? —preguntó Pino.

—Conozco a unas cuantas de abajo. Les gusta subirse a coches rápidos.

—Deberíamos salir alguna vez a dar una vuelta en el coche con ellas.

—¡Ese plan me gusta! —exclamó Ascari a la vez que se detenía—. ¿Conoces el camino desde aquí?

—Podría hacerlo con los ojos vendados en medio de una tormenta de nieve —contestó Pino—. Puede que baje los fines de semana y me quede en la posada.

—Ven a verme si lo haces. Nuestra tienda está detrás de la posada. No tiene pérdida.

Extendió la mano. Pino hizo una mueca.

—No me rompas los dedos esta vez.

—Qué va —dijo Ascari antes de estrechar con fuerza su mano—. Encantado de conocerte, Pino.

—Lo mismo digo, Alberto —respondió Pino. Cogió su mochila y salió del coche.

Ascari se alejó con un derrape y se despidió sacando la mano por la ventanilla.

Pino se quedó allí un momento, con la sensación de que había conocido a alguien importante en su vida. A continuación, se puso la mochila a la espalda y empezó a caminar por una vereda que se adentraba en el bosque. El camino se fue haciendo cada vez más empinado hasta que, una hora después de comenzar el ascenso, salió del bosque a una planicie alpina por debajo de una pared rocosa que se elevaba casi mil doscientos metros hasta un risco de piedra llamado Pizzo Groppera.

La altiplanicie de Motta tenía una anchura de varios cientos de metros y estaba rodeada por el Groppera por el lado sudeste. El límite occidental del ancho bancal terminaba con un pequeño bosque de píceas que llevaba hasta el borde del elevado barranco que descendía hasta Campodolcino. A última hora del día, con el sol como cobre repujado brillando sobre los Alpes otoñales, Pino se maravilló como siempre ante el atardecer. El cardenal Schuster tenía razón: estar en Motta era como salir al balcón de una de las más imponentes catedrales de Dios.

Motta estaba apenas más urbanizada que Madesimo. Había varias cabañas de estilo alpino en la base oriental del risco y, al sudoeste, situada al fondo en dirección a aquellos barrancos y píceas, la pequeña capilla católica que Pino había atisbado desde abajo y un edificio mucho más grande de piedra y madera. Más feliz de lo que se había sentido en varios meses, Pino empezó a oler a pan recién hecho y a algo delicioso y con ajo a medida que se acercaba al rústico edificio. El estómago le rugió.

Agachó la cabeza bajo el techo de la entrada, se detuvo ante la pesada puerta de madera y extendió la mano hacia una cuerda que colgaba de la pesada campana de latón colocada sobre un cartel que decía: «Casa Alpina. Todos los agotados viajeros son bienvenidos». Pino tiró dos veces de la cuerda.

El sonido de la campana resonó por los flancos de la montaña que tenía detrás. Oyó un vocerío de niños seguido de unos pasos. La puerta se abrió.

—Hola, padre Re —dijo Pino a un fornido sacerdote de unos cincuenta años. El hombre, apoyado en un bastón, llevaba una sotana negra, un alzacuellos blanco y unas botas de montaña de piel con clavos.

El padre Re abrió los brazos.

—¡Pino Lella! Justo esta mañana he oído que venías otra vez a quedarte conmigo.

—Los bombardeos, padre —dijo Pino emocionándose al abrazar al sacerdote—. Es terrible.

—Eso me han dicho también, hijo mío —contestó el padre Re con tono más serio—. Pero ven, entra antes de que se vaya el calor.

—¿Qué tal tiene la cadera?

—A veces mejor y, otras, peor —respondió el padre Re cojeando al apartarse para dejar pasar a Pino.

—¿Cómo se lo ha tomado Mimo, padre? —preguntó Pino—. Me refiero a lo de nuestra casa.

—Deberías ser tú quien se lo diga —contestó el padre Re—. ¿Has comido?

—No.

—Entonces, eres de lo más oportuno. Deja tus cosas ahí por ahora. Después de la cena te diré dónde vas a dormir.

Pino siguió al sacerdote, que caminaba torpemente en dirección al comedor, donde cuarenta chicos llenaban las toscas mesas y los bancos. Una lumbre resplandecía en una chimenea de piedra en el otro extremo de la sala.

—Ve a cenar con tu hermano —dijo el padre Re—. Y, luego, ven a tomarte el postre conmigo.

Pino vio que Mimo entretenía a sus amigos con alguna anécdota. Se acercó a su hermano por detrás y le habló con voz chillona.

—Oye, señor Bajito, déjame sitio.

Con quince años, Mimo era uno de los chicos de más edad de la sala y, claramente, solía ser el centro de todo. Cuando se giró, su expresión estaba endurecida, como si estuviese a punto de enseñarle a ese niño de voz chillona un par de cosas por no saber cuál era su sitio. Pero, entonces, Mimo reconoció a su hermano mayor y lo miró con una sonrisa perpleja.

—¿Pino? ¿Qué haces aquí? Dijiste que nunca... —El miedo acabó con el entusiasmo de Mimo—. ¿Qué ha pasado?

Pino se lo contó. A su hermano menor le costaba creerlo y se quedó mirando la oscura tarima del suelo del comedor durante un largo rato antes de levantar la cabeza.

—¿Dónde vamos a vivir?

—Papá y el tío Albert van a buscar un apartamento y un sitio nuevo para la tienda —contestó Pino a la vez que se sentaba a su lado—. Pero supongo que, hasta entonces, tú y yo vamos a vivir aquí.

—Tu cena de esta noche —dijo un hombre con voz estridente—. Pan recién hecho, mantequilla recién batida y estofado de pollo *à la Bormio*.

Pino miró hacia la cocina y vio un rostro familiar. Una bestia de hombre con una mata de pelo negro y despeinado y unas manos peludas y enormes, el hermano Bormio estaba dedicado por completo al padre Re. Actuaba como ayudante del sacerdote en todo tipo de asuntos. También era el cocinero de Casa Alpina, y muy bueno.

El hermano Bormio supervisó el movimiento de cacerolas humeantes del estofado. Cuando estuvieron colocadas en las mesas, el padre Re se puso de pie.

—Muchachos, debemos dar las gracias por este día y por todos los días, por muy imperfectos que sean. Inclinad vuestras cabezas y dad gracias a Dios. Tened fe en Él y en un mañana mejor.

Pino había oído al sacerdote pronunciar esas palabras cientos de veces y aún le conmovían, le hacían sentir pequeño e insignificante mientras agradecía a Dios el haberle alejado de los bombardeos, haber conocido a Alberto Ascari y estar de vuelta en Casa Alpina.

A continuación, el padre Re expresó su agradecimiento por la comida que había en la mesa y les invitó a empezar.

Tras un largo día de viaje, Pino devoró casi una rebanada entera del pan negro de Bormio y tres cuencos de su celestial estofado de pollo.

—Déjanos algo a los demás —se quejó Mimo en un momento dado.

—Yo soy más grande —contestó Pino—. Tengo que comer más.

—Ve a la mesa del padre Re. Él apenas come nada.

—Buena idea —dijo Pino. Revolvió el pelo de su hermano y esquivó el puñetazo que le lanzó.

Pino avanzó entre las mesas y bancos hacia donde el padre Re estaba sentado con el hermano Bormio, quien se tomaba un descanso mientras fumaba un cigarrillo liado a mano.

—¿Te acuerdas de Pino, hermano Bormio? —preguntó el padre Re.

Bormio soltó un gruñido y asintió. El cocinero cogió dos cucharadas más de estofado y dio otra calada a su pitillo antes de hablar.

—Voy a por el postre, padre.

—¿*Strudel*? —preguntó el padre Re.

—Con manzanas y peras frescas —dijo Bormio con tono de satisfacción.

—¿Cómo las has conseguido?

—Por un amigo —respondió Bormio—. Un muy buen amigo.

—Que Dios bendiga a tu amigo. Tráenos dos raciones a cada uno si hay suficiente —dijo el padre Re antes de mirar a Pino—. Hay un límite para las cosas de las que puede privarse un hombre.

—¿Cómo dice, padre?

—Los postres son mi único vicio —dijo el sacerdote riéndose y frotándose la barriga—. Ni siquiera puedo renunciar a ellos en Cuaresma.

El *strudel* de pera y manzana estaba a la altura de cualquier dulce que Pino hubiese comprado en su panadería preferida de San Babila y dio gracias por que el padre Re le hubiese pedido dos raciones. Después, se quedó tan lleno que se sentía somnoliento y satisfecho.

—¿Recuerdas el camino hasta Val di Lei, Pino? —le preguntó el padre Re.

—El camino más fácil es ir hacia el sudeste hasta el sendero del Passo Angeloga, el Paso del Ángel, y, después, ir hacia el norte.

—Por encima del pueblo de Soste —asintió el padre Re—. Un conocido tuyo fue por ese camino sobre el Passo Angeloga, hasta Val di Lei la semana pasada.

—¿Quién?

—Barbareschi. El seminarista. Dijo que te vio con el cardenal Schuster.

Le parecía como si eso hubiera sucedido siglos atrás.

—Le recuerdo. ¿Está aquí?

—Ha salido para Milán esta mañana. Debéis de haberos cruzado en algún momento de vuestro viaje de hoy.

Pino no dio mucha importancia a aquella coincidencia y, por un momento, se quedó mirando el resplandeciente fuego y se sintió de nuevo hipnotizado y somnoliento.

—¿Ese es el único camino por el que has ido? —preguntó el padre Re—. ¿Hasta Val di Lei?

Pino se quedó pensando antes de responder.

—No. He ido dos veces por la ruta del norte desde Madesimo y otra por la más difícil, subiendo desde aquí y pasando por la cumbre del Groppera.

—Bien —dijo el sacerdote—. No lo recordaba.

Entonces, el sacerdote se puso de pie, se llevó dos dedos a la boca y dio un fuerte silbido. La habitación quedó en silencio.

—Los que van a fregar que vayan con el hermano Bormio. Para el resto: hay que recoger las mesas y limpiarlas y, después, tenéis que estudiar.

Mimo y los demás chicos parecían conocer la rutina y se dispusieron a cumplir con sus obligaciones, sorprendentemente, sin apenas refunfuñar. Pino recuperó su mochila y siguió al padre Re pasando junto a la entrada por dos grandes dormitorios hasta un estrecho cubículo con literas pegadas a la pared y una cortina por el frontal.

—No es mucho, sobre todo para alguien de tu tamaño, pero es lo mejor que podemos darte por ahora —dijo el padre.

—¿Quién más está conmigo?

—Mimo. Hasta ahora ha estado aquí solo.

—Se va a alegrar mucho.

—Os dejaré que los dos os las apañéis —dijo el sacerdote—. Sois mayores que el resto, así que no espero que sigáis sus normas. Estas son las vuestras: tenéis que subir cada día por una ruta que yo os diga. Y tendréis que estudiar, al menos tres horas al día de lunes a viernes. Los sábados y domingos los tenéis libres. ¿Te parece bien?

Le parecía mucho caminar, pero a Pino le encantaba estar en las montañas, así que respondió:

—Sí, padre.

—Te dejo para que saques tus cosas —dijo el padre Re—. Me alegra que estés aquí de nuevo, joven amigo. Me estoy dando cuenta ahora de que tenerte con nosotros puede resultar de gran ayuda.

Pino sonrió.

—Yo me alegro de haber vuelto, padre. Les he echado de menos a usted y a Motta.

El padre Re guiñó un ojo, dio un par de golpes en el marco de la puerta con su bastón y se marchó. Pino despejó dos estantes y puso la ropa de su hermano en la litera de arriba. Después, vació su mochila y colocó sus libros, su ropa y las piezas de su radio de onda corta, que había llevado escondida entre la ropa, a pesar del peligro que habría corrido si los nazis le hubiesen registrado el equipaje. Tumbado en la litera de abajo, Pino escuchó un informe de la BBC sobre los avances de los aliados y, después, se quedó dormido.

—Eh —dijo Mimo una hora después—. ¡Ahí es donde duermo yo!

—Ya no —contestó Pino, despertándose—. Ahora duermes en la litera de arriba.

—Yo estaba aquí antes —protestó Mimo.

—El que lo encuentra se lo queda.

—¡Yo no había perdido mi litera! —gritó Mimo antes de lanzarse sobre Pino para tratar de sacarlo a rastras de la cama.

Pino era mucho más fuerte, pero Mimo tenía corazón de guerrero y jamás aceptaba una derrota. Mimo hizo que Pino sangrara por la nariz antes de que este pudiera acorralarle contra el suelo.

—Has perdido —dijo.

—No —farfulló Mimo revolviéndose para tratar de soltarse—. Es mi cama.

—Hacemos una cosa. Cuando yo me vaya los fines de semana, podrás usarla. Cuatro o cinco días a la semana es mía y dos o tres es tuya.

Eso pareció tranquilizar a su hermano.

—¿Adónde vas a ir los fines de semana?

—A Madesimo —contestó Pino—. Tengo allí un amigo que me va a enseñar a arreglar coches y a conducirlos como un campeón.

—Eso es mentira.

—Es la verdad. Me ha traído desde la estación del tren. Alberto Ascari. El mejor conductor que he visto. Su padre fue campeón de Europa.

—¿Y por qué te va a enseñar?

—Es un intercambio. Yo le voy a enseñar a esquiar.

—¿Crees que a mí también me puede enseñar a conducir? Es decir, yo esquío mejor que tú.

—Tú deliras, hermanito. Pero ¿qué te parece si yo te enseño lo que el gran Alberto Ascari me enseñe a mí?

Mimo se quedó pensándolo.

—Trato hecho.

Más tarde, cuando apagaron la luz y Pino se enterró entre las mantas, se preguntó si Milán estaría siendo bombardeada, cómo estaría su familia y si Carletto estaría durmiendo en aquel prado de la colina o si estaría despierto y viendo cómo más partes de la ciudad ardían entre las llamas envueltas en humo. Y, por un segundo, pensó en Anna saliendo de la panadería, ese momento en que llamó su atención.

—¿Pino? —le llamó Mimo cuando él había empezado a dejarse llevar por el sueño.

—¿Sí? —respondió molesto.

—¿Crees que voy a crecer pronto?

—Cualquier día de estos.

—Me alegra que estés aquí.

Pino sonrió a pesar de la hinchazón de su nariz.

—Yo también me alegro de estar aquí.

6

Pino estaba soñando con carreras de coches cuando el padre Re le despertó sacudiéndolo a la mañana siguiente. Aún seguía oscuro afuera. El sacerdote era una silueta en medio de la luz de una linterna de mano que había dejado en el suelo en la puerta de la estrecha habitación de los hermanos.

—¿Padre? —susurró Pino con voz adormilada—. ¿Qué hora es?

—Las cuatro y media.

—¿Las cuatro y media?

—Levántate y vístete para salir a caminar. Tienes que ponerte en forma.

Pino sabía que era mejor no protestar. Aunque el sacerdote no tenía el carácter fuerte de su madre, podía ser tan tozudo y exigente como Porzia en sus peores días. Con personas de esa naturaleza, Pino había decidido hacía tiempo que era mejor apartarse de su camino o seguirles la corriente.

Cogió su ropa y fue al baño a vestirse. Unos pesados pantalones cortos de lona y piel, calcetines gruesos de lana que le subían por las pantorrillas y un par de botas nuevas y rígidas que su padre le había comprado el día antes. Por encima de su fina camisa de lana verde se puso un chaleco oscuro de lana.

El comedor estaba vacío, aparte de la presencia del padre Re y del hermano Bormio, que le había preparado unos huevos con jamón y tostadas. Mientras Pino comía, el cura le dio dos tarros de agua que quería que llevara en su mochila. También le entregó el almuerzo y un chubasquero por si llovía.

—¿Adónde voy? —preguntó Pino tratando de controlar un bostezo.

El padre Re tenía un mapa en la mano.

—Ve por el camino fácil hasta el Passo Angeloga por debajo de Pizzo Stella. Nueve kilómetros hasta allí. Nueve de vuelta.

¿Dieciocho kilómetros? Pino llevaba mucho tiempo sin caminar tanto, pero asintió.

—Ve directo al paso e intenta que nadie te vea por el sendero a menos que sea inevitable.

—¿Por qué?

El padre Re vaciló.

—Algunas personas de los pueblos de por aquí creen que el Paso del Ángel les pertenece. Es más fácil si te mantienes alejado de ellas.

Pino se sintió confundido tras oír aquello mientras salía con el estómago lleno y bajo la poca luz de antes del amanecer, caminando por el sendero que llevaba hacia el sudeste desde Casa Alpina. El camino serpenteaba por un trayecto fácil y largo que seguía el perfil de la montaña antes de inclinarse y perder elevación por el flanco sur del Groppera.

Cuando se acercaba a la parte de abajo, el sol se había elevado y brillaba sobre el pico de Pizzo Stella que tenía más adelante a la derecha. El aire olía tanto a pino y a abeto balsámico que le costaba recordar el olor fétido de las bombas.

Pino se detuvo allí, bebió agua y se comió la mitad del jamón, el queso y el pan que Bormio le había preparado. Se estiró un poco mientras miraba a lo lejos y pensaba en la advertencia del padre Re de que no le viera la gente que se creía dueña del paso. ¿Qué quería decir eso?

Colocándose de nuevo la mochila en los hombros, Pino volvió a emprender el camino en zigzag que llevaba hasta el Passo Angeloga, el Paso del Ángel, el puerto sur hacia Val di Lei. Hasta ese momento, había estado bajando por una larga ladera. Ahora el ascenso era casi constante y tenía que tomar grandes bocanadas de aire mientras las pantorrillas y los muslos le ardían.

El camino salió enseguida del bosque y los árboles quedaron reducidos a unos cuantos arbustos ralos de enebro retorcidos por el viento que se aferraban a los salientes rocosos. El sol aparecía por la cumbre iluminando otros matorrales, el musgo y los líquenes, todos ellos de apagados tonos naranjas, rojos y amarillos.

Tras recorrer tres cuartas partes de la pendiente hacia el puerto, las nubes empezaron a deslizarse por el cielo colgándose de la cima del Groppera muy por encima de Pino a su izquierda. El terreno parecido a la tundra dio lugar a campos de rocas y pedregales por debajo del collado. Aunque aún seguía siendo un sendero sólido, las piedras sueltas se resbalaban por debajo de sus botas nuevas y la piel rígida del calzado empezó a rozarle los talones y los dedos.

Su plan era llegar al montículo de rocas que había en medio del Paso del Ángel y quitarse las botas y los calcetines. Pero, tras tres horas de caminata, las nubes se volvieron más grandes, amenazadoras y grises. Se levantó viento. Al oeste pudo ver las inclinadas líneas oscuras de una tormenta.

Tras ponerse el chubasquero, Pino aceleró el paso hacia el montículo de piedras que había en el cruce de varios caminos en la cumbre del Passo Angeloga, incluido uno que llevaba hacia el collado del Groppera y otro hacia Pizzo Stella. La niebla comenzó a formar remolinos a su alrededor antes de que pudiera alcanzar el montículo.

Después, llegó la lluvia. Primero, unas cuantas gotas, pero Pino había estado en los Alpes con la suficiente frecuencia como para notar lo que se avecinaba. Tras desechar la idea de mirar el estado de sus pies y comer algo, tocó el montículo y se giró hacia el viento y la creciente tormenta. La lluvia se convirtió enseguida en un granizo del tamaño de canicas que golpeaba contra su capucha y que hizo que tuviera que levantar el brazo para cubrirse los ojos mientras volvía a bajar por la montaña.

El granizo golpeaba contra las rocas y piedras sueltas del camino, cubriéndolas de escarcha y obligando a Pino a avanzar más despacio. Finalmente, fue desapareciendo gracias al viento, pero la lluvia siguió cayendo en forma de aguacero sin tregua. El sendero se convirtió en un sumidero helado. Pino tardó más de una hora en llegar a los primeros árboles. Estaba empapado. Estaba congelado. Tenía los pies llenos de ampollas.

Cuando llegó donde el camino se dividía y volvió a subir hacia Motta y Casa Alpina, oyó unos gritos desde más adelante y hacia Soste. Incluso desde la distancia y a pesar de la lluvia, estuvo seguro de que la voz era de un hombre y de que estaba furioso.

Pino recordó la advertencia del padre Re de que no le vieran y sintió que el corazón se le aceleraba a la vez que se daba la vuelta y echaba a correr.

Al oír que los gritos del hombre se convertían en furia por detrás y por debajo de él, Pino corrió por el sendero cuesta arriba hacia el interior de los árboles y no redujo la velocidad durante casi quince minutos. Parecía como si los pulmones le fueran a estallar. Se quedó encorvado, dando bocanadas de aire y sintiendo náuseas por el esfuerzo y la altitud. Pero ya no oía los gritos, solo la lluvia goteando desde los árboles y, en algún lugar mucho más abajo, el leve silbido de un tren. Al seguir su camino, se encontró bien y soltó una carcajada por haber esquivado al hombre.

La lluvia empezaba a amainar cuando Pino llegó a Casa Alpina. Había estado fuera cinco horas y quince minutos.

—¿Por qué has tardado tanto? —preguntó el padre Re apareciendo en el recibidor—. Yo he mantenido la fe, pero el hermano Bormio estaba empezando a preocuparse.

—El granizo —contestó Pino, tiritando.

—Quítatelo todo menos la ropa interior y acércate a la chimenea —dijo el padre Re—. Voy a mandar a Mimo para que te traiga ropa seca.

Pino se quitó las botas y los calcetines e hizo una mueca de desagrado al ver las feas ampollas, todas ellas reventadas y de un fuerte color rojo.

—Vamos a ponerte yodo y sal ahí —dijo el padre Re.

Pino se encogió. Cuando se quedó en ropa interior, empezó a castañetear, se abrazó el pecho y fue renqueando al interior del comedor, donde los cuarenta niños estudiaban en silencio bajo la mirada atenta del hermano Bormio. En el instante en que vieron a Pino casi desnudo caminando con andar torpe y exagerado hacia la chimenea, estallaron en carcajadas y Mimo se reía más fuerte que ninguno. Incluso el hermano Bormio parecía encontrarlo divertido.

Pino los saludó con la mano, sin importarle nada, pues solo quería acercarse todo lo posible al fuego. Se quedó varios minutos junto a la cálida chimenea, poniendo su cuerpo de un lado y de otro hasta que Mimo llegó con ropa seca. Cuando Pino se hubo vestido, el padre Re se acercó con una taza de té caliente y un cubo lleno con agua caliente y salada para sus pies. Pino se bebió el té, agradecido, y tuvo que apretar los dientes cuando metió los pies en el agua salada.

El sacerdote le pidió a Pino un resumen completo del ejercicio matutino. Él le contó todo, incluido su encuentro con el hombre furioso de Soste.

—¿No has llegado a verle la cara?

—Estaba un poco lejos y llovía —respondió Pino.

El padre Re se quedó pensando.

—Después de comer puedes echarte una siesta, y luego me debes tres horas de estudio.

Pino bostezó y asintió. Comió como un toro, fue cojeando hasta su litera y cayó rendido en el momento en que apoyó la cabeza en la almohada.

A la mañana siguiente, el padre Re le despertó con una sacudida una hora después que el día anterior.

—Levántate —dijo—. Te espera otra escalada. El desayuno estará dentro de cinco minutos.

Pino se movió, se sentía algo dolorido, pero las ampollas estaban mejor tras el baño de sal.

Aun así, se vistió como si estuviera entre una bruma tan espesa como la que había encontrado el primer día. Era un adolescente en edad de crecer. Le gustaba dormir mucho y no podía dejar de bostezar mientras se dirigía con cautela y sin zapatos hacia el comedor. El padre Re le esperaba con comida y un mapa topográfico.

—Hoy quiero que flanquees hacia el norte —dijo el padre Re señalando con el dedo las anchas líneas que delimitaban el bancal de Motta, incluido el camino de tierra que bajaba por la montaña hasta Madesimo, y, después, una serie de líneas finas que indicaban la cada vez más pronunciada pendiente que había más allá—. Quédate arriba al cruzar la cara de la montaña por aquí y por aquí. Encontrarás senderos de caza que te ayudarán a atravesar esta quebrada. Y, finalmente, terminarás aquí, en este prado, subiendo la pendiente desde Madesimo. ¿Lo reconocerás?

Pino se quedó mirando el mapa.

—Creo que sí, pero ¿por qué no evito esa cara, bajo a Madesimo por el camino de coches y, después, subo directo hasta ese lugar? Sería más rápido.

—Lo sería —convino el padre Re—. Pero no me interesa tu velocidad, solo que sepas encontrar el camino sin ser visto.

—¿Por qué?

—Tengo mis motivos y, por ahora, me los reservo para mí. Es más seguro así.

Eso no hizo más que aumentar la confusión de Pino.

—De acuerdo —dijo—. Y, después, ¿vuelvo por el mismo camino?

—No —respondió el sacerdote—. Quiero que escales hasta la cuenca del circo norte. Busca el sendero de caza que asciende hasta Val di Lei. No lo subas a menos que sientas que estás preparado. Puedes volver a intentarlo otro día.

Pino soltó un suspiro, pues sabía que iba a sufrir otra ardua caminata.

El tiempo no suponía un problema. Era una hermosa mañana de finales de septiembre en los Alpes del sur. Pero los músculos de Pino y sus ampollas vendadas le molestaban mientras se movía por los pasos elevados de la cara occidental del Groppera y por la quebrada bloqueada por viejos troncos y restos de avalanchas. Tardó más de dos horas en llegar al prado que el padre Re le había mostrado en el mapa. Empezó a ascender entre el espeso pasto alpino, cuyo color marrón ya había empezado a aclararse.

«Como el cabello de Anna», pensó Pino, examinando las hebras que rodeaban a las vainas, maduras y listas para esparcirse con el viento. Recordó a Anna por la acera que había al otro lado de la panadería y cómo él había corrido hasta ella. Su pelo era justo así, pensó, solo que más exuberante. A medida que iba subiendo, los suaves tallos de hierba que le rozaban las piernas desnudas le hacían sonreír.

Noventa minutos después, llegó al circo norte. Era como el interior de un volcán, con escarpadas paredes de trescientos metros a izquierda y derecha, y accidentados y afilados dientes de piedra en la parte de la cumbre. Pino encontró el camino de cabras y pensó en subirlo, pero decidió que no merecía la pena intentarlo teniendo los pies como carne picada. En lugar de ello, bajó directo hasta Madesimo.

Llegó al pueblo a la una de esa tarde de viernes, fue a la posada, comió y reservó una habitación. Los posaderos eran personas amables con tres hijos, incluido Nicco, de siete años.

—Sé esquiar —alardeó Nicco ante Pino mientras este devoraba su comida.

—Yo también —contestó Pino.

—No tan bien como yo.

Pino sonrió.

—Puede que no.

—Te llevaré a esquiar cuando nieve —dijo el niño—. Te lo demostraré.

—Estoy deseándolo —respondió Pino revolviendo el pelo de Nicco.

Dolorido, pero ya sin hambre, Pino fue a buscar a Alberto Ascari, pero el taller de reparaciones no estaba abierto. Dejó una nota en la que le contaba a Ascari que pensaba regresar por la noche y volvió a Casa Alpina.

El padre Re escuchó con atención el relato de Pino de cómo había atravesado la cara escarpada del Groppera y había decidido no subir por el circo norte.

El sacerdote asintió.

—No es bueno ir por las rocas si no estás listo. Pronto lo estarás.

—Padre, cuando termine de estudiar, voy a bajar a Madesimo a pasar la noche y ver a mi amigo Alberto Ascari —dijo Pino.

Cuando el padre Re le miró con los ojos entrecerrados, Pino le recordó que los fines de semana los tenía libres.

—Sí que dije eso —contestó el sacerdote—. Vete, diviértete y descansa, pero debes estar preparado para empezar de nuevo el lunes por la mañana.

Pino se echó una siesta y, después, estudió historia antigua y matemáticas antes de leer la obra *Los gigantes de la montaña*, de Luigi Pirandello. Eran más de las cinco cuando se dispuso a bajar por el camino hasta Madesimo con sus zapatos de calle. Los pies le estaban matando, pero fue cojeando hasta la posada, entró en ella y pasó el rato contando al pequeño Nicco historias sobre carreras de esquí. Después fue a casa del tío de Ascari.

Alberto abrió la puerta, le dio la bienvenida e insistió en que entrara para cenar. Su tía era mejor cocinera que el hermano Bormio, y eso ya era mucho decir. Al tío de Ascari le encantaba hablar de coches, así que congeniaron de maravilla. Pino se dio tal atracón que casi se quedó dormido durante el postre.

Ascari y su tío le ayudaron a regresar al hotel, donde Pino se quitó los zapatos de una patada, se tumbó en la cama y se quedó dormido con la ropa puesta.

Su amigo llamó a la puerta justo después de que amaneciera.

—¿Por qué te levantas tan temprano? —preguntó Pino entre bostezos—. Iba a…

—¿Quieres aprender a conducir o no? Se supone que los dos próximos días va a estar despejado, sin lluvia ni nieve, así que voy a enseñarte. Pero tú pagarás la gasolina.

Pino buscó sus zapatos. Tomaron un rápido desayuno en el comedor del hotel y, a continuación, salieron a por el Fiat de Ascari. Durante las siguientes cuatro horas, condujeron por encima de Campodolcino por la carretera que iba al Puerto del Spluga y a Suiza.

Por aquella serpenteante ruta, Alberto enseñó a Pino a leer los indicadores y a usarlos, a adaptarse al terreno, a las elevaciones y a los cambios de dirección. Le mostró cómo dejarse llevar por algunas curvas y cómo acortar por otras, y también el modo de usar el motor y las marchas en lugar de los frenos para mantener el control del coche.

Fueron hacia el norte hasta que vieron puestos de control alemanes y la frontera suiza detrás y dieron la vuelta. Durante el camino de regreso a Campodolcino, dos patrullas nazis les detuvieron para preguntarles qué estaban haciendo por aquella carretera.

—Le estoy enseñando a conducir —dijo Ascari, después de entregar sus documentaciones.

Los alemanes no parecían contentos con la explicación, pero les hicieron una señal para que continuaran.

Cuando regresaron al hotel, Pino se sentía más entusiasmado de lo que lo había estado en mucho tiempo. ¡Qué emocionante era conducir un coche como ese! ¡Qué regalo tan increíble le habían hecho al poder aprender de Alberto Ascari, el futuro campeón de Europa!

Pino volvió a cenar en casa de los Ascari y disfrutó escuchando a Alberto y a su tío hablar de mecánica de coches. Fueron al taller después de cenar y juguetearon con el Fiat de Alberto hasta casi la medianoche.

A la mañana siguiente, después de la misa de primera hora, salieron de nuevo a la carretera entre Campodolcino y la frontera suiza. Ascari le enseñó a Pino a sacarle partido a las crestas del camino y a mirar bien hacia delante siempre que pudiera para que su cerebro pensara ya en la mejor forma de llevar el coche a la velocidad óptima.

Durante el último trayecto por el puerto, Pino giró por una curva ciega a demasiada velocidad y casi chocó contra un vehículo alemán parecido a un jeep llamado Kübelwagen. Los dos coches dieron un volantazo y esquivaron por poco la colisión. Ascari miró hacia atrás.

—¡Están dando la vuelta! —dijo Alberto—. ¡Corre!

—¿No deberíamos parar?

—Querías una carrera, ¿no?

Pino pisó a fondo el acelerador. El coche de Ascari tenía un motor mejor y mucho más veloz que el vehículo del ejército y perdieron de vista a los nazis antes de salir de la ciudad de Isola.

—¡Dios, ha sido estupendo! —exclamó Pino con el corazón aún golpeándole en el pecho.

—¿Verdad que sí? —dijo Ascari, riéndose—. No lo has hecho nada mal.

Para Pino, aquello fue un gran elogio y se sentía de maravilla al salir para Casa Alpina con la promesa de regresar el viernes siguiente para continuar con las clases. La caminata de vuelta a Motta fue mucho menos dolorosa que la bajada dos días antes.

—Bien —dijo el padre Re cuando le enseñó los callos que se le estaban formando en los pies.

El sacerdote mostró también interés por sus anécdotas de las clases de conducción.

—¿Cuántas patrullas viste en la carretera del Puerto del Spluga?

—Tres —respondió Pino.

—Pero ¿solo os detuvieron dos?

—La tercera trató de detenernos, pero no pudieron alcanzarnos con el coche de Alberto.

—No les provoques, Pino. Me refiero a los alemanes.

—¿Qué quiere decir, padre?

—Quiero que practiques sin que te vean —dijo el padre Re—. Conducir un coche así hace que llames la atención. ¿Entiendes?

Pino no lo entendía. Al menos, no del todo, pero pudo ver la preocupación en los ojos del sacerdote y prometió no volver a hacerlo.

A la mañana siguiente, el padre Re despertó a Pino mucho antes del amanecer.

—Hoy también está el día claro —dijo—. Bueno para hacer escalada.

Pino soltó un gruñido, pero se vistió y encontró al sacerdote y su desayuno esperándole en el comedor. En el mapa topográfico, el padre Re le señaló una cresta dentada que empezaba unos cientos de metros en vertical justo por encima de Casa Alpina y que constituía una larga, empinada y serpenteante subida hasta la cumbre del Groppera.

—¿Puedes hacerlo solo o necesitas que alguien te guíe?

—Ya la he subido una vez —dijo Pino—. Las partes más duras están aquí, aquí y, luego, en esa chimenea y en la delgada cumbre.

—Si llegas a la chimenea y crees que no estás preparado todavía, no sigas avanzando —le advirtió el padre Re—. Date la vuelta y empieza a bajar. Y lleva un bastón. Hay varios en el establo. Ten fe en Dios, Pino, y mantente alerta.

7

Pino salió al amanecer y fue caminando directo hacia lo alto del Groppera. Contento por llevar el bastón, lo usó para atravesar un estrecho arroyo antes de ir hacia el sudeste en dirección a la cresta dentada. Unas placas rotas de roca arrancadas de la montaña a lo largo de miles de años hacían de la cuenca un terreno caótico y la marcha fue lenta hasta que llegó a la cola del espinazo de la montaña.

Desde ahí para arriba no habría un sendero definido, solo rocas y ocasionales penachos de hierba o tenaces matorrales. Al ver los barrancos que caían por ambos lados del espinazo, Pino supo que no se podía permitir ni un error. La única vez que había estado en la cresta —dos años atrás— había ido con otros cuatro muchachos y un amigo del padre Re que les había guiado desde Madesimo.

Pino trató de recordar cómo habían subido por una serie de escaleras destrozadas y traicioneros pasadizos que ascendían hasta la base de la aguja muy por encima de él. Tuvo unos momentos de duda y temor ante la idea de tomar la ruta equivocada, pero se obligó a tranquilizarse y a fiarse de su instinto, a enfrentarse a cada tramo conforme fuese llegando y a reevaluar la ruta a medida que avanzaba.

Subir al espinazo propiamente dicho era su primer desafío. Una columna de piedra erosionada por el viento y redondeada de unos dos metros de alto delimitaba la base de la cresta y parecía imposible de escalar. Pero, por el lado sur, las rocas estaban agrietadas y fragmentadas. Pino lanzó hacia arriba su bastón y oyó cómo traqueteaba hasta quedarse quieto. Colocó los dedos y la punta de sus botas dentro de grietas y sobre estrechos salientes y subió tras el bastón. Momentos después, estaba arrodillado sobre la cresta respirando con fuerza. Esperó a que los pulmones se le calmaran, cogió el bastón y se puso de pie.

Luego retomó su camino hacia arriba, encontrando su ritmo con cada pisada, interpretando el rompecabezas del terreno que tenía ante él y buscando el camino con menor complicación. Una hora después, se enfrentaba a otro gran desafío. Unos bloques de piedra que se habían escindido varias eras atrás obstruían el camino, salvo por una abrupta grieta en la pared de roca. Tenía una anchura de menos de un metro y era igual de profunda y subía como una sinuosa chimenea casi ocho metros desde la base hasta una cornisa.

Pino se quedó allí de pie varios minutos, sintiendo cómo el miedo iba invadiéndolo de nuevo. Pero, antes de que le dejara inmóvil, oyó la voz del padre Re diciéndole que tuviera fe y que se mantuviera alerta. Por fin, giró ciento ochenta grados y se metió en la grieta del risco. Apretó las manos y las botas contra las paredes de la chimenea. En ese momento, pudo maniobrar y subir con tres puntos de contacto que sostenían el movimiento del cuarto punto —una mano, un pie— mientras tanteaba y sondeaba una zona más elevada.

Tras subir seis metros, oyó el chillido de un halcón y miró desde la grieta la caída de la cresta en dirección a Motta. Había subido ya hasta una altura vertiginosa de la montaña y sintió un ataque de vértigo que casi le hizo perder el asidero de la roca. Eso le dio un susto de muerte. No podía caerse. No podría sobrevivir a una caída.

«Ten fe».

Ese pensamiento fue suficiente para que Pino siguiera subiendo por la chimenea hasta la cornisa, donde jadeó aliviado y dio gracias a Dios por haberle ayudado. Cuando recobró las fuerzas, se dirigió hacia la cumbre del sudoeste casi sin detenerse. La cumbre era escarpada y afilada, apenas de un metro de ancho en algunos puntos. Unas rampas de avalancha se precipitaban a cada lado del escarpado camino en dirección a la base de la abrupta aguja del Groppera, que tenía una altura de más de cuarenta metros y la forma de una punta de lanza torcida.

Pino no echó un segundo vistazo al peñasco con forma de daga. Estaba tratando de localizar el lugar donde los distintos hombros y clavículas de la montaña se juntaban bajo la base de la aguja. Encontró lo que estaba buscando y el corazón empezó a golpearle de nuevo con fuerza en el pecho. Cerró los ojos, se dijo que tenía que calmarse y tener fe. Tras hacerse la señal de la cruz, continuó, sintiéndose como un equilibrista al pasar entre las dos principales rampas de avalancha sin atreverse a dirigir la mirada ni a izquierda ni a derecha, concentrado en seguir avanzando lentamente hasta donde el paso se ensanchaba.

Al llegar al final de la pasarela, Pino se abrazó a los bloques de roca que sobresalían de la pared como si fuesen amigos a los que hacía tiempo que no veía. Cuando estuvo seguro de poder continuar, subió por los bloques, que eran irregulares —casi como una pila de ladrillos que se hubiese volcado—, pero estables, inmóviles, y pudo escalar más alto con relativa facilidad.

Cuatro horas y media después de salir de Casa Alpina, Pino llegó a la base del risco. Miró a su derecha y vio un cable de acero anclado en la roca que se extendía en horizontal alrededor de la aguja a la altura del pecho sobre una cornisa de unos dieciocho centímetros de ancho.

Con el estómago revuelto ante lo que tenía que hacer ahora, Pino respiró hondo varias veces para deshacerse de su creciente nerviosismo antes de extender la mano y agarrarse al flojo cable. Tanteó con la punta de su bota derecha y encontró un estrecho saliente. Era casi como estar en el saliente de la ventana de su dormitorio en casa. En cuanto pensó en ello de esa forma, pudo agarrarse con fuerza al cable y rodear la base del peñasco.

Cinco minutos después, Pino llegó a la cima de la cresta más ancha de la montaña, que daba al sur-sudeste, era amplia y estaba cubierta de montículos de liquen de color ámbar, musgo, edelweiss y áster alpino. Se tumbó boca arriba, jadeando bajo el sol del mediodía que caía a plomo sobre él. El ascenso le había parecido completamente distinto al de aquella vez en que le había guiado un hombre que había recorrido esa ruta treinta veces y le había ido mostrando cada asidero y cada punto de apoyo. La escalada había sido el mayor desafío físico de su vida. Había tenido que reflexionar constantemente, evaluar, confiar en la fe, que supo que se le agotaba, pues no era en absoluto fácil de mantener.

Pino tragó agua mientras pensaba: «Pero lo he hecho. He conseguido subir con mucho esfuerzo y solo».

Feliz, más seguro, dio gracias por ese día y por su comida y, a continuación, engulló el bocadillo que el hermano Bormio le había preparado. Encantado al ver que había más *strudel*, se lo comió despacio, saboreando cada bocado. ¿Alguna vez había comido algo que supiera mejor?

Pino sintió sueño y se tumbó, cerrando los ojos con la sensación de que en ese inolvidable lugar de la montaña y del cielo todo estaba en su sitio.

La llovizna le despertó.

Miró su reloj y se sorprendió al ver que eran casi las dos de la tarde. Las nubes le habían rodeado. No podía ver más allá de noventa metros montaña abajo. Con el chubasquero puesto, Pino se sirvió de los senderos de caza y de pastoreo para bordear en dirección este y norte. Una hora después, llegó al borde posterior del circo norte del Groppera.

Necesitó varios intentos antes de encontrar un camino que cruzara el interior empinado de la cuenca y, después, serpenteó hasta el punto donde se había dado la vuelta tres días antes. Se detuvo y se giró para mirar hacia arriba, hacia el lugar del que acababa de bajar. Después de los desafíos a los que se había enfrentado ese mismo día, ahora no le parecía para tanto.

Pero para cuando Pino acabó de bajar fatigosamente la montaña hasta Madesimo y después emprendió la subida de vuelta a Motta, estaba agotado. La luz iba menguando cuando llegó a Casa Alpina. El padre Re le esperaba en la sala junto al comedor, donde los chicos estudiaban y el aire estaba impregnado por el espléndido olor de la nueva creación del hermano Bormio.

—Llegas tarde —dijo el padre Re—. No quería que estuvieras ahí afuera por la noche.

—Yo tampoco quería bajar de la montaña a oscuras, pero es un camino largo, padre —se explicó—. Y la subida ha sido más complicada de lo que yo recordaba.

—Pero ¿tienes fe en que puedes volver a hacerla? —le preguntó el sacerdote.

Pino pensó en la chimenea, en la pasarela entre las rampas de avalancha y en el recorrido por el cable. No es que quisiera volver a pasar por todos ellos precisamente, pero respondió:

—Sí.

—Bien —dijo el padre Re—. Muy bien.

—Padre, ¿por qué estoy haciendo esto?

El sacerdote se quedó mirándolo antes de contestar.

—Estoy tratando de hacerte fuerte. Puede que necesites serlo dentro de unos meses.

Pino quiso preguntarle el porqué, pero el padre Re se había dado ya la vuelta.

Dos días después, el padre envió a Pino a hacer la ruta del Paso del Ángel hasta Val de Lei. Al día siguiente, Pino hizo la ruta de escalada oblicua al circo norte y subió por el camino de cabras casi hasta el borde. El tercer día, subió por el camino difícil, pero se sintió tan seguro que tardó una hora menos en llegar a las rampas de avalancha.

El tiempo se mantuvo durante el siguiente fin de semana y durante dos días más de clases de conducción. Sin olvidar la advertencia del padre Re, Pino y Ascari se alejaron de la carretera del Puerto del Spluga y practicaron por los caminos llenos de altibajos cerca de Madesimo.

El domingo por la tarde, recogieron a dos chicas de Campodolcino que Ascari conocía. Una era Titiana, amiga de Ascari, y la otra Frederica, amiga de Titiana. Se mostraba increíblemente tímida y apenas miraba a Pino, que quería gustarle, pero seguía pensando en Anna. Sabía que era una locura seguir pensando en ella. Apenas habían hablado tres minutos y no la había visto desde hacía casi cuatro meses. Además, le había dejado plantado. Aun así, tenía fe en volver a verla. Se había convertido en una fantasía a la que él se aferraba, una historia que se contaba cada vez que se quedaba solo o dudaba de su futuro.

Cuando Pino llegó a Casa Alpina tras otros tres días de dura escalada en la segunda semana de octubre de 1943, estaba agotado y hambriento. Se comió dos cuencos de «espaguetis Bormio» y se bebió varios litros de agua antes de poder levantar la cabeza y mirar por el comedor.

Allí estaban los chicos de siempre. Mimo comandaba una mesa entera al otro lado de la sala. Y el padre Re charlaba con unos invitados, dos hombres y una mujer. El hombre más joven tenía el pelo rubio. Su brazo rodeaba los hombros de la mujer, que era de piel clara y tenía unos ojos oscuros y angustiados. El hombre mayor vestía de traje, sin corbata, lucía un bigote y fumaba. Tosía mucho y tamborileaba suavemente con los dedos sobre la mesa cada vez que el sacerdote hablaba.

Pino se preguntaba adormilado quiénes serían. No era muy raro que hubiese visitas en Casa Alpina. A menudo iban padres. Y muchos excursionistas buscaban allí refugio durante las tormentas. Pero estos no eran excursionistas. Vestían con ropa de calle.

Pino se moría de ganas de meterse en la cama, pero sabía que al padre Re no le parecería bien. Estaba tratando de reunir fuerzas para ponerse a estudiar cuando el cura se acercó.

—Te has ganado un día de descanso mañana. Y puedes posponer los estudios hasta entonces. ¿De acuerdo?

Pino sonrió y asintió. No recordaba cómo había conseguido encontrar su litera y meterse en ella.

Cuando por fin se despertó, ya era pleno día y el sol brillaba por la ventana del fondo del pasillo. Mimo no estaba, y tampoco los demás chicos. Cuando entró en el comedor parecía vacío, salvo por esos tres visitantes, que mantenían una conversación acalorada entre susurros en el otro extremo de la sala.

—No podemos seguir esperando —decía el más joven—. Todo se está viniendo abajo. ¡Cincuenta en Meina! Están haciendo redadas en Roma mientras conversamos.

—Pero dijiste que estábamos a salvo —dijo la mujer, inquieta.

—Aquí, sí —contestó él—. El padre Re es un buen hombre.

—Pero ¿cuánto tiempo? —preguntó el hombre mayor a la vez que se encendía otro cigarrillo.

La mujer se dio cuenta de que el muchacho les miraba e hizo callar a los dos hombres. El hermano Bormio trajo café, pan y salami a Pino. Los visitantes salieron de la sala y él no pensó mucho más en ellos durante el resto del día, que pasó junto al fuego con sus libros.

Cuando Mimo y los chicos llegaron tras una larga caminata, era casi la hora de cenar y Pino no solo se sentía descansado, sino más en forma que en toda su vida. Aunque estaba haciendo mucho ejercicio, con las enormes cantidades de comida que el hermano Bormio le daba, Pino sentía que estaba ganando peso y músculos cada día.

—Pino —le llamó el padre Re mientras Mimo y otros dos muchachos colocaban los platos y los cubiertos sobre la larga mesa.

Pino dejó a un lado sus libros y se levantó de su silla.

—Sí, padre.

—Ven a verme después del postre, a la capilla.

Aquello le confundió. La capilla apenas se utilizaba para nada, aparte de la pequeña misa del domingo, normalmente al amanecer. Pero dejó a un lado su curiosidad y se sentó a bromear con Mimo y el resto de los chicos y, a continuación, les entretuvo con su relato de los peligros de la dura subida al Groppera.

—Un paso en falso ahí arriba y todo se habrá acabado —dijo.

—Yo puedo hacerlo —fanfarroneó Mimo.

—Empieza haciendo flexiones y sentadillas. Apuesto a que puedes.

Aquel desafío encendió a Mimo, como le pasaba con todos los desafíos, y Pino supo que su hermano estaba a punto de convertirse en un fanático de las flexiones, las dominadas y las sentadillas.

Después de que retiraran los platos, Mimo le preguntó a Pino si quería jugar a las cartas. Este se disculpó diciendo que iba a la capilla a hablar con el padre Re.

—¿De qué? —preguntó Mimo.

—Aún no lo sé —contestó Pino mientras cogía un gorro de lana del perchero junto a la puerta de la calle. Se lo puso y salió a la noche.

La temperatura había caído por debajo de los cero grados. Sobre él lucía un cuarto de luna y las estrellas parecían brillar como petardos. Un viento del norte le daba en las mejillas con los primeros síntomas del invierno mientras caminaba hacia la capilla, detrás de la cual se extendía una arboleda de altos abetos hasta el borde de la planicie. El padre Re estaba de rodillas en uno de los bancos, rezando, con la cabeza agachada. Pino cerró la puerta de la capilla sin hacer ruido y se sentó. Tras varios segundos, el sacerdote se hizo la señal de la cruz, usó su bastón para ponerse de pie y, a continuación, se acercó cojeando y se sentó a su lado.

—¿Crees que podrías hacer la mayor parte de la ruta del norte hasta Val di Lei de noche? —le preguntó el padre Re—. ¿Sin otra luz que la luna?

Pino se quedó pensando antes de responder.

—No por la cara del circo, pero sí todo el trayecto hasta ahí, creo.

—¿Cuánto tiempo de más supondría?

—Quizá una hora. ¿Por qué?

El padre Re respiró hondo antes de contestar:

—He estado rezando para encontrar una respuesta a esa pregunta, Pino. Una parte de mí quiere mantenerte en la ignorancia, hacer que todo siga siendo sencillo y que te concentres en tu tarea sin más. Pero Dios no hace que la vida sea sencilla, ¿verdad? No podemos decir nada. No podemos hacer nada.

Pino estaba confundido.

—¿Cómo dice, padre?

—Las tres personas que estaban esta noche en la cena. ¿Has hablado con ellos?

—No —contestó—. Pero les he oído decir algo sobre Meina.

El rostro del padre Re se volvió sombrío, dolido.

—Durante el último mes ha habido más de cincuenta judíos escondidos en Meina y en los pueblos de alrededor. Las tropas de las SS nazis encontraron a los judíos, los ejecutaron y los lanzaron al lago Maggiore.

Pino sintió que el estómago se le revolvía.

—¿Qué? ¿Por qué?

—Porque eran judíos.

Pino sabía que Hitler odiaba a los judíos. Incluso conocía a italianos a los que no les gustaban los judíos y que decían disparates sobre ellos. Pero ¿matarlos a sangre fría? ¿Simplemente por su religión? Eso iba más allá de la barbarie.

—No lo entiendo.

—Yo tampoco, Pino. Pero ahora es evidente que los judíos de Italia corren un grave peligro. Esta mañana he hablado con el cardenal Schuster por teléfono sobre ello.

El padre Re le contó que el cardenal le había dicho que, tras la masacre de Meina, los nazis extorsionaron a los judíos que aún quedaban en el gueto de Roma exigiéndoles un pago de cincuenta kilos de oro en treinta y seis horas a cambio de su seguridad. Los judíos habían sacado el oro de sus propias existencias y de muchos católicos. Pero, después de entregar el tesoro, los alemanes habían atacado el templo y habían encontrado una lista de todos los judíos de Roma.

El sacerdote se detuvo con expresión atormentada y después continuó:

—El cardenal Schuster dice que los nazis han traído un equipo especial de las SS para ir a por los judíos de esa lista.

—¿Para hacerles qué? —preguntó Pino.

—Matarlos. A todos.

Antes de ese momento, Pino no podía imaginarse una cosa así ni en las partes más remotas y turbulentas de su joven mente.

—Eso es… diabólico.

—Sí que lo es —asintió el padre Re.

—¿Cómo sabe todas esas cosas el cardenal Schuster?

—Por el Papa —contestó el padre Re—. Su Santidad le ha dicho que el embajador alemán ante el Vaticano se lo ha contado.

—¿Y el Papa no puede evitarlo? ¿Contárselo a todo el mundo?

El padre Re bajó la mirada y presionó con fuerza los nudillos.

—El Santo Padre y el Vaticano están rodeados de tanques y de las SS, Pino. Si el Papa habla ahora, sería un suicidio y provocaría la invasión y destrucción de la Ciudad del Vaticano. Pero lo ha tratado en secreto con sus cardenales. A través de ellos, ha dado la orden a todos los católicos de Italia de abrir sus puertas a cualquiera que busque refugio de los nazis. Tenemos que esconder a los judíos y, si podemos, ayudarles a escapar.

Pino sintió que el corazón se le aceleraba.

—¿Escapar adónde?

El padre Re levantó los ojos.

—¿Alguna vez has estado en el otro extremo del Val di Lei, al otro lado del Groppera, más allá del lago?

—No.

—Allí hay un triángulo de bosques espesos —continuó el sacerdote—. Durante los primeros doscientos metros hacia el interior del triángulo, los árboles y el terreno son italianos. Pero, después, Italia se estrecha formando una punta y el terreno que la rodea es Suiza, territorio neutral, seguro.

Pino veía con una perspectiva distinta las dificultades que había sufrido durante las últimas semanas y se sintió excitado e invadido por la idea de un nuevo objetivo.

—¿Quiere que yo les guíe, padre? —preguntó Pino—. ¿A los tres judíos?

—Tres hijos de Dios a los que Él ama —dijo el padre Re—. ¿Les quieres ayudar?

—Por supuesto. Sí.

El sacerdote colocó una mano sobre el hombro de Pino.

—Quiero que entiendas que estarás poniendo tu vida en peligro. Según las nuevas normas de los alemanes, ayudar a un judío es un acto de traición y se castiga con la muerte. Si te descubren, es probable que te ejecuten.

Pino tragó saliva al escuchar aquello, se sentía agitado por dentro, pero después miró al padre Re.

—¿No está usted arriesgando su vida solo por tenerlos aquí, en Casa Alpina?

—Y también la vida de los chicos —contestó el padre con rostro serio—. Pero debemos ayudar a todos los refugiados que huyan de los alemanes. Así lo cree el Papa. Así lo cree el cardenal Schuster. Y así lo creo yo.

—Yo también, padre —aseguró Pino con una emoción que nunca había sentido antes, como si estuviese a punto de salir a solventar un enorme error.

—Bien —dijo el padre Re con los ojos relucientes—. Tenía fe en que querrías ayudar.

—Sí que quiero —aseveró Pino, sintiéndose más fuerte al decirlo—. Será mejor que me vaya a dormir.

—Te despertaré a las dos y cuarto. El hermano Bormio os pondrá de comer a todos a las dos y media. Os marcharéis a las tres.

Pino salió de la capilla pensando que había entrado en ella siendo un niño y ahora la abandonaba con la decisión de convertirse en un hombre. Le asustaba el castigo por ayudar a los judíos, pero iba a ayudarles de todos modos.

Se detuvo delante de Casa Alpina antes de entrar mirando hacia el noreste, hacia el flanco del Groppera, consciente de que ahora había tres vidas bajo su responsabilidad. Esa joven pareja. El hombre que fumaba. Dependían de él durante aquella última etapa de su huida.

Pino levantó los ojos más allá de la silueta del enorme risco del Groppera que quedaba iluminada con la luz de la luna, hacia las estrellas y el vacío negro que había detrás.

—Querido Dios —susurró—. Ayúdame.

8

Pino estaba levantado y vestido diez minutos antes de que el padre Re fuese a despertarle. El hermano Bormio había preparado avena con piñones y azúcar y había sacado carnes curadas y quesos. El fumador y la joven pareja estaban ya comiendo cuando el padre Re se acercó y colocó las manos sobre los hombros de Pino.

—Este es Pino, vuestro guía —dijo—. Él conoce el camino.

—Muy joven —protestó el fumador—. ¿No hay nadie mayor?

—Pino tiene mucha experiencia y mucha resistencia en las montañas, sobre todo en esta montaña —replicó el padre Re—. Confío en que él os llevará donde queréis ir. O podéis buscar otro guía. Pero os advierto: ahí afuera hay algunos que cogerán vuestro dinero y después os entregarán a los nazis de todos modos. Aquí solo deseamos que encontréis un refugio seguro.

—Nosotros vamos con Pino —dijo el hombre más joven y la mujer asintió.

El mayor, el fumador, seguía sin estar convencido.

—¿Cómo se llaman? —preguntó Pino estrechando la mano del más joven.

—Usad los nombres que os han dado —les advirtió el padre Re—. Los que aparecen en vuestros documentos.

—Maria —respondió la mujer.

—Ricardo —añadió su marido.

—Luigi —dijo el fumador.

Pino se sentó a comer con ellos. «Maria» tenía una voz suave, pero alegre. «Ricardo» había sido profesor en Génova. «Luigi» vendía puros en Roma. En un momento dado, Pino miró debajo de la mesa y vio que, aunque ninguno llevaba botas, sus zapatos parecían suficientemente fuertes.

—¿Es peligroso el camino? —preguntó Maria.

—Limítense a hacer lo que yo les diga y no les pasará nada —respondió Pino—. ¿Cinco minutos?

Asintieron. Se levantó para retirar los platos. Los llevó al padre Re y le habló en voz baja:

—Padre, ¿no les resultaría más fácil que los subiera por el Paso del Ángel hasta Val di Lei?

—Sería más fácil —contestó el padre Re—. Pero hicimos ese camino hace apenas unas semanas y no quiero llamar la atención.

—No entiendo —dijo Pino—. ¿Quién lo hizo?

—Giovanni Barbareschi, el seminarista —repuso el padre Re—. Justo antes de que tú vinieras de Milán había otra pareja aquí con su hija que estaban tratando de escapar. A Barbareschi y a mí se nos ocurrió un plan. Llevamos a la familia y a veinte chicos, incluido Mimo, a pasar el día de excursión por el Paso del Ángel hasta Val di Lei. Merendaron entre el otro extremo del lago y los bosques. Entraron veinticuatro personas, salieron veintiuna.

—Nadie habría notado la diferencia —observó Pino con admiración—. Sobre todo si veían al grupo desde lejos.

El padre Re asintió.

—Esa era nuestra idea precisamente, pero no resulta práctico enviar grandes grupos, sobre todo con la llegada del invierno.

—Es mejor que sean pequeños —convino Pino y, a continuación, miró hacia atrás—. Padre, yo voy a hacer todo lo posible por que no se les vea, pero hay muchos lugares donde no tendremos ninguna protección.

—Incluido todo el tramo de Val di Lei, que es lo que hace que esto sea especialmente peligroso para ti, pues tendrás que realizar parte del viaje de regreso completamente al descubierto. Pero, mientras los alemanes sigan patrullando por las carreteras de paso y no usen aviones para controlar la frontera, no te pasará nada.

El padre Re sorprendió a Pino al darle un abrazo.

—Que Dios te acompañe en cada paso del camino, hijo mío.

El hermano Bormio ayudó a Pino a ponerse la mochila en la espalda. Cuatro litros de agua. Cuatro litros de té dulce. Comida. Cuerda. Mapa topográfico. El chubasquero. Un jersey de lana y un gorro. Cerillas y mecha para encender fuego en un pequeño bote de metal. Una linterna de minero pequeña cargada con carburo. Un cuchillo. Un machete.

En total, su contenido pesaba veinte kilos, quizá veinticinco, pero Pino había estado escalando con peso en la espalda desde el día siguiente de llegar a Casa Alpina. Le pareció normal y supuso que el padre Re había querido que fuese así. Por supuesto que lo había querido así. El sacerdote llevaba varias semanas planeando esto.

—Vamos —dijo Pino.

Los cuatro salieron a la fría noche otoñal. El cielo estaba completamente limpio, la luna seguía alta y hacia el sur, proyectando una leve luz por el flanco occidental del Groppera. Pino los condujo por el camino de carros al principio, para alejarlos de la farola de gas que había en la puerta de la escuela. Después, les ordenó que se detuvieran para que su visión se acostumbrara del todo.

—De aquí en adelante hablaremos en susurros —dijo Pino en voz baja antes de apuntar hacia la montaña—. En estos sitios se oye el eco del ruido hasta muy arriba, así que es mejor que seamos discretos y silenciosos como un ratón, ¿entendido?

Vio cómo asentían. Luigi prendió una cerilla para encenderse un cigarrillo.

Pino se enfadó, pero luego se dio cuenta de que debía asumir el control. Dio un paso hacia el fumador.

—Apague eso. Cualquier llama puede verse desde cientos de metros, más si es con prismáticos.

—Necesito fumar —se disculpó Luigi—. Me relaja.

—No hasta que yo le diga que lo haga. O tendrá que volver a buscar otro guía y me los llevaré solo a ellos.

Luigi dio una última calada, tiró la colilla y la aplastó.

—Sigamos adelante —contestó con desagrado.

Pino les dijo que confiaran en su visión periférica mientras los llevaba por el poco iluminado altiplano en dirección norte, rodeando la base de la pendiente hasta que se fue reduciendo y se convirtió en un sendero de unos cincuenta centímetros de ancho que atravesaba lateralmente varias paredes empinadas. Desenredó la cuerda y ató cuatro lazos en ella con un espacio de tres metros entre cada uno.

—Aunque llevemos la cuerda, quiero que mantengan su mano derecha sobre la pared o sobre cualquier arbusto que salga de ella —les explicó Pino—. Si notan algo a lo que agarrarse, como un árbol retoño, pruébenlo antes de confiarle todo su peso. O mejor aún, pongan las manos y los pies donde los ponga yo. Sé que está oscuro, pero se harán una idea de lo que estoy haciendo si observan mi silueta.

—Yo iré detrás de ti —dijo Ricardo—. Maria, tú ve justo detrás de mí.

—¿Estás seguro? —preguntó Maria—. ¿Pino?

—Ricardo, podrá ayudar mejor a su esposa desde atrás, si Maria va la tercera y Luigi detrás de mí.

Aquello molestó a Ricardo.

—Pero yo... —protestó alzando la voz.

—Es más seguro para ella y para todos que los más fuertes vayan a cada extremo de la cuerda —insistió Pino—. ¿O sabe usted más de estas montañas y de escalada que yo?

—Haz lo que te dice —intervino Maria—. Los más fuertes al final y al principio.

Pino estuvo seguro de que Ricardo estaba en una disyuntiva, entre enfadado porque le diera órdenes un chico de diecisiete años y halagado porque dijeran que era el más fuerte.

—De acuerdo —aceptó—. Yo seré el ancla.

—*Perfetto* —dijo Pino después de que ajustaran los lazos en sus cinturas.

Colocó su mano derecha enguantada sobre la pared de roca y emprendió la marcha. Aunque el camino tenía la anchura suficiente para un paso normal, se imaginó el sendero quince centímetros más estrecho a su izquierda y avanzó pegado a la pared. Lo peor que podía pasar era que uno de ellos se cayera por el lado más bajo del camino. Quizá tuvieran suerte y el peso de los otros tres fuese suficiente para mantenerlos a todos junto a la ladera. O quizá no la tuvieran y una segunda persona terminara cayendo, y después una tercera. La pendiente que tenían debajo era de casi cuarenta grados. Las afiladas rocas y la maleza alpina les destrozarían si empezaban a caer.

Les llevó a paso de gato, agazapado, con cautela, despacio y seguro. Avanzaron con pocos incidentes durante casi una hora, hasta que se encontraron casi encima del pueblo de Madesimo y Luigi empezó a toser y a escupir. Pino se vio obligado a parar.

—*Signore* —susurró—. Sé que no puede evitarlo, pero, si tiene que hacerlo, tosa tapándose con el brazo. El pueblo está justo ahí, debajo de nosotros, y no podemos arriesgarnos a que nos oiga quien no debe.

—¿Cuánto queda? —murmuró el vendedor de puros.

—La distancia no importa. Piense solo en su siguiente paso.

Quinientos metros más adelante, las laderas que iban atravesando se volvieron menos pronunciadas y el camino más regular.

—¿Hemos pasado lo peor? —preguntó Luigi.

—Hemos pasado lo mejor —respondió Pino.

—¿Qué? —exclamó Maria con cierta alarma.

—Es una broma —dijo Pino—. Hemos pasado lo peor.

Cuando amaneció ya ascendían por las praderas alpinas muy por encima de Madesimo. La hierba de la montaña que le había hecho a Pino acordarse del cabello de Anna ya no tenía semillas y se había secado. Pino miró a su alrededor, a su espalda y también hacia el otro lado del valle, hacia el escarpado macizo que se elevaba enfrente de ellos. Se preguntó si podría haber soldados alemanes allí y a esta altura vigilando el Groppera con prismáticos. Concluyó que sería poco probable, pero condujo a los tres por el lateral de las praderas, donde podrían escalar bajo las sombras de los árboles hasta que estos dieran paso a las rocas y los ralos enebros que ofrecerían poca protección.

—Ahora vamos a tener que movernos más rápido —les avisó—. Con el sol detrás de la cumbre, hay sombras en la cuenca que nos servirán de ayuda. Pero el sol estará pronto encima de nosotros.

Dirigiéndose al interior de la cuenca en el fondo del circo norte, Ricardo y Maria seguían el ritmo de Pino. Luigi, el fumador, iba rezagado, con la cara llena de sudor y el pecho moviéndose con fuerza por falta de aire. Pino tuvo que volver dos veces a por él mientras atravesaban campos de cantos rodados lanzados por los glaciares y se mantenían en el camino antiguo hacia la pared posterior de la cuenca.

Pino y la pareja de jóvenes descansaban mientras esperaban al vendedor de puros, que tosía y escupía a la vez que avanzaba a paso de caracol. Apestaba a humo de tabaco reciente cuando se tumbó en la roca plana junto a Pino y empezó a quejarse.

Pino sacó té dulce, carne curada y pan de su mochila. Luigi devoró su comida. Lo mismo hizo la joven pareja. Pino esperó a que hubiesen terminado y, después, comió y bebió raciones más pequeñas. Dejaría algo para comérselo en el camino de regreso.

—¿Adónde vamos ahora? —preguntó Luigi, como si acabara de ver lo que le rodeaba.

Pino señaló hacia el camino de cabras que atajaba una serie de inclinadas curvas que se elevaban por la ladera.

El hombre echó atrás la barbilla.

—Yo no puedo subir eso.

—Claro que puede —dijo Pino—. Usted haga lo que yo.

Luigi levantó las manos.

—No. No puedo. No quiero. Déjame aquí. La muerte vendrá a por mí antes o después, por mucho que me esfuerce en detenerla.

Por un momento, Pino no supo qué hacer.

—¿Quién dice que va usted a morir? —preguntó entonces.

—Los nazis —contestó el fumador tosiendo y señalando después hacia el sendero de arriba—. Y este camino dice que Dios quiere que yo muera más pronto que tarde. Pero no voy a subir ahí arriba para caer y rebotar sobre las rocas en mis últimos momentos de vida. Me quedaré sentado, fumando y esperando a que la muerte venga a recogerme aquí. Este mismo lugar servirá.

—No. Vendrá con nosotros —dijo Pino.

—Me voy a quedar —respondió Luigi enérgicamente.

Pino tragó saliva antes de contestar.

—El padre Re me ha ordenado que les lleve a Val di Lei. No le va a gustar que yo le abandone, así que se viene. Conmigo.

—No puedes obligarme a ir, muchacho —dijo Luigi.

—Sí que puedo —repuso Pino, con voz furiosa y acercándose al hombre con rapidez—. Y voy a hacerlo. —Se irguió imponente ante el fumador, que le miró con los ojos abiertos de par en par. Pese a sus diecisiete años, Pino era mucho más grande que Luigi. Pudo ver cómo toda esta información se reflejaba en el rostro del vendedor de puros, que se retorció de miedo cuando volvió a mirar de nuevo hacia las empinadas paredes del circo.

—¿No lo entiendes? —preguntó con tono de derrota—. De verdad que no puedo. No tengo fe en que pueda hacerlo…

—Pero yo sí —le interrumpió Pino, tratando de que su voz sonara como un gruñido.

—Por favor.

—No —respondió Pino—. Le prometo que va a llegar hasta arriba, y después hasta Val di Lei, aunque tenga que llevarlo en brazos.

Luigi pareció convencerse ante el gesto decidido de Pino.

—¿Lo prometes? —preguntó con labios temblorosos.

—Lo prometo —contestó Pino antes de estrecharle la mano.

Volvió a atarlos colocando a Luigi justo detrás de él, seguido de Maria y de su marido.

—¿Estás seguro de que no me voy a caer? —preguntó el vendedor de puros, claramente aterrado—. Nunca he hecho nada remotamente parecido a esto. Yo… siempre he vivido en Roma.

Pino se quedó pensando antes de hablar.

—De acuerdo. Entonces, habrá subido por las ruinas romanas.

—Sí, pero…

—¿Y esos escalones empinados y estrechos del Coliseo?

Luigi asintió.

—Muchas veces.

—Esto no es peor.

—Sí que lo es.

—No —insistió Pino—. Imagínese que está en el Coliseo y que está atajando por los asientos y los escalones. No le pasará nada.

Luigi parecía escéptico, pero no opuso resistencia cuando Pino emprendió la marcha. Este continuó charlando con el fumador, diciéndole que iba a permitirle que se fumara dos cigarrillos cuando llegaran a la cumbre y aconsejándole que mantuviese los dedos de la mano que iba por dentro pegados a la pendiente mientras subían.

—Tómese su tiempo —le dijo—. Mire hacia delante, no hacia abajo.

Cuando el camino se puso difícil y la pared se volvió casi vertical, Pino distrajo a Luigi contándole la historia de cómo él y su hermano habían sobrevivido a la primera noche de bombardeos de Milán y cómo, al llegar a casa, se encontraron con que estaban tocando música.

—Tu padre es un hombre sabio —dijo el vendedor de puros—. Música. Vino. Un puro. Con los pequeños lujos de la vida es como sobrevivimos a lo que la mente no puede explicar.

—Suena como si dedicara mucho tiempo a pensar en su tienda —dijo Pino a la vez que se secaba el sudor de los ojos.

Luigi se rio.

—Mucho tiempo a pensar. Mucho tiempo a hablar. Mucho tiempo a leer. Es... —La alegría desapareció de su voz—. Era mi casa.

Habían subido ya buena parte de la pared del circo y el tramo más difícil de la escalada empezaba justo ahora, donde el camino giraba a la derecha durante dos metros y, después, hacía una curva cerrada a la izquierda durante otros tres en una grieta de la faz de la pendiente que caía en picado. El reto era únicamente psicológico, pues el sendero que atravesaba la grieta era bastante ancho. Pero los treinta metros de aire que había justo al lado del camino podían poner nervioso hasta a un escalador veterano y confiado si se quedaba mirándolo demasiado rato.

Pino decidió no advertirles.

—Hábleme de su tienda.

—Ah, pues era un sitio bonito —dijo Luigi—. Justo al lado de la Piazza di Spagna, a los pies de la escalinata. ¿Conoces esa zona?

—He estado en la escalinata —contestó Pino, encantado al ver que Luigi no había vacilado a la hora de seguirle—. Es un buen barrio, con muchas tiendas elegantes.

—Un lugar maravilloso para un negocio —dijo Luigi.

Pino atravesó la parte posterior de la curva. Él y el vendedor de puros estaban ahora en lados opuestos de la grieta. Si Luigi tenía que mirar alguna vez hacia abajo, sería ahora. Cuando Pino vio que Luigi giraba la cabeza para hacerlo, le habló:

—Descríbame cómo era la tienda.

Luigi miró a Pino a los ojos.

—Suelos y mostradores de madera patinada —dijo riéndose entre dientes y tomando la curva con tranquilidad—. Sillones de cuero. Y un humidor octogonal que mi difunta esposa y yo mismo diseñamos.

—Apuesto a que la tienda olía bien.

—Era la mejor. Tenía puros y tabaco de todo el mundo allí. Y lavanda, menta y caramelos para el aliento. Y un buen brandy para mis clientes preferidos. Tenía muchos clientes buenos y leales. Eran mis amigos, en realidad. La tienda era como un club hasta hace relativamente poco. Incluso los asquerosos alemanes venían a comprar.

Estaban atravesando la grieta y subiendo en diagonal hacia el borde otra vez.

—Hábleme de su esposa —dijo Pino.

Hubo un breve silencio detrás de él y notó que la cuerda se resistía antes de que Luigi hablara.

—Mi Ruth era la mujer más guapa que he conocido nunca. Nos encontramos en la sinagoga cuando teníamos doce años. Nunca sabré por qué me eligió a mí, pero lo hizo. Resultó que no podíamos tener hijos, pero pasamos juntos veinte años maravillosos antes de que un día ella cayera enferma y empeorara al siguiente y al otro. Los médicos decían que su sistema digestivo se había vuelto contra ella y no pudieron evitar que la envenenara hasta que murió.

Pino sintió una punzada al pensar en la señora Beltramini y se preguntó cómo estaría, cómo estarían Carletto y su padre.

—Lo siento —dijo Pino a la vez que subía por encima del borde.

—Hace ya seis años —continuó Luigi mientras Pino le ayudaba a subir a él y, después, a la pareja—. Y no pasa una hora en que no piense en ella.

Pino dio una palmada en la espalda del vendedor de puros y sonrió.

—Lo ha conseguido. Estamos en la cumbre.

—¿Qué? —exclamó Luigi mirando a su alrededor con asombro—. ¿Ya está?

—Ya' está —confirmó Pino.

—No ha sido tan malo —observó Luigi mirando al cielo, aliviado.

—Se lo dije. Podemos descansar más adelante. Hay una cosa que quiero que vean antes.

Les llevó donde podrían ver la parte posterior del Groppera.

—Bienvenidos a Val di Lei —dijo.

La pendiente del valle alpino era suave en comparación con la parte delantera de la montaña y estaba cubierta de arbustos bajos deformados por el viento con las hojas de color óxido, naranja y amarillo. Más abajo del valle podían ver la razón de su nombre. Con menos de doscientos metros de anchura y unos ochocientos de largo, el lago alpino se extendía de norte a sur hacia el triángulo de bosques que el padre Re le había descrito.

La superficie del lago era normalmente de un azul plata, pero ese día reflejaba e irradiaba los encendidos colores del otoño. Al otro lado del lago, se elevaba un bastión de piedra que se extendía muy al sur en dirección al Passo Angeloga y el montículo de piedras donde Pino se había dado la vuelta el primer día de su entrenamiento. Empezaron a bajar por un sendero de caza que avanzaba a lo largo de un arroyo que se alimentaba de la nieve de los glaciares que aún quedaba en los picos más altos.

«Lo he conseguido», pensó Pino, sintiéndose feliz y satisfecho. «Me han hecho caso y les he llevado al otro lado del Groppera».

—Jamás he estado en un sitio más hermoso que este —dijo Maria cuando llegaron al lago—. Es increíble. Se siente...

—Libertad —la interrumpió Ricardo.

—Un momento para recordar —añadió Luigi.

—¿Estamos ya en Suiza? —preguntó Maria.

—Casi —respondió Pino—. Cuando entremos en los bosques de allí, aún queda un trecho para llegar a la frontera.

Pino no había estado nunca al otro lado del lago, así que caminó hacia el bosque con cierto temor. Pero recordó la descripción que le había dado el padre Re del lugar donde encontraría el sendero y enseguida lo localizó.

La densa arboleda de abetos y píceas era casi como un laberinto. El aire era más frío y el suelo más blando. Habían estado subiendo durante casi seis horas y media, pero ninguno parecía cansado.

El corazón de Pino latió algo más fuerte al pensar que había llevado a esas personas a Suiza. Les había ayudado a escapar de...

Un hombre grande y con barba salió de detrás de un árbol a tres metros de distancia. Apuntó con una escopeta de dos cañones a la cara de Pino.

9

A terrorizado, Pino levantó las manos. Lo mismo hicieron sus tres acompañantes.

—Por favor... —empezó a decir.

—¿Quién te envía? —rugió el hombre por encima del cañón de la escopeta.

—El padre —balbuceó Pino—. El padre Re.

Durante un largo instante, los ojos del hombre se movieron desde el muchacho hasta los otros. A continuación, bajó el arma.

—Estos días hay que ser cauteloso, ¿verdad?

Pino dejó caer las manos con una sensación de mareo y debilidad en los pies. Un sudor helado le resbalaba por la espalda. Nunca antes le habían apuntado con un arma.

—¿Nos va a ayudar usted, *signore...*? —preguntó Luigi.

—Me llamo Bergstrom —contestó el hombre—. Yo les llevaré desde aquí.

—¿Adónde? —preguntó Maria con voz inquieta.

—Bajaremos por el Puerto de Emet hasta el pueblo suizo de Innerferrera —respondió Bergstrom—. Estarán a salvo y decidiremos su siguiente viaje desde allí. —Bergstrom hizo un movimiento con la cabeza mirando a Pino—. Saluda de mi parte al padre Re.

—Lo haré —prometió Pino y, a continuación, miró a sus tres acompañantes—. Buena suerte.

Maria le dio un abrazo. Ricardo le estrechó la mano. Del bolsillo, Luigi sacó un pequeño tubo metálico con un tapón de rosca. Se lo entregó a Pino.

—Es cubano —dijo.

—No puedo aceptarlo.

Luigi pareció ofenderse.

—No creas que no sé cómo me has hecho subir por ese último tramo. Un buen puro como este es difícil de conseguir y no se lo regalo a cualquiera.

—Gracias, *signore* —dijo Pino sonriendo a la vez que aceptaba el puro.

—Tu seguridad depende de que no se te vea —le dijo Bergstrom a Pino—. Ten cuidado antes de salir del bosque. Observa las laderas y el valle antes de continuar.

—Lo haré.

—Entonces, vamos —ordenó Bergstrom, girándose.

Luigi le dio a Pino una palmada en la espalda y siguió al hombre. Ricardo le sonrió.

—Que tengas una buena vida, Pino —le dijo Maria.

—Usted también.

—Espero que no tengamos que escalar más —oyó que Luigi le decía a Bergstrom antes de desaparecer en el interior del bosque.

—Una escalada hacia abajo no es una escalada hacia arriba —contestó Bergstrom.

Después de aquello, lo único que Pino oyó fue el golpe seco de una rama, una piedra que caía y, después, nada más, aparte del viento entre los abetos. Aunque feliz, se sintió curiosa e inmensamente solo cuando se dio la vuelta y emprendió el regreso al interior de Italia.

Pino hizo lo que Bergstrom le había indicado. Se detuvo en el interior de la línea de árboles para observar el valle y las montañas que se elevaban por encima. Cuando estuvo todo lo seguro que podía estar de que nadie le veía, empezó a andar de nuevo. Por su reloj era casi mediodía. Llevaba caminando cerca de nueve horas y estaba cansado.

El padre Re había previsto su fatiga y le había dicho que no tratara de hacer el viaje de vuelta ese mismo día. Sus órdenes fueron que, en lugar de eso, subiera hacia el sudoeste hasta una vieja cabaña de pastor, una de las muchas que había en la montaña, y que pasara allí la noche. Pino regresaría a Casa Alpina a través de Madesimo por la mañana.

Mientras caminaba hacia el sur por Val di Lei, se sentía bien y satisfecho. Lo habían conseguido. El padre Re y todos los demás que habían ayudado a llevar a los refugiados hasta Casa Alpina. ¡En equipo, habían salvado a tres personas de la muerte, se habían enfrentado a los nazis en secreto y habían vencido!

Para su sorpresa, las emociones que le invadían le hacían sentir más fuerte, más fresco. Decidió no pasar la noche en la cabaña y seguir hasta Madesimo para dormir en la pensión y ver a Alberto Ascari. Cuando casi había llegado a la cresta, Pino se detuvo para descansar las piernas y comer otra vez.

Al acabar volvió la vista hacia Val di Lei y vio cuatro figuras diminutas que se movían hacia el sur por el saliente rocoso por encima del lago. Pino se hizo sombra en los ojos con la mano para tratar de distinguirlos mejor. Al principio, no estaba seguro de qué pensar de ellos, pero, después, distinguió que todos llevaban rifles.

Tuvo una sensación de mareo en el estómago. ¿Le habían visto entrar en el bosque con tres personas y salir solo? ¿Eran alemanes? ¿Por qué estaban allí en mitad de la nada?

Pino no tenía respuestas para esas preguntas, que seguían inquietándole después de que los cuatro hombres desaparecieran de su vista. Avanzó por los caminos de cabras y por las praderas alpinas hacia Madesimo. Eran casi las cuatro de la tarde cuando entró en el pueblo. Un grupo de niños, incluido su amiguito Nicco, el hijo del posadero, jugaba no muy lejos de la posada. Pino estaba a punto de entrar para pedir una habitación cuando vio que Alberto Ascari iba corriendo hacia él, claramente preocupado.

—Anoche vino un grupo de partisanos —le contó Ascari—. Dijeron que estaban luchando contra los nazis, pero preguntaban por judíos.

—¿Judíos? —repitió sorprendido Pino. Apartó la mirada y vio a Nicco agachado entre la hierba y recogiendo lo que desde una distancia de casi cuarenta metros parecía un huevo grande—. ¿Qué les dijisteis?

—Les dijimos que aquí no había judíos. ¿Por qué crees que…?

Nicco levantó el huevo para enseñárselo a sus amigos. El huevo se convirtió en un destello de fuego y luz una milésima de segundo antes de que la fuerza de la explosión alcanzara a Pino como la coz de una mula.

Casi se cayó al suelo, pero guardó el equilibrio tambaleándose, desorientado y sin saber con certeza qué había pasado. A pesar de los pitidos de sus oídos, pudo escuchar los gritos de los niños. Pino se lanzó hacia ellos. Los que habían estado más cerca de Nicco se encontraban en el suelo. Uno había perdido una mano. Los ojos del otro eran agujeros llenos de sangre. Una parte de la cara de Nicco había desaparecido y también la mayor parte de su brazo derecho. La sangre empapaba y manchaba todo el cuerpo del niño.

Histérico, Pino levantó a Nicco y vio que los ojos del crío se quedaban en blanco. Lo llevó corriendo hacia la posada con sus padres, que salieron corriendo a la puerta. El niño empezó a tener convulsiones.

—¡No! —gritó la madre. Agarró a su hijo. Este volvió a sufrir convulsiones y, después, cayó muerto en sus brazos—. ¡No! ¡Nicco! ¡Nicco!

En medio de una nube de incredulidad y horror, Pino vio cómo la madre sollozante de Nicco se ponía de rodillas y dejaba el cuerpo de su hijo en el suelo para cubrirlo con el suyo, como si se inclinara sobre su cuna de bebé. Durante un largo rato, Pino se quedó allí, atolondrado, viéndola llorar. Bajó la mirada y se dio cuenta de que estaba manchado de sangre. Miró a su alrededor y vio a la gente del pueblo corriendo para ocuparse de los demás niños y al posadero contemplando con tristeza a su esposa y a su hijo muerto.

—Lo siento —gimoteó Pino—. No he podido salvarle.

—Tú no has hecho esto, Pino —dijo el señor Conte con voz débil—. Esos partisanos de anoche debieron... Pero ¿quién iba a dejar una granada en...? —Negó con la cabeza y la voz se le cortó—. ¿Puedes ir a buscar al padre Re? Tiene que bendecir el cuerpo de mi Nicco.

Aunque llevaba de pie desde la madrugada y había recorrido casi veintitrés kilómetros de terreno escarpado, Pino estaba decidido a hacer corriendo todo el camino, como si sus pies y la velocidad pudieran alejarlo de la crueldad de lo que acababa de presenciar. Pero, a mitad del camino hacia arriba, el olor de la sangre de su ropa y el vívido recuerdo de Nicco alardeando de ser mejor esquiador que Pino y del feroz destello que había alcanzado al pequeño fueron demasiado para él. Se detuvo e inclinó el cuerpo hacia delante para vomitar todo lo que tenía dentro.

Llorando, fue tambaleándose el resto del camino hacia Motta mientras la luz del día iba pasando al crepúsculo.

Cuando llegó a Casa Alpina, Pino estaba lívido, agotado. El padre Re se quedó sorprendido cuando entró en el comedor vacío.

—Te dije que te quedaras… —empezó a decir el sacerdote pero, entonces, vio la ropa ensangrentada de Pino y trató de ponerse de pie—. ¿Qué ha pasado? ¿Estás bien?

—No, padre —respondió Pino a la vez que empezaba a llorar de nuevo, sin importarle, mientras le contaba lo que había ocurrido—. ¿Por qué iba nadie a hacer eso? Dejar una granada.

—No tengo ni idea —respondió el padre Re con tristeza mientras iba a por su chaqueta—. ¿Y nuestros amigos a los que ibas guiando?

El recuerdo de Luigi, Ricardo y Maria desapareciendo en el interior del bosque le parecía muy lejano.

—Los dejé con el señor Bergstrom.

El sacerdote se puso la chaqueta y cogió su bastón.

—Entonces, eso es una bendición, algo por lo que dar las gracias.

Pino le contó que había visto a cuatro hombres con rifles.

—Pero ¿ellos no te vieron?

—No lo creo —respondió Pino.

El padre Re extendió la mano y la puso sobre el hombro de Pino.

—Entonces, lo has hecho bien. Has hecho lo correcto.

El sacerdote se marchó. Pino se sentó en un banco de la mesa vacía del comedor. Cerró los ojos y dejó caer la cabeza mientras veía la cara y el brazo desaparecidos de Nicco y al niño que se había quedado ciego y, después, a la niña muerta a la que le faltaba el brazo la noche del bombardeo. No podía deshacerse de esas imágenes por mucho que lo intentara. No paraban de repetirse hasta que sintió que se estaba volviendo loco.

—¿Pino? —dijo Mimo un rato después—. ¿Estás bien?

Pino abrió los ojos y vio a su hermano agachado a su lado.

—Han dicho que el hijo pequeño del posadero ha muerto y que puede que también otros dos niños.

—Yo lo he visto —contestó Pino a la vez que empezaba a llorar de nuevo—. Lo he cogido en mis brazos.

Su hermano pareció quedarse helado al ver sus lágrimas.

—Vamos, Pino —dijo después—. Vamos a lavarte y a meterte en la cama. Los más pequeños no deben verte así. Sienten admiración por ti.

Mimo le ayudó a ponerse de pie y lo llevó por el pasillo hasta las duchas. Se quitó la ropa y, después, se quedó sentado un largo rato bajo el agua templada mientras se frotaba de forma mecánica para quitarse la sangre de Nicco de las manos y de la cara. No parecía real. Pero lo era.

El padre Re le despertó sacudiéndolo suavemente sobre las diez de la mañana siguiente. Durante unos segundos, Pino no supo dónde estaba. Después, todo volvió con tanta fuerza que le dejó de nuevo sin respiración.

—¿Cómo están los Conte?

La expresión del sacerdote se demudó.

—Es un golpe terrible para unos padres perder a un hijo bajo cualquier circunstancia. Pero así…

—Era un niño muy gracioso —dijo Pino con tono amargo—. No es justo.

—Es una tragedia —añadió el padre Re—. Los otros dos críos van a sobrevivir, pero jamás serán los mismos.

Compartieron un largo silencio.

—¿Qué hacemos, padre?

—Tener fe, Pino. Tener fe y continuar haciendo lo que tenemos que hacer. Me han dicho en Madesimo que esta noche vamos a tener dos nuevos viajeros para cenar. Quiero que hoy descanses. Voy a necesitar que les hagas de guía por la mañana.

Durante las siguientes semanas se convirtió en una costumbre. Cada pocos días, dos, tres o, a veces, cuatro viajeros llamaban al timbre de Casa Alpina. Pino se los llevaba a altas horas de la madrugada, escalando con la luz que reflejaba la luna y sirviéndose de la linterna de carburo de minero solo cuando había nubes o luna nueva. En esos trayectos, después de entregar a sus acompañantes a Bergstrom, iba al cobertizo del pastor.

Era una estructura rudimentaria con cimientos de piedras apiladas cavados en la ladera, un tejado de tepe sujeto con troncos y una puerta que pivotaba sobre bisagras de cuero. Había un colchón de paja y una cocina de leña con madera cortada y un hacha. Esas noches en el cobertizo, mientras atizaba el fuego, Pino se sentía solo. Trató de recurrir al recuerdo de Anna para consolarse más de una vez, pero lo único que podía recordar era el chirrido del tranvía que le impedía verla.

Sus pensamientos se volvían entonces abstractos: sobre chicas y sobre el amor. Esperaba conseguir ambas cosas en la vida. Se preguntó cómo sería su chica y si le encantarían las montañas igual que a él, si esquiaría y otros cientos de preguntas para las que resultaba exasperante no conocer la respuesta.

A primeros de noviembre, Pino dirigió la huida de un piloto de la Real Fuerza Aérea Británica al que habían abatido durante un bombardeo sobre Génova. Una semana después, ayudó a un segundo piloto derribado a llegar hasta el señor Bergstrom. Y casi todos los días aparecían más judíos en Casa Alpina.

Durante los oscuros días de diciembre de 1943, el padre Re se preocupó por el creciente aumento de patrullas nazis que subían y bajaban por el camino del Puerto del Spluga.

—Están volviéndose recelosos —le dijo a Pino—. Los alemanes no han encontrado a muchos de los judíos. Los nazis saben que se les está ayudando.

—Alberto Ascari dice que se han cometido atrocidades, padre —contestó Pino—. Los nazis han matado a curas que ayudaban a judíos. Incluso los han sacado del altar mientras decían misa.

—Nosotros también lo hemos oído —confirmó el sacerdote—. Pero no podemos dejar de querer al prójimo porque tengamos miedo, Pino. Si perdemos el amor, lo perdemos todo. Solo tenemos que ser más listos.

Al día siguiente, al padre Re y a un sacerdote de Campodolcino se les ocurrió un plan ingenioso. Decidieron servirse de vigilantes que siguieran el rastro de las patrullas nazis por el camino del Puerto del Spluga e improvisaron un sistema de comunicación.

En la capilla que había en la parte de atrás de Casa Alpina había una plataforma alrededor del interior del chapitel. Desde ella, a través de contraventanas que daban al flanco de la torre, los chicos podrían ver la planta superior de la casa parroquial que estaba mil quinientos metros por debajo, en Campodolcino, y una ventana en particular. La persiana estaba corrida en esa ventana cuando los alemanes patrullaban el Spluga. Si la persiana estaba subida durante el día o había un farol encendido por la noche, los refugiados podían ser conducidos sin peligro montaña arriba hasta Motta en carros de bueyes, escondidos bajo montones de heno para evitar que los vieran.

Cuando quedó claro que Pino no podía llevar a todos los judíos, pilotos abatidos o refugiados políticos que llegaran a Casa Alpina en busca de una forma para conseguir la libertad, empezó a enseñar las rutas a otros de los chicos más mayores, incluido Mimo.

Las fuertes nevadas no aparecieron hasta mediados de diciembre de 1943. Pero entonces llegó el frío y los cielos empezaron a descargar con fuerza y con frecuencia. La nieve, como polvo plumoso, se amontonaba en las rampas y cuencas de las partes más altas del Groppera, haciéndolas más proclives a las avalanchas, que bloquearon la mejor ruta del norte hasta Val di Lei y el Puerto de Emet hacia Suiza.

Como muchos de los refugiados no habían tenido que enfrentarse nunca al frío, ni a la nieve, ni tenían la menor idea de cómo escalar montañas, el padre Re se arriesgó a enviar a Pino, a Mimo y a los demás guías por la ruta más fácil del sur a través del Paso del Ángel. Empezaron a llevar esquíes con pieles de foca para aligerar el camino de vuelta.

Los hermanos salieron de Casa Alpina la tercera semana de diciembre y se reunieron con su familia en Rapallo para celebrar la Navidad mientras se preguntaban si alguna vez terminaría la guerra. Los Lella habían esperado que para entonces los aliados ya hubieran liberado Italia. Pero la conocida como Línea Gustav de los alemanes, formada por fortines, trampas para tanques y otras fortificaciones, resistía desde la ciudad de Monte Cassino en dirección este hasta el mar Adriático.

El avance aliado se había detenido.

Durante el camino de vuelta de Pino y Mimo a los Alpes, el tren pasó por Milán. Algunas partes de la ciudad apenas eran reconocibles. Esta vez, cuando Pino llegó a Casa Alpina, se mostró más que feliz por pasar el invierno en las montañas.

A él y a Mimo les encantaba esquiar y, para entonces, ya eran expertos. Usaban pieles de foca para subir por las pendientes que había sobre la escuela y esquiaban cuesta abajo por la nieve profunda que había caído durante su breve temporada fuera. A los dos chicos les encantaba la velocidad y la excitación del esquí, pero para Pino era más que una aventura. Deslizarse por la montaña era lo más parecido a volar que había experimentado nunca. Era un pájaro con esquíes. Le consolaba el alma. Le hacía sentir más libre que ninguna otra cosa. Pino caía dormido agotado, dolorido y feliz, con el deseo de repetirlo todo al día siguiente.

Alberto Ascari y su amiga, Titiana, decidieron celebrar una fiesta de Nochevieja en la posada de los Conte en Madesimo. Hubo un respiro en el número de refugiados durante la semana de vacaciones y el padre Re accedió a la petición de Pino de asistir a la celebración.

Emocionado, Pino engrasó sus botas de montaña, se puso sus mejores galas y bajó a Madesimo en medio de una ligera nevada que hacía que todo pareciera mágico y nuevo. Ascari y Titiana estaban dando los últimos toques a la decoración cuando llegó Pino. Pasó un rato con los Conte, que, pese a estar aún apenados por su hijo, se alegraban del ajetreo y de la distracción que la fiesta les brindaba.

Y menuda fiesta fue. Asistieron el doble de chicas jóvenes que de hombres y Pino tuvo la tarjeta de baile llena durante buena parte de la noche. La comida estaba deliciosa: jamón ahumado, *gnocchi,* polenta con queso fresco de Montasio y carne de corzo con tomates secos y semillas de calabaza. Hubo una buena cantidad de vino y de cerveza.

Avanzada la noche, mientras Pino bailaba una canción lenta con Frederica, se dio cuenta de que no había pensado ni una sola vez en Anna. Se estaba preguntando si la noche terminaría a la perfección, con un beso de Frederica, cuando la puerta de la posada se abrió de golpe. Entraron cuatro hombres con rifles y escopetas viejas. Iban vestidos de forma andrajosa con sucios pañuelos rojos alrededor de sus cuellos. Sus mejillas delgadas estaban rojas por el frío y sus ojos hundidos le recordaron a Pino a los perros salvajes que había visto tras el comienzo de los bombardeos y que rebuscaban cualquier resto de comida que pudiesen encontrar.

—Somos partisanos que luchan por liberar Italia de los alemanes —anunció uno de ellos y, después, se lamió el interior de la comisura izquierda de los labios—. Necesitamos donativos para continuar con la lucha. —Más alto que los otros, llevaba un gorro de lana que se quitó para pasarlo por los asistentes a la fiesta.

Nadie se movió.

—¡Cabrones! —rugió el señor Conte—. ¡Vosotros matasteis a mi hijo!

Se lanzó contra el jefe, que golpeó al dueño de la posada con la culata de su rifle y lo tiró al suelo.

—Nosotros no hemos hecho nada parecido —dijo.

—Sí que lo habéis hecho, Tito —insistió Conte tirado en el suelo y sangrando por la cabeza—. Tú y uno de tus hombres dejasteis una granada. Mi hijo la cogió pensando que era un juguete. Está muerto. Otro niño se ha quedado ciego. Otro ha perdido la mano.

—Como ya he dicho, no sabemos nada de eso —dijo Tito—. Donativos, *per favore*.

Levantó su rifle y disparó una bala al techo, lo cual provocó que los hombres que estaban en la fiesta vaciaran sus bolsillos y las señoras abrieran sus bolsos.

Pino sacó un billete de diez liras del bolsillo y se lo tendió.

Tito lo cogió y, a continuación, se detuvo para mirarlo de arriba abajo.

—Bonita ropa —dijo—. Vacíate los bolsillos.

Pino no movió un músculo.

—Hazlo o te dejaremos desnudo.

Pino deseaba darle un puñetazo, pero sacó el monedero de piel con imán que su tío Albert había diseñado y extrajo un fajo de liras que extendió hacia Tito.

Tito dio un silbido y cogió el dinero. Después, se acercó y observó a Pino, exudando una amenaza que era tan fuerte como el olor fétido de su cuerpo y de su aliento.

—Yo te conozco —dijo.

—No, no me conoces.

—Sí que te conozco —repitió Tito acercando la cara a la de Pino—. Te he visto por mis prismáticos. Te he visto subir por Passo Angeloga y cruzar el Emet con muchos forasteros.

Pino no dijo nada.

Tito sonrió y, después, se lamió la comisura de los labios.

—Cuánto les gustaría a los nazis saber de ti.

—Yo creía que luchabais contra los alemanes —dijo Pino—. ¿O eso no era más que una excusa para entrar a robar a una fiesta?

Tito golpeó a Pino en el vientre con la culata de su rifle y este cayó al suelo.

—Mantente alejado de esos puertos, niño —le advirtió Tito—. Dile al cura lo mismo. El Paso del Ángel. El Emet. Son nuestros. ¿Entendido?

Pino se quedó tendido jadeando y se negó a contestar.

Tito le dio una patada.

—¿Entendido? —Pino asintió, cosa que satisfizo a Tito, que se quedó mirándolo.

—Bonitas botas —dijo por fin—. ¿De qué número?

Pino respondió resoplando.

—Dos pares de abrigados calcetines me vendrán muy bien. Quítate todo.

—Son las únicas botas que tengo.

—Puedes quitártelas vivo o puedo quitártelas yo muerto. Elige.

Humillado y odiando a ese hombre, pero sin deseos de morir, Pino se desató las botas y se las quitó. Cuando miró a Frederica, ella se ruborizó y apartó la mirada, lo que hizo que Pino se sintiese como si estuviese actuando con cobardía al darle las botas a Tito.

—Ese monedero también —dijo Tito chasqueando los dedos dos veces.

—Me lo hizo mi tío —se quejó Pino.

—Pídele que te haga otro. Dile que es por una buena causa.

Malhumorado, Pino buscó en su bolsillo y sacó el monedero. Se lo lanzó a Tito.

Este lo cogió a vuelo.

—Chico listo.

Hizo una señal con la cabeza a sus hombres. Cogieron comida del bufé y se la metieron en los bolsillos y en las mochilas antes de marcharse.

—Mantente alejado del Emet —repitió Tito antes de irse.

Cuando cerraron la puerta al salir, Pino sintió deseos de dar un puñetazo a una pared. La señora Conte había corrido al lado de su esposo y le presionaba un paño en la herida.

—¿Está bien? —preguntó Pino.

—Sobreviviré —contestó el dueño de la posada—. Debería haber cogido mi pistola. Para dispararles a todos.

—¿Quién era ese partisano? ¿Le ha llamado Tito?

—Sí, Tito, del camino de Soste. Pero no es ningún partisano. No es más que un bandido y contrabandista de una larga estirpe de bandidos y contrabandistas. Y, ahora, asesino.

—Voy a recuperar mis botas y mi monedero.

La señora Conte negó con la cabeza.

—Es astuto y peligroso. Aléjate de él si sabes lo que te conviene, Pino.

Pino estaba enojado consigo mismo por no haberse enfrentado a Tito. No podía seguir en la fiesta. Para él, se había acabado. Trató de pedir prestados unas botas o unos zapatos, pero nadie tenía ninguno de su talla. Al final, cogió unos calcetines de lana y unos chanclos de goma del dueño de la posada y salió de vuelta hacia Casa Alpina en medio de la tormenta.

—Elegiste la mejor opción, Pino —dijo el sacerdote cuando terminó de contarle lo que Tito había hecho y que él o uno de sus hombres había matado a Nicco y mutilado a los niños.

—¿Y por qué no me siento bien por ello? —preguntó Pino, aún enfadado—. Y me ha advertido que le dijera a usted que nos mantengamos alejados del Paso del Ángel y del Emet.

—Ah, ¿sí? —dijo el padre Re con tono frío—. Pues lo siento mucho, pero eso no va a pasar.

10

Un metro de nieve cubría las montañas por encima de Casa Alpina el día de año nuevo, a lo que siguió un día de descanso y, después, otro metro de nieve. Había tanta que hasta la segunda semana de enero no se pudieron retomar las rutas de huida.

Tras encontrar unas botas de sustitución, Pino y su hermano empezaron a llevar a judíos, pilotos abatidos y otros refugiados por grupos de hasta ocho personas. A pesar de las advertencias de Tito en cuanto a la utilización del Passo Angeloga, siguieron con el más gradual camino del sur hasta Val di Levi cambiando constantemente los días y las horas de salida y, después, esquiando de vuelta por la ruta del norte hasta Madesimo.

Este sistema funcionó bien hasta primeros de febrero de 1944. Cuando el farol lucía en la ventana de arriba de la casa parroquial de Campodolcino, un continuo flujo de refugiados escondidos en carros de heno tirados por bueyes subía por Madesimo hasta Casa Alpina y, después, seguían a Pino o a alguno de los otros chicos por el Groppera hasta el interior de Suiza.

Al llegar a la cabaña del pastor a primeros de mes, Pino encontró una nota clavada en la pared del cobertizo. Decía: «Último aviso».

Pino tiró la nota a la estufa y la usó para encender la leña que había dentro. Ajustó el regulador de tiro y salió a cortar más madera. Esperaba que Tito estuviese en algún lugar de ahí afuera, en el enorme terreno alpino que le rodeaba, mirando por sus prismáticos y viendo cómo Pino se negaba a…

Una atronadora explosión abrió la puerta del cobertizo. Pino se escondió en la nieve. Se quedó allí tirado varios minutos, temblando de miedo, antes de poder reunir el coraje de mirar en el interior. La estufa apenas se reconocía. La fuerza de la bomba, la granada o lo que fuera que habían colocado dentro había destrozado la caja de combustión y había lanzado fragmentos de metal caliente que desconcharon las columnas de piedra y se clavaron como diminutos cuchillos en las vigas y molduras. Unas relucientes brasas de madera habían agujereado su mochila y habían prendido fuego a la cama de paja. Las arrastró a las dos a la nieve para apagarlas, sintiéndose completamente desprotegido. Si Tito estaba dispuesto a poner una bomba en la estufa del cobertizo, estaría dispuesto a pegarle un tiro.

Pino combatió la sensación de que tenía a alguien apuntándole mientras volvía a ponerse los esquíes, se colocaba la mochila en los hombros y recogía sus bastones. El cobertizo había dejado de ser un refugio, la ruta sur ya no era una opción viable.

—Solo queda un camino —le dijo Pino al padre Re esa noche junto al fuego mientras los chicos y varios visitantes nuevos comían otra de las obras maestras del hermano Bormio.

—Con la nieve amontonándose, era inevitable que tuvieras que hacer uso de él en algún momento —contestó el sacerdote—. El espinazo de la cresta quedará sin nieve y el paso va a ser el mejor de la montaña. Irás de nuevo con Mimo pasado mañana para enseñarle el camino.

Pino recordó la chimenea, la pasarela, el cable que rodeaba la parte de abajo del risco del Groppera y, al instante, le invadió la duda. Un paso en falso allí arriba en esas condiciones significaba la muerte.

El padre Re señaló hacia los visitantes.

—Vas a llevar a esa joven familia y a la mujer con el estuche del violín. Antes tocaba en La Scala.

Pino se dio la vuelta, perplejo al reconocer a la violinista que había visto en casa de sus padres la noche del primer bombardeo. Sabía que estaba a finales de la treintena o principios de la cuarentena, pero parecía como si hubiera envejecido y estuviera enferma. ¿Cómo se llamaba?

Sacó de su mente los pensamientos sobre el Groppera, fue a por Mimo y se acercaron a ella.

—¿Nos recuerda? —preguntó Pino.

La violinista no parecía reconocerlos.

—Nuestros padres son Porzia y Michele Lella —le explicó Pino—. Usted fue a una fiesta a nuestro antiguo apartamento de Via Monte Napoleone.

—Y me gritó delante de La Scala por ser un niño que no veía lo que estaba ocurriendo a mi alrededor. Tenía razón —dijo Mimo.

Una lenta sonrisa fue apareciendo en su rostro.

—Parece como si hubiese pasado mucho tiempo.

—¿Está bien? —preguntó Pino.

—Solo con el estómago un poco revuelto —contestó—. La altura. Creo que nunca he estado tan alto. El padre Re dice que me acostumbraré en un día o así.

—¿Cómo quiere que la llamemos? —preguntó Mimo—. ¿Qué dicen sus documentos?

—Elena… Elena Napolitano.

Pino vio el anillo de casada que llevaba puesto.

—¿Está aquí su marido, señora Napolitano?

Parecía a punto de echarse a llorar, se agarró el vientre y se le entrecortó la voz.

—Hizo que los alemanes le persiguieran cuando huimos de nuestro apartamento. Ellos... se lo llevaron al andén 21.

—¿Qué es eso? —preguntó Mimo.

—Es donde llevan a todos los judíos que apresan en Milán. Al andén 21 de la estación central. Los meten en vagones de ganado y desaparecen con destino a... quién sabe. No regresan. —Las lágrimas caían por su mejilla y los labios le temblaban por la emoción.

Pino pensó en la masacre de Meina, cuando los nazis ametrallaron a los judíos en el lago. Se sintió asqueado e impotente.

—Su marido... debe de haber sido un hombre valiente.

La señora Napolitano asintió entre sollozos.

—Más que valiente.

Al recuperar la compostura, se dio golpecitos con un pañuelo en los ojos y habló con voz ronca:

—El padre Re me ha dicho que me vais a llevar a Suiza.

—Sí, pero con esta nieve no va a ser fácil.

—Ninguna de las cosas que merecen la pena en la vida resultan fáciles —dijo la violinista.

Pino bajó los ojos a sus pies y vio unos zapatos negros de tacón bajo.

—¿Ha subido hasta aquí con eso puesto?

—Los envolví en trozos de una manta de bebé. Aún los conservo.

—No le van a servir —observó Pino—. No donde vamos a ir.

—Es lo único que tengo —dijo ella.

—Le buscaremos unas botas entre los chicos. ¿Qué número tiene?

La señora Napolitano se lo dijo. Por la tarde Mimo ya había encontrado un par de botas y untado la piel con una mezcla de resina de pino y aceite para volverlas impermeables. También le había conseguido unos pantalones de lana, para que se los pusiera por debajo del vestido, y un abrigo, un gorro de lana y manoplas.

—Tomen —dijo el padre Re entregándoles unas fundas de almohada blancas con agujeros para los brazos y la cabeza—. Pónganse esto.

—¿Para qué? —preguntó la señora Napolitano.

—El camino por el que van a ir es descubierto en varios tramos. Alguien que esté lejos en el fondo del valle podría ver su ropa oscura. Pero con esto se fundirán con la nieve.

Acompañando a la señora Napolitano iba la familia D'Angelo: Peter y Liza, los padres; Anthony, de siete años, y Judith, su hermana, de nueve. Llegados desde los Abruzzos, estaban físicamente en forma tras una vida trabajando en el campo y subiendo a las montañas del sur de Roma.

Sin embargo, la señora Napolitano había pasado buena parte de su vida bajo techo y sentada tocando el violín. Decía que iba caminando a todas partes en Milán, que apenas tomaba el tranvía, pero Pino supo por su forma de respirar en Casa Alpina que la subida iba a ser un calvario para ella y para él.

En lugar de preocuparse por lo que podría salir mal, Pino trató de pensar en todo lo que podría necesitar. Le pidió nueve metros más de cuerda al padre Bormio y le dijo a Mimo que se la pusiera a modo de bandolera, además de su mochila, un piolet, bastones para esquiar y esquíes. Pino añadió varios mosquetones a su ya pesado bulto, otro piolet, crampones, esquíes, pieles de foca para los esquíes, bastones y un puñado de pitones.

Salieron a las dos de la madrugada. La luna estaba medio llena y reflejaba suficiente luz en la nieve de forma que no necesitaban la linterna. La marcha tan temprano podía haber sido un infierno, con todos ellos teniendo que cavar huecos durante la primera subida hasta llegar al espinazo, pero la tarde anterior el padre Re había enviado a todos los chicos de Casa Alpina para que realizaran la subida y descenso de ciento veintidós metros en vertical; en realidad, una forma de compactar la nieve de la montaña. A pesar del dolor crónico de su cadera, el sacerdote fue abriendo el paso durante la mayor parte del camino.

El resultado fue un sendero de nieve compactada que subía directamente por el flanco occidental del Groppera. Aquello fue lo que probablemente le salvó la vida a la señora Napolitano. Aunque solo llevaba su apreciado violín en su funda, subió con gran esfuerzo aquella pendiente inicial, deteniéndose a menudo, sin aliento, negando con la cabeza antes de abrazarse al violín con ambas manos para continuar avanzando.

Durante la subida, para la que tardó casi una hora, Pino no dijo mucho más, aparte de expresiones para animarla como: «Así. Lo está haciendo bien. Solo un poco más y podremos descansar un rato».

Se dio cuenta de que decir algo más que eso no serviría de nada. No era como las barreras psicológicas que había conseguido derribar con el dueño de la tienda de puros desviando su atención. La señora Napolitano simplemente no tenía la forma física necesaria para realizar una subida tan exigente. Mientras la seguía montaña arriba, rezaba por que ella tuviese el ánimo y la determinación suficientes para compensar.

La nieve y las grietas cada vez más profundas habían hecho que el terreno de la cuenca fuese más traicionero, pero, con la ayuda de Pino, la violinista lo atravesó sin incidentes. Sin embargo, cuando llegaron a la cola del dentado espinazo, la señora Napolitano empezó a temblar.

—No sé si puedo hacerlo —dijo—. Debería regresar con tu hermano. Estoy retrasando a los demás.

—No puede quedarse en Casa Alpina —contestó Pino—. Es demasiado peligroso para cualquiera permanecer allí mucho tiempo.

La violinista no dijo nada, pero, entonces, se giró, se apretó el vientre y vomitó.

—¿Señora Napolitano? —dijo Pino.

—No pasa nada —contestó ella—. Ya se pasa.

—¿Está embarazada? —preguntó la señora D'Angelo en medio de la oscuridad.

—Una mujer siempre lo sabe —respondió la señora Napolitano, jadeando.

«¿Está embarazada?». Un peso cayó sobre los hombros de Pino. «¡Dios mío! ¿Un bebé? ¿Y si...?».

—Debe seguir subiendo por su bebé —le dijo la señora D'Angelo a la señora Napolitano—. Es mejor que no vuelva. Ya sabe lo que eso podría implicar.

—¿Pino? —susurró su hermano tras un largo silencio—. Yo puedo llevarla de vuelta, dejar que se acostumbre más a la altura.

Pino estaba a punto de decir que sí, pero, en ese momento, habló la señora Napolitano.

—Voy a subir.

«¿Pero qué pasa si le da el mal de altura y el bebé...?».

Pino se obligó a abandonar esos pensamientos. No podía dejar que el miedo se apoderara de su mente. El miedo no servía de nada allí. Tenía que pensar y tenía que hacerlo con claridad.

Sin parar de repetirse esto una y otra vez, Pino cogió la segunda cuerda de Mimo y rodeó con ella las axilas de la señora Napolitano. A continuación, trepó por la cola de la cresta. Con Mimo detrás de ella, Pino tiraba, arrastrando a la violinista por el espinazo. Era una ardua tarea aún más difícil por el hecho de que ella llevara la funda del violín y no se la cediera a Mimo.

—Va a tener que dejar el violín —dijo Pino mientras volvía a lanzar la cuerda abajo.

—Jamás —respondió ella—. El violín no se va a separar nunca de mí.

—Entonces, deje que lo lleve yo. Le haré sitio en mi mochila y se lo devolveré cuando lleguemos a Suiza.

Bajo la luz de la luna, pudo ver cómo la señora Napolitano le daba vueltas a la idea.

—En el sitio al que nos dirigimos voy a necesitar que tenga las manos y los pies libres —insistió él—. Si lleva el violín va a poner en peligro la vida de su bebé.

Tras una pausa, se lo entregó.

—Es un Stradivarius. Es lo único que me queda ya.

—Lo cuidaré como lo haría mi padre —respondió él a la vez que ataba la funda del violín bajo la solapa de la mochila.

Rápidamente, Pino tiró de los hijos de los D'Angelo, que estaban viviendo todo aquello como una gran aventura, y después de sus padres, que les animaban a mantener esa actitud. Tal y como había hecho casi con cada grupo de refugiados, Pino los unió a todos con cuerda, colocando a la señora Napolitano justo detrás de él, seguida de la señora D'Angelo, los niños, el señor D'Angelo y Mimo en la retaguardia.

Antes de que pudieran empezar a subir por la cresta, el niño empezó a gimotear y a reñir con su hermana.

—Basta —susurró Pino con fuerza.

—Aquí arriba no nos puede oír nadie —dijo Anthony.

—La montaña puede oírnos —respondió con firmeza Pino—. Y, si habláis muy alto, se despertará y se removerá por debajo de su manta lanzando avalanchas que nos enterrarán a todos.

—¿La montaña es un monstruo? —preguntó Anthony.

—Como un dragón —contestó Pino—. Así que debemos tener cuidado y ser silenciosos, porque estamos subiendo por su espalda escamosa.

—¿Dónde tiene la cabeza? —preguntó Judith.

—Por encima de nosotros —dijo Mimo—. Entre las nubes.

Eso pareció satisfacer a los niños y el grupo se puso de nuevo en marcha. Lo que le había llevado menos de una hora la última vez que había subido por la ruta más dura les llevó ahora casi dos. Eran las cuatro y media de la madrugada cuando llegaron a la chimenea. Pino pudo distinguir el hueco en la casi vertical faz de la montaña, pero necesitaba más luz aparte de la de la luna si iban a subir por ella.

Vació agua en la linterna de carburo y apretó bien la tapa para sellar los vapores que enseguida invadieron el depósito. Tras esperar un minuto, abrió la válvula de gas y le dio a la llave. En el segundo intento, una fina llama azul se iluminó delante de la placa reflectora desprendiendo suficiente luz chimenea arriba para que todos pudiesen ver el desafío que les esperaba.

—Dios mío —gimió la señora Napolitano—. Ay, Dios mío.

Él le puso la mano en el hombro.

—No es tan malo como parece.

—Es peor de lo que parece.

—No lo es. En septiembre, cuando la roca estaba desnuda, resultaba peor, pero ¿ve el hielo que hay a ambos lados? Ese hielo ha estrechado el hueco y lo ha hecho más fácil de subir.

Pino miró a su hermano.

—Puede que esto me lleve un rato, pero voy a formar escalones. Haz que sigan moviéndose y que se mantengan calientes hasta que me oigas silbar con la señal de que voy a bajar los piolets. Entonces, ata al señor D'Angelo y envíamelo. Voy a necesitar su fuerza ahí arriba. Tú subirás el último.

Por una vez, Mimo no protestó por ir el último. Pino se soltó de la cuerda del grupo, dejó en el suelo su mochila y se puso los crampones. Con el rollo de cuerda de Mimo colgado en bandolera, cogió su piolet y el de Mimo y rezó antes de empezar a subir. De espaldas a la montaña, Pino se recordó que no debía mirar hacia abajo antes de hincar las puntas de sus crampones para apoyarse, extendió las manos hacia arriba y clavó las puntas afiladas de los piolets en el hielo.

Con cada medio metro que avanzaba, Pino se detenía y tallaba escalones llanos para los demás. Era una tarea exasperantemente lenta y, cuanto más subía, más consciente era de las luces que iban apareciendo abajo, una a una, en Campodolcino. Sabía que alguien con prismáticos podría ver la linterna de minero iluminando el interior de la chimenea de hielo, pero sabía también que no tenía otra opción.

Cuarenta minutos después, empapado de sudor, Pino llegó al balcón. Mantuvo la linterna encendida el tiempo suficiente para atar un mosquetón a un pitón que había introducido en la roca la última vez que había subido por allí y para pasar un extremo de la cuerda por el mosquetón antes de probarlo con su peso. El anclaje funcionaba.

Pino ató los piolets y sus crampones a la cuerda, silbó y, luego, los bajó por la chimenea. Varios minutos después, oyó que su hermano silbaba y tiraba de la cuerda. El señor D'Angelo ascendió hasta al balcón quince minutos más tarde. Juntos tiraron de su hijo, de su hija y de su esposa rápidamente.

Pino oyó los gemidos asustados de la señora Napolitano aun antes de que entrara por el hueco helado. Bajó la linterna de minero para que ella la utilizara. Al parecer, la luz adicional no hizo más que aumentar el terror de la violinista embarazada. Temblando de la cabeza a los pies, cogió los piolets y apretó con fuerza los crampones en el interior de la chimenea.

—Primero la mano derecha —dijo Mimo—. Dé un fuerte golpe ahí, en los sitios que Pino ha dejado planos.

La señora Napolitano lo hizo, pero sin fuerza, y el piolet se soltó antes de que ella pudiera dejar caer todo su peso sobre él.

—No puedo —dijo—. No puedo.

—Suba los escalones que Pino ha hecho —le ordenó Mimo—. Clave con fuerza los piolets y los crampones durante toda la subida.

—Pero me puedo resbalar.

—No mientras nosotros le sujetemos la cuerda —gritó Pino chimenea abajo—. Y, desde luego, no si clava esos crampones y maneja los piolets con decisión…, como el arco de su violín cuando toca *con smania*.

Ese último consejo, en referencia a lo de tocar con pasión, pareció convencerla, pues la señora Napolitano comenzó a dar tajos hacia arriba con el piolet de su mano derecha. Desde arriba, Pino oía cómo la punta se clavaba con fuerza en el hielo. Se echó para atrás para ayudar al señor D'Angelo con la cuerda y mandó a su esposa que se apoyara sobre el vientre y mirara por el borde de la chimenea para informarles cada vez que la violinista embarazada fuese a desplazar su peso y a elevarse. Mientras los demás habían subido de medio metro en medio metro, su ascenso avanzaba por centímetros.

A casi cuatro metros por encima del suelo, la señora Napolitano perdió de algún modo el equilibrio, soltó un chillido y cayó. La sujetaron y ella se quedó colgando, entre gemidos y sollozos hasta que pudieron convencerla de que lo intentara de nuevo. Después de treinta y cinco angustiosos minutos, tiraron de ella para subirla hasta el balcón. Bajo la luz oscilante de la linterna, con la escarcha que le cubría la ropa y los mocos helados que le colgaban del rostro, parecía como si hubiese hecho un recorrido de ida y vuelta por un infierno helado.

—Ha sido odioso —dijo ella cayendo al suelo—. He odiado cada segundo.

—Pero está aquí —contestó Pino con una sonrisa—. No muchos pueden hacerlo y usted lo ha conseguido. Por su bebé.

La violinista colocó sus manoplas por encima de su abrigo y su vientre y cerró los ojos. Tardaron otros veinte minutos hasta que pudieron izar las mochilas, tarea complicada por los bastones y los esquíes que llevaban atados a los lados, y otros quince para que Mimo subiera por la chimenea.

—No ha estado muy mal —dijo Mimo.

—Debieron de torturarte cuando eras niño —dijo la señora Napolitano.

En el reloj de Pino eran casi las seis. El amanecer llegaría pronto. Quería alejarlos antes de la faz del Groppera. Les ató de nuevo a todos con la cuerda y empezaron a subir.

A las seis y media, cuando deberían haber estado viendo los primeros claros en el cielo por el este, de repente se puso más oscuro de lo que lo había estado durante todo ese calvario. La luna había desaparecido. Pino notó que el viento cambiaba también y ahora venía del norte y con más fuerza.

—Tenemos que movernos más rápido —dijo—. Viene una tormenta.

—¿Qué? —gritó la señora Napolitano—. ¿Aquí arriba?

—Es aquí donde se dan las tormentas —le explicó Mimo—. Pero no se preocupe. Mi hermano conoce el camino.

En efecto, Pino sí que conocía el camino y durante la siguiente hora, mientras la luz del día comenzaba a aparecer entre la ligera nevada, avanzaron sin tregua. El hecho de que nevara era bueno, pensó Pino. Les ayudaría a esconderse de los ojos de los curiosos.

Sobre las siete y media, la tormenta se intensificó y Pino sacó unas gafas para la nieve que su padre le había regalado en Navidad, con protectores laterales de piel para que no les entrara la nieve. Unas nubes oscuras envolvieron el Groppera. Enfriadas por el risco congelado que tenían encima, las nubes empezaron a derramar nieve sobre ellos. Pino se esforzó por controlar la sensación de pánico mientras usaba los bastones de esquiar para abrirse camino, muy consciente de que, cuanto más subieran, mayores serían las probabilidades de dar un paso en falso. El viento empezó a arremolinarse provocando fuertes ráfagas de nieve. La visibilidad era tan poca que casi tenía que escalar a ciegas y eso le inquietaba. Pino estaba tratando de mantener la fe, pero sentía cómo las dudas y la creciente preocupación le invadían la mente. ¿Y si tomaba el ángulo equivocado de la ruta? ¿Y si tropezaba en un momento crucial y se caía? Con su peso, todos terminarían rompiéndose el cuello. Notó un tirón de la cuerda que le hizo detenerse.

—No puedo ver nada —gritó Judith.

—Yo tampoco —dijo su madre.

—Entonces, vamos a esperar —propuso Pino tratando de mantener una voz calmada—. Pónganse de espaldas al viento.

La nieve seguía cayendo. Si el viento hubiese estado soplando con fuerza de forma constante, no habrían podido cruzar la pasarela. Pero soplaba con fuertes rachas y amainaba hasta casi desaparecer cada pocos minutos. Durante esos intervalos en los que Pino podía distinguir el camino, se abrieron paso hacia arriba hasta que el borde superior de la vertiente se allanó y se volvió estrecho. Quince metros más adelante, pudo distinguir el sendero y las bocas nevadas y cóncavas de las rampas de avalancha a cada lado.

—Tenemos que ir por aquí de uno en uno —dijo—. ¿Ven las pequeñas depresiones blancas de nieve junto al espinazo? No pisen ahí. Coloquen los pies exactamente donde yo lo haga y no les pasará nada.

—¿Qué hay debajo de esa nieve? —preguntó la señora Napolitano.

Pino no quería decírselo.

—Aire —contestó Mimo—. Mucho aire.

—Ah —dijo ella—. ¡Ah!

Pino deseó darle una bofetada a su hermano.

—Vamos, señora Napolitano —dijo Pino tratando de hablar con tono animoso—. Ya ha llegado hasta aquí y ha ido por sitios aún peores. Y yo estaré agarrando el otro extremo de la cuerda.

La violinista resopló, vaciló un instante y, después, asintió levemente. Pino desató la cuerda del grupo y la ató a la de Mimo para hacerla más larga.

—A partir de ahora, mantén la boca cerrada —le susurró a su hermano mientras lo anudaba.

—¿Qué? —preguntó Mimo—. ¿Por qué?

—A veces, cuanto menos se sepa, mejor.

—Pues, en mi país, cuanto más se sabe, mejor es.

Al ver que la discusión iba a ser inútil, Pino se ató la cuerda a la cintura. Se imaginó que era un equilibrista y sostuvo los bastones de esquí en horizontal para mantener el equilibrio.

Cada paso era terrible. Probaba primero con la punta de su crampón, pisando suavemente hasta oír que tocaba roca o hielo y, después, apoyaba el tacón directamente sobre ese punto. En dos ocasiones notó que se tambaleaba, pero en las dos consiguió erguirse antes de llegar a la estrecha cornisa que había al otro lado. Se detuvo y apoyó la frente en la roca hasta que se sintió lo suficientemente recompuesto como para introducir un pitón en la pared.

Metió la cuerda a través de él. Mimo tiró de ella hasta que quedó tensa, como una barandilla. El viento sopló con fuerza. La nieve volvió a cegarlos. Quedaron bloqueados visualmente durante más de un minuto. Cuando se calmó y pudo distinguir a los demás en el otro lado de la pasarela, parecía un espectro.

Pino tragó saliva.

—Envía primero a Anthony.

Anthony se agarró a la cuerda tensa con la mano derecha y colocó las botas justo sobre las huellas de Pino. Cruzó en un minuto. Judith siguió a su hermano, agarrada a la cuerda y colocando sus botas sobre las huellas de Pino. Lo consiguieron con relativa facilidad.

La señora D'Angelo fue la siguiente. Se quedó inmóvil entre las rampas de avalancha, mirando hipnotizada.

—Vamos, mamá —le gritó entonces su hijo—. Puedes hacerlo.

Ella siguió adelante y, cuando llegó a la cornisa, envolvió a sus hijos con sus brazos y empezó a llorar. El señor D'Angelo fue después y logró cruzar en pocos segundos. Explicó que de niño había practicado gimnasia.

El viento empezó a rachear antes de que la señora Napolitano pudiera emprender su marcha. Pino se maldijo. Sabía que el truco mental para cruzar una pasarela así era no pensar en ello hasta que de verdad estuvieses en movimiento. Pero ella no podría evitar pensarlo ahora.

Sin embargo, su ascenso por la chimenea parecía haber animado a la señora Napolitano, porque, cuando el viento menguó y la visibilidad regresó, empezó a cruzar sin que Pino le dijera nada. Cuando llevaba tres cuartas partes de la pasarela, el viento volvió a rachear y ella desapareció en medio de un remolino blanco.

—No mueva ni un músculo —gritó Pino al vacío—. ¡Espere!

La señora Napolitano no contestó. Él siguió tanteando la cuerda con suavidad, sintiendo el peso de la mujer hasta que, por fin, el viento cesó y ella apareció allí cubierta de nieve, inmóvil como una estatua.

Cuando alcanzó la cornisa, se quedó agarrada a Pino con fuerza durante varios segundos.

—Creo que nunca en mi vida he estado más asustada. Estoy segura de que jamás he rezado tanto.

—Sus plegarias han sido atendidas —dijo él dándole palmadas en la espalda y, a continuación, silbando a su hermano.

Con un extremo de la larga cuerda firmemente atado a la cintura de Mimo y preparado para ir recogiendo cuerda, Pino gritó:

—¿Preparado?

—Nací preparado —respondió Mimo antes de empezar a avanzar rápido y confiado.

—Despacio —le advirtió Pino tratando de tirar de la cuerda por el pitón y el mosquetón con la mayor rapidez que le era posible.

Mimo estaba ya entre las dos rampas de avalanchas.

—¿Por qué? —preguntó—. El padre Re dice que soy medio cabra montesa.

Nada más salir esas palabras de su boca, tuvo un pequeño tropezón. Su pie derecho salió disparado demasiado lejos y se hundió. Se oyó un sonido como si alguien estuviese ahuecando una almohada. Entonces, la nieve de la rampa empezó a arremolinarse y a deslizarse como el agua que cae por un desagüe y, para espanto de Pino, su hermano pequeño se hundió con ella, desapareciendo en medio de un remolino blanco.

11

Mimo! —aulló Pino tirando hacia atrás de la cuerda.

El peso de su hermano dio un tirón en el vacío y casi le hizo caer.

—¡Ayúdeme! —le gritó Pino al señor D'Angelo.

La señora Napolitano llegó primero; agarró la cuerda por detrás de Pino con sus manoplas y echó su peso hacia atrás. La cuerda se sostuvo. La carga, también.

—¡Mimo! —llamó Pino—. ¡Mimo!

No hubo respuesta. El viento empezó a soplar con fuerza y, con él, el mundo sobre la rampa de avalancha desapareció.

—¡Mimo! —volvió a gritar Pino.

Por un momento, hubo un silencio y, después, se oyó una voz débil y agitada.

—Estoy aquí. Dios, subidme. Por debajo de mí no hay más que aire. Creo que me voy a marear.

Pino tiró de la cuerda, pero no retrocedió.

—Se me ha enganchado la mochila con algo —dijo Mimo—. Bajadme un poco.

El señor D'Angelo había ocupado ya el lugar de la señora Napolitano y, aunque no le gustaba ceder terreno en una situación así, Pino dejó a regañadientes que la cuerda se deslizara entre sus guantes de piel.

—Ya está —dijo Mimo.

Tiraron con fuerza y subieron a Mimo hasta el borde. Pino amarró la cuerda y le pidió al señor D'Angelo que le sujetara con fuerza las piernas contra el suelo mientras él se asomaba por encima del hueco para poder agarrar la mochila de su hermano. Al ver que el gorro de Mimo no estaba y que sangraba por un feo corte en la cabeza, y al ver también cómo la rampa descendía abruptamente por debajo de él, Pino sintió una oleada de adrenalina e izó a su hermano hasta la cornisa.

Los dos se quedaron sentados con la espalda apoyada en la roca, respirando con dificultad.

—No vuelvas a hacer eso nunca más —dijo por fin Pino—. Mamá y papá no me lo perdonarían jamás. Yo nunca me lo perdonaría.

—Creo que es lo más bonito que me has dicho en tu vida —jadeó Mimo.

Pino echó el brazo por encima del cuello de su hermano y le abrazó con fuerza.

—Vale, vale —protestó Mimo—. Gracias por salvarme la vida.

—Tú habrías hecho lo mismo.

—Claro que sí, Pino. Somos hermanos. Siempre.

Pino asintió mientras sentía que nunca había querido a su hermano tanto como en ese momento.

La señora D'Angelo tenía algunas nociones de primeros auxilios. Usó la nieve para limpiar la herida en el cuero cabelludo y detener la salida de sangre. Cortó en trozos una bufanda para hacer vendas y envolvió con el resto la cabeza de Mimo formando un gorro improvisado que, según los niños, le hacía parecer un adivino.

Las rachas de viento se calmaron, pero la nieve caía con más fuerza mientras Pino les conducía por aquella cornisa a lo largo de la parte inferior del risco.

—No podemos subirla —dijo el señor D'Angelo alzando la cabeza hacia la aguja, que era como una punta de lanza helada que se elevaba por encima de ellos.

—Vamos a rodearla —contestó Pino. Apretó el pecho contra la pared y empezó a caminar de lado.

Justo antes de girar la esquina donde la cornisa se estrechaba unos diecinueve o veinte centímetros, volvió la cabeza hacia la señora Napolitano y los demás.

—Aquí hay un cable. Está congelado, pero podrán sujetarse a él. Quiero que lo agarren, la mano derecha con los nudillos hacia arriba y la izquierda con los nudillos hacia abajo, por encima y por debajo, ¿de acuerdo? No se suelten bajo ninguna circunstancia hasta llegar al otro lado.

—¿Al otro lado de qué? —preguntó la señora Napolitano.

Pino miró hacia la pared y hacia abajo y se dio cuenta de que la nieve impedía ver con claridad lo que, en realidad, era una caída interminable a la que sería imposible sobrevivir.

—Tendrán la pared de la roca justo delante de sus narices —explicó Pino—. Miren hacia delante y a los lados, pero no hacia atrás ni hacia abajo.

—Esto no me va a gustar, ¿verdad? —preguntó la violinista.

—Me apuesto a que tampoco le gustó la primera noche que tocó en La Scala, pero lo hizo, y puede hacer esto también.

A pesar de la escarcha que tenía en la cara, ella se lamió los labios, se estremeció y, a continuación, asintió.

Después de todo lo que habían pasado, cruzar la cara del risco con el cable por el saliente resultó ser más fácil de lo que Pino se esperaba. Ese lado del pico daba al sudeste y tenían la tormenta a sotavento. Los cinco refugiados y Mimo cruzaron sin más incidentes.

Pino se dejó caer sobre la nieve dando gracias a Dios por haber velado por ellos y rezando por que ya hubiese pasado lo peor. Pero los vientos volvieron a levantarse, no con rachas, sino con una fuerza constante que hacía que los copos de nieve se clavaran en sus rostros como agujas de hielo. Cuanto más avanzaban arduamente hacia el noreste, peor se ponía la tormenta, hasta que Pino ya no estuvo del todo seguro de dónde estaba. De todos los obstáculos a los que se habían enfrentado desde que habían salido de Casa Alpina esa mañana, ir a ciegas en una tormenta de nieve por aquella cresta desprotegida era lo más peligroso, por lo menos para Pino. Pizzo Groppera estaba lleno de grietas en esa época del año. Podían caer seis metros o más por una de ellas sin que les localizaran hasta la primavera. Aunque pudiese evitar los peligros físicos de la montaña, al frío y a la humedad les acompañaba la amenaza de la hipotermia y la muerte.

—¡No veo nada! —gritó la señora Napolitano.

Los niños D'Angelo empezaron a llorar. Judith no se sentía los pies ni las manos. Pino estaba al borde del pánico cuando, por delante de él, entre la tormenta, apareció un montículo de piedras. Aquel mojón hizo que Pino se orientara de inmediato. Por delante de ellos se encontraba Val di Lei, pero el bosque estaba todavía a cuatro o puede que cinco kilómetros. Entonces, recordó que a lo largo del sendero que subía al norte desde el montículo había otra cabaña de pastor con una estufa de leña.

—¡No podemos seguir hasta que se levante la tormenta! —les gritó Pino—. ¡Pero sé de un sitio donde podemos refugiarnos, calentarnos y esperar a que pase!

Los refugiados asintieron aliviados. Treinta minutos después, Pino y Mimo estaban a cuatro patas, excavando en la nieve para abrir la puerta del cobertizo. Pino se asomó primero y encendió la linterna de minero. Mimo se aseguró de que la estufa no guardaba una trampa y metió leña. Antes de encenderla, Pino salió una vez más a la nieve e invitó a entrar a los otros antes de subir al tejado para asegurarse de que la chimenea estaba limpia.

Cerró la puerta con fuerza y le dijo a su hermano que encendiera la estufa. Las cerillas prendieron en la yesca seca y enseguida las astillas y los troncos ardieron en llamas. La luz del fuego mostró el agotamiento de sus caras.

Pino supo que había tomado la decisión correcta al ir ahí y dejar que la tormenta pasara antes de seguir. Pero ¿estaría el señor Bergstrom en el bosque que había al otro lado de Val di Lei? El suizo supondría que la tormenta habría retrasado su avance. Regresaría cuando hubiese pasado, ¿verdad?

Momentos después, esas preguntas quedaron a un lado. La estufa estaba casi incandescente y emitía un delicioso calor en el interior de la cabaña de suelo de tierra y techo bajo. La señora D'Angelo le quitó las botas a Judith y empezó a masajear los pies helados de su hija.

—Me pica —dijo Judith.

—Es la sangre que vuelve a circular —le explicó Pino—. Siéntate más cerca del fuego y quítate los calcetines.

Enseguida empezaron todos a desnudarse. Pino miró el estado de la herida de Mimo, que había dejado de sangrar, y luego sacó comida y bebida. Calentó té en la estufa y comieron queso, pan y salami. La señora Napolitano dijo que era lo mejor que había comido en su vida.

Anthony se quedó dormido en el regazo de su padre. Pino apagó la linterna y cayó en un sueño profundo y tranquilo. Se despertó bastante después y vio que a su alrededor todos dormían. A continuación, comprobó el fuego, que se había reducido a rescoldos.

Horas más tarde, un sonido parecido al del motor de una locomotora despertó a Pino. El tren se dirigía retumbando hacia ellos, haciendo temblar el suelo. Después pasó, y entonces no quedó más que un profundo silencio, que duró largos segundos, interrumpido tan solo por el quejido y los chasquidos de los troncos que sujetaban el tejado. En lo más profundo de su ser, Pino supo que volvían a estar en peligro.

—¿Qué es eso, Pino? —gritó la señora Napolitano.

—Una avalancha —contestó Pino tratando de controlar el temblor de su voz mientras buscaba a tientas la linterna de minero—. Ha caído justo encima de nosotros.

Encendió la linterna. Fue a la puerta, la abrió y se quedó sobrecogido. La nieve endurecida de la avalancha y los escombros habían bloqueado por completo la única salida del cobertizo.

Mimo fue a su lado y vio la densa pared de hielo y nieve.

—Santa María, madre de Dios, Pino —susurró aterrado—. Nos ha enterrado vivos.

El cobertizo se llenó de gritos y de lamentos de preocupación. Pino apenas los oía. Miraba fijamente a la pared de nieve y sentía como si la madre de Dios y Dios mismo le hubiesen traicionado a él y a todos los que estaban en esa cabaña. «¿De qué sirve ahora la fe? Esta gente solo quería ponerse a salvo, refugiarse de la tormenta y, en su lugar, lo único que reciben es…».

Mimo se agarró a su brazo.

—¿Qué vamos a hacer?

Pino se quedó mirando a su hermano, oyendo las preguntas asustadas que los D'Angelo y la señora Napolitano le disparaban y sintiéndose completamente abrumado. Al fin y al cabo, solo tenía diecisiete años. Una parte de él quería sentarse con la espalda apoyada a la pared, dejar caer la cabeza y llorar.

Pero, entonces, los rostros que le miraban bajo el resplandor de la linterna volvieron a enfocarse. Le necesitaban. Estaban bajo su responsabilidad. Si morían, sería culpa de él. Eso encendió algo en su interior y miró su reloj. Eran las diez menos cuarto de la mañana.

«Aire», pensó. Y, con esa palabra, su mente se aclaró y se marcó un objetivo.

—Quédense todos en silencio y quietos —ordenó antes de acercarse a la estufa fría y girar el regulador del tiro. Para su alivio, se movió. La nieve no había llegado tan abajo por la chimenea—. Mimo, señor D'Angelo, necesito ayuda —añadió Pino mientras se ponía los guantes y trataba de soltar la chimenea de la estufa.

—¿Qué haces? —preguntó la señora Napolitano.

—Intentar que no nos asfixiemos.

—Ay, Dios mío —dijo la violinista—. Después de todo lo que he pasado, mi bebé y yo vamos a morir ahogados aquí dentro.

—No si yo puedo evitarlo.

Pino desconectó la estufa y la apartó. Después, cerca del techo, quitaron la sección inferior de la chimenea metálica ennegrecida y la dejaron también a un lado.

Pino trató de iluminar el interior del tubo con la linterna de minero, pero no pudo ver mucho. Metió la mano por el agujero para ver si notaba brisa, alguna señal de que el aire entraba. Nada. Tratando de controlar el pánico, cogió uno de sus bastones de esquí de bambú y usó el cuchillo para cortar el cuero y el aro metálico del extremo, dejándolo solo con la punta de acero expuesta.

Metió el bastón por el agujero de la chimenea. Se detuvo cuando la mitad desapareció dentro. Entonces empujó contra lo que obstruía. Se desprendió nieve que cayó en el suelo. Empezó a dar más golpes y giros sondeando con el bastón de esquí y provocando un continuo río de nieve que caía por el tubo. Cinco minutos. Diez minutos. Empujaba el bastón y todo su brazo por la chimenea y aún seguía bloqueada.

—¿Cuánto podemos durar aquí sin aire? —preguntó Mimo.

—No tengo ni idea —dijo Pino a la vez que volvía a bajar y subir el bastón.

Cogió un segundo bastón de esquí y cortó las tiras de piel del extremo para formar otras más estrechas. Con las tiras y su cinturón consiguió unir los dos bastones por los extremos, la punta de uno al mango del otro. La unión era insegura, como poco, y Pino no podía ya golpear con la misma fuerza que con un solo bastón.

«¿Cuánto tiempo podemos sobrevivir sin aire? ¿Cuatro horas? ¿Cinco? ¿Menos?».

Mimo, el señor D'Angelo y Pino se turnaban para arañar la nieve de la chimenea mientras la señora Napolitano, la señora D'Angelo y los niños se acurrucaban en el rincón, mirándolos. Todos sus esfuerzos y exhalaciones habían hecho que el interior del cobertizo estuviese más templado, casi caliente. El sudor chorreaba por la cabeza de Pino mientras seguía empujando con los bastones de esquí hacia arriba, desprendiendo trozos de nieve poco a poco.

Dos horas después de empezar, cuando el mango del bastón más bajo llegaba casi hasta el techo, dio con algo que parecía imposible de mover. Siguió golpeándolo, pero lo único que conseguía era sacar astillas de hielo. Tenía que haber un bloque entero allí arriba.

—No sirve —dijo Mimo con frustración.

—Sigue tú —le ordenó Pino, apartándose.

Hacía ya un calor sofocante en el cobertizo. Pino se quitó la camisa y notó que le costaba respirar. «¿Ha llegado el momento? ¿Dolerá no tener aire?». A su mente acudió el recuerdo de un pez al que había visto una vez moribundo en la playa de Rapallo, cómo movía la boca y las branquias buscando agua, con movimientos cada vez más pequeños que los anteriores hasta que dejó de hacer ninguno. «¿Es así como vamos a morir? ¿Como un pez?».

Pino se esforzaba por controlar el pánico que se arremolinaba en su estómago mientras su hermano y, después, el señor D'Angelo continuaban rompiendo la obstrucción. «Por favor, Dios mío», rezó. «Por favor, no nos dejes morir aquí de esta forma. Mimo y yo estábamos intentando ayudar a estas personas.

No merecemos morir así. Merecemos salir y seguir ayudando a gente a escapar de…».

Algo bajó por la chimenea repiqueteando hasta golpear contra las manos de Mimo.

—¡Ah! —gritó de dolor—. Maldita sea, me ha hecho daño. ¿Qué ha sido eso?

Pino dirigió la linterna hacia el suelo. Un trozo de hielo del tamaño de dos puños yacía entre la suciedad. Después, vio unas sombras moviéndose en las paredes y en el suelo alrededor del trozo de hielo. Fue al tubo de la chimenea, metió la mano en él y sintió una pequeña pero continua corriente fría.

—¡Tenemos aire! —exclamó abrazando a su hermano.

—¿Excavamos? —preguntó el señor D'Angelo.

—Sí, excavamos —confirmó Pino.

—¿Crees que podrás? —preguntó la señora Napolitano.

—No hay alternativa —contestó Pino mirando por el conducto mientras veía una luz pálida y recordaba lo mucho que sobresalía la chimenea del tejado. Después, observó la puerta abierta y la pared de escombros blancos que bloqueaban la entrada. La parte superior del marco de la puerta era baja, como de metro y medio. Imaginó un túnel con un ángulo ascendente. Pero ¿cómo de largo?

Mimo debía de estar pensando también lo mismo.

—Tenemos que cavar al menos tres metros.

—Más —dijo Pino—. No podemos cavar un agujero directamente hacia arriba. Vamos a tener que hacer un ángulo hasta la puerta para que podamos subir a gatas por él.

Utilizaron los piolets, un hacha de mano y la pequeña pala metálica que había junto a la estufa de leña para atacar los escombros de la avalancha. Cavaron en un ángulo de setenta grados con respecto al marco de la puerta, tratando de excavar un paso lo suficientemente grande como para poder gatear por él. La primera parte de un metro fue relativamente fácil. La nieve estaba más suelta. Pequeños bloques y flujos de hielo y escombros del tamaño de la gravilla se fueron soltando con cada golpe del piolet.

—Saldremos después de que oscurezca —dijo Mimo llevando la nieve con la pala hacia la parte más oscura del cobertizo.

La linterna de Pino se quedó sin carburo, dejándoles completamente a oscuras.

—Mierda —maldijo Mimo.

—Mami —gimoteó Anthony.

—¿Cómo vamos a cavar sin ver? —preguntó la señora Napolitano.

Pino encendió una cerilla, buscó en su mochila y sacó dos cirios. Tenía tres. Y Mimo también. Los encendió y los colocó encima y al lado de la puerta. Ya no tenían el fuerte resplandor de la linterna, pero sus ojos se adaptaron enseguida a la luz parpadeante y volvieron a ocuparse de los escombros de la avalancha, haciendo tajos y picando sobre lo que ahora parecía un bloque rígido de nieve y hielo. Sobrecalentados por la fricción provocada por la avalancha, los escombros se habían vuelto en algunos sitios tan sólidos como el cemento.

Los avances eran lentos. Pero cada fragmento que quitaban era motivo de celebración y, despacio, empezó a formarse el túnel, más ancho que los hombros de Pino, primero de un metro de largo, después de casi dos. Se turnaban. El hombre que se ponía al frente picaba el hielo y la nieve y los otros dos llevaban esta hasta el interior del cobertizo, donde la familia D'Angelo y la señora Napolitano estaban apartados en un rincón, viendo cómo crecía el montón de nieve.

—¿Tendremos espacio suficiente para toda la nieve? —preguntó la violinista embarazada.

—Si es necesario, encenderemos la estufa para que se derrita un poco —contestó Pino.

A las diez de esa noche, según los cálculos de Pino, habían avanzado cuatro metros desde la puerta cuando tuvo que rendirse. Ya no podía seguir blandiendo los piolets. Tenía que comer y dormir. Todos tenían que comer y dormir.

Dividió las provisiones que quedaban en las mochilas mientras Mimo y el señor D'Angelo volvían a montar la estufa. Dividió la mitad de las provisiones en seis raciones y comieron carne curada, frutos secos, nueces y queso. Bebieron más té y se acurrucaron juntos antes de que Pino encendiera la estufa y apagara la antepenúltima vela.

En dos ocasiones durante esa noche soñó que le enterraban vivo en un ataúd y se despertó sobresaltado para oír la respiración de los demás y el traqueteo de la estufa al enfriarse. La nieve se había derretido en el suelo de tierra y sabía que pronto estarían tumbados en medio del barro frío. Pero estaba tan cansado y sentía tanto dolor y calambres en los músculos que no le importó. Se quedó dormido por tercera vez.

Mimo le despertó horas después. Había encendido la penúltima vela.

—Son las seis de la mañana —dijo su hermano—. Es hora de salir de aquí.

Volvía a hacer frío. A Pino le dolían los huesos. Le dolía cada articulación. Pero se dispuso a dividir la última comida y el agua que había derretido la noche anterior en la estufa.

El señor D'Angelo fue el primero en adentrarse en el túnel. Estuvo veinte minutos. Mimo estuvo treinta y salió deslizándose empapado de sudor y del hielo derretido.

—He dejado el piolet y la vela ahí arriba —dijo—. Vas a tener que encenderla otra vez.

Pino volvió a subir a gatas por el túnel, que ahora era de unos cinco metros de largo según sus cálculos. Cuando llegó a la pared, se dio la vuelta y encendió una de sus últimas cerillas. La vela estaba menguando.

Atacó la nieve y el hielo con furia. Picó, acuchilló y rompió fragmentos de nieve. Sacó, empujó y pateó el escombro congelado hacia atrás.

—¡Más despacio! —gritó Mimo tras treinta minutos de sufrimiento—. No podemos seguir este ritmo.

Pino se detuvo, jadeando como si hubiese corrido una larga carrera, y miró la vela, que ahora era apenas un cabo que chisporroteaba con las gotas de agua que caían de vez en cuando del techo del túnel.

Extendió el brazo y acercó la vela para colocarla en un saliente que había cortado con el piolet. Después, se dispuso a picar de nuevo, a un ritmo más lento que antes y con más estrategia. Buscaba las grietas de la superficie y probaba a cortar en ellas. Empezaron a desprenderse trozos de formas triangulares y extrañas de unos diez o doce centímetros de grosor.

«La nieve está distinta», pensó mientras hacía moverse los gránulos de nieve sobre su mano. Se rompía fácilmente y los cristales tenían casi formas poliédricas, como las mejores joyas de su madre. Se quedó sentado, pensando que ese tipo de nieve podría derruirse desde arriba. Mientras se abrían paso picando el bloque sólido de nieve y hielo no había considerado que el techo podría caerse. Ahora no podía pensar en otra cosa y eso le bloqueaba.

—¿Qué pasa? —preguntó Mimo mientras subía a gatas por el túnel.

Antes de que Pino pudiese contestar, la llama de la vela chisporroteó y se apagó, volviendo a dejarle en una completa oscuridad. Enterró la cara entre sus manos, abrumado por fin por la sensación de que él, al igual que la vela, estaba a punto de morir y de entrar en la oscuridad. Le inundaron oleadas de distintas emociones: miedo, desamparo e incredulidad.

—¿Por qué? —susurró—. ¿Qué hemos…?

—¡Pino! —gritó Mimo—. ¡Pino, mira ahí arriba!

Pino alzó la cabeza y vio que el túnel no había quedado del todo a oscuras. Un resplandor apagado y plateado se filtraba por el techo del túnel y sus lágrimas de desesperación pasaron a ser de alegría.

Casi habían llegado a la superficie, pero, tal y como Pino había temido, la nieve grisácea se soltó y cayó sobre él dos veces, obligándole a retroceder y a ponerse a excavar antes de que, por fin, pudiera embestir con el piolet y sentir que rompía la última resistencia.

Cuando apartó el piolet, entró la brillante luz del sol.

—¡Lo he atravesado! —gritó—. ¡Lo he atravesado!

La señora Napolitano, la señora D'Angelo y los niños estaban lanzando vítores cuando pudo empujar la cabeza y, después, los hombros por la corteza de nieve. La tormenta había pasado ya y había dejado un aire frío en la montaña que tenía un olor delicioso y un sabor aún mejor. El cielo estaba limpio y era de un azul cobalto. El sol acababa de salir por encima de las cumbres del este. Quince centímetros de nieve en polvo recién caída cubrían el campo de escombros, que supuso que era de unos cincuenta metros de ancho y mil quinientos de largo. Muy por encima de él, en el risco del Groppera, pudo ver una dentada fractura en la nieve.

Por algunos sitios, la avalancha había dejado la montaña casi desnuda. Rocas, tierra y árboles pequeños se mezclaban con la nieve recién caída. Al ver la destrucción y calcular el verdadero poder de la avalancha, pensó que era un milagro que hubiesen sobrevivido.

La señora D'Angelo también lo creía así, al igual que su marido, quien salió detrás de sus hijos. Mimo llegó al exterior siguiendo a la señora Napolitano. Pino volvió a entrar, cogió los esquíes y las mochilas y las subió por el pasadizo.

Cuando salió del túnel por última vez, se sintió agotado y lleno de gratitud. «Sí, es un milagro que lo hayamos conseguido. ¿Qué otra explicación puede haber?».

—¿Qué es eso? —preguntó Anthony apuntando hacia el fondo del valle.

—Eso, amigo mío, es Val di Lei —respondió Pino—. ¿Y esas montañas del fondo? Son Pizzo Emet y Pizzo Palù. Y, por debajo de esos picos, entre esos árboles de allí, Italia pasa a ser Suiza.

—Parece lejos —dijo Judith.

—Unos cinco kilómetros —le aclaró Pino.

—Podemos hacerlo —dijo el señor D'Angelo—. Si nos ayudamos entre todos.

—Yo no puedo —contestó la señora Napolitano.

Pino se giró y vio a la violinista embarazada sentada en un montón de nieve, con una mano sobre su vientre y la otra sosteniendo el estuche de su violín. Tenía la ropa cubierta de escarcha.

—Claro que puede —dijo Pino.

Ella negó con la cabeza y empezó a llorar.

—Todo esto. Es demasiado. Estoy manchando.

Pino no entendió nada hasta que habló la señora D'Angelo.

—El bebé, Pino.

Se le encogió el estómago. ¿Iba a perder al bebé? ¿Ahí?

«Dios mío, no. Por favor, no».

—¿No se puede mover? —preguntó Mimo.

—No debería moverme en absoluto —contestó la señora Napolitano.

—Pero no puede quedarse aquí —dijo Mimo—. Se va a morir.

—Y, si me muevo, podría morir mi hijo.

—Eso no lo sabe.

—Noto que mi cuerpo me dice que sí.

—Pero, si se queda, morirán aquí los dos —insistió Mimo.

—Es mejor así —dijo la violinista—. Yo no podría vivir si mi bebé se muere. ¡Id vosotros!

—No —respondió Pino—. La vamos a llevar a Suiza tal y como le prometí al padre Re.

—¡No pienso dar un paso! —gritó la señora Napolitano, histérica.

Pino decidió quedarse con ella y enviar a los demás con Mimo, pero entonces miró a su alrededor y reflexionó durante un momento.

—Puede que no tenga que dar ningún paso.

Dejó caer su mochila y se puso sus largos esquíes de madera con fijaciones de cuero y cable de acero para trampas de osos. Los manipuló hasta que le quedaron bien sujetos a las botas.

—¿Lista? —le preguntó a la señora Napolitano.

—¿Lista para qué?

—Súbase a mi espalda —dijo Pino—. La llevaré a caballito.

—¿Con los esquíes? —preguntó ella, aterrada—. Nunca en mi vida he subido a unos esquíes.

—Tampoco había quedado nunca enterrada bajo una avalancha —repuso Pino—. Y no va a subirse a los esquíes. Lo haré yo.

Se quedó mirándolo, dubitativa.

—¿Y si nos caemos?

—No dejaré que eso pase —contestó él con toda la confianza de un chico de diecisiete años que llevaba esquiando casi el mismo tiempo que llevaba andando.

Ella no se movió.

—Le estoy dando la oportunidad de salvar a su bebé y ser libre —dijo Pino cogiendo el estuche del violín.

—¿Qué vas a hacer con mi Stradivarius? —preguntó ella.

—Mantener el equilibrio —contestó Pino, sosteniendo el estuche delante de él como si fuese el volante de un coche—. Como en una orquesta, su violín nos dirigirá.

Hubo un momento de pausa en el que la señora Napolitano miró al cielo, y, a continuación, se levantó de la nieve, temblando de miedo.

—Agárrese a mis hombros, no a mi cuello —le indicó Pino mientras volvía a darle la espalda—. Y apriete las piernas con fuerza alrededor de mi cintura.

La señora Napolitano se agarró a sus hombros. Él se agachó, pasó los brazos por detrás de las piernas de ella y la ayudó a subirse a la parte inferior de su espalda. Ella le rodeó con las piernas y él la soltó. No le pareció que pesara mucho más que su mochila.

—Piense que es una jinete sobre su caballo —dijo Pino mientras levantaba el violín por delante de él y lo sostenía a lo largo—. Y no se suelte.

—¿Soltarme? No, jamás. Es lo último que se me ocurriría.

Pino tuvo un atisbo de duda, pero lo desterró de su mente, arrastró los pies y dirigió los esquíes cuesta abajo en dirección al borde exterior de la avalancha, a unos treinta metros de distancia. Empezó a deslizarse. Había abultamientos y fragmentos irregulares de hielo que sobresalían entre la nieve fresca. Trató de evitarlos mientras ganaban velocidad. Pero, entonces, apareció uno en el camino que no pudieron evitar. Lo pasaron directamente por encima y salieron disparados por el aire.

—¡Aaaah! —gritó la señora Napolitano.

Pino aterrizó en una posición extraña, con los esquíes torcidos, y, por un segundo, creyó que se le iban a soltar y que él y la violinista embarazada caerían con fuerza sobre los escombros congelados.

Pero entonces vio que iban a chocarse con un tocón. Dio un salto de forma instintiva hacia su izquierda para evitar el tocón y, después, otro. Con aquellos dos movimientos recuperó el equilibrio y los esquíes aceleraron. Pino y la señora Napolitano salieron disparados de los escombros a la esponjosa nieve en polvo.

Con el estuche del violín delante de él, Pino sonrió y empezó a agitar las piernas al unísono, adentrándose en la nieve y, después, relajándolas para que los pies se levantaran bajo sus caderas, tal y como le había enseñado el padre Re. Aquel movimiento le reducía la presión durante un momento en cada giro, lo cual le permitía cambiar el peso de un pie a otro y girar los esquíes casi sin esfuerzo. Los esquíes se movían trazando un arco a la izquierda y, después, a la derecha en largas curvas entrelazadas a la vez que ganaba velocidad y hacía saltar ventisqueros que explotaban y les bañaban las caras.

La señora Napolitano no había dicho una sola palabra en muchos segundos. Él se imaginó que habría dejado de mirar y que se limitaba simplemente a agarrarse a él rezando por su vida.

—¡Síííí! —gritó ella junto a su oído—. ¡Es como si fuésemos pájaros, Pino! ¡Estamos volando!

La señora Napolitano se reía y lanzaba chillidos cada vez que caían por una loma. Pino notaba su mentón apretado contra su hombro derecho y supo que así ella podía ver por dónde iban mientras él movía los esquíes con largos giros en zigzag como si flotaran cuesta abajo en dirección al lago helado, al bosque y a la libertad que había más allá.

Pino se dio cuenta de que pronto perdería pendiente. El terreno se volvía más llano. Aunque los muslos le ardían, apuntó con los esquíes directamente hacia la última caída en picado, hacia aquel triángulo boscoso de Italia que se adentraba en Suiza.

Pino no giraba ahora ni se lanzaba por ningún eslalon. Iba recto cuesta abajo, con el violín por delante para guardar el equilibrio, con las piernas algo dobladas. Los esquíes siseaban y seguían avanzando por la nieve. Bajaron por aquella última pendiente a treinta, cuarenta o puede que cincuenta kilómetros por hora. Solo un pequeño giro de rodilla les separaba del desastre.

Vio la transición donde la pendiente se juntaba con el terreno llano y levantó de nuevo las piernas por debajo de él para amortiguarla.

Pasaron a toda velocidad por el lago. Pino se mantenía agachado, cortando el viento, y casi llegaron al borde de los árboles. Cuando se detuvieron, estaban a pocos metros de ellos.

Los dos se quedaron en silencio un momento.

Entonces, la señora Napolitano empezó a reírse. Bajó las piernas de la cintura de Pino y se soltó de sus hombros. Se agachó y, con las manos sobre el vientre, se arrodilló sobre la suave nieve y empezó a reír como si nunca hubiese disfrutado tanto de algo en toda su vida. Pino se quedó mirando sus resoplidos y risas. Eran contagiosas. Cayó al lado de ella y rio hasta que empezó a llorar.

«Qué locura hemos hecho. ¿Quién iba a...?».

—¡Pino! —gritó una voz de hombre con fuerza.

Pino se sobresaltó, levantó los ojos y vio al señor Bergstrom de pie justo donde empezaba la línea de árboles. Llevaba su escopeta en las manos y parecía preocupado.

—¡Lo hemos conseguido, señor Bergstrom! —gritó Pino.

—Llegas un día tarde —dijo Bergstrom—. Y no sigáis a campo abierto. Métela en el bosque para que no la vean.

Pino se puso serio y se quitó los esquíes. Le dio a la señora Napolitano su violín. Ella se incorporó y lo abrazó diciendo:

—Creo que ya todo va a salir bien, Pino. Lo noto.

—¿Puede caminar? —preguntó Pino.

—Puedo intentarlo —respondió ella mientras él la ayudaba a levantarse.

Le agarró la mano y el hombro y la sostuvo por la nieve en dirección al sendero.

—¿Qué le pasa? —preguntó Bergstrom cuando entraron en el interior del bosque.

La señora Napolitano le contó lo del bebé y las manchas de sangre con un brillo radiante en su rostro.

—Pero ahora creo que podré caminar por muy lejos que necesite llevarme.

—No está tan lejos. Unos cientos de metros —le aclaró Bergstrom—. En cuanto esté en Suiza, le encenderé una hoguera. Bajaré y volveré a por usted con un trineo.

—Creo que podré andar unos cientos de metros —dijo ella—. Y lo de la hoguera me suena al paraíso. ¿Ha esquiado usted alguna vez, señor Bergstrom?

El suizo la miró como si ella estuviese un poco majareta, pero asintió.

—¿No es maravilloso? —preguntó la violinista—. ¿No es lo mejor que ha hecho nunca?

Pino vio al señor Bergstrom sonreír por primera vez.

Esperaron en el interior de los árboles mientras le contaban al suizo lo de la tormenta y la avalancha y mientras veían cómo Mimo y la familia D'Angelo avanzaban despacio pendiente abajo. La señora D'Angelo llevaba a su hija en brazos. El señor D'Angelo cargaba la mochila y los bastones de esquí de Pino y su hijo iba detrás. Tardaron casi una hora, entre la espesa nieve, en alcanzar la llanura anterior al lago.

Pino salió a su encuentro esquiando, subió a Judith a su espalda y la llevó al bosque. Enseguida estuvieron a salvo entre los árboles.

—¿Esto es Suiza? —preguntó Anthony.

—No está lejos —respondió Bergstrom.

Tras un breve descanso, salieron hacia la frontera con Pino ayudando a la señora Napolitano a caminar por el desgastado sendero a través del bosque. Cuando llegaron a la arboleda donde Italia daba paso a Suiza, se detuvieron.

—Hemos llegado —dijo el señor Bergstrom—. Ya están a salvo de los nazis.

Las lágrimas caían por las mejillas de la señora D'Angelo. Su marido la abrazó y le limpió las lágrimas con sus besos.

—Estamos a salvo, cariño —dijo—. Qué afortunados somos cuando tantos otros...

Se detuvo ahogado por la emoción. Su mujer le acarició la mejilla.

—¿Cómo podremos recompensároslo? —les preguntó la señora Napolitano a Pino y a Mimo.

—¿El qué? —repuso Pino.

—¡Cómo que el qué! Nos habéis guiado a través de esa espantosa tormenta y nos habéis sacado de ese cobertizo. ¡Tú me has traído esquiando por la ladera de la montaña!

—¿Qué otra cosa podíamos hacer? ¿Perder la fe? ¿Rendirnos?

—¿Tú? Nunca —dijo el señor D'Angelo mientras estrechaba la mano de Pino—. Eres como un toro. Nunca te rindes.

A continuación, abrazó a Mimo. La señora D'Angelo hizo lo mismo, al igual que sus hijos. La señora Napolitano dio un largo abrazo a Pino.

—Que Dios te bendiga mil veces por haberme enseñado a volar, jovencito —dijo—. Jamás lo olvidaré mientras viva.

Pino sonrió y sintió que los ojos se le inundaban de lágrimas.

—Yo tampoco.

—¿No hay nada que pueda hacer por ti? —preguntó ella.

Pino estaba a punto de responder que no, pero, entonces, vio su estuche del violín.

—Toque para nosotros mientras volvemos a entrar en Italia. Su música nos animará para la larga escalada.

Ella se sintió complacida y miró a Bergstrom.

—¿Le parece bien?

—Nadie aquí se lo va a impedir —respondió él.

Allí de pie, en medio del bosque nevado, en lo alto de los Alpes suizos, la señora Napolitano abrió su estuche e impregnó de resina su arco.

—¿Qué te gustaría escuchar?

Por algún motivo, Pino pensó en aquella noche de agosto cuando él, su padre, Tullio y los Beltramini habían salido en tren de la ciudad para huir de los bombardeos de Milán.

—«Nessun dorma» —contestó Pino—. Que nadie duerma.

—Esa la puedo tocar hasta dormida, pero, para ti, la tocaré *con smania* —dijo ella con lágrimas en los ojos—. Ahora, marchaos. Nada de despedidas entre viejos amigos.

La señora Napolitano tocó los primeros compases del aria con tanta perfección que Pino deseó quedarse para escuchar la pieza entera. Pero a él y a su hermano les aguardaban varias horas de esfuerzos y quién sabía qué otros desafíos tendrían que afrontar.

Los chicos se pusieron las mochilas y partieron por el bosque. Perdieron de vista a la señora Napolitano y a los demás casi de inmediato, pero podían oír lo bien que tocaba, con pasión, haciendo deslizar cada nota entre el aire fino y fresco de los Alpes. Llegaron al borde de los árboles y se pusieron los esquíes mientras ella aceleraba de nuevo el compás, lanzando la melodía del aria triunfante como si fuese alguna onda de radio que llegaba al corazón de Pino y vibraba en el interior de su alma.

Se detuvo delante del lago para escuchar el lejano *crescendo* y se sintió profundamente conmovido cuando el violín quedó en silencio.

«Eso ha sonado a amor», pensó Pino. «Creo que cuando me enamore voy a sentir exactamente lo mismo».

De lo más feliz y haciendo uso de las pieles de foca en sus esquíes, Pino empezó a subir por detrás de Mimo, en dirección al circo norte del Groppera bajo la luminosa luz del sol del invierno.

12

Pino se despertó con un ruido metálico. Habían pasado casi dos meses y medio desde que había llevado a la señora Napolitano y a la familia D'Angelo hasta Suiza. Se incorporó en la cama, agradecido por que el padre Re le hubiera dejado dormir después de otro viaje a Val di Lei. Se levantó y notó que no tenía dolor alguno. Ya nunca se sentía dolorido. Se sentía bien, fuerte. Más de lo que jamás se había sentido. ¿Y por qué no? Había hecho, al menos, una docena de viajes más a Suiza desde que la señora Napolitano había tocado para él y para Mimo.

Al oír de nuevo el sonido metálico, fue a mirar por la ventana. Siete bueyes con cencerros en el cuello se empujaban y rozaban unos con otros, tratando de acceder a los montones de heno que habían sacado para ellos.

Cuando se cansó de mirarlos, Pino se vistió. Estaba entrando en el comedor vacío cuando oyó voces de hombres fuera, gritando y lanzando alaridos y amenazas. Alarmado, el hermano Bormio salió de la cocina. Juntos fueron a abrir la puerta principal de Casa Alpina. El padre Re estaba allí, justo delante del pequeño porche, mirando con calma al cañón de un rifle.

Con un pañuelo nuevo y rojo alrededor del cuello, Tito miraba por encima del rifle al sacerdote. Los mismos tres canallas que le acompañaban en la fiesta de Nochevieja se encontraban detrás de él.

—Les he estado diciendo a sus chicos todo el invierno que dejen de pasar por el Emet a no ser que paguen un tributo para ayudar a la causa de liberar Italia —dijo Tito—. He venido a por mi dinero.

—Extorsionando a un cura —contestó el padre Re—. Vas subiendo de categoría, Tito.

El hombre le lanzó una mirada de odio y quitó el seguro del rifle antes de hablar.

—Es para ayudar a la resistencia.

—Yo apoyo a los partisanos —contestó el sacerdote—. A la Nonagésima Brigada Garibaldi. Y sé que tú no estás con ellos, Tito. Ninguno de vosotros lo estáis. Creo que solo os ponéis esos pañuelos porque os vienen bien para vuestro propósito.

—Deme lo que le pido, viejo, o le juro que prenderé fuego a esta escuela y, después, le mataré a usted y a todos sus mocosos.

El padre Re vaciló.

—Te daré dinero. Y comida. Aparta esa arma.

Tito se quedó mirando al sacerdote un momento con un tic en el ojo derecho. Asomó la lengua por la comisura de la boca. A continuación, sonrió y bajó el rifle.

—Hágalo y no sea rácano o iré yo mismo a echar un vistazo ahí dentro a ver qué tiene de verdad.

—Espera aquí —dijo el padre Re.

El sacerdote se dio la vuelta y vio a Bormio y, detrás de él, a Pino.

—Traedles raciones para tres días —ordenó el padre Re al entrar.

—¿Padre? —contestó el cocinero.

—Hazlo, hermano, por favor —insistió el padre Re mientras continuaba avanzando.

El hermano Bormio se dio la vuelta a regañadientes y siguió al sacerdote, dejando a Pino en la puerta. Tito le vio y le habló con una sonrisa taimada:

—Anda, mira quién está aquí. Mi viejo amigo de la juerga de Nochevieja. ¿Por qué no sales a saludarnos a mí y a los chicos?

—Prefiero no hacerlo —contestó Pino, sin importarle que se le notara en la voz la rabia que sentía.

—¿Prefieres no hacerlo? —repitió Tito antes de apuntarle con el arma—. Pero ahora no tienes otra opción, ¿verdad?

Pino se puso en tensión. Odiaba de verdad a ese hombre. Salió del pequeño porche. Se quedó quieto delante de Tito y le miró fríamente a él y a su arma.

—Veo que sigues llevando las botas que me robaste —dijo—. ¿Qué quieres esta vez? ¿Mi ropa interior?

Tito se lamió la comisura de los labios, se miró las botas y sonrió. A continuación, dio un paso hacia delante y blandió con fuerza la culata de su rifle. Golpeó en los testículos a Pino, que cayó al suelo roto de dolor.

—¿Que qué quiero, niño? —preguntó Tito—. ¿Qué te parece un poco de respeto por alguien que intenta liberar Italia de la basura nazi?

Pino se hizo un ovillo en la nieve medio derretida mientras intentaba no vomitar.

—Dilo —ordenó Tito por encima de él.

—¿Que diga qué? —consiguió responder Pino.

—Que respetas a Tito. Que Tito es el líder partisano que controla la zona del Spluga. Y que tú, muchacho, debes responder ante Tito.

Pese al dolor que sentía, Pino negó con la cabeza.

—Aquí solo hay una persona al cargo —dijo con los dientes apretados—. El padre Re. Yo solo respondo ante él y ante Dios.

Tito levantó su rifle con la culata justo por encima de la cabeza de Pino. Este estaba seguro de que iba a tratar de reventarle el cráneo. Se soltó los testículos para protegerse la cabeza y se preparó para un golpe que nunca llegó.

—¡Quieto! —gritó el padre Re—. ¡Quieto o te juro por Dios que llamaré a los alemanes para que vengan y les diré dónde encontrarte!

Tito se llevó el rifle al hombro y apuntó con él al sacerdote, que había salido del porche.

—¿Nos va a entregar? ¿De verdad? —preguntó Tito.

Pino dio una patada y su bota impactó con toda su fuerza en la rodilla de Tito, cuyo cuerpo se dobló. El rifle se disparó y la bala pasó junto al padre Re y se incrustó en el lateral de Casa Alpina.

Pino se lanzó sobre Tito y le dio un duro golpe justo en la nariz; oyó cómo esta crujía y comenzaba a chorrear sangre. A continuación, cogió el rifle, se puso de pie y cargó el arma antes de apuntar con ella a la cabeza de Tito.

—¡Estaos quietos, maldita sea! —gritó el padre Re colocándose delante de Pino para ponerse entre él y los hombres de Tito, que le estaban apuntando—. He dicho que te daría dinero para tu causa y comida para tres días. Sé listo. Cógelo y vete antes de que pase aquí algo peor.

—¡Disparadle! —gritó Tito limpiándose la sangre con la manga y fulminando con la mirada a Pino y al sacerdote—. ¡Disparadles a los dos!

Hubo un momento breve de silencio, quietud y dudas. A continuación, uno a uno, los hombres de Tito bajaron sus rifles. Pino respiró aliviado, hizo una mueca por el fuego que aún sentía entre las piernas y apartó el arma de la cara de Tito. Quitó el seguro y movió el cilindro para sacar la última bala.

Pino esperó mientras los hombres de Tito cogían la comida y el dinero. Dos de ellos levantaron a Tito de las axilas sin hacer caso de las maldiciones e insultos que les lanzaba. Pino dio el rifle vacío al tercer hombre.

—¡Cárgalo! ¡Yo los mato! —rugía Tito mientras la sangre le goteaba por los labios y el mentón.

—Déjalo, Tito —dijo uno de ellos—. Es un sacerdote, por el amor de Dios.

Los hombres se echaron los brazos de Tito por encima de los hombros e hicieron lo posible por alejarlo de Casa Alpina. Pero el jefe de la banda no dejaba de mirar hacia atrás.

—Esto no termina aquí —gritaba—. Sobre todo contigo, muchacho. ¡No hemos terminado!

Pino permaneció al lado del padre Re, alterado.

—¿Estás bien? —preguntó el sacerdote.

Pino se quedó en silencio un largo rato antes de contestar.

—Padre, ¿es pecado preguntarme a mí mismo si he hecho bien en no matar a ese hombre?

—No, no es pecado —respondió el sacerdote—. Y has hecho lo que debías al no matarlo.

Pino asintió con la cabeza, pero el labio inferior le temblaba y estaba necesitando de todas sus fuerzas para contener la emoción que le iba subiendo por la garganta. Todo había ocurrido tan rápido, tan…

El padre Re le dio una palmadita en la espalda.

—Ten fe. Has hecho lo que debías.

Volvió a asentir, pero no pudo mirar al sacerdote a los ojos por miedo a echarse a llorar.

—¿Dónde has aprendido a usar un arma así? —le preguntó el padre Re.

Pino se secó las lágrimas y se aclaró la garganta antes de hablar con voz áspera.

—Mi tío Albert. Tiene un rifle de caza, un Mauser, parecido a ese. Él me enseñó.

—No sé si decirte que has sido un valiente o un insensato.

—No iba a permitir que Tito le matara, padre.

El sacerdote sonrió.

—Que Dios te bendiga por eso. Yo no estaba preparado para morir hoy.

Pino se rio e hizo una mueca de dolor.

—Yo tampoco.

Volvieron al interior de la escuela. El padre Re sacó hielo para Pino y el hermano Bormio le preparó un desayuno, que él devoró.

—Como sigas creciendo, no vamos a dar abasto —refunfuñó Bormio.

—¿Dónde están todos? —preguntó Pino.

—Esquiando con Mimo —respondió el padre Re—. Volverán para el almuerzo.

Mientras él se comía la segunda ración de huevos, salchicha y pan negro, dos mujeres y cuatro niños entraron tímidamente en la sala, seguidos de un hombre de unos treinta años y de dos chicos muy jóvenes. Pino supo al instante que se trataba de nuevos refugiados. Había llegado a reconocer las expresiones de las personas que estaban huyendo.

—¿Estarás listo para volver a partir por la mañana? —le preguntó el padre Re.

Pino se removió en su asiento y sintió un pequeño dolor en sus partes bajas, pero contestó afirmativamente.

—Bien. ¿Y me puedes hacer un favor?

—Lo que usted quiera, padre —respondió Pino.

—Ve a la torre de la capilla y vigila hasta recibir la señal desde Campodolcino —dijo—. Puedes llevarte los libros y estudiar un poco.

Veinte minutos después, Pino subió con cuidado la escalerilla que conducía a la torre de la capilla. Llevaba a su espalda una bolsa con libros y aún le dolían los testículos. Con el sol cayendo sobre la torre, le sorprendió que hiciera calor, demasiado para la cantidad de ropa que llevaba puesta.

Se quedó en la estrecha pasarela que rodeaba el interior de la torre, mirando al vacío desde el lugar donde debería haber estado la campana. El padre Re tenía aún que instalar una. Pino abrió una estrecha contraventana y miró por un hueco del barranco que le permitía ver las dos ventanas superiores de la casa parroquial de Campodolcino, que estaba a más de un kilómetro más abajo.

Pino sacó de la bolsa los prismáticos que el padre Re le había regalado. Miró a través de ellos, sorprendido de nuevo por lo cerca que parecía estar la casa parroquial. Tenía las persianas bajadas. Eso quería decir que había algún tipo de patrulla alemana en la cuenca del Spluga. Al parecer, hacían el camino de ida y vuelta al puerto cerca del mediodía, durante una hora más o menos.

Pino miró su reloj. Eran las once menos cuarto.

Se quedó allí disfrutando del aire cálido de la primavera y viendo a los pájaros revolotear entre los abetos. Bostezó, sacudió la cabeza para deshacerse del increíble deseo de volver a dormir y miró de nuevo por los prismáticos.

Treinta minutos después, para su alivio, levantaron las persianas. La patrulla había pasado valle abajo hacia Chiavenna. Pino bostezó y se preguntó cuántos refugiados más vendrían esa noche a Motta. Si eran demasiados, tendrían que dividirse. Él llevaría a un grupo y Mimo al otro.

Su hermano había crecido mucho en los últimos meses. Mimo era menos..., en fin, algo menos mocoso y tan fuerte como cualquiera de esas montañas. Pino fue consciente por primera vez de que veía a su hermano menor como su mejor amigo, más aún que Carletto.

Pero se preguntó cómo estaría Carletto, cómo estarían la madre de Carletto y el señor Beltramini. Bajó la mirada hacia la pasarela con los ojos adormilados. Podría tumbarse allí mismo, asegurarse de que no se caía y echar una buena y cálida siesta…

No, decidió. Podría caerse y romperse la espalda. Bajaría la escalerilla y dormiría en uno de los bancos. No se estaba tan caliente, pero tenía su abrigo y su gorro. Solo una siesta de veinte minutos.

Pino no tenía ni idea de cuánto tiempo ni a qué distancia había llegado durante su sueño, solo que algo le hizo revolverse. Abrió los ojos aturdido e intentó distinguir qué era lo que le había despertado. Miró por la capilla y elevó la vista hacia la torre y…

Oyó un ruido lejano. ¿Qué era? ¿De dónde venía?

Pino se levantó, bostezó y el ruido se detuvo. Empezó de nuevo, como un martillo sobre metal. Después, se paró. Se dio cuenta de que había dejado la bolsa de los libros, los prismáticos y la linterna en la pasarela. Subió por la escalerilla, cogió la bolsa y estaba a punto de cerrar la contraventana cuando el ruido empezó de nuevo. Pino se dio cuenta de que era el repique de la campana de la iglesia de Campodolcino.

Miró su reloj para ver cuánto tiempo había dormido. ¿Las once y veinte? Normalmente, la campana sonaba a cada hora. Y ahora sonaba una y otra vez y…

Pino cogió los prismáticos y miró hacia la ventana. La persiana de la izquierda estaba cerrada. En la ventana de la derecha parpadeaba una luz. Pino se quedó mirándola mientras se preguntaba qué querría decir y, entonces, se dio cuenta de que la luz se encendía una milésima de segundo y, después, más rato. Paraba y empezaba de nuevo. Se dio cuenta de que se trataba de una señal. ¿Era código Morse?

Cogió su linterna y la encendió dos veces. La luz de abajo parpadeó dos veces y, después, se apagó. La campana dejó de sonar. Entonces, se encendió la luz de nuevo y empezó a parpadear con cortos y largos. Cuando se detuvo, cogió un bolígrafo y un papel de su bolsa y esperó a que la luz empezara de nuevo. Cuando lo hizo, empezó a anotar la secuencia de cortos y largos hasta el final.

Pino no conocía el código Morse o lo que fuera que el vigilante de Campodolcino estuviese tratando de decir, pero sí sabía que no podía ser bueno. Dio dos destellos con su linterna, la guardó y bajó por la escalerilla. Fue corriendo hasta la escuela.

—¡Pino! —oyó que gritaba Mimo.

Su hermano bajaba esquiando por la pendiente que había sobre la escuela moviendo sus bastones con fuerza. Pino no le hizo caso y entró corriendo en Casa Alpina. Vio al padre Re y al hermano Bormio hablando con los refugiados en el vestíbulo.

—Padre —dijo Pino jadeando—. Pasa algo malo.

Le explicó lo de la campana, las persianas y las luces que destellaban abajo. Le enseñó el papel al sacerdote. El padre Re lo miró, perplejo.

—¿Cómo esperan que yo conozca el código Morse?

—No se preocupe —dijo el hermano Bormio—. Yo sí lo conozco.

El padre Re le pasó el papel.

—¿Y eso?

—Lo aprendí en el… —empezó a responder el cocinero pero, entonces, se quedó pálido.

Mimo entró corriendo en la habitación, cubierto de sudor, a la vez que el hermano Bormio decía:

—Nazis a Motta.

—¡Los he visto desde arriba! —gritó Mimo—. Cuatro o cinco camiones abajo, en Madesimo, y soldados que van de puerta en puerta. Hemos venido esquiando lo más rápido que hemos podido.

El padre Re miró a los refugiados.

—Tenemos que esconderlos.

—Registrarán todo —dijo el hermano Bormio.

Una de las madres refugiadas se puso de pie, temblando.

—¿Deberíamos salir corriendo, padre?

—Os encontrarán —respondió el padre Re.

Por algún motivo, Pino se acordó de los bueyes que le habían despertado esa mañana.

—Padre —dijo despacio—. Tengo una idea.

Una hora después, Pino estaba en la torre del campanario, nervioso como nunca y mirando por los prismáticos del padre Re, cuando entre los bosques apareció un Kübelwagen del ejército alemán por la carretera de Madesimo, con las ruedas del vehículo de estilo jeep rodando a toda velocidad y levantando barro y nieve. Un segundo camión alemán más grande avanzaba pesadamente tras él, pero Pino no le hizo caso, pues trataba de ver a través del parabrisas manchado de barro del vehículo más pequeño.

El Kübelwagen se deslizó casi de lado y Pino pudo ver bien el uniforme y la cara del oficial que iba en el asiento del pasajero de delante. Incluso desde lejos, Pino le reconoció. Ya había visto antes de cerca a ese hombre.

Aterrorizado, bajó la escalerilla y salió apresuradamente por una puerta de detrás del altar. Sin hacer caso de los cencerros de los bueyes que sonaban a su espalda, pasó corriendo por la puerta trasera de Casa Alpina hasta llegar a la cocina y, después, al comedor.

—¡Padre, es el coronel Rauff! —exclamó jadeante—. ¡El jefe de la Gestapo en el norte de Italia!

—¿Cómo puedes…?

—Le vi en la tienda de mi tío una vez —le explicó Pino—. Es él.

Pino contuvo las ganas de salir corriendo. El coronel Rauff había ordenado la masacre de judíos por toda la región. Si era capaz de ordenar la muerte de judíos inocentes, ¿qué le impediría ejecutar a un sacerdote y a un grupo de muchachos que estaban salvando a judíos?

El padre Re salió al porche. Pino se quedó en el vestíbulo, sin saber bien qué hacer. ¿Su idea era lo suficientemente buena? ¿O encontrarían los nazis a los judíos y matarían a todos los de Casa Alpina?

El vehículo de Rauff se detuvo entre la nieve medio derretida, no muy lejos de donde Tito les había amenazado ese mismo día. El coronel de la Gestapo era tal y como Pino lo recordaba: a punto de quedarse calvo, de constitución media, con papada, nariz afilada, labios finos y ojos apagados y oscuros que no expresaban nada. Llevaba botas negras y altas, una larga y negra chaqueta cruzada de cuero salpicada de barro y una gorra con visera y con el símbolo del *Totenkopf.*

Rauff fijó la mirada en el sacerdote y casi sonrió al bajarse del vehículo.

—¿Siempre resulta tan difícil llegar hasta usted, padre Re? —preguntó el coronel de la Gestapo.

—En primavera puede ser complicado —respondió el sacerdote—. Usted sabe quién soy, pero yo…

—*Standartenführer* Walter Rauff —dijo el militar a la vez que dos camiones se detenían detrás de él—. Jefe de la Gestapo en Milán.

—Ha recorrido un largo camino, coronel —observó el padre Re.

—Hemos oído rumores sobre usted, padre. Incluso en Milán.

—¿Rumores sobre mí? ¿De quién? ¿Por qué?

—¿Se acuerda de un seminarista llamado Giovanni Barbareschi? Trabajaba para el cardenal Schuster y, al parecer, para usted.

—Barbareschi estuvo destinado aquí una corta temporada —contestó el padre Re—. ¿Qué pasa con él?

—Le arrestamos la semana pasada —respondió Rauff—. Está en la prisión de San Vittore.

Pino controló un escalofrío. La prisión de San Vittore era un lugar conocido y terrible de Milán desde mucho tiempo antes de que los nazis la ocuparan.

—¿De qué se le acusa? —preguntó el padre Re.

—Falsificación —respondió Rauff—. Elabora documentos falsos. Se le da muy bien.

—Yo no sé nada de eso —dijo el padre Re—. Aquí Barbareschi dirigía excursiones y ayudaba en la cocina.

El jefe de la Gestapo pareció sonreír de nuevo.

—Tenemos oídos en todas partes, ¿sabe, padre? La Gestapo es como Dios. Lo oímos todo.

El padre Re se puso rígido.

—Puede pensar lo que quiera, coronel, pero no es como Dios, aunque le hiciera a su imagen y semejanza.

Rauff dio un paso hacia delante y miró fríamente a los ojos del sacerdote.

—No se confunda, padre. Yo puedo ser su salvador o su condena.

—Aun así, eso no le convierte en Dios —insistió el padre Re sin mostrar ningún miedo.

El jefe de la Gestapo le mantuvo la mirada un largo rato y, después, se giró hacia uno de sus oficiales.

—Dispersaos. Registrad cada centímetro de este altiplano. Yo miraré aquí.

Los soldados empezaron a saltar de los camiones.

—¿Qué busca, coronel? —preguntó el padre Re—. Quizá yo pueda ayudarle.

—¿Esconde judíos, padre? —preguntó Rauff con brusquedad—. ¿Les ayuda a llegar a Suiza?

Pino notó un sabor ácido en la garganta y sintió que las rodillas le flaqueaban.

«Rauff lo sabe», pensó Pino con sensación de pánico. «¡Vamos a morir todos!».

—Coronel, yo sigo la creencia católica de que a todo aquel que esté en peligro hay que ofrecerle amor y protección. Eso mismo pasa en los Alpes. Un escalador siempre ayuda a cualquiera que esté necesitado. Italiano. Suizo. Alemán. Para mí no hay distinción.

Rauff parecía divertirse de nuevo.

—¿Está ayudando hoy a alguien, padre?

—Solo a usted, coronel.

Pino tragó saliva mientras trataba de no temblar. «¿Cómo lo saben?». Buscaba respuestas en su mente. «¿Barbareschi había hablado? No». No, Pino no lo creía. «Pero ¿cómo...?».

—Sea de ayuda, padre —dijo el jefe de la Gestapo—. Enséñeme su escuela. Quiero ver cada rincón.

—Será un placer —respondió el padre a la vez que se hacía a un lado.

El coronel Rauff subió al porche, golpeó las botas en el suelo para quitarse el barro y la nieve y sacó una pistola Luger.

—¿Para qué es eso? —preguntó el padre Re.

—Castigo inmediato para los malvados —respondió el padre Rauff antes de entrar en el vestíbulo.

Pino no se había esperado que entrara y se puso nervioso cuando el jefe de la Gestapo se fijó en él.

—Yo te conozco —dijo Rauff—. Nunca me olvido de una cara.

—¿De la tienda de artículos de cuero de mis tíos en San Babila? —balbuceó Pino.

El coronel inclinó la cabeza a un lado, sin dejar de observarlo.

—¿Cómo te llamas?

—Giuseppe Lella —contestó—. Mi tío es Albert Albanese. Su mujer, mi tía Greta, es austriaca. Creo que usted habló con ella. Yo he trabajado allí a veces.

—Sí —confirmó Rauff—. Eso es. ¿Por qué estás aquí?

—Mi padre me trajo para escapar de las bombas y para que estudiara, como todos los chicos de aquí.

—Ah —dijo Rauff. Vaciló y, después, siguió adelante.

La cara del padre Re tenía un gesto serio cuando miró a Pino y fue detrás del jefe de la Gestapo, que se detuvo en la amplia entrada del comedor vacío.

Rauff miró a su alrededor.

—Un lugar limpio, padre. Eso me gusta. ¿Dónde están los demás muchachos? ¿Cuántos se alojan aquí ahora?

—Cuarenta —contestó el padre Re—. Tres están enfermos en la cama con gripe, dos ayudando en la cocina, quince han salido a esquiar y el resto están tratando de atrapar a unos bueyes que se le han escapado a un granjero de Madesimo. Si no se les coge antes de que la nieve se derrita, se vuelven salvajes en las montañas.

—Bueyes —dijo el coronel Rauff mientras miraba todo aquello: las mesas, los bancos, los cubiertos ya puestos para la cena... Abrió las puertas batientes que daban a la cocina, donde el hermano Bormio estaba pelando patatas con dos de los chicos más jóvenes.

—Impoluta —observó Rauff con gesto aprobador antes de cerrar la puerta.

—Somos una escuela homologada de la provincia de Sondrio —le explicó el padre Re—. Y muchos de nuestros estudiantes provienen de las mejores familias de Milán.

El jefe de la Gestapo volvió a mirar a Pino.

—Eso ya lo veo.

El coronel miró en los dormitorios y en la habitación de Pino y Mimo. Pino estuvo a punto de sufrir un infarto cuando Rauff pisó la madera suelta del suelo donde escondía su radio de onda corta. Pero, después de un momento de tensión, el coronel siguió adelante. Miró en cada despensa y en la habitación donde dormía el hermano Bormio. Por fin, llegó hasta una puerta cerrada con llave.

—¿Qué hay ahí dentro? —preguntó.

—Mi habitación —respondió el padre Re.

—Ábrala.

El padre Re buscó en su bolsillo, sacó una llave y abrió la puerta. Pino no había visto nunca la habitación donde dormía el padre Re. Nadie la había visto. Siempre estaba cerrada con llave. Cuando Rauff empujó la puerta, Pino pudo ver que era un espacio pequeño que contenía una cama estrecha, un armario diminuto, una lámpara, un tosco escritorio y una silla, una Biblia y un crucifijo en la pared al lado de un cuadro de la Virgen María.

—¿Aquí es donde vive usted? —preguntó Rauff—. ¿Estas son todas sus cosas?

—¿Qué más necesita un hombre de Dios? —respondió el padre Re.

El coronel se quedó un momento pensativo.

—Vive la vida austera, la vida de la determinación, de la abnegación y la verdadera nobleza. Es una inspiración, padre Re —dijo, por fin, al girarse—. Muchos de mis oficiales deberían aprender de usted. La mayor parte del ejército de Salò debería aprender de usted.

—Yo no sé nada de eso —repuso el sacerdote.

—No, es la vida espartana que lleva —dijo Rauff con solemnidad—. Admiro eso. Este tipo de privaciones son las que crean a los mejores guerreros. ¿Tiene usted un corazón guerrero, padre?

—Por Cristo, coronel.

—Eso veo —dijo Rauff mientras cerraba la puerta—. Y, sin embargo, están esos molestos rumores sobre usted y esta escuela.

—No imagino por qué —repuso el padre Re—. Ha mirado por todas partes. Si lo desea, puede registrar incluso la bodega del sótano.

El jefe de la Gestapo estuvo unos segundos sin decir nada antes de hablar.

—Enviaré a uno de mis hombres para que lo haga.

—Le mostraré por dónde debe entrar —dijo el sacerdote—. No tendrá que cavar mucho.

—¿Cavar?

—La trampilla sigue teniendo aún, por lo menos, un metro de nieve por encima.

—Enséñemela —dijo Rauff.

Salieron con Pino detrás. El padre Re acababa de rodear la esquina cuando las risas y gritos de los chicos empezaron a oírse desde los abetos que había por detrás de la capilla. Cuatro soldados de las SS se dirigían ya hacia esa dirección.

—¿Qué es esto? —preguntó el coronel Rauff una milésima de segundo antes de que un buey apareciera por el borde del bosque, bramando y caminando pesadamente por la nieve.

Mimo y otro muchacho perseguían al animal con varas, dirigiéndolo hacia el interior de una zona cercada que estaba al otro lado de la escuela mientras los cuatro soldados de las SS observaban.

—Los demás bueyes están en los bosques que hay junto al barranco, padre Re —gritó Mimo entre jadeos y sonriendo—. Los tenemos rodeados, pero no conseguimos que los demás vengan como este.

Antes de que el sacerdote pudiese responder, habló el coronel Rauff.

—Debéis formar una V y hacer que el primero vaya en la dirección que queréis. Los demás le seguirán.

El padre Re miró al jefe de la Gestapo.

—Me crie en una granja —se explicó.

Mimo miró al padre Re, vacilante.

—Se lo enseñaré —dijo Rauff. Pino pensó que estaba a punto de desmayarse.

—No es necesario —se apresuró a decir el sacerdote.

—No, será divertido —insistió el coronel—. Llevo años sin hacerlo. —Rauff miró a sus soldados—. Vosotros cuatro, venid conmigo. —A continuación, miró a Mimo—. ¿Cuántos chicos hay en el bosque?

—Unos veinte.

—Más que suficiente —dijo el coronel antes de dirigirse hacia los abetos.

—¡Ayúdale, Pino! —susurró el padre Re.

Pino no quería, pero salió corriendo tras los alemanes.

—¿Adónde quiere que vayan los chicos, coronel? —preguntó Pino, con la esperanza de que la voz no le temblara.

—¿Dónde están ahora los bueyes? —preguntó Rauff.

—Eh..., acorralados junto al barranco —contestó Mimo.

Casi habían llegado a los árboles, donde unos bueyes invisibles gemían y mugían. Pino tuvo deseos de salir huyendo para salvarse, pero siguió adelante. La situación parecía animar al jefe de la Gestapo. Los ojos de Rauff habían cambiado de apagados y oscuros a abiertos y brillantes y sonreía por la excitación. Pino miró a su alrededor mientras trataba de decidir adónde ir si todo salía mal.

El coronel Rauff entró en la zona boscosa, que tenía la forma de una media luna que sobresalía desde el barranco a la altiplanicie.

—Los bueyes están a la derecha, por allí —le indicó Mimo.

Rauff se enfundó la pistola y siguió a Mimo por la nieve, que no era tan profunda como en el exterior del bosque. Los bueyes habían estado por toda el área, aplastando la nieve y defecando por todas partes.

Mimo y, después, el jefe de la Gestapo esquivaron varias ramas bajas y pasaron por debajo de uno de los abetos más grandes, cosa que hizo que Pino sintiera una sacudida en el estómago.

Los soldados de las SS siguieron a Rauff y Pino se mantuvo en la retaguardia. Al agacharse bajo las ramas del árbol más grande, sus ojos se fijaron en un grupo de agujas sueltas que revoloteaban y caían por el aire. Levantó los ojos y no vio a ninguno de los judíos que estaban escondidos en lo alto de los árboles, sus huellas habían sido pisoteadas por los bueyes.

«Gracias a Dios», pensó Pino cuando vio que Rauff seguía adelante en dirección a los muchachos de Casa Alpina, que estaban esparcidos por el bosque. Habían acorralado a los seis bueyes restantes, que hacían oscilar sus cabezas entre mugidos buscando una salida que no fuese el barranco que tenían detrás.

—Cuando yo lo diga, que los seis chicos de en medio se dividan en dos grupos de tres —ordenó Rauff colocando las manos apretadas por las palmas y separadas por los dedos—. Tenemos que hacer una V así. Cuando se muevan, los demás chicos deben salir corriendo para hacer que vayan adonde queremos. Mantened la formación en V en ambos lados. Las vacas y los bueyes son como los judíos. Siguen a los demás. Irán unos detrás de otros.

Pino no hizo caso de lo que había dicho al final, pero repitió las primeras instrucciones a los chicos del centro. Los seis retrocedieron rápidamente y, después, se separaron hacia los lados. Cuando el primer buey empezó a andar, el resto del rebaño salió en frenética estampida. Los animales corrieron entre el bosque, mugiendo y rompiendo ramas al pasar, mientras los chicos los flanqueaban entre gritos a la vez que se acercaban a ellos para que empezaran a colocarse en fila.

—¡Sí! ¡Sí! —gritó el coronel Rauff corriendo detrás del último buey para alejarse del barranco—. ¡Así es exactamente como tenéis que hacerlo!

Pino seguía al jefe de la Gestapo entre los árboles, pero a cierta distancia. Los bueyes salieron de la arboleda con los muchachos a ambos lados y todos los nazis les siguieron, incluido Rauff, que no miró ni una vez hacia atrás. Fue entonces cuando

Pino se detuvo para levantar la vista hacia otro de los abetos más grandes. A doce metros de altura y entre las ramas, distinguió la confusa silueta de alguien que se agarraba al tronco del árbol.

Salió despacio del bosque y vio que los bueyes ya habían regresado a su cercado y comían de las balas de heno.

—¡Vaya! —exclamó el coronel Rauff respirando con fuerza y sonriendo al padre Re cuando Pino se acercó—. Ha sido divertido. Hice esto muchas veces cuando era niño.

—Parece que lo ha disfrutado —dijo el sacerdote.

El jefe de la Gestapo tosió, se rio y asintió. Después, miró al teniente y ordenó algo en alemán. El teniente empezó a dar gritos y a hacer sonar un silbato. Los soldados que habían estado registrando las dependencias anexas y las pocas casas de Motta volvieron corriendo a los camiones.

—Sigo teniendo sospechas, padre —dijo el coronel Rauff a la vez que extendía la mano.

Pino contuvo la respiración.

El sacerdote le estrechó la mano.

—Será bienvenido cuando quiera, coronel.

Rauff volvió a subir al Kübelwagen. El padre Re, el hermano Bormio, Pino, Mimo y los demás chicos se quedaron allí de pie, viendo en silencio cómo los camiones alemanes daban la vuelta. Esperaron a que Rauff y sus soldados estuviesen a quinientos metros de distancia por el camino lleno de barro que llevaba a Madesimo antes de empezar a soltar fuertes vítores.

—Pensé que, sin duda, él sabía que les teníamos escondidos en los árboles —dijo Pino varias horas después. Estaba a la mesa, comiendo con el padre Re y los aliviados refugiados.

El padre de los dos chicos dijo:

—Podía ver en todo momento cómo se acercaba el coronel. Ha pasado justo por debajo de nuestro árbol. ¡Dos veces!

Todos empezaron a reír como solo pueden reírse las personas que acaban de esquivar a la muerte, con incredulidad, gratitud y una alegría contagiosa.

—Un plan inteligente —dijo el padre Re a la vez que daba palmadas en el hombro de Pino y levantaba una copa de vino—. Por Pino Lella.

Todos los refugiados alzaron sus copas y brindaron. Pino se sintió avergonzado de ser el objeto de tanta atención. Sonrió.

—Ha sido Mimo el que ha hecho que funcione.

Pero se sentía bien por ello. Eufórico, en realidad. Engañar así a los nazis le hacía sentirse fuerte. A su modo, se estaba defendiendo. Todos se estaban defendiendo. Eran parte de la cada vez mayor resistencia. Italia no era alemana. Italia no podría ser nunca alemana.

Alberto Ascari entró en Casa Alpina sin tocar el timbre. Apareció en la puerta del comedor, con su gorra en la mano.

—Disculpe, padre Re, pero tengo un mensaje urgente para Pino. Su padre ha llamado a casa de mi tío y me ha pedido que busque a Pino para decírselo.

Pino sintió que se vaciaba por dentro. ¿Qué había ocurrido? ¿Quién había muerto?

—¿Qué pasa? —preguntó.

—Tu padre quiere que vuelvas a casa lo antes posible —respondió Ascari—. A Milán. Ha dicho que es un asunto de vida o muerte.

—¿Vida o muerte de quién? —preguntó Pino poniéndose de pie.

—Parece que tuya, Pino.

TERCERA PARTE

Las catedrales del hombre

13

Doce horas después, Pino estaba sentado en el asiento del pasajero del Fiat trucado de Ascari, sin apenas prestar atención a los precipicios en los laterales de la carretera serpenteante que iba de Madesimo a Campodolcino. No miraba las hojas verde lima de la primavera ni percibía el olor a flores en el aire. Su mente seguía estando en Casa Alpina y en lo reticente que se había mostrado a marcharse.

—Quiero quedarme y ayudar —le había dicho al padre Re la noche anterior.

—Y me vendría bien tu ayuda, pero parece grave, Pino —respondió el sacerdote—. Tienes que obedecer a tu padre y volver a casa.

Pino señaló a los refugiados.

—¿Quién los va a llevar a Val di Lei?

—Mimo —contestó el padre Re—. Le has enseñado bien. Y también a los demás chicos.

Pino estaba tan enfadado que había dormido mal y se mostraba cabizbajo cuando Ascari fue a recogerle para llevarle a la estación de tren de Chiavenna. Llevaba casi siete meses en Casa Alpina, pero le parecían años.

—¿Vendrás a verme cuando puedas? —le preguntó el padre Re.

—Por supuesto, padre —respondió Pino. Y se abrazaron.

—Ten fe en los planes que Dios guarda para ti —dijo el sacerdote—. Y ten cuidado.

El hermano Bormio le había preparado comida para el viaje y le había dado también un abrazo.

Pino apenas había pronunciado diez palabras hasta que llegaron al fondo del valle.

—Una cosa buena —dijo Ascari—. Me has enseñado a esquiar.

Pino se permitió mostrar una leve sonrisa.

—Aprendes rápido. Ojalá hubiese terminado yo mis clases de conducción.

—Ya eres buenísimo, Pino —repuso Ascari—. Tienes el toque, una forma de sentir el coche que es poco común.

A Pino le gustó aquel elogio. Ascari era un conductor increíble. Alberto siguió sorprendiéndole con las cosas que podía hacer detrás del volante y, para demostrarlo, le llevó en una temeraria carrera valle abajo hacia Chiavenna que dejó a Pino sin respiración.

—Me asusta pensar qué harías en una carrera de coches de verdad, Alberto —dijo Pino cuando se detuvieron en la estación.

Ascari sonrió.

—Dale tiempo, como dice siempre mi tío. ¿Volverás este verano para terminar tu entrenamiento?

—Eso me gustaría —respondió Pino estrechándole la mano—. Que estés bien, amigo. Y mantente alejado de la cuneta.

—Siempre —dijo Ascari antes de marcharse.

Pino había descendido tanta altitud que allí hacía casi treinta grados más que arriba, en Motta. Chiavenna estaba llena de flores. El olor y el polen hacían que el aire fuera espeso. La primavera de los Alpes no era siempre tan fabulosa y aquello hizo que Pino se mostrara más reacio a comprar el billete, mostrar su documentación a un soldado del ejército alemán y, después, subir al tren que iba en dirección sur hasta Como y Milán.

El primer vagón en el que entró estaba lleno con una compañía de soldados fascistas. Se dio la vuelta y siguió adelante hasta encontrar un vagón con apenas un puñado de personas. Adormilado por la falta de sueño, guardó su bolsa, colocó su mochila como almohada y se quedó dormido.

Tres horas después, el tren entró en la estación central de Milán, que había sido alcanzada por varios sitios, pero seguía estando casi como Pino la recordaba. Salvo que ya no eran soldados italianos los que vigilaban el tránsito de viajeros. Los nazis tenían ahora todo el control. Al caminar por el andén y atravesar la estación, manteniéndose alejado de los soldados fascistas del tren, vio que los soldados alemanes miraban con desprecio a los hombres de Mussolini.

—¡Pino!

Su padre y el tío Albert corrieron a recibirle. Los dos hombres parecían mucho más viejos que en Navidad, con más canas en las sienes y con las mejillas más hundidas de lo que él recordaba.

—¿Ves cómo ha crecido, Albert?

Su tío le miraba boquiabierto.

—¡Siete meses y pasas de ser un niño a un hombre grande y robusto! ¿Qué te daba de comer el padre Re?

—El hermano Bormio es un estupendo cocinero —dijo Pino con una sonrisa estúpida y encantado con sus comentarios. Estaba tan contento de verlos que casi olvidó su enfado—. ¿Por qué he tenido que volver a casa, papá? —preguntó cuando salían de la estación—. Estábamos haciendo cosas buenas en Casa Alpina, cosas importantes.

La expresión de su tío se nubló. Negó con la cabeza antes de hablar en voz baja.

—Aquí no se habla de cosas buenas ni malas. Esperamos, ¿de acuerdo?

Tomaron un taxi. Después de diez meses y medio de bombardeos, Milán se parecía más a un campo de batalla que a una ciudad. En algunos barrios, casi el setenta por ciento de los edificios habían quedado reducidos a escombros, pero las calles eran transitables. Pino vio enseguida el motivo. Docenas de hombres de expresión ausente y espaldas dobladas limpiaban las calles, ladrillo a ladrillo, piedra a piedra.

—¿Quiénes son? —preguntó—. ¿Quiénes son esos hombres tan cenicientos?

El tío Albert colocó la mano sobre la pierna de Pino, señaló al conductor y negó con la cabeza. Pino se dio cuenta de que el taxista no dejaba de mirar por el retrovisor y comprendió que no tenía que hablar hasta llegar a casa.

Cuanto más se acercaban al Duomo y a San Babila, más edificios quedaban en pie. Muchos permanecían intactos. Pasaron por el arzobispado. Había un vehículo oficial alemán en la puerta, el de un general, a juzgar por la bandera en el capó.

De hecho, las calles que rodeaban la catedral estaban llenas de oficiales alemanes de alto rango con sus vehículos. Tuvieron que dejar el taxi para pasar por un puesto de control protegido con sacos de arena y mucho armamento que daba acceso a San Babila.

Tras mostrar sus documentos, caminaron en silencio por una de las zonas menos dañadas de Milán. Las tiendas, restaurantes y bares estaban abiertos y llenos de oficiales alemanes con las mujeres que les acompañaban. El padre de Pino le llevó a Corso del Littorio, a unas cuatro manzanas de donde vivían antes, aún dentro del distrito de la moda, pero más cerca de La Scala, la Galería y la Piazza del Duomo.

—Vuelve a sacar tu documentación —le dijo su padre a la vez que sacaba la suya.

Entraron en un edificio y, de inmediato, se vieron frente a dos guardias armados de las Waffen-SS, lo que sorprendió a Pino.

¿Había nazis vigilando todos los edificios de apartamentos de San Babila?

Los centinelas conocían a Michele y al tío de Pino y simplemente lanzaron una mirada rápida a sus documentos. Pero estudiaron durante largo rato y con recelo los de Pino antes de dejarles seguir. Subieron a un ascensor de jaula. Al pasar por la quinta planta, Pino vio a dos guardias más de las SS delante de una puerta.

Salieron a la sexta planta, fueron hasta el final de un corto pasillo y entraron en el nuevo apartamento de los Lella. No era ni de lejos tan grande como el de Via Monte Napoleone, pero estaba ya cómodamente amueblado. Reconocía el toque de su madre por todas partes.

Su padre y su tío hicieron una señal a Pino en silencio para que dejara sus bolsas y les siguiera. Pasaron por unas puertas francesas que daban a una terraza. Los chapiteles de la catedral se elevaban al cielo por el este.

—Ahora podemos hablar sin peligro —dijo el tío Albert.

—¿Por qué hay nazis en la entrada y debajo de nosotros? —preguntó Pino.

Su padre señaló hacia una antena en mitad de la pared de la terraza.

—Esa antena está conectada con una radio de onda corta del apartamento de abajo. Los alemanes echaron en febrero al antiguo inquilino, un dentista. Trajeron a unos obreros y reconstruyeron la casa por completo. Por lo que tenemos entendido, es donde se alojan los dignatarios nazis que vienen de visita a Milán.

—¿Una planta por debajo de nosotros? —preguntó Pino, alarmado por la idea.

—Es un mundo nuevo y peligroso, Pino —dijo el tío Albert—. Sobre todo, para ti.

—Por eso te hemos traído a casa —continuó su padre antes de que él pudiese contestar—. En menos de veinte días cumples dieciocho años, lo cual te convierte en candidato para ser reclutado.

Pino entrecerró los ojos.

—¿Y?

—Si esperas a que te recluten, te meterán en el ejército fascista —dijo su tío.

—Y a todos los soldados italianos nuevos los alemanes los mandan al frente ruso —continuó Michele, retorciéndose las manos—. Serías carne de cañón, Pino. Morirías y no podemos permitir que te pase eso, no ahora que la guerra está tan cerca de su final.

La guerra estaba cerca de su final. Pino sabía que eso era cierto. Había oído precisamente el día antes en el receptor de onda corta que había dejado con el padre Re que los aliados estaban de nuevo luchando por Monte Cassino, un monasterio situado en lo alto de un barranco donde los alemanes habían instalado potentes cañones. Al fin, el monasterio y los alemanes habían quedado pulverizados por los bombarderos aliados. También la ciudad de abajo. Las tropas aliadas destacadas a lo largo de las fortificaciones de la Línea Gustav al sur de Roma estaban a punto de abrirse camino.

—¿Y qué queréis que haga yo? —preguntó Pino—. ¿Esconderme? Habría sido mejor quedarme en Casa Alpina hasta que los aliados echen a los nazis.

Su padre negó con la cabeza.

—La oficina de reclutamiento ya ha venido a buscarte. Sabían que estabas allí arriba. A los pocos días de tu cumpleaños alguien habría ido hasta Casa Alpina para llevarte con él.

—¿Y qué queréis que haga? —volvió a preguntar Pino.

—Queremos que te alistes —respondió el tío Albert—. Si lo haces, podremos asegurarnos de que entras en un puesto que no sea peligroso.

—¿Con Salò?

Los dos hombres intercambiaron miradas antes de que su padre respondiera.

—No, con los alemanes.

Pino sintió que el estómago se le revolvía.

—¿Que me una a los nazis? ¿Que lleve una esvástica? No. Jamás.

—Pino —empezó a decir su padre—. Esto…

—¿Sabéis lo que he estado haciendo durante los últimos seis meses? —dijo Pino con rabia—. ¡He estado llevando a judíos y refugiados por el Groppera hasta Suiza para que escaparan de los nazis, gente a la que no le importa disparar a personas inocentes! No puedo hacerlo y no pienso hacerlo.

Hubo un largo silencio mientras los dos hombres le miraban con atención.

—Has cambiado, Pino —dijo, por fin, el tío Albert—. No solo pareces un hombre, hablas como si lo fueras. Así que voy a decirte que, a menos que decidas huir a Suiza para alejarte de la guerra, te van a reclutar de una forma u otra. La primera opción es que esperes a que te recluten. Recibirás un entrenamiento de tres semanas y, luego, te enviarán al norte para luchar contra los soviéticos, donde el índice de mortandad entre los soldados italianos de primer año es casi del cincuenta por ciento. Eso quiere decir que tienes una posibilidad entre dos de llegar a tu decimonoveno cumpleaños.

Pino hizo ademán de interrumpirle, pero su tío levantó una mano en el aire.

—No he terminado. O alguien que conozco puede asignarte a un ala del ejército alemán que se llama Organización Todt, u OT. No van a la guerra. Construyen cosas. Estarás a salvo y quizá aprendas algo.

—Yo quiero luchar contra los alemanes, no unirme a ellos.

—Es por precaución —dijo su padre—. Como te hemos dicho, la guerra terminará pronto. Probablemente ni siquiera acabes la formación.

—¿Qué le voy a decir a la gente?

—Nadie lo sabrá —contestó el tío Albert—. A quien pregunte le diremos que sigues en los Alpes con el padre Re.

Pino no dijo nada. Lo veía lógico, pero le dejaba un mal sabor de boca. Eso no era la resistencia. Era eludir la responsabilidad, esconderse, tomar la salida de los cobardes.

—¿Tengo que responder ya? —preguntó Pino.

—No —contestó su padre—. Tienes un día o dos.

—Mientras tanto, vente conmigo a la tienda —dijo el tío Albert—. Hay una cosa que puedes hacer por Tullio.

Pino sonrió. ¿Tullio Galimberti? No le había visto desde... ¿cuánto? ¿Siete meses? Se preguntó si Tullio continuaría siguiendo los pasos del coronel Rauff por Milán. Se preguntó por su última aventura romántica.

—Voy —dijo—. A menos que tú me necesites para algo, papá.

—No, vete —respondió Michele—. Tengo que ocuparme de la contabilidad.

Pino y su tío salieron del apartamento y volvieron a montar en el ascensor de jaula, observando a los guardias que estaban en la puerta del apartamento de la quinta planta. Los vigilantes del vestíbulo les saludaron con la cabeza cuando salieron.

Fueron por la calle en dirección a Maletas Albanese y, por el camino, el tío Albert le preguntó por los Alpes. Parecía especialmente impresionado por el sistema de avisos que el padre Re había diseñado y por la frialdad e ingenio que Pino había mostrado en varios de sus espeluznantes apuros.

Por fortuna, en la tienda de artículos de piel no había clientes. El tío Albert colocó el cartel de «Cerrado» y bajó la persiana. La tía Greta y Tullio Galimberti salieron de la parte de atrás.

—¡Mira qué alto está! —le dijo la tía Greta a Tullio.

—Está hecho un animal —contestó Tullio—. Mira esa cara, qué distinta está ahora. Puede que algunas chicas digan incluso que está guapo. Siempre que no se ponga a mi lado.

Tullio seguía siendo el mismo parlanchín, pero la seguridad en sí mismo, que a veces rayaba en la arrogancia, había quedado aplastada por las dificultades. Parecía haber perdido mucho peso y seguía con la mirada algo perdida y fumando cigarrillos sin parar.

—Vi ayer a ese nazi al que seguías antes, el coronel Rauff.

Tullio se quedó pálido.

—¿Viste ayer a Rauff?

—Hablé con él —dijo Pino—. ¿Sabías que se crio en una granja?

—Ni idea —contestó Tullio a la vez que clavaba los ojos en el tío Albert.

El tío de Pino vaciló antes de hablar.

—Creemos que sabes guardar un secreto, ¿verdad?

Pino asintió.

—El coronel Rauff quiere interrogar a Tullio. Si le detienen, le llevarán al hotel Regina, le torturarán y, después, le enviarán a la prisión de San Vittore.

—¿Con Barbareschi, el falsificador? —preguntó Pino.

Todos los que estaban en aquella habitación se quedaron mirándole, perplejos.

—¿De qué le conoces? —preguntó Tullio.

Pino se lo explicó.

—Rauff dijo que estaba en San Vittore —añadió después.

Por primera vez, Tullio sonrió.

—Lo estaba hasta anoche. ¡Barbareschi se ha escapado!

Eso dejó atónito a Pino. Recordó el aspecto del seminarista el primer día del bombardeo y trató de imaginárselo convirtiéndose en falsificador y, después, huyendo de la cárcel. ¡San Vittore, por Dios santo!

—Qué buena noticia —dijo Pino—. Entonces, ¿te estás escondiendo aquí, Tullio? ¿Es una buena idea?

—Suelo cambiar —respondió Tullio mientras se encendía otro cigarro—. Todas las noches.

—Lo cual nos dificulta las cosas —dijo el tío Albert—. Antes de que Rauff se interesara por él, Tullio podía moverse con libertad por la ciudad y realizar distintas tareas para la resistencia. Ahora no puede. Como he dicho antes, hay una cosa que quizá podrías hacer por nosotros.

Pino se sentía excitado.

—Lo que sea por la resistencia.

—Tenemos unos documentos que hay que entregar antes del toque de queda de esta noche —le explicó el tío Albert—. Te daremos una dirección. Llevas allí los papeles y los entregas. ¿Puedes hacerlo?

—¿Qué son esos documentos?

—Eso no es asunto tuyo —respondió su tío.

Tullio no se anduvo con rodeos:

—Pero si los nazis te pillan con ellos y entienden lo que hay escrito en esos papeles, te ejecutarán. Lo han hecho por menos.

Pino miró el paquete que le dio su tío. Aparte del día anterior y el día en que Nicco había muerto al coger la granada, no se había sentido realmente amenazado por los nazis. Pero los alemanes estaban ahora por todo Milán. Cualquiera de ellos podría detenerle y registrarle.

—Pero ¿son documentos importantes?

—Sí.

—Entonces, no me pillarán —sentenció Pino mientras cogía el paquete.

Una hora después, salió de la tienda montado en la bicicleta de su tío. Mostró su documentación en el puesto de control de San Babila y en otro del lado oeste de la catedral, pero nadie le registró ni pareció mostrar mucho interés en él.

Le llevó hasta última hora de la tarde recorrer la ciudad hacia una dirección que se encontraba en el cuadrante sudeste de Milán. Cuanto más se alejaba del centro de la ciudad, más devastación veía. Pino condujo su bicicleta por calles carbonizadas y llenas de agujeros. Llegó hasta el cráter de una bomba, aminoró la marcha y se detuvo en el borde. Había llovido la noche anterior. El agua sucia recogida en el fondo del cráter desprendía un hedor putrefacto. Unos niños se reían. Cuatro o cinco, llenos de mugre negra, subían y jugaban sobre el esqueleto de un edificio calcinado.

«¿Estaban ahí? ¿Sufrieron el bombardeo? ¿Vieron el fuego? ¿Tienen padres? ¿O son niños de la calle? ¿Dónde viven? ¿Aquí?».

Ver a aquellos niños que vivían en medio de la destrucción le hizo sentir mal, pero continuó adelante, siguiendo las instrucciones que Tullio le había dado. Pino atravesó la zona quemada y entró en un barrio que había perdido menos edificios. Le hizo pensar en un piano maltrecho, con algunas de sus teclas rotas, otras desaparecidas y algunas que aún permanecían amarillas y rojas sobre el fondo ennegrecido.

Vio dos edificios de apartamentos juntos. Como Tullio le había indicado, entró en el de la derecha, que parecía rebosante de vida. Unos niños llenos de hollín rondaban por los pasillos. Las puertas de muchos apartamentos estaban abiertas, sus habitaciones llenas de personas que parecían haber sido maltratadas por la vida. En uno de ellos sonaba un disco, un aria de *Madama Butterfly*, y se dio cuenta de que estaba interpretada por su prima Licia.

—¿A quién buscas? —dijo uno de los niños mugrientos.

—El 16 B —contestó Pino.

El niño bajó el mentón y apuntó hacia el fondo del pasillo.

Cuando Pino llamó, se abrió ligeramente la puerta sujeta con una cadena.

—¿Qué? —preguntó un hombre con un fuerte acento.

—Me envía Tullio, Baka —dijo Pino.

—¿Está vivo?

—Lo estaba hace dos horas.

Eso pareció contentar al hombre. Quitó la cadena y abrió la puerta lo suficiente para dejar que Pino entrara en el estudio. Baka era eslavo, bajito y de constitución fuerte, con denso pelo negro, cejas pobladas, nariz aplastada y enormes brazos y hombros. Pino era más alto que él pero, aun así, se sintió intimidado por su presencia.

Baka se quedó mirándolo un momento antes de hablar.

—¿Traes algo o no?

Pino se sacó el sobre de los pantalones y se lo entregó. Baka lo cogió sin decir nada y se alejó.

—¿Quieres agua? —preguntó—. Está ahí. Bebe y vete. Regresa antes del toque de queda.

Pino estaba muerto de sed tras el largo trayecto y dio unos cuantos tragos antes de mirar a su alrededor y entender quién y qué era Baka. Una maleta de piel oscura con hebillas y correas resistentes yacía abierta sobre la estrecha cama. El interior de la maleta estaba acolchado y había sido alterado con cortes a medida para albergar una compacta radio de onda corta, un generador de mano, dos antenas y herramientas y vidrios de repuesto.

Pino señaló hacia la radio.

—¿Con quién hablas con eso?

—Con Londres —contestó con un gruñido mientras leía los documentos—. Es nueva. La hemos recibido hace tres días. La vieja se rompió y hemos estado dos semanas en silencio.

—¿Cuánto tiempo llevas aquí?

—Me lanzaron en paracaídas hace dieciséis semanas en las afueras de la ciudad y entré caminando.

—¿Has estado todo el tiempo en este apartamento?

El operador de radio soltó un bufido.

—Si fuera así, Baka habría sido hombre muerto hace quince semanas. Los nazis tienen ahora máquinas que localizan las radios. Usan tres para tratar de… ¿cómo se dice? Triangular nuestra posición de transmisión para matarnos y destruir las radios. ¿Sabes cuál es la pena ahora por tener un transmisor de radio?

Pino negó con la cabeza.

—Sin preguntar, sin nada —dijo Baka mientras imitaba el sonido de un corte y se pasaba un dedo por la garganta con una sonrisa.

—Entonces, ¿vas cambiando?

—Cada dos días, en mitad del día, Baka aprovecha la ocasión para darse una larga caminata con su maleta hasta otro apartamento vacío.

Pino quería hacerle todo tipo de preguntas, pero pensó que ya había abusado de su hospitalidad.

—¿Volveré a verte?

Baka levantó una gruesa ceja y se encogió de hombros.

—¿Quién sabe?

Pino salió enseguida del apartamento y del edificio. Recuperó su bicicleta y se montó en ella bajo la luz de una cálida tarde de primavera. Mientras regresaba por el erial abrasado, se sintió bien, útil de nuevo. Por muy poca cosa que hubiese sido aquel encargo, sabía que había hecho lo que debía, estaba contribuyendo a la lucha, corriendo riesgos, y eso le hacía sentirse mejor. No iba a enrolarse con los alemanes. Iba a unirse a la resistencia. No había más que hablar.

Pino fue en dirección norte hacia el Piazzale Loreto. Llegó al puesto de frutas y verduras justo cuando el señor Beltramini estaba bajando los toldos. El padre de Carletto había envejecido muchísimo desde la última vez que Pino le había visto. La preocupación y el estrés le habían dejado marcas en el rostro.

—Hola, señor Beltramini —dijo—. Soy yo, Pino.

El señor Beltramini entrecerró los ojos, le miró de arriba abajo y, a continuación, echó la cabeza hacia atrás y empezó a reír de forma estruendosa.

—¿Pino Lella? ¡Parece como si te hubieses comido a Pino Lella!

Pino se rio.

—Eso ha tenido gracia.

—En fin, amigo mío, ¿cómo se puede soportar lo que la vida te echa encima si no es con risas y amor? ¿Es que no son la misma cosa?

Pino se quedó pensándolo.

—Supongo que sí. ¿Está aquí Carletto?

—Arriba, ayudando a su madre.

La amplia sonrisa del señor Beltramini desapareció. Meneó la cabeza.

—No está bien. El médico dice que quizá seis meses, puede que menos.

—Lo siento, señor.

—Y me siento agradecido por cada momento que paso con ella —dijo el tendero—. Voy a subir a avisar a Carletto.

—Gracias —contestó Pino—. Salúdela de mi parte.

El señor Beltramini se dispuso a ir hacia la puerta, pero, entonces, se detuvo.

—Mi hijo te ha echado de menos. Dice que eres el mejor amigo que ha tenido nunca.

—Yo también le he echado de menos —dijo Pino—. Debería haberle escrito una carta, pero era complicado... por lo que estábamos haciendo allí arriba.

—Lo entenderá, pero vas a cuidar de él, ¿verdad?

—Prometí que lo haría —contestó Pino—. Y yo nunca incumplo una promesa.

El señor Beltramini tocó los bíceps y los hombros de Pino.

—¡Dios mío, estás fuerte como un toro!

Cuatro o cinco minutos después, Carletto salió por la puerta.

—Hola.

—Hola —respondió Pino dándole un ligero golpe en el brazo—. Me alegro mucho de volver a verte.

—¿Sí? Yo también.

—No pareces muy convencido.

—Mi madre ha tenido un día difícil.

Pino sintió una punzada en el estómago. No había visto a su madre desde Navidad y, de repente, echó de menos a Porzia e incluso a Cicci.

—No puedo ni imaginármelo —dijo Pino.

Hablaron y bromearon durante quince minutos, hasta que vieron que la luz del día empezaba a menguar. Pino no había tenido que enfrentarse nunca al toque de queda y quería estar en su nuevo apartamento mucho antes de que cayera la noche. Hicieron planes para verse los siguientes días, se estrecharon las manos y se fue.

A Pino le dolía alejarse de Carletto. Su viejo amigo parecía perdido, una sombra de lo que había sido. Antes de que empezaran a caer las bombas, Carletto era ingenioso y divertido, igual que su padre. Ahora, parecía más apagado, como si por dentro se hubiese vuelto tan gris como esos hombres a los que Pino había visto limpiando las calles. En el puesto de control de San Babila, el guardia le reconoció y le hizo una señal para que pasara. «Podría llevar una pistola conmigo», pensó Pino mientras empezaba a pedalear. Después, oyó un grito a su espalda.

Miró hacia atrás. Unos soldados del puesto de control corrían tras él con sus metralletas en las cinturas. Aterrado, se detuvo y puso las manos en alto.

Pasaron corriendo junto a Pino y rodearon la esquina. El corazón le latía tan deprisa que se sintió mareado y tardó un rato en poder moverse. ¿Qué había ocurrido? ¿Adónde iban? Después, oyó el sonido de un claxon. ¿Una ambulancia? ¿Un coche de policía?

Fue caminando con la bicicleta hasta la esquina y miró al otro lado. Vio que los tres nazis registraban a un hombre de treinta y muchos años. Tenía las manos contra la pared de un banco y las piernas abiertas. Se sintió mal y, después, mucho peor cuando uno de los alemanes sacó un revólver de la cintura del pantalón del hombre.

—*Per favore!* —gritó—. ¡Solo la uso para proteger mi tienda y para ir al banco!

Uno de los soldados ladró algo en alemán. Todos los alemanes dieron unos pasos atrás. Uno levantó su rifle y disparó al hombre en la nuca. Este se convirtió en un muñeco de trapo y se desplomó junto a la pared.

Pino dio un salto hacia atrás, horrorizado. Uno de los soldados le vio y gritó algo. Pino saltó sobre su bicicleta y pedaleó como un loco. Dio un rodeo y llegó al edificio de apartamentos de Corso del Littorio sin que le alcanzaran.

Los centinelas de las SS que estaban en la entrada eran nuevos y le prestaron más atención que antes. Uno de ellos le registró y examinó su documentación dos veces antes de permitirle pasar al ascensor. Mientras la jaula se elevaba, el recuerdo del hombre abatido seguía repitiéndose una y otra vez en su mente.

Aturdido y mareado, no fue consciente de los deliciosos olores que salían de su nuevo apartamento hasta que levantó la mano para llamar. Su tío abrió y le dejó entrar.

—Estábamos preocupados —dijo el tío Albert tras cerrar la puerta—. Has estado fuera mucho tiempo.

—He ido a ver a mi amigo Carletto —contestó Pino.

—Gracias a Dios. Por lo demás, ¿algún problema?

—He visto cómo los alemanes mataban a un hombre por llevar pistola —respondió Pino con voz apagada—. Le han disparado como si no fuese nada. Nada.

Antes de que su tío pudiese responder, Porzia apareció en el pasillo y abrió los brazos.

—¡Pino! —exclamó.

—¿Mamá?

Pino se sintió invadido por unas emociones que le hicieron salir corriendo hacia su madre. Levantó a Porzia en el aire, le dio la vuelta y la besó, lo que provocó un grito de miedo y alegría. Después, le volvió a dar otra vuelta en el aire.

—¡Vale, vale, ya basta! ¡Bájame!

Pino la dejó suavemente sobre la alfombra. Porzia se alisó el vestido antes de mirarle meneando la cabeza.

—Tu padre me había dicho que estabas grande, pero yo... ¿Y mi Domenico? ¿Está ahora tan grande como tú?

—No más alto, pero sí más fuerte, mamá —dijo Pino—. Mimo es ahora un hombre duro.

—Vaya. —Porzia sonrió y los ojos se le empezaron a llenar de lágrimas—. Estoy muy contenta de estar en mi nueva casa con mi hijo mayor.

Su padre salió de la cocina.

—¿Te ha gustado la sorpresa? —preguntó Michele—. Mamá ha llegado en tren desde Rapallo solo para verte.

—Me gusta la sorpresa. ¿Y Cicci?

—Está enferma —contestó Porzia—. Mis amigas se están ocupando de ella. Te manda recuerdos.

—¿Dónde está Greta? —preguntó Michele—. La cena está casi lista.

—Cerrando la tienda —respondió el tío Albert—. Llegará pronto.

Llamaron a la puerta. La abrió el padre de Pino.

La tía Greta entró rápidamente, con expresión de angustia, pero esperó a que la puerta estuviese cerrada con llave antes de empezar a llorar.

—¡La Gestapo ha detenido a Tullio!

—¿Qué? —exclamó el tío Albert—. ¿Cómo ha sido?

—Decidió irse pronto de la tienda. Esta noche iba a quedarse en casa de su madre. En algún punto del camino, no lejos de la tienda, supongo que le han arrestado para llevárselo al hotel Regina. Sonny Mascolo, el botones, lo ha visto todo y me lo ha contado cuando yo estaba echando el cierre.

La tristeza invadió la habitación. Tullio en el cuartel general de la Gestapo. Pino no podía ni imaginarse lo que estaría sufriendo en ese mismo momento.

—¿Han seguido a Tullio desde la tienda? —preguntó el tío Albert.

—Ha salido por el callejón, así que supongo que no —respondió la tía Greta.

Su marido movió la cabeza a un lado y a otro.

—Tenemos que pensar que sí, aunque no sea verdad. Puede que ahora estemos todos bajo la vigilancia de las SS.

Pino tuvo una sensación de claustrofobia. Vio a su alrededor reacciones similares.

—Pues está decidido —dijo Porzia como si emitiese un edicto del cielo—. Pino, mañana por la mañana vas a ir a esa oficina de reclutamiento y vas a unirte a los alemanes para no correr peligro hasta que la guerra termine.

—¿Y qué hago después, mamá? —gritó Pino—. ¿Dejar que me maten los aliados por culpa de la esvástica de mi uniforme?

—Cuando se acerquen los aliados, te quitas el uniforme —dijo su madre fulminándolo con la mirada—. La decisión ya está tomada. Sigues siendo menor de edad. Todavía decido yo por ti.

—Mamá, no puedes... —se quejó Pino.

—Sí que puedo y lo hago —le interrumpió ella, tajante—. Se acabó la discusión.

14

27 de julio de 1944
Módena, Italia

Más de once semanas después de que sus padres le ordenaran enrolarse con los alemanes, Pino se echó al hombro un rifle Gewehr 43 semiautomático y marchó hacia la estación de trenes de Módena. Llevaba un uniforme de verano de la Organización Todt: botas de combate altas de cuero negro; pantalones, camisa y gorra verde oliva; cinturón de cuero negro y una funda con una pistola Walther. Un brazalete rojo y blanco en el brazo izquierdo completaba el uniforme etiquetándolo.

Por la parte blanca podía leerse: «ORG.TODT». Una esvástica grande y negra inscrita en un círculo blanco dominaba la franja roja que había debajo. El parche en el otro hombro mostraba su rango: *Vorarbeiter,* o soldado de primera.

El *Vorarbeiter* Lella tenía poca fe en lo que Dios tenía planeado para él. De hecho, había entrado en la estación y seguía enfadado por su situación. Su madre le había metido en esto. En Casa Alpina había estado haciendo algo importante, algo bueno y justo, sirviendo de guía como un acto de valentía, sin tener en cuenta el riesgo personal. Desde entonces, su vida había consistido en el campamento de entrenamiento, un sinfín de desfiles, calistenias, clases de alemán y otras tareas inútiles. Cada vez que miraba la esvástica, sentía deseos de arrancársela y dirigirse a las montañas para unirse a los partisanos.

—Lella —gritó el *Frontführer*, el jefe de pelotón, sacándolo de sus pensamientos—. Llévate a Pritoni y vigilad el andén 3.

Pino asintió sin entusiasmo y fue a su puesto con Pritoni, un chico con sobrepeso de Génova que nunca había salido de su casa. Se colocaron en una plataforma elevada entre dos de las vías más transitadas de la estación, que tenía un techo alto y abovedado. Unos soldados alemanes cargaban cajones de armas en vagones en una de las vías. La otra estaba vacía.

—Odio tener que estar aquí toda la noche —dijo Pritoni. Se encendió un cigarrillo y echó el humo—. Se me hinchan los pies y los tobillos y me duelen.

—Reclínate en los pilares de apoyo del techo, cambia el peso de un pie a otro...

—Lo he probado, pero me siguen doliendo los pies.

Pritoni continuó con su letanía de quejas hasta que Pino dejó de escucharle. Los Alpes le habían enseñado a no preocuparse ni quejarse ante circunstancias difíciles. Era una pérdida de energía.

A cambio, empezó a pensar en la guerra. Durante el campamento de entrenamiento, no había oído nada. Pero, en la semana que había pasado desde que le designaran para vigilar la estación de ferrocarril, se enteró de que el teniente general Mark Clark del Quinto Ejército estadounidense había liberado Roma el 5 de junio. Sin embargo, desde entonces, los aliados solo habían conseguido avanzar dieciséis kilómetros hacia el norte en dirección a Milán. Pino seguía calculando que la guerra habría terminado para octubre. Noviembre como muy tarde. Sobre la medianoche, bostezó y se preguntó qué haría después de la guerra. ¿Volver a estudiar? ¿Irse a los Alpes? ¿Y cuándo encontraría una chica que...?

Empezaron a oírse los aullidos y lamentos de las sirenas de ataque aéreo. Las armas antiaéreas abrieron fuego. Caían las bombas, avispones furiosos que llovían sobre el centro de Módena. Al principio, detonaban a lo lejos. Después, explotó una junto a las vías. Las tres siguientes alcanzaron la estación de trenes en una rápida sucesión.

Pino vio un destello antes de que la onda expansiva le hiciera caer de espaldas fuera del andén lanzándolo por el aire. Aún con su mochila, aterrizó con fuerza sobre las vías vacías del tren y, por un momento, quedó inconsciente. Otra explosión le despertó y, de manera instintiva, se acurrucó mientras recibía una lluvia de cristales y escombros.

Cuando el ataque terminó, Pino trató de levantarse en medio del humo y del fuego. Estaba mareado y los oídos le atronaban como un océano furioso. Todo le parecía inconexo, como un caleidoscopio roto, hasta que vio el cuerpo de Pritoni en las vías que tenía detrás. El muchacho de Génova se había llevado la peor parte de la explosión. Un trozo de metralla le había volado la mayor parte de la cabeza.

Pino se apartó gateando y vomitó. La cabeza le zumbaba con tanta fuerza que pensaba que le iba a estallar. Encontró su pistola y trató de subir de nuevo al andén. Lo hizo antes de vomitar otra vez. El estruendo de sus oídos era más fuerte. Al ver soldados muertos y otros heridos, se sintió mareado y débil, a punto de perder el conocimiento. Extendió las manos para agarrarse a uno de los postes de acero que seguían sosteniendo el techo de la estación de ferrocarril.

Un dolor intenso y abrasador le recorrió el brazo derecho. Fue entonces cuando se dio cuenta de que tenía los dedos índice y corazón de la mano derecha casi cercenados. Le colgaban por los ligamentos y la piel. El hueso del índice le sobresalía. La sangre salía a chorros por la herida.

Se desmayó una segunda vez.

Llevaron a Pino a un hospital de campaña, donde unos cirujanos alemanes le cosieron los dedos y le trataron la conmoción cerebral. Estuvo en el hospital nueve días.

Cuando le dieron el alta el 6 de agosto, Pino fue considerado no apto de forma temporal para prestar sus servicios y le dijeron que se fuera diez días a casa para recuperarse. Mientras iba en la trasera de un camión de periódicos que le llevaba de vuelta a Milán un día de verano húmedo y lluvioso, Pino no se sentía en absoluto como el joven feliz y decidido que había salido de los Alpes. Se sentía débil y desilusionado.

Pero el uniforme de la Organización Todt tenía sus ventajas. Gracias a él, le dejaron pasar por varios puestos de control y enseguida estuvo caminando por las calles de su querido San Babila. Se encontró con varios viejos amigos de sus padres, a los que saludó, gente a la que llevaba años sin ver. Se quedaron mirando su uniforme y la esvástica de su brazalete y actuaron como si no le conocieran ni quisieran hacerlo.

Pino estaba más cerca de Maletas Albanese que de su casa, así que fue primero allí. Caminando por la acera de Via Monte Napoleone, vio un todoterreno Daimler-Benz G4, un coche oficial nazi de tracción en las seis ruedas, aparcado justo delante de la tienda de bolsos. Tenía el capó levantado. El conductor estaba debajo de él, reparando el motor bajo la lluvia.

Un oficial nazi con una gabardina sobre los hombros salió de la tienda y dijo algo en un brusco alemán. El chófer dio un respingo y negó con la cabeza. El oficial parecía enojado y volvió a entrar en la tienda.

Siempre interesado en los coches, Pino se detuvo.

—¿Qué le pasa?

—¿Y a ti qué te importa? —espetó el chófer.

—Nada —contestó Pino—. Es solo que sé un poco de motores.

—Y yo prácticamente nada —admitió el conductor—. No quiere ponerse en marcha y, cuando lo hace, suelta detonaciones. El ralentí está fatal y da sacudidas al cambiar de marcha.

Pino se quedó pensando y, con cautela, debido a su mano herida, echó un vistazo por debajo del capó. El G4 tenía un motor de ocho cilindros. Comprobó las bujías y los cabezales y vio que calibraban bien. Miró el filtro del aire, vio que estaba sucio y lo limpió. El filtro del combustible también estaba atascado. Después, comprobó el carburador y vio que las cabezas de los tornillos centelleaban. Alguien había hecho algún arreglo recientemente.

Le pidió un destornillador al chófer y con la mano buena toqueteó varios de los tornillos.

—Prueba ahora.

El conductor se metió en el coche y giró la llave de contacto. El motor se quedó atascado, soltó una detonación y expulsó un humo negro.

—¿Ves?

Pino asintió, pensó en qué habría hecho Alberto Ascari y ajustó por segunda vez el carburador.

—Prueba de nuevo —dijo a la vez que oía que la puerta de la tienda de su tío se abría.

Esta vez el motor se encendió con un rugido. Pino sonrió, dejó las herramientas y cerró el capó. Al hacerlo, vio al mismo oficial alemán en la acera al lado de su tío Albert y su tía Greta. Se había quitado la gabardina. Por sus insignias, Pino supo que se trataba de un general de división.

La tía Greta le dijo algo al general en alemán. Él le contestó.

—Pino —dijo su tía—. Al general Leyers le gustaría hablar contigo.

Pino tragó saliva, rodeó el coche por la parte delantera y le saludó con un *Heil Hitler* falto de entusiasmo, pese a ser consciente de que el general y él llevaban el mismo uniforme y el inconfundible brazalete.

—Quiere ver tus insignias, Pino, y saber dónde estás destinado en la Organización Todt.

—Módena —contestó Pino. Se metió la mano en el bolsillo y le enseñó sus documentos al general.

Leyers los leyó y, a continuación, habló en alemán.

—Quiere saber si puedes conducir en tu estado —dijo la tía Greta.

Pino levantó el mentón y movió los dedos antes de contestar.

—Muy bien, señor.

Su tía le tradujo. El general dijo algo y su tía le contestó. Leyers miró a Pino.

—¿Hablas alemán?

—Un poco —respondió él—. Entiendo más de lo que hablo.

—*Vous parlez français, Vorarbeiter?*

—*Oui, mon général* —contestó—. *Très bien.* Muy bien.

—Ahora eres mi chófer —dijo el general—. Este es un estúpido que no sabe nada de coches. ¿Estás seguro de poder conducir con la mano así?

—Sí —contestó Pino.

—Entonces, ve a informar al cuartel general de la Wehrmacht, la sede alemana, mañana a las seis cuarenta de la mañana. Encontrarás este coche allí, en el aparcamiento. Te dejaré una dirección en la guantera. Irás a esa dirección a recogerme. ¿Entendido?

Pino asintió con la cabeza.

—*Oui, mon général.*

El general Leyers respondió moviendo la cabeza con rigidez y, a continuación, subió al asiento trasero del coche oficial diciendo algo con brusquedad. El chófer lanzó a Pino una mirada asesina y el coche se alejó de la acera.

—¡Entra, Pino! —gritó el tío Albert—. ¡Dios mío! ¡Métete dentro!

—¿Qué le ha dicho al chófer? —preguntó Pino a su tía cuando entraron detrás de él.

—Le ha dicho que es un idiota que solo sirve para limpiar retretes.

Su tío cerró la puerta de la tienda, colocó el cartel de «Cerrado» y levantó los puños en señal de triunfo.

—Pino, ¿eres consciente de lo que has hecho?

—No —contestó Pino—. La verdad es que no.

—¡Ese era el general de división Hans Leyers! —dijo el tío Albert lleno de entusiasmo.

—Su título oficial es *Generalbevollmächtigter für Reichsminister für Rüstung und Kriegsproduktion für Italien*. Se traduce como «Plenipotenciario del Ministerio de Armamento y Producción de Guerra del Reich en Italia».

Al ver que Pino no la entendía, insistió:

—«Plenipotenciario» quiere decir «con plenos poderes». Se le concede a aquellos de rango tan alto que tienen la plena autoridad de un ministro del Reich, con libertad para hacer lo que sea necesario por el bien de la maquinaria bélica nazi.

»Después del mariscal de campo Kesselring —añadió el tío Albert—, el general Leyers es el alemán más poderoso de Italia. ¡Trabaja con toda la autoridad de Albert Speer, el ministro de Armamento y Producción de Guerra del Reich de Hitler, lo cual le sitúa a dos escalones del *führer!* Cualquier cosa que Leyers desee que ocurra, ocurre. Cualquier cosa que la Wehrmacht necesite de Italia, Leyers la consigue: obliga a nuestras fábricas a construirla o nos la roba. Él fabrica todas las armas, cañones, municiones y bombas aquí. Todos los tanques. Todos los camiones.

El tío de Pino hizo una pausa con la vista perdida mientras caía en la cuenta de algo y, a continuación, prosiguió:

—Dios mío, Pino, Leyers tiene que conocer la situación de cada trampa para tanques, cada fortín, mina terrestre y fortificación entre este lugar y Roma. Él los construyó, ¿no? Claro que sí. ¿No lo entiendes, Pino? Ahora eres el chófer personal del gran general. Irás donde vaya Leyers. Verás lo que él vea. Oirás lo que él oiga. ¡Serás nuestro espía dentro del Alto Mando alemán!

15

Con la cabeza aún dándole vueltas tras el repentino y radical cambio de su destino, Pino se levantó temprano la mañana del 8 de agosto de 1944. Se planchó el uniforme y desayunó antes incluso de que su padre se levantara de la cama. Mientras daba sorbos al café y se comía la tostada, recordó que el tío Albert había decidido que nadie más que él y la tía Greta debían saber del rol encubierto de Pino como chófer del general de división Hans Leyers.

—No se lo digas a nadie —le advirtió el tío Albert—. Ni a tu padre, ni a tu madre ni a Mimo. Tampoco a Carletto. A nadie. Si lo haces, podría enterarse alguien más y, después, un tercero y enseguida tendrás a la Gestapo en tu puerta para llevarte y torturarte. ¿Lo entiendes?

—Debes tener cuidado —dijo la tía Greta—. Ser espía es algo muy peligroso.

—Pregúntale a Tullio —añadió el tío Albert.

—¿Cómo está? —preguntó Pino tratando de sacar de su mente la idea de que podían apresarle y torturarle.

—Los nazis dejaron que su hermana le viera la semana pasada —contestó su tía—. Contó que le han dado una paliza, pero que no ha hablado. Estaba delgado y enfermo con algo del estómago, pero ella dice que se encontraba bien de ánimo y que habló de escaparse para luchar con los partisanos.

«Tullio se va a escapar para luchar», pensaba Pino mientras caminaba rápido por las calles y San Babila empezaba a despertar. «Y yo soy espía. Así que puede decirse que ahora estoy en la resistencia, ¿no?».

Pino llegó a la sede alemana cerca de Porta Romana a las 6:25 de la mañana. Le indicaron que fuese al aparcamiento, donde vio a un mecánico debajo del capó del coche oficial Daimler-Benz de Leyers.

—¿Qué estás haciendo ahí? —preguntó Pino.

El mecánico, un italiano de unos cuarenta años, le miró con el ceño fruncido.

—Mi trabajo.

—Yo soy el nuevo chófer del general Leyers —dijo Pino mirando las conexiones del carburador. Había movido dos de ellas—. Deja de toquetear el carburador.

—Yo no he hecho eso —balbuceó el mecánico, desconcertado.

—Sí que lo has hecho —insistió Pino a la vez que cogía un destornillador de la caja del mecánico y hacía algunos reajustes—. Ya está. Ahora ronroneará como una leona.

El mecánico se quedó observándolo mientras Pino abría la puerta del conductor, subía al estribo, ocupaba su asiento y miraba el interior. Techo descapotable. Asientos de cuero. Asientos delante, banco detrás. El G4 era fácilmente el vehículo más grande que Pino había tratado de conducir nunca. Con seis ruedas y a una cómoda altura del suelo, podía ir prácticamente por todas partes, lo cual era el objetivo, supuso Pino.

«¿Adónde va un general plenipotenciario de Producción de Guerra? Con este coche y con plenos poderes, adonde desee».

Recordando lo que le habían ordenado, Pino miró en la guantera y encontró una dirección en Via Dante, fácil de encontrar. No quería empeorar sus heridas, así que toqueteó la palanca de cambios para conseguir una buena posición de la mano y la mejor forma de agarrarla. Después, probó a pisar el embrague y movió todas las marchas. Usó el dedo anular y el pulgar de la mano derecha para girar la llave. La fuerza bruta del motor vibró en el volante.

Pino soltó el embrague. Estaba duro. La mano se le resbaló de la palanca de cambios. El Daimler dio una sacudida hacia delante y se caló. Miró al mecánico, quien le respondió con una sonrisa burlona.

Sin hacerle caso, Pino volvió a poner el coche en marcha y, esta vez, jugó con el embrague. Avanzó por el aparcamiento en primera y, después, metió la segunda. Las calles del centro de Milán, construidas en los tiempos de los caballos y los carruajes, eran, como poco, estrechas. Al volante del Daimler, Pino se sentía como si estuviese conduciendo un minitanque por las calles serpenteantes.

Los conductores de los dos coches con los que se cruzó miraron las banderas rojas de general nazi que aleteaban a ambos lados del guardabarros delantero del Daimler y se apartaron de inmediato. Pino aparcó el coche oficial en la acera, justo después de la dirección en Via Dante que Leyers le había dejado.

Pino recibió miradas de varios peatones, pero ninguno se atrevió a protestar al ver aquellas banderas de general nazi. Cogió las llaves, salió del coche y entró en el vestíbulo de un pequeño edificio de apartamentos. Sentada en una banqueta junto a una puerta cerrada al lado de la escalera, una anciana, una vieja bruja con gafas de cristal grueso, le miró como si apenas le viera.

—Voy al tercero B —dijo Pino.

La vieja no dijo nada. Se limitó a asentir con la cabeza y a parpadear a través de sus gafas. Era espeluznante, pensó él mientras subía a la tercera planta. Miró el reloj. Eran las 6:40 de la mañana exactas cuando llamó con fuerza a la puerta.

Oyó unos pasos. La puerta se abrió hacia dentro y toda su vida cambió.

Mirándole con el destello de sus ojos azules y una sonrisa, la sirvienta le preguntó:

—¿Eres el nuevo chófer del general?

Pino quería contestar, pero estaba demasiado perplejo como para poder hacerlo. El corazón le golpeaba en el pecho. Trató de hablar, pero no emitió ningún sonido. Sentía la cara caliente. Se pasó un dedo por el cuello de la camisa. Por fin, se limitó a asentir.

—Espero que no conduzcas igual que hablas —comentó ella entre risas, tocándose su trenza de pelo rubio oscuro con una mano y haciéndole una señal con la otra para que entrara.

Pino pasó por su lado, la olió y se sintió tan mareado que creyó que se iba a desmayar.

—Yo soy la doncella de Dolly —dijo ella detrás de él—. Puedes llamarme...

—Anna —la interrumpió Pino.

Cuando se giró para mirarla, la puerta ya estaba cerrada, su sonrisa había desaparecido y le miraba como si fuese algún tipo de amenaza.

—¿Cómo sabes mi nombre? —preguntó—. ¿Quién eres?

—Pino —balbuceó él—. Pino Lella. Mis padres tienen una tienda de bolsos en San Babila. Te pedí que fueras conmigo al cine en la puerta de una panadería cerca de La Scala el año pasado y tú me preguntaste qué edad tenía.

Los ojos de Anna se abrieron como si estuviese rescatando algún recuerdo vago y enterrado. Después se rio, se tapó la boca y volvió a observarlo.

—No te pareces a aquel muchacho alocado.

—Se puede cambiar mucho en catorce meses.

—Ya lo veo —asintió ella—. ¿Tanto tiempo ha pasado?

—Una eternidad —contestó Pino—. *Bailando nace el amor.*

Anna levantó las cejas, molesta.

—¿Perdona?

—La película —dijo él—. Fred Astaire. Rita Hayworth. Me dejaste plantado.

Ella bajó la mirada. También los hombros.

—Sí, ¿verdad?

Hubo un momento incómodo antes de que Pino hablara.

—Menos mal que lo hiciste. Aquel cine fue bombardeado esa noche. Mi hermano y yo estábamos dentro, pero los dos conseguimos salir.

Anna levantó los ojos hacia él.

—¿Es eso verdad?

—Absolutamente.

—¿Qué te ha pasado en la mano? —preguntó ella.

Él se miró la mano vendada.

—Solo son unos puntos.

Se oyó la voz de una mujer que llamaba con marcado acento:

—¡Anna! ¡Anna, te necesito, por favor!

—Ya voy, Dolly —gritó Anna. Señaló hacia un banco del recibidor—. Puedes sentarte ahí hasta que el general Leyers esté listo para salir contigo.

Pino se hizo a un lado. La doncella pasó muy cerca de él en el estrecho recibidor. Él se quedó sin respiración y vio cómo se alejaba con sus contoneantes caderas y desaparecía en el interior del apartamento. Cuando se sentó y se acordó de respirar, el femenino aroma a jazmín de Anna permaneció en el aire. Pensó en levantarse y recorrer el apartamento solo por verla y olerla de nuevo. Decidió que tenía que arriesgarse y el corazón empezó a latirle con fuerza.

Entonces, Pino oyó voces que se acercaban, un hombre y una mujer que hablaban y reían en alemán. Pino adoptó posición de firmes. Una mujer de poco más de cuarenta años apareció al otro lado del corto recibidor. Se acercó a él vestida con una bata de encaje y satén de color marfil y unas pantuflas de bordados dorados. Era guapa y de piernas largas, como las coristas, con pechos oscilantes, ojos verdes y una maraña de pelo castaño que le caía hermosamente por los hombros y la cara. Llevaba maquillaje pese a ser tan temprano. Se quedó mirando a Pino mientras daba una calada a un cigarrillo.

—Eres alto para ser chófer. Y también guapo —dijo ella en italiano con marcado acento alemán—. Qué pena. Los hombres altos son siempre los que mueren en la guerra. Un blanco fácil.

—Supongo que tendré que mantener la cabeza agachada.

—Ajá —repuso ella antes de dar una larga calada—. Soy Dolly. Dolly Stottlemeyer.

—*Vorarbeiter* Lella, Pino Lella —dijo él dejando atrás el balbuceo de antes.

Dolly no parecía impresionada.

—¿Anna? —gritó—. ¿Tienes listo el café del general?

—Ya voy, Dolly —respondió Anna.

La doncella y el general entraron en el pequeño recibidor a la vez. Pino se puso en posición de firmes y saludó, con los ojos clavados en Anna, mientras ella se acercaba a él envolviéndolo con su olor y acercándole un termo. Él le miró las manos y los dedos, lo perfectos que eran, lo…

—Coge el termo —susurró Anna.

Pino se sobresaltó y lo cogió.

—Y el maletín del general —murmuró ella.

Pino se sonrojó e inclinó torpemente la cabeza ante Leyers. Después, cogió el amplio maletín de piel y notó que estaba lleno.

—¿Dónde está el coche? —preguntó el general en francés.

—En la puerta, *mon général* —respondió Pino.

Dolly le dijo algo al general en alemán. Él asintió con la cabeza y le contestó.

A continuación, Leyers clavó la mirada sobre Pino.

—¿Qué haces ahí mirándome como un *Dummkopf?* —espetó—. Lleva el maletín al coche. Al asiento de atrás. En el centro. Yo bajo enseguida.

—*Oui, mon général* —respondió Pino, nervioso—. Asiento de atrás, en el centro.

Antes de marcharse, se atrevió a mirar por última vez a Anna y se desanimó al ver que ella le observaba como si tuviese problemas mentales. Salió del apartamento y cargó con el maletín del general escaleras abajo tratando de recordar la última vez que había pensado en Anna. ¿Hacía cinco o seis meses? Lo cierto era que él había dejado de creer que la volvería a ver y, ahora, ahí estaba.

Solo podía pensar en ella mientras pasaba junto a la vieja parpadeante del vestíbulo y salía a la calle. El olor de aquella criada. Su sonrisa. Su risa.

«Anna», pensó Pino. «Qué nombre tan bonito. Sale de la boca sin esfuerzo».

¿El general Leyers pasaba siempre las noches con Dolly? Deseaba con desesperación que así fuera. ¿O se trataba de algo esporádico? ¿Una vez a la semana o algo así? Deseaba con desesperación que no.

Entonces, Pino se dio cuenta de que más le valía concentrarse si quería volver a ver a Anna. Tenía que ser el chófer perfecto, decidió. Un chófer al que Leyers jamás despidiera.

Llegó al Daimler. Fue en ese momento, mientras metía el maletín en el asiento de atrás, cuando pensó en lo que podría haber en el interior. Estuvo a punto de abrirlo allí mismo, pero, entonces, se dio cuenta de que había cada vez más peatones y de que unos soldados alemanes pasaban cerca.

Pino dejó el maletín, cerró la puerta y rodeó el coche oficial hasta el lado del conductor para poder volver a mirar hacia el edificio de apartamentos. Abrió la puerta de atrás y acercó el maletín. Miró el cierre, que tenía una cerradura. Levantó los ojos hacia la tercera planta y se preguntó cuánto tiempo tardaría el general en desayunar.

«Menos tiempo a medida que pasan los segundos», pensó Pino antes de probar la cerradura. Había echado la llave.

Miró hacia la ventana de la tercera planta y creyó ver que las cortinas se movían, como si alguien las hubiese soltado. Pino cerró la puerta de atrás. Momentos después, se abrió la puerta del edificio de Dolly. El general Leyers salió. Pino rodeó el coche corriendo y abrió la puerta del otro lado.

El general plenipotenciario de Producción de Guerra nazi apenas le miró antes de subir al lado de su maletín. Leyers comprobó de inmediato el cierre.

Pino cerró la puerta después de que el general subiera, con el corazón latiéndole con fuerza. ¿Y si hubiese estado mirando el interior del maletín cuando el nazi salió? Esa idea hizo que el corazón se le acelerara aún más mientras subía detrás del volante y miraba por el espejo retrovisor. Leyers había dejado su gorra de visera a un lado y se estaba sacando una fina cadena de plata de debajo del cuello de la camisa. Había una llave en ella.

—¿Adónde vamos, *mon général?* —preguntó Pino.

—No hables a menos que yo lo haga —contestó Leyers con brusquedad mientras usaba la llave para abrir el cierre—. ¿Queda claro, *Vorarbeiter?*

—*Oui, mon général* —respondió Pino—. Muy claro.

—¿Sabes leer mapas?

—Sí.

—Entonces, bien. Conduce en dirección a Como. Cuando salgas de Milán, para y quita los banderines. Guárdalos en la guantera. Mientras tanto, mantente en silencio. Tengo que concentrarme.

Tras ponerse en marcha, el general Leyers se puso unas gafas de leer y empezó a ocuparse con atención de un grueso montón de papeles que tenía en el regazo. El día anterior, en Maletas Albanese, y esa mañana en casa de Dolly Stottlemeyer, Pino había estado demasiado nervioso como para mirar a Leyers con detalle. Ahora estaba conduciendo y lanzaba miradas sin parar al general, observándolo a conciencia.

Pino calculó que Leyers tendría algo más de cincuenta años. De complexión fuerte, sobre todo de espaldas anchas, el general tenía un cuello grueso que sobresalía de su apretada camisa blanca inmaculada y de su chaqueta. La frente, más amplia que la de la mayoría, estaba delimitada por un pelo entrecano peinado hacia atrás que ya presentaba entradas y resplandecía por la gomina. Sus gruesas cejas oscuras parecían ensombrecerle los ojos mientras estudiaba informes, escribía en ellos y, después, los dejaba en un montón aparte sobre el asiento trasero.

La concentración de Leyers parecía absoluta. Durante el tiempo que Pino tardó en conducir el Daimler hasta las afueras de Milán, no levantó la cabeza ni una sola vez de la tarea que tenía delante. Incluso cuando Pino se detuvo para quitar los banderines del general, Leyers continuó con su labor. Tenía un plano extendido en su regazo y lo estaba estudiando cuando Pino habló:

—Como, *mon général*.

Leyers se ajustó las gafas.

—Al estadio. Por detrás.

Unos minutos después, Pino conducía a lo largo del lateral oeste del estadio de fútbol en Viale Giuseppe Sinigaglia. Al ver el coche oficial, cuatro guardias armados situados en una de las entradas se pusieron firmes.

—Apárcalo en la sombra —dijo el general Leyers—. Espera en el coche.

—*Oui, mon général*.

Pino aparcó, salió rápidamente del coche y abrió la puerta de atrás en pocos segundos. Leyers pareció no darse cuenta, se bajó con su maletín y pasó junto a Pino como si no existiera. Trató del mismo modo a los guardias mientras desaparecía en el interior del estadio.

Era temprano y el calor de agosto ya se estaba notando. Pino podía oler el lago de Como al otro lado del estadio y deseó poder bajar y mirar por el lado occidental hacia los Alpes y Casa Alpina. Se preguntó cómo estarían el padre Re y Mimo.

Pensó en su madre, en cómo sería su más reciente diseño de bolso y si ella sabría qué le había pasado a él. Se sintió melancólico y se dio cuenta de que echaba de menos a Porzia, especialmente su forma de afrontarlo todo en la vida. Nada había asustado nunca a su madre, por lo que él sabía, hasta que comenzaron los bombardeos. Desde entonces, ella y Cicci habían vivido en Rapallo, escuchando la guerra a través de la radio y rezando por que todo acabara.

Esconderse era actuar con pasividad y Pino se alegró de no estar con ella. No se estaba escondiendo. Era un espía en el centro del poder nazi en Italia. Sintió un escalofrío y, por primera vez, pensó de verdad en lo que era ser espía, no el espionaje de los juegos de niños, sino como acto de guerra.

¿Qué estaba tratando de encontrar o ver? ¿Y dónde trataba de encontrarlo o verlo? Estaba el maletín y su contenido, eso era claro. Y Pino suponía que el general Leyers tendría despachos en Como y en Milán. Pero ¿alguna vez le permitirían entrar en ellos?

No tenía claro que eso pudiera pasar y, consciente de que en ese momento poco podía hacer más que esperar al general, dejó que sus pensamientos volaran hacia Anna. Había estado seguro de que nunca más volvería a verla, pero ahí estaba: la sirvienta de la amante del general. ¿Quién habría dicho que existía esa posibilidad? ¿No parecía que todo eso era…?

Unos camiones alemanes, más de una docena, pasaron retumbando por su lado despidiendo un humo negro de gasóleo hasta detenerse en el extremo norte de la calle. Unos soldados armados de la Organización Todt saltaron de uno de los vehículos y se desplegaron, poniéndose en formación con sus armas en las traseras de los demás camiones.

—*Raus!* —gritaron a la vez que dejaban caer la compuerta. Tras echar hacia atrás la lona, quedaron a la vista cuarenta hombres que miraban a su alrededor desconcertados—. *Raus!*

Estaban todos esqueléticos, sucios, con barbas desaliñadas y el pelo largo y enredado. Muchos de ellos tenían la mirada vacía y sin vida y llevaban pantalones y jerséis grises y rasgados. Tenían en el pecho unas letras que no pudo distinguir. Esposados, se movían arrastrando apenas los pies hasta que los guardias arremetieron contra ellos y golpearon a unos cuantos con las culatas de sus rifles. A medida que se fue vaciando un camión tras otro, enseguida fueron trescientos hombres, quizá más, que se movían en masa hacia el extremo norte del estadio.

Pino recordó a los hombres similares que había visto en el patio de maniobras de la estación central de Milán y limpiando las calles de los escombros de las bombas. ¿Eran judíos? ¿De dónde venían?

«Los hombres grises», como había decidido llamarlos, rodearon la esquina norte del estadio y se dirigieron en dirección este hacia el lago hasta que se perdieron de vista. Pino pensó en la orden del general Leyers de que esperara en el Daimler y, después, en el deseo del tío Albert de que se convirtiera en espía. Empezó a caminar a buen ritmo y pasó junto a los cuatro guardias de la entrada más cercana. Uno de ellos dijo algo en alemán que él no entendió. Asintió, se rio y siguió caminando, suponiendo que actuar con seguridad era tan bueno como sentirse seguro.

Rodeó la esquina. Los hombres grises habían desaparecido. ¿Cómo era posible?

Entonces, Pino vio que una puerta levadiza del extremo norte del estadio estaba subida. Dos guardias armados aparecieron en ella. Pensó en Tullio Galimberti, en que él siempre decía que el truco para hacer casi cualquier cosa difícil era actuar como si fueras otra persona, alguien que sí debía estar allí.

Pino hizo un saludo a los guardias y entró directamente en un túnel que salía al campo. Imaginó que, si alguien iba a impedirle el paso, sería en ese momento, pero mereció la pena arriesgarse, pues no le dijeron nada. Rápidamente vio el porqué. El túnel tenía pasillos laterales en los que muchos hombres con uniformes de la OT como el suyo apilaban cajas y cajones de embalaje. Los guardias debieron de imaginar que Pino era uno más de ellos.

Caminó casi hasta la boca del túnel y, a continuación, se detuvo entre las sombras y miró hacia fuera. Vio a los hombres grises alineados en filas en el lateral. Más allá, en el extremo sur del estadio, habían levantado y atado unas redes de camuflaje. Había obuses sobre remolques más allá de las redes, seis, según contó Pino, docenas de ametralladoras pesadas y demasiados cajones de madera como para contarlos. Era un almacén de suministros. Quizá un arsenal.

Pino dirigió su atención a los soldados de la Organización Todt que empujaban a los últimos hombres grises para que formaran justo antes de que el general Leyers apareciera por otro túnel, quizá a unos cincuenta metros de distancia a lo largo del estadio. Un capitán de la OT y un sargento le acompañaban.

Pino se apretó contra la pared del túnel y fue en ese momento cuando pensó en qué sucedería si le descubrieran fisgoneando. Le interrogarían, sin duda. Puede que le dieran una paliza. Quizá algo peor. Pensó en volver caminando tranquilamente por donde había venido y esperar al regreso de Leyers, por mucho tiempo que tardara, para después seguir con su jornada.

Pero, entonces, totalmente firme y con la plena autoridad de un ministro del Reich nazi, el general Leyers se detuvo delante de los hombres grises que estaban formados en treinta filas de diez hombres cada una, dejando casi un metro de espacio entre cada hombre y tres metros entre cada fila. Leyers se quedó mirando un momento al primer hombre y, después, dio algún tipo de orden que Pino no pudo oír.

El capitán tomó nota en un cuaderno. El sargento apuntó con la boca de su rifle y el primer hombre gris salió de la formación. Caminó con dificultad por el campo, se giró y se mantuvo de espaldas a Leyers, que había pasado al siguiente hombre y, luego, al siguiente. Cada una de las veces, Leyers se detenía a estudiar al hombre que tenía ante él y, a continuación, daba una orden. El capitán tomaba nota y el sargento apuntaba con su arma. Algunos fueron con el primer hombre. Otros fueron asignados a alguno de otros dos grupos.

«Los está clasificando. Ordenándolos».

De hecho, los prisioneros más grandes y fuertes formaban un grupo más pequeño que los otros dos. Los integrantes del segundo grupo, más grande, parecían más agotados, pero seguían manteniendo cierta dignidad. El tercer grupo, el más numeroso, parecía componerse de los hombres que estaban al límite, esqueléticos y a punto de caer muertos bajo el calor cada vez mayor.

Leyers era un modelo de eficacia alemana en el proceso de clasificación. No dedicaba a ningún hombre más de cinco segundos de examen, otorgaba su veredicto y pasaba al siguiente. Llegó al hombre número trescientos en menos de quince minutos, dijo algo al capitán y al sargento, que hicieron el saludo *Sieg heil*. El general Leyers les respondió con vigor con el mismo saludo nazi y, a continuación, se dirigió hacia la salida.

«¡Va hacia el coche!».

Pino se dio la vuelta y notó el sabor metálico de su lengua a la vez que deseaba echar a correr, pero se obligaba a imitar al general con su paso decidido y autoritario. Cuando salió por la puerta norte, uno de los guardias le preguntó algo en alemán. Antes de que pudiese contestar, todos dirigieron su atención hacia el sonido de los hombres grises al arrastrar los pies por el túnel detrás de Pino, quien siguió caminando como si dirigiera el desfile desde cierta distancia.

Rodeó la esquina. A medio camino del estadio, Leyers salió en dirección al Daimler. Pino se puso a correr a toda velocidad.

Les separaban setenta y cinco metros cuando Leyers salió por la puerta. Pero, a doce pasos del coche oficial, Pino le alcanzó, se colocó al lado del general y se detuvo derrapando. Hizo el saludo, trató de calmar la respiración y abrió la puerta. Una gota de sudor le cayó por la frente y pasó entre los ojos sobre el puente de la nariz.

El general Leyers debió de verla, pues se detuvo antes de subir y miró a Pino con atención. Aparecieron más gotas de sudor que empezaron a caer.

—Te dije que esperaras en el coche —dijo Leyers.

—*Oui, mon général* —contestó Pino jadeando—. Pero tenía que hacer pis.

El general lo miró con cierto desagrado y subió al coche. Pino cerró la puerta sintiéndose como si se hubiese dado un baño de vapor. Se pasó las dos mangas por la cara y ocupó el asiento del conductor.

—A Varenna —dijo el general Leyers—. ¿Lo conoces?

—La costa este del brazo oriental del lago, *mon général* —contestó Pino a la vez que ponía el coche en marcha.

Les hicieron detenerse en cuatro puestos de control mientras iban de camino a Varenna, pero, en cada una de las veces, el guardia vio a Leyers en el asiento trasero del coche oficial y se apresuró a hacerles una señal para que pasaran. El general ordenó a Pino que se parara en una pequeña cafetería de Lecco para pedir un espresso y un pastel que Leyers se tomó mientras seguían de camino.

A las afueras de Varenna, el general Leyers le dio instrucciones para que salieran de la ciudad y subieran hacia las estribaciones del sur de los Alpes. La carretera se convirtió enseguida en un camino que conducía a un prado vallado. Leyers ordenó a Pino que pasara por la valla y atravesara el campo.

—¿Está seguro de que el coche puede ir por ahí? —preguntó Pino.

El general lo miró como si fuera tonto.

—Tiene tracción en las seis ruedas. Irá por donde yo quiera que vaya.

Pino cambió la marcha a la más corta y atravesaron la valla para circular como un pequeño tanque por el terreno irregular con sorprendente facilidad. El general Leyers le dijo que aparcara en el otro extremo del campo junto a seis camiones vacíos y un par de soldados de la Organización Todt que los vigilaban.

Pino detuvo el coche oficial y lo apagó.

—¿Sabes tomar notas también? —preguntó el general antes de que él pudiese salir.

—*Oui, mon général.*

Leyers buscó en su maletín y sacó un cuaderno de taquígrafo y un bolígrafo. A continuación, recuperó la cadena y la llave de debajo de la camisa y cerró el maletín.

—Sígueme —dijo—. Escribe lo que yo te diga.

Pino cogió el cuaderno y el bolígrafo y salió. Abrió la puerta trasera y bajó Leyers, que caminó con brío junto a los camiones hasta un sendero que se adentraba en el bosque.

Eran casi las once de la mañana. Se oía a los grillos en medio del calor. El aire del bosque tenía un agradable olor a vegetación y le recordó a Pino a aquella ladera de pasto donde él y Carletto habían dormido durante el bombardeo. El camino empezó a bajar por una pendiente con montones de raíces de árboles a la vista y cornisas.

Unos minutos después, salieron de los árboles a una vía de tren que entraba en curva en un túnel. El general Leyers continuó caminando hacia él. Fue entonces cuando Pino oyó el estruendo del metal sobre la roca, cientos de martillos que golpeaban contra la piedra del interior del túnel. Olía a explosivos quemados.

Los guardias que vigilaban la puerta del túnel se pusieron firmes y saludaron cuando Leyers pasó por su lado. Pino siguió detrás, sintiendo sus ojos clavados sobre él. Todo estaba sombrío y la oscuridad fue en aumento conforme se adentraban en el túnel. A cada paso, el martilleo se oía más cerca y era más molesto para los oídos.

El general se detuvo, buscó en su bolsillo y sacó unas bolas de algodón. Le dio una a Pino y le hizo un gesto para que la rompiera por la mitad y se metiera los trozos en los oídos. Pino obedeció y se dio cuenta de que funcionaba, porque ahora solo si el general le gritaba directamente a su lado podía oír lo que decía.

Recorrieron una curva del interior del túnel. Unas luminosas bombillas eléctricas colgaban del techo más adelante, proyectando una fuerte luz que mostraba las siluetas de un pequeño ejército de hombres grises que usaban picos y mazos para atacar las paredes de ambos lados del túnel, que apestaba a explosivos. Trozos de roca cedían a las arremetidas, se rompían y caían a los pies de los hombres. Estos les daban patadas hacia otros hombres que estaban por detrás de ellos y que cargaban los escombros en unas vagonetas de mina sobre las vías.

Era infernal, pensó Pino, y deseó poder salir de allí de inmediato. Pero el general Leyers continuó sin pausa hasta que se detuvo junto a un guardia de la OT, que le dio una linterna. El general la encendió y apuntó con ella hacia las excavaciones de ambos lados de la vía. Los hombres grises habían cortado la pared más de un metro por algunos sitios y estaban vaciando un espacio que Pino calculó que sería de dos metros y medio de alto por veinticuatro de largo.

Pasaron junto a las excavaciones. Quince metros después, las paredes de cada lado de la vía habían sido ya excavadas hasta una profundidad de cuatro metros y medio, dos metros y medio de altura y otros treinta metros de largo. Unos grandes cajones de madera ocupaban gran parte del espacio a ambos lados de la vía. Varios de ellos estaban abiertos, dejando ver cartucheras de munición.

El general Leyers examinó muestras de cada caja y luego le preguntó al sargento que estaba allí algo en alemán. El sargento le entregó a Leyers una carpeta con documentos. Él examinó varias páginas y, a continuación, levantó los ojos hacia Pino.

—Escribe, *Vorarbeiter* —le ordenó—. Siete coma noventa y dos por cincuenta y siete milímetros Mauser: seis coma cuatro millones de balas listas para envío al sur.

Pino tomó nota y levantó la vista.

—Nueve por diecinueve milímetros Parabellum —dijo Leyers—. Doscientos veinticinco mil balas a las Waffen-SS de Milán. Cuatrocientas mil balas a Módena sur. Doscientas cincuenta mil balas a las SS de Génova.

Pino escribía todo lo rápido que podía, pero apenas conseguía seguir el ritmo.

—Vuelve a leérmelo —dijo el general cuando Pino levantó los ojos.

Él obedeció y Leyers asintió con brusquedad. Continuó caminando mientras miraba los sellos de algunos de los cajones y dictaba notas y órdenes.

—*Panzerfaust* —dijo Leyers—. Seis…

—Perdone, *mon général* —interrumpió Pino—. No conozco esa palabra… *Panzer*…

—Lanzagranadas de cien milímetros —dijo el general Leyers con impaciencia—. Setenta y cinco cajones para la Línea Gótica a petición del mariscal de campo Kesselring. Antiblindaje de tanques de ochenta y ocho milímetros. Cuarenta lanzamisiles y mil misiles a la Línea Gótica, también a petición de Kesselring.

Continuó así durante otros veinte minutos, con el general gritando órdenes y los destinos de cada cosa, desde pistolas automáticas hasta Mausers Kar de 98k, el rifle estándar de la infantería de la Wehrmacht, pasando por rifles Solothurn de largo alcance y la gruesa munición de 20 x 138 milímetros que los acompañaba.

Apareció un oficial desde más adentro del túnel, hizo un saludo y habló con Leyers, quien se giró y empezó a caminar de nuevo en la otra dirección. El oficial, un coronel, corrió para ponerse al nivel del general, que continuaba con sus tajantes instrucciones. Pino les seguía a poca distancia.

Por fin, el coronel paró de hablar. El general Leyers dejó caer la cabeza ligeramente, se giró con precisión militar y empezó a arremeter verbalmente contra el oficial subalterno en alemán. El coronel trató de responder, pero Leyers continuó con su diatriba. El coronel dio un paso atrás. Eso pareció enfurecer a Leyers aún más.

Miró a su alrededor, vio a Pino allí y frunció el ceño.

—Tú, *Vorarbeiter* —dijo—. Vete y espérame junto al montón de piedras.

Pino bajó la cabeza y se alejó rápidamente de los dos mientras oía de nuevo los gritos del general. Los martillos y los crujidos de las piedras que escuchaba más adelante le hicieron desear pararse a esperar a Leyers allí mismo. Nada más pensar aquello, desapareció el ruido, sustituido por el sonido de herramientas cayendo al suelo. Cuando llegó al lugar de la excavación, los hombres con los picos y las palas estaban sentados con las espaldas apoyadas en las paredes. Muchos se sostenían la cabeza con las manos. Otros tenían la mirada perdida hacia el techo del túnel.

Pino no creía haber visto nunca a hombres así. Resultaba casi insoportable mirarles: su forma de jadear, cómo chorreaban sudor, cómo se pasaban la lengua por dentro de sus labios agrietados. Miró a su alrededor. Había un gran cántaro de leche lleno de agua junto a la pared de al lado y, junto a él, un cubo con un cazo.

Ninguno de los guardias que vigilaban a los hombres se había movido para ofrecerles agua. Quienesquiera que fueran y fuera lo que fuera lo que habían hecho para estar allí, merecían agua, pensó Pino, cada vez más rabioso. Fue al cántaro, lo volcó y llenó el cubo.

Un guardia protestó, pero Pino se excusó diciendo: «El general Leyers» y la protesta cesó.

Se acercó al hombre que tenía más cerca, sacó con el cazo un poco de agua. Estaba tan demacrado que los pómulos y el mentón le sobresalían, haciendo que su cara pareciera una calavera. Pero echó la cabeza hacia atrás, abrió la boca y Pino vertió agua directamente por su garganta. Cuando terminó, pasó al siguiente hombre, y al siguiente.

Pocos de ellos le miraron. Mientras Pino iba a buscar más agua, el séptimo hombre miraba fijamente las piedras que tenía a sus pies mientras murmuraba maldiciones en italiano, dedicándole todo tipo de insultos.

—Soy italiano, estúpido —dijo Pino—. ¿Quieres agua o no?

El hombre levantó los ojos. Pino vio lo joven que era. Podrían haber tenido la misma edad, aunque él estaba desfigurado y mucho más envejecido de lo que Pino podía imaginarse.

—Hablas como un milanés, pero llevas uniforme nazi —murmuró con voz ronca.

—Es complicado de explicar —contestó Pino—. Bébete el agua.

Bebió un sorbo de agua y la tragó con la misma ansiedad que los otros siete.

—¿Quién eres? —le preguntó Pino cuando hubo terminado—. ¿Quiénes son estos otros?

El hombre miró a Pino como si observara un microbio.

—Me llamo Antonio —respondió—. Y somos esclavos. Todos y cada uno de nosotros.

16

E sclavos?», pensó Pino con una sensación de repulsión y lástima al mismo tiempo.

—¿Cómo habéis terminado aquí? —preguntó—. ¿Sois judíos?

—Aquí hay algunos judíos, pero yo no lo soy —contestó Antonio—. Yo estaba con la resistencia. Luché en Turín. Los nazis me apresaron y me condenaron a esto en vez de a un pelotón de fusilamiento. Los demás son polacos, eslavos, rusos, franceses, belgas, noruegos y daneses. Las letras que tienen cosidas en el pecho dicen de dónde son. En cada país que los nazis invaden y conquistan, cogen a los hombres con mejores condiciones físicas y los convierten en esclavos. Lo llaman «trabajos forzados» o alguna mierda así, pero es esclavismo, se mire por donde se mire. ¿Cómo crees que han construido los nazis tantas cosas con tanta rapidez? ¿Todas las fortificaciones de la costa de Francia? ¿Las grandes defensas del sur? Hitler tiene un ejército de esclavos. Así es como lo han hecho. Igual que hicieron los faraones en Egipto y... Jesús, María y José. ¡Ahí viene el negrero del faraón en persona!

Antonio susurró esta última parte, mirando con miedo hacia el interior del túnel más allá de Pino. Este se giró. El general Leyers venía hacia ellos con la mirada fija en el cubo de agua y en el cazo que tenía en la mano. Leyers ladró algo a los guardias en alemán. Uno de ellos dio un salto y apartó el agua.

—Eres mi chófer —dijo mientras pasaba junto a Pino—. No tienes que servir a los obreros.

—Lo siento, *mon général* —respondió Pino apresurándose a ir detrás de él—. Es que parecía que tenían sed y nadie les estaba dando agua. Es…, en fin, una estupidez.

Leyers se giró sobre sus pies y miró a Pino a la cara.

—¿Qué es una estupidez?

—No dar agua a un obrero le debilita —balbuceó Pino—. Si lo que se desea es que trabaje más rápido, se le da más agua y comida.

El general se quedó inmóvil, con la nariz pegada a la de Pino, mirándole a los ojos como si tratara de ver en su interior. Pino necesitó todas sus fuerzas para no apartar la vista.

—Tenemos políticas claras con respecto a los obreros —dijo Leyers, por fin, con brusquedad—. Y hoy en día es difícil traer comida. Pero veré lo que se puede hacer con el agua.

Antes de que Pino pudiese pestañear, el general ya se había dado la vuelta y había seguido andando. Pino sintió que las rodillas le temblaban mientras salía detrás de Leyers al luminoso y caluroso día de verano. Cuando llegaron al Daimler, el general le pidió el cuaderno. Arrancó las páginas en las que Pino había escrito y las metió en su maletín.

—Al lago de Garda, Gargnano, norte de Salò —dijo Leyers antes de empezar de nuevo a estudiar el aparentemente inagotable número de carpetas e informes que sacó del maletín.

Pino había estado una vez en Salò, pero no recordaba cómo se iba hasta allí, así que consultó un mapa detallado del norte de Italia que el general tenía en la guantera. Encontró Gargnano a unos veinte kilómetros al norte de Salò, en la costa occidental del lago, y planeó la ruta.

Puso en marcha el coche oficial y volvieron a avanzar por el prado. El día era resplandeciente y caluroso cuando llegaron a Bérgamo. Se detuvieron en un campamento de la Wehrmacht a por gasolina, comida y agua poco después del mediodía.

Leyers comía mientras seguía trabajando en el asiento de atrás, arreglándoselas de algún modo para que no se le cayera encima ningún resto de comida. Pino salió de la carretera principal y se dirigió al norte por la costa occidental del lago de Garda. No había el menor atisbo de brisa. El agua era como un espejo que parecía reflejar y engrandecer los Alpes que se elevaban sobre el extremo norte del lago.

Pasaron por campos de flores doradas y junto a una iglesia con diez siglos de antigüedad. Miró por el espejo al general y se dio cuenta de que odiaba a Leyers. Era un negrero nazi. «Quiere ver destruida Italia y, después, reconstruirla a imagen de Hitler. Trabaja para el arquitecto de Hitler, por el amor de Dios».

Una parte de Pino deseaba encontrar un lugar solitario, salir del coche, sacar su pistola y matar a ese hombre. Se dirigiría a las montañas para unirse a una de las unidades de partisanos de la Brigada Garibaldi. El poderoso general Leyers muerto y desaparecido. Eso sería bueno, ¿no? Eso cambiaría la guerra en cierto modo, ¿no?

Pero, casi al instante, Pino supo en lo más profundo de su ser que no era un asesino. No tenía la capacidad de matar a un hombre, ni siquiera a un hombre como…

—Pon los banderines antes de llegar a Salò —ordenó Leyers desde el asiento trasero.

Pino detuvo el coche y volvió a colocar las banderas sobre los guardabarros delanteros para que revolotearan y se movieran al atravesar Salò y continuó conduciendo. Hacía un calor agobiante.

El agua del lago tenía un aspecto tentador. Pino tuvo deseos de detener el coche y zambullirse con su uniforme y sus vendas.

Leyers no parecía afectado por la temperatura. Se había quitado la chaqueta, pero no se había aflojado la corbata. Cuando llegaron a Gargnano, Leyers le dio instrucciones para que se alejara del lago por una serie de calles estrechas hasta una finca vallada sobre una colina vigilada por comandos de Camisas Negras fascistas armados con pistolas automáticas. Tras echar un vistazo al Daimler y a las banderas rojas nazis, abrieron la valla.

Un camino avanzaba en curva hasta una gran casa de campo cubierta de vides y flores. Había allí más Camisas Negras. Uno de ellos hizo una señal a Pino para que aparcara. Lo hizo, salió del coche y abrió la puerta trasera. El general Leyers bajó y los soldados fascistas actuaron como si les hubiesen dado con una picana, adoptando posición de firmes y fijando la mirada en cualquier lugar que no fuera él.

—¿Me quedo en el coche, *mon général?* —preguntó Pino.

—No, ven conmigo —respondió—. No he pedido traductor y esto no llevará mucho.

Pino no tenía ni idea de a qué se refería Leyers, pero le siguió al pasar junto a los Camisas Negras hasta un pasillo abovedado. Unos escalones empedrados subían hacia una villa con parterres llenos de flores a cada lado. Llegaron hasta una galería que recorría la fachada de la casa y avanzaron por ella hacia una terraza de piedra.

El general Leyers rodeó la esquina para entrar en la terraza, se detuvo de repente, juntó sus talones con un golpe y se quitó la gorra antes de dejar caer la cabeza con estudiada deferencia.

—Duce.

Pino se colocó detrás del nazi con los ojos abiertos de par en par sin creer lo que estaba viendo.

A menos de cinco metros de él estaba Benito Mussolini.

El dictador italiano llevaba pantalones de montar color café, lustrosas botas altas que le llegaban por debajo de la rodilla y una guerrera blanca abierta hasta el pecho, dejando a la luz un vello gris y el comienzo del vientre de un hombre mayor que ejercía presión contra los botones más bajos de la camisa. La enorme cabeza calva del Duce y la piel que quedaba por encima de su famosa mandíbula tenían un tono sonrojado. Había una copa de vino medio vacía sobre la mesa detrás del dictador.

—General Leyers —dijo Mussolini saludándolo con la cabeza y, después, dirigiendo sus ojos legañosos a Pino—. ¿Quién narices eres tú?

—Hoy soy el intérprete del general, Duce —balbuceó Pino.

—Pregúntale cómo está —le dijo Leyers a Pino en francés—. Pregúntale en qué puedo servirle hoy.

Pino tradujo al italiano. Mussolini echó la cabeza hacia atrás y empezó a reír de forma estruendosa y, a continuación, lo miró con desdén.

—¿Que cómo está Il Duce?

Una morena de pechos enormes apretados dentro de una blusa blanca sin mangas salió a la terraza. Llevaba gafas de sol y también una copa de vino. Un cigarrillo ardía entre sus labios rubí.

—Díselo tú, Clara. ¿Cómo está Mussolini?

Ella dio una calada y lanzó el humo antes de hablar.

—Últimamente, Benito se siente como una mierda.

Pino trató de no mirarla boquiabierto. Sabía quién era. En Italia, todo el mundo sabía quién era. Claretta Petacci era la famosa amante del dictador. Su fotografía aparecía siempre en los periódicos. No podía creer que estuviera ahí mismo, delante de él.

Mussolini dejó de reír, se puso completamente serio y miró a Pino.

—Dile eso al general. Dile que Il Duce se siente como una mierda últimamente. Y pregúntale si puede solucionar las cosas que hacen que Il Duce se sienta como una mierda.

Pino tradujo.

—Dile que quizá podamos ayudarnos el uno al otro —contestó Leyers, irritado—. Dile que, si se encarga de acabar con las huelgas de Milán y Turín, haré lo que pueda por él.

Pino le tradujo a Mussolini palabra por palabra.

El dictador soltó un bufido.

—Puedo acabar con las huelgas si puedo pagar a mis trabajadores con moneda fuerte y hacer que estén más seguros.

—Les pagaré con francos suizos, pero no puedo controlar a los bombarderos —dijo Leyers—. Hemos trasladado muchas operaciones industriales bajo tierra, pero no hay suficientes túneles para ponerlas a todas a salvo. En cualquier caso, por lo que respecta a Italia, estamos en un punto de inflexión en la guerra. Los últimos informes de espionaje indican que siete divisiones aliadas han sido desplazadas de Italia a Francia para seguir la invasión allí, lo cual quiere decir que la Línea Gótica resistirá durante el invierno si puedo seguir enviándole suministros. Pero no puedo garantizar que eso ocurra si no cuento con operarios competentes que produzcan armas y piezas. Así que ¿puede acabar con las huelgas, Duce? Estoy seguro de que el *führer* estará encantado de contar con su ayuda.

—Solo tengo que hacer una llamada —repuso Mussolini antes de chasquear los dedos y servirse más vino.

—Estupendo —contestó el general Leyers—. ¿En qué más le puedo servir?

—¿Qué me dice del control de mi país? —preguntó el dictador con tono amargo a la vez que cogía la copa y la vaciaba.

Cuando Pino le tradujo, el general tomó aire antes de responder.

—Usted tiene mucho control, Duce. Es por eso por lo que acudo a usted para que acabe con las huelgas.

—¿Il Duce tiene mucho control? —preguntó Mussolini con sarcasmo y mirando a su amante, quien asintió para animarle—. Entonces, ¿por qué están mis soldados en Alemania cavando zanjas y muriendo en el frente oriental? ¿Por qué no hay reuniones con Kesselring? ¿Por qué se toman decisiones sobre Italia sin que su presidente esté presente? ¿Por qué no contesta Hitler al maldito teléfono?

El dictador gritó la última pregunta. Leyers parecía imperturbable mientras Pino le traducía.

—No puedo saber por qué el *führer* no contesta a sus llamadas, Duce, pero librar una guerra en tres frentes es un asunto que exige mucha dedicación.

—¡Yo sé por qué Hitler no contesta a mis malditas llamadas! —gritó Mussolini con un golpe de la copa sobre la mesa. Fulminó con la mirada al general y, después, a Pino, de tal forma que este se preguntó si debía dar un paso o dos atrás—. ¿Quién es el hombre más odiado de toda Italia? —preguntó Mussolini dirigiendo la pregunta a Pino.

Nervioso, este no supo qué responder, pero luego empezó a traducir.

Mussolini le interrumpió dirigiéndose todavía a Pino mientras se daba un golpe en el pecho al hablar.

—Il Duce es el hombre más odiado de Italia, igual que Hitler es el hombre más odiado de Alemania. Pero ¿sabe una cosa? A Hitler no le importa. Al Duce sí le importa el amor de su pueblo, pero a Hitler le importa una mierda de perro el amor. Lo único que le importa es el terror.

Pino hacía lo que podía por seguir el ritmo del dictador cuando este pareció tener una especie de revelación.

—Clara, ¿sabes por qué el hombre más odiado de Italia no tiene el control de su propio país?

Su amante apagó el cigarrillo y echó el humo por la boca antes de contestar.

—Por Adolf Hitler.

—¡Eso es! —exclamó Il Duce—. ¡Es porque el hombre más odiado de Alemania odia al hombre más odiado de Italia! ¡Es porque Hitler trata a sus perros alemanes nazis mejor de lo que trata al presidente de Italia! Me tiene encerrado en medio de...

—No tengo tiempo para estas locuras —espetó el general Leyers mirando a Pino—. Dile que me ocuparé de concertar una reunión con el mariscal de campo Kesselring para los próximos días y que espere una llamada del *führer* esta semana. Es lo más que puedo hacer por ahora.

Pino tradujo esperando otra explosión de Mussolini.

Pero aquellas concesiones parecieron satisfacer al dictador, que empezó a abrocharse la camisa mientras hablaba:

—¿Cuándo con Kesselring?

—Voy a reunirme con él ahora, Duce —contestó Leyers—. Diré a su ayudante que llame antes de que anochezca. Puede que tarde un poco más en atraer la atención de Herr Hitler.

Mussolini asintió con gesto de hombre de Estado, como si hubiese recuperado parte de su poder ilusorio y planeara ahora hacer uso de él en el cosmos.

—Muy bien, general Leyers —dijo Mussolini ajustándose los puños de la camisa—. Acabaré con las huelgas antes de que anochezca.

Leyers hizo sonar sus tacones y bajó la cabeza.

—Estoy seguro de que el mariscal de campo y el *führer* estarán encantados. Gracias de nuevo por su tiempo y su influencia, Duce.

El general giró sobre sus pies y se alejó. Pino vaciló, sin saber muy bien qué debía hacer. A continuación, inclinó la cabeza rápidamente hacia Mussolini y Claretta Petacci antes de salir detrás de Leyers, que había desaparecido por la esquina en dirección a la galería. Lo alcanzó y caminó a la derecha del general hasta casi llegar al coche oficial, cuando se apresuró a adelantarse para abrir la puerta de atrás.

El general Leyers vaciló y se quedó mirando a Pino durante varios segundos.

—Bien hecho, *Vorarbeiter.*

—Gracias, *mon général* —balbuceó Pino.

—Ahora, sácame de este manicomio —ordenó Leyers antes de subir al coche—. Llévame a la central telefónica de Milán. ¿La conoces?

—Sí, por supuesto, *mon général* —contestó Pino.

Leyers abrió el maletín con la llave y se sumergió en su trabajo. Pino condujo en silencio, mirando por el espejo retrovisor mientras discutía consigo mismo. Cuando el general le había hecho aquel cumplido, él se había llenado de orgullo. Pero ahora se preguntaba por qué. Leyers era un nazi, un negrero, un maestro de obras de la guerra. ¿Cómo podía Pino sentir orgullo cuando el cumplido procedía de alguien así? No podía. No debía sentirlo. Y, sin embargo, sí que lo había sentido, y eso le fastidiaba.

Sin embargo, cuando llegaron a las afueras de Milán, Pino había decidido sentirse orgulloso de lo mucho que había averiguado mientras llevaba al general Leyers durante apenas medio día. Su tío no se lo iba a creer. ¡Había hablado de verdad con Mussolini y con Claretta Petacci! ¿Cuántos espías en Italia podían decir lo mismo?

Pino tomó la ruta que Aníbal había seguido con sus elefantes de guerra y llegó al Piazzale Loreto en tiempo récord. Giró por la rotonda y vio al señor Beltramini en su puesto delante de la tienda de frutas y verduras donde ayudaba a una mujer mayor. Pino quiso saludarles al pasar, pero, cuando trató de girar a la derecha, un camión alemán se lo impidió. Estuvieron a punto de chocar. Él consiguió virar el coche oficial para apartarlo en una milésima de segundo.

No podía creer que el conductor hubiese hecho eso. ¿Es que no habían visto…?

Los banderines. Se había olvidado de colocar los banderines del general al entrar en Milán. Tendría que dar otra vuelta por la rotonda. Al hacerlo, vio a Carletto caminando por la acera hacia una de sus cafeterías preferidas.

Pino aumentó la velocidad, giró hacia Viale Abruzzi sin más problemas y enseguida aparcó junto a la central telefónica, que contaba con mucha vigilancia. La copiosa presencia nazi le desconcertó al principio, hasta que pensó que aquel que controlaba la central telefónica controlaba las comunicaciones.

—Tengo que trabajar aquí durante dos horas —dijo el general Leyers—. No tendrás que esperar. Aquí nadie se va a atrever a tocar el coche. Vuelve a las siete de la tarde.

—*Oui, mon général* —dijo Pino mientras abría la puerta de atrás.

Esperó hasta que Leyers estuvo dentro y, después, se dirigió de nuevo hacia el Piazzale Loreto y la tienda de frutas y verduras de Beltramini. En menos de una manzana, había sufrido suficientes miradas de odio como para entender que lo más inteligente era quitarse el brazalete de la esvástica y guardárselo en el bolsillo de atrás.

Aquello mejoró las cosas. La gente apenas le miraba. Llevaba uniforme y no era de las SS ni de la Wehrmacht. Eso era lo único que les importaba a los demás.

Empezó a caminar más rápido. Podía distinguir al señor Beltramini justo delante, metiendo uvas en una bolsa. Pero a quien de verdad quería ver era a Carletto. Habían pasado cuatro meses y tenía muchas cosas que contarle a su viejo amigo.

Pino cruzó la calle por delante de los camiones alemanes que avanzaban en convoy y giró a la derecha. Tras mirar por la acera que tenía delante, encontró a Carletto sentado de espaldas a él.

Pino sonrió, siguió caminando y vio que Carletto estaba leyendo. Apartó una silla y se sentó.

—Supongo que no estarás esperando a una joven dama.

Carletto levantó los ojos. Al principio, su amigo parecía más cansado y tenía más marcas en la cara de lo que Pino recordaba incluso a finales de abril. Pero, entonces, Carletto le reconoció.

—¡Dios mío, Pino! —exclamó—. ¡Creía que estabas muerto!

Se levantó de un salto y abrazó a Pino con fuerza. Después le apartó para mirarlo con los ojos empañados.

—De verdad que lo creía.

—¿Quién te ha dicho que estaba muerto?

—Alguien le dijo a papá que estabas vigilando la estación de trenes de Módena cuando cayó una bomba. ¡Dijeron que te había volado parte de la cabeza! Me quedé destrozado.

—¡No, no! —dijo Pino—. Eso fue el chico que estaba conmigo, yo casi pierdo esto.

Le enseñó la mano vendada y movió los dedos que le habían vuelto a coser.

Carletto le dio una palmada en el hombro y sonrió.

—¡Solo con saber que estás vivo, creo que estoy más feliz que en toda mi vida! —dijo.

—Me alegro de haber regresado de entre los muertos —contestó Pino, sonriendo—. ¿Has pedido?

—Solo un espresso —contestó Carletto volviendo a sentarse.

—Vamos a comer —propuso Pino—. Me pagaron antes de salir del hospital, así que yo invito.

Eso hizo aún más feliz a su viejo amigo y pidieron bolas de melón envueltas en jamón, salami, pan, aceite de oliva con ajo y sopa fría de tomate que resultaba perfecta para aquel calor agobiante. Mientras esperaban a que llegara su comida, Pino se puso al día sobre los últimos cuatro meses de la vida de Carletto.

Debido a los contactos del señor Beltramini fuera de la ciudad, su puesto de frutas y verduras seguía prosperando. Era uno de los pocos sitios de la ciudad que tenía un fiable flujo de productos y, a menudo, se quedaba sin mercancías antes de cerrar. La madre de Carletto ya era otra historia.

—Unos días son mejores que otros, pero está siempre débil —le explicó Carletto. Pino podía ver la presión que tenía—. El mes pasado estuvo muy mal. Neumonía. Papá estaba desconsolado, pensaba que se iba, pero, de algún modo, mejoró y lo superó.

—Me alegro —dijo Pino mientras el camarero empezaba a colocar platos sobre la mesa. Sus ojos miraron por detrás de Carletto, hacia la tienda de frutas. Entre los huecos de los camiones alemanes pudo atisbar al señor Beltramini atendiendo a un cliente.

—¿Ese es el nuevo uniforme fascista, Pino? —preguntó Carletto—. Creo que no lo he visto nunca.

Pino empezó a morderse el interior de la mejilla. Se había sentido tan avergonzado por haberse alistado al ejército alemán que no le había hablado nunca a su amigo de la Organización Todt.

—¿Y por qué estabas en Módena? —siguió preguntando Carletto—. Todos los que conozco se han ido al norte.

—Es difícil de explicar —respondió Pino deseando cambiar de conversación.

—¿Qué significa eso? —preguntó su amigo a la vez que se comía una bola de melón.

—¿Sabes guardar un secreto? —dijo Pino.

—¿Para qué están los mejores amigos?

—Vale —repuso Pino y, a continuación, se inclinó hacia delante y susurró—. Carletto, esta tarde, no hace ni dos horas, he hablado con Mussolini y con Claretta Petacci.

Carletto apoyó la espalda en su asiento mirándolo con escepticismo.

—Te lo estás inventando.

—No me lo estoy inventando. Te lo juro.

Se oyó el claxon de un coche en la rotonda.

Un ciclista que llevaba una bolsa en bandolera pasó corriendo al lado de ellos, tan cerca de su mesa que Pino estuvo seguro de que iba a darle a Carletto, que se movió rápidamente a un lado para esquivarlo.

—¡Idiota! —exclamó Carletto girándose en la silla—. Va por la acera en dirección opuesta al tráfico. ¡Va a atropellar a alguien!

Al mirar al ciclista por detrás, Pino le vio un trozo de tela roja que le sobresalía de la camisa oscura, justo por el cuello. Serpenteaba entre los peatones que atestaban la acera mientras tres camiones más del largo convoy alemán empezaban a girar lentamente para entrar en el congestionado Viale Abruzzi. El ciclista se quitó el bolso del hombro. Con la mano izquierda en el manillar y la derecha agarrando la bandolera, giró hacia Viale Abruzzi y se colocó justo detrás de uno de los camiones.

Pino se dio cuenta de lo que estaba a punto de ocurrir, se levantó de un salto y gritó:

—¡No!

El ciclista lanzó el bolso por la cubierta de lona al interior del camión antes de alejarse.

El señor Beltramini también lo había visto. Estaba justo allí, a menos de seis metros de distancia, con las manos empezando a levantarse una milésima de segundo antes de que el vehículo explotara en medio de una bola de fuego.

La fuerza de la onda expansiva llegó hasta Pino y Carletto desde una manzana de distancia. Pino se tiró al suelo, protegiéndose la cabeza de los escombros y la metralla.

—¡Papá! —gritó Carletto.

Herido y sin hacer caso del material que llovía sobre el Piazzale Loreto, Carletto salió corriendo hacia el fuego, hacia el esqueleto incinerado del camión que trasportaba a las tropas y hacia su padre, tumbado en la acera bajo los jirones del toldo del puesto de frutas.

Carletto llegó hasta su padre antes de que los soldados de la Wehrmacht de los demás camiones se desplegaran para controlar la zona. Dos de ellos bloquearon el paso a Pino hasta que sacó su brazalete rojo y se lo puso, enseñándoles la esvástica.

—Soy asistente del general Leyers —dijo en un vacilante alemán—. Tengo que pasar.

Le dejaron continuar. Pino echó a correr alejándose del calor del camión aún en llamas, en medio de los gritos y gemidos de la gente, pero pendiente solamente de Carletto, que estaba de rodillas en la acera con la cabeza chamuscada y ensangrentada de su padre en el regazo. El delantal del señor Beltramini estaba ennegrecido por la explosión y empapado de más sangre, pero estaba vivo. Tenía los ojos abiertos y respiraba con enorme dificultad.

Carletto levantó la mirada hacia a Pino.

—Llama a una ambulancia —dijo Carletto con la voz entrecortada por las lágrimas.

Pino oyó el sonido de las sirenas por todas partes acercándose al Piazzale Loreto.

—Ya vienen —contestó. Se agachó. El señor Beltramini tomaba grandes bocanadas de aire de forma irregular a la vez que se retorcía.

—No te muevas, papá —le pidió Carletto.

—Tu madre —dijo el señor Beltramini entrecerrando los ojos—. Tienes que ocuparte de…

—Calla, papá —le ordenó su hijo mientras lloraba y acariciaba el pelo chamuscado de su padre.

El señor Beltramini tosía espasmódicamente y debía de sentir un dolor tan espantoso que Pino trató de distraerle con algún recuerdo agradable.

—Señor Beltramini, ¿recuerda aquella noche en la colina cuando mi padre tocó el violín y usted le cantó a su esposa? —preguntó Pino.

—«Nessun dorma» —dijo él con un susurro, se dejó llevar por sus pensamientos y sonrió.

—Usted cantó *con smania,* mejor que nunca —dijo Pino.

Durante unos segundos, los tres formaron un único universo ellos solos, lejos de todo el dolor y el horror, de vuelta a una colina del campo, compartiendo un momento más inocente. Entonces, Pino oyó el estruendo de las ambulancias mucho más cerca. Pensó en levantarse para ir en busca de un médico. Pero, cuando trató de hacerlo, el señor Beltramini le agarró de la manga.

El padre de Carletto miraba perplejo el llamativo brazalete que llevaba Pino.

—¿Eres nazi? —preguntó con voz ahogada.

—No, señor Beltramini...

—¿Un traidor? —insistió el frutero, abrumado—. ¿Pino?

—No, señor...

El señor Beltramini volvió a toser y a revolverse y, esta vez, expulsó una sangre oscura que se derramó por su mentón mientras dejaba caer la cabeza hacia Carletto, mirando a su hijo y moviendo los labios sin decir nada. Y, entonces, simplemente, se relajó, como si su alma hubiese aceptado la muerte y siguiera allí, sin luchar, pero sin ninguna prisa por marcharse.

Carletto empezó a llorar. Pino, también.

Su amigo acunó a su padre y comenzó a dejarse invadir por la pena. La angustia de su pérdida fue aumentando con cada aliento hasta que pareció retorcer cada músculo y cada hueso del cuerpo de Carletto.

—Lo siento —dijo Pino, llorando—. Ay, Carletto, lo siento muchísimo. Yo también le quería.

Carletto dejó de acunar a su padre y levantó los ojos hacia Pino, cegado por el odio.

—¡No digas eso! —gritó—. ¡No digas eso jamás! ¡Nazi! ¡Traidor!

Pino sintió como si la mandíbula se le rompiera en veinte pedazos.

—No —contestó—. No es lo que parece...

—¡Aléjate de mí! —gritó Carletto—. Mi padre lo vio. Sabía lo que eres. ¡Él me lo ha enseñado!

—Carletto, no es más que un brazalete.

—¡Déjame en paz! ¡No quiero volver a verte! ¡Nunca!

Carletto bajó la mirada y se inclinó sobre el cuerpo muerto de su padre, con los ojos temblorosos y unos sonidos angustiosos que salían de su pecho. Pino estaba tan abrumado que no pudo decir nada. Por fin, se levantó y se apartó.

—Muévete —dijo un oficial alemán—. Deja libre la acera para las ambulancias.

Pino miró por última vez a los Beltramini antes de ir hacia el sur en dirección a la central telefónica, con la sensación de que aquella explosión le había desgarrado una parte del corazón.

La sensación de pérdida seguía torturando a Pino siete horas después, cuando aparcó el Daimler delante del edificio de apartamentos de Dolly Stottlemeyer. El general Leyers salió del coche y entregó a Pino su maletín.

—Menudo primer día has tenido.

—*Oui, mon général.*

—¿Estás seguro de que viste un pañuelo rojo en el cuello del que lanzó la bomba?

—Lo tenía metido por debajo de la camisa, pero sí.

El general puso el cuerpo en tensión y entró en el edificio con Pino llevándole el maletín, que ahora pesaba más que por la mañana. La vieja estaba justo en el mismo sitio donde la habían dejado, sentada en su banqueta y parpadeando detrás de sus gruesas gafas. Leyers ni siquiera la miró, empezó a subir las escaleras hasta el apartamento de Dolly y llamó a la puerta.

Anna abrió y, al verla, el corazón de Pino se derritió un poco.

—Dolly le espera para cenar, general —le informó Anna mientras él pasaba por su lado.

A pesar de todo lo que le había sucedido a Pino ese día, el hecho de volver a ver a Anna era una experiencia tan deslumbrante como lo había sido las dos primeras veces. El dolor de ver morir al señor Beltramini y de haber perdido a su amigo seguía estando ahí, pero tenía fe en que, si podía contárselo todo a Anna, de algún modo, ella haría que tuviese sentido.

—¿Vas a entrar, *Vorarbeiter?* —preguntó Anna con impaciencia—. ¿O te vas a limitar a quedarte ahí mirándome?

Pino se sobresaltó y pasó junto a ella.

—No te estaba mirando.

—Claro que lo hacías.

—No, estaba en otro sitio. En mi imaginación.

Ella no dijo nada y cerró la puerta.

Dolly apareció en el otro extremo del recibidor. La amante del general llevaba unos zapatos de tacón negros, medias de seda negras y una falda ajustada y negra bajo una blusa de manga corta de color perla. Su pelo parecía recién peinado.

—Dice el general que has visto la explosión —dijo Dolly a la vez que encendía un cigarrillo.

Él asintió y dejó el maletín en la banqueta mientras sentía que Anna también le miraba.

—¿Cuántos muertos? —preguntó Dolly antes de soltar el humo.

—Muchos alemanes y…, y varios milaneses —contestó.

—Debe de haber sido espantoso —dijo Dolly.

El general Leyers apareció de nuevo. Se había quitado la corbata. Le dijo algo en alemán a Dolly, que asintió y miró a Anna.

—El general quiere comer.

—Por supuesto, Dolly —contestó Anna, miró después a Pino de nuevo, salió rápidamente por el pasillo y desapareció.

Leyers se acercó a Pino y lo miró con atención antes de coger el maletín.

—Vuelve a las siete en punto.

—*Oui, mon général.*

—Puedes irte, *Vorarbeiter.*

Pino quería quedarse, ver si Anna volvía a aparecer, pero, en lugar de eso, saludó y se marchó.

Llevó el Daimler de vuelta al garaje mientras trataba de revivir ese día, pero su mente no dejaba de moverse entre las imágenes del señor Beltramini muriéndose, la rabia desesperada de Carletto y la mirada que le había lanzado Anna antes de salir del recibidor.

Después, recordó su encuentro con Mussolini y su amante y, mientras le daba al guardia nocturno las llaves del Daimler y caminaba por las calles de San Babila en dirección a su casa, se preguntó si todo había sido una alucinación. El aire de aquella noche de agosto era denso y cálido. En el ambiente flotaba olor a buena cocina y había muchos oficiales nazis sentados en las puertas de las cafeterías, bebiendo y divirtiéndose.

Pino llegó a Maletas Albanese y giró hacia la entrada del taller de costura. Cuando su tío abrió la puerta, sintió una oleada de emociones.

—¿Y bien? —preguntó el tío Albert después de que él entrara—. ¿Cómo ha ido?

El dolor de Pino se desbordó.

—Ni siquiera sé por dónde empezar —dijo llorando.

—Por Dios, ¿qué ha pasado?

—¿Puedo comer algo? No he tomado nada desde la mañana.

—Claro, claro. Greta te espera con un *risotto* con azafrán y, cuando hayas comido, podrás contárnoslo todo, desde el principio.

Pino se secó las lágrimas. No le gustaba haber llorado delante de su tío, pero la emoción le había invadido, o le había salido de dentro, como una tubería que hubiese explotado. Sin decir nada, se comió dos raciones del *risotto* de su tía y, después, le contó a su tío todo lo que había pasado durante su jornada con el general Leyers.

Se quedaron estupefactos al oír su descripción de los esclavos en el túnel del tren, aunque el tío Albert dijo que había recibido informes de que los alemanes estaban escondiendo bajo tierra fábricas y depósitos de munición.

—¿De verdad has estado en la casa de Mussolini? —preguntó la tía Greta.

—En su casa de campo —contestó Pino—. Claretta Petacci y él estaban allí.

—No.

—Sí —insistió Pino, que repitió lo que había oído de que las huelgas de las fábricas quedarían resueltas a cambio de que Mussolini consiguiera sentarse con Kesselring y de la promesa de que recibiría una llamada de Adolf Hitler. A continuación, les contó lo peor de todo: que el señor Beltramini había muerto pensando que Pino era un traidor y que su mejor amigo no quería volver a verlo nunca porque era un nazi, una deshonra.

—No es verdad —dijo el tío Albert a la vez que levantaba los ojos del cuaderno donde había estado tomando notas—. Eres todo un héroe por haber conseguido esta información. Se la haré llegar a Baka y él transmitirá a los aliados lo que has visto.

—Pero no puedo contárselo a Carletto —replicó Pino—. Y su padre…

—Odio ser tan franco en esto, Pino, pero no me importa. Tu posición es demasiado valiosa y sensible como para arriesgarte a contárselo a nadie. Vas a tener que aguantarte por ahora y tener fe en que recuperarás tu amistad cuando puedas revelarlo todo. Lo digo en serio, Pino. Eres un espía al otro lado de las líneas enemigas. Acepta todos los insultos que te puedan lanzar, no les hagas caso, y mantente tan cerca de Leyers como te sea posible y todo el tiempo que puedas.

Pino asintió, pero sin entusiasmo.

—Entonces, ¿crees que lo que he averiguado sirve de algo?

El tío Albert soltó un bufido.

—Ahora sabemos que hay un gran depósito de munición en el interior de un túnel cerca de Como. Sabemos que los nazis tienen esclavos. Y sabemos que Mussolini es un eunuco carente de poder y frustrado porque Hitler no contesta a sus llamadas. ¿Qué más se le puede pedir al primer día?

Pino se sintió bien al oír aquello y bostezó.

—Tengo que dormir. Me espera temprano.

Les dio un abrazo a los dos, bajó por las escaleras y atravesó el pequeño taller. Se abrió la puerta del callejón. Baka, el operador de radio, entró, miró a Pino y se fijó en su uniforme.

—Es difícil de explicar —dijo Pino y se marchó.

Su padre ya estaba acostado cuando Pino llegó a casa y pasó por un rápido control de seguridad en el portal. Puso el despertador, se desnudó y cayó en la cama. Unas imágenes, pensamientos y emociones terribles crearon en su mente un remolino que le hizo estar seguro de que nunca más volvería a dormir.

Pero, cuando por fin consiguió limitar la espiral de sus recuerdos a Anna, se sintió relajado y, con la imagen de la sirvienta fija en su mente, fue cayendo en la oscuridad.

17

9 de agosto de 1944
6:45 de la mañana

Pino salió de un salto del Daimler tras aparcar en Via Dante.

Entró en el edificio de Dolly, pasó rápidamente junto a la parpadeante vieja y subió las escaleras, ansioso por llamar a la puerta de la amante del general.

Se sintió decepcionado cuando Dolly le abrió. El general Leyers estaba ya en el pasillo, bebiendo café en una taza de porcelana y con aspecto de estar deseando marcharse.

Pino fue a coger el maletín, aún sin ver a la doncella, y se giró hacia Dolly y la puerta del apartamento con una sensación de decepción todavía mayor.

—Anna —gritó Dolly—. El general necesita su comida.

Un momento después, y para deleite del nervioso Pino, la sirvienta apareció con el termo y una bolsa de papel marrón. El general fue hacia la puerta del apartamento. Pino se acercó a Anna.

—Yo lo cojo —le indicó.

Anna le sonrió cuando le dio el termo, que él se colocó bajo el brazo antes de coger la bolsa con la comida.

—Que tengas un buen día —dijo ella—. Y ve con cuidado.

Él sonrió al contestar.

—Haré lo que pueda.

—*Vorarbeiter!* —gritó el general Leyers.

Pino dio un respingo, se giró y cogió el maletín. Salió rápidamente detrás de Leyers y pasó junto a Dolly, que mantenía abierta la puerta del apartamento y le lanzó una mirada de complicidad al marcharse.

Leyers tuvo esa mañana una reunión de cuatro horas con el mariscal de campo Kesselring en la sede central alemana. Pino no fue invitado a entrar. El general parecía enfadado y molesto cuando salió después del mediodía y le dijo a Pino que le llevara a la central telefónica.

Pino se quedó sentado en el Daimler o dando vueltas junto a él, muerto de aburrimiento. Deseaba ir a comer a algún sitio, pero no quería dejar el coche. Estaba a apenas unas manzanas del Piazzale Loreto y se debatía pensando en si debería ir en busca de Carletto y contarle lo suficiente como para que no siguiera creyendo que era un traidor. Eso haría que Pino se sintiera mejor, pero ¿debería…?

Oyó una voz por un altavoz que se iba acercando.

Un vehículo de las SS con cinco altavoces en lo alto se acercaba por Viale Abruzzi.

—Atención, a todos los ciudadanos de Milán —gritaba un hombre en italiano—. El cobarde atentado contra soldados alemanes de ayer no se va a repetir. Entreguen hoy al que lo hizo o tendrán que enfrentarse mañana al castigo. Repito: atención, a todos los ciudadanos de Milán.

Pino tenía tanta hambre que se sentía vacío y agitado viendo pasar el vehículo y oyendo el eco de los altavoces mientras iba arriba y abajo por las calles que salían del Piazzale Loreto. Unos soldados alemanes pasaron junto a él a media tarde, pegando copias impresas de la misma advertencia sobre el terrorista en postes de teléfonos y pegando otras en las fachadas de los edificios.

Tres horas después, el general Leyers salió de la central telefónica y parecía furioso cuando subió al asiento trasero del Daimler.

Pino no había comido desde las seis de la mañana y se sentía mareado y nervioso cuando se sentó en el asiento del conductor.

—*Verdammte Idioten* —dijo Leyers con tono mordaz—. *Verdammte Idioten.*

Pino no tenía ni idea de qué quería decir y miró por el espejo retrovisor a tiempo de ver cómo el general Leyers daba tres puñetazos sobre el asiento. Eso hizo que la cara se le pusiera roja y sudorosa y Pino apartó la mirada por miedo a que el general dirigiera su rabia contra él.

En el asiento de atrás, Leyers respiraba hondo. Cuando Pino volvió a mirar por fin el espejo, vio al general: sus ojos cerrados, las manos sobre el pecho, la respiración lenta y regular. ¿Estaba dormido?

Pino no sabía qué hacer más que esperar y aguantarse el hambre que le hacía temblar.

—Al Palacio arzobispal —dijo el general Leyers diez minutos después—. ¿Lo conoces?

Pino miró por el espejo retrovisor, vio que Leyers había recuperado su expresión impenetrable.

—*Oui, mon général.*

Quería preguntar cuándo podría parar a comer algo, pero mantuvo la boca cerrada.

—Quita las banderas. No es una visita oficial.

Pino hizo lo que se le ordenaba, arrancó el coche y lo puso en marcha mientras se preguntaba qué querría hacer el general en el Palacio arzobispal. Siguió lanzando miradas a Leyers al atravesar la ciudad hacia Via Pattari. Pero el general parecía perdido en sus pensamientos sin expresar nada.

Cuando llegaron a la puerta del palacio, el sol ya se había puesto. No había guardias y Leyers le dijo que atravesara el jardín. Pino entró en un patio de adoquines rodeado por una galería de dos plantas. Apagó el motor del Daimler y se bajó. Una fuente borboteaba en el centro del patio. El anochecer caía con un lánguido calor.

Pino abrió la puerta del general Leyers y este salió.

—Puede que te necesite.

Pino se preguntó con quién hablarían esa noche. Después, le pareció que era evidente y el corazón empezó a latirle con fuerza. Iban a hablar con Schuster. El cardenal de Milán tenía una memoria prodigiosa. Recordaría a Pino con la misma seguridad que el coronel Rauff, pero, al contrario que el jefe de la Gestapo, el cardenal sí se acordaría de su nombre. El cardenal Schuster vería también la esvástica y le juzgaría con severidad y, probablemente, le condenaría a algún sufrimiento para toda la eternidad.

El general Leyers giró a la izquierda al subir las escaleras, se acercó a una pesada puerta de madera y llamó. La abrió un anciano sacerdote, que pareció reconocer a Leyers con desagrado, pero que se apartó para dejarle pasar. El sacerdote miró a Pino con ojeriza cuando pasó por su lado.

Avanzaron por un pasillo revestido con paneles de madera hasta una ornamentada e impresionante sala de estar con iconografía católica tejida en tapices del siglo xv, tallada en crucifijos del siglo xiii y presente en cada esquina en oro y dorados. Lo único de estilo no italiano que había en la sala era el escritorio, donde un hombre bajito y calvo con una sencilla sotana de color crema y un solideo rojo escribía de espaldas a Pino y a Leyers. El cardenal Schuster no pareció ser consciente de su presencia hasta que el sacerdote tocó en el marco de madera de la puerta. Schuster dejó de escribir un momento, pero, después, continuó haciéndolo durante cuatro o cinco segundos más para dar fin a su pensamiento antes de levantar la cabeza y girarse.

Leyers se quitó la gorra. Pino hizo lo mismo a regañadientes. El general se acercó a Schuster, pero le habló a Pino por encima del hombro.

—Dile al cardenal que agradezco su disposición para verme tras avisar con tan poca antelación, pero es importante.

Pino trató de mantenerse detrás del general, donde resultaría más difícil que el cardenal le viera con claridad, y tradujo al italiano las palabras de Leyers.

Schuster se inclinó hacia delante, intentando ver a Pino.

—Pregúntale al general en qué puedo servirle.

Pino miró hacia la alfombra y tradujo al francés, lo cual hizo que el cardenal le interrumpiera.

—Puedo pedir que venga un sacerdote que hable alemán, si él lo desea, para que la comunicación sea más sencilla.

Pino se lo dijo a Leyers.

El general negó con la cabeza.

—No quiero desperdiciar su tiempo ni el mío de forma innecesaria.

Pino le explicó a Schuster que a Leyers le parecía bien que la traducción siguiera como hasta el momento.

El cardenal se encogió de hombros.

—Su Eminencia, estoy seguro de que se ha enterado de que ayer asesinaron a quince soldados alemanes en un atentado de los partisanos en el Piazzale Loreto. Y estoy seguro de que sabe que el coronel Rauff y la Gestapo quieren que el terrorista se entregue antes del amanecer o la ciudad se enfrentará a duras consecuencias.

—Lo sé —confirmó el cardenal Schuster—. ¿Cómo de duras?

—Cualquier acto de violencia contra soldados alemanes por parte de los partisanos será contestado con un correspondiente acto de violencia sobre los hombres de la ciudad —explicó el general—. La decisión no ha sido mía, eso se lo aseguro. El general Wolff tiene ese deshonor.

Pino se quedó estupefacto a la vez que traducía y vio que las posibles repercusiones tuvieron el mismo impacto en el rostro de Schuster.

—Si los nazis siguen por ese camino van a poner a la población en su contra y eso endurecerá la resistencia —contestó el cardenal—. No mostrarán ninguna piedad.

—Estoy de acuerdo, Su Eminencia, y así lo he expresado —dijo el general Leyers—. Pero mi voz no es escuchada ni aquí ni en Berlín.

—¿Qué quiere que haga yo? —preguntó el cardenal.

—Creo que no hay mucho que pueda hacer, Su Eminencia, aparte de pedir al que puso la bomba que se entregue antes de que se imponga el castigo.

Schuster se quedó pensativo un momento antes de hablar.

—¿Cuándo será eso?

—Mañana.

—Gracias por venir a informarme en persona, general Leyers —dijo el cardenal.

—Su Eminencia —contestó Leyers; inclinó la cabeza, chocó los tacones y se giró hacia la puerta, dejando al descubierto a Pino ante Schuster.

El cardenal le miró con expresión de haberlo reconocido.

—Mi señor cardenal —dijo Pino en italiano—. Por favor, no diga al general Leyers que me conoce. No soy lo que cree que soy. Le suplico que se apiade de mi alma.

El clérigo pareció quedarse perplejo, pero asintió. Pino inclinó la cabeza y se alejó siguiendo a Leyers al patio del arzobispado mientras pensaba en lo que acababa de oír dentro.

¿Consecuencias por la mañana? Eso no pintaba bien. ¿Qué harían los alemanes? ¿Correspondientes actos de violencia sobre los hombres? Eso era lo que había dicho, ¿no?

—¿Qué os habéis dicho tú y el cardenal al final? —preguntó Leyers cuando llegaron al coche.

—Le estaba dando las buenas noches, *mon général* —contestó Pino.

Leyers se quedó mirándolo un momento antes de responder.

—Entonces, a casa de Dolly. He hecho todo lo que he podido.

Aunque estaba preocupado por aquellas futuras consecuencias, Pino pensó en Anna y condujo lo más deprisa que pudo por las sinuosas calles que rodeaban la catedral hasta llegar al edificio de apartamentos de Dolly Stottlemeyer. Aparcó, abrió la puerta trasera y trató de coger el maletín.

—Yo lo subiré —dijo el general—. Quédate en el coche. Puede que volvamos a salir después.

Eso dejó a Pino sin aliento.

Si Leyers se dio cuenta de su decepción, no lo mostró mientras desaparecía por la puerta del edificio. Fue entonces cuando el hambre de Pino regresó con violencia. ¿Qué se suponía que tenía que hacer? ¿No comer nunca? ¿No beber nunca?

Sintiéndose como un desgraciado, Pino levantó los ojos hacia la fachada del edificio y vio luces a través de las tupidas cortinas de las ventanas de Dolly. ¿Se sentiría Anna decepcionada? No había duda de que le había sonreído esa mañana y había sido más que una sonrisa común y corriente, ¿verdad? En la mente de Pino, la sonrisa de Anna había expresado atracción, posibilidad y esperanza. Le había dicho que tuviera cuidado y le había llamado por su nombre, ¿no?

En cualquier caso, Pino no iba a poder verla. No esa noche. Esa noche tendría que dormir en un coche muerto de hambre. Se sintió apesadumbrado y, después, mucho más cuando sonó un trueno. Levantó la capota del Daimler y la cerró antes de que la lluvia llegara en torrente. Se metió en el asiento del conductor, ensordecido por la tormenta y autocompadeciéndose. ¿Se suponía que tenía que dormir ahí fuera toda la noche? ¿Sin comida? ¿Sin agua?

Pasó media hora y, después, una hora. La lluvia había bajado el ritmo, pero seguía chocando contra el capó. A Pino le dolía el estómago y pensó en ir hasta la casa de su tío para informar y comer algo. Pero ¿y si Leyers bajaba y él no estaba? ¿Y si...?

Se abrió la puerta delantera del pasajero.

Anna subió con una cesta llena de comida con un olor delicioso.

—Dolly ha pensado que tendrías hambre —dijo tras cerrar la puerta—. Me ha enviado para que te traiga comida y te acompañe mientras comes.

Pino sonrió.

—¿Órdenes del general?

—Órdenes de Dolly —contestó Anna mientras miraba a su alrededor—. Creo que resultará más fácil comer en el asiento de atrás.

—Eso es territorio del general.

—Está ocupado en el dormitorio de Dolly —dijo ella antes de salir, abrir la puerta de atrás y entrar por ella—. Va a estar ahí un buen rato, si no toda la noche.

Pino soltó una carcajada, abrió la puerta, salió agachado bajo la lluvia y subió al asiento de atrás. Anna colocó la cesta donde normalmente el general dejaba su maletín. Encendió una velita y la puso sobre un plato. La luz parpadeó, haciendo que el interior del coche oficial adquiriera un reflejo dorado, mientras retiraba un paño que había sobre la cesta para sacar dos muslos de pollo asado con pan recién hecho, mantequilla de verdad y una copa de vino tinto.

—Me has salvado la vida —dijo Pino. Anna se rio.

Cualquier otra noche, él la habría mirado reír, pero estaba tan hambriento que se limitó a lanzar una risita sofocada y se puso a comer. Mientras lo hacía, le fue haciendo preguntas y supo que Anna era de Trieste, que llevaba catorce meses trabajando para Dolly y que había conseguido el puesto por una amiga que había visto el anuncio de Dolly en el periódico.

—No sabes cuánto lo necesitaba —dijo él al terminar de comer—. Estaba famélico. Como un lobo.

Anna se rio.

—Me había parecido oír aullidos en la calle.

—¿Ese es tu nombre completo? —preguntó él—. ¿Anna?

—También me llaman Anna-Marta.

—¿Sin apellido?

—Ya no —contestó la sirvienta con tono serio mientras volvía a meter las cosas en la cesta—. Tengo que irme.

—Espera —dijo Pino—. ¿No puedes quedarte un poco más? Creo que nunca he conocido a una mujer más encantadora y elegante que tú.

Ella movió la mano con gesto de desdén, pero sonrió.

—Qué cosas dices.

—Es verdad.

—¿Qué edad tienes, Pino?

—La suficiente como para llevar uniforme y pistola —contestó él, molesto—. La suficiente como para hacer cosas de las que no puedo hablar.

—¿Como cuáles? —preguntó ella con interés.

—No puedo hablar de ello —insistió Pino.

Anna apagó la vela de un soplo y se quedaron a oscuras.

—Entonces, me voy.

Antes de que Pino pudiese protestar, ella había salido del Daimler y había cerrado la puerta. Pino consiguió bajar del asiento de atrás a tiempo de ver su sombra subir por los escalones de la puerta del edificio de apartamentos.

—*Buona notte, signorina Anna-Marta* —dijo.

—Buenas noches, *Vorarbeiter* Lella —contestó Anna antes de entrar.

La lluvia había dejado de caer y se quedó allí un largo rato, mirando al lugar por donde ella había desaparecido y reviviendo cada momento del rato que había pasado en el asiento trasero del coche oficial, envuelto en el olor de Anna. Lo notó después de acabarse la comida, cuando ella se había reído de que él tuviera más hambre que un lobo. ¿Alguna vez había existido algo que oliese así? ¿Alguna vez había habido una mujer con ese aspecto? Así de hermosa. Así de misteriosa.

Por fin, subió de nuevo al asiento del conductor y se colocó la gorra por encima de los ojos. Con la mente aún puesta en ella, fue diseccionando cada palabra, como si fuesen claves del rompecabezas de Anna. El horror de la muerte del señor Beltramini, que le acusaran de traidor…, todas esas cosas habían desaparecido de su mente. Lo único que le importaba hasta que el sueño le invadió era aquella sirvienta.

Se oyó un golpe brusco en la ventanilla que despertó a Pino. Apenas había amanecido. La puerta trasera se abrió. Su primer pensamiento feliz fue que Anna había bajado para darle de comer de nuevo. Pero, cuando miró hacia atrás, vio la silueta del general Leyers.

—Pon mis banderines —le ordenó Leyers—. Llévame a la prisión de San Vittore. No tenemos mucho tiempo.

Mientras abría la guantera para coger las banderas, Pino reprimió un bostezo.

—¿Qué hora es, *mon général?*

—Las cinco de la mañana —ladró él—. ¡Así que muévete!

Pino salió corriendo del coche oficial, colocó las banderas, y, después, condujo deprisa por la ciudad, confiando en que estas les servirían para atravesar rápidamente los puestos de control hasta llegar a la famosa San Vittore. Construida en la década de 1870, la prisión tenía seis alas de tres plantas conectadas con un edificio central. Cuando San Vittore se inauguró era una prisión vanguardista, pero, tras setenta y cuatro años de abandono, era una fea estrella de mar llena de celdas y pasillos donde los hombres luchaban por sobrevivir cada segundo de su vida. Ahora que estaba bajo control de la Gestapo, Pino no se imaginaba un lugar que le diera más miedo, aparte del hotel Regina.

En Via Vico, que iba en paralelo al muro oriental de la prisión, se encontraron con dos camiones detenidos ante una valla abierta. El primer camión estaba atravesando la barrera marcha atrás. El otro seguía en la calle, bloqueando el paso.

El amanecer iluminaba la ciudad cuando el general Leyers bajó del coche y cerró la puerta de golpe. Pino salió detrás de Leyers mientras este cruzaba la calle y entraba por la puerta ante el saludo de los guardias. Llegaron a un gran patio triangular que se estrechaba por donde dos brazos opuestos de la prisión se unían al edificio central.

Cuatro pasos después de atravesar la valla, Pino se detuvo para mirarlo todo con atención. Había ocho soldados armados de las Waffen-SS a unos veinticinco metros a su izquierda, a las diez en punto. Delante de ellos estaba un capitán de las SS. Junto al capitán, el coronel de la Gestapo Walter Rauff sostenía una fusta negra tras su espalda y observaba con gran interés. Leyers se dirigió hacia Rauff y el capitán.

Pino se quedó más atrás, pues no quería que Rauff le viera.

La lona de la trasera del camión se abrió. Salió un pelotón de la Legión Muti de las Brigadas Negras. Fanáticos seguidores de Mussolini, los comandos de élite fascistas llevaban cuellos altos negros, a pesar del aire cálido, y símbolos de calaveras sin mandíbula en sus gorras y pecheras.

—¿Estáis listos? —preguntó el capitán de las SS en italiano.

Un Camisa Negra pasó junto a Pino rozándolo mientras gritaba:

—Sacadlos.

Los guardias se dividieron en dos grupos de cuatro y fueron hacia las puertas abiertas instaladas en los muros de las dos alas de la prisión. Empezaron a salir prisioneros arrastrando los pies. Pino se movió para tratar de ver mejor a aquellos hombres. Algunos parecían no poder dar un paso más. Los que lucían mejor aspecto tenían barba y el pelo tan largo que no sabía si podría reconocer a nadie.

Entonces, por la puerta de la izquierda, salió al patio un imponente hombre joven y alto. Pino le reconoció. Era Barbareschi, el seminarista asistente del cardenal Schuster que hacía falsificaciones para la resistencia. Debían de haber arrestado de nuevo a Barbareschi. Aunque otros hombres arrastraban los pies hacia una formación algo desordenada mientras miraban temerosos a los comandos de las Camisas Negras, Barbareschi fue con gesto desafiante a la primera fila.

—¿Cuántos? —preguntó el coronel Rauff.

—Ciento cuarenta y ocho —contestó uno de los guardias.

—Dos más —dijo Rauff.

El último hombre que salió por la puerta de la derecha sacudió la cabeza hacia atrás para apartarse el pelo de los hombros.

—¡Tullio! —exclamó Pino en voz baja ahogando un grito.

Tullio Galimberti no le oyó. Nadie pudo oírle por encima de los sonidos de los últimos hombres que iban a ocupar su lugar. Tullio quedó oculto por detrás del camión. El comandante de los Camisas Negras dio un paso al frente. El general Leyers estaba delante del coronel Rauff y del capitán de las SS. Pino podía verles y oírles discutir. Por fin, Rauff hizo una señal con la fusta al Camisa Negra y dijo algo que hizo callar a Leyers.

El comandante fascista apuntó hacia su izquierda.

—Vosotros, los de ahí, empezad a contaros de diez en diez. Cada décimo hombre que dé un paso al frente.

Tras una pequeña pausa, el hombre que estaba más a la izquierda, empezó:

—Uno.

—Dos —dijo el segundo.

Avanzaron por la fila hasta que uno de los hombres con aspecto más débil dijo «Diez» y dio un vacilante paso al frente.

—Uno —dijo el undécimo.

—Dos —dijo el siguiente.

—Ocho —dijo segundos después Barbareschi.

El segundo hombre que ocupaba el décimo lugar dio un paso hacia delante y, poco después, el tercero. Se les unieron doce más, todos ellos hombro con hombro por delante de los prisioneros congregados. Mientras seguían contándose, Pino se puso de puntillas recordando parte de la conversación que el general Leyers había tenido con el cardenal Schuster.

Espantado, oyó que Tullio decía: «Diez», convirtiéndose así en el número quince.

—Vosotros quince, al camión —dijo un Camisa Negra—. El resto, volved a vuestras celdas.

Pino no sabía qué hacer, debatiéndose entre el deseo de ir al general Leyers y a Tullio. Pero, si iba hasta Leyers y confesaba que Tullio era un buen amigo suyo que estaba en San Vittore por hacer de espía para la resistencia, ¿no empezarían a sospechar que él...?

—¿Qué haces aquí dentro, *Vorarbeiter?* —preguntó Leyers.

Pino se había quedado tan hipnotizado por la escena que se desarrollaba ante él que había perdido de vista a Leyers, quien ahora se encontraba a su lado, fulminándolo con la mirada.

—Lo siento, *mon général* —contestó Pino—. He pensado que quizá podría necesitar un traductor.

—Ve al coche, ya —dijo Leyers—. Tráelo cuando se vaya este camión.

Pino hizo el saludo y, después, salió corriendo por las puertas de la prisión hasta el Daimler y se subió a él. El camión aparcado en la puerta de San Vittore empezó a moverse. Pino puso en marcha el coche oficial justo cuando los primeros rayos de sol se reflejaban sobre los muros superiores de la cárcel y alrededor del arco de la puerta. Entre las sombras de abajo, el camión que llevaba a Tullio y a los otros catorce salió y fue detrás.

Pino llevó el coche por la valla. El general no se molestó en esperar a que él le abriera la puerta. Subió al asiento trasero con el gesto torcido sin apenas poder contener su furia.

—*Mon général?* —preguntó Pino después de que se quedaran allí sentados un rato.

—¡Qué demonios! —dijo Leyers—. Síguelos, *Vorarbeiter.*

El Daimler alcanzó rápidamente a los camiones mientras avanzaban con estruendo por la ciudad. Pino quería preguntarle al general qué estaba pasando. Quería hablarle de Tullio, pero no se atrevió.

Mientras rodeaba la plaza por delante del Duomo, alzó los ojos hacia el chapitel más alto de la catedral y lo vio abrazado por el sol mientras las gárgolas de los flancos inferiores de la iglesia permanecían en la más oscura de las sombras. Aquella visión le inquietó profundamente.

—*Mon général* —se aventuró al fin Pino—. Sé que me ordenó que no hablara, pero ¿me puede decir qué va a pasarles a los hombres de ese camión?

Leyers no respondió. Pino miró por el espejo, temeroso de una reprimenda, pero vio que el general le miraba con frialdad.

—Tus antepasados inventaron lo que va a ocurrir —respondió Leyers.

—*Mon général?*

—Los antiguos romanos lo llamaban *decimatio, Vorarbeiter.* Lo usaron por todo su imperio. El problema del diezmado está en que es una táctica que no funciona durante mucho tiempo.

—No lo entiendo.

—El diezmado tiene un efecto psicológico —le explicó Leyers—. Está diseñado para reprimir la amenaza de revueltas mediante el puro miedo. Pero, históricamente, el uso de la crueldad contra los civiles como represalia alimenta más el odio que la obediencia.

«¿Crueldad?», pensó Pino. «¿Represalia? ¿Los actos violentos de los que había advertido Leyers al cardenal?». ¿Qué iban a hacerle a Tullio y a los demás? ¿Si le decía al general Leyers que Tullio era un buen amigo suyo serviría de algo o…?

De las calles paralelas a la de ellos llegó el sonido de unos altavoces a todo volumen. El hombre hablaba en italiano y convocaba a «todos los ciudadanos» al Piazzale Loreto.

Dos compañías de Camisas Negras fascistas habían acordonado la rotonda. Pero hicieron señales a los camiones y al general Leyers para que pasaran. Los camiones avanzaron hacia el puesto de frutas y verduras de Beltramini, se detuvieron casi al lado, fueron marcha atrás y se giraron de tal modo que las traseras de los vehículos dieran contra la medianera donde se unían varios edificios.

—Rodea la plaza —le ordenó Leyers.

Mientras Pino pasaba junto al puesto de frutas, con el toldo aún desgarrado, recordó por un momento la bomba que había caído ahí. Se sobresaltó al ver a Carletto salir de la tienda, con la vista fija en los camiones y, después, mirando en su dirección.

Pino pisó el acelerador y quedó rápidamente fuera de su vista. Tras recorrer tres cuartas partes de la rotonda, Leyers ordenó a Pino que se detuviera en la estación de servicio de Esso, la que tenía una gran estructura de vigas de hierro por encima de los surtidores de gasolina. Un empleado salió con gesto nervioso.

—Dile que llene el tanque y que vamos a aparcar aquí —ordenó Leyers.

Pino se lo dijo al hombre, que miró las banderas del general y se alejó rápidamente.

Mientras seguían sonando los altavoces, la gente de Milán empezó a llegar primero en un goteo de curiosos, pero después el flujo de otros nuevos fue aumentando hasta convertirse en un río continuado de peatones que entraban en el Piazzale Loreto desde todas las direcciones.

Los Camisas Negras levantaron barreras de madera desde el puesto de frutas treinta metros hacia el oeste y a cada lado de los camiones cuarenta y cinco metros dirección norte. Al final, quedó un gran espacio abierto alrededor de los camiones con una muchedumbre que se agolpaba en las vallas.

Pino calculó enseguida que había mil personas, quizá más. A medio camino de los ciento cincuenta metros que separaban el Daimler del camión de Tullio, apareció un segundo coche oficial nazi, que llegó al borde de la rotonda y se detuvo. Desde esa distancia y ese ángulo, Pino no podía ver quién iba en el coche. Fue llegando más gente a la piazza, tanta que enseguida le taparon la visión.

—No veo nada —comentó el general Leyers.

—*Non, mon général* —confirmó Pino.

Leyers se quedó callado y miró por la ventanilla.

—¿Puedes subirte? —dijo.

Unos segundos después, Pino se apoyó en el surtidor y se encaramó a una de las vigas más bajas. Se agarró con fuerza a un poste de hierro y a una segunda viga que le quedaba a la altura de la cabeza.

—¿Ves algo? —preguntó el general Leyers desde abajo, junto al coche oficial.

—*Oui, mon général.* —Pino tenía una visión clara y sin obstáculos por encima de las cabezas de las mil quinientas personas que había ahora en la piazza. Los camiones seguían allí, con las lonas bajadas.

—Ayúdame a subir —dijo Leyers.

Pino bajó la mirada y vio que el general ya había subido a uno de los surtidores y le extendía la mano. Pino le ayudó a seguir subiendo. Leyers se agarró a la viga que cruzaba por arriba mientras Pino se abrazaba al poste.

A lo lejos, las campanas del Duomo sonaron para dar las nueve. El comandante de los Camisas Negras que estaba en el patio de la cárcel bajó de la cabina del camión más cercano. El fascista desapareció de la vista de Pino por detrás del otro camión, el que llevaba a los prisioneros.

Rápidamente, empezaron a salir los quince, uno a uno, para dirigirse al muro de la derecha del puesto de frutas, hombro con hombro, mirando hacia la muchedumbre, que estaba cada vez más intranquila. Tullio fue el séptimo en salir. Para entonces, Pino ya sabía qué iba a ocurrir, aunque no cómo sucedería, y tuvo que aferrarse al poste de hierro para no caerse.

El camión vacío se alejó. La gente le hizo sitio y el vehículo estuvo enseguida en la rotonda. Unos Camisas Negras armados y con capucha salieron de la parte de atrás del otro camión que, después, se alejó también. Armados con ametralladoras, los comandos fascistas se alinearon a no más de quince metros de los prisioneros.

Uno de los Camisas Negras empezó a gritar:

—Cada vez que un partisano comunista mate a un soldado alemán o a un soldado del ejército de Salò, habrá de inmediato un castigo sin piedad.

La piazza quedó en silencio, salvo por algunos murmullos de incredulidad.

Uno de los prisioneros empezó a gritar a los fascistas y al pelotón de fusilamiento.

Era Tullio.

—¡Cobardes! —les gritó Tullio—. ¡Traidores! Les hacéis a los nazis el trabajo sucio y ocultáis vuestras caras. Sois todos un puñado de...

Las ametralladoras abrieron fuego y Tullio fue el primero en caer. El amigo de Pino fue retrocediendo con los impactos de bala y, después, se desplomó sin vida sobre la acera.

18

Pino gritó y gritó cubriéndose la boca con el brazo mientras continuaban los disparos e iban cayendo más hombres. La muchedumbre se volvió loca, entre gritos de espanto y saliendo en estampida para alejarse de los pistoleros que salpicaron las paredes del Piazzale Loreto con la sangre y las vísceras que goteaban y formaban charcos alrededor de los quince mártires rato después de que los disparos cesaran.

Con los ojos cerrados, Pino se deslizó hacia abajo y se sentó a horcajadas en la viga más baja mientras oía los gritos del Piazzale Loreto como si estuviesen lejos y amortiguados. «El mundo no funciona así», trató de decirse a sí mismo. «El mundo no está tan enfermo ni es tan malvado».

Recordó que el padre Re le había llamado para una causa más elevada y, a continuación, se sorprendió recitando el avemaría, la oración para los muertos y los moribundos. Había llegado hasta el último verso: «Santa María, Madre de Dios, ruega por nosotros, pecadores, ahora y en la hora de nuestra...».

—*Vorarbeiter!* ¡Maldita sea! —gritó el general Leyers—. ¿Me estás oyendo?

En medio de su confusión, Pino miró a su alrededor y levantó la vista hacia el nazi, que seguía sobre la viga, con expresión férrea y fría.

—Baja —dijo Leyers—. Nos vamos.

El primer pensamiento de Pino fue tirar de los pies del general desde abajo, hacer que cayera de espaldas sobre el cemento desde una altura superior a los cuatro metros. Después, él saltaría y le estrangularía con sus propias manos para asegurarse. Leyers había permitido que tuviera lugar aquella atrocidad. Se había quedado quieto cuando…

—He dicho que bajes.

Con la sensación de que una parte de su mente había quedado abrasada de forma permanente, obedeció. Leyers bajó detrás de él y subió al asiento trasero del Daimler. Pino cerró la puerta y se sentó tras el volante.

—¿Adónde, *mon général?* —quiso saber, aturdido.

—¿Conocías a uno de ellos? —preguntó Leyers—. Te he oído gritar.

Pino vaciló y sus ojos se inundaron de lágrimas.

—No —dijo por fin—. Es que nunca antes había visto algo así.

El general se quedó mirándolo por el espejo retrovisor antes de hablar.

—Vamos. Aquí no hay ya nada que hacer.

El otro coche oficial alemán estaba ya dándose la vuelta en dirección al puesto de control cuando Pino arrancó el Daimler. La ventanilla de atrás del segundo coche oficial estaba bajada. Pudo ver que el coronel Rauff les miraba. Pino quiso pisar el acelerador y chocar contra el coche del jefe de la Gestapo. El vehículo de Rauff no era tan bueno como el Daimler. Puede que incluso matara a Rauff e hiciera del mundo un lugar infinitamente mejor.

—Espera a que ellos salgan delante —le ordenó el general Leyers.

Pino vio cómo el coronel Rauff desaparecía en la ciudad antes de poner en marcha el Daimler.

—¿Adónde, *mon général?* —repitió sin poder dejar de ver la rabia de Tullio hacia sus ejecutores antes de empezar a moverse al son de las balas que le habían matado.

—Al hotel Regina —contestó Leyers.

Pino se dispuso a ir en esa dirección.

—Si me permite la pregunta, *mon général,* ¿qué pasará con los cadáveres?

—Se quedarán ahí hasta que oscurezca, entonces sus parientes pueden venir a reclamarlos.

—¿Todo el día?

—El coronel Rauff quiere que el resto de Milán, especialmente los partisanos, vean lo que pasa cuando se mata a soldados alemanes —dijo Leyers mientras salían por el puesto de control—. Esos estúpidos salvajes no ven que esto no va a hacer más que aumentar el número de italianos que quieren matar soldados alemanes. Tú, *Vorarbeiter,* ¿quieres matar alemanes? ¿Quieres matarme a mí?

Pino se quedó sorprendido ante la pregunta y pensó si aquel hombre podría leerle la mente. Pero negó con la cabeza.

—No, *mon général* —contestó—. Yo quiero vivir en paz y prosperidad, como cualquiera.

El plenipotenciario de Producción de Guerra nazi se quedó en silencio y pensativo mientras Pino regresaba hacia la sede central de la Gestapo. Leyers salió del coche.

—Tienes tres horas —dijo.

Pino temía la tarea que le esperaba, pero dejó el Daimler y se quitó el brazalete con la esvástica. Fue a la nueva tienda de bolsos, pero la chica que trabajaba allí le dijo que su padre había ido a Maletas Albanese.

Cuando Pino entró en la tienda de artículos de piel, Michele, el tío Albert y la tía Greta eran los únicos allí dentro.

Su tío le vio y salió rápidamente de detrás del mostrador.

—¿Dónde narices has estado? ¡Estábamos preocupadísimos!

—No has venido a casa —dijo su padre—. Gracias a Dios que has vuelto.

La tía Greta miró a Pino.

—¿Qué ha pasado?

Durante unos segundos Pino no pudo pronunciar palabra. A continuación, empezó a hablar mientras trataba de contener las lágrimas.

—Los nazis y los fascistas han hecho un diezmado en San Vittore como represalia por el atentado. Han contado a uno de cada diez hombres hasta tener a quince. Luego, los han llevado al Piazzale Loreto y los han fusilado. He visto que... —Se le rompió la voz—. Tullio era uno de ellos.

El tío Albert y su padre se quedaron sin palabras.

—¡No es verdad! —exclamó la tía Greta—. Has debido de ver a otra persona.

—Era él —insistió Pino, llorando—. Tullio fue muy valiente. Les gritó a los hombres que estaban a punto de dispararle, les llamó cobardes..., y..., Dios mío, ha sido... terrible.

Fue hasta su padre y le abrazó mientras el tío Albert agarraba a la tía Greta, que se había puesto histérica.

—Les odio —dijo ella—. Son mi propio pueblo y les odio.

—Tengo que ir a contárselo a su madre —susurró el tío Albert cuando ella se calmó.

—No podrá ir a por el cuerpo de Tullio hasta que anochezca —señaló Pino—. Van a exhibir los cadáveres como advertencia de lo que pasa cuando los partisanos matan a alemanes.

—Esos cerdos —dijo su tío—. Esto no cambia nada. Solo nos hace más fuertes.

—Eso es lo que el general Leyers ha dicho que pasaría.

A mediodía, Pino estaba sentado en los escalones de La Scala, desde donde podía ver la fachada del hotel Regina y el Daimler aparcado al lado. Estaba aturdido por la pena. Mientras miraba al otro lado de la calle, hacia la estatua del gran Leonardo, y escuchaba el parloteo de los ciudadanos que pasaban apresurados, sintió deseos de llorar de nuevo. Todos hablaban de la atrocidad. Había muchos que consideraban ahora el Piazzale Loreto un lugar maldito. Él, que volvía a verlo todo una y otra vez en su mente, estuvo de acuerdo.

A las tres, Leyers salió, por fin, de la sede central de la Gestapo. Subió al coche y le dijo a Pino que fuese de nuevo a la central telefónica. Una vez allí, Pino esperó mientras pensaba en Tullio. La piadosa noche empezó a caer. Pino se sintió algo mejor al saber que el cadáver de su amigo podría ser retirado y preparado para su entierro.

A las siete, el general salió de la central telefónica y subió al asiento de atrás del coche oficial.

—A casa de Dolly —dijo.

Pino aparcó delante de la casa de Via Dante. Leyers le ordenó que llevara el maletín cerrado. La vieja del vestíbulo pestañeaba tras sus gafas y pareció resoplar cuando ellos pasaron por su lado para subir las escaleras hasta el apartamento de Dolly. Cuando Anna abrió la puerta, Pino se dio cuenta de que estaba alterada.

—¿Se queda a pasar la noche, general? —preguntó Anna.

—No —contestó—. He pensado sacar a Dolly a cenar.

Dolly llegó al pasillo vestida con una bata y con un vaso alto en la mano.

—Una idea perfecta. Me vuelvo loca sentada aquí todo el día esperándote, Hans. ¿Adónde quieres que vayamos?

—A ese sitio del otro lado de la esquina —contestó Leyers—. Podemos ir andando. Creo que lo necesito. —Hizo una pausa y, a continuación, miró a Pino—. Tú puedes quedarte aquí, *Vorarbeiter,* y comer algo. Cuando vuelva, te diré si te necesito más esta noche.

Pino asintió y se sentó en la banqueta. Con expresión de tristeza, Anna se movía afanosa por el comedor, sin hacer caso de Pino al pasar.

—¿Qué ropa quieres que te prepare, Dolly?

El general Leyers fue detrás y todos desaparecieron en las profundidades del apartamento. A Pino, nada de aquello le parecía real. Leyers actuaba como si no hubiese visto el asesinato de quince personas a sangre fría esa mañana. Llegó a la conclusión de que había algo de reptil en el general. Leyers podía ver cómo unos hombres se sacudían con las balas y derramaban sangre en los últimos momentos de sus vidas y, después, podía salir a cenar con su amante.

Anna volvió y, como si se tratara de una obligación más, preguntó:

—¿Tienes hambre, *Vorarbeiter?*

—*Per favore,* si es una molestia, no, *signorina* —contestó Pino sin mirarla.

Tras una pausa de unos segundos, la doncella suspiró y habló en un tono distinto.

—No es ninguna molestia, Pino. Puedo calentarte algo.

—Gracias —respondió él, aún sin mirar a Anna porque había visto el maletín del general a sus pies y estaba pensando que ojalá hubiera aprendido a forzar cerraduras.

Oyó unas voces fuertes que le llegaban amortiguadas. Leyers y su amante estaban teniendo algún tipo de discusión. Levantó la cabeza y vio que la sirvienta no estaba.

Se abrió una puerta de golpe. Dolly pasó y vio a Pino sentado.

—¿Anna? —gritó.

Anna entró corriendo en el salón comedor.

—Sí, Dolly.

Dolly dijo algo en alemán que la sirvienta pareció entender, pues se marchó rápidamente. El general volvió a aparecer vestido con sus pantalones de uniforme, zapatos y una camiseta sin mangas.

Pino se puso en pie de un salto. Leyers no le hizo caso, entró en la sala de estar y le dijo algo a Dolly en alemán. Ella respondió con brusquedad y él volvió a desaparecer varios minutos mientras su amante se servía un whisky y fumaba junto a la ventana.

Pino se sintió inquieto por dentro, como si hubiese visto algo en Leyers, pero no lo hubiese registrado del todo. ¿Qué era?

Cuando el general volvió, tenía puestas una camisa recién planchada y una corbata. Llevaba la chaqueta sobre un hombro.

—Volveremos en un par de horas —le dijo Leyers a Pino al pasar junto a él.

Este se quedó mirando cómo se marchaban el general y Dolly, de nuevo con esa extraña sensación, y, a continuación, trató de recordar al Leyers de apenas unos minutos antes, sin camisa y…

«Dios mío», pensó.

La puerta se cerró. Pino oyó que el suelo de madera crujía. Giró la cabeza y vio a Anna allí.

—Un frutero me ha dicho que han fusilado a quince miembros de la resistencia en el Piazzale Loreto esta mañana —dijo ella retorciéndose las manos—. ¿Es verdad?

—Yo lo he visto —contestó él sintiendo de nuevo las náuseas—. Mi amigo era uno de ellos.

Anna se tapó la boca.

—Oh, pobrecito… Por favor, ven a la cocina. Hay *schnitzel*, *gnocchi* y mantequilla de ajo. Abriré uno de los vinos buenos del general. Él no se va a enterar.

Enseguida estuvieron preparados los cubiertos en una pequeña mesa en el fondo de una cocina estrecha e impoluta. También había una vela encendida. Anna se sentó frente a él y empezó a dar sorbos a una copa de vino.

«¿Ternera?», pensó Pino al sentarse y oler el celestial aroma que se elevaba desde el plato. ¿Cuándo había sido la última vez que había comido ternera? ¿Antes de los bombardeos? Dio un bocado.

—¡Uuum! —gimió—. Está muy bueno.

Anna sonrió.

—Mi abuela, que en paz descanse, me enseñó la receta.

Pino comió. Hablaron. Le contó la escena del Piazzale Loreto y ella dejó caer la cabeza y la dejó apoyada en las manos durante un rato. Cuando la levantó para mirar a Pino, sus ojos estaban inyectados en sangre y vidriosos.

—¿Cómo se les puede ocurrir a unos hombres hacer una maldad así? —preguntó Anna mientras la cera derretida se deslizaba por la vela hasta alcanzar el candelero—. ¿No temen lo que les pueda pasar a sus almas?

Pino pensó en Rauff y en los Camisas Negras con las capuchas.

—No creo que a ese tipo de hombres les preocupen sus almas —contestó Pino mientras terminaba la ternera—. Es como si ya estuviesen en el infierno y bajar un poco más no les importara.

Anna dejó la mirada perdida por encima de Pino un momento. Después, le observó.

—¿Y cómo termina un chico italiano siendo el chófer de un poderoso general nazi?

Pino contestó, molesto por la pregunta:

—No soy un chico. Tengo dieciocho años.

—Dieciocho.

—¿Cuántos tienes tú?

—Casi veinticuatro. ¿Quieres comer más? ¿Vino?

—¿Puedo ir antes al baño? —preguntó Pino.

—Al fondo del pasillo, la primera puerta a la derecha —respondió ella antes de coger la botella de vino.

Pino atravesó la sala de estar y entró por un pasillo enmoquetado apenas iluminado por dos bombillas de poca potencia. Abrió la primera puerta a la derecha, encendió la luz y entró en un cuarto de baño con bañera, suelo de baldosas, un tocador lleno de productos de cosmética y otra puerta. Fue a la segunda puerta, vaciló y, a continuación, probó a girar suavemente el pomo. Giró.

La puerta se abrió a un espacio a oscuras que tenía un olor tan fuerte a Leyers y a su amante que le hizo detenerse un momento. Una voz de alarma en su cabeza le decía que no entrara, que volviera a la cocina con Anna.

Encendió la luz.

Pino miró a su alrededor y vio que el general ocupaba la parte izquierda de la habitación, que estaba limpia y muy bien ordenada. El lado de Dolly, que quedaba más cerca de Pino, parecía un descuidado camerino de teatro. Había dos percheros de elegantes vestidos, faldas y blusas. De los cajones sobresalían jerséis de cachemir. Un revoltijo de coloridos pañuelos de seda, varios corpiños y ligueros colgaban de las puertas del armario. Los zapatos estaban alineados en filas junto a la cama, la única concesión de Dolly al orden. Más allá, en medio de libros y de cajas de sombreros apilados, había una mesa sobre la que se apoyaba un gran joyero abierto.

Pino se acercó primero al lado más ordenado de la habitación, examinó la parte superior de una cajonera y vio unos gemelos en una bandeja, un cepillo de ropa, un calzador y una bolsa de aseo. Pero no lo que él buscaba. Nada sobre la mesilla de noche, ni tampoco dentro de ella.

«Quizá me he equivocado», pensó y, a continuación, negó con la cabeza. «No me he equivocado».

Pero ¿dónde podría esconderla alguien como Leyers? Pino miró debajo del colchón y debajo de la cama y estaba a punto de registrar la bolsa de aseo del general cuando vio algo en el espejo, algo en medio del caos que había en el lado de Dolly de la habitación.

Pino rodeó la cama, de puntillas para no pisar las cosas de Dolly, y, por fin, llegó al joyero. Collares de perlas, gargantillas de oro, muchos otros collares que colgaban juntos de ganchos del interior de la tapa.

Los apartó a un lado en busca de algo sencillo y, entonces…

¡Ahí estaba! Pino sintió que un escalofrío le atravesaba el cuerpo al coger la fina cadena con la llave del maletín del general colgada de un gancho. Se la metió en el bolsillo de los pantalones.

—¿Qué estás haciendo?

Pino se giró, con el corazón golpeándole con fuerza en el pecho. Anna estaba en la puerta del baño, con los brazos cruzados, una copa de vino en una mano y una clara expresión de recelo en la cara.

—Solo estaba mirando —contestó Pino.

—¿En el joyero de Dolly?

Se encogió de hombros.

—Solo miraba.

—No mirabas solamente —replicó Anna, enfadada—. Te he visto meterte algo en el bolsillo.

Pino no sabía qué decir ni qué hacer.

—Así que eres un ladrón —dijo Anna con tono de desagrado—. Debería haberlo sabido.

—No soy ningún ladrón —contestó Pino acercándose a ella.

—¿No? —preguntó ella dando un paso atrás—. Entonces, ¿qué eres?

—Yo… no pudo decírtelo.

—Dímelo o le contaré a Dolly dónde te he descubierto.

—Soy espía… de los aliados.

Anna se rio con desprecio.

—¿Espía? ¿Tú?

Eso le enfadó.

—¿Quién mejor? —preguntó Pino—. Voy con él a todas partes.

Anna se quedó en silencio, con expresión dubitativa.

—Dime cómo te has hecho espía.

Pino vaciló y, después, le habló rápidamente de Casa Alpina y de lo que había hecho allí, de cómo sus padres habían temido por su vida y le habían obligado a entrar en la Organización Todt, y del camino fortuito que le había llevado desde el bombardeo de una estación de trenes de Módena hasta una cama de un hospital alemán y el asiento delantero del coche oficial del general Leyers en la puerta de la tienda de maletas de su tío.

—No me importa si me crees o no —dijo al terminar—. Pero he puesto mi vida en tus manos. Si Leyers se entera, moriré.

Anna se quedó mirándolo.

—¿Qué te has metido en el bolsillo?

—La llave de su maletín —contestó Pino.

Como si de algún modo hubiese utilizado la llave con ella, Anna cambió en un segundo, transformando su expresión de recelo en una lenta y suave sonrisa.

—¡Vamos a abrirlo!

Pino soltó un suspiro de alivio. Le había creído y no le iba a decir nada a Leyers. Si ella participaba en la apertura del maletín y el general lo descubría, Anna moriría también.

—Tengo otros planes esta noche —dijo él.

—¿Qué planes?

—Te lo enseñaré —contestó él antes de llevarla de vuelta a la cocina.

La vela seguía parpadeando en la mesa. La cogió y echó un poco de cera en la mesa.

—No hagas eso —protestó Anna.

—Saldrá fácilmente —dijo Pino mientras metía la mano en el bolsillo y sacaba la llave y la cadena.

Liberó la llavecita, esperó a que la cera se enfriara hasta adquirir una consistencia de masilla y, después, apretó suavemente la llave contra ella.

—Ahora podré hacer una copia y acceder al maletín cuando quiera —explicó—. ¿Tienes un palillo de dientes y una espátula?

Mirándolo con otros ojos y con cierta admiración, Anna le dio un mondadientes que sacó de un armario. Pino liberó con suavidad la llave de la cera y, después, la lavó con agua caliente. Ella puso una espátula sobre la mesa y él la usó para separar la cera de la mesa. Envolvió el molde frío en un pañuelo y se lo guardó en el bolsillo de la camisa.

—¿Y, ahora, qué? —preguntó Anna con ojos brillantes—. ¡Esto es muy emocionante!

Pino le sonrió. Sí que era emocionante.

—Voy a echar un vistazo en el maletín y luego volveré a dejar la llave en el joyero de Dolly.

Pensó que eso le gustaría, pero, en lugar de ello, vio que Anna ponía una mueca de decepción.

—¿Qué pasa? —preguntó Pino.

—Pues… —Anna se encogió de hombros—. Como has dicho antes, una vez que te hagan la llave, podrás abrir el maletín cuando quieras, y yo había pensado que podríamos devolver la llave a su sitio y después…

—¿Qué?

—Podrías besarme —contestó Anna, sin más—. Es lo que quieres, ¿no?

Pino iba a negarlo, pero contestó:

—Más de lo que te imaginas.

Devolvió la llave a su sitio y cerró la puerta del dormitorio de Dolly. Anna le estaba esperando en la cocina con una sonrisa divertida en la cara. Apuntó hacia la silla. Pino se sentó y ella apartó su copa de vino y se sentó en su regazo. Apoyó las manos en los hombros de él y le besó.

Mientras abrazaba a Anna, notaba sus labios tan suaves sobre los suyos por primera vez y olía su perfecta fragancia, Pino sintió como si un violín tocara los primeros compases de una maravillosa melodía. La música vibraba de forma tan placentera por su cuerpo que se estremeció.

Anna apartó su boca y apoyó la frente contra la de él.

—Pensaba que sería así —susurró.

—Yo rezaba por que lo fuera —contestó él jadeando—. La primera vez que te vi.

—Soy afortunada —dijo Anna antes de volver a besarle.

Pino la abrazó con fuerza, asombrado por lo bien que se sentía, como si unos violonchelos se hubiesen unido al violín, como si hubiese encontrado una parte de él que había perdido y creciera con las caricias de ella, con el sabor de sus labios y con la dulce bondad de sus ojos. No deseaba nada más que abrazarla tanto tiempo como Dios le permitiera. Se besaron por tercera vez. Pino le acarició el cuello con la nariz y eso pareció gustarle a ella.

—Quiero saberlo todo de ti —murmuró él—. De dónde vienes y...

Anna se apartó un poco.

—Ya te lo dije. De Trieste.

—¿Cómo eras de niña?

—Rara.

—No.

—Eso decía mi madre.

—¿Cómo era ella?

Anna puso los dedos sobre los labios de Pino y le miró a los ojos.

—Una persona muy sabia me dijo una vez que al abrir nuestros corazones y mostrar nuestras cicatrices nos volvemos humanos, imperfectos y completos.

Él notó que fruncía el ceño.

—¿Y?

—No estoy preparada para enseñarte mis cicatrices. No quiero que me veas humana, imperfecta y completa. Quiero que esto…, nosotros…, sea una fantasía que podamos compartir, una distracción de la guerra.

Pino acercó la mano para acariciarle la cara.

—Una fantasía preciosa, una distracción maravillosa.

Anna le besó por cuarta vez. Pino creyó oír un instrumento de viento que se unía a las cuerdas que vibraban dentro de su pecho, y su mente y su cuerpo quedaron reducidos a una sola cosa, a la música de Anna-Marta y nada más.

19

Cuando el general Leyers y Dolly regresaron de la cena, Pino estaba sentado en la banqueta del recibidor, sonriendo.

—¿Llevas sentado aquí dos horas? —preguntó Leyers.

Divertida y borracha, Dolly miró a Pino.

—Eso habría sido una tragedia para Anna.

Pino se sonrojó y apartó la mirada de Dolly, quien se rio entre dientes y pasó por su lado contoneándose.

—Puedes irte, *Vorarbeiter* —dijo Leyers—. Deja el Daimler en la cochera y vuelve aquí a las seis en punto.

—*Oui, mon général.*

Mientras conducía el Daimler por las calles poco antes del toque de queda, Pino no pudo evitar pensar que acababa de pasar la mejor velada de su vida al final del peor día de su vida. Había experimentado cada emoción posible en un periodo de doce horas, del horror a la pena y a los besos de Anna. Era casi seis años mayor que él, eso era cierto, pero a Pino no le importaba ni lo más mínimo. Como mucho, hacía que ella resultara más atrayente.

Mientras Pino regresaba al apartamento de los Lella en Corso del Littorio después de dejar el coche oficial en la cochera, su mente daba tumbos de nuevo entre las emociones de ver a Tullio morir y la música que había sentido al besar a Anna. Al subir en el ascensor de jaula y pasar junto a los guardias nazis, pensó: «Dios te lo da y Dios te lo quita. A veces, en el mismo día».

A menos que estuviese levantado tocando música con un grupo de amigos, el padre de Pino se acostaba normalmente temprano, así que Pino abrió la puerta del apartamento esperando que le hubiesen dejado una luz encendida y que la casa estuviese en silencio. Pero las luces estaban todas dadas tras las tupidas cortinas y en el suelo había maletas que reconoció.

—¡Mimo! —exclamó—. Mimo, ¿estás aquí?

Su hermano pequeño salió de la cocina, sonriendo mientras corría a dar un fuerte abrazo a Pino. Habría crecido apenas un par de centímetros, pero, sin duda, se había puesto más robusto en las quince semanas que habían pasado desde que Pino se marchara de Casa Alpina. Podía sentir los gruesos músculos en sus brazos y en su espalda.

—Me alegro mucho de verte, Pino —dijo Mimo—. Mucho.

—¿Qué haces aquí?

Mimo bajó la voz.

—Le dije a papá que quería volver a casa una corta temporada, pero lo cierto es que, por muy bien que lo estemos haciendo en Casa Alpina, ya no soporto más estar allí arriba escondido mientras la verdadera lucha está aquí abajo.

—¿Qué vas a hacer? ¿Vas a irte con los partisanos?

—Sí.

—Eres demasiado joven. Papá no te va a dejar.

—Papá no lo va a saber, a menos que se lo digas tú.

Pino se quedó mirando a su hermano, asombrado por su audacia. Con tan solo quince años, no parecía tener miedo de nada y se lanzaba a cada situación sin un ápice de duda. Pero unirse a un grupo guerrillero para enfrentarse a los nazis podría ser tentar a la suerte.

Vio que Mimo se quedaba pálido antes de apuntar con un dedo tembloroso al brazalete rojo y la esvástica que sobresalía de su bolsillo.

—¿Qué es eso?

—Ah. Es parte de mi uniforme. Pero no es lo que piensas.

—¿Cómo que no es lo que pienso? —dijo Mimo con tono de enfado a la vez que daba un paso atrás para mirar el uniforme entero—. ¿Ahora combates con los nazis, Pino?

—¿Combatir? No —contestó—. Soy chófer. Eso es todo.

—De los alemanes.

—Sí.

Mimo le miró como si quisiera escupirle.

—¿Por qué no estás luchando por la resistencia, por Italia?

Pino vaciló antes de responder.

—Porque tendría que desertar y eso me convertiría en un desertor. Los nazis fusilan ahora a los desertores, ¿o es que no te has enterado?

—¿Me estás diciendo que eres un nazi? ¿Un traidor para Italia?

—Las cosas no son blancas o negras.

—Por supuesto que lo son —dijo Mimo, gritándole.

—Fue idea del tío Albert y de mamá —repuso Pino, también gritando—. Querían evitar que fuese al frente ruso, así que entré aquí, en la OT, la Organización Todt. Construyen cosas. Yo solo llevo en coche a un oficial mientras espero a que la guerra termine.

—¡Silencio! —dijo su padre al entrar en la habitación—. ¡Los guardias de abajo os van a oír!

—¿Es eso verdad, papá? —preguntó Mimo con un susurro forzado—. ¿Pino se pone un uniforme nazi para escapar de la guerra mientras otras personas dan un paso al frente para liberar Italia?

—Yo no lo diría así —repuso Michele—. Pero sí, tu madre, el tío Albert y yo pensamos que sería lo mejor.

Aquello no apaciguó a su segundo hijo. Mimo miró a su hermano mayor con desprecio.

—¿Quién se lo iba a imaginar? Pino Lella tomando la salida de los cobardes.

Pino dio a Mimo un puñetazo tan fuerte y tan rápido que le rompió la nariz y le tiró al suelo.

—No tienes ni idea de lo que hablas —dijo Pino—. Ni la más mínima idea.

—¡Quieto! —exclamó Michele poniéndose entre los dos—. ¡No vuelvas a pegarle!

Mimo se miró la sangre de la mano y, a continuación, observó a Pino con desprecio.

—Adelante, intenta darme una paliza, hermano nazi. Es lo único que los alemanes sabéis hacer.

Pino deseó aporrear la cara de su hermano mientras le contaba las cosas que había visto y hecho en nombre de Italia. Pero no podía.

—Piensa lo que quieras —dijo Pino antes de apartarse.

—Cerdo alemán —le gritó Mimo a sus espaldas—. ¿El niño pequeño de Adolf va a salir de esta sano y salvo?

Temblando, Pino cerró la puerta de su dormitorio con pestillo. Se desnudó, se metió en la cama y puso la alarma del despertador. Apagó la luz y se quedó allí tumbado, sintiéndose los nudillos magullados y pensando que la vida le había vuelto a dar un revés. ¿Era esto lo que Dios quería para él? ¿Perder a un héroe, encontrar el amor, sufrir el desprecio de su hermano… y todo en un mismo día?

Por tercera noche consecutiva, el remolino de su mente por fin se detuvo en los recuerdos de Anna y se quedó dormido.

Quince días después, un soldado de las Waffen-SS daba latigazos a un grupo de seis mulas que arrastraban dos pesados cañones por una empinada ladera árida. La fusta les había abierto las ijadas a las mulas, que rebuznaban asustadas y temerosas, clavaban sus pezuñas y levantaban una nube de polvo mientras subían hacia las cumbres de los Montes Apeninos al norte de la ciudad de Arezzo, en el centro de Italia.

—Rodéalos y hazlo rápido, *Vorarbeiter* —dijo el general Leyers levantando la vista de sus papeles en el asiento de atrás—. Están vertiendo el cemento.

—*Oui, mon général* —contestó Pino antes de adelantar a las mulas y acelerar. Bostezó, y después otra vez. Estaba tan cansado que podría haberse echado en el barro y quedarse dormido. El ritmo con el que Leyers trabajaba y viajaba era sorprendente. Durante los días posteriores a las ejecuciones en el Piazzale Loreto, él y Pino habían pasado en la carretera catorce, quince y, a veces, dieciséis horas al día. A Leyers le gustaba viajar de noche cuando era posible, con trozos de lona rajada en los faros. Pino tenía que concentrarse durante horas para mantener el Daimler en la carretera sin nada más que unos rayos de luz con los que iluminarse.

Cuando adelantó a las pobres mulas, eran más de las dos de la tarde y llevaba conduciendo desde mucho antes del amanecer. Estaba aún más molesto por el hecho de que el movimiento constante apenas le dejaba un momento para estar a solas con Anna desde que se habían besado en la cocina. No podía dejar de pensar en ella, en lo que había sentido al tenerla en sus brazos, con sus labios sobre los de él. Bostezó, pero sonrió con aquel pensamiento feliz.

—Allí arriba —dijo el general Leyers apuntando por el parabrisas hacia el interior del escabroso y seco terreno.

Pino hizo avanzar el Daimler hasta que unas rocas y piedras grandes bloquearon el paso.

—Iremos andando desde aquí —dijo Leyers.

Pino salió y abrió la puerta de atrás. El general bajó del coche.

—Trae tu cuaderno y tu bolígrafo.

Pino miró el maletín del asiento de atrás. Tenía el duplicado de la llave desde hacía más de una semana, gracias a un amigo del tío Albert, pero no había tenido ocasión de probarlo. Cogió el cuaderno y el bolígrafo que estaban debajo del mapa en la guantera.

Subieron entre las rocas y las piedras desmenuzadas que se escurrían bajo sus pies antes de llegar a la cumbre. Allí se les ofrecía una vista que daba a un valle enmarcado entre dos crestas largas y unidas que en el mapa tenían la forma de la pinza de un cangrejo abierta. Al sur había una ancha llanura dividida en granjas y viñedos. Al norte y sobre la pinza interior del cangrejo, un ejército de hombres trabajaba bajo un calor infame.

Leyers subió con decisión por la cresta en dirección a ellos. Pino iba detrás del general, asombrado ante la cantidad de hombres que había arriba y abajo de la montaña, tantos que parecían hormigas en un hormiguero abierto, agrupándose y arrastrándose unos sobre otros.

Al ir acercándose, las hormigas se iban convirtiendo en humanos, destrozados y grises. Quince mil esclavos, puede que más, que mezclaban, transportaban y vertían cemento para guaridas de ametralladoras y plataformas para la artillería. Cavaban y colocaban trampas para tanques por el valle. Desplegaban alambre de espino por los flancos de las pendientes y usaban picos y palas para excavar huecos para que la infantería alemana los usara como escondites.

Cada grupo de esclavos tenía un soldado de las Waffen-SS que les aguijoneaba para que trabajaran con más ahínco. Pino oía gritos y veía cómo golpeaban y azotaban a los esclavos. Los que caían al suelo bajo el calor eran alejados a rastras por otros esclavos y se les dejaba para que se las arreglaran solos, tumbados en las rocas hasta morir bajo el sol abrasador.

A Pino le parecía una escena de otros tiempos, una actualización de los faraones que habían esclavizado a generaciones de hombres para construir sus tumbas. Leyers se detuvo en un mirador. Divisó las enormes compañías de hombres conquistados que estaban bajo sus órdenes y, al menos por su expresión, parecía impasible ante aquel sufrimiento.

«Negrero del faraón», pensó Pino.

Así era como Antonio, el partisano de Turín, había llamado a Leyers.

«El negrero en persona».

Un nuevo odio hacia el general Leyers iba cociéndose en lo más hondo de Pino. Le resultaba incomprensible que un hombre que se había opuesto a algo tan bárbaro como el diezmado de la prisión de San Vittore pudiera en cambio gobernar un ejército de esclavos sin sentir un ápice de conflicto interno ni de desprecio por su propia persona. Pero nada de eso se reflejaba en la expresión de Leyers mientras veía los tractores amontonando troncos y piedras sobre las empinadas laderas.

El general miró a Pino y, a continuación, apuntó hacia abajo.

—Cuando los soldados aliados ataquen, estos obstáculos les llevarán directos a nuestras ametralladoras.

Pino asintió con fingido entusiasmo.

—*Oui, mon général.*

Caminaron por un cinturón de nidos de ametralladoras y plataformas para cañones interconectados, con Pino detrás de Leyers tomando notas. Cuanto más caminaban y más cosas veían, más brusco e inquieto se volvía el general.

—Escribe esto —le ordenó—. El hormigón es inferior en muchos sitios. Probable sabotaje de proveedores italianos. Valle superior no del todo cementado para la batalla. Informar a Kesselring de que necesito diez mil obreros más.

«Diez mil esclavos», pensó Pino con indignación mientras escribía. «Y no significan nada para él».

El general tuvo después una reunión con oficiales de alto rango de la Organización Todt y del ejército alemán y Pino pudo oír cómo lanzaban gritos y amenazas en el interior de un búnker de mando. Cuando la reunión terminó, vio que los oficiales gritaban a sus subordinados, quienes gritaban a los demás hombres que estaban bajo su autoridad. Era como ver una ola que se iba formando hasta que llegaba a los soldados de las Waffen-SS, que arrojaban el peso de las exigencias de Leyers sobre los hombros de los esclavos a la vez que les azotaban, les daban patadas y les obligaban de cualquier forma que fuera necesaria a que trabajaran más duro y más rápido. Pino tenía claro lo que aquello implicaba. Los alemanes esperaban que los aliados llegaran allí más pronto que tarde.

El general Leyers estuvo observándolos hasta que pareció quedar satisfecho con el ritmo renovado del trabajo.

—Hemos terminado aquí —le dijo a Pino.

Emprendieron el camino de regreso por la ladera. El general se detenía de vez en cuando a observar alguna tarea. El resto del tiempo, seguía caminando como una máquina imparable. ¿Tenía corazón?, se preguntaba Pino. ¿Tenía alma?

Estaban cerca del sendero que llevaba de vuelta al Daimler cuando Pino vio a un equipo de siete hombres vestidos de gris que clavaban y levantaban piquetas en el aire para romper rocas y esquisto bajo la atenta mirada de las SS. Algunos tenían un aspecto devastado y enloquecido, como un perro rabioso que había visto en una ocasión.

El esclavo más cercano a Pino ocupaba una posición más alta que los demás en la ladera y cavaba sin fuerzas. Se detuvo y colocó las manos en el extremo del mango como si ya no pudiera más. Uno de los soldados de las SS empezó a gritarle y a acercarse desde el otro lado de la colina.

El esclavo miró al otro lado y vio a Pino allí, observándole. Su piel se había vuelto del color del tabaco por el sol y tenía la barba más desaliñada de lo que Pino recordaba. También había perdido mucho peso. Pero Pino estuvo seguro de que estaba mirando a Antonio, el esclavo al que había dado agua en el túnel el primer día que había llevado a Leyers en el coche. Sus miradas se cruzaron y Pino sintió tanta pena como vergüenza antes de que el soldado de las SS golpeara la sien del esclavo con la culata de su rifle. Cayó al suelo y rodó por el empinado terraplén.

—*Vorarbeiter!*

Pino se sobresaltó y volvió la vista. El general Leyers se encontraba a unos cincuenta metros de él, fulminándolo con la mirada.

Tras un último vistazo al ahora inmóvil esclavo, Pino se apresuró a correr hacia el general, pensando que Leyers era el responsable. El general no había ordenado que golpearan a aquel hombre pero, en su mente, Leyers era el responsable, de todos modos.

Estaba oscuro cuando Pino atravesó la puerta del taller de costura del tío Albert.

—Hoy he visto cosas terribles —dijo Pino, de nuevo alterado—. Las he oído también.

—Cuéntame —le pidió el tío Albert.

Pino hizo lo que pudo por describirle la escena con Leyers y la forma en que aquel soldado de las SS había matado a Antonio porque se estaba tomando un descanso.

—En las SS son todos unos carniceros —dijo el tío Albert levantando los ojos de sus notas—. Debido a la orden de las represalias, ahora todo el mundo cuenta historias de atrocidades. En Sant'Anna di Stazzema, tropas de las SS con ametralladoras han torturado y quemado a quinientos sesenta inocentes. En Casaglia, han matado a tiros a un sacerdote en su altar y a tres ancianos durante la misa. Han llevado a los otros ciento cuarenta y siete parroquianos al cementerio de la iglesia y han abierto fuego con sus ametralladoras.

—¿Qué? —preguntó Pino, perplejo.

—Y hay más —añadió la tía Greta—. El otro día, en Bardine di San Terenzo, estrangularon a más de cincuenta jóvenes italianos, como tú, Pino, con alambre de espino, y les colgaron de los árboles.

Pino aborrecía a todos y cada uno de los nazis.

—Hay que detenerlos.

—Cada vez son más los que se unen a la lucha contra ellos —intervino el tío Albert—. Por eso es tan importante tu información. ¿Podrías mostrarme en un mapa dónde habéis estado?

—Ya lo he hecho —contestó Pino sacando el mapa del general que había estado en la guantera.

Lo desplegó en una de las mesas de corte y le enseñó a su tío las pequeñas marcas a lápiz que había hecho para señalar la situación de la artillería, los nidos de ametralladoras, los arsenales y los depósitos de munición que había visto ese día. Indicó dónde había amontonado Leyers los escombros para que los aliados alteraran su ruta en dirección a las ametralladoras.

—En esta zona, Leyers dice que el hormigón es inferior, débil —dijo Pino, apuntando con el dedo en el mapa—. Leyers estaba preocupado. Los aliados deberían bombardear esto primero, eliminarlo antes de atacar por tierra.

—Muy listo —contestó el tío Albert mientras anotaba la longitud y la latitud de la zona—. Pasaré la información. Por cierto, ese túnel que visitaste con Leyers la primera vez que viste a los esclavos fue destruido ayer. Los partisanos esperaron a que solo hubiese alemanes en el interior y, después, dinamitaron ambos extremos.

Eso hizo que Pino se sintiera mejor. Sí que estaba haciendo que las cosas cambiaran.

—Desde luego, sería de mucha ayuda si pudiera tener acceso a ese maletín —dijo Pino.

—Tienes razón —contestó su tío—. Mientras tanto, vamos a ver si podemos conseguirte una cámara pequeña.

A Pino le gustó la idea.

—¿Quién sabe que soy espía?

—Tú, yo y tu tía.

«Y Anna», pensó.

—¿Los aliados no? ¿Ni los partisanos? —preguntó.

—Solo te conocen por el alias que te he puesto.

A Pino le gustó esa idea aún más.

—¿En serio? ¿Cuál es mi alias?

—Observador —contestó el tío Albert—. Y decimos: «Observador ve nidos de ametralladoras en tal y tal posición». Y «Observador ve suministros de tropas que se dirigen al sur». Es deliberadamente anodino. Así, si los alemanes interceptan algún informe, no tendrán ni idea de cuál es tu identidad.

—Observador —repitió Pino—. Sencillo y directo.

—Esa era exactamente mi idea —dijo el tío Albert a la vez que se ponía de pie y se alejaba del mapa—. Ya puedes doblar el mapa, pero yo borraría antes esas marcas de lápiz.

Pino obedeció y se marchó poco después. Hambriento y cansado, al principio se dispuso a ir a su casa, pero llevaba varios días sin ver a Anna, así que fue caminando al edificio del apartamento de Dolly.

En cuanto llegó allí, se preguntó por qué había ido. Era casi la hora del toque de queda. No podía subir sin más, llamar a la puerta y preguntar por ella, ¿no? El general le había ordenado que se fuera a casa a dormir.

Estaba a punto de marcharse cuando recordó que Anna le había hablado de una escalera trasera justo al otro lado de su habitación, junto a la cocina. Rodeó el edificio, agradecido por la luz de la luna, y se dirigió donde suponía que estaban la habitación y la ventana de Anna, tres pisos más arriba. ¿Estaría allí? ¿O seguiría fregando platos y lavando la ropa de Dolly?

Cogió un puñado de guijarros, se echó hacia atrás y los lanzó todos a la vez preguntándose si ella estaría allí dentro o no. Pasaron diez segundos y, después, otros diez. Estaba a punto de irse cuando oyó que el bastidor de la ventana se levantaba.

—¡Anna! —gritó suavemente.

—¿Pino? —respondió ella.

—Déjame entrar por detrás.

—El general y Dolly siguen aquí —contestó ella, con voz vacilante.

—No haremos ruido.

Hubo una larga pausa antes de que ella respondiera.

—Dame un minuto.

Tras abrirle la puerta de servicio, ambos subieron en silencio las escaleras, Anna por delante, deteniéndose cada pocos pasos para escuchar. Por fin, llegaron a su dormitorio.

—Tengo hambre —susurró Pino.

Ella abrió la puerta, le empujó para que entrara y contestó susurrando:

—Voy a buscarte algo para que comas, pero debes quedarte aquí y guardar silencio.

Estuvo de vuelta enseguida con las sobras de un codillo y un plato de pasta frita que era el preferido del general. Pino se lo comió todo a la luz de una vela que Anna tenía encendida. Ella se sentó en la cama a beber vino mientras le veía comer.

—Has hecho feliz a mi barriga —dijo él tras terminar.

—Bien —contestó Anna—. Soy estudiante de felicidad, ¿sabes? Es lo único que quiero de verdad: felicidad, cada día, el resto de mi vida. A veces, la felicidad nos llega. Pero normalmente hay que buscarla. Lo he leído en alguna parte.

—¿Y es eso lo único que deseas? ¿Felicidad?

—¿Qué puede haber mejor?

—¿Cómo se consigue la felicidad?

Anna hizo una pausa antes de hablar.

—Se empieza buscando a tu alrededor las bendiciones con las que uno cuenta. Cuando se encuentran, hay que mostrarse agradecido.

—El padre Re dice lo mismo —observó Pino—. Dice que hay que dar las gracias todos los días, por muy imperfectos que sean. Y que hay que tener fe en Dios y en un futuro mejor.

Anna sonrió.

—La primera parte es verdad. En cuanto a la segunda, no lo sé.

—¿Por qué?

—He tenido demasiadas decepciones en lo que respecta a futuros mejores —contestó ella y, después, le besó. Él la cogió en sus brazos y la besó también.

Luego escucharon voces discutiendo al otro lado de la pared. Leyers y Dolly.

—¿Por qué se pelean? —susurró Pino.

—Por lo que se pelean siempre. Por la mujer de él, que está en Berlín. Y ahora, Pino, tienes que irte.

—¿En serio?

—Vete ya —contestó ella. A continuación, le besó y le sonrió.

El 1 de septiembre de 1944, el Octavo Ejército Británico agujereó las zonas más débiles de la Línea Gótica en las crestas de la pinza del cangrejo al norte de Arezzo y, después, se dirigió al este, hacia la costa Adriática. La batalla se volvió cruel, casi la más intensa de la guerra en Italia tras Monte Cassino y Anzio. Los aliados realizaron más de un millón de lanzamientos de mortero y cañón sobre todas las fortificaciones que les separaban de la ciudad costera de Rímini.

Nueve días de crueldad después, el Quinto Ejército de Estados Unidos expulsó a los nazis de la zona montañosa del Puerto de Giogo y los británicos intensificaron su asalto sobre el extremo oriental de la Línea Gótica. Los aliados se desplegaron por el norte en formación de pinza, tratando de rodear al Décimo Ejército Alemán en retirada antes de que pudiese volver a formarse.

Pino y Leyers llegaron a una posición ventajosa cerca de Torraccia, donde vieron cómo se bombardeaba la ciudad de Coriano y las pesadas defensas alemanas que la rodeaban. Más de setecientos proyectiles pesados se lanzaron sobre la ciudad antes de que las fuerzas de infantería la atacaran. Tras dos días de espantoso combate cuerpo a cuerpo, Coriano cayó.

En total, unos catorce mil soldados aliados y dieciséis mil alemanes murieron en la zona en un periodo de dos semanas. A pesar de la elevada mortandad, las divisiones Panzer y de infantería alemanas pudieron retirarse y volver a formarse a lo largo de una nueva línea de combate hacia el norte y el noroeste. El resto de la Línea Gótica de Leyers aguantó. Incluso con la información que Pino proporcionaba, el avance aliado en Italia volvió a ralentizarse debido a la pérdida de hombres y suministros en Francia y en el frente occidental.

Ese mismo mes, los obreros de la industria de Milán se pusieron en huelga. Algunos sabotearon sus equipos al marcharse de sus fábricas. La producción de tanques se paró.

El general Leyers pasó varios días volviendo a componer una línea de montaje de tanques, pero, a primeros de octubre, la fábrica de Fiat en Mirafiore estaba a punto de ponerse en huelga. Fueron directamente a Mirafiore, un distrito a las afueras de Turín. Pino hizo de intérprete entre el general y la dirección de Fiat en una sala justo encima de la línea de montaje, que estaba en marcha, pero con lentitud. La tensión podía mascarse en la sala.

—Necesito más camiones —dijo el general Leyers—. Más coches blindados y más piezas para maquinarias en el campo de batalla.

Calabrese, el director de planta, era un hombre gordo y sudoroso vestido con traje. Pero no tenía miedo a enfrentarse a Leyers.

—Mis hombres no son esclavos, general —dijo Calabrese—. Trabajan para ganarse la vida. Se les debería pagar por ello.

—Se les pagará —repuso Leyers—. Tiene mi palabra.

Calabrese sonrió lentamente, sin convicción.

—Ojalá fuera así de sencillo.

—¿No le he ayudado con la fábrica diecisiete? —preguntó el general—. Tenía órdenes de coger cada pieza de la maquinaria de allí para llevarla de vuelta a Alemania.

—Eso ya no importa, ¿no? La fábrica diecisiete quedó destruida en un ataque de los aliados.

Leyers negó con la cabeza mirando a Calabrese.

—Ya sabe cómo funciona esto. Nos rascamos las espaldas unos a otros, sobrevivimos.

—Si usted lo dice, general —contestó Calabrese.

Leyers dio un paso hacia el director de Fiat, miró a Pino y habló:

—Recuérdale que tengo autoridad para obligar a cada hombre de esa línea de montaje a que entre en la Organización Todt o arriesgarse, si no, a ser deportados a Alemania.

Calabrese se puso rígido.

—¿Está hablando de esclavitud?

Pino vaciló, pero le tradujo.

—Si es necesario —contestó Leyers—. Usted decide si deja esta planta en sus manos o en las mías.

—Necesito más garantías aparte de la suya de que se nos va a pagar.

—¿Es consciente de mi rango? ¿De mi labor? Yo decido el número de tanques que hay que construir. Yo decido cuántos pantalones se cosen. Yo…

—Usted trabaja para Albert Speer —le interrumpió el gerente de Fiat—. Tiene su autoridad. Póngamelo al teléfono. A Speer. Si su jefe me da garantías, entonces, veremos.

—¿A Speer? ¿Se cree que ese enclenque es mi jefe? —preguntó el general con expresión de sentirse insultado antes de pedir usar el teléfono del director de Fiat. Estuvo hablando varios minutos, manteniendo varias discusiones agitadas en alemán antes de dejar caer la cabeza y decir—: *Jawohl, mein Führer.*

Pino dirigió su atención al general, al igual que hicieron todos los hombres que estaban en la sala mientras Leyers continuaba hablando en alemán por teléfono. Tras unos tres minutos de conversación, se apartó el auricular de la cabeza.

La voz de Adolf Hitler a todo volumen se oyó en la habitación.

Leyers miró a Pino y sonrió fríamente.

—Dile al *signor* Calabrese que al *führer* le gustaría darle su garantía personal de que se hará el pago.

Calabrese le miraba como si prefiriera agarrar un cable eléctrico antes que el teléfono, pero lo cogió y mantuvo el auricular a pocos centímetros de su cabeza. Hitler continuó con toda su oratoria rabiosa, como si le hubiesen arrancado las tripas, probablemente echando espuma por la boca mientras hablaba. Empezó a aparecer sudor en la frente del director de Fiat. Las manos le empezaron a temblar y, con ellas, su determinación.

Devolvió el teléfono a Leyers y miró a Pino.

—Dile que le comunique a Herr Hitler que aceptamos sus garantías.

—Sabia decisión —replicó Leyers y, a continuación, volvió al teléfono y habló con voz tranquilizadora—: *Ja, mein Führer. Ja. Ja. Ja.*

Momentos después, colgó el teléfono.

Calabrese se dejó caer en su silla, con el traje empapado en sudor. Mientras dejaba el teléfono, el general Leyers miró al gerente.

—¿Entiende ahora quién soy yo?

El director de Fiat ni miró a Leyers ni le contestó. Apenas consiguió hacer una débil y sumisa inclinación de la cabeza.

—Muy bien —dijo el general—. Espero informes de producción dos veces por semana.

Leyers le pasó el maletín a Pino y se marcharon.

Afuera casi había anochecido, pero seguía habiendo una temperatura agradable.

—A casa de Dolly —ordenó el general mientras subía al Daimler—. Y no hables. Necesito pensar.

—*Oui, mon général* —contestó Pino—. ¿Quiere la capota subida o bajada?

—Déjala bajada —respondió—. Me gusta el aire fresco.

Pino cogió los protectores de arpillera de los faros y los colocó antes de poner el Daimler en marcha y dirigirse al este, hacia Milán, con dos pequeñas aberturas de luz para mostrarle el camino. Pero, en menos de una hora, la luna salió llena y enorme por el cielo oriental lanzando un suave resplandor sobre el paisaje que le hacía más fácil a Pino seguir la ruta.

—Es una luna azul —observó Leyers—. La primera de dos lunas llenas el mismo mes. ¿O es la segunda? Nunca lo recuerdo.

Era la primera vez que el general hablaba desde que habían salido de Turín.

—A mí la luna me parece que está amarilla, *mon général* —dijo Pino.

—La expresión no se refiere al color, *Vorarbeiter*. Normalmente en una estación, en este caso otoño, hay tres meses y tres lunas llenas. Pero este año, esta noche, ahora, hay una cuarta luna dentro del ciclo de tres meses, dos en uno solo. Los astrónomos la llaman «luna azul» porque es muy poco común.

—*Oui, mon général* —dijo Pino mientras conducía por una larga recta y miraba a la luna que se elevaba por el horizonte como un presagio.

Cuando llegaron a un tramo de la carretera que estaba flanqueado a ambos lados por árboles altos y espaciados y campos por detrás de ellos, Pino ya no pensaba en la luna. Estaba pensando en Adolf Hitler. ¿De verdad era Adolf Hitler el del teléfono? Sin duda, sonaba lo suficientemente loco como para ser Hitler. Y estaba esa pregunta que Leyers le había hecho al director de Fiat: «¿Sabe ahora quién soy yo?».

Pino lanzó una mirada a la silueta de Leyers, sentado en el asiento de atrás, y le respondió en su imaginación. «No sé quién es usted, pero ahora sí sé para quién trabaja».

Nada más dejar de lado ese pensamiento, le pareció entreoír el zumbido de un motor más grande al oeste. Miró por el espejo retrovisor y por los laterales, pero no vio luces que indicaran la aproximación de un vehículo. El sonido se hizo más fuerte.

Pino volvió a mirar, vio que el general se giraba y, después, vio algo detrás de él, algo grande por encima de los árboles. La luz de la luna iluminó entonces las alas y el morro del caza, con su motor rugiendo cada vez más fuerte mientras se dirigía directo hacia ellos.

Pino pisó los frenos del Daimler. Derraparon. El caza se deslizó por encima de ellos como la sombra de un ave nocturna antes de que el piloto hiciera detonar sus ametralladoras y destrozara la carretera por delante del coche oficial que derrapaba.

Los disparos cesaron. El caza ganó altitud y se ladeó hacia la izquierda de Pino. Después, desapareció tras las copas de los árboles.

—¡Agárrese, *mon général!* —gritó Pino a la vez que ponía la marcha atrás del vehículo. Retrocedió, giró el volante a la derecha, metió la reductora y, después, la primera marcha, apagó los faros y aceleró.

El Daimler atravesó la cuneta, subió al otro lado y, entre un hueco de los árboles, se adentró en lo que parecía un campo recién arado. Pino siguió hacia el límite de una arboleda y se detuvo. Apagó el motor.

—¿Cómo has…? —empezó a preguntar Leyers con voz aterrada—. ¿Qué estás…?

—Escuche —susurró Pino—. Está volviendo.

El caza se cernió sobre la carretera igual que había hecho la primera vez, desde el oeste, como si tratara de alcanzar al coche oficial y destrozarlo desde atrás. Entre las ramas de los árboles, Pino no pudo distinguirlo durante varios segundos, pero, entonces, la gran ave plateada pasó volando al lado de ellos avanzando por la carretera, dejando ver su silueta por delante de la más excepcional de las lunas.

Pino vio círculos blancos con el centro en negro sobre el fuselaje.

—Es británico.

—Entonces se trata de un Spitfire —dijo Leyers—. Con ametralladoras Browning calibre .303.

Pino puso en marcha el Daimler y esperó, mientras escuchaba y observaba. El caza realizaba ahora un giro más cerrado y volvía por encima de la línea de árboles más cercana a seiscientos metros por delante de ellos.

—Sabe que estamos por aquí —dijo Pino y, después, se dio cuenta de que era probable que la luna estuviese iluminando el capó y el parabrisas del coche oficial.

Puso el Daimler en marcha, trató de esconder el panel del frontal izquierdo entre el matorral de espinos que se elevaba alrededor del seto y se detuvo cuando el avión estaba a doscientos metros. Pino agachó la cabeza, oyó cómo el caza pasaba por encima de ellos y aceleró.

El Daimler ganó terreno mientras aumentaba la velocidad, arrasando terrones y surcos a lo largo del campo arado. Pino no dejaba de mirar hacia atrás mientras se preguntaba si el avión pasaría por tercera vez. Cerca del otro extremo del campo, se detuvo en otro hueco de los árboles, con el morro del coche metido en la cuneta de la carretera.

Apagó el motor una segunda vez y se quedó escuchando. El avión era un zumbido lejano y cada vez menos perceptible. El general Leyers empezó a reírse y, a continuación, dio una palmada en el hombro de Pino.

—¡Has nacido para jugar al gato y al ratón! —exclamó—. A mí no se me habría ocurrido hacer nada de esto, ni aunque me estuviesen disparando.

—*Merci, mon général!* —respondió Pino con una sonrisa mientras ponía el Daimler en marcha y se dirigía de nuevo hacia el este.

Sin embargo, enseguida se sintió mal. Una parte de él se sentía horrorizada por haber disfrutado de nuevo tras los elogios del general. Pero ¿acaso no había actuado con inteligencia y habilidad? No cabía duda de que había sido más listo que el piloto británico y eso le gustaba.

Veinte minutos después, llegaron a la cumbre de la colina con la luna llena elevándose ante ellos. Apareciendo por el cielo de la noche, el Spitfire atravesaba la cara de la luna y volaba directo hacia ellos. Pino pisó los frenos. Por segunda vez, el Daimler empezó a derrapar con la tracción en las seis ruedas.

—¡Corra, *mon général!*

Antes de que el coche oficial se hubiese detenido, Pino saltó por la puerta y corrió perdiendo el equilibrio hasta que cayó en la cuneta mientras las ametralladoras del Spitfire abrían fuego y lanzaban balas que rebotaban por el macadán.

Pino aterrizó en la cuneta y sintió que se quedaba sin aire mientras las balas se estrellaban contra el acero y rompían los cristales. Los pedazos cayeron sobre su espalda y enroscó el cuerpo para protegerse la cabeza mientras trataba de recobrar el aliento.

Los disparos cesaron entonces y el Spitfire siguió volando hacia el oeste.

20

Cuando el avión fue un zumbido lejano, pudo respirar.

—*Mon général?* —susurró Pino en medio de la oscuridad.

No hubo respuesta.

—*Mon général?*

No respondía. ¿Estaba muerto? Pino había creído que se alegraría con esa idea, pero, en cambio, solo podía pensar en los inconvenientes. Sin Leyers, se acabó lo de espiar. No habría más información para la...

Oyó un movimiento y, después, un gruñido.

—*Mon général?*

—Sí —respondió Leyers con voz débil—. Aquí. —Estaba detrás de Pino, tratando de incorporarse—. He debido de quedarme inconsciente. Lo último que recuerdo es cómo me arrojaba a la cuneta y... ¿qué ha pasado?

Pino le fue contando al general mientras le ayudaba a subir. El Daimler soltaba pequeñas detonaciones, vacilante, estremeciéndose, pero, de algún modo, seguía en marcha. Pino cortó la llave y el motor se apagó por fin. Sacó la linterna y la caja de herramientas del maletero. Encendió la linterna y pasó la luz por el vehículo mientras el general Leyers jadeaba a su lado. Las balas habían atravesado el Daimler de delante hacia atrás y habían agujereado el capó, que soltaba humo. La ametralladora había destrozado también el parabrisas, había agujereado los asientos delanteros y el trasero y había abierto más agujeros en el maletero. La rueda delantera derecha estaba pinchada. También la trasera exterior del lado opuesto.

—¿Puede sujetar esto, *mon général?* —preguntó Pino pasándole la linterna.

Leyers se quedó mirándola un momento con expresión impasible y, después, la cogió.

Tras levantar el capó, Pino vio que el motor había sido alcanzado en cinco ocasiones, pero las débiles balas .303 no habían tenido la suficiente energía tras perforar el capó como para provocar un daño real. El cable de una bujía estaba cercenado. Otra parecía a punto de soltarse. Y había un agujero en lo alto del radiador. Pero, por lo demás, la central eléctrica, como le gustaba llamarla a Alberto Ascari, parecía operativa.

Pino usó un cuchillo para soltar y trenzar los dos trozos del cable de la bujía y usó esparadrapo para juntar ese y el cable que estaba más afectado. Sacó las herramientas para los neumáticos, encontró parches y pegamento para caucho que usó para sellar los dos lados del agujero del radiador. Después, sacó la rueda delantera derecha pinchada y movió la trasera del lado exterior derecho para sustituirla. Quitó el neumático posterior izquierdo exterior y lo tiró. Cuando puso en marcha el Daimler, seguía haciendo ruido, pero ya no se sacudía ni tosía como un viejo fumador.

—Creo que podrá llevarnos de vuelta a Milán, *mon général,* pero, más allá, ¿quién sabe?

—Más allá de Milán no importa —dijo Leyers con tono más lúcido mientras subía al asiento de atrás—. El Daimler es un objetivo demasiado visible. Cambiaremos de coche.

—*Oui, mon général* —contestó Pino antes de probar a echar a andar el coche oficial.

Se sacudió y se caló. Volvió a probar, dándole más combustible, y lo puso en marcha. Pero, al ir sobre cuatro ruedas en lugar de seis, el Daimler ya no estaba equilibrado y avanzaba renqueante y tembloroso por la carretera. La segunda marcha había desaparecido. Tuvo que revolucionar el motor todo lo que fue capaz para meter la tercera, pero, una vez que alcanzaron una velocidad decente, las vibraciones se suavizaron un poco.

Cuando llevaban ocho kilómetros, el general Leyers le pidió la linterna, rebuscó en su maletín y sacó una botella. Abrió el tapón, dio un trago y la pasó por encima del asiento.

—Toma —dijo—. Whisky escocés. Te lo mereces. Me has salvado la vida.

Pino no lo había visto así.

—He hecho lo que habría hecho cualquiera.

—No —contestó Leyers con tono de mofa—. La mayoría de los hombres se habrían quedado paralizados, habrían seguido conduciendo bajo las ametralladoras y habrían muerto. Pero tú... no has tenido miedo. Has actuado con inteligencia. Eres lo que yo antes llamaba «un joven de acción».

—Me gusta esa idea, *mon général* —dijo Pino disfrutando de nuevo de los elogios de Leyers mientras cogía la botella y le daba un trago. El líquido hizo que el calor se expandiera por su vientre.

Leyers volvió a coger la botella.

—Ya has tomado suficiente hasta llegar a Milán.

El general soltó una risita. Por encima de las sacudidas del Daimler, Pino oyó que Leyers daba varios tragos más al whisky directamente de la botella.

Leyers se rio con tristeza.

—En ciertos aspectos, *Vorarbeiter* Lella, me recuerdas a alguien. A dos personas, en realidad.

—*Oui, mon général?* —preguntó Pino—. ¿A quiénes?

El nazi se quedó en silencio y dio un sorbo antes de responder:

—A mi hijo y a mi sobrino.

Pino no se había esperado aquello.

—No sabía que tuviera un hijo, *mon général* —respondió Pino mirando por el espejo sin ver más que la silueta de un hombre entre las sombras del asiento de atrás.

—Hans-Jürgen. Tiene casi diecisiete años. Listo. Con iniciativa, como tú.

Pino no sabía exactamente cómo reaccionar.

—¿Y su sobrino?

Hubo un momento de silencio antes de que Leyers resoplara.

—Wilhelm. Willy, le llamábamos. El hijo de mi hermana. Estaba bajo las órdenes del mariscal de campo Rommel. Murió en El Alamein. —Hizo una pausa—. Por alguna razón, mi hermana me culpa de la muerte de su único hijo.

Pino pudo oír el dolor en la voz de Leyers.

—Siento oírlo, *mon général.* Pero su sobrino estaba al servicio de Rommel, el Zorro del Desierto.

—Willy era un joven de acción —asintió el general con voz áspera antes de dar un trago—. Era un líder que buscaba el peligro. Y le costó la vida a los veintiocho años, en medio de un desierto egipcio infestado de pulgas.

—¿Willy llevaba un tanque?

Leyers se aclaró la garganta antes de contestar.

—Con la séptima división Panzer.

—La División Fantasma.

El general Leyers ladeó la cabeza.

—¿Cómo sabes esas cosas?

«Por la BBC», pensó Pino, pero supuso que decir aquello no sería bueno.

—Leo todos los periódicos —contestó—. Y había un noticiario en el cine.

—Lees periódicos —dijo Leyers—. Algo raro en alguien tan joven. Pero tanto Hans-Jürgen como Willy leían a todas horas, sobre todo la sección de deportes. Antes íbamos juntos a ver partidos. Willy y yo vimos correr a Jesse Owens en los Juegos Olímpicos de Berlín. Fantástico. Qué furioso se puso el *führer* ese día cuando un negro venció a nuestros mejores deportistas. Pero Jesse Owens… *Vorarbeiter,* ese negro era un portento físico. Willy lo decía siempre y tenía razón.

Se quedó en silencio, pensando, recordando, lamentando.

—¿Tiene más hijos? —preguntó Pino por fin.

—Una hija, Ingrid —contestó con renovada alegría.

—¿Dónde están, Hans-Jürgen e Ingrid?

—En Berlín, con mi esposa, Hannelise.

Pino asintió y se concentró en la conducción mientras el general Leyers seguía bebiéndose el whisky a un ritmo lento, pero sin pausa.

—Dolly es una amiga muy querida —anunció el general de división Leyers un rato después—. La conozco desde hace mucho tiempo, *Vorarbeiter.* Me gusta mucho. Le debo mucho. Yo cuido de ella y siempre lo haré. Pero un hombre como yo no abandona a su esposa para casarse con una mujer como Dolly. Sería como un viejo verde que tratara de enjaular a una tigresa en la flor de la vida.

Se rio con entusiasmo y cierta amargura antes de volver a beber.

A Pino le asombraba que Leyers estuviera abriéndose así ante él después de ocho semanas manteniéndose frío y reservado y dejando patente la diferencia de rango y edad. Pero quería que el general continuara hablando. ¿Quién sabía lo que podría dejar escapar después?

Leyers quedó en silencio y dio un sorbo más a la botella.

—*Mon général* —dijo Pino por fin—. ¿Me permite hacerle una pregunta?

Leyers parecía arrastrar las palabras al contestar.

—¿Cuál?

Pino aminoró la velocidad en un cruce e hizo una mueca cuando el Daimler soltó una pequeña explosión.

—¿De verdad trabaja para Adolf Hitler?

Durante lo que le pareció una eternidad, Leyers no dijo nada. A continuación, contestó casi con dificultad:

—Muchísimas veces, *Vorarbeiter,* he estado sentado a la izquierda del *führer.* La gente dice que existe entre nosotros un vínculo porque nuestros padres trabajaban como inspectores de aduanas. Eso, por un lado. Pero yo soy un hombre que consigue que las cosas se hagan, un hombre del que se puede uno fiar. Y Hitler respeta eso. Lo respeta, pero...

Pino miró por el retrovisor y vio que el general daba otro sorbo al whisky.

—¿Pero? —preguntó Pino.

—Pero me alegro de estar en Italia. Si uno permanece muy cerca de una persona como Hitler, un día termina quemándose. Así que mantengo las distancias. Cumplo con mi deber. Me gano su respeto y nada más. ¿Lo entiendes?

—*Oui, mon général.*

Pasaron cuatro o cinco minutos antes de que el general diera otro trago y hablara.

—Yo soy ingeniero de formación, *Vorarbeiter.* Tengo mi doctorado. Desde el principio, cuando era joven, trabajé para el gobierno en el sector armamentístico, consiguiendo contratos. Millones y millones de coronas. Aprendí a negociar con hombres importantes, industriales como Flick y Krupp. Y, debido a eso, hombres como Flick y Krupp me deben favores.

Leyers hizo una pausa y, después, continuó:

—Te voy a dar un consejo, *Vorarbeiter.* Un consejo que puede cambiarte la vida.

—*Oui, mon général?*

—Haz favores —dijo Leyers—. Son una maravillosa ayuda durante toda una vida. Cuando has hecho favores a los hombres, cuando cuidas de que otros puedan prosperar, estarán en deuda contigo. Con cada favor, te haces más fuerte, logras más apoyos. Es una ley natural.

—¿Sí? —preguntó Pino.

—Sí —contestó Leyers—. De esa forma, jamás te irá mal, porque habrá ocasiones en las que necesitarás un favor y lo tendrás justo ahí, esperando a acudir en tu ayuda. Esta práctica me ha salvado más de una vez.

—Lo tendré en cuenta.

—Eres un chico listo, igual que Hans-Jürgen —dijo el general, y se rio—. Es una cosa de lo más simple el hacer favores, pero, gracias a ellos, me iba bien antes de Hitler, me ha ido bien con Hitler y sé que me irá bien mucho tiempo después de Hitler.

Pino miró por el retrovisor y vio la oscura silueta de Leyers mientras vaciaba la botella de whisky escocés.

—¿Quieres un último consejo de un hombre más viejo de lo que su edad indica?

—*Oui, mon général.*

—No quieras ser nunca el líder absoluto en el juego de la vida, el que va delante, el que todos ven y al que todos miran —dijo Leyers—. Por eso es por lo que mi pobre Willy se equivocó. Él se puso delante, justo bajo los focos. Verás, *Vorarbeiter,* en el juego de la vida, siempre es preferible ser un hombre en las sombras, incluso en la oscuridad, si es necesario. De esa forma, puedes dirigir cosas, pero nunca se te ve. Eres como un… fantasma de la ópera. Eres como…

La botella de whisky cayó al suelo. El general maldijo en voz baja. Un momento después, abrazado a su maletín, usándolo como almohada, empezó a resoplar, a congestionarse, a roncar y a tirarse pedos.

Cuando llegaron al edificio de apartamentos de Dolly, era casi medianoche. Pino dejó al comatoso general en el Daimler y bajó del coche oficial dejándolo en marcha por temor a que no volviera a arrancar. Corrió por el vestíbulo, pasó junto a la banqueta vacía de la vieja y subió las escaleras hasta casa de Dolly. Anna no respondió hasta la tercera serie de golpes en la puerta.

Vestida para irse a la cama con su camisón y su bata, Anna tenía un aspecto cansado y encantador.

—Necesito a Dolly —dijo él.

—¿Qué ha pasado? —preguntó Dolly acercándose por el pasillo con un camisón negro y dorado.

—El general —respondió Pino—. Ha tomado demasiado…

—¿Demasiado alcohol? —preguntó el general Leyers a la vez que entraba por la puerta abierta, maletín en mano—. Tonterías, *Vorarbeiter*. Voy a tomar otra copa y tú también. ¿Te unes a nosotros, Dolly?

Pino se quedó mirando a Leyers como si fuese Lázaro resucitado. Cuando el general pasó junto a Pino, su aliento tenía un olor fétido por el alcohol y sus ojos parecían estar sangrando, pero no arrastraba las palabras al hablar ni se balanceaba sobre sus pies.

—¿Qué celebramos, Hans? —preguntó Dolly sonriendo. Anna había dicho que siempre estaba dispuesta a celebrar una fiesta.

—La luna azul —contestó el general dejando el maletín. La besó lujurioso antes de echarle el brazo por encima del hombro y mirar a Pino—. Y celebramos el hecho de que el *Vorarbeiter* Lella me ha salvado la vida. ¡Y se merece una copa!

Giró a Dolly por la esquina para que entrara en la sala de estar.

Anna miró a Pino con una sonrisa perpleja en el rostro.

—¿Es verdad?

—Me he salvado a mí —susurró Pino—. Se puede decir que él me ha acompañado.

—*Vorarbeiter!* —gritó Leyers desde la otra habitación—. ¡Una copa! ¡Y también para la leal Anna!

Cuando entraron en la sala de estar el general lucía una amplia sonrisa y levantaba unos generosos vasos de whisky. Dolly ya le estaba dando un trago al suyo. Pino no sabía cómo Leyers estaba aún en pie, pero el general dio un trago al licor y se lanzó a una descripción pormenorizada de lo que él llamó «El duelo único bajo la luna azul del piloto astuto del Spitfire y el valiente *Vorarbeiter* del Daimler».

Dolly y Anna escuchaban atentas en sus asientos mientras Leyers contaba lo del último regreso del Spitfire y cómo Pino había pisado los frenos y le había gritado que corriera. Y, luego, lo de las ametralladoras y la casi total destrucción del Daimler.

El general Leyers levantó su vaso al término de su narración.

—Por el *Vorarbeiter* Lella, a quien debo un favor o dos.

Dolly y Anna aplaudieron. Pino sintió que la cara se le sonrojaba por tanta atención, pero sonrió y levantó la copa como respuesta.

—Gracias, general.

Llamaron con fuerza a la puerta del apartamento. Anna dejó su copa y fue al recibidor. Pino fue con ella.

Cuando la sirvienta abrió, la vieja, la portera del edificio, estaba allí con su camisón andrajoso y un farol en la mano.

—Sus vecinos no pueden dormir con tanto estruendo —les reprendió, parpadeando tras sus gafas—. ¡Hay un camión o algo parecido lanzando detonaciones en la calle y ustedes andan de borrachera en plena noche!

—Se me había olvidado —dijo Pino—. Bajo ahora mismo a apagar el coche.

Dolly y Leyers aparecieron por el pasillo.

—¿Qué pasa? —preguntó Dolly.

Anna se lo explicó.

—Nos vamos todos a la cama ya, *signora* Plastino —dijo Dolly—. Siento haberla molestado.

La vieja carraspeó y, aún indignada, se marchó con el farol en alto arrastrando el sucio dobladillo de su camisón tras ella mientras bajaba a tientas por la escalera. Pino la siguió a una distancia prudencial.

Después de apagar el motor del coche y de que Dolly y un general Leyers muy borracho se hubiesen retirado a su dormitorio, estuvo por fin de nuevo a solas con Anna en la cocina.

Ella le calentó un plato de salchicha, brócoli y ajo y sirvió un vaso de vino para Pino y otro para ella. A continuación, se sentó enfrente de él, con el mentón apoyado en la mano, y empezó a hacerle preguntas sobre el caza y qué se sentía cuando a uno le disparaban y alguien estaba tratando de matarte.

—Da miedo —respondió él tras pensarlo un momento entre bocados de la deliciosa comida—. Pero me asusté después, cuando tuve oportunidad de pensarlo. Todo estaba ocurriendo muy deprisa, ¿sabes?

—No, y no quiero saberlo, la verdad. No me gustan las armas.

—¿Por qué?

—Matan a personas y yo soy una persona.

—Hay muchas cosas que matan a las personas. ¿Te da miedo escalar montañas?

—Sí —contestó ella—. ¿A ti no?

—No —respondió Pino bebiendo de su vino—. A mí me encanta escalar montañas y esquiar.

—¿Y batirte en duelo con aviones?

—Cuando no hay otra —respondió sonriendo—. Esto está estupendo, por cierto. La verdad es que eres una gran cocinera.

—Una vieja receta de familia. Y gracias —dijo Anna a la vez que echaba los hombros hacia delante y se le quedaba mirando—. Estás lleno de sorpresas, ¿sabes?

—Ah, ¿sí? —respondió Pino apartando el plato.

—Creo que la gente te subestima.

—Muy bien.

—Hablo en serio. Yo te subestimé.

—¿Sí?

—Sí. Me siento orgullosa de ti, eso es todo.

Aquello le ruborizó.

—Gracias.

Anna continuó mirándolo durante largos segundos y él sintió que se zambullía en sus ojos, como si hubiesen creado un mundo solo de ellos.

—Creo que nunca he conocido a nadie como tú —dijo ella por fin.

—Eso espero. Es decir, eso es bueno, ¿no?

Anna se reclinó en su asiento.

—Bueno y aterrador al mismo tiempo, si te soy sincera.

—¿Te doy miedo? —preguntó él con el ceño fruncido.

—Pues sí. En cierto sentido.

—¿En qué sentido?

Ella apartó la mirada y se encogió de hombros.

—Haces que desee ser distinta, mejor. En fin, más joven.

—A mí me gustas tal y como eres.

Anna le miró con reserva. Pino acercó una mano hacia ella. Anna se la miró durante un largo rato, después sonrió y la agarró con la suya.

—Eres especial —dijo Pino—. Para ser una fantasía, quiero decir.

La sonrisa de Anna se hizo más grande; se levantó para acercarse y sentarse en su regazo.

—Muéstrame que soy especial en la realidad —dijo ella, y le besó.

Cuando se separaron, apoyaron sus frentes y entrelazaron las manos.

—Conoces secretos que podrían hacer que me mataran, pero yo sé muy poco de ti.

Tras unos segundos, Anna pareció llegar a alguna especie de decisión y se tocó su camisón a la altura del corazón.

—Te voy a hablar de una de mis cicatrices. Una de las antiguas.

Anna le contó que su primera infancia había sido mágica. Su padre, un comerciante de pescado natural de Trieste, tenía un barco propio. Su madre era de Sicilia, supersticiosa en todo, pero una buena madre, una madre cariñosa. Tenían una bonita casa cerca del puerto y buena comida sobre la mesa. Debido a una serie de abortos, Anna era una hija única consentida por sus padres. Le encantaba estar en la cocina con su madre. Le encantaba estar en el barco con su padre, sobre todo en su cumpleaños.

—Papá y yo salíamos al Adriático antes de que amaneciera —dijo Anna—. Recorríamos varios kilómetros hacia el oeste en medio de la oscuridad. Después, daba la vuelta al barco hacia el este y me dejaba coger el timón. Yo llevaba el barco directa hacia el amanecer. Eso me encantaba.

—¿Qué edad tenías?

—Pues… puede que cinco años la primera vez.

En su noveno cumpleaños, Anna y su padre se levantaron temprano. Estaba lloviendo y había viento, así que no habría viaje hacia la salida del sol, pero ella quería ir de todos modos.

—Y eso hicimos —dijo ella. Se quedó callada y, a continuación, se aclaró la garganta—. La tormenta empeoró. Mucho. Mi padre me puso un chaleco salvavidas. Las olas nos estaban azotando y hacían que nos escoráramos a un lado. Una de las grandes nos alcanzó con suficiente fuerza como para volcar el barco y lanzarnos al mar. A mí me rescataron ese día otros pescadores de Trieste. A mi padre no lo encontraron nunca.

—Dios mío —dijo Pino—. Es terrible.

Anna asintió mientras las lágrimas se derramaban por sus ojos y goteaban sobre su pecho.

—Lo de mi madre fue peor, pero esa cicatriz es para otra ocasión. Yo tengo que dormir y tú tienes que irte.

—¿Otra vez?

—Sí —respondió ella antes de besarle de nuevo.

Aunque deseaba con desesperación quedarse, Pino se sentía feliz mientras salía del apartamento de Dolly alrededor de las dos de la madrugada. Le disgustó ver el rostro de Anna desaparecer cuando cerró la puerta, pero le encantó que ella le dijera que estaba deseando volver a verle.

Abajo, el vestíbulo y la banqueta de la vieja estaban vacíos. Salió, miró los agujeros de bala del Daimler y se preguntó cómo habían sobrevivido. Se iría a casa a dormir y por la mañana se acercaría a ver a su tío. Tenía mucho que contarle.

A la mañana siguiente, mientras la tía Greta cortaba y tostaba el pan por el que había esperado durante horas en la cola de racionamiento, el tío Albert tomaba nota de lo que Pino le contaba sobre todo lo que le había pasado desde la última vez que habían hablado. Terminó con la anécdota de la borrachera del general Leyers.

El tío Albert se quedó sentado varios segundos antes de hablar:

—¿Cuántos camiones y coches blindados dices que salen cada día de las líneas de montaje de Fiat?

—Setenta —contestó Pino—. Si no fuera por el sabotaje, estarían fabricando más.

—Me alegra saberlo —dijo él mientras escribía.

La tía Greta puso sobre la mesa tostadas, mantequilla y un pequeño tarro de mermelada.

—¡Mantequilla y mermelada! —exclamó el tío Albert—. ¿Dónde lo has conseguido?

—Todos tenemos nuestros secretos —contestó ella con una sonrisa.

—Incluso el general Leyers, al parecer —dijo el tío Albert.

—Sobre todo el general Leyers —le corrigió Pino—. ¿Sabías que responde directamente ante Hitler? ¿Que ha estado sentado a su izquierda en varias reuniones?

Su tío negó con la cabeza.

—Leyers es mucho más poderoso de lo que creíamos. Y por eso me encantaría ver qué tiene en ese maletín.

—Pero siempre lo lleva con él o lo tiene en algún sitio donde llamaría la atención no verlo.

—Pero da pistas. Ha pasado la mayor parte de la semana encargándose de huelgas y sabotajes, lo que quiere decir que esas huelgas y sabotajes están funcionando. Y eso quiere decir que necesitamos más sabotajes en las fábricas. Romperemos los engranajes nazis de uno en uno.

—Los alemanes están teniendo también problemas para pagar —dijo Pino—. Fiat está produciendo con la promesa de Hitler de que pagará, no porque estén recibiendo dinero.

El tío Albert se quedó mirando a Pino mientras pensaba.

—Escasez —dijo por fin.

—¿Qué? —preguntó la tía Greta.

—Las colas para la comida van a peor, ¿verdad?

Ella asintió.

—Cada día más largas. Para casi todo.

—Va a empeorar mucho más —dijo su marido—. Si los nazis no tienen dinero para pagar, su economía empieza a quebrarse. Pronto empezarán a requisar más de nuestras tiendas y eso llevará a una mayor escasez y a más pobreza para todos en Milán.

—¿Eso crees? —preguntó la tía Greta sujetándose el delantal.

—La escasez no tiene por qué ser necesariamente mala. A largo plazo, quiero decir. Una mayor pobreza y dolor provocarán que más de los nuestros estén dispuestos a luchar hasta que el último alemán haya muerto o haya sido expulsado de Italia.

A mediados de octubre de 1944, los acontecimientos empezaban a demostrar que el tío Albert tenía razón.

Pino llevaba el nuevo coche oficial del general Leyers, un Fiat sedán de cuatro puertas, en dirección sudeste desde Milán, una preciosa mañana de otoño. Era la época de la cosecha en el valle del río Po. Los hombres iban con sus guadañas a los campos de cereales, a las arboledas y a los huertos. Leyers ocupaba el asiento trasero del Fiat, como era su costumbre, con el maletín abierto y unos informes en su regazo.

Desde que habían sobrevivido a la ametralladora, Leyers se había mostrado más cordial con Pino, pero esa noche actuaba con poca empatía y cercanía. Pino no le había visto beber desde entonces. Siguió las instrucciones del general y, en menos de una hora, llegaron a un gran prado en medio del campo. Había cincuenta camiones alemanes aparcados allí junto a tanques Panzer, coches blindados y setecientos u ochocientos soldados, un batallón completo. La mayor parte estaba compuesta por hombres de la Organización Todt, pero tras ellos había una compañía entera de soldados de las SS.

El general Leyers salió del coche con expresión seria. Al ver al general, todo el batallón se puso firme. Leyers fue recibido por un teniente coronel que le llevó hasta unas cajas de armas apiladas. Leyers se subió a los cajones para hablar en alemán con voz rápida y autoritaria.

Pino solo entendía una de cada dos expresiones o palabras, algo sobre la patria y las necesidades de los compatriotas alemanes, pero lo que fuera que estuviese diciendo estaba agitando a las tropas. Permanecían erguidos, con los hombros hacia atrás, hipnotizados por el general mientras este les arengaba.

El general Leyers terminó su discurso gritándoles algo sobre Hitler y, a continuación, levantó su brazo con el saludo nazi.

—*Sieg heil!* —bramó.

—*Sieg heil!* —respondieron con un rugido.

Pino estaba inmóvil, confundido por el miedo que sentía crecer en su interior. ¿Qué les había dicho Leyers? ¿Qué estaba pasando?

El general desapareció con varios oficiales en el interior de una carpa. Los ochocientos soldados subieron a la mitad de los camiones y dejaron los demás vacíos. Los motores diésel se pusieron en marcha con un traqueteo. Los vehículos empezaron a salir en fila del prado, cada camión lleno de hombres seguido de otro vacío. Algunas de las parejas se dirigieron al norte por la carretera comarcal y el resto al sur, avanzando pesadamente como elefantes de guerra en un desfile.

Leyers salió de la tienda. Su rostro no reflejaba nada cuando subió al asiento trasero del Fiat y le dijo a Pino que fuera hacia el sur por el valle del río Po, el lugar más fértil de la tierra. Tras avanzar tres kilómetros, Pino vio a una chica sentada en el camino de entrada a una pequeña granja con un granero. Lloraba. Su madre estaba sentada en el escalón de entrada, con la cara escondida entre las manos.

No mucho después, por esa misma carretera, Pino vio el cuerpo de un hombre boca abajo en la cuneta con su camiseta blanca manchada de púrpura por la sangre seca. Pino miró por el espejo retrovisor. Si Leyers había visto algo, no había mostrado ninguna reacción. Tenía la cabeza agachada. Estaba leyendo.

La carretera avanzaba por el cauce seco de un riachuelo y subía a una gran planicie de campos recolectados a ambos lados. A menos de un kilómetro, un pequeño asentamiento de casas se agrupaban junto a un gran silo de piedra.

Había camiones alemanes aparcados en la carretera y en los patios de las granjas. Unos pelotones de soldados de las Waffen-SS sacaban a varias personas a sus patios, puede que unas veinticinco, y les obligaban a ponerse de rodillas con los dedos entrelazados tras sus cabezas.

—*Mon général?* —preguntó Pino.

En el asiento de atrás, Leyers levantó los ojos, maldijo y le dijo que parara el coche. El general bajó y les gritó a los hombres de las SS. El primer soldado Todt apareció con grandes sacos de cereal sobre sus hombros. Vinieron otros detrás, veinte, puede que más, cargados con sacos.

Los soldados de las SS reaccionaron a algo que dijo Leyers e instaron a las familias a ponerse de pie y, después, les permitieron sentarse juntos mientras veían cómo sus cereales, su sustento, su medio de vida, eran robados y lanzados al interior de un camión nazi.

Uno de los granjeros no se sentó y empezó a gritar a Leyers.

—Podría dejarnos al menos lo suficiente para comer. Es lo más decente.

Antes de que el general pudiese responder, uno de los soldados de las SS golpeó al granjero en la cabeza con la culata de su rifle y este cayó al suelo.

—¿Qué es lo que me ha dicho? —le preguntó Leyers a Pino.

Este le respondió. El general le escuchó, se quedó pensando y, después, gritó a uno de sus oficiales Todt:

—*Nehmen sie alles!*

A continuación, fue hacia el coche. Pino le siguió, molesto, pues sabía el suficiente alemán como para comprender la orden de Leyers. «*Nehmen sie alles*». Llevaos todo.

Pino deseaba matar al general. Pero no podía. Tuvo que tragarse su rabia y armarse de coraje. Pero ¿es que Leyers tenía que llevárselo todo?

Al subir al Fiat, Pino se repetía en silencio la promesa que había hecho de recordar lo que había visto, desde el esclavismo hasta los robos. Cuando la guerra terminara, les contaría todo a los aliados.

Continuaron conduciendo hasta primera hora de la tarde, viendo cómo más y más alemanes que seguían las órdenes de Leyers robaban cereales destinados al molino, verduras que debían ir a los mercados y ganado para los mataderos. A las vacas les disparaban en la cabeza, las destripaban y las metían en camiones, sus cadáveres lanzando vapor al aire fresco.

De vez en cuando, el general le decía a Pino que se detuviera y salía del coche para tener una conversación con uno o dos oficiales Todt. Después, le ordenaba que siguiera conduciendo mientras él volvía con sus papeles. Pino no dejaba de mirar por el espejo mientras pensaba que Leyers parecía mutar y cambiar a cada momento. «¿Cómo es posible que permanezca impasible ante lo que hemos visto? ¿Cómo puede…?».

—¿Crees que soy un hombre malvado, *Vorarbeiter*? —preguntó Leyers desde el asiento de atrás.

Pino miró por el retrovisor y vio que el general le devolvía la mirada.

—*Non, mon général* —contestó Pino tratando de poner cara alegre.

—Sí que lo crees —insistió Leyers—. Me sorprendería que no me odiaras por lo que he tenido que hacer hoy. Una parte de mí también me odia. Pero tengo órdenes. Se acerca el invierno. Mi país está asediado. Sin esta comida, mi pueblo morirá de hambre. Así que aquí, en Italia, y ante tus ojos, soy un criminal. En mi país, seré un héroe no reconocido. Bueno. Malvado. Es todo cuestión de perspectiva, ¿no?

Pino miró al general por el espejo mientras pensaba que Leyers era infinito y despiadado, el tipo de hombre que podría justificar casi cualquier acto por la búsqueda de un objetivo.

—*Oui, mon général* —respondió Pino, y no pudo contenerse—. Pero, ahora, mi pueblo se morirá de hambre.

—Puede que algunos —dijo Leyers—. Pero yo respondo ante una autoridad mayor. Cualquier falta de entusiasmo por mi parte para esta misión podría ser motivo de… En fin, eso no va a ocurrir si puedo evitarlo. Llévame de vuelta a Milán, a la estación central de trenes.

21

Camiones cargados hasta arriba con los botines nazis saqueados a las granjas, huertos y viñedos italianos abarrotaban las calles que rodeaban la estación de trenes. Pino siguió al general Leyers al interior de la estación y a los andenes de carga, donde los soldados alemanes cargaban sacos de cereales, barriles de vino y canastas llenas de frutas y verduras a un vagón tras otro.

Leyers parecía entender cómo funcionaba el sistema. Lanzaba preguntas a sus subordinados y dictaba notas a Pino mientras recorrían arriba y abajo los andenes.

—Nueve trenes van al norte por el Paso del Brennero esta noche —dijo el general en un momento dado—. Llegada a Innsbruck a las siete de la mañana. Llegada a Múnich a las trece horas. Llegada a Berlín a las diecisiete horas. En total, trescientos sesenta vagones de comida...

Leyers dejó de dictar. Pino levantó la cabeza.

Siete soldados de las Waffen-SS les bloqueaban el paso. Detrás de ellos una fila de siete desvencijados vagones para ganado esperaban en la vía junto al andén del fondo. En algún momento, esos vagones debían de haber sido de color rojo, pero la pintura se había cuarteado y se había desprendido y la madera estaba astillada y agrietada, dándoles un aspecto que delataba que no estaban en condiciones para viajar.

Leyers dijo algo en tono amenazante a los soldados de las SS y estos se apartaron. El general se acercó al tren de los vagones viejos. Pino le siguió. Levantó la vista y vio un cartel que decía «Andén 21».

Se quedó perplejo, pues sabía que había oído aquello antes, pero no recordaba dónde. Con todo el estruendo que había en el interior de la estación con la carga del botín, no fue hasta que Pino llegó junto al último vagón cuando oyó el llanto de niños en su interior.

Aquel sonido pareció dejar paralizado al general. Leyers se quedó allí quieto, mirando las paredes agrietadas y astilladas del vagón de ganado y los muchos ojos de desesperación que les devolvían la mirada a través de las grietas a él y a Pino, que ahora recordaba que la señora Napolitano había dicho que el andén 21 era donde los judíos desaparecían en trenes que se dirigían al norte.

—Por favor —dijo en italiano y entre sollozos una mujer en el interior del vagón de ganado—. ¿Adónde nos llevan? ¡Después de la cárcel no pueden dejarnos aquí! No hay sitio. Es…

Leyers miró a Pino con expresión afligida.

—¿Qué está diciendo?

Pino le tradujo.

El sudor apareció en la frente del general.

—Dile que va a un campo de trabajos forzados de la Organización Todt en Polonia. Es…

El motor de la locomotora soltó un bufido. El tren se movió unos centímetros. Aquello desató gemidos en el interior de los vagones, cientos de hombres, mujeres y niños gritando que les dejaran salir, exigiendo conocer su destino y suplicando alguna pequeña muestra de clemencia.

—Vais a un campo de trabajos forzados de Polonia —dijo Pino a la mujer que lloraba.

—Reza por nosotros —respondió ella antes de que las ruedas chirriaran sobre las vías y el tren empezara a salir del andén 21.

Tres pequeños dedos sobresalieron por una grieta de la pared trasera del último vagón de ganado. Aquellos dedos parecían despedirse de Pino mientras el tren ganaba velocidad. Él se quedó mirando cómo el tren se alejaba y siguió viendo aquellos dedos en su mente mucho después de que ya no pudiera distinguirlos. Sintió deseos de salir corriendo detrás del tren, de liberar a aquellas personas, de ponerlas a salvo. Pero se quedó allí, derrotado, desesperado, conteniendo sus deseos de llorar ante la imagen de aquellos dedos, que no se le borraba de la mente.

—¡General Leyers!

Pino se giró. También el general, que estaba pálido. ¿Había visto también esos dedos?

Detrás de ellos, en el andén, el coronel de la Gestapo Walter Rauff avanzaba hacia ellos con el rostro enrojecido por la rabia.

—Coronel Rauff —le saludó Leyers.

Pino se apartó un paso del general y mantuvo la mirada fija en el suelo del andén. No quería que Rauff le reconociera por miedo a que pudiera sospechar algo de aquel muchacho italiano de Casa Alpina que de algún modo se había convertido en el chófer del general Leyers.

El coronel de la Gestapo empezó a gritar a Leyers, quien comenzó a responderle también con gritos. Pino no entendía mucho de lo que decían, pero sí oyó que Rauff nombraba a Joseph Goebbels. Leyers respondió invocando el nombre de Adolf Hitler. Y, por su lenguaje corporal, Pino entendió lo que querían decir. Rauff respondía ante Goebbels, un ministro del Reich. Pero Leyers respondía ante el *führer* en persona.

Tras varios minutos de intensas amenazas y fría conversación, un furioso Rauff dio un paso hacia atrás y saludó: *Heil Hitler!*

Leyers le devolvió el saludo con menos entusiasmo. Rauff estaba a punto de marcharse cuando fijó su mirada en Pino durante varios segundos. Pino pudo sentir que le examinaba de arriba abajo.

—*Vorarbeiter* —le llamó el general Leyers—. Nos vamos. Trae el coche.

—*Jawohl, General* —contestó Pino con su mejor alemán antes de pasar rápidamente junto a los dos oficiales nazis sin mirar una sola vez a Rauff, pero sintiendo sus ojos oscuros fijos en él.

A cada paso que daba, Pino esperaba que le llamaran. Pero Rauff no dijo ni una palabra y Pino salió del andén 21 rezando por no tener que regresar nunca.

El general Leyers subió al coche oficial tras recuperar su habitual expresión impenetrable.

—A casa de Dolly —dijo.

Pino miró por el espejo retrovisor y vio los ojos de Leyers fijos en el horizonte. Sabía que debía mantener la boca cerrada, pero no podía.

—*Mon général?*

—¿Qué quieres, *Vorarbeiter*? —preguntó aún mirando por la ventanilla.

—¿La gente de los vagones va de verdad a un campo de trabajos forzados de la OT en Polonia?

—Sí —respondió el general—. Se llama Auschwitz.

—¿Por qué a Polonia?

Al oír aquello, los ojos de Leyers se abrieron y casi le gritó con exasperación:

—¿Por qué tantas preguntas, *Vorarbeiter*? ¿No sabes cuál es tu sitio? ¿Sabes quién soy yo?

Pino sintió como si le hubiesen dado un golpe en la cabeza.

—*Oui, mon général.*

—Entonces, mantén la boca cerrada. No me hagas más preguntas, ni a mí ni a nadie, y haz lo que se te ordene. ¿Entendido?

—*Oui, mon général* —contestó Pino, agitado—. Lo siento, *mon général*.

Cuando llegaron al edificio de apartamentos de Dolly, Leyers dijo que él mismo subiría el maletín y ordenó a Pino que devolviera el Fiat al garaje.

Pino quiso subir detrás del general o dar la vuelta por detrás y pedir a Anna que le dejara entrar, pero aún era de día y temía que le vieran. Tras quedarse un rato mirando las ventanas del apartamento de Dolly, se marchó mientras pensaba en lo mucho que deseaba contarle a Anna todo lo que había visto ese día. La violencia. La violación. La desesperación.

Esa noche, y durante muchas otras noches después, los sueños de Pino se vieron perturbados por el tren rojo y el andén 21. No dejaba de oír a aquella mujer que le suplicaba que rezara por ella. No dejaba de ver aquellos pobres deditos moviéndose hacia él y soñaba que pertenecían a un niño de mil caras, un niño al que no podía salvar.

A lo largo de las siguientes semanas y días, Pino llevó al general Leyers por todo el norte de Italia. Dormían poco. Mientras iba al volante, Pino pensaba a menudo en el niño sin rostro y en la mujer con la que había hablado en el andén 21. ¿Habían ido a Polonia para trabajar hasta morir? ¿O simplemente los habían llevado los nazis a algún sitio donde, después, los ametrallaron igual que habían hecho en Meina y en otra docena de sitios profanados por toda Italia?

Cuando no iba conduciendo, Pino se sentía impotente y agotado mientras veía cómo Leyers saqueaba fábricas para hacerse con la maquinaria y confiscaba una pasmosa cantidad de suministros para construcción, vehículos y comida. Ciudades enteras se quedaban sin productos de primera necesidad que o bien eran enviados a Alemania en tren o bien se distribuían entre los soldados de la Línea Gótica. Durante todo aquel proceso, Leyers se mostraba estoico, implacable, entregado a su tarea.

—Siempre te estoy diciendo que los aliados deberían bombardear las vías férreas del Paso del Brennero —le dijo Pino a su tío una noche de finales de octubre de 1944—. Tienen que bloquearlo o no quedará comida para ninguno de nosotros. Y el invierno se acerca.

—He enviado a Baka para que dé ese mensaje dos veces —respondió el tío Albert con frustración—. Pero toda la atención está puesta en Francia y todos se han olvidado de Italia.

El viernes 27 de octubre de 1944, Pino volvió a llevar a Leyers a la villa de Benito Mussolini en Gargnano. Era un cálido día de otoño. Las hojas de los árboles de hoja caduca habían adquirido un color intenso en el interior de los Alpes. El cielo era de un azul cristalino y la superficie del lago de Garda reflejaba tanto el cielo como las montañas, lo que hizo que Pino se preguntara si habría un lugar más hermoso en el mundo que el norte de Italia.

Siguió a Leyers a la galería de la casa y a la terraza, vacía y llena de hojas. Sin embargo, los ventanales que daban al despacho de Mussolini estaban abiertos y encontraron al Duce en su interior, de pie junto a su escritorio, con los tirantes de sus pantalones de montar colgando a ambos lados y la guerrera desabrochada. El dictador tenía un teléfono en la oreja y en el rostro una expresión de malicia.

—Claretta, Rachele se ha vuelto loca —decía Il Duce—. Va a por ti. No hables con ella. Dice que va a matarte, así que cierra la puerta y… De acuerdo, de acuerdo, llámame luego.

Mussolini colgó el teléfono moviendo la cabeza a un lado y a otro antes de darse cuenta de que el general Leyers y Pino estaban allí.

—Pregúntale al general si su esposa se ha vuelto loca por Dolly.

Pino obedeció. Leyers pareció sorprenderse de que Il Duce supiera lo de su amante.

—Mi esposa se vuelve loca con casi todo, pero no sabe nada de Dolly. ¿En qué puedo servirle, Duce?

—¿Por qué el mariscal de campo Kesselring le envía siempre a usted a verme, general Leyers?

—Confía en mí. Usted confía en mí.

—Ah, ¿sí?

—¿Alguna vez he hecho algo que le haga dudar de mi honor?

Mussolini se sirvió un poco de vino y, a continuación, negó con la cabeza.

—General, ¿por qué Kesselring no confía en mi ejército lo suficiente como para utilizarlo? Tengo muchos hombres leales y bien entrenados, verdaderos fascistas dispuestos a luchar por Salò, y, sin embargo, están sentados en sus barracones.

—Yo tampoco le encuentro el sentido, Duce, pero el mariscal de campo tiene una visión militar muchísimo mayor que la mía. Yo no soy más que un ingeniero.

Sonó el teléfono. Mussolini lo cogió, escuchó y habló:

—¿Rachele?

El dictador apartó la cabeza del auricular con una mueca de desagrado mientras la voz de su mujer invadía la habitación con sorprendente claridad.

—¡Los partisanos me mandan poemas, Benito! Un verso repite sin cesar: «¡Vamos a llevarte al Piazzale Loreto!». ¡Me culpan a mí, a ti y a la zorra de tu amante! ¡Por eso tiene que morir!

El dictador colgó el teléfono de un golpe, con gesto agitado, y luego miró a Pino en busca de alguna señal que le dijera cuánto había escuchado. Pino tragó saliva y se concentró en los dibujos de la alfombra.

—Duce, tengo una agenda ocupada —dijo Leyers.

—¿Preparando su retirada? —preguntó Mussolini con desdén—. ¿Va corriendo hacia el Paso del Brennero?

—La Línea Gótica sigue aguantando.

—He oído que tiene grietas —replicó Il Duce antes de vaciar su copa—. Dígame, general, ¿es verdad que Hitler está construyendo un último reducto en algún sitio subterráneo de los Alpes alemanes donde se va a retirar con sus más fieles seguidores?

—Se dicen muchas cosas. Pero no tengo información directa sobre eso.

—Si es verdad, ¿habrá un lugar en ese fuerte subterráneo para mí?

—Yo no puedo responder por el *führer,* Duce.

—No es eso lo que tengo entendido —contestó Mussolini—. Pero, al menos, quizá pueda hablar usted por Albert Speer. Seguramente, el arquitecto de Hitler sabrá si existe un lugar así.

—Se lo preguntaré al ministro del Reich la próxima vez que hablemos, Duce.

—Necesitaré una habitación para dos —dijo el dictador a la vez que se servía más vino.

—Tomo nota —contestó el general—. Y, ahora, debo irme. Tengo una reunión en Turín.

Mussolini parecía a punto de protestar, pero sonó el teléfono. Hizo una mueca de desagrado y contestó. Leyers se giró para marcharse. Cuando Pino se dispuso a seguirle, oyó hablar a Mussolini: «Claretta, ¿has cerrado la verja?». Hubo una pausa antes de que Il Duce soltara un bramido: «¿Rachele está ahí? ¡Llama a tu guardia y que la eche de la verja antes de que se haga daño!».

Oyeron más gritos mientras se alejaban de la terraza y bajaban por las escaleras.

De vuelta en el Fiat, el general Leyers negaba con la cabeza.

—¿Por qué me siento siempre como si hubiese estado en un manicomio cuando salgo de esta casa?

—Il Duce dice cosas muy raras —dijo Pino.

—Cómo este hombre pudo dirigir un país es algo que nunca entenderé —contestó Leyers—. Pero cuentan que el sistema ferroviario funcionaba como un reloj alemán cuando estaba en el apogeo de su poder.

—¿Existe una fortaleza subterránea en los Alpes? —preguntó Pino.

—Solo un lunático se creería algo así.

Pino quiso recordarle al general que Adolf Hitler no era exactamente una persona equilibrada, pero se lo pensó mejor y continuó conduciendo.

Poco después de la puesta de sol del martes 31 de octubre de 1944, el general Leyers ordenó a Pino que le llevara a la estación de ferrocarril de la ciudad de Monza, a unos quince kilómetros al noreste de Milán. Pino estaba agotado. Habían estado viajando casi de forma constante y quería dormir y ver a Anna. Apenas habían pasado diez minutos juntos desde la noche de los disparos del caza.

Pero Pino obedeció las órdenes y puso el Fiat en dirección norte. La segunda luna llena del mes —la verdadera luna azul— se elevó proyectando una luz pálida que hacía que el campo pareciera de un turquesa oscuro. Cuando llegaron a la estación de Monza y el general salió del coche, los guardias de la Organización Todt se pusieron firmes. Eran jóvenes italianos como Pino que trataban de sobrevivir a la guerra.

—Diles que he venido a supervisar un traslado en las vías —dijo el general Leyers.

Pino obedeció y ellos asintieron y señalaron hacia el otro extremo del andén.

Un camión pequeño se detuvo. Dos soldados de la OT y cuatro hombres con ropa gris y desaliñada salieron. Tenían parches en el pecho. En tres de ellos ponía «OST»; en el cuarto, «P».

—Espera aquí, *Vorarbeiter* —le ordenó el general Leyers a Pino con un tono cordial—. No tardaré mucho, no más de una hora, y después podremos echar ese sueño que tanto necesitamos y ver a nuestras amigas. ¿De acuerdo?

Aturdido, Pino sonrió y asintió. Quería tumbarse en alguno de los bancos y dormirse en ese momento. Pero, al ver que Leyers cogía una linterna de uno de los soldados y se dirigía hacia el otro extremo del andén, se puso en alerta.

¡El general no se había llevado el maletín!

Estaba en el Fiat, delante de la estación. Una hora, no más, había dicho Leyers. Pero era tiempo suficiente para revisar el maletín, ¿no? El tío Albert no le había conseguido la cámara que había dicho que le buscaría. Pero Pino tenía la cámara del general, cargada con lo que él sabía que era un carrete nuevo. Leyers insistía siempre en llevar la cámara en el coche para poder tomar fotografías de sitios para posibles instalaciones de artillería. Y, cuando el general hacía fotos, siempre sacaba el carrete y lo sustituía por uno nuevo, aunque no estuviese terminado.

Pino decidió que, si encontraba algo que pareciera importante, fotografiaría los documentos, sacaría el carrete y lo sustituiría por otro nuevo que cogería de la guantera.

Había dado dos pasos hacia el Fiat cuando algo que no era la fatiga le incomodó, algo en la forma en que Leyers se había alejado en ese momento, llevándose consigo a los cuatro esclavos y a los dos soldados de la Organización Todt. No estaba seguro del todo, pero se preguntó qué era lo que Leyers podría estar trasladando bajo la luz de la luna llena. ¿Y por qué no había querido el general que él viera ese traslado? Resultaba extraño. Allá donde Leyers iba, Pino solía ir también.

Sonó el silbido de un tren no muy lejos. Dudando entre las dos direcciones, Pino siguió su instinto y fue hacia el final del andén por donde Leyers había desaparecido. Tras saltar al patio de maniobras y alejarse bastante de la estación sin ver al general ni a los demás con él, un tren de carga entró con gran estruendo en la estación y se detuvo entre chirridos.

Pino se agachó por debajo de los vagones y pasó gateando por las vías. Cuando llegó al otro lado, oyó voces. Mirando desde debajo del tren hacia la derecha, vio la silueta de dos soldados de la Organización Todt contra la luz de la linterna del general. Venían hacia donde estaba él.

Pino se apretó contra las ruedas del vagón y vio pasar a los soldados. Volvió a mirar a su derecha y distinguió a Leyers de espaldas a él a unos sesenta metros de distancia. El general estaba vigilando a los cuatro hombres de gris. Habían formado una fila y sacaban objetos de un vagón que formaba parte del tren de mercancías a un vagón solo que estaba en la vía adyacente. Los objetos no eran muy grandes, pero los esclavos tenían que emplear todas sus fuerzas para sujetar y mover la pesada carga.

Si Pino no podía contarle a su tío lo que había visto en el maletín de Leyers, al menos quería poder contarle qué estaba trasladando el general en la oscuridad y por qué se estaba dedicando personalmente a supervisar a los esclavos mientras hacían su trabajo.

Tras pasar gateando al otro lado del tren de mercancías, Pino trató de pisar con toda la suavidad que le fue posible y se dirigió hacia los vagones que estaban entre él y Leyers, agradecido por el sonido sordo de los pesados objetos de metal a medida que se acercaba. Clan. Clan. Clon.

Se adaptó al ritmo de los sonidos para moverse con él, primero plantando un pie tras otro, hasta que quedó a la misma altura del grupo; a continuación, con las rodillas y las manos, mientras gateaba por debajo del tren de mercancías. Se asomó al otro lado y vio que estaba a menos de diez metros del general.

Leyers apuntaba con la linterna hacia la carbonilla que había entre los raíles, de forma que los hombres trabajaban bajo el resplandor de una luz que tenían a sus pies. Pino pudo ver a un hombre en el interior del vagón por encima de Leyers que sacaba objetos estrechos y rectangulares que apenas podía distinguir mientras pasaban de mano en mano hasta ser introducidos en el vagón de enfrente, que era de un color naranja oxidado.

¿Qué narices era…?

El tercer hombre de la fila agarró uno con torpeza y se le cayó. Leyers movió el rayo de la linterna e iluminó el objeto que tenía el hombre en sus manos y Pino tuvo que esforzarse por no lanzar un grito ahogado.

Era un ladrillo. Un ladrillo de oro.

—*Das ist genug* —les dijo Leyers en alemán—. Es suficiente.

Los cuatro esclavos miraron al general, expectantes. Él movió la linterna hacia los vagones para indicarles que los cerraran y echaran los candados.

Pino se dio cuenta de que el traspaso del oro había terminado, lo que quería decir que Leyers se dirigiría pronto hacia la estación y hacia el Fiat. Retrocedió deslizándose despacio y, después, más rápido cuando oyó que la puerta del vagón que tenía encima se cerraba.

Volvía a estar de pie al otro lado del tren cuando se cerró la puerta del segundo vagón. Pino se alejó de puntillas y por el lateral de la carbonilla, donde crecía la hierba y se amortiguaba el sonido de sus pasos.

En menos de un minuto estaba subiendo al andén. La locomotora del tren de mercancías traqueteó en el otro extremo de la vía. Las ruedas chirriaron, crujieron y ganaron velocidad. Los enganches entre los vagones rechinaron. Y cada traviesa que atravesaba la vía hizo un fuerte, continuado y repetido golpeteo sordo. Y, aun así, Pino pudo oír con claridad el estallido de unos disparos.

Con el primero, dudó. Pero no con el segundo, el tercero o el cuarto, que tuvieron un intervalo de entre dos y cuatro segundos y que procedían de donde se encontraba Leyers. Todo había terminado en menos de quince segundos.

Los dos soldados de la Organización Todt a los que Leyers había ordenado que se fueran del lugar donde se estaba haciendo el traslado salieron al andén como si ellos también hubiesen oído los disparos.

Con horror y cada vez más rabia, Pino pensó: «Cuatro esclavos muertos. Cuatro testigos de un desvío de oro, muertos». Leyers había apretado el gatillo. Los había ejecutado a sangre fría. Y lo tenía planeado desde mucho antes de esa noche.

Los últimos vagones del tren de mercancías pasaron junto al andén y se alejaron hacia el interior de la noche transportando una fortuna de lo que Pino suponía que era oro saqueado. Había también una fortuna ahí fuera, en el patio de maniobras. ¿Cuánto oro era?

«El suficiente como para matar a cuatro hombres inocentes», pensó Pino. «El suficiente como para…».

Oyó el crujir de las botas del general antes de verle como una sombra oscura en medio de la noche iluminada por la luna. Leyers encendió la linterna, la movió por el andén y encontró a Pino, que levantó un brazo para protegerse del haz de luz y por un instante pensó con espanto que el general podía haber decidido matarle a él también.

—Estás ahí, *Vorarbeiter* —dijo el general Leyers—. ¿Has oído esos disparos?

Pino decidió que hacerse el tonto era la mejor estrategia.

—¿Disparos, *mon général?*

Leyers llegó al andén y meneó la cabeza con expresión de confusión.

—Cuatro disparos. Todos ellos errados. Nunca he sido capaz de acertar un tiro.

—¿Cómo dice, *mon général?* No entiendo.

—Estaba haciendo allí un traspaso importante para Italia, protegiéndolo —se explicó—. Y, cuando me di la vuelta, los cuatro obreros aprovecharon la oportunidad y salieron corriendo.

Pino frunció el ceño.

—¿Y les ha disparado?

—Les he disparado —confirmó el general Leyers—. O, mejor dicho, he disparado hacia ellos y por encima de ellos. Soy un tirador pésimo. La verdad es que no me ha importado. No me importa. Que les vaya bien. —Leyers dio una palmada—. Llévame a casa de Dolly, *Vorarbeiter.* Ha sido un día largo.

Si el general Leyers mentía, si había matado a los cuatro esclavos, también era un soberbio actor o alguien que carecía de conciencia, pensaba Pino mientras conducía de vuelta a Milán. Pero Leyers se había mostrado afectado ante los judíos del andén 21. Quizá sí tuviese conciencia en lo que se refería a unas cosas y no a otras. El general parecía estar de un ánimo bastante alegre durante el trayecto, riéndose entre dientes y chasqueando los labios con satisfacción de vez en cuando. ¿Y por qué no? Acababa de poner a buen recaudo una fortuna en oro.

El general decía que lo había hecho por Italia, por protegerla, pero, mientras Pino detenía el Fiat en la puerta de Dolly, seguía sintiéndose escéptico. ¿Por qué iba Leyers a proteger Italia después de haberle robado ya tanto al país? Y Pino había oído suficientes historias en su vida como para saber que los hombres actuaban de forma extraña e irracional cuando había oro de por medio.

Cuando llegaron al apartamento de Via Dante, el general Leyers bajó del coche con el maletín en la mano.

—Tienes el día libre, *Vorarbeiter* —dijo.

—Gracias, *mon général* —contestó Pino con una inclinación de cabeza.

Pino necesitaba un día de descanso. También necesitaba ver a Anna, pero estaba claro que no le habían invitado a subir a tomar una copa de whisky.

El general se dispuso a dirigirse a la puerta de la calle, pero, entonces, se detuvo.

—Puedes usar el coche mañana, *Vorarbeiter* —dijo—. Llévate a la criada adonde quieras. Pasadlo bien.

A la mañana siguiente, Anna bajaba las escaleras hasta el vestíbulo justo cuando Pino entraba de la calle. Los dos saludaron vacilantes a la vieja que parpadeaba en la banqueta y, después, salieron, riéndose y felices de estar juntos.

—Me gusta esto —dijo ella sentándose en el asiento del pasajero al lado de él.

Pino se sentía bien sin su uniforme de la Organización Todt. Era una persona completamente distinta. También Anna. Llevaba un vestido azul, unos zapatos de salón negros y un bonito chal de lana alrededor de los hombros. Se había puesto lápiz de labios y colorete y...

—¿Qué? —preguntó ella.

—Es que eres muy guapa, Anna. Haces que me den ganas de cantar.

—Eres un encanto —contestó ella—. Y te daría un beso si no temiera estropear el caro lápiz de labios francés de Dolly.

—¿Adónde vamos?

—A algún sitio bonito. Algún lugar donde podamos olvidarnos de la guerra.

Pino se quedó pensando.

—Conozco el sitio perfecto.

—Pero antes de que se me olvide —comentó Anna cogiendo su bolso y entregándole un sobre—. El general Leyers dice que es un salvoconducto, con su firma.

Resultaba sorprendente cómo cambiaba la actitud de todos cuando Pino les enseñaba el salvoconducto a los guardias a lo largo del camino hacia Cernobbio. Pino llevó a Anna a su lugar favorito del lago de Como, un pequeño parque cerca del extremo sur del brazo occidental del lago. Era un claro, ventoso e inusualmente cálido día de otoño. El cielo estaba azul y la nieve espolvoreaba los riscos más altos. Las montañas y su reflejo en el lago eran como dos pinturas de acuarela juntas. Pino sintió que tenía calor y se quitó su gruesa camisa, dejando al aire una camiseta blanca sin mangas.

—Es muy bonito —dijo Anna—. Ya veo por qué te encanta esto.

—He estado aquí mil veces y aún sigue sin parecerme real, como una visión divina que no tuviera nada de humano, ¿me comprendes?

—Sí. Deja que te haga una foto aquí —dijo Anna a la vez que sacaba la cámara del general Leyers.

—¿De dónde has sacado eso?

—De la guantera. Me quedaré con el carrete y dejaré la cámara.

Pino vaciló, pero, finalmente, se encogió de hombros.

—Vale.

—Ponte de perfil —le indicó ella—. Levanta el mentón y échate el pelo hacia atrás. Quiero verte los ojos.

Pino lo intentó, pero la brisa no dejaba de echarle el pelo rizado sobre los ojos.

—Espera —dijo Anna mientras buscaba algo en su bolso. Sacó una cinta blanca para la cabeza.

—No voy a ponerme eso —aseguró Pino.

—Pero quiero que se te vean los ojos en la foto.

Al ver que ella se decepcionaría si no obedecía, Pino cogió la cinta, se la puso y adoptó una expresión divertida para hacerla reír. A continuación, se colocó de perfil, levantó la barbilla y sonrió.

Anna pulsó dos veces el disparador.

—Perfecto. Siempre te recordaré así.

—¿Con una cinta en el pelo?

—Para poder verte los ojos —protestó Anna.

—Lo sé —dijo él antes de abrazarla.

Cuando se separaron, él señaló hacia la lejana extensión del lago hacia el norte.

—¿Ves allí arriba por debajo de la nieve? Eso es Motta, donde el padre Re dirige Casa Alpina. El lugar del que te he hablado.

—Lo recuerdo —dijo Anna—. ¿Crees que el padre Re sigue ayudándoles?

—Por supuesto —contestó Pino—. Nada se interpone en su fe.

A continuación, pensó en el andén 21. Debió de notársele en la cara.

—¿Qué te pasa? —preguntó Anna.

Le contó lo que había visto en el andén, lo mal que se había sentido al ver los vagones rojos de ganado alejándose y los diminutos dedos despidiéndose de él.

Anna suspiró y le acarició la espalda.

—No puedes ser un héroe a todas horas, Pino.

—Si tú lo dices.

—Claro que lo digo. No puedes echar sobre tus espaldas todos los problemas del mundo. Tienes que buscar algo de felicidad en tu vida y hacer lo que puedas con el resto.

—Soy feliz cuando estoy contigo.

Ella pareció dudar, pero luego sonrió.

—¿Sabes? Yo también.

—Háblame de tu madre —le pidió Pino.

Anna se puso rígida.

—¿Una cicatriz dolorosa?

—Una de las más dolorosas —contestó ella, y empezaron a caminar por la orilla del lago.

Anna le contó que su madre se fue volviendo loca después de que su marido se ahogara en el mar y su hija sobreviviera. Su madre le dijo que ella era la culpable de la muerte de su padre y de todos los abortos que había tenido tras el nacimiento de Anna.

—Pensó que yo tenía mal de ojo —concluyó Anna.

—¿Tú? —exclamó Pino riéndose.

—No tiene gracia —repuso Anna completamente seria—. Mi madre me hizo cosas terribles, Pino. Me hacía pensar cosas de mí misma que no eran verdad. Incluso hizo que unos sacerdotes me realizaran exorcismos para expulsar a los demonios.

—No.

—Sí. Cuando pude, me marché.

—¿De Trieste?

—De casa y, poco después, de Trieste —contestó ella apartando la mirada hacia el lago.

—¿Adónde fuiste?

—A Innsbruck. Respondí a un anuncio y conocí a Dolly. Y aquí estoy. ¿No resulta extraño cómo la vida te lleva siempre a lugares y a personas que se supone que debes ver y conocer?

—¿Piensas eso de mí?

Se levantó viento y unos mechones del pelo de Anna se le cruzaron por la cara.

—Supongo. Sí.

Pino se preguntó si el plan de Dios para él era que conociera al general Leyers, pero, cuando Anna se apartó el pelo y sonrió, se olvidó de todo aquello.

—No me gusta el lápiz de labios de París —dijo.

Ella soltó una carcajada.

—¿Adónde más podemos ir? ¿A qué otro lugar bonito?

—Elige tú.

—Cerca de Trieste podría enseñarte muchos sitios. Pero aquí, no sé.

Pino se quedó pensativo, miró vacilante al lago y, después, habló:

—Conozco un sitio.

Una hora después, Pino atravesaba unas vías de tren con el coche oficial y subía por un camino rural hacia la colina donde su padre y el señor Beltramini habían interpretado «Nessun dorma», «Que nadie duerma».

—¿Por qué aquí? —preguntó Anna con escepticismo mientras se iban acercando unas nubes oscuras.

—Vamos a subir ahí arriba y te lo enseñaré.

Bajaron del coche y empezaron a caminar por la pendiente. Pino le habló de los trenes que salían de Milán cada noche durante el verano de 1943, de cómo todos iban allí para ponerse a salvo entre la densa y olorosa hierba y de cómo él y Carletto habían visto a Michele y al señor Beltramini ejecutar un pequeño milagro de voz y violín.

—¿Cómo lo hicieron?

—Con amor —contestó Pino—. Lo interpretaron con *smania,* con pasión, pero la pasión venía del amor. No existe otra explicación. Todas las cosas grandes vienen del amor, ¿no?

—Supongo que sí —contestó Anna, y miró hacia otro lado—. Las peores también.

—¿Qué quieres decir?

—En otro momento, Pino. Ahora mismo, soy muy feliz.

Llegaron a la cima de la colina. Quince meses antes, el prado era verde, exuberante, inocente. Ahora, la vegetación había cobrado tonos marrones. La alta hierba se hallaba enmarañada, convertida en tallos, y los árboles frutales del huerto estaban desnudos. El cielo se oscureció. Empezó a chispear y después a llover y tuvieron que correr cuesta abajo para llegar hasta el coche.

—Pino, tengo que decir que, si debo elegir entre esto o Cernobbio, prefiero Cernobbio —dijo Anna cuando se metieron en el coche.

—Yo también —afirmó él mientras miraba hacia arriba por el parabrisas mojado por la lluvia hacia la niebla que se iba formando en la cima—. No es tan maravilloso como recordaba, pero, aun así, mis amigos y mi familia estaban aquí. Mi padre tocó el violín mejor que en toda su vida y el señor Beltramini le cantó a su mujer. Y Tullio, y Carletto...

Superado por la emoción, Pino dejó caer la cabeza sobre sus manos, que estaban sujetas al volante.

—Pino, ¿qué te pasa? —preguntó Anna, alarmada.

—Todos me han abandonado —contestó él con voz entrecortada.

—¿Quién te ha abandonado?

—Tullio, y mi mejor amigo, incluso mi hermano. Creen que soy un nazi y un traidor.

—¿No puedes contarles que eres un espía?

—Ni siquiera debería habértelo contado a ti.

—Esa es demasiada carga —dijo ella acariciándole el hombro—. Pero, al final, lo sabrán Carletto y Mimo, cuando la guerra se acabe. ¿Y Tullio? Lo mejor es llorar a la gente a la que has querido y has perdido y, después, dar la bienvenida y amar a las nuevas personas que la vida te pone delante.

Pino levantó la cabeza. Se miraron durante varios segundos antes de que Anna le cogiera una mano y se inclinara sobre él.

—Ya no me preocupa lo del lápiz de labios.

CUARTA PARTE

El invierno más cruel

22

Traídas por los vientos del noreste, las temperaturas en el norte de Italia cayeron de forma continuada durante el mes de noviembre de 1944. El mariscal de campo británico Alexander lanzó una petición a las heterogéneas fuerzas de la resistencia italiana conocidas como GAP para que se organizaran en ejércitos de guerrilla y atacaran a los alemanes. En lugar de bombas, del cielo cayeron octavillas sobre las calles de Milán en las que se instaba a los ciudadanos a que se unieran a la lucha. El ritmo de los ataques de la resistencia se elevó. Los nazis estaban siendo hostigados casi sin tregua.

En diciembre, la nieve cubrió los Alpes. Una tormenta tras otra fueron cayendo desde las montañas, cubriendo Milán y extendiéndose hacia el sur hasta llegar a Roma. Leyers y Pino comenzaron una serie de recorridos frenéticos por las fortificaciones de defensa a lo largo de la Línea Gótica en los Montes Apeninos.

Encontraron soldados alemanes que se apiñaban en torno a hogueras en humeantes nidos de ametralladoras hechos con cemento, en bases de cañones y bajo improvisados toldos de lona. Más mantas, le decían los oficiales de la Organización Todt a Leyers. Más comida. También más chaquetas y calcetines de lana. A medida que las inclemencias del invierno se asentaban, cada soldado nazi que estaba en las cumbres se enfrentaba a unas condiciones extremas.

El general Leyers parecía estar realmente conmovido ante su situación y se afanó aún más, junto a Pino, para atender sus necesidades. Leyers requisó mantas de un molino de Génova y calcetines y chaquetas de lana de fábricas de Milán y Turín. Vació mercados de tres ciudades, lo que hizo aumentar la miseria de los italianos.

A mediados de diciembre, Leyers estaba decidido a que se incautara más ganado para sacrificarlo y enviarlo a sus tropas para el día de Navidad junto con montones de cajas de vino robadas en los viñedos de toda la Toscana.

A primera hora del viernes 22 de diciembre de 1944, Leyers ordenó de nuevo a Pino que le llevara a la estación de trenes de Monza. El general bajó del Fiat con su maletín y le dijo a Pino que esperara. Era pleno día. Pino no pudo seguir a Leyers por miedo a que le viera. Cuando el general regresó, el maletín parecía más pesado.

—A la frontera suiza atravesando por encima de Lugano —dijo Leyers.

Pino condujo hacia allí mientras pensaba que el maletín llevaría unos dos lingotes de oro, puede que más. Cuando llegaron a la frontera, el general le dijo a Pino que esperara. Estaba nevando con fuerza cuando Leyers cruzó a Suiza y desapareció entre la tormenta. Tras ocho horas en las que Pino sintió que los huesos se le entumecían, Leyers volvió y le ordenó que le llevara de vuelta a Milán.

—¿Estás seguro de que ha llevado oro a Suiza? —preguntó el tío Albert.

—¿Qué más podría haber hecho en el patio de maniobras de la estación? —contestó Pino.

—Tienes razón. Es que…

—¿Qué pasa? —preguntó Pino.

—Los buscadores nazis de radios están haciendo mejor su trabajo, mucho mejor. Localizan nuestras emisiones mucho más rápido. A Baka casi le pillan dos veces el mes pasado. Y ya sabes cuál es el castigo.

—¿Qué vais a hacer?

La tía Greta dejó de lavar platos en el fregadero y se giró para mirar a su marido, que tenía los ojos fijos en su sobrino.

—Albert —dijo ella—. Creo que no es justo siquiera que se lo preguntes. El chico ya ha hecho bastante. Deja que lo intente otro.

—No tenemos a ningún otro —respondió su tío.

—Ni siquiera lo has hablado con Michele.

—Iba a decirle a Pino que lo hiciera.

—¿Hacer qué? —preguntó Pino con frustración.

Su tío vaciló antes de contestar.

—El apartamento de debajo de tus padres.

—¿La casa del pez gordo nazi?

—Sí. Te va a parecer una idea extraña.

—A mí me pareció una locura la primera vez que lo sugeriste, Albert, y ahora, cuanto más lo pienso, más descabellado me parece —dijo la tía Greta.

—Creo que voy a dejar que sea Pino quien lo decida.

Pino bostezó.

—En dos minutos me voy a casa para acostarme, me digas o no lo que quieres que haga.

—Hay una radio de onda corta nazi en el apartamento de debajo de la casa de tu padre —dijo el tío Albert—. Sale un cable de la ventana y sube hasta una antena de radio colocada en el muro exterior de la terraza de tus padres.

Pino se acordaba, pero seguía confundido, sin saber aún adónde iba a llevar aquello.

—Pues bien —continuó su tío—, yo creo que si los buscadores de radio nazis buscan emisiones ilegales de radio que proceden de antenas ilegales, podríamos engañarles conectando nuestra radio ilegal a la antena legal de los nazis. ¿Entiendes? Empalmamos nuestro cable al de ellos, le conectamos nuestra radio y emitimos nuestra señal por una antena alemana conocida. Cuando los buscadores de radio la encuentren, dirán: «Es una de las nuestras». Y se irán.

—Si saben que nadie está usando en ese momento la radio nazi, ¿no subirían a la terraza?

—Esperaremos a que ellos terminen de emitir y aprovecharemos para lanzar nuestra señal justo cuando ellos terminen la transmisión.

—¿Qué pasaría si encontraran la radio en nuestro apartamento? —preguntó Pino.

—Nada bueno.

—¿Sabe papá lo que estás tramando?

—Primero, quiero contarle a Michele lo que de verdad estás haciendo con tu uniforme alemán.

Aunque sus padres le habían ordenado que entrara en la Organización Todt, Pino había visto la reacción de su padre ante el brazalete con la esvástica, cómo había apartado la mirada con los labios apretados por la vergüenza.

—Creía que cuanta menos gente lo supiera mejor —comentó Pino, aunque la opción de contarle la verdad a su padre le alegraba.

—Sí que dije eso. Pero, si Michele conoce el tipo de riesgos que corres por la resistencia, aceptará mi plan.

Pino se quedó pensando en todo aquello.

—Digamos que papá acepta. ¿Cómo vas a subir la radio hasta allí? Es decir, ¿cómo vas a pasarla por los guardias de la puerta?

El tío Albert sonrió.

—Ahí es donde entras tú, muchacho.

Esa noche, en el apartamento de su familia, el padre de Pino le miraba fijamente.

—¿De verdad eres un espía?

Pino asintió.

—No podíamos decírtelo, pero ahora tenemos que hacerlo.

Michele negó con la cabeza. Después, se acercó a Pino y le dio un abrazo, incómodo.

—Lo siento —dijo.

Pino controló la emoción antes de contestar.

—Lo sé.

Michele le soltó, levantó la mirada hacia Pino con ojos brillantes.

—Eres un hombre valiente. Más valiente de lo que he podido ser yo nunca, y capaz de hacer cosas que jamás se me habrían ocurrido. Estoy orgulloso de ti, Pino. Quería que lo supieras, por lo que nos pueda pasar antes de que acabe la guerra.

Aquello significaba mucho para Pino, que habló con voz entrecortada.

—Papá…

Su padre puso una mano sobre la mejilla de su hijo cuando no pudo seguir hablando.

—Si puedes pasar la radio por los guardias, la tendré aquí. Quiero colaborar.

—Gracias, papá —dijo Pino por fin—. Esperaré a que te hayas ido a ver a mamá y a Cicci en Navidad. Así podrás negar que sabes algo.

Michele se puso serio.

—Tu madre se va a disgustar.

—No puedo ir, papá. El general Leyers me necesita.

—¿Puedo contarle lo tuyo a Mimo si se pone en contacto con nosotros?

—No.

—Pero él cree...

—Sé lo que cree y tendré que vivir con ello hasta que lleguen tiempos mejores—dijo Pino—. ¿Cuándo fue la última vez que supiste de él?

—Hace unos tres meses. Dijo que iba hacia el sur, a Piamonte, a recibir formación. Intenté impedírselo, pero no hay forma de entrar en la cabeza dura de tu hermano. Salió por tu ventana a la cornisa y se fue. En un sexto piso. ¿Quién hace cosas así?

En la mente de Pino apareció un recuerdo de sí mismo de joven haciendo una huida similar y trató de no sonreír mientras hablaba.

—Domenico Lella. El inigualable. Le echo de menos.

Michele se secó los ojos.

—Solo Dios sabe en qué anda metido ese muchacho.

La noche siguiente, a última hora, tras otro largo día en el coche del general Leyers, Pino estaba sentado en la cocina de Dolly comiendo el estupendo *risotto* de Anna y con la mirada perdida.

Anna le dio una suave patada en la espinilla.

Pino se sobresaltó.

—¿Qué?

—Esta noche estás con la mente en otra parte.

Suspiró antes de contestar con un susurro.

—¿Estás segura de que están dormidos?

—Estoy segura de que están en el dormitorio de Dolly.

Aun así, Pino siguió susurrando:

—No quería involucrarte, pero, cuanto más lo pienso, más veo que podrías ser de gran ayuda en una cosa importante que también podría ser peligrosa para los dos.

Anna lo miró con excitación al principio, pero después su expresión se volvió seria y, a continuación, temerosa.

—Si digo que no, ¿lo vas a hacer tú solo?

—Sí.

—¿Qué hay que hacer? —preguntó ella, tras varios segundos.

—¿No deseas saber lo que quiero que hagas antes de que te decidas?

—Me fío de ti, Pino —contestó Anna—. Solo dime qué tengo que hacer.

Incluso en medio de la guerra, la destrucción y la desesperación, el de Nochebuena era un día en el que la esperanza y la bondad florecían. Pino lo comprobó a primera hora del día cuando el general Leyers hizo de Weihnachtsmann, el Papá Noel alemán, por la Línea Gótica, mientras supervisaba la distribución del pan, la carne, el vino y el queso robados. Volvió a comprobarlo esa noche cuando él y Anna se colocaron de pie en la parte posterior del Duomo, tras otros miles de milaneses que se habían reunido en el interior de los tres enormes ábsides de la catedral para una misa de vigilia. Los nazis se habían negado a levantar el toque de queda para la tradicional celebración de medianoche.

El cardenal Schuster oficiaba la misa. Aunque Anna apenas podía ver al sacerdote, Pino era lo suficientemente alto como para distinguir con claridad a Schuster mientras daba su homilía, que examinaba las dificultades del nacimiento de Jesús a la vez que lanzaba un grito de guerra a su rebaño.

—«No se turbe vuestro corazón» —dijo el cardenal de Milán—. Esas cinco palabras de Jesucristo, nuestro Señor y Salvador, son más poderosas que ninguna bala, cañón o bomba. Aquel que se aferra a esas cinco palabras no tiene miedo y se mantiene fuerte. «No se turbe vuestro corazón». Quienes se aferren a estas palabras vencerán, sin duda, a los tiranos y a sus ejércitos del miedo. Ha sido así durante mil novecientos cuarenta y cuatro años. Y os prometo que seguirá siendo así en el futuro.

Cuando el coro se levantó para cantar, muchos de los que estaban entre la multitud alrededor de Pino parecían animados por el desafiante sermón del cardenal Schuster. Mientras abrían sus bocas para entonar junto al coro, Pino vio cómo sus rostros estropeados y agotados por la guerra se abrazaban a la esperanza e incluso se regocijaban en un momento de escasa alegría en las vidas de tantos.

—¿Has dado las gracias ahí dentro? —le preguntó Anna mientras salían de la catedral tras la misa. Se cambió de una mano a la otra la bolsa que llevaba.

—Sí —contestó Pino—. Le he dado gracias a Dios por haberme regalado tu presencia.

—Qué cosas dices.

—Es verdad. Tú haces que pierda el miedo, Anna.

—Y aquí yo tengo más miedo del que he tenido nunca.

—No lo tengas —dijo Pino pasándole el brazo por encima del hombro—. Haz lo que hago yo a veces cuando tengo miedo: imagina que eres otra persona, alguien mucho más valiente y más lista.

—Eso creo que puedo hacerlo —contestó Anna mientras pasaban por el oscuro y deteriorado mastodonte de La Scala en dirección a la tienda de artículos de piel—. Actuar como otra persona, quiero decir.

—Sé que puedes —dijo Pino, y caminó durante todo el trayecto hasta la casa del tío Albert sintiéndose invencible con Anna a su lado.

Llamaron a la puerta trasera que estaba en el callejón. El tío Albert les abrió la entrada que daba al taller de costura de la fábrica y pasaron, con el olor a piel curtida inundándolo todo. Tras cerrar con llave, su tío encendió la luz.

—¿Quién es ella? —preguntó el tío Albert.

—Mi amiga —contestó Pino—. Anna-Marta. Va a ayudarme.

—Creí haberte dicho que era mejor hacerlo solo.

—Ya que es mi cabeza la que está en juego, lo haré a mi manera.

—¿Y cómo lo vas a hacer?

—No te lo voy a decir.

El tío Albert no pareció alegrarse al oír aquello, pero también sentía respeto por Pino.

—¿Qué puedo hacer yo? ¿Qué necesitas?

—Tres botellas de vino. Una abierta y con el corcho puesto, por favor.

—Voy a por ellas —contestó su tío antes de subir al apartamento.

Pino se dispuso a cambiarse su ropa de calle para ponerse de nuevo el uniforme. Anna dejó la bolsa y empezó a recorrer el taller, fijándose en las mesas para cortar, las máquinas de coser y los estantes de elegantes artículos de piel en distintas etapas de acabado.

—Me encanta esto —dijo ella.

—¿Qué?

—El mundo en el que vives. Los olores. La preciosa artesanía. Para mí es como un sueño.

—Supongo que nunca lo he visto de ese modo, pero, sí, es bonito.

El tío Albert volvió a bajar con la tía Greta y Baka. El operador de radio llevaba aquella maleta marrón con las correas y el doble fondo que Pino había visto en abril.

Su tío observaba a Anna, que seguía admirando los artículos de piel.

—A Anna le encanta lo que haces —dijo Pino.

Su tío se relajó.

—¿Sí? ¿Te gustan?

—Están perfectamente elaborados —repuso Anna—. ¿Cómo se aprende a hacer esto?

—Te lo enseñan —contestó la tía Greta mirándola con recelo—. Aprendes de un maestro. ¿Quién eres tú? ¿De qué conoces a Pino?

—Trabajamos juntos, más o menos —contestó Pino—. Podéis fiaros de ella. Yo me fío.

La tía Greta no estaba convencida, pero no dijo nada. Baka le dio a Pino la maleta. De cerca, el operador de radio tenía el rostro demacrado y ojeroso, el de un hombre que llevaba huyendo demasiado tiempo.

—Cuídala —dijo Baka señalando con la cabeza a la radio—. Tiene una voz que llega a todas partes, pero es delicada.

Pino cogió la maleta y se dio cuenta de lo ligera que era.

—¿Cómo la has metido en San Babila sin que te registraran?

—Túneles —contestó el tío Albert mirando su reloj—. Ahora, tenéis que daros prisa, Pino. No hay por qué ponerse a prueba tras el toque de queda.

—Anna, ¿puedes traer la bolsa y las dos botellas sin abrir? —preguntó Pino.

Ella dejó un bolso de cuero repujado que había estado admirando, cogió lo que le decía y fue con él a la trastienda. Pino abrió la maleta. Pusieron el vino y los contenidos de la bolsa en su interior, cubriendo el doble fondo que ocultaba los componentes de la radio y el generador.

—De acuerdo —dijo Pino después de abrochar las correas de la maleta—. Nos vamos.

—No sin que te dé un abrazo —respondió la tía Greta, y le estrechó—. Feliz Navidad, Pino. Ve con Dios. —Miró a Anna—. Tú también, jovencita.

—Feliz Navidad, *signora* —contestó Anna con una sonrisa.

El tío Albert le extendió el bolso de cuero que ella había estado admirando.

—Feliz Navidad para la valiente y preciosa Anna-Marta.

Anna se quedó boquiabierta, pero lo cogió como una niña que agarrara su muñeca favorita.

—Jamás en mi vida me han hecho un regalo más maravilloso. Lo llevaré siempre. ¡Gracias! ¡Gracias!

—No hay de qué —contestó la tía Greta.

—Tened cuidado —dijo el tío Albert—. Los dos. Y feliz Navidad.

Cuando se cerró la puerta, Pino sintió el enorme peso de lo que les esperaba. Ser descubierto con un transmisor de onda corta de fabricación americana era como firmar una sentencia de muerte. Allí, en el callejón, Pino sacó el corcho y dio un largo trago a la botella de excelente Chianti que el tío Albert había abierto y, después, se la pasó a Anna.

Anna dio varios sorbos pequeños y, a continuación, otro más largo. Le miró con una sonrisa maliciosa y le besó.

—A veces, solo hay que tener fe.

—Eso dice siempre el padre Re —contestó Pino con una sonrisa—. Sobre todo, cuando es lo que se debe hacer, sin que importen las consecuencias.

Salieron del callejón. Él llevaba la maleta. Anna metió el vino en el compartimento abierto de su nuevo bolso. Se cogieron de las manos y caminaron en zigzag, riéndose como si fuesen las dos únicas personas en el mundo. Desde el puesto de control nazi del final de la calle, oyeron unas carcajadas estridentes.

—Parece que están bebidos —dijo Anna.

—Mejor aún —contestó Pino mientras se dirigía al edificio de apartamentos de sus padres.

Cuanto más se acercaban, más fuerte agarraba Anna la mano de Pino.

—Tranquila —dijo él en voz baja—. Vamos borrachos, no hay nada en el mundo que nos importe.

Anna dio un largo trago al vino antes de hablar.

—Dentro de un par de minutos, será el final de todo o el principio.

—Aún puedes echarte atrás.

—No, Pino. Estoy contigo.

Mientras subían los escalones a la puerta del edificio y la abrían, Pino tuvo un momento de pánico y duda, y se preguntó si había sido un error llevar a Anna, poner en peligro su vida sin necesidad. Pero, en cuanto abrió la puerta, ella estalló en una carcajada, agarrándose a él y cantando fragmentos de un villancico.

«Sé otra persona», pensó Pino, y se unió a ella mientras entraban a trompicones en el vestíbulo.

Dos guardias armados de las Waffen-SS a los que Pino no reconocía y que estaban junto al ascensor de jaula y la escalera los miraron con atención.

—¿Qué es esto? —preguntó uno de ellos en italiano mientras el otro los apuntaba con una pistola automática—. ¿Quiénes sois?

—Vivo aquí. Sexta planta —contestó Pino arrastrando las palabras y enseñándoles sus documentos—. Giuseppe, hijo de Michele Lella, leal soldado de la Organización Todt.

El soldado alemán cogió la documentación y la examinó.

Anna se agarraba al brazo de Pino con una mirada divertida hasta que el otro soldado le habló.

—¿Quién eres tú?

—Anna —respondió ella con un hipo—. Anna-Marta.

—Documentación.

Anna pestañeó, buscó en el bolso, pero luego meneó la cabeza tambaleándose.

—Ay, no. Este bolso es nuevo, mi regalo de Navidad, y he dejado los papeles en el otro en casa de Dolly. ¿Conoces a Dolly?

—No. ¿Qué haces aquí?

—¿Qué hago? —preguntó con un bufido—. Soy la criada.

—La criada de la familia Lella ya ha salido.

—No —dijo ella moviendo una mano en el aire—. La criada del general Leyers.

Eso llamó la atención de los dos, sobre todo cuando Pino habló.

—Y yo soy el chófer personal del general. Nos ha dado libre la Nochebuena y... —Pino ladeó la cabeza hacia su hombro derecho, dejando expuesto su cuello, y dio un paso hacia ellos, sonriendo tímidamente—. Mis padres no están en casa. Tenemos la noche libre. El apartamento está vacío. Anna y yo hemos pensado en subir y, ya sabéis, celebrarlo.

El primer guardia levantó la ceja con expresión de entenderlo. El otro seguía mirando a Anna, que respondió con una sonrisa descarada.

—¿De acuerdo? —preguntó Pino.

—*Ja, ja* —contestó el guardia, riendo mientras devolvía a Pino su documentación—. Subid. Es Navidad.

Pino cogió la documentación y se la metió con descuido en el bolsillo.

—Te debo una.

—Los dos te la debemos —dijo Anna con timidez antes de que le volviera a dar un hipo.

Pino pensó que estaban a salvo cuando fue a coger la maleta de piel. Pero, al hacerlo, las botellas del interior tintinearon.

—¿Qué hay en esa maleta? —preguntó el otro guardia.

Pino miró a Anna, que se sonrojó y empezó a reírse.

—Su regalo de Navidad.

—Enséñamelo —dijo.

—No —se quejó Anna—. Se supone que es una sorpresa.

—Ábrela —insistió el segundo guardia.

Pino miró a Anna, que volvió a sonrojarse y se encogió de hombros.

Pino soltó un suspiro, se arrodilló y abrió las correas.

Levantó la tapa y mostró dos botellas más de Chianti; un corsé de satén rojo con bragas a juego, ligas y unas medias altas rojas; un disfraz de doncella francesa en blanco y negro con liguero, pantis y medias de seda negra; y un sujetador y unas bragas de encaje negro.

—Sorpresa —dijo Anna en voz baja—. Feliz Navidad.

El primer soldado empezó a reír y dijo algo rápido en alemán que Pino no entendió. El otro soldado comenzó a desternillarse y también Anna, que les respondió algo en alemán que hizo que se rieran aún más.

Pino no sabía qué estaba pasando, pero aprovechó la oportunidad para sacar una de las botellas de vino y cerrar la maleta. Levantó la botella hacia los guardias.

—Que tengáis una feliz Navidad.

—*Ja?* —dijo uno de los guardias al cogerla—. ¿Es bueno?

—Magnífico. De un viñedo cercano a Siena.

El soldado de las SS se lo enseñó a su compañero, que seguía sonriendo, y después volvió a mirar a Pino y a Anna.

—Gracias. Feliz Navidad para ti y para tu criada.

Eso hizo que él, su compañero y Anna volvieran a estallar en carcajadas. Mientras entraban en el ascensor, Pino también se reía, aunque no sabía por qué.

Cuando el ascensor empezó a subir, los guardias nazis balbuceaban felices mientras abrían la botella. Cuando llegaron a la tercera planta y ya no podían verles desde abajo, Anna susurró:

—¡Lo hemos conseguido!

—¿Qué les has dicho?

—Una cosa picantona.

Pino se rio, se acercó a ella y la besó. Ella saltó por encima de la maleta y le abrazó. Seguían abrazados cuando pasaron por la quinta planta y la segunda pareja de guardias de la Waffen-SS.

Cuando Pino abrió los ojos para verlos por detrás de Anna atisbó a dos hombres envidiosos. Entraron en el apartamento, cerró la puerta, encendió una luz y dejó la maleta y la radio en un armario antes de que los dos se dejaran caer abrazados sobre el sofá.

—Nunca he sentido nada parecido —dijo Anna con voz entrecortada y los ojos abiertos de par en par y vidriosos—. Podríamos haber muerto ahí abajo.

—Eso hace que te fijes en lo que de verdad importa —contestó Pino cubriendo sus mejillas y su cara de suaves besos—. Hace que todo lo demás desaparezca. Yo… te quiero, Anna.

Había esperado que ella dijera lo mismo, pero se apartó de él, con el rostro serio.

—No, no deberías decir eso.

—¿Por qué no?

Anna vaciló antes de contestar.

—No sabes quién soy. No de verdad.

—¿Qué podría hacer que dejara de escuchar la música que siento en mi corazón cada vez que te veo?

Anna no le miró.

—¿Que soy viuda?

—¿Viuda? —repitió Pino tratando de no parecer desanimado—. ¿Has estado casada?

—Así es como suele ser normalmente —replicó Anna, ahora con la mirada fija en él.

—Eres demasiado joven para ser viuda.

—Eso solía dolerme, Pino. Ahora no es más que algo que todos dicen.

—Está bien —contestó, aún intentando asimilar la noticia—. Háblame de él.

Había sido un matrimonio concertado. Su madre, que seguía culpándola de la muerte de su marido, estaba deseando deshacerse de ella y le dio una casa que había heredado como dote. Se llamaba Christian.

—Era muy guapo —dijo Anna con una sonrisa agridulce—. Oficial del ejército. Diez años mayor que yo el día que nos casamos. Disfrutamos de una noche de bodas y una luna de miel de dos días antes de que lo enviaran al norte de África. Murió defendiendo una ciudad del desierto llamada Tobruk, hace ya tres años.

—¿Le querías? —preguntó Pino con la garganta cerrada.

Anna ladeó el mentón.

—¿Que si estaba loca por él cuando se fue a luchar en la estúpida guerra de Mussolini? No. Apenas le conocía. No hubo tiempo para que prendiera la llama del verdadero amor, y mucho menos para que ardiera. Pero confieso que me gustaba la idea de enamorarme de él cuando creía que volvería conmigo.

Pino vio que decía la verdad.

—Pero... ¿hiciste el amor con él?

—Era mi marido —contestó ella, enfadada—. Estuvimos haciendo el amor dos días y, después, se fue a la guerra, murió y me dejó teniendo que arreglármelas sola.

Pino se quedó pensativo. Miró los ojos escrutadores y heridos de Anna y sintió que la música seguía revoloteando en su pecho.

—No me importa —dijo—. Eso solo hace que te adore más, que te admire más.

Anna pestañeó para contener las lágrimas.

—¿No lo dices por decir?

—No —contestó Pino—. Así que ¿puedo decirte que te quiero?

Ella vaciló, luego asintió y se acercó a él con timidez.

—También puedes demostrarme que me quieres —dijo Anna.

Encendieron una vela y se bebieron la tercera botella de Chianti. Anna se desvistió para Pino. Le ayudó a quitarse la ropa y se tumbaron en una cama que hicieron con almohadas, cojines, sábanas y mantas sobre el suelo de la sala de estar.

De haberse tratado de otra mujer que no fuese Anna, Pino podría haberse centrado en el estremecimiento de la piel y el tacto de ella. Pero, aparte del atractivo de sus labios y del embrujo de sus ojos, Pino se vio cautivado por algo mucho más emocionante y primario, como si Anna no fuese humana, sino un espíritu, una melodía, un instrumento de amor perfecto. Se acariciaron y se unieron y, con aquel primer éxtasis, Pino sintió que se fundía con el alma de Anna con la misma profundidad que con su cuerpo.

23

Esa noche, para Pino no hubo sueño ni guerra, solo Anna y el placer del dueto que formaban.

Cuando llegó el amanecer del día de Navidad de 1944, dormitaban cada uno en los brazos del otro.

—El mejor regalo de mi vida —dijo Pino—. Incluso sin los conjuntos de Dolly.

Anna se rio.

—De todos modos, no son de mi talla.

—Me alegro de que los guardias no exigieran que les hicieras un desfile de moda.

Ella volvió a reírse y le dio una suave bofetada.

—Yo también.

Pino empezó a dejarse llevar y estaba a punto de caer en un profundo y complaciente sueño cuando oyó el ruido de unas botas que avanzaban por el pasillo desde los dormitorios. Se puso de pie de un salto, intentando alcanzar la Walther que tenía en la funda sobre una silla. La cogió y se giró.

—Feliz Navidad, chico nazi —dijo Mimo, que ya apuntaba un rifle hacia su hermano.

Mimo lucía una cicatriz fea y amoratada en el lado izquierdo de la cara. El resto de su aspecto era tan aguerrido como el de los soldados alemanes de la Línea Gótica. El tío Albert había recibido noticias de que Mimo se estaba dedicando a las emboscadas y los sabotajes, que había participado en combates y había demostrado una gran valentía en la batalla. Por la dura pátina que había en sus ojos, Pino sabía que era cierto.

—¿Qué te ha pasado en la cara? —preguntó Pino.

Mimo hizo una mueca de desprecio.

—Un fascista me la atravesó con un cuchillo y me dio por muerto, cobarde.

—¿Quién es el cobarde? —preguntó Anna poniéndose de pie furiosa a la vez que rodeaba su cuerpo con las mantas.

Mimo la miró, luego meneó la cabeza mirando a Pino y le habló con tono de desagrado.

—No solo eres un cobarde y un traidor, sino que traes a una puta a la casa de mamá y papá por Navidad y te la follas en la sala de estar.

Antes incluso de sentir rabia, Pino dio la vuelta a la pistola, la cogió por el cañón y golpeó con ella a su hermano. La Walther le dio en la mejilla herida e hizo que Mimo perdiera el equilibrio y lanzara un aullido de dolor. Pino se acercó al sofá con dos pasos enormes y trató de dar un puñetazo a su hermano en la cara. Mimo lo esquivó e intentó golpearle con la culata del rifle. Pino agarró el arma, se la quitó de las manos retorciéndola y golpeó a Mimo en el vientre igual que Tito le había hecho a él en Casa Alpina. Aquello fue suficiente para dejar a su hermano sin respiración y hacer que cayera de espaldas sobre el suelo del comedor.

Pino lanzó el rifle a un lado y saltó a horcajadas sobre Mimo, le agarró del cuello y sintió deseos de golpear su puño contra la cara de su hermano menor con un único y fuerte golpe, sin importarle la herida. Pero, cuando se inclinaba hacia atrás, Anna gritó.

—¡No, Pino! Lo van a oír y, entonces, todo lo que hemos hecho no habrá servido de nada.

Pino deseaba con desesperación golpearle, pero le soltó el cuello y se puso de pie.

—¿Quién es? —preguntó Anna.

—Mi hermano pequeño —respondió Pino con odio.

—Antes era tu hermano —replicó Mimo desde el suelo con la misma aversión.

—Sal de aquí antes de que cambie de idea y te mate en Navidad —dijo Pino.

Mimo le miró como si deseara lanzarse sobre él, pero luego volvió a apoyarse sobre sus codos.

—Algún día, Pino, muy pronto, te odiarás por haberte convertido en un traidor. Los nazis caerán y, cuando eso pase, que Dios se apiade de ti.

Mimo se puso de pie y recogió su rifle del suelo. No volvió a mirarlo; se fue por el pasillo en dirección a los dormitorios y desapareció.

—Deberías habérselo dicho —susurró Anna cuando Mimo se fue.

—No puede saberlo. Es por su bien. Y el mío.

De repente, Pino estaba temblando. Anna abrió las mantas que la envolvían.

—Pareces frío y solo.

Pino sonrió y fue hacia ella. Anna lo envolvió con las mantas y se apretó contra él.

—Siento que haya tenido que ocurrir la mañana de Navidad, después de la noche más maravillosa de mi vida.

—¿Lo ha sido?

—Has nacido para esto —dijo ella antes de besarle.

Él sonrió, avergonzado.

—¿Eso crees?

—Dios mío, sí.

Anna y Pino volvieron a tumbarse y, acurrucados cada uno en los brazos del otro, se dejaron llevar hacia el último buen sueño que tendrían en varias semanas.

El norte de Italia se vio azotado por una tormenta tras otra durante los días siguientes. El año nuevo trajo gélidos vientos y nieve de Rusia que después enterraron el paisaje con unos blancos apagados y unos grises plomizos. Para Milán, fue el invierno más cruel registrado hasta entonces.

Grandes zonas de la ciudad tenían un aspecto macabro. Fragmentos chamuscados de edificios aún permanecían de pie en medio de los escombros y los restos de los bombardeos, un paisaje que recordaba a Pino a un montón de dientes irregulares, blancos y negros, que rechinaran hacia un cielo que les lanzaba nieve casi de forma constante, como si Dios estuviese haciendo todo lo que estaba en su poder por tapar las cicatrices de la guerra.

La gente de Milán sufría por el frío esfuerzo de Dios. Con el saqueo de suministros de Leyers, el combustible para la calefacción era escaso y se usaba para las instalaciones alemanas. La gente empezó a cortar los magníficos y viejos árboles de la ciudad para usarlos como leña. El humo de las hogueras salía tanto de las ruinas como de los edificios que estaban en pie. Los tocones de los árboles flanqueaban las famosas calles sombreadas de Milán. Muchos de los parques fueron asaltados y saqueados. Todo lo que podía quemarse se quemaba. El aire de algunos barrios se volvió tan fétido como el de una estufa de carbón.

El general Leyers rara vez dejó de viajar durante la primera mitad del mes de enero, lo que significaba que Pino rara vez dejó de viajar también. Una vez tras otra recorrían el nevado y peligroso camino hacia la Línea Gótica para asegurarse de que las tropas que sufrían en medio del frío recibieran sus raciones.

Sin embargo, Leyers parecía indiferente a la miseria del italiano corriente. Acabó con toda pretensión de pagar a los italianos por lo que fabricaban o proporcionaban a las fuerzas de guerra alemanas. Si había algo que el general necesitaba, ordenaba que lo requisaran. A los ojos de Pino, Leyers había vuelto a aquel estado un poco de reptil en el que le había conocido. Frío, despiadado, eficaz, era un ingeniero dedicado a su tarea y decidido a que se llevara a cabo.

Una gélida tarde de mediados de enero, el general ordenó a Pino que le llevara a la estación de ferrocarril de Monza, donde hizo que su maletín se volviera más pesado antes de pedirle que le trasladara a la frontera suiza por encima de Lugano.

En esta ocasión, Leyers estuvo fuera cinco horas. Cuando bajó del vehículo que le trajo de vuelta a la frontera, llevaba el maletín como si pesara el doble que antes de salir de Italia y parecía dar traspiés por el sendero que tomó al otro lado para ir hasta el Fiat.

—*Mon général?* —dijo Pino cuando Leyers subió al asiento de atrás con el maletín—. ¿Ahora, adónde?

—No importa —respondió Leyers. Olía a alcohol—. La guerra ha terminado.

Pino se quedó inmóvil, perplejo, sin saber si le había oído bien.

—¿La guerra ha terminado?

—Como si lo hubiera hecho —contestó Leyers con desagrado—. Estamos en quiebra económica, en lo militar estamos en retirada y las cosas tan vergonzosas que se han hecho por Hitler están a punto de saberse. Llévame a casa de Dolly.

Pino hizo dar la vuelta al Fiat y aceleró cuesta abajo mientras trataba de entender lo que el general acababa de decir. Comprendía lo que era la quiebra económica. También sabía por su tío que los nazis estaban en retirada tras la batalla de las Ardenas al este de Francia y que Budapest se encontraba a punto de caer.

«Las cosas tan vergonzosas que se han hecho por Hitler». ¿Qué significaba eso? ¿Lo de los judíos? ¿Los esclavos? ¿Las atrocidades? Pino quería preguntarle a Leyers a qué se refería, pero temía lo que pudiera pasar si lo hacía.

Mientras daba sorbos sin parar a una botella de alcohol, el general permaneció sentado y en silencio durante todo el trayecto de vuelta a Milán. A medida que se acercaban al centro de la ciudad, algo llamó su atención y le dijo a Pino que fuera más despacio. Parecía mirar fijamente a los edificios que seguían en pie, observándolos como si guardaran secretos.

—Necesito tiempo para pensar, para trazar un plan, *Vorarbeiter* —dijo Leyers arrastrando las palabras cuando llegaron a casa de Dolly—. Deja el coche en el aparcamiento. Tómate libre hasta el lunes a las ocho en punto de la mañana.

—El lunes —contestó Pino—. *Oui, mon général.*

Antes de que pudiera salir para abrir la puerta de atrás, Leyers ya se había bajado y atravesaba la acera hasta el edificio de apartamentos de Dolly para desaparecer en su interior sin llevar nada en las manos. Se había olvidado de… Pino se dio la vuelta y miró por el asiento. Allí estaba el maletín, en el suelo.

Tras parar en casa para cambiarse de ropa, Pino fue con el coche directamente a casa del tío Albert. Aparcó y sacó el maletín, que pesaba menos de lo que había esperado. Tras mirar por el escaparate de la tienda y ver a la tía Greta atendiendo a dos oficiales alemanes, dio la vuelta por detrás y llamó a la puerta del taller de costura.

Abrió una trabajadora, que se quedó mirándole.

—¿Qué has hecho hoy con el uniforme?

—Tengo el día libre —contestó Pino, que se sintió incómodamente observado mientras pasaba por su lado—. ¿Puedes decirle a mi tío que estaré arriba, en la cocina?

Asintió, pero no muy contenta.

Cuando llegó el tío Albert, algo parecía preocuparle.

—¿Estás bien? —preguntó Pino.

—¿Cómo has entrado?

Pino le contestó.

—¿Has visto a alguien vigilando la tienda?

—No, pero tampoco he mirado. ¿Crees que...?

Su tío asentía.

—La Gestapo. Tenemos que dar marcha atrás, ir más despacio, ocultarnos en la sombra si podemos.

¿La Gestapo? ¿Le habían visto bajar del coche oficial del general Leyers con el maletín?

De repente, la amenaza de ser descubierto parecía más real que nunca. ¿Estaba vigilando la Gestapo al tío Albert? ¿Iban tras la pista de un espía dentro del Alto Mando alemán? Recordó a Tullio dirigiendo su rabia hacia sus ejecutores y se preguntó si él tendría esa misma valentía si le descubrían y lo ponían delante del paredón.

Casi como si esperara que unos agentes entraran por la puerta, Pino le contó rápidamente el viaje del general Leyers a Suiza, que había vuelto borracho y había dicho que la guerra había terminado y que, después, se había ido sin el maletín.

—Ábrelo —dijo el tío Albert—. Voy a por tu tía para que traduzca.

Cuando su tío salió, Pino sacó la llave que había hecho a partir del molde de cera, rezó en silencio y, después, la metió en la primera cerradura. Tuvo que forcejear con ella antes de que cediera. El segundo cierre giró con más facilidad.

Al entrar en la cocina, la tía Greta pareció palidecer y ponerse nerviosa cuando vio las carpetas que Pino había sacado del maletín.

—Casi no quiero ni mirar —dijo, pero abrió la primera y empezó a examinar las páginas de su interior mientras el tío Albert volvía—. Son planes para fortificar la Línea Gótica. Secciones enteras. Trae la cámara.

El tío Albert salió rápidamente para ir a por la cámara y empezaron a fotografiar páginas y registrar posiciones en los mapas que consideraban que serían de gran valor para los aliados. Un informe detallaba horarios de trenes que iban y volvían de Italia a Austria. Otros eran sobre municiones y su localización.

En el fondo, encontraron una nota incompleta escrita a mano por Leyers destinada al general Karl Wolff, el jefe de las SS en Italia. La nota exponía las razones por las que la guerra estaba perdida, citando la base industrial que iba menguando con rapidez, el avance aliado antes de que llegaran las nieves y la negativa de Hitler a escuchar a sus generales de combate.

—«Debemos asumir el hecho de que no podemos continuar mucho más» —leyó la tía Greta—. «Si seguimos, no quedará nada de nosotros ni de nuestra patria». Eso es todo. Sin firma. Aún no la ha terminado.

El tío Albert se quedó pensando.

—Algo peligroso como para dejarlo por escrito. Tomaré nota y le diré a Baka que lo envíe por la mañana.

El operador de radio, haciéndose pasar por un carpintero que estaba fabricando armarios y estanterías en el apartamento de los Lella, había estado haciendo transmisiones a los aliados desde Navidad por la conexión de radio oculta. Hasta entonces, había funcionado de maravilla.

—¿Qué quieres que haga ahora? —preguntó Pino tras volver a dejar los documentos en el maletín.

—Devuélvele el maletín —respondió el tío Albert—. Esta noche. Dile que alguien del aparcamiento lo ha encontrado y que te ha avisado.

—Tened cuidado —dijo Pino antes de salir por el ahora tranquilo taller al callejón.

Casi había llegado al Fiat cuando oyó: *Halt.*

Una linterna iluminaba a Pino, inmóvil, con el maletín de Leyers en la mano.

Un teniente de las SS se acercó a él, seguido del coronel Walter Rauff, el jefe de la Gestapo en Milán.

—Documentación —dijo el teniente en italiano.

Pino dejó el maletín en el suelo y trató de mantener la calma mientras sacaba sus papeles, incluido el salvoconducto del general Leyers.

—¿Por qué no llevas el uniforme? —preguntó el teniente.

—El general Leyers me ha dado un permiso de dos días —contestó Pino.

Hasta ese momento, el coronel Rauff, el hombre que había ordenado la muerte de Tullio, no había dicho nada.

—¿Y esto qué es? —preguntó, señalando el maletín con la bota.

Pino tuvo claro que estaba a punto de morir.

—El maletín del general Leyers, coronel. Tenía la costura rota y me ha pedido que lo trajera a la tienda de bolsos para arreglarlo. Voy a devolvérselo ahora. ¿Quiere venir y se lo pregunta usted? Aunque le aseguro que estaba bebido y de muy mal humor cuando le he dejado.

Rauff se quedó mirando a Pino.

—¿Por qué has venido aquí para que lo arreglen?

—Es la mejor tienda de bolsos de Milán. Todos lo saben.

—Por no mencionar que es la tienda de tu tío —añadió Rauff.

—Sí, eso también —contestó Pino—. La familia siempre viene bien en un apuro. ¿Ha estado guiando a más bueyes últimamente, coronel?

Rauff se quedó mirándolo tanto rato que Pino pensó que había ido demasiado lejos y lo había echado todo a perder.

—No desde la última vez —contestó, por fin, el jefe de la Gestapo, y se rio—. Dale recuerdos de mi parte al general Leyers.

—Lo haré —respondió Pino bajando la cabeza cuando Rauff y sus hombres se alejaban.

Pino empezó a sudar de pronto mientras ponía el maletín en el suelo del asiento de atrás, se subía al de delante y se agarraba al volante.

—Dios —susurró—. Dios santo.

En cuanto pudo dejar de temblar, puso en marcha el Fiat y condujo de vuelta a casa de Dolly. Anna abrió la puerta, parecía preocupada.

—El general está muy borracho y furioso —susurró—. Le ha pegado a Dolly.

—¿Le ha pegado?

—Ya se ha calmado. Ha dicho que no quería hacerlo.

—¿Tú estás bien?

—Estoy bien. Pero no creo que sea el mejor momento de decirle nada. No deja de hablar sin parar de los idiotas y traidores que han perdido la guerra.

—Pon el maletín ahí, junto al perchero —dijo Pino entregándoselo—. Me ha dado dos días libres. ¿Puedes venir a mi casa? Mi padre se ha ido otra vez a ver a mi madre.

—Esta noche no —contestó ella—. Puede que Dolly me necesite. Pero mañana, quizá.

Él se acercó y la besó.

—Estoy deseándolo.

Tras dejar el Fiat en la cochera, Pino volvió al apartamento de su familia. Pensó en Mimo. El tío Albert no le hablaba mucho de lo que hacía su hermano pequeño, y así debía seguir siendo. Si alguna vez interrogaban a Pino por las actividades partisanas de Mimo, podría decir sin mentir que lo ignoraba. Pero estaba deseando conocer las hazañas que, sin duda, había llevado a cabo su hermano, especialmente después de que el tío Albert le hubiera contado que la reputación de Mimo en combate era «feroz».

Trasladándose de nuevo a sus entrañables recuerdos de los Alpes y de cómo habían escalado y trabajado juntos por un bien mayor, Pino sintió aún más tristeza por que Mimo pensara que era un cobarde y un traidor. Sentado a solas en el apartamento, deseó con todas sus fuerzas que lo que había dicho el general Leyers en la frontera con Suiza fuese cierto, que la guerra hubiese terminado de verdad y que la vida, su vida, pudiera volver a ser algo bueno.

Cerró los ojos y trató de imaginar el momento en que la guerra terminara y en cómo se enteraría. ¿Habría gente bailando por las calles? ¿Habría americanos en Milán? Por supuesto que los habría. Llevaban ya seis meses en Roma, ¿no? ¿No era estupendo? ¿No era espléndido?

Esos pensamientos removieron viejos sueños de irse a América, de ver más mundo. «Quizá sea eso lo que haga falta para que el futuro exista», pensó Pino. «Hay que imaginarlo primero. Hay que soñarlo primero».

Varias horas después, sonó el teléfono del apartamento y siguió haciéndolo hasta que ya no lo pudo soportar más. Salió de las mantas, fue dando traspiés por el frío pasillo y encendió la luz.

«¿Las cuatro de la mañana? ¿Quién estará llamando ahora?».

—Residencia de la familia Lella —dijo.

—¿Pino? —gritó Porzia con una voz chirriante—. ¿Eres tú?

—Sí, mamá. ¿Qué pasa?

—Todo —contestó mientras empezaba a llorar.

Pino terminó de despertarse con una sensación de pánico.

—¿Es papá?

—No —respondió con un resoplido—. Está durmiendo en la otra habitación.

—Entonces, ¿qué?

—Lisa Rocha, ¿la recuerdas? Mi mejor amiga de la infancia.

—La que vive en Lecco. Tenía una hija con la que yo jugaba en el lago.

—Gabriella, está muerta —dijo Porzia con voz entrecortada.

—¿Qué? —preguntó Pino recordando cómo empujaba a aquella niña en un columpio en el patio de sus padres.

Su madre sorbía por la nariz.

—Estaba perfectamente, trabajando en Codigoro, pero sentía nostalgia y quería ir a visitar a sus padres. Su padre, Vito, el marido de Lisa, ha estado muy enfermo y ella estaba preocupada.

Porzia le contó que Gabriella Rocha y una amiga habían salido de Codigoro en autobús la tarde anterior. Era evidente que el chófer había querido ahorrar tiempo y había tomado una ruta que pasaba por la ciudad de Legnago.

—Los partisanos se estaban enfrentando a los fascistas en esa zona —continuó Porzia—. Al oeste de Legnago, cerca de un cementerio y un huerto, en dirección al pueblo de Nogara, el autobús quedó atrapado en medio de la batalla. Gabriella trató de salir corriendo, pero la alcanzaron en medio del fuego cruzado y murió.

—Es terrible —dijo Pino—. Lo siento mucho, mamá.

—Gabriella sigue allí, Pino —añadió Porzia con enorme dificultad—. Su amiga consiguió llevar su cuerpo al cementerio antes de escapar y llamar a Lisa. Yo acabo de colgar el teléfono después de hablar con Lisa. Su marido está enfermo y no puede ir a buscar a su hija. Es como si todo en este mundo se hubiese puesto del revés y llenado de maldad.

Su madre sollozaba.

Pino se sentía muy mal.

—¿Quieres que vaya yo a por ella?

Porzia dejó de llorar y se sorbió la nariz.

—¿Lo harías? ¿Y llevarla a su casa con su madre? Para mí significaría mucho.

A Pino no le encantaba la idea de tener que encargarse del cadáver de una chica, pero sabía que tenía que hacerlo.

—¿Está en el cementerio entre Legnago y Nogara?

—Allí es donde la ha dejado su amiga, sí.

—Voy ahora mismo, mamá.

Tres horas después, vestido con pesada ropa de invierno, Pino entraba con el Fiat del general Leyers en una carretera secundaria que iba hacia el este desde Mantua en dirección a Nogara y Legnago. Estaba nevando esa mañana ventosa. El Fiat daba tumbos por la carretera helada y llena de baches.

Siguió adentrándose en la campiña, pasando junto a campos de cultivo cubiertos por la nieve y que estaban separados de la carretera con vallas de madera y muros de piedras apiladas. Subió el coche por una cuesta al oeste de Nogara y se detuvo para mirar por la pendiente de una colina. A su izquierda, unos campos de olivos y frutales sin hojas se extendían hacia un gran cementerio amurallado. El terreno estaba más inclinado a la derecha, pero daba paso enseguida a una llanura con más campos desnudos de frutales, cultivos y granjas.

En medio de la nieve que caía suavemente, aquella habría sido una bonita escena pastoril, de no ser por el autobús quemado que bloqueaba el camino cerca de la puerta del cementerio y los estallidos, traqueteos y gritos de una batalla que aún se estaba librando a varios cientos de metros colina abajo. Pino sintió que su determinación se rompía y desaparecía.

«Yo no me alisté para esto», pensó, a punto de darse la vuelta. Pero en sus oídos podía oír a Porzia suplicándole que llevara a Gabriella con su madre. Y dejar a aquella chica, su amiga de la infancia, para que se la comieran los pájaros, no estaba bien.

Pino buscó en la guantera y sacó los prismáticos del general Leyers. Salió del coche al gélido frío y dirigió las lentes hacia el valle de abajo. Vio movimiento casi de inmediato y enseguida supo que los Camisas Negras fascistas controlaban el lado sur de la carretera, mientras que los partisanos, con sus pañuelos rojos en el cuello, tenían el lado norte y en dirección este hasta el muro del cementerio, que le quedaba a unos quinientos metros de distancia. Había cadáveres de ambos ejércitos esparcidos por el camino, las cunetas, los campos y los bosquecillos.

Pino se quedó pensando un momento y, a continuación, trazó un plan que le aterraba, pero que era lo mejor que se le ocurrió. Durante un largo rato, el miedo de bajar por aquella colina le inmovilizó. En su mente aparecieron todo tipo de preguntas y posibilidades, cada una de ellas peor que la anterior.

Sin embargo, en cuanto tomó la decisión de hacerlo, trató de dejar de pensar en los peligros. Tras comprobar que la Walther del bolsillo de su abrigo estaba cargada, Pino se puso los guantes y sacó dos sábanas blancas del maletero. Las había llevado como sudarios para el cadáver, pero ahora le servirían para otro propósito. Una sábana se la ató a la cintura como una falda y la otra se la colocó como un chal por encima de su gorro de lana y su chaqueta.

Pino fue hacia el norte alejándose del camino. Envuelto en las sábanas, se movía como un fantasma entre la tormenta de nieve por el flanco de la colina; luego giró hacia abajo, descendiendo poco a poco hasta quedar a cubierto del olivar más cercano.

Continuó andando otros doscientos metros antes de girar hacia el este por un muro de piedra del extremo norte del olivar. A través de los prismáticos y la nieve que caía, pudo ver las siluetas de los partisanos que combatían lejos, a su derecha, agachados en la base de viejos olivos y disparando a los fascistas que trataban de cruzar la carretera.

Él se mantuvo agachado y siguió avanzando manteniendo su cuerpo detrás del muro de piedra todo lo que le fue posible. Oía ametralladoras del bando fascista y balas que golpeaban en los árboles y rebotaban en el muro y que, de vez en cuando, provocaban un sonido amortiguado que supuso que sería el de un partisano que había recibido un impacto.

En el resonante silencio tras los disparos, los heridos de ambos bandos gritaban de dolor invocando a sus mujeres y madres, a Jesús, a la Virgen María y a Dios Todopoderoso, suplicando ayuda o un final para su tortura. Las voces de sufrimiento se introdujeron en la cabeza de Pino y le dejaron petrificado cuando comenzaron de nuevo los disparos. No podía moverse. ¿Y si le alcanzaban? ¿Y si moría? ¿Qué haría su madre si le perdía? Se tumbó boca abajo en la nieve tras la pared de piedra, temblando de forma incontrolada y pensando que lo que debía hacer era darse la vuelta y regresar a casa.

Entonces apareció Mimo en su mente llamándole cobarde, traidor, y se avergonzó de estar escondido tras un muro de piedra. «No se turbe vuestro corazón», había dicho el cardenal Schuster en Nochebuena. «No se turbe tu corazón. Ten fe», le había dicho el padre Re muchas más veces de las que podía recordar.

Pino se incorporó pero mantuvo una postura encorvada. Continuó avanzando hacia el este más de cien metros hasta donde el muro de piedra terminaba. Vaciló y, a continuación, corrió por la parte posterior de otro olivar mientras veía partisanos moviéndose entre los árboles de su derecha a unos setenta metros de distancia. Una ametralladora pesada abrió fuego en el lado fascista de la carretera.

Pino se tiró sobre la nieve y se abrazó a la base de un viejo árbol. Las balas barrieron la arboleda de este a oeste y, después, en sentido contrario, arrancando ramas de árboles y miembros de los partisanos, a juzgar por los gritos que vinieron luego. Durante unos momentos, para Pino todo fue una pesadilla que se movía a cámara lenta bajo una capa de nieve, todo menos el rugido animal de la ametralladora y los gritos de los heridos.

La gran ametralladora fue haciendo un barrido en dirección a Pino. Él se puso de pie y corrió a toda velocidad justo por delante de las balas que le iban siguiendo. Oyó cómo golpeaban contra los árboles a su espalda, pero casi había llegado a la esquina del muro del cementerio y pensó que lo iba a conseguir.

Una raíz enterrada bajo la nieve le enganchó el pie y le hizo tropezar. Pino trató de mantenerse erguido, pero el suelo que tenía delante cedió y cayó de bruces en una zanja de desagüe llena de nieve.

Las balas de la ametralladora rasgaban el aire por encima de él y se clavaban en la esquina del muro del cementerio, haciendo saltar trozos de piedra y cemento antes de volver a realizar un barrido en la otra dirección.

Boca abajo sobre la nieve, Pino oyó los espantosos gritos de hombres y muchachos que se aferraban a la vida y pedían ayuda o suplicaban que aquel suplicio terminara. El dolor de aquellas personas le azuzó para separarse de la nieve y ponerse en pie. Se quedó allí, en la zanja, mirando el lugar donde había estado tumbado, y supo que, si hubiese seguido erguido y hubiese tratado de llegar al cementerio, sin duda habría muerto, probablemente cortado por la mitad.

Vio movimiento al sur. Había Camisas Negras fascistas cruzando la carretera. Pino se puso la sábana alrededor, salió de la zanja y dio varios pasos largos antes de desaparecer de la vista tras el muro trasero de dos metros y medio de altura del cementerio.

Luego hizo un ovillo con las sábanas y las lanzó por encima del muro. Se puso en cuclillas, saltó y se agarró al borde superior, que estaba helado. Dando patadas y tirando de sí, pasó una pierna por encima, se montó a horcajadas sobre el muro y, después, se dejó caer en el interior del cementerio, aterrizando sobre la nieve fresca. Las súplicas de los heridos y mutilados continuaban en el exterior.

Entonces, se produjo un disparo. Calibre pequeño, a juzgar por el estallido. Después, otro. Y un tercero.

Pino sacó la pistola Walther del bolsillo de su abrigo, volvió a colgarse sobre los hombros los sudarios blancos y se movió a toda velocidad entre las lápidas cubiertas de nieve, las estatuas y los mausoleos en dirección a la parte delantera del cementerio. Suponía que la amiga de Gabriella no podría haberla arrastrado muy lejos, así que su cuerpo tenía que estar en algún lugar por delante de él.

Otro disparo en el exterior de los muros del cementerio, luego un quinto y un sexto. Pino continuó avanzando. Giró la cabeza mirando hacia todos lados, pero no vio a nadie más en el interior del camposanto. Dio un rodeo para que no lo pudieran ver a través de la verja desde la carretera y llegó a la fila de tumbas que quedaba más cerca de la entrada.

Usó los prismáticos para observar el espacio que había delante de la fachada del cementerio, pero, de nuevo, no vio nada. Retrocedió y miró entre la primera fila de tumbas y la segunda y vio a Gabriella Rocha, o lo que podía ser ella, quince centímetros por debajo de la nieve. Pino fue directo hacia aquella silueta. Cuando el séptimo disparo y el octavo sonaron fuera del muro del cementerio, miró hacia la verja de la entrada y sintió alivio al no ver a nadie allí.

La hija de la mejor amiga de Porzia yacía boca arriba, apretada contra la base de una gran tumba que la ocultaba de la puerta y de la carretera. Se arrodilló junto a aquella forma cubierta por la nieve, se inclinó hacia delante y dio un soplo sobre la nieve en polvo para apartarla de su rostro, que era precioso y de un azul helado. Los ojos de Gabriella estaban cerrados; sus labios, curvados casi en una sonrisa, como si hubiese oído algún comentario divertido de camino al cielo. Pino sopló para apartarle más nieve de la cara y el pelo y vio que la sangre se había filtrado en los cristales de hielo y había formado un halo de color rojo claro por debajo de la cabeza.

Con una mueca, le levantó la cabeza y vio que tenía el cuello rígido por el *rigor mortis,* pero pudo distinguir los sitios por donde la bala le había atravesado ambos lados de la parte posterior del cráneo, causando apenas daño, aparte de dos agujeros sin sangre a ambos lados del lugar donde la médula espinal se une con el cerebro. Pino la volvió a apoyar en el suelo y le quitó el resto de la nieve mientras recordaba lo mucho que se habían divertido de niños y se alegraba de que no hubiese sufrido. Viva y asustada en un momento, y después muerta y feliz antes de poder tomar el siguiente aliento.

Tras extender las sábanas, Pino dejó la Walther sobre la tumba e hizo rodar el cuerpo de Gabriella sobre la primera tela. Mientras doblaba el tejido alrededor de ella, empezó a pensar en cómo iba a sacar el cuerpo por encima del muro de atrás sin ninguna cuerda.

Se giró para coger la segunda sábana, pero ya no importaba. Tres soldados fascistas habían entrado en el cementerio por la verja. Le apuntaban con sus rifles a cuarenta metros de distancia.

—¡No disparéis! —gritó Pino poniéndose de rodillas y levantando los brazos—. No soy partisano. Trabajo para el general Hans Leyers del Alto Mando alemán en Milán. Me ha enviado para que lleve el cuerpo de esta chica a su madre en Lecco.

Dos de los soldados le miraban con escepticismo y sedientos de sangre. El tercero comenzó a reírse mientras se acercaba a Pino con el arma en alto.

—Esa es la mejor excusa que le he oído nunca a un partisano, lo cual hace que el hecho de que te vaya a volar la cabeza sea una verdadera pena.

—No lo hagas —le advirtió Pino—. Tengo documentos que demuestran lo que te digo. Aquí, dentro de mi abrigo.

—Nos importan una mierda tus documentos falsos —dijo con desprecio el Camisa Negra.

Se detuvo a diez metros de Pino antes de que este le contestara:

—¿Quieres explicarle al Duce por qué me disparaste en lugar de dejar que me ocupara del cadáver de esta chica?

Eso pareció hacer que el fascista se detuviera. Después, se rio.

—¿Y ahora dices que eres amigo de Mussolini?

—Amigo no. Trabajo para él como traductor cuando el general Leyers le visita. Es todo cierto. Deja que te enseñe la documentación y lo verás.

—¿Por qué no lo comprobamos, Raphael? —preguntó otro Camisa Negra, cada vez más nervioso.

Raphael vaciló, pero, a continuación, se dispuso a coger los documentos. Pino le entregó su tarjeta de identificación de la Organización Todt, el salvoconducto firmado por el general Leyers y un documento de acceso libre firmado por Benito Mussolini, presidente de la República de Salò. Era lo único que Pino había robado del maletín de Leyers.

—Bajad las armas —dijo por fin Raphael.

—Gracias —contestó Pino, aliviado.

—Tienes suerte de que no te haya disparado sin más por estar aquí —señaló Raphael.

Mientras Pino se ponía de pie, continuó:

—¿Cómo es que no estás en el ejército de Salò? ¿Por qué eres el chófer de un nazi?

—Es largo de explicar —contestó Pino—. *Signore,* lo único que quiero es llevar el cuerpo de esta chica a casa de su madre, que está destrozada y esperando poder enterrar a su hija.

Raphael le miró con cierto desdén.

—Adelante, llévatela.

Pino recogió su pistola, la enfundó y, a continuación, envolvió a Gabriella con la segunda sábana. Buscó en el bolsillo de su abrigo, sacó el brazalete de la OT con la esvástica y se lo puso. Después, se agachó para levantar el cadáver.

No era demasiado pesado, pero necesitó un par de ajustes antes de que Pino pudiera girarlo y sujetarlo firmemente contra su pecho. Tras despedirse con un movimiento de cabeza, volvió por la fila de lápidas a través de la nieve profunda que seguía cayendo, muy consciente de que los Camisas Negras le observaban a cada paso que daba.

Cuando Pino salió por la puerta del cementerio, un rayo de luz del sol se filtró entre las nubes e iluminó el autobús calcinado a su izquierda haciendo que los copos de nieve resplandecieran como joyas que caían en espiral hacia la tierra. Pero, cuando se disponía a recorrer el camino hacia la lejana pendiente, Pino no miraba los diamantes que caían flotando desde el cielo. Sus ojos se clavaban a derecha e izquierda en los Camisas Negras que estaban sirviéndose de hachas, sierras y cuchillos para decapitar a los partisanos muertos por debajo de sus pañuelos rojos.

Ya habían clavado quince o puede que veinte cabezas en los postes de la valla que daba a la carretera. Muchos tenían los ojos abiertos y la expresión retorcida por la agonía de su muerte. El peso de la muchacha muerta en sus brazos le parecía de repente insoportable bajo la mirada oscura y silenciosa de aquellos hombres sin cuerpo. Pino deseó dejar caer a Gabriella, abandonarla y salir corriendo del salvajismo que le rodeaba. En lugar de eso, la colocó en el suelo, se apoyó en una rodilla con la cabeza agachada y rezó a Dios para seguir teniendo fuerzas.

—Los romanos también lo hacían —dijo Raphael detrás de él.

Pino se giró para mirar al fascista, espantado.

—¿Qué?

—César hacía que alinearan las cabezas de sus enemigos en los caminos que se adentraban en Roma como advertencia de lo que pasaba si enfadabas al emperador. Creo que ahora provoca el mismo efecto. Il Duce estaría orgulloso. ¿No crees?

Pino miró al Camisa Negra pestañeando y sin entusiasmo.

—No lo sé. Solo soy un chófer.

Volvió a levantar a Gabriella y empezó a andar penosamente por el camino nevado mientras trataba de no mirar el número cada vez mayor de cabezas sobre los postes de la valla manchados de sangre ni los salvajes movimientos de los fascistas que seguían haciendo una carnicería con el resto de los muertos.

24

La mejor amiga de Porzia sufrió un ataque de histeria cuando Pino llegó a su puerta de Lecco con el cadáver de Gabriella. Ayudó a tumbar a su hija sobre una mesa donde esperaban unas mujeres vestidas de luto para prepararla para su entierro. Pino se escabulló mientras la lloraban, sin esperar a que le dieran las gracias. No podía seguir rodeado de muertos ni escuchar el eco del dolor de los vivos un segundo más.

Se subió al Fiat y lo arrancó, pero no puso el coche en marcha. Ver las decapitaciones le había afectado hasta lo más hondo. Matar a un hombre en una guerra era una cosa. Profanar su cuerpo era otra. ¿Qué tipo de bárbaros eran esos? ¿Quién podría hacer algo así?

Recordó muchos de los espantosos sucesos que había presenciado desde que la guerra llegó al norte de Italia. El pequeño Nicco levantando la granada. Tullio enfrentándose al pelotón de fusilamiento. Los esclavos del túnel. Los deditos que sobresalían del vagón rojo del andén 21. Y, ahora, las cabezas sin cuerpo sobre los postes nevados.

«¿Por qué yo? ¿Por qué tengo que ver estas cosas?».

Pino sentía como si él e Italia hubiesen sido condenados a sufrir crueldades que parecían no tener fin. ¿Qué nueva brutalidad le esperaba por el camino? ¿Quién sería el siguiente en morir? ¿Y cómo de terrible sería su muerte?

Su cabeza daba vueltas entre estos oscuros pensamientos y otros más. Empezó a inquietarse, a asustarse y, después, entró en estado de pánico. Estaba sentado e inmóvil, pero respiraba con demasiada rapidez, sudando y con fiebre, y notaba el corazón como si estuviese corriendo cuesta arriba. Era consciente de que no podía regresar a Milán así. Necesitaba ir a algún lugar tranquilo y lejano, algún sitio donde pudiera gritar sin que a nadie le importara. Más que eso, necesitaba a alguien que le ayudara, alguien con quien hablar...

Pino miró hacia el norte y se dio cuenta de adónde iba a ir y a quién quería ver.

Condujo en dirección norte por la costa este del lago de Como, sin fijarse en su belleza, concentrado en llegar a Chiavenna y a la carretera del Puerto del Spluga lo más rápido posible.

El camino apenas era transitable después de Campodolcino. Pino tuvo que ponerle las cadenas al Fiat para realizar la larga subida hasta Madesimo. Aparcó el coche cerca del camino hacia Motta y empezó a subir con veinticinco centímetros de nieve recién caída sobre el sendero.

El sol salió por fin. Una fuerte brisa soplaba desde las últimas nubes cuando Pino llegó al altiplano, tomando aire con dificultad y concentrado no en la magnificencia de aquel lugar, sino en Casa Alpina. Se sintió tan desesperado al avistar el refugio que corrió por toda la planicie y pulsó el timbre de la puerta como si se tratara de una alarma de incendios.

De reojo, vio a cuatro hombres armados que rodeaban el lateral del edificio. Llevaban pañuelos rojos y le apuntaban con rifles.

Pino levantó las manos.

—Soy amigo del padre Re.

—Registradle —dijo uno.

Pino entró en pánico al pensar en los documentos que aún llevaba en sus bolsillos, uno del general Leyers y el otro de Mussolini. Los partisanos le fusilarían solo por eso.

Pero, antes de que los hombres se acercaran, la puerta se abrió y el padre Re le estaba mirando.

—¿Sí? —dijo—. ¿Qué desea?

Pino se quitó la gorra.

—Soy yo, padre Re. Pino Lella.

El sacerdote lo miró con los ojos abiertos de par en par, primero con incredulidad y, después, con alegría y asombro. Rodeó a Pino con sus brazos mientras exclamaba:

—¡Creíamos que habías muerto!

—¿Muerto? —repitió Pino mientras contenía las lágrimas—. ¿Qué le ha hecho pensar eso?

El sacerdote se apartó, se quedó mirándolo, sonriendo.

—Da igual. ¡Lo importante es que estás vivo!

El padre Re se dio cuenta de que los partisanos les observaban.

—Yo respondo por él, amigos. Le conozco desde hace años y no hay un hombre mejor en las montañas.

Si aquello les impresionó, Pino no lo notó. Siguió al padre Re por el ya conocido pasillo que olía al pan del hermano Bormio horneándose y, después, oyó quejidos de hombres y conversaciones en voz baja.

Más de la mitad del comedor de Casa Alpina se había convertido en un hospital de campaña. Un hombre al que Pino reconoció y que era un médico de Campodolcino se ocupaba junto con una enfermera de uno de los nueve hombres heridos que estaban tumbados en camastros dispuestos junto a la chimenea.

—Miembros de la Nonagésima Brigada Garibaldi —dijo el padre Re.

—¿No son los muchachos de Tito?

—La Nonagésima sacó a esos matones del valle hace unos meses. Lo último que supimos es que Tito y su gente estaban rebuscando comida en la basura y cometiendo robos por el camino del Paso del Brennero. Cobardes. Los hombres que ves aquí son todos unos valientes.

—¿Hay algún sitio donde podamos hablar, padre? He recorrido un largo camino para verle.

—Ah. Claro —contestó el padre Re antes de llevárselo a su habitación.

El sacerdote señaló la pequeña banqueta. Pino se sentó retorciéndose las manos.

—Quiero confesarme, padre —dijo.

El padre Re le miró preocupado.

—¿De qué?

—De mi vida desde que me fui de aquí —contestó Pino, y le contó al padre Re la peor parte.

Se echó a llorar en cuatro ocasiones mientras le hablaba del general Leyers y de los esclavos, de Carletto Beltramini maldiciéndole mientras su padre yacía moribundo, de la ceremonia del diezmado en la prisión de San Vittore, del ametrallamiento de Tullio Galimberti, de cómo Mimo le había ridiculizado y de su salida del cementerio esa mañana bajo la mirada muerta de las cabezas cortadas.

—No sé por qué me están pasando estas cosas —lloraba Pino—. Es demasiado, padre. Demasiado.

El padre Re le colocó una mano sobre el hombro.

—A mí también me parece demasiado, Pino, pero me temo que no es demasiado para Dios si te lo está pidiendo.

—¿Qué me está pidiendo? —preguntó Pino, desconcertado.

—Que des testimonio de lo que has visto y oído —contestó el sacerdote—. La muerte de Tullio no puede ser en vano. Los asesinos del Piazzale Loreto deberían ser llevados ante la justicia. Esos fascistas de esta mañana, también.

—Verles descuartizar a los muertos... No sé, padre... Hace que me cuestione mi fe en la especie humana, en que los hombres sean buenos en el fondo y no salvajes como esos.

—Ver esas cosas haría que cualquier hombre se cuestionara su fe en la humanidad —dijo el sacerdote—. Pero la mayor parte de las personas son buenas por naturaleza. Tienes que creer en eso.

—¿Incluso los nazis?

El padre Re vaciló antes de contestar.

—No puedo dar explicación a lo de los nazis. Ni siquiera creo que los nazis puedan justificar lo de los nazis.

Pino se sonó la nariz.

—Supongo que quiero ser uno de esos hombres que están en el comedor, padre. Luchando sin ocultarse. Haciendo algo importante.

—Dios quiere que luches de otra forma y por una causa mayor o no te habría puesto donde estás.

—Espiando al general Leyers —dijo Pino encogiéndose de hombros—. Padre, aparte de cuando conocí a Anna, la última vez que me sentí bien conmigo mismo fue aquí, en Casa Alpina, ayudando a la gente a llegar a Val di Lei, salvando vidas.

—Bueno —repuso el padre Re—. Yo no soy ningún experto, pero estoy convencido de que has salvado la vida a muchos aliados con la información que has proporcionado poniendo tu vida en peligro.

Pino no lo había pensado en esos términos. Se secó las lágrimas.

—El general Leyers..., por lo que le he contado, ¿cree que es malo, padre?

—Hacer que un hombre trabaje hasta morir es lo mismo que fusilarle —contestó el sacerdote—. Solo que con otras armas.

—Eso es lo que yo pienso también —dijo Pino—. Hay veces en que Leyers puede parecer como cualquier otro y, a continuación, es como un monstruo.

—Por lo que has visto y me has contado, yo diría que algún día encerrarás al monstruo, le harás pagar por sus pecados en este mundo antes de que tenga que responder por ellos ante Dios.

Eso hizo que Pino se sintiera mejor.

—Me encantaría que ocurriera.

—Pues así será. ¿Has estado de verdad dentro del Palacio arzobispal de Milán?

—Una vez —contestó Pino.

—¿Y en la villa de Mussolini en Gargnano?

—Dos veces —respondió Pino—. Es un lugar extraño, padre. No me gusta ir allí.

—No quiero ni imaginármelo. Pero cuéntame más de Anna.

—Es divertida, guapa y lista. Es seis años mayor que yo y viuda, pero la amo, padre. Ella no lo sabe todavía, pero tengo pensado casarme con ella después de la guerra.

El viejo sacerdote sonrió.

—Entonces, recupera tu fe en la especie humana gracias a tu amor por Anna y acrecienta tus fuerzas a través del amor de Dios. Son tiempos oscuros, Pino, pero de verdad que noto que las nubes quieren levantarse y que el sol quiere volver a elevarse sobre Italia.

—Incluso el general Leyers dice que la guerra ya está acabada.

—Recemos por que tu general tenga razón en eso —dijo el padre Re—. ¿Te quedas a cenar? Puedes pasar la noche aquí, charlar con los heridos. Y hay dos pilotos americanos abatidos que vienen esta noche y a los que les vendría bien un guía hasta Val di Lei. ¿Quieres hacerlo?

«¡Americanos!», pensó Pino. Eso sería emocionante. Una subida a Val di Lei podría sentarle bien al cuerpo y ayudar a dos americanos a escapar podría resultar bueno para su alma. Pero entonces pensó en el general Leyers y en lo que podría hacer si averiguaba que Pino había estado conduciendo por todo el norte de Italia con un cadáver en el asiento trasero de su coche oficial.

—La verdad, padre, es que debería regresar —contestó—. Puede que el general me necesite.

—O Anna.

Pino sonrió al oír mencionar su nombre.

—O Anna.

—Y así es como debería ser —dijo el padre Re riéndose entre dientes—. Pino Lella. Un joven enamorado.

—Sí, padre.

—Ve con cuidado, hijo. No le rompas el corazón.

—No, padre. Jamás.

Pino salió de Casa Alpina sintiéndose como si, de alguna forma, se hubiese limpiado. El aire de la última hora de la tarde era claro y de un frío penetrante. El risco del Groppera sobresalía como un campanario contra un cielo cobalto y el altiplano alpino de Motta volvía a parecerle a Pino como una de las más majestuosas catedrales de Dios.

Al salir deprisa del aparcamiento poco después de que oscureciera, Pino sentía como si hubiese vivido tres vidas enteras en un solo día. Cuando entró en el vestíbulo de su edificio de apartamentos, encontró a Anna allí, bromeando con los guardias.

—¡Ya has llegado! —exclamó con aspecto de haberse bebido ya su primera copa de vino.

Uno de los guardias dijo algo, el otro se rio.

—Quiere saber si eres consciente de lo afortunado que eres —dijo ella.

Pino sonrió al soldado de las SS.

—Dile que sí. Dile que cuando estoy contigo me siento el hombre más afortunado de la tierra.

—Qué encanto —contestó ella antes de traducir.

Uno de los guardias levantó una ceja con expresión de escepticismo. Pero el otro asintió, quizá recordando a la mujer que le hacía sentir el hombre más afortunado de la tierra.

No le pidieron la documentación a Pino y él y Anna estuvieron enseguida subiendo por el ascensor. Cuando pasaron por la quinta planta, Pino la agarró y la besó de forma apasionada. Se separaron cuando el ascensor llegó a su planta.

—Así que me has echado de menos —dijo Anna.

—De una forma disparatada —contestó él cogiéndole de la mano al salir.

—¿Qué pasa? —preguntó ella mientras metía la llave en la cerradura.

—Nada —respondió—. Es solo que…, es solo que necesito volverme a olvidar de esta guerra contigo.

Anna le puso suavemente la mano sobre la mejilla.

—Eso me parece una fantasía maravillosa.

Entraron, cerraron la puerta y no salieron durante casi treinta horas.

Pino detuvo el coche en la puerta de Dolly diez minutos antes el siguiente lunes por la mañana. Se quedó sentado unos minutos, saboreando sus recuerdos de las horas que había pasado a solas con Anna, cuando el tiempo había parecido detenerse, cuando no había ninguna guerra, solo el placer y la felicidad cautivadora del amor que florece tan triunfante y dichoso como el aria del príncipe Calaf.

La puerta trasera del Fiat se abrió. Subió el general Leyers, con el maletín por delante y su largo abrigo gris de lana.

—A Monza —dijo Leyers—. A la estación de trenes.

Una ligera nieve empezaba a caer cuando Pino puso el Fiat en marcha, sintiéndose furioso por que Leyers fuera de nuevo a por su oro robado para llevar más a Suiza.

Pino podía ver ya cómo se iba a desarrollar su día. Lo pasaría aparcado en la frontera por encima de Lugano, congelándose durante horas mientras el general se ocupaba de sus asuntos secretos. Sin embargo, cuando Leyers volvió del patio de maniobras no le dijo a Pino que le condujera hasta la frontera con Suiza, sino a la estación central de Milán.

Llegaron allí hacia el mediodía. Leyers no dejó que Pino llevara su maletín y cambiaba la pesada carga de una mano a otra mientras se dirigían a aquel tren desvencijado de vagones de ganado de color rojo desgastado parado en el frío andén 21.

Pino había rezado por no volver a ver ese tren, pero ahí estaba y caminaba hacia él con miedo, rogando a Dios que no le permitiera ver unos dedos diminutos sobresaliendo entre las tablillas de los vagones. Pero veía dedos desnudos desde treinta metros de distancia, docenas de ellos, de todas las edades, suplicando clemencia mientras las voces del interior gritaban pidiendo auxilio. A través de las tablillas del vagón, Pino pudo ver que la mayoría de las personas no iban mejor vestidas que las que había visto en esos mismos vagones el mes de septiembre anterior.

—¡Nos estamos congelando! —gritó una voz—. ¡Por favor!

—¡Mi hija! —gritó otra—. Está enferma y con fiebre. Por favor.

Si el general Leyers oía aquellas súplicas, no les hizo caso y fue directo al coronel Rauff, que esperaba con diez miembros de las Waffen-SS a que el tren saliera. Pino se bajó la gorra por encima de los ojos y se mantuvo detrás. Los dos soldados de las SS que estaban más cerca de Rauff tenían pastores alemanes de ataque agarrados en corto. Leyers no pareció impresionarse al verlos y le dijo algo a Rauff con voz calmada.

Un momento después, el coronel de la Gestapo ordenó a los guardias que se apartaran. Pino se mantuvo a la sombra de un poste de hierro mientras veía cómo el general y Rauff mantenían una acalorada discusión que continuó hasta que Leyers señaló su maletín.

Rauff se quedó mirando al general con socarronería, después al maletín y, luego, de nuevo a Leyers antes de decirle algo. Leyers asintió. El coronel de la Gestapo ladró una orden a los guardias de las SS. Dos de ellos fueron al último vagón de ganado, abrieron los cerrojos y deslizaron las puertas. Ochenta personas, hombres, mujeres y niños, se apretaban en un espacio destinado a veinte vacas. Estaban aterrorizados y temblando.

—*Vorarbeiter* —dijo el general Leyers.

Pino no miró a los ojos a Rauff cuando pasó por su lado hacia Leyers.

—*Oui, mon général.*

—He oído que alguien decía: «Mi hija está enferma».

—*Oui, mon général* —confirmó Pino—. Yo también lo he oído.

—Pídele a la madre que me enseñe a la niña enferma.

Pino estaba confundido, pero se giró hacia la gente del vagón abierto y tradujo.

Unos segundos después, una mujer se abrió paso entre la multitud mientras ayudaba a una niña pálida y sudorosa de unos nueve años de edad.

—Dile que voy a salvar a su hija —dijo el general Leyers. Pino se resistió un momento antes de traducir.

La mujer empezó a llorar.

—Gracias. Gracias.

—Dile que me voy a llevar a la niña para que reciba ayuda médica y que me voy a asegurar de que nunca más vuelva al andén 21 —continuó el general—. Pero debe venir la niña sola.

—¿Qué? —preguntó Pino.

—Díselo —insistió Leyers—. No hay nada que discutir. O se salva la niña o no se salva y busco a otra persona que esté más dispuesta.

Pino no sabía qué pensar, pero lo tradujo.

La mujer tragó saliva, pero no dijo nada.

—Sálvala —murmuraron las mujeres de su alrededor—. ¡Hazlo!

Por fin, la madre de la niña enferma asintió.

—Llevadla a mi coche y esperad allí con ella —ordenó Leyers a los guardias de las SS.

Los nazis vacilaron hasta que el coronel Rauff les gritó que obedecieran. La niña, a pesar de estar débil y con fiebre, se puso histérica cuando la separaron de los brazos de su madre. Sus chillidos y lloros podían oírse por toda la estación mientras Leyers ordenaba al resto de la gente que saliera del vagón. Caminó por delante de ellos, mirándolos de uno en uno antes de detenerse delante de una chica de algo menos de veinte años.

—Pregúntale si desea que la llevemos a un sitio seguro —dijo Leyers.

Pino obedeció y la muchacha asintió sin dudar.

El general Leyers ordenó a dos guardias más de las Waffen-SS que la llevaran a su coche.

Luego continuó con su inspección y Pino no pudo evitar recordar cómo había clasificado a los esclavos en el estadio de Como aquel primer día en que Pino hizo de chófer. En pocos minutos, Leyers había escogido a dos más, ambos chicos, adolescentes. Uno de ellos se negó, pero sus padres se impusieron.

—Lléveselo —dijo el hombre con firmeza—. Si así está a salvo, es para usted.

—No, papá —se quejó el niño—. Yo quiero...

—No me importa —intervino su madre, llorando mientras le abrazaba—. Vete. Nosotros estaremos bien.

Cuando los soldados de las SS se los llevaron, Leyers hizo una señal con la cabeza a Rauff, quien ordenó que los demás volvieran al vagón del ganado. Pino sintió un miedo abrumador mientras les veía subir al tren, sobre todo a los padres del último muchacho elegido. No paraban de mirar hacia atrás antes de entrar en el vagón, como si fuese una última mirada a su amor y a su alegría perdidos.

«Habéis hecho lo que debíais», pensó Pino. «Es trágico, pero habéis hecho lo que debíais».

No pudo mirar cuando cerraron la puerta del vagón de ganado, le pusieron la barra y cerraron el candado.

—Vámonos —dijo Leyers.

Pasaron junto al coronel Rauff. El maletín del general estaba a los pies del jefe de la Gestapo.

Cuando llegaron al Fiat, los cuatro que habían sacado del tren estaban dentro y temblando. Tres sentados en el asiento trasero y uno en el de delante. Dos soldados de las SS les vigilaban. No parecían contentos cuando Leyers les ordenó que se retiraran.

El general abrió la puerta de atrás y les miró sonriendo.

—*Vorarbeiter*, diles que soy el general de división Hans Leyers de la Organización Todt. Pídeles que lo repitan, por favor.

—¿Que lo repitan, *mon général*?

—Sí —replicó Leyers, molesto—. Mi nombre. Mi rango. La Organización Todt.

Pino hizo lo que le ordenó y cada uno de ellos repitió su nombre, rango y la Organización Todt, incluso la niña enferma.

—Estupendo —dijo el general—. Ahora pregúntales quién les ha salvado del andén 21.

A Pino le resultó extraño, pero hizo lo que le ordenaba y los cuatro repitieron su nombre, obedientes.

—Que tengan una larga y próspera vida y bendito sea su Dios como si hoy fuese la Pascua judía —dijo Leyers antes de cerrar la puerta del coche.

El general miró a Pino, su aliento expulsaba vapor en el aire gélido.

—Llévales al arzobispado, *Vorarbeiter,* al cardenal Schuster. Dile que los esconda o que los lleve a Suiza. Dile que lamento no haber podido llevarle más.

—*Oui, mon général* —contestó Pino.

—Recógeme en la central telefónica a las seis de la tarde —le ordenó. Se dio la vuelta y se dispuso a entrar en la estación de trenes—. Tenemos mucho que hacer.

Pino se quedó observando cómo Leyers se alejaba antes de girarse hacia el coche, tratando de descifrar lo que acababa de ver. «¿Por qué ha...?». «¿Qué ha...?». Al final decidió que nada de aquello importaba. Llevar a esas cuatro personas al arzobispado era lo importante. Subió al automóvil y lo puso en marcha.

La niña enferma, Sara, lloraba y gemía llamando a su madre.

—¿Adónde vamos? —preguntó la chica más mayor.

—Al lugar más seguro de Milán —respondió Pino.

Aparcó el Fiat en el patio del arzobispado y les dijo que esperaran dentro. A continuación, subió por los escalones nevados hasta el apartamento del cardenal y llamó a la puerta.

Abrió un sacerdote al que no reconocía. Pino le dijo quién era, para quién trabajaba y quién estaba en el coche.

—¿Por qué estaban en los vagones? —quiso saber el sacerdote.

—No lo he preguntado, pero creo que son judíos.

—¿Por qué cree ese general nazi que el cardenal Schuster iba a querer tener algo que ver con los judíos?

Pino miró al sacerdote, que se había quedado impertérrito, y sintió que se enfurecía. Irguió todo su cuerpo y se inclinó sobre el cura, un hombre menudo.

—No sé por qué Leyers lo habrá creído —dijo Pino—. Pero sí sé que el cardenal Schuster ha estado ayudando a judíos a escapar a Suiza durante el último año y medio porque yo le he ayudado a hacerlo. Y, ahora, ¿no deberíamos preguntar al cardenal qué quiere hacer?

Lo dijo con un tono tan amenazante que el sacerdote se encogió.

—No le prometo nada. Está trabajando en su biblioteca. Pero iré a…

—Yo, yo iré —le interrumpió Pino—. Conozco el camino.

Empujó al sacerdote para que se apartara, recorrió el pasillo hasta llegar a la biblioteca y llamó.

—He pedido que no se me moleste, padre Bonnano —gritó Schuster desde el interior.

Pino se quitó la gorra, abrió la puerta y entró con una inclinación de cabeza.

—Lo siento, mi señor cardenal, pero es una emergencia.

El cardenal Schuster se quedó mirándolo con curiosidad.

—Yo te conozco.

—Pino Lella, mi señor cardenal. Soy el chófer del general Leyers. Ha sacado a cuatro judíos del tren del andén 21. Me ha ordenado que se los trajera y que le diga que siente que no puedan ser más.

El cardenal apretó los labios.

—¿Ahora?

—Están aquí. En su coche.

Schuster no dijo nada.

—Su Eminencia —intervino el padre Bonnano—, le he explicado que usted no puede involucrarse personalmente con esos…

—¿Por qué no? —preguntó Schuster con brusquedad y, a continuación, miró a Pino—. Tráelos aquí.

—Gracias, mi señor cardenal —dijo Pino—. Una niña está enferma y tiene fiebre.

—Llamaremos a un médico. El padre Bonnano se encargará. ¿No es así, padre?

El sacerdote pareció dudar, pero finalmente hizo una profunda inclinación con la cabeza.

—Ahora mismo, Su Eminencia.

—Debo irme, mi señor cardenal —dijo Pino cuando hubo llevado a los cuatro a la biblioteca del cardenal y vio cómo el padre Bonnano les traía mantas y té caliente.

Schuster se quedó mirando a Pino y luego lo apartó para que no les oyeran los refugiados.

—No sé qué pensar de tu general Leyers —dijo el cardenal.

—Yo tampoco. Cambia cada día. Es una caja de sorpresas.

—Sí —convino Schuster, pensativo—. Sin duda, es una caja de sorpresas, ¿verdad?

25

Un aire polar seguía soplando desde los Alpes con incesantes vientos glaciales que azotaron Milán a finales de enero y principios de febrero de 1945. El general Leyers ordenó la incautación de productos de primera necesidad como harina, azúcar y aceite. Estallaron disturbios en las largas colas que se formaban para el resto de comida. Enfermedades como el tifus o el cólera se propagaron con rapidez debido a las condiciones insalubres provocadas por los bombardeos. En grandes zonas de la ciudad se encontraban al borde de la epidemia. Para Pino, Milán era como un lugar maldito y se preguntaba por qué sus habitantes estaban siendo castigados con tanta brutalidad.

El clima y la crueldad de Leyers alimentaban el odio por todo el norte de Italia. A pesar del tiempo gélido, cuando llevaba la esvástica, Pino podía notar el calor de la rabia en cada rostro de los resentidos italianos que se cruzaba en su camino. Miradas de desagrado. Gestos de rencor. Ataques de desprecio. Veía todas esas reacciones y otras más. Él quería gritarles, contarles lo que de verdad estaba haciendo, pero se mantenía callado, se tragaba su vergüenza y seguía adelante.

El general Leyers se volvió errático después de salvar a los cuatro judíos. Realizaba su trabajo con el habitual ritmo frenético y sin descanso durante varios días y, después, se quedaba abatido y se emborrachaba en el apartamento de Dolly.

—En un momento está arriba y, al siguiente, abajo —dijo Anna una tarde de principios de febrero cuando salían de una cafetería de la calle de Dolly—. Una noche la guerra ha terminado y, a la siguiente, la lucha sigue.

La nieve cubría Via Dante y el aire era gélido, pero el sol brillaba tanto, para variar, que decidieron dar un paseo.

—¿Qué va a pasar después de la guerra? —preguntó Pino cuando se acercaban a Parco Sempione—. Con Dolly, quiero decir.

—La va a llevar a Innsbruck cuando se abra la carretera del Paso del Brennero —contestó ella—. Dolly quiere irse ya en tren. Él dice que no es seguro. Están bombardeando trenes en el Brennero. Pero yo creo que él la necesita aquí, igual que ella me necesitará allí durante un tiempo.

El ánimo de Pino se vino abajo.

—¿Te vas a ir a Innsbruck con Dolly?

Anna se detuvo junto a un largo, ancho y profundo agujero en la nieve que delimitaba el antiguo foso que rodeaba el Castello Sforzesco. La fortaleza de piedra del siglo xv había sido alcanzada durante el bombardeo de 1943. Las torres redondas medievales de cada extremo estaban destrozadas. La torre que había por encima del puente levadizo tenía daños que parecían cicatrices negras en contraposición con la nieve.

—¿Anna? —insistió Pino.

—Solo hasta que Dolly esté establecida —contestó Anna con la mirada fija en la torre bombardeada como si guardara algún secreto—. Ella sabe que yo quiero volver a Milán. Contigo.

—Entonces, bien —dijo Pino antes de besar la mano enguantada de Anna—. Hay al menos quince metros de nieve. Tardarán varias semanas en limpiar esa carretera.

Ella apartó la vista del castillo y habló con tono esperanzado:

—Sí, el general ha dicho que podría ser un mes desde que deje de nevar, puede que más.

—Rezo por que sea más —repuso Pino a la vez que la tomaba en sus brazos y la besaba hasta que los dos oyeron un aleteo y se separaron.

Unos grandes cuervos de ébano salían de los agujeros que habían dejado las bombas en la torre central del fuerte. Tres se alejaron volando entre graznidos mientras el más grande volaba en círculos lentos por encima de la torre herida.

—Tengo que volver —dijo Anna—. Y tú también.

Caminaron cogidos de la mano por Via Dante. A una manzana del edificio de Dolly, Pino vio que el general Leyers salía por la puerta y se dirigía hacia el Fiat aparcado.

—Tengo que irme —exclamó Pino lanzándole un beso al aire antes de echar a correr hacia Leyers. Abrió la puerta del Fiat diciendo—: Mil disculpas, *mon général*.

El general le miró enfurecido.

—¿Dónde has estado?

—Dando un paseo —respondió Pino—. Con la sirvienta. ¿Adónde le llevo?

Leyers le miró como si quisiera arremeter contra él, pero echó un vistazo por la ventanilla y vio a Anna aproximándose.

Soltó un largo suspiro.

—A la sede del cardenal Schuster.

Doce minutos después, Pino entró con el Fiat por el arco que daba paso al patio del Palacio arzobispal, que estaba abarrotado de vehículos. Pino consiguió aparcar, salió y abrió la puerta del general.

—Puede que te necesite —dijo Leyers.

—*Oui, mon général* —contestó Pino antes de seguir al nazi por el patio nevado y subir los escalones del exterior que llevaban al apartamento del cardenal Schuster.

El general Leyers llamó y Giovanni Barbareschi abrió la puerta.

¿Había vuelto a escaparse el joven seminarista? Leyers no hizo ninguna señal de reconocer al falsificador que había sobrevivido al ritual del diezmado en la prisión de San Vittore. Pero Pino sí y se avergonzó más que nunca de llevar puesto el brazalete con el símbolo del nazismo.

—Soy el general Leyers. Vengo a ver a Su Eminencia.

Barbareschi se hizo a un lado. Pino vaciló y, después, pasó mientras el seminarista le miraba con atención, como si tratara de situarle. Pino rezó por que no fuera en el patio de la prisión de San Vittore. Pero Barbareschi tuvo que haber visto allí a Leyers. ¿Había visto que el general había tratado de detener el diezmado? Entraron en la biblioteca privada del cardenal Schuster. El cardenal de Milán estaba sentado en su escritorio.

—Ha sido muy amable al venir, general Leyers —dijo Schuster—. ¿Conoce al *signor* Dollmann?

Pino trató de no mirar boquiabierto al otro hombre que había en la sala. En Italia, todo el mundo le conocía. Un hombre alto, delgado y de gesto elegante con dedos increíblemente largos y una sonrisa intensa y estudiada, Eugen Dollmann salía a menudo en los periódicos. Dollmann era el traductor de Hitler siempre que el *führer* venía a Italia o cuando Mussolini iba a Alemania, según fuera el caso.

Pino empezó a traducir a Leyers al francés, pero Dollmann le detuvo.

—Yo puedo traducirle, seas quien seas —dijo Dollmann con un movimiento rápido de la mano.

Pino asintió y se retiró hacia la puerta mientras se preguntaba si debía marcharse. Solo Barbareschi pareció darse cuenta de que no se iba. Dollmann se puso de pie, extendió la mano y habló a Leyers en alemán. El general sonrió, inclinó la cabeza y le contestó.

—Le parece bien que yo traduzca —le dijo Dollmann al cardenal Schuster en italiano—. ¿Le digo a su chófer que se vaya?

El cardenal miró por detrás de Leyers y Barbareschi en dirección a Pino.

—Que se quede —contestó Schuster y, a continuación, miró a Leyers—. General, tengo entendido que, si se produce una retirada, Hitler se propone quemar las tierras y asolar los pocos tesoros que quedan en Milán.

Dollmann le tradujo. Leyers escuchó y contestó rápidamente.

—El general ha oído lo mismo y desea decirle al cardenal que no está de acuerdo con esas medidas —dijo el intérprete—. Es ingeniero, amante de la buena arquitectura y del arte. Se opone a más destrucción innecesaria.

—¿Y el nuevo mariscal de campo, Vietinghoff? —preguntó el cardenal.

—Creo que al nuevo mariscal de campo se le puede convencer de que haga lo correcto.

—¿Está usted dispuesto a convencerle?

—Estoy dispuesto a intentarlo, Su Eminencia —contestó Leyers.

—Entonces, bendigo sus esfuerzos —dijo el cardenal Schuster—. ¿Me mantendrá informado?

—Lo haré, Su Eminencia. También debo prevenirle, cardenal, sobre sus pronunciamientos en público durante los próximos días. Hay personas poderosas que están buscando un motivo para llevarle a prisión o algo peor.

—No se atreverían —dijo Dollmann.

—No sea ingenuo. ¿O no ha oído hablar aún de Auschwitz?

Al oír aquello, el cardenal pareció flaquear.

—Es una abominación ante los ojos de Dios.

«¿Auschwitz?», pensó Pino. «¿El campo de trabajos forzados donde iban los trenes rojos de ganado?». Recordó los deditos que sobresalían por el lateral del vagón. ¿Qué le había pasado a ese niño? ¿Y a todos los demás? Habían muerto, sin duda, pero... ¿una abominación?

—Hasta la próxima, Su Eminencia —dijo Leyers con un golpe de sus tacones antes de darse la vuelta.

—¿General? —le llamó el cardenal.

—¿Su Eminencia?

—Cuide bien de su chófer —dijo Schuster.

Leyers lanzó una mirada fría a Pino, pero, en ese momento, pareció recordar algo y se ablandó.

—¿Qué otra cosa podría hacer? Me recuerda a mi difunto sobrino.

«Auschwitz».

Pino no dejaba de pensar en esa palabra, en ese lugar, en ese campo de trabajos forzados de la Organización Todt mientras llevaba al general a su siguiente cita en la fábrica de Fiat en el distrito de Mirafiore en Turín. Quería preguntarle a Leyers qué era lo de la abominación, pero le daba demasiado miedo, le asustaba pensar cuál podría ser su reacción.

Así que Pino se guardó sus preguntas durante su viaje para reunirse con Calabrese, el director de Fiat, que no parecía contento de volver a ver a Leyers.

—No hay nada que pueda hacer yo —dijo Calabrese—. Ha habido demasiados sabotajes. No podemos seguir produciendo.

Pino estaba seguro de que Leyers iba a estallar. Pero se equivocó.

—Agradezco su sinceridad —respondió el general—. Y quiero que sepa que me estoy encargando de que Fiat quede protegida.

Calabrese pareció confundido.

—¿Protegida de qué?

—De la absoluta destrucción —contestó el general—. El *führer* ha ordenado que se acabe con todo si hay una retirada, pero yo me estoy asegurando de que las columnas vertebrales de su empresa y su economía sobrevivan. Fiat continuará existiendo, pase lo que pase.

El director se quedó pensativo.

—Informaré a mis superiores. Gracias, general Leyers.

—Les está haciendo favores —dijo Pino esa noche en la cocina de sus tíos—. Así es como hace las cosas.

—Al menos, está ayudando al cardenal Schuster a proteger Milán —dijo el tío Albert.

—Después de saquear los campos —añadió Pino acaloradamente—. Después de obligar a la gente a trabajar hasta morir. He visto lo que ha hecho.

—Sabemos que lo has visto —dijo la tía Greta con expresión preocupada. De hecho, su tío también lo parecía.

—¿Qué pasa? —preguntó Pino.

—Esta mañana hemos recibido noticias inquietantes por la radio —contestó el tío Albert—. Sobre un campo de concentración de Polonia que se llama Au-no-sé-qué.

—Auschwitz —dijo Pino con una sensación de náuseas—. ¿Qué ha pasado?

El tío Albert le contó que, cuando los rusos llegaron a Auschwitz el 27 de enero, varias zonas del campamento estaban destruidas y se habían quemado los registros. Los hombres de las SS que dirigían el campamento habían huido, llevándose con ellos a cincuenta y ocho mil prisioneros judíos como esclavos.

—Dejaron allí a siete mil —dijo el tío Albert, con voz entrecortada.

La tía Greta negaba con la cabeza, destrozada.

—Al parecer, eran como esqueletos humanos porque los nazis les habían hecho trabajar hasta morir.

—¿No os lo he dicho? —gritó Pino—. ¡Yo he visto cómo lo hacían!

—Esto es peor que lo que tú contaste —replicó el tío Albert—. Los supervivientes han dicho que los edificios que los nazis han destruido antes de marcharse del campamento eran cámaras de gas que utilizaban para envenenar a los judíos y un crematorio para quemar sus cuerpos.

—Han dicho que el humo ha estado varios años cubriendo el cielo de alrededor del campamento, Pino —continuó su tía secándose las lágrimas—. Cientos de miles de personas han muerto allí.

Los dedos, los deditos que se movían en la mente de Pino, la madre de la niña enferma, el padre que quería que su hijo se salvara. Habían ido a Auschwitz apenas unas semanas antes. «¿Están muertos? ¿Los han envenenado y quemado? ¿O son esclavos en retirada hacia Berlín?».

En ese momento, odió a los alemanes, a todos y cada uno de ellos, en especial a Leyers.

El general le había dicho que Auschwitz era un campo de trabajo de la Organización Todt. «Construyen cosas», había asegurado. «¿Como qué? ¿Como cámaras de gas? ¿Como crematorios?».

La vergüenza y el asco invadieron a Pino al pensar que había llevado el uniforme de la Organización Todt, el mismo que vestían las personas que habían construido cámaras de gas para matar a los judíos y crematorios para ocultar las pruebas. En su mente, los constructores de esos campamentos eran tan culpables como quien los dirigía. Y Leyers tenía que haberlo sabido. Al fin y al cabo, tenía cierta proximidad con Hitler.

Cuando Pino y el general Leyers llegaron al pueblo de Osteria Ca' Ida el 20 de febrero de 1945, llevaban en el coche varias horas. Los últimos veinte minutos los habían pasado derrapando por el frío y resbaladizo barro de una carretera en pendiente hasta un alto promontorio que daba por el sudeste a la fortaleza medieval de Monte Castello, a unos tres kilómetros de distancia.

Pino había estado allí varias veces el otoño anterior para que Leyers pudiese estudiar el castillo desde lejos y ver mejor cómo fortificarlo. Monte Castello se levantaba ochocientos metros por encima de una carretera que llevaba al norte hacia Bolonia y Milán. El control de esa carretera era fundamental para mantener la resistencia de la Línea Gótica.

En el último mes, el castillo, junto con las fortificaciones que Leyers había construido en Monte Belvedere y Monte della Torraccia, había frenado el ataque aliado en cuatro ocasiones. Pero ahora, una mañana pálida y fría, Monte Castello estaba siendo asediada.

Pino tuvo que taparse los oídos por el silbido y el estruendo de los proyectiles de artillería que caían en el interior y en los alrededores del castillo. Las explosiones eran como golpes de martillo en su pecho. Cada blanco lanzaba escombros y llamas que provocaban nubes de humo grasiento que se iban desenroscando, se elevaban, se inflaban y ennegrecían el cielo de color gris.

Pino se estremecía y veía cómo Leyers, envuelto en un largo abrigo de lana, usaba sus prismáticos para examinar el campo de batalla y después miraba hacia el sudoeste, a lo largo de una serie de crestas y montañas. Con sus propios ojos, Pino pudo ver un ejército de hombres a unos cinco kilómetros de distancia que avanzaba por las colinas blancas y pardas por el invierno.

—La Décima División de Montaña de Estados Unidos está combatiendo por el Monte della Torraccia —dijo el general Leyers pasándole los prismáticos a Pino—. Muy bien entrenados. Soldados muy duros.

Pino levantó los binoculares y vio fragmentos de la batalla antes de que Leyers dijera:

—Prismáticos.

Pino se los devolvió rápidamente al general, que miró por ellos en dirección sudeste más allá de Monte Castello. Leyers maldijo y, a continuación, se rio entre dientes de forma sarcástica.

—Toma —dijo pasándole a Pino los prismáticos—. Mira cómo mueren unos cuantos cabrones negros.

Pino vaciló, pero luego miró por los binoculares y vio tropas de la Fuerza Expedicionaria Brasileña cargar en campo abierto en la base del flanco sudoeste de la montaña. La primera línea de soldados asaltantes estaba a cuarenta metros de la base cuando un hombre pisó una mina terrestre y salió volando en medio de una nube de tierra, humo y sangre. Otro soldado pisó otra mina y, después, un tercero antes de que el campo de batalla quedara sometido al fulminante fuego de las ametralladoras alemanas desde arriba, dejándolos atrapados.

Pero los cañones y morteros aliados siguieron machacando la fortaleza. A media mañana había tres brechas en los muros a ambos lados del castillo y los brasileños continuaron avanzando en oleadas que, por fin, atravesaron el campo de minas, llegaron a la base de Monte Castello y empezaron una escalada mortal que duraría horas.

El general Leyers y Pino estuvieron allí bajo el frío todo el tiempo, viendo cómo la Décima División de Montaña conquistaba Monte della Torraccia y, en un combate cuerpo a cuerpo, los brasileños tomaban Monte Castello hacia las cinco de la tarde. El castillo quedó convertido en ruinas humeantes. Los alemanes se retiraron en masa.

—Yo he sido vencido aquí y Bolonia se perderá en cuestión de días —dijo Leyers—. Llévame de vuelta a Milán.

El general permaneció en silencio durante todo el trayecto de vuelta, con la cabeza agachada, escribiendo en un cuaderno y revisando documentos de su maletín hasta que se detuvieron en la acera junto a la puerta del edificio de Dolly.

Pino cogió su maletín y le siguió mientras pasaba junto a la vieja del portal y subía las escaleras. El general Leyers llamó a la puerta del apartamento. Pino se sorprendió al ver que era Dolly quien abría, con un vestido de lana negra que le encajaba a la perfección.

Tenía los ojos legañosos, como si hubiese estado bebiendo. Su cigarro ardía mientras ella se balanceaba sobre unos tacones.

—Qué maravilla que hayas vuelto a casa, general —dijo. A continuación, miró a Pino—. Me temo que Anna no se encuentra bien. Tiene una especie de dolencia estomacal. Mejor que te mantengas alejado.

—En ese caso, será mejor que todos nos mantengamos alejados —repuso el general Leyers dando un paso atrás—. No puedo permitirme caer enfermo. Ahora no. Dormiré en otro sitio esta noche.

—No —respondió Dolly—. Te quiero aquí.

—Esta noche no —contestó Leyers con frialdad, se dio la vuelta y se fue mientras Dolly gritaba con furia a sus espaldas.

Pino dejó al general en la sede central alemana con la orden de regresar a las siete de la mañana.

Dejó el coche en la cochera y fue caminando fatigosamente a casa mientras su mente reproducía la carnicería y la destrucción que había presenciado ese día. ¿A cuántos hombres había visto morir desde su segura atalaya? ¿Cientos?

La absoluta brutalidad de todo aquello le carcomía. Odiaba la guerra. Odiaba a los alemanes por haberla empezado. ¿Para qué? ¿Para colocar tu pie sobre la cabeza de otro y robarle todo hasta que llegue otro con un pie más grande para apartarte de una patada? Por lo que a Pino atañía, las guerras consistían en asesinatos y robos. Un ejército mataba para robar la colina; luego, otro mataba para recuperarla.

Sabía que debía estar contento de ver que los nazis eran vencidos y emprendían la retirada, pero simplemente sentía vacío y soledad. Deseaba con desesperación ver a Anna. Pero no podía y eso, de repente, le dio deseos de llorar. Contuvo la emoción, obligó a su mente a elevar un muro alrededor de sus recuerdos de la batalla.

Ese muro se mantuvo en pie mientras mostraba sus documentos a los guardias del portal de su edificio y cuando subía al ascensor y pasaba por los soldados de las Waffen-SS de la quinta planta, y también cuando se metía la mano en el bolsillo para sacar las llaves. Al abrir la puerta, pensaba que entraría en un apartamento vacío, que caería al suelo y dejaría salir todo aquello.

Pero la tía Greta estaba ya allí, en los brazos de su padre. Cuando vio a Pino, empezó a llorar con más fuerza.

El labio inferior de Michele temblaba cuando le habló:

—Los hombres del coronel Rauff han venido a la tienda esta tarde. La han saqueado y han arrestado a tu tío. Se lo han llevado al hotel Regina.

—¿De qué le acusan? —preguntó Pino tras cerrar la puerta.

—De formar parte de la resistencia —gimió la tía Greta—. De ser un espía. Y ya sabes lo que les hace la Gestapo a los espías.

El mentón de Michele empezó a temblar y por las mejillas comenzaron a caerle lágrimas.

—¿La has oído, Pino? ¿Lo que van a hacerle a Albert? ¿Lo que van a hacerte si él confiesa y les habla de ti?

—El tío Albert no va a decir nada.

—¿Y si lo hace? —preguntó Michele—. Vendrán también a por ti.

—Papá...

—Quiero que huyas, Pino. Roba el coche de tu general, ve a la frontera suiza con el uniforme y tu pasaporte. Yo te daré dinero suficiente. Puedes vivir en Lugano, esperar a que acabe la guerra.

—No, papá —contestó Pino—. No voy a hacer eso.

—¡Vas a hacer lo que yo diga!

—¡Tengo dieciocho años! —gritó Pino—. Haré lo que quiera.

Dijo esto con tanta fuerza y determinación que su padre se quedó atónito y Pino se sintió mal por haberle gritado. Simplemente, no había podido contenerse.

—Lo siento, papá, pero ya he aguantado demasiado en esta guerra —dijo Pino temblando e intentando calmarse—. No voy a huir ahora. No mientras la radio siga funcionando y la guerra continúe. Hasta entonces, estaré al lado del general Leyers. Lo siento, pero así es como tiene que ser.

Diez días después, la tarde del 2 de marzo de 1945, Pino estaba junto al Fiat del general Leyers, observando el exterior de una casa de campo en las colinas al este del lago de Garda mientras se preguntaba qué estaría ocurriendo dentro.

Había también otros siete coches aparcados allí. Dos de los conductores llevaban uniformes de las Waffen-SS y uno de la Wehrmacht. El resto vestía ropa de calle. Por órdenes de Leyers, Pino, también. Durante la mayor parte del tiempo, Pino no hizo caso del resto de conductores y siguió observando la casa con intensa fascinación, pues había reconocido a dos de los oficiales alemanes que habían ido detrás del general Leyers al interior casi veinte minutos antes.

Eran el general Wolff, jefe de las SS en Italia, y el mariscal de campo Heinrich von Vietinghoff, que había sustituido recientemente a Kesselring como comandante de las fuerzas alemanas en Italia.

«¿Qué hace Vietinghoff aquí? ¿Y Wolff? ¿Qué están tramando?».

Esas preguntas estuvieron dando vueltas en la cabeza de Pino hasta que ya no aguantó más. Se acercó por la nieve que caía ligeramente hacia el seto ornamental de cedros que flanqueaba el aparcamiento. Se detuvo a hacer pis por si alguno de los demás conductores le estaba mirando y, después, atravesó los cedros y desapareció.

Usando el seto para ocultarse, Pino llegó al muro norte de la villa, donde se agachó y siguió avanzando, deteniéndose debajo de las ventanas para escuchar, y alzándose luego para mirar por ellas.

Por debajo de la tercera ventana escuchó gritos. Una voz bramaba: «*Was du redest ist Verrat! Ich werde an einer solchen Diskussion nicht teilnehmen!*».

Pino apenas entendía nada. Pero sí oyó el sonido de una puerta que se cerraba de golpe. Alguien se iba. ¿El general Leyers?

Salió corriendo por el lateral de la casa hasta el seto de cedros. Lo recorrió mirando a través de los huecos y vio al mariscal de campo Vietinghoff abandonar la villa. Su chófer se levantó de un salto de su coche, abrió la puerta del asiento trasero y, rápidamente, se marcharon.

Pino tuvo un momento de indecisión. ¿Debía volver a la ventana para intentar oír algo más? ¿O debería regresar al coche y esperar para no tentar a la suerte?

Leyers salió por la puerta de la casa y tomó la decisión por él. Pino emergió del seto y corrió hacia él mientras trataba de recordar qué le había gritado Vietinghoff antes de marcharse.

«*Was du redest ist Verrat!*».

No paró de repetir aquella frase en silencio mientras le abría la puerta a un muy descontento general Leyers, que parecía a punto de arrancarle de un mordisco la cabeza a un cachorro. Pino subió al asiento delantero notando la rabia que desprendía el alemán como si fuesen olas.

—*Mon général?*

—A Gargnano —dijo Leyers—. A ese manicomio.

Pino introdujo el coche por la verja de la villa de Mussolini sobre el lago de Garda temiendo lo que podría encontrarse. Cuando el general Leyers se anunció en la puerta, uno de los asistentes del Duce le dijo que no era un buen momento.

—Por supuesto que no es un buen momento —espetó Leyers—. Por eso estoy aquí. Llévame con él o haré que te peguen un tiro.

El asistente se puso furioso.

—¿Con qué autoridad?

—Con la de Adolf Hitler. He venido por orden expresa del *führer.*

El asistente seguía estando furioso, pero asintió.

—Muy bien. Sígame.

Le llevó a la biblioteca y abrió ligeramente la puerta. A pesar de que el día estaba llegando a su fin, no había todavía ninguna lámpara encendida en la biblioteca de Mussolini. La única luz entraba a través de las puertas francesas. Un pálido resplandor atravesaba la habitación en diagonal, iluminando libros esparcidos por todas partes, una copa rota y muebles destrozados y volcados.

Después de lo que debía de haber sido una rabieta colosal, Il Duce estaba sentado tras su escritorio, con los codos apoyados y el mentón en las manos, mirando hacia abajo, como si buscara por la mesa las ruinas de su vida. Claretta Petacci descansaba en un sillón delante de Mussolini, con el humo arremolinándose desde un cigarrillo que tenía en una mano y agarrando con la otra una copa de vino vacía apoyada en su pecho. Para Pino era como si hubieran estado inmóviles en esa postura durante varias horas.

—¿Duce? —preguntó el general Leyers mientras se adentraba en el caos de la habitación.

Si Mussolini le oyó, no lo demostró. Se limitó a mantener la mirada perdida sobre su escritorio mientras Leyers y Pino se acercaban cada vez más. Pero la amante del dictador sí les oyó y miró hacia atrás con una débil sonrisa de alivio.

—General Leyers —dijo Petacci arrastrando las palabras—. Ha sido un día complicado para el pobre Beno. Espero que no vaya a añadirle más complicaciones.

—Il Duce y yo tenemos que mantener una conversación sincera.

—¿Sobre qué? —preguntó Mussolini sin levantar la cabeza.

Al acercarse más, Pino pudo ver que el dictador títere miraba fijamente un mapa de Italia.

—¿Duce? —repitió Leyers.

Mussolini levantó la cabeza y miró al general con extrañeza antes de hablar.

—Conquistamos Etiopía, Leyers. Y ahora los canallas aliados han traído negros al interior del territorio de la Toscana. Los negros gobiernan las calles de Bolonia y de Roma también. Para mí, es mil veces mejor morir que seguir vivo. ¿No lo cree?

Leyers vaciló después de que Pino le tradujera.

—Duce, yo no puedo aconsejarle sobre esos asuntos.

Los ojos de Mussolini se movieron, como si buscaran algo que había perdido hacía tiempo, y después se iluminaron, como si estuviesen hechizados por algún objeto nuevo y brillante.

—¿Es cierto? —preguntó el dictador títere—. ¿Tiene nuestro querido Hitler una superarma secreta bajo la manga? ¿Un misil, un cohete, una bomba que jamás antes hemos visto? He oído que el *führer* está esperando a usar esa superarma cuando sus enemigos se hayan acercado lo suficiente como para acabar con todos con una serie de ataques devastadores.

Leyers volvió a vacilar.

—Existen rumores sobre un arma secreta, Duce.

—¡Ajá! —exclamó Mussolini poniéndose de pie con un dedo en alto—. ¡Lo sabía! ¿No te lo había dicho, Clara?

—Sí, Beno —respondió su amante. Se estaba sirviendo otra copa.

Mussolini estaba ahora tan animado como desanimado había estado antes. Rodeó el escritorio, lleno de excitación, casi feliz.

—Es como el cohete V-2, ¿verdad? —dijo—. Solo que mucho más poderoso, capaz de arrasar toda una ciudad, ¿no es así? ¡Solo ustedes los alemanes tienen la capacidad intelectual científica y de ingeniería como para hacer algo así!

Leyers no dijo nada durante varios segundos y, después, asintió.

—Gracias, Duce. Agradezco el cumplido, pero me han enviado para preguntarle cuáles son sus planes, en caso de que las cosas empeoren.

Aquello pareció confundir a Mussolini.

—Pero si hay un gran cohete bomba. ¿Cómo pueden terminar empeorando las cosas si tenemos ese gran misil?

—A mí me gusta hacer planes de contingencia —contestó Leyers.

—Ah —dijo el dictador, y sus ojos empezaron a moverse.

—Valtellina, Beno —intervino Claretta Petacci.

—Eso es —dijo Mussolini volviendo a centrarse—. Si nos vemos obligados, tengo veinte mil soldados que me seguirán al valle de Valtellina al norte de aquí, justo delante de Suiza. ¡Me defenderán a mí y a mis amigos fascistas hasta que Herr Hitler lance su misil de máxima destrucción!

Mussolini sonreía con la mirada perdida, deleitándose ante la perspectiva de ese maravilloso día.

El general Leyers no dijo nada durante varios segundos y Pino le miró de reojo. ¿Tenía Hitler una superarma? ¿Iba a utilizarla contra los aliados si se acercaban mucho a Berlín? Si Leyers conocía la respuesta, no lo demostraba.

El general hizo sonar sus tacones e inclinó la cabeza.

—Gracias, Duce. Eso es todo lo que deseaba saber.

—¿Nos alertará usted, Leyers? —preguntó Mussolini—. ¿Cuando Hitler vaya a utilizar su magnífico misil?

—Estoy seguro de que usted será uno de los primeros en saberlo —contestó el general Leyers girándose.

Se detuvo delante de la amante del dictador.

—¿Usted también irá a Valtellina?

Claretta Petacci sonrió como si hiciese ya mucho tiempo que hubiese aceptado su destino.

—Yo he amado a mi Beno cuando todo iba bien, general. Le amaré aún más cuando vaya mal.

Ese mismo día, antes de contar su visita a Mussolini, Pino repitió las pocas palabras que había escuchado bajo la ventana de la casa de las colinas al este del lago de Garda.

«*Was du redest ist Verrat*».

La tía Greta estaba sentada en el sofá con la espalda erguida. Vivía en ese apartamento desde que habían arrestado al tío Albert y ayudaba a Baka con las transmisiones diarias por radio.

—¿Estás seguro de que ha sido Vietinghoff el que ha dicho eso? —preguntó.

—No, no estoy seguro, pero la voz sonaba furiosa y, justo después, vi que el mariscal de campo salía de la villa muy enfadado. ¿Qué significa?

—*Was du redest ist Verrat* —repitió ella—. Lo que sugieres es traición.

—¿Traición? —repitió Pino.

Su padre se irguió en su asiento.

—¿Te refieres a un golpe contra Hitler?

—Podríamos asumir que sí, si le estaban hablando a Vietinghoff en esos términos —contestó la tía Greta—. ¿Y Wolff estaba allí? ¿Y Leyers?

—Y otros más. Pero no los he visto. Llegaron antes que yo y se han marchado después.

—Le están viendo las orejas al lobo —dijo su padre—. Están tramando cómo van a sobrevivir a esto.

—Habría que decírselo a los aliados —advirtió Pino—. Y lo de la superarma que Mussolini cree que tiene Hitler.

—¿Qué opina Leyers de ese misil? —preguntó la tía Greta.

—No estoy seguro. Su rostro permanece duro como el granito la mayor parte del tiempo. Pero él lo sabría. El propio Leyers me contó que había empezado a trabajar para Hitler construyendo cañones.

—Baka viene por la mañana —señaló su padre—. Escribe lo que quieres que se sepa en Londres, Pino. Le diré que lo envíe con las demás transmisiones.

Pino cogió papel y bolígrafo y redactó su informe. La tía Greta escribió las palabras de traición que él había escuchado.

—¿Volverás a casa esta noche?

—No creo, papá.

—Ten cuidado —dijo Michele—. No habrías oído a esos generales hablar de traición si la guerra no estuviese a punto de terminar para siempre.

Pino asintió y fue a por su abrigo.

—No he preguntado por el tío Albert. Le has visto esta mañana en San Vittore, ¿verdad? ¿Cómo está?

—Ha perdido peso, lo cual no es malo —contestó la tía Greta con una débil sonrisa—. Y no le han hecho confesar, aunque lo han intentado. Conoce a muchos de los otros prisioneros, y eso ayuda. Se protegen unos a otros.

—No seguirá ahí dentro mucho más tiempo —dijo Pino.

De hecho, mientras caminaba por las calles de vuelta al apartamento de Dolly, Pino pensaba que el tiempo entre el presente y el final de la guerra era pequeño, mucho más pequeño que el que habría tras la guerra, que le parecía infinitamente largo y con Anna en todo momento.

Los pensamientos de un futuro sin fin con ella mantuvieron en alto el ánimo de Pino hasta la puerta de Dolly. Para su alivio, fue Anna quien abrió, sonriendo, ya recuperada, y muy contenta de verle.

—El general y Dolly han salido —dijo Anna a la vez que le dejaba entrar.

Cerró la puerta y se lanzó a sus brazos.

Más tarde, en la cama de Anna, sus cuerpos resplandecían por el sudor y el amor.

—Te he echado de menos —dijo ella.

—Yo solo pienso en ti —contestó Pino—. ¿Es malo que cuando se supone que debo estar espiando al general Leyers o tratando de memorizar dónde hemos estado y qué hemos visto, esté pensando en ti?

—No es malo en absoluto —contestó ella—. Es bonito.

—Lo digo en serio. Cuando no estamos juntos, siento como si la música se detuviera.

Anna le miró.

—Eres una persona especial, Pino Lella.

—No. La verdad es que no.

—Sí que lo eres —insistió ella mientras le pasaba el dedo por el pecho—. Eres valiente. Eres divertido. Y algo hermoso de mirar.

Pino se rio, avergonzado.

—¿Hermoso? ¿No guapo?

—Eres guapo —respondió Anna acariciándole ahora la mejilla—. Pero estás tan lleno de amor por mí que te hace brillar, hace que me sienta hermosa, lo cual hace que seas hermoso para mí.

—Entonces, somos hermosos los dos —dijo él acercándola más.

Pino le habló a Anna de su sensación de que todo lo que pasara desde ese momento hasta el final de la guerra parecería muy corto algún día, mientras que el tiempo después de la guerra parecía extenderse hacia un horizonte invisible.

—Podemos hacer lo que queramos —dijo Pino—. La vida es infinita.

—¿Podemos buscar la felicidad y vivir de forma apasionada?

—¿De verdad es eso lo único que quieres? ¿Buscar la felicidad y vivir con pasión?

—¿Se te ocurre otra forma de hacerlo?

—No —respondió él antes de besar a Anna y amándola aún más—. Supongo que no puedo.

26

El general Leyers y Pino volvieron a viajar casi de forma constante durante las dos siguientes semanas. Leyers fue dos veces a Suiza tras sendas visitas al patio de maniobras de la estación de Como, no de la de Monza, lo cual hizo que Pino pensara que el general habría ordenado que cambiaran de lugar el vagón con el oro. Aparte de esos viajes a Lugano, Leyers pasó la mayor parte de su tiempo inspeccionando el estado de las carreteras y líneas de ferrocarril que iban hacia el norte.

Pino no entendía el motivo ni estaba en posición de preguntarlo, pero, cuando fueron a la carretera del Paso del Brennero el 15 de marzo, las intenciones del general estaban claras. Las vías del tren que subían por el puerto hasta Austria habían sido bombardeadas en repetidas ocasiones. El servicio había quedado interrumpido en ambas direcciones y los hombres grises trabajaban duro para reparar la línea.

La carretera del Paso del Brennero atravesaba un cúmulo de nieve que aún recorría todo el camino hasta el fondo del valle. Cuanto más subían, más alta era la nieve que les flanqueaba, hasta que parecía que estuvieran en un túnel sin techo de color blanco grumoso. Rodearon una curva que les proporcionó una asombrosa vista de la enorme cuenca del Brennero.

—Para —dijo Leyers, y salió con los prismáticos.

Pino no necesitaba los prismáticos. Podía ver la carretera que tenía por delante y a un grupo de hombres grises como un único organismo esclavizado que cavaba, picaba y levantaba con palas la nieve que bloqueaba el tránsito hasta la cima del Paso del Brennero y Austria.

«Están muy lejos de la frontera», pensó Pino antes de elevar más su mirada. Tenía que haber diez o doce metros de nieve allí arriba. Y aquellas oscuras manchas en lo alto, en dirección a Austria, parecían rastros de avalanchas. Por debajo de las manchas podría haber quince metros de nieve y escombros acumulados por la carretera.

Leyers debió de llegar a una conclusión parecida. Cuando avanzaron lo suficiente como para alcanzar a las tropas de las Waffen-SS que supervisaban a los esclavos, el general bajó del coche y se acercó al hombre que estaba al cargo, un comandante, a juzgar por su insignia. Se intercambiaron varios gritos y, por un momento, Pino pensó que iban a llegar a las manos.

Cuando el general Leyers regresó al coche, seguía furioso.

—Al ritmo que van, jamás conseguiremos salir de Italia —dijo—. Necesito camiones, retroexcavadoras y niveladoras. Máquinas de verdad. O resultará imposible.

—*Mon général?* —preguntó Pino.

—¡Cierra el pico y conduce, *Vorarbeiter!*

Pino sabía bien que era mejor no insistir y guardó silencio mientras pensaba en lo que Leyers acababa de decir y, finalmente, comprendió qué era lo que habían estado haciendo últimamente.

Al general Leyers le habían puesto al cargo de la ruta de huida. Los alemanes necesitaban una para poder retirarse. Las vías de tren estaban destrozadas. Así que la carretera del Paso del Brennero era la única salida segura y estaba bloqueada. Otros puertos llevaban a Suiza, pero los suizos ya no permitían que los trenes o convoyes alemanes atravesaran sus fronteras durante los últimos días.

«Ahora mismo, los nazis están atrapados», pensó Pino, contento.

Esa noche, Pino escribió un mensaje para Baka en el que describía la enorme barrera de nieve entre Italia y Austria. Decía que los partisanos o los aliados tenían que empezar a bombardear las crestas nevadas que había sobre la carretera para provocar más avalanchas.

Cinco días después, volvió con Leyers al Brennero. Pino se sintió secretamente encantado cuando el general se enfureció ante la noticia de que unas bombas de los aliados habían provocado enormes deslizamientos que bloqueaban la carretera con muros de nieve.

A cada hora que pasaba, Leyers se volvía más inestable, conversador en un momento y callado y taciturno al siguiente. El general pasó seis días en Suiza hacia el final de marzo, cosa que dejó a Pino un tiempo casi ilimitado con Anna y le hizo preguntarse por qué Leyers no había hecho que Dolly se mudara a Lugano o incluso a Ginebra.

Pero no dedicó mucho tiempo a pensar en ello. Pino estaba enamorado y, como siempre pasa con el amor, le había deformado el sentido del tiempo. Cada momento con Anna parecía acelerado y breve y le invadía un anhelo infinito cuando estaban separados.

El mes de marzo pasó al de abril de 1945 y fue como si se encendiera un interruptor cósmico. El tiempo frío y nevoso que había invadido el norte de Italia y obstaculizado el avance aliado dio lugar a temperaturas de finales de la primavera y al deshielo. Pino llevaba al general Leyers hasta la carretera del Paso del Brennero casi todos los días. Para entonces, ya había retroexcavadoras trabajando en la carretera y volquetes que se llevaban la nieve y los escombros de las avalanchas. El sol azotaba con fuerza a los hombres grises que cavaban junto a las palas mecánicas, con los rostros quemados por su brillante reflejo en la nieve, los músculos retorcidos por el peso del fango y la nieve y sus voluntades rotas tras años de esclavitud.

Pino deseaba consolarles, decirles que se animaran, que la guerra casi había acabado. «Quedan semanas, ni siquiera meses. Aguantad. Manteneos vivos».

Mucho después de que oscureciera el 8 de abril de 1945, Pino y el general Leyers llegaron al pueblo de Molinella, al noreste de Bolonia.

Leyers ocupó un catre en el campamento local de la Wehrmacht y Pino durmió a ratos en el asiento delantero del Fiat. Al amanecer, estaban en una zona más alta, al oeste del pueblo de Argenta, desde donde podían mirar el terreno más llano y húmedo a ambos lados del río Senio, que desembocaba en el lago Comacchio, un estuario cerca de la costa. El lago impedía a los aliados rodear las fortificaciones que Leyers había construido en la orilla norte del río.

Trampas para tanques. Minas terrestres. Fortines. Incluso desde varios kilómetros de distancia, Pino podía verlos todos con claridad. Más allá, al otro lado del río, en territorio aliado, nada se movía, aparte de algún que otro camión que se dirigía a Rímini y al mar Adriático o volvía en la otra dirección.

Ese día, durante muchas horas sobre aquella colina apenas se oyó nada salvo el canto de los pájaros o el zumbido de los insectos; una brisa cálida llevaba el olor de los campos que estaban siendo labrados. Todo aquello hizo que Pino se diera cuenta de que la tierra no sabía nada de guerras, que la naturaleza continuaría su camino sin importar el horror que los hombres pudieran infligirse entre sí. A la naturaleza no le preocupaba en absoluto ni los hombres ni su necesidad de matar y conquistar.

La mañana avanzó lentamente. El calor aumentó. Alrededor del mediodía, oyeron unos ruidos sordos a lo lejos, los ecos de explosiones que procedían de las aguas a las afueras de Rímini, y pronto, a lo lejos, Pino pudo ver el humo que se elevaba hacia el mar. Se preguntó qué habría ocurrido.

Fue como si el general Leyers hubiese oído sus pensamientos.

—Están bombardeando nuestros barcos —dijo como si nada—. Nos están asfixiando, pero es allí abajo donde van a intentar acabar conmigo.

La tarde siguió avanzando y enseguida hizo tanto calor como en un día de verano, pero no tan seco. En lugar de un calor abrasador, toda la humedad que había caído durante el invierno empezó a evaporarse del suelo, volviendo el aire espeso y agobiante. Pino se sentó a la sombra del coche mientras Leyers continuaba con su vigilia.

—¿Qué vas a hacer después de la guerra, *Vorarbeiter?* —preguntó Leyers en un momento dado.

—*Moi, mon général?* —preguntó Pino—. No lo sé. Quizá vuelva a estudiar. Puede que trabaje para mis padres. ¿Y usted?

El general Leyers bajó sus prismáticos.

—Aún no puedo saberlo.

—¿Y Dolly?

Leyers ladeó la cabeza, como si se estuviese preguntando si reprenderle por su imprudencia, pero, después, contestó:

—Cuando el Brennero esté abierto, me ocuparé de ella.

Los dos oyeron el zumbido de un ruido estruendoso al sur. Leyers levantó los prismáticos y miró al cielo.

—Ya empieza —anunció.

Pino se puso de pie de un salto, se protegió los ojos del sol y vio cómo los pesados bombarderos aparecían por el sur. Diez filas de veinte. Doscientos aviones de combate volaban directamente hacia ellos hasta que estuvieron tan cerca que Pino empezó a temer que soltaran su carga explosiva sobre su cabeza.

Sin embargo, a una milla de distancia y otra de altura, se ladearon en formación, mostrando su panza a la vez que se abrían los compartimentos de las bombas. Los bombarderos perdieron altitud, nivelaron las alas y se lanzaron en picado sobre la Línea Gótica y el territorio alemán. Soltaron bombas que silbaron y planearon por detrás de ellos, como si fuesen muchos peces buceando en el cielo.

La primera cayó bastante detrás de las defensas alemanas y estalló, lanzando escombros y un arcoíris de llamas fluorescentes. Empezaron a explotar más bombas tras las fortificaciones de la Línea Gótica, dejando perforaciones carbonizadas y fuegos de color rojo cobrizo bordados en un tapiz de violencia y destrucción que se extendía hacia el este, en dirección al estuario y al mar.

Los últimos pájaros de la primera oleada fueron seguidos, diez minutos después, por una segunda, una tercera y una cuarta, más de ochocientos bombarderos en total. Los pesados aviones fueron soltando su artillería siguiendo ese mismo patrón, desviándose apenas uno o dos grados, de modo que las bombas cayeran en distintas partes de la retaguardia alemana.

Explotaron arsenales. Estallaron depósitos de combustible. Barracones, carreteras, camiones, tanques y almacenes desaparecieron con el ataque inicial. Después, volaron bombarderos ligeros y medios a menor altura sobre el río para atacar directamente la línea defensiva. Explotaron varias secciones de las trampas para tanques de Leyers. Se desintegraron varios fortines. Cayeron las plataformas de los cañones.

Durante las siguientes cuatro horas, los bombarderos aliados dejaron caer veinte mil bombas sobre la zona. En los intervalos entre los ataques aéreos, dos mil piezas de artillería aliada bombardearon la Línea Gótica con descargas de treinta minutos de duración. Cuando el sol de la última hora de la tarde iluminó los penachos de humo a lo largo del río, el cielo de la primavera adquirió un aspecto infernal.

Pino miró a Leyers. Mientras este examinaba el campo de batalla al sur de sus destrozadas defensas por los prismáticos, las manos le temblaron y maldijo en alemán.

—*Mon général?* —preguntó Pino.

—Se acercan —dijo Leyers—. Tanques. Jeeps. Artillería. Ejércitos enteros avanzan hacia nosotros. Nuestros chicos van a aguantar todo lo que puedan y muchos van a morir por ese río. Pero, en algún momento, no lejos ya, cada soldado caído se enfrentará a la decisión inevitable del perdedor: retirada, rendición o muerte.

Cuando el día fue dando paso a la noche, soldados aliados con lanzallamas invadieron las trincheras y los fortines alemanes. Cayó una noche oscura y sin estrellas. Mientras se libraba el combate cuerpo a cuerpo en la oscuridad, lo único que Pino podía ver eran destellos de explosiones y lentos barridos de fuego.

—Habrán sido vencidos por la mañana —dijo por fin Leyers—. Se acabó.

—En Italia, tenemos el dicho de que la ópera no se acaba hasta que canta la gorda, *mon général* —dijo Pino.

—Yo odio la ópera —gruñó Leyers antes de dirigirse hacia el coche—. Sácame de aquí, volvamos a Milán antes de que me vea sin más opciones.

Pino no sabía qué significaba eso exactamente, pero subió rápidamente para ponerse tras el volante. «Los nazis pueden retirarse, rendirse o morir ahora», pensó. «La guerra misma se está acabando. Solo estamos a unos días de la paz y… ¡de los americanos!».

Pino condujo por la noche de vuelta a Milán, eufórico con la idea de que quizá podría por fin conocer a algún americano. ¡O a todo un ejército! Quizá después de que él y Anna se casaran podrían irse a Estados Unidos, como había hecho su prima Licia Albanese, y llevar los bolsos de su madre y los artículos de piel del tío Albert a Nueva York, Chicago y Los Ángeles. ¡Allí haría su propia fortuna!

Pino notaba cómo un escalofrío le subía por la espalda ante aquella idea y pudo entrever un futuro inimaginable para él apenas unos minutos antes. Durante todo el trayecto de vuelta no pensó ni una vez en la destrucción a escala bíblica que acababa de presenciar. Pensó en hacer con su vida algo bueno y provechoso, algo *con smania,* y estaba deseando contárselo todo a Anna.

La Línea Gótica a lo largo del río Senio fue traspasada esa misma noche. En la siguiente, había fuerzas aliadas de Nueva Zelanda y de la India casi cinco kilómetros más allá de las defensas destruidas de Leyers con el ejército alemán en retirada y volviéndose a formar al norte. El 14 de abril, tras otro imponente bombardeo, el Quinto Ejército de Estados Unidos atravesó el muro occidental de la Línea Gótica y avanzó al norte hacia Bolonia.

Cada día llegaban nuevas noticias de más avances aliados. Pino escuchaba la BBC por las noches en la radio de onda corta de Baka. También pasó casi todos los días llevando a Leyers de un frente de batalla a otro o por las rutas de escape, donde vieron largas columnas alemanas huyendo a un ritmo mucho más lento que cuando habían invadido Italia.

Para Pino, la maquinaria de guerra nazi estaba inutilizada. Podía verlo en los tanques que se sacudían a un ritmo lento y en los conmocionados soldados de infantería que caminaban tras tiros de mulas que remolcaban los cañones. Numerosos alemanes heridos yacían en el interior de camiones abiertos, expuestos al sol abrasador. Pino esperaba que murieran allí mismo.

Cada dos o tres días, él y Leyers volvían al Paso del Brennero. Con el calor había llegado el deshielo y un torrente de agua fría y sucia bajaba por el puerto socavando los conductos de agua y la carretera. Cuando llegaron al final del camino abierto, los esclavos tenían los tobillos hundidos en el agua gélida y seguían trabajando junto a las excavadoras y los volquetes. El 17 de abril, los hombres grises estaban a kilómetro y medio de la frontera con Austria. Uno de ellos cayó al agua, los guardias de las SS lo sacaron a rastras y lo tiraron a un lado.

El general Leyers no pareció verlo.

—Que trabajen todo el día —le ordenó al capitán que estaba al cargo—. La Décima de la Wehrmacht entera subirá por esta carretera en una semana.

27

Sábado, 21 de abril de 1945

El general Leyers se apartó a un lado mientras unos oficiales de la Organización Todt empapaban de gasolina grandes montones de documentos en el patio de entrada de la oficina de la OT en Turín. Leyers hizo una señal con la cabeza a uno de los oficiales, que encendió una cerilla. Hubo un fuerte zumbido y las llamas parecieron invadirlo todo de inmediato.

El general observaba con gran interés cómo ardían los papeles. También Pino.

¿Qué había en ellos tan importante como para que Leyers se levantara de la cama de Dolly a las tres de la madrugada para ver cómo eran destruidos? ¿Y para quedarse después ahí, esperando y asegurándose de que todo se quemaba? ¿Había en esos documentos pruebas que incriminaran de algún modo a Leyers? Tenía que haberlas.

Antes de que Pino pudiera empezar a pensar en ello, el general Leyers ladró unas órdenes a los oficiales de la Organización Todt y luego se giró para mirar a Pino.

—A Padua —dijo.

Pino condujo hacia el sur y rodeó Milán en dirección a Padua. Durante el camino, para no quedarse dormido, pensaba sin cesar que la guerra casi había acabado. Los aliados habían atravesado las defensas de Leyers en el desfiladero de Argenta. La Décima División de Montaña del ejército de Estados Unidos se acercaba al río Po.

Leyers pareció notar la fatiga de Pino, buscó en sus bolsillos y sacó un pequeño frasco. Dejó caer una pastillita blanca en la mano y se la pasó.

—Tómatela. Anfetamina. Te mantiene despierto. Hazlo. Yo también las uso.

Pino se tomó la pastilla y enseguida se notó despierto, pero irritable, y tenía dolor de cabeza cuando llegaron a Padua, donde el general supervisó otra enorme hoguera de documentos de la Organización Todt. Después, subieron de nuevo al Paso del Brennero. Ahora, menos de doscientos cincuenta metros de nieve separaban a los nazis de un camino abierto hacia el interior de Austria y a Leyers le informaron de que en las próximas cuarenta y ocho horas llegarían al otro lado.

La mañana del domingo 22 de abril, Pino vio cómo Leyers destruía documentos de la Organización Todt en Verona. Por la tarde, fueron los archivos de Brescia los que ardieron. En cada parada, antes de cada hoguera, el general entraba con su maletín en las oficinas de la Organización Todt y pasaba un rato revisando documentos antes de supervisar las hogueras. Leyers no dejaba que Pino tocara el maletín, que se volvía más pesado en cada parada. Antes del anochecer vio cómo quemaban documentos en Bérgamo antes de regresar a las oficinas de Leyers tras el estadio de Como.

A la mañana siguiente, lunes 23 de abril, el general Leyers vio cómo unos oficiales de la Organización Todt formaban una enorme hoguera de archivos y documentos en el campo del estadio. Leyers supervisó cómo iban añadiendo más papeles a la hoguera durante varias horas. A Pino no le permitieron acercarse a los documentos. Se quedó sentado en la tribuna bajo el creciente calor, viendo cómo los registros nazis se convertían en humo y cenizas que flotaban en el aire.

Cuando regresó a Milán esa misma tarde, dos unidades Panzer de las SS habían acordonado los barrios que rodeaban el Duomo e incluso a Leyers le registraron antes de permitirle el paso. En el hotel Regina, la sede central de la Gestapo, Pino descubrió el porqué. El coronel Walter Rauff estaba borracho, enfurecido y tratando de quemar cualquier cosa que llevara su nombre. Pero cuando el jefe de la Gestapo vio a Leyers, sonrió y le invitó a pasar a su despacho.

Leyers miró a Pino.

—Ya has terminado por hoy, pero tengo una reunión a las nueve de la mañana. Recógeme en casa de Dolly a las ocho cuarenta y cinco.

—*Oui, mon général* —respondió Pino—. ¿Y el coche?

—Llévatelo.

El general Leyers siguió a Rauff al interior. A Pino no le gustaba que estuviesen desapareciendo tantos documentos. La prueba de lo que los nazis le habían hecho a Italia estaba esfumándose y no parecía que hubiese mucho que él pudiera hacer, salvo informar de ello a los aliados. Aparcó el Fiat a dos manzanas de su edificio, dejó el brazalete en el asiento —con la esvástica hacia arriba— y pasó de nuevo junto a los guardias del portal.

Michele se llevó un dedo a los labios y la tía Greta cerró la puerta del apartamento.

—¿Papá? —preguntó Pino.

—Tenemos visita —dijo su padre en voz baja—. El hijo de mi primo, Mario.

Pino entornó los ojos.

—¿Mario? Creía que era piloto de caza.

—Sigo siéndolo —dijo Mario apareciendo entre las sombras. Era un hombre bajito y de espaldas anchas con una gran sonrisa—. Me derribaron la otra noche, pero salté con el paracaídas y he conseguido llegar aquí.

—Mario va a estar escondido aquí hasta que acabe la guerra —anunció Michele.

—Tu padre y tu tía me han estado poniendo al día de tus actividades —dijo Mario dando a Pino una palmada en la espalda—. Hacen falta muchas agallas.

—Bueno, no sé —contestó Pino—. Creo que Mimo lo pasa peor.

—Tonterías —dijo la tía Greta antes de que Pino levantara las manos a modo de rendición.

—Llevo tres días sin ducharme —comentó—. Y luego tengo que llevar el coche del general. Me alegro de que estés vivo, Mario.

—Lo mismo digo, Pino —respondió Mario.

Pino atravesó el pasillo hasta el baño que había junto a su habitación. Se quitó la ropa que olía a humo y se duchó para eliminar el olor del cuerpo y del pelo. Se puso su mejor ropa y se aplicó en las mejillas un poco de la loción para después del afeitado de su padre. Llevaba cuatro días sin ver a Anna y quería impresionarla.

En el comedor, dejó una nota para Baka en la que hablaba de la quema de documentos. Se despidió de su padre, de su tía y de su primo y se marchó.

Estaba anocheciendo, pero aún salía calor de los edificios y del macadán, penetrante como en cualquier sauna. Se sentía bien mientras caminaba. El calor y la humedad le habían aflojado las articulaciones después de varios días de conducir, estar de pie y mirar. Tras subir al Fiat, Pino lo fue a poner en marcha cuando alguien se movió en el asiento de atrás y le puso el frío cañón de una pistola en la nuca.

—No te muevas —dijo un hombre—. Las manos en el volante. ¿Pistola?

—No —respondió Pino oyendo un titubeo en su voz—. ¿Qué quieres?

—¿Tú qué crees?

Pino reconoció entonces la voz y, de repente, se sintió aterrado por que pudiera volarle la tapa de los sesos.

—Mimo, no —dijo—. Mamá y papá…

Pino sintió que el acero del cañón se apartaba de su cabeza.

—Pino, siento muchísimo todo lo que te he dicho —se disculpó Mimo—. Ahora sé lo que has estado haciendo, lo del espionaje, y yo… Estoy impresionado por tu valentía. Tu dedicación a la causa.

La emoción invadió la garganta de Pino, pero, a continuación, se puso furioso.

—Entonces, ¿por qué me has puesto una pistola en la cabeza?

—No sabía si estabas armado. Creía que podrías intentar matarme.

—Yo nunca le dispararía a mi hermano pequeño.

Mimo se echó por encima del asiento y rodeó a Pino con sus brazos.

—¿Me perdonas?

—Claro —contestó Pino olvidándose de su enfado—. No podías saberlo y no me permitían decírtelo porque el tío Albert aseguró que era mejor para ti.

Mimo asintió, se secó los ojos con la manga.

—Me envían unos comandantes partisanos que me han contado lo que has estado haciendo. He venido a darte tus órdenes.

—¿Mis órdenes? Yo recibo órdenes del general Leyers.

—Ya no —repuso Mimo pasándole un trozo de papel—. Tienes que arrestar a Leyers la noche del 25 y llevarle a esa dirección.

¿Arrestar al general Leyers? Al principio, la propuesta le desconcertó, pero, después, se imaginó apuntando una pistola a la cabeza de Leyers y le gustó bastante la idea.

Sí que iba a arrestar a Leyers y, cuando lo hiciera, le revelaría que era un espía. Se lo restregaría al nazi en la cara. «He estado delante de tus narices todo el tiempo. He visto todo lo que has hecho, negrero».

—Lo haré —dijo Pino por fin—. Será un honor.

—Entonces, nos veremos cuando acabe la guerra —contestó Mimo.

—¿Adónde vas?

—Vuelvo a la lucha.

—¿Cómo? ¿Qué vas a hacer?

—Sabotaje de tanques esta noche. Y estamos esperando a que los nazis inicien la retirada de Milán. Entonces, les haremos una emboscada y les enseñaremos que nunca más deberán pensar en volver a Italia.

—¿Y los fascistas?

—A ellos también. Tenemos que hacer borrón y cuenta nueva si vamos a empezar de cero.

Pino negó con la cabeza. Mimo apenas tenía dieciséis años y ya era un aguerrido veterano.

—No dejes que te maten antes de que esto acabe —dijo Pino.

—Tú tampoco —repuso Mimo antes de salir del coche y adentrarse en las sombras.

Pino se giró en su asiento para tratar de ver a su hermano cuando se marchó, pero no vio nada. Fue como si Mimo hubiese sido un fantasma.

Eso le hizo sonreír y, cuando puso en marcha el coche del general Leyers, se sintió bien por primera vez en muchos días, al menos, desde la última vez que había visto a Anna.

Pino sintió que su corazón alzaba el vuelo mientras aparcaba delante del edificio de Dolly hacia las ocho de esa noche. Saludó con la mano a la vieja en el vestíbulo, subió por las escaleras a la tercera planta y llamó con impaciencia a la puerta.

Anna abrió con una sonrisa. Le dio un beso en la mejilla y susurró:

—Dolly está enfadada. El general lleva casi cuatro días sin venir.

—Va a volver esta noche —repuso Pino—. Lo sé seguro.

—Por favor, díselo a ella —le pidió Anna antes de llevarlo hacia el interior del pasillo.

Dolly Stottlemeyer estaba en el sofá de la sala de estar, vestida con una de las camisas blancas de Leyers y poco más. Tenía un vaso con whisky y hielo y parecía como si no fuese ni el primero ni el segundo, ni siquiera el quinto del día.

Al ver a Pino, Dolly puso una expresión de mujer despechada.

—¿Dónde está mi Hansie?

—El general está en la sede central de la Wehrmacht —contestó Pino.

—Se suponía que ya teníamos que estar en Innsbruck —dijo Dolly arrastrando las palabras.

—El puerto se abre mañana —repuso Pino—. El otro día me dijo que es entonces cuando se la llevaría a usted.

Las lágrimas inundaron los ojos de Dolly.

—¿De verdad?

—Eso le oí.

—Gracias —dijo Dolly con la mano temblorosa al levantar el vaso—. No sabía qué iba a ser de mí. —Dio un sorbo al whisky, sonrió y se levantó—. Vosotros dos, a lo vuestro. Yo tengo que ponerme guapa.

Dolly pasó por su lado dando tumbos y se sujetó a la pared antes de desaparecer por el pasillo.

Cuando oyeron que la puerta de su habitación se cerraba de golpe, fueron a la cocina. Pino le dio la vuelta a Anna, la levantó del suelo y la besó. Anna subió las piernas para rodearle con ellas y le devolvió el beso con la misma pasión.

—Tengo comida para ti —dijo ella cuando por fin se separaron—. El plato de salchicha y brócoli que te gusta y pan con mantequilla.

Pino se dio cuenta de que estaba hambriento y la dejó en el suelo a regañadientes.

—Dios, cómo te he echado de menos. No sabes lo bien que me sienta estar aquí contigo ahora mismo.

Anna le sonrió.

—No sabía que podría ser así.

—Yo tampoco —contestó Pino antes de besarla de nuevo una y otra vez.

Comieron salchichas calientes con brócoli salteado con ajo y aceite de oliva, junto con el pan y la mantequilla, y bebieron más vino del general antes de escabullirse a la habitación de Anna tras oír que llamaban a la puerta de la calle y el grito de Dolly de que no se preocuparan, que ella iría a abrir. En el calor de su pequeño dormitorio y a oscuras, el olor de Anna rodeaba a Pino por todas partes y al instante se sintió embriagado por él. Buscó su silueta en medio de la total oscuridad, oyó que los muelles de la cama crujían y fue hacia ella. Cuando se tumbó a su lado y extendió las manos para buscar su cuerpo, Anna ya estaba desnuda y deseándole.

Llamaron a la puerta de la sirvienta, y después otra vez.

Pino se despertó sobresaltado la mañana del 24 de abril de 1945 y miró a su alrededor confundido mientras Anna se enderezaba sobre el pecho de él y respondía:

—¿Sí?

—Son las ocho menos veinte —dijo Dolly—. El general va a necesitar a su chófer en veinte minutos y nosotras tenemos que hacer las maletas, Anna. El Brennero está despejado.

—¿Nos vamos hoy? —preguntó Anna.

—Lo antes posible —contestó Dolly.

Se quedaron allí tumbados esperando a que el sonido de los tacones de Dolly desapareciera por el pasillo en dirección a la cocina.

Pino besó a Anna con ternura.

—Ha sido la noche más increíble de mi vida —dijo.

—La mía también —repuso ella mirándole a los ojos como si en ellos guardara sus sueños—. Jamás olvidaré lo mágica que ha sido.

—Nunca, jamás.

Se volvieron a besar, sus labios apenas se rozaron. Ella inhaló el aire cuando él lo exhaló y lo expulsó cuando él lo inhaló y Pino sintió de nuevo que eran un solo ser cuando estaban así, juntos.

—¿Cómo podré encontrarte? —preguntó Pino—. En Innsbruck, quiero decir.

—Llamaré al apartamento de tus padres en cuanto lleguemos.

—¿Y por qué no te vas ahora al apartamento de mis padres? ¿O al menos cuando hayas hecho las maletas de Dolly?

—Dolly me necesita para instalarse —contestó Anna—. Sabe que yo quiero volver a Milán lo antes posible.

—¿Sí?

—Sí. Le he dicho que va a tener que contratar a una sirvienta nueva.

Pino la besó de nuevo y se desenredaron para vestirse. Antes de que él saliera por la puerta, tomó a Anna entre sus brazos.

—No sé cuándo voy a volver a verte.

—Tendrás noticias mías, te lo prometo. Llamaré en cuanto pueda.

Pino la miró a los ojos y le acarició la cara con sus fuertes manos.

—La guerra está a punto de acabar —murmuró—. ¿Te casarás conmigo cuando vuelvas?

—¿Casarnos? —preguntó ella con las lágrimas vidriándole los ojos—. ¿Estás seguro?

—Más que seguro.

Anna le besó la palma de la mano.

—Entonces, sí —susurró.

Pino sintió cómo la alegría le invadía con la fuerza de un *crescendo.*

—¿Sí?

—Claro. Lo deseo con todo mi corazón, Pino. Con toda mi alma.

—Sé que es una cursilada —dijo Pino—, pero acabas de hacer que me sienta el hombre más feliz y más afortunado de toda Italia.

—Creo que el uno al otro nos hemos hecho sentir felices y afortunados —repuso ella besándole otra vez.

Al oír las botas del general ya en la cocina, Pino la abrazó todo el tiempo que pudo.

—Nuestro amor será eterno —dijo.

—Para siempre —añadió ella.

Se separaron. Pino miró a Anna por última vez, guiñó un ojo y se marchó con su belleza, su olor y sus caricias ocupando su mente.

El general Leyers fue primero a la sede de la Gestapo y salió del hotel Regina una hora después. A continuación, se dirigieron a la central telefónica, en cuyo interior Leyers estuvo desaparecido varias horas mientras otro día de lánguido calor achicharraba Milán.

Pino se refugió bajo una sombra y vio que todos los que pasaban caminando parecían tensos, como si notaran que se estaba aproximando una fuerte tormenta. Pensó en Anna. ¿Cuándo volvería a verla? Sintió un vacío al pensar que podría ser dentro de una semana o un mes. Pero ¿cómo sería el tiempo después de la guerra? Infinito. ¡Y Anna había dicho que sí a su repentina propuesta! Le iba a amar por siempre jamás. Y él la iba a amar por siempre jamás. No importaba lo que ocurriera. Ahora había una cosa segura en su futuro y eso le hacía sentir calmado.

«No se turbe vuestro corazón», pensó Pino mientras disfrutaba de la seguridad de formar parte de algo más grande que él, de algo eterno. Se imaginaba ya una vida fantástica para los dos y se iba enamorando de los milagros que el mañana les podría traer. Necesitaba un anillo, ¿no? Podría…

Se dio cuenta de que estaba a apenas unas manzanas del Piazzale Loreto y de la tienda de frutas y verduras de Beltramini.

¿Estaba allí Carletto? ¿Cómo se encontraba su madre? No había visto a su viejo amigo desde hacía más de ocho meses, desde que se había separado de él mientras sostenía el cadáver de su pobre padre.

Una parte de Pino deseaba ir allí desde la central telefónica y poder explicarse, pero el temor de que Carletto no le creyera hizo que se quedara donde estaba, sudando, hambriento, harto de permanecer a la espera de los antojos del general. Le diría a Mimo que fuese a hablar con Carletto cuando la ocasión…

—*Vorarbeiter!* —gritó el general Leyers.

Pino se sobresaltó, hizo el saludo y corrió hacia el general, que ya estaba junto a la puerta trasera del Fiat, con el maletín en la mano y una expresión de impaciencia y fastidio en la cara. Pino se disculpó echándole la culpa al calor.

Leyers levantó los ojos al cielo y al sol que asolaba la ciudad.

—¿Siempre es así a últimos de abril?

—*Non, mon général* —contestó Pino, aliviado al abrir la puerta—. Es muy poco común. Todo lo relacionado con el tiempo este año es muy poco común. ¿Adónde vamos?

—A Como —contestó Leyers—. Pasaremos allí la noche.

—*Oui, mon général* —dijo Pino, mirando por el retrovisor, donde vio a Leyers rebuscando en su maletín—. ¿Y cuándo se van Dolly y Anna a Innsbruck?

El general parecía abstraído con algo y no levantó la vista.

—Ya estarán de camino, supongo. No más preguntas. Tengo trabajo que hacer.

Pino condujo hasta Como y el estadio. Tres días antes, había visto la hoguera en el campo. Las cenizas habían desaparecido y había soldados y oficiales de varias compañías de la Organización Todt acampados en la hierba. Habían colocado lonas sobre algunas partes de las gradas y descansaban a la sombra debajo de ellas, como si estuviesen de vacaciones.

Cuando Leyers entró, Pino se acurrucó en el asiento delantero del Fiat. Pero, por el estrepitoso ruido que resonaba desde el estadio, supuso que los soldados alemanes estarían bebiendo. Leyers estaría probablemente allí con ellos. Habían perdido, pero la guerra había terminado, o lo haría en cualquier momento. Supuso que ese era motivo suficiente para que cualquier hombre se emborrachara y cayó en un profundo sueño.

Pino se despertó a la mañana siguiente, el miércoles 25 de abril de 1945, con el sonido de unos nudillos que golpeaban la ventanilla del lado del acompañante del Fiat. Se sorprendió al ver que el sol había salido. Había dormido profundamente, había soñado con Anna y…

Se abrió la puerta del coche. Un soldado de la Organización Todt le dijo que el general Leyers le necesitaba dentro.

Pino se levantó, se pasó los dedos por el pelo y se miró en el espejo. Mugriento, pero bien. Siguió al soldado al interior del cuartel general de Leyers y por una serie de pasillos hasta una habitación con una ventana de cristal que daba al campo de fútbol.

El general estaba vestido con ropa de civil y tomaba café con un hombre bajito de pelo azabache y un bigote estrecho y negro. Se giró para mirar a Pino y asintió.

—¿Prefieres inglés o italiano? —preguntó el hombre con acento americano.

—Inglés está bien —contestó Pino, desde su mucha mayor altura.

—Max Corvo —dijo él extendiendo la mano.

Pino vaciló, después la estrechó.

—Pino Lella. ¿De dónde es usted?

—De Estados Unidos. Connecticut. Dile al general que soy de la OSS, la Oficina de Servicios Estratégicos, y que represento a Allen Dulles.

Pino titubeó, pero, a continuación, tradujo al francés para el general, que asintió.

—Queremos que nos garantice que sus hombres van a quedarse en sus barracones, general Leyers, y que no ofrecerán resistencia si se les pide que rindan las armas —dijo Corvo.

Pino tradujo. Leyers asintió.

—Cuando se redacte un acuerdo y lo firme el mariscal de campo Vietinghoff, mis hombres lo cumplirán. Y dile que yo continúo empeñado en salvar a Milán de la destrucción.

—Los Estados Unidos de América le están agradecidos por ello, general Leyers —dijo Corvo—. Creo que habrá algo sobre papel y firmado en menos de una semana, puede que incluso antes.

Leyers asintió.

—Hasta entonces. Salude al señor Dulles de mi parte.

Pino tradujo y luego añadió:

—Ha estado quemando documentos por todo el norte de Italia durante los últimos tres días.

Corvo ladeó la cabeza.

—¿Es eso cierto?

—Sí —asintió Pino—. Están todos quemando documentos. Todos.

—De acuerdo —repuso el agente de la OSS—. Gracias por decírmelo.

Corvo estrechó la mano del general y la de Pino y, después, se marchó.

Pino se quedó allí durante varios segundos incómodos antes de que Leyers hablara.

—¿Qué le decías justo antes de que se fuera?

—Le he preguntado cómo era Connecticut y me ha dicho que bajo ningún concepto es tan bonito como Italia.

El general se quedó mirándolo.

—Vámonos. Tengo una cita con el cardenal Schuster.

Cuando volvieron a la ciudad a las dos de la tarde, algo en el ambiente de Milán parecía eléctrico y rebelde. Se oían los pitidos de las fábricas. Los revisores y conductores se alejaban caminando de los tranvías y autobuses que quedaban, provocando el caos entre los convoyes alemanes que trataban de atravesar la ciudad de camino al norte. Cuando Pino se vio bloqueado en un cruce, pudo jurar que oía el estallido de disparos de rifle a lo lejos.

Eso hizo que mirara al general Leyers, sentado en el asiento de atrás, y que pensara en la satisfacción que le produciría arrestar al nazi y decirle que le había estado espiando durante todo ese tiempo. «¿Dónde debería hacerlo? ¿Y cómo? ¿En el coche? ¿O de camino a algún sitio?».

Cuanto más se acercaban al Duomo, más nazis veían. La mayoría eran de las Waffen-SS, los asesinos, violadores y saqueadores y vigilantes de esclavos. Estaban en las calles que circundaban la sede de la Gestapo, refugiándose tras los tanques Panzer alrededor de la catedral y el Palacio del Arzobispado, donde Pino aparcó fuera de la verja porque ya había demasiados coches en el patio.

Pino siguió a Leyers en dirección a las escaleras. Un sacerdote les interceptó.

—Su Eminencia le verá hoy en su despacho, general.

Cuando entraron en los ornamentados y elegantes despachos de Schuster, el cardenal de Milán estaba sentado tras su mesa como un juez, vestido con túnicas blancas y su mitra roja apoyada en el estante de detrás. Pino observó la abarrotada sala. Giovanni Barbareschi, el seminarista, permanecía de pie a la izquierda del cardenal. El más cercano a ellos era Eugen Dollmann, el traductor al italiano de Hitler. Y, al lado de Dollmann, se situaba Wolff, el general de las SS, y varios hombres vestidos con traje a los que Pino no conocía.

Sentado en el extremo izquierdo lejos del escritorio del cardenal, sosteniendo un bastón, había un anciano al que Pino no habría reconocido de no ser porque su amante estaba sentada a su lado. Benito Mussolini parecía haberse vuelto del revés, como un muelle que se hubiese apretado demasiado y hubiese saltado. Tenía la piel pálida y sudorosa y había perdido peso. Estaba echado hacia delante, como si sufriese dolor de estómago. Claretta Petacci acariciaba distraídamente la mano del Duce inclinada sobre él con actitud de consuelo.

Detrás de Mussolini y su amante había dos hombres con pañuelos rojos. «Líderes partisanos», pensó Pino.

—Han venido todos los que usted pidió que vinieran, Su Eminencia —dijo Barbareschi.

Schuster los miró.

—Nada de lo que aquí se diga saldrá de esta habitación. ¿Están de acuerdo?

Uno a uno, todos asintieron, incluido Pino, que se preguntó por qué se encontraba en esa sala si ya estaba allí Dollmann para traducir.

—Pues bien, nuestro objetivo es salvar Milán de mayores sufrimientos y limitar el derramamiento de sangre alemana en su retirada. ¿De acuerdo?

Mussolini asintió. Después de que Dollmann tradujera, Wolff y Leyers hicieron lo mismo.

—Bien —dijo el cardenal—. General Wolff, ¿qué nos puede decir?

—He estado dos veces en Lugano en los últimos días —contestó el general de las SS—. Las negociaciones avanzan más lentas de lo esperado, pero avanzan. Estamos a tres o puede que cuatro días de tener un documento para firmarlo.

Mussolini salió de su sopor.

—¿Qué documento? ¿Qué negociaciones?

Wolff miró al cardenal y, después, al general Leyers.

—Duce, la guerra está perdida —dijo Leyers—. Hitler se ha vuelto loco en su búnker. Todos nos hemos estado esforzando en poner fin al conflicto con la menor cantidad de muerte y destrucción posibles.

Sentado y apoyado en su bastón, Mussolini pasó de estar pálido a rojo como un tomate. Pequeñas burbujas de saliva aparecieron en la comisura de los labios del Duce, que se retorció antes de abrir de pronto su marcada mandíbula y empezar a gritar a Wolff y a Leyers mientras movía su bastón.

—Nazis cabrones —rugió Mussolini—. ¡Una vez más podemos decir que Alemania le ha clavado un cuchillo a Italia por la espalda! ¡Iré a la radio! ¡Le contaré a todo el mundo vuestra traición!

—No va a hacer tal cosa, Benito —dijo el cardenal Schuster.

—¿Benito? —gritó Mussolini indignado—. ¡Cardenal Schuster, diríjase a mí como «Excelencia»!

El cardenal respiró hondo e inclinó la cabeza.

—Excelencia, es importante que se alcance un acuerdo de rendición antes de que las masas se levanten con una revuelta. Si no, habrá anarquía, cosa que yo tengo la intención de evitar. Si no se compromete usted a lograr ese objetivo, Duce, tendré que pedirle que se vaya.

Mussolini miró por la habitación, agitó la cabeza con desagrado y extendió la mano hacia su amante.

—¿Has visto cómo nos tratan, Clara? Ahora estamos solos.

Petacci agarró la mano del fascista antes de contestar.

—Estoy lista, Duce.

Se pusieron de pie con esfuerzo y se dirigieron hacia la puerta.

—Excelencia —dijo el cardenal Schuster a su espalda—. Espere.

El prelado se acercó a su estantería, sacó un libro y se lo entregó a Mussolini.

—Es una historia de san Benito. Arrepiéntase de sus pecados y, quizá, pueda encontrar consuelo en este libro durante los tristes días que ahora tiene en su horizonte.

Mussolini le miró con resentimiento, pero cogió el libro y se lo pasó a su amante.

—Debería ordenar que los fusilaran a todos —dijo mientras salían.

La puerta se cerró con un golpe cuando salieron.

—¿Continuamos? —preguntó el cardenal Schuster—. General Wolff, ¿el Alto Mando alemán ha aceptado mi petición?

—Vietinghoff me ha escrito esta mañana. Ha dado orden de que sus hombres abandonen cualquier acto de ataque y de que permanezcan en sus barracones hasta que se pongan en contacto con ellos.

—No es una rendición, pero sí un comienzo —observó el cardenal Schuster—. Y aún hay un grupo central de las SS en las calles que rodean el Duomo. ¿Son leales al coronel Rauff?

—Yo diría que sí —contestó Wolff.

—Pero Rauff responde ante usted —dijo Schuster.

—A veces.

—En ese caso, envíele una orden. Prohíbale a él y a esos monstruos con uniforme que perpetren más atrocidades antes de marcharse de este país.

—¿Atrocidades? —preguntó Wolff—. No sé a qué se...

—No me insulte —espetó el cardenal de Milán—. No van a poder ocultar las cosas que han hecho en Italia y a los italianos. Pero sí podrá evitar que ocurran más masacres. ¿Estamos de acuerdo?

Wolff parecía tremendamente agitado, pero asintió.

—Le escribiré la orden ahora.

—Yo la entregaré de su parte —se ofreció Barbareschi.

El cardenal Schuster miró al seminarista.

—¿Estás seguro?

—Quiero mirar a los ojos al hombre que me torturó cuando reciba la noticia.

Wolff escribió la orden en papel oficial, lo selló con cera de Schuster y hundió su anillo en la cera antes de entregárselo al seminarista. Mientras Barbareschi se marchaba, regresó el sacerdote que les había llevado hasta allí.

—Cardenal Schuster, los prisioneros de San Vittore se están amotinando.

28

Estuvieron en el arzobispado hasta el anochecer. El general Wolff se marchó. El general Leyers y el cardenal Schuster hablaron de formas de intercambio de prisioneros entre los alemanes y la resistencia.

Fue al ver que el sol se ponía fuera cuando Pino volvió a recordar que le habían encargado tomar a Leyers como prisionero antes de la medianoche. Deseó que los partisanos le hubiesen dado instrucciones específicas aparte de una dirección donde debía llevar al general. Aun así, le habían asignado una responsabilidad, una tarea, igual que le habían asignado a Mimo la tarea de sabotear tanques. Los detalles los debía decidir él.

Pero, cuando iba hacia el coche oficial, Pino seguía aún tratando de decidir cuál era la mejor forma de arrestar al general, dado que siempre se sentaba justo detrás de él en el asiento de atrás.

Al abrir la puerta de atrás del Fiat, Pino vio el maletín de Leyers y se maldijo. Había estado ahí todo el tiempo que habían pasado dentro. Podría haberse excusado y haber pasado un rato viendo los informes del maletín, probablemente los que Leyers había salvado de las hogueras.

El general Leyers subió sin mirarle.

—Al hotel Regina.

Pino pensó en sacar su Walther y arrestar a Leyers en ese mismo momento, pero, al no sentirse seguro, cerró la puerta y se puso tras el volante. Debido a la cantidad de vehículos alemanes que atestaban las estrechas calles, tuvo que tomar una ruta enrevesada hacia la sede de la Gestapo.

Cerca de la Piazza San Babila, vio un camión alemán lleno de soldados armados detenido a la salida de un aparcamiento a media manzana de distancia. Había una persona en la calle apuntando con una ametralladora hacia el parabrisas del camión nazi. Pino se quedó perplejo cuando el que llevaba el arma se giró.

—Mimo —susurró mientras pisaba los frenos a fondo.

—*Vorarbeiter?* —preguntó el general Leyers.

Pino no le respondió y salió del coche. No estaba a más de cien metros de su hermano, que movía su ametralladora hacia los alemanes y les gritaba:

—Cerdos nazis, bajad las armas, tiradlas del camión, y, después, todos, poneos boca abajo sobre aquella acera.

El siguiente segundo pareció durar una eternidad.

Como no se movió ningún alemán, Mimo hizo estallar una ráfaga de disparos. Las balas de plomo rebotaron en el lateral del aparcamiento. Durante el silencio atronador que siguió, los alemanes de detrás del camión empezaron a tirar sus armas.

—*Vorarbeiter!* —gritó Leyers. Pino se sorprendió al ver que había salido del coche también y que estaba observando la escena desde detrás de él—. Olvídate del hotel Regina. Llévame a casa de Dolly. Acabo de darme cuenta de que he olvidado allí unos papeles importantes y quiero…

Alentado por Mimo y sin pensarlo dos veces, Pino sacó su pistola, se giró y la clavó sobre el vientre de Leyers. Le encantó ver la mirada de perplejidad en los ojos del general.

—¿Qué es esto, *Vorarbeiter?* —preguntó Leyers.

—Su arresto, *mon général* —respondió Pino.

—*Vorarbeiter* Lella —dijo él con firmeza—. Aparta esa arma y nos olvidaremos de que esto ha pasado. Llévame a casa de Dolly. Cogeré mis papeles y...

—¡No voy a llevarle a ninguna parte, negrero!

El general recibió aquello como una bofetada en la cara. Su expresión se retorció llena de rabia.

—¡Cómo te atreves a hablarme así! ¡Podría ordenar que te fusilen por traición!

—Asumo la traición contra usted y Hitler en cualquier momento —dijo Pino con la misma rabia—. Dese la vuelta, con las manos detrás de la cabeza, *mon général,* o le meteré un disparo en las rodillas.

Leyers balbuceó pero vio que Pino iba en serio e hizo lo que le decía. Pino extendió la mano y cogió la pistola que Leyers llevaba cuando iba con ropa de calle. Se la metió en el bolsillo y movió la Walther en el aire.

—Suba.

Leyers se dirigió al asiento de atrás, pero Pino le empujó hacia el del conductor.

Con la pistola apuntando a la cabeza del general, Pino subió al de detrás y cerró la puerta. Colocó el antebrazo sobre el maletín, como solía hacer Leyers, y sonrió, encantado con aquel cambio de roles, sintiendo que se lo había ganado, que ahora, por fin, se haría justicia.

Miró por el parabrisas más allá de Leyers. Su hermano tenía a veinte soldados nazis boca abajo, con las manos tras la cabeza. Mimo estaba descargando y apilando sus armas en la acera de enfrente.

—No tiene por qué ser así, *Vorarbeiter* —dijo Leyers—. Tengo dinero. Muchísimo.

—¿Dinero alemán? —espetó Pino—. No tendrá ningún valor, o no lo tiene ya. Ahora, dé la vuelta al coche y, como tantas veces me ha dicho, no hable a menos que yo le hable.

El general hizo una pausa, después arrancó el coche y maniobró para hacer un cambio de sentido. Cuando terminó, Pino bajó la ventanilla para gritar:

—¡Nos vemos en casa, Mimo!

Su hermano alzó la vista, asombrado, se dio cuenta de quién era el que le gritaba y levantó el puño en el aire.

—¡Sublevación, Pino! —gritó Mimo—. ¡Sublevación!

Pino sintió un escalofrío mientras Leyers salía de San Babila con destino a la dirección que Mimo le había pasado de los comandantes partisanos. No tenía ni idea de por qué debía llevar a Leyers a esa dirección concreta, ni tampoco le importaba. Ya no estaba en la sombra. Ya no era un espía. Ahora formaba parte de la rebelión y eso le daba una sensación de superioridad moral mientras le iba gritando las indicaciones y los giros al general, que conducía con los hombros encorvados.

—Tengo más cosas aparte de dinero alemán —dijo Leyers a los diez minutos de camino.

—No me importa —contestó Pino.

—Tengo oro. Podemos ir a...

Pino empujó el cañón de la pistola contra la cabeza de Leyers.

—Ya sé que tiene oro. Oro que le ha robado a Italia. Oro por el que asesinó a cuatro de sus esclavos, y no lo quiero.

—¿Asesinado? —preguntó Leyers—. No, *Vorarbeiter*, eso no es...

—Espero que termine ante un pelotón de fusilamiento por lo que ha hecho.

El general Leyers se puso rígido.

—No puedes decirlo en serio.

—Cierre la boca. No quiero oír ni una palabra más.

En ese momento, Leyers pareció resignarse a su destino y condujo con expresión huraña por la ciudad mientras Pino escuchaba una voz en su cabeza que le decía: «No pierdas esta oportunidad. Exige castigo. Ordénale que pare. Dispárale en la pierna, al menos. Deja que se enfrente a su destino herido y con dolor. ¿No es así como se supone que se debe entrar en el infierno?».

El general bajó su ventanilla en un momento dado y sacó la cabeza como si quisiera oler sus últimos momentos de libertad. Pero, cuando llegaron a la puerta de la dirección en Via Broni, Leyers se quedó mirando al frente.

Un hombre con un arma y una gorra y un pañuelo rojo salió por la valla. Pino le dijo que tenía orden de arrestar al general y que había ido allí a entregarlo.

—Estábamos esperando —contestó el guardia antes de dar un grito para que abrieran la puerta.

Leyers metió el coche en el recinto y aparcó. Abrió la puerta y trató de salir. Otro partisano le agarró, le dio la vuelta y le esposó. El primer hombre armado cogió el maletín.

Leyers miró a Pino con desprecio, pero no dijo nada mientras lo arrastraban por la puerta. Se cerró con un golpe cuando entraron y Pino se dio cuenta de que no le había dicho al general que era un espía.

—¿Qué le va a pasar? —preguntó Pino.

—Le juzgarán y, probablemente, le ahorcarán —contestó el guardia con el maletín.

Pino sintió un sabor ácido en la garganta.

—Yo quiero testificar en su contra.

—Estoy seguro de que tendrás ocasión de hacerlo. ¿Las llaves del coche?

Pino se las dio.

—¿Qué hago?

—Vete a casa. Toma, coge esta carta. Enséñasela a cualquier partisano que te pueda bloquear el paso.

Pino cogió la carta, la dobló y se la metió en el bolsillo.

—¿Me pueden llevar en coche?

—Lo siento, tendrás que ir andando —contestó—. No te preocupes, en diez o veinte minutos no te resultará difícil ver.

—¿Conoces a mi hermano, Mimo Lella? —preguntó Pino. El guardia se rio.

—Todos conocemos a ese monstruo y nos alegra tenerlo de nuestro lado.

A pesar de los elogios hacia Mimo, Pino fue hacia la valla con cierta sensación de decepción y de que le habían engañado. ¿Por qué no le había dicho a Leyers que era espía? ¿Por qué no le había preguntado qué estaba quemando con esos papeles? ¿Qué eran? ¿Pruebas del esclavismo? ¿Y qué eran esos documentos que quería recoger en el apartamento de Dolly?

¿Eran importantes? Los partisanos tenían el maletín y al menos algunos archivos que Leyers había salvado de la quema. Y Pino iba a testificar contra él, a decirles a todos lo que había visto hacer al general Leyers.

Cuando salió del recinto, Pino estaba en el lado sudeste de Milán, en uno de los barrios más bombardeados. En la oscuridad, daba patadas a cosas, se tropezaba y le preocupaba caerse en algún cráter de aquel erial antes de poder encontrar el camino hacia su casa.

Oyó un disparo de rifle no lejos de allí. Después, otro, seguido de un estallido de disparos automáticos y de una explosión de granada. Pino se agachó pensando que había caído en una trampa. Estaba a punto de darse la vuelta para tratar de buscar otro camino hasta su casa cuando, a lo lejos, oyó que las campanas más pequeñas del Duomo empezaban a repicar. Después, se unieron las campanas grandes y el carrillón, tañendo y resonando en la oscuridad.

Pino sintió que le llamaban, que le atraían hacia la basílica. Se puso de pie y comenzó a caminar hacia las campanas y el Duomo, sin importarle los disparos de rifles que restallaban en las calles que le rodeaban. Empezaron a repicar las campanas de otras iglesias y enseguida todas sonaron como en la mañana de Pascua.

Después, sin previo aviso, y por primera vez en casi dos años, las farolas de todo Milán parpadearon y se encendieron, haciendo desaparecer la noche y la larga tristeza de la ciudad bajo las sombras de la guerra. Pino parpadeó ante la luminosidad de las farolas y al ver cómo las ruinas y cicatrices de la ciudad sobresalían abrasadas y furibundas.

¡Pero las luces estaban encendidas! ¡Y las campanas sonaban! Pino tuvo una enorme sensación de alivio. ¿Era esto ya? ¿Había terminado? Todas esas unidades alemanas habían aceptado no luchar. ¿Verdad? Pero los soldados que Mimo había arrestado no habían depuesto las armas sin una amenaza.

Se oyeron disparos y explosiones al noreste, en dirección a la estación central de ferrocarril y el teatro Piccolo, la sede fascista. Se dio cuenta de que partisanos y fascistas debían de estar enfrentándose por el control de Milán. Era una guerra civil. O quizá había allí también alemanes y era una batalla a tres.

En cualquier caso, Pino se dirigía hacia el oeste, callejeando en dirección al Duomo, alejándose de la lucha. En una calle tras otra, la gente de Milán rasgaba las cortinas opacas de los edificios que habían sobrevivido para dejar que entrara más luz en la ciudad. Familias enteras se asomaban a las ventanas lanzando vítores y gritando para que echaran a los nazis al mar. Muchos otros salían a las calles y levantaban la vista hacia las farolas, como si fueran una fantasía hecha realidad.

La euforia duró poco. Estallaron disparos desde diez direcciones distintas. Pino podía oír su ruido y sus pausas cerca y lejos. Recordó la batalla que se había librado alrededor del cementerio donde estaba Gabriella Rocha. «La guerra no ha terminado», supo entonces. «Ni tampoco la insurrección». Los pactos alcanzados en el despacho del cardenal Schuster estaban desmoronándose. Por el ritmo de la lucha, a Pino no le cupo duda de que estaba oyendo un combate a tres bandas: partisanos contra nazis y partisanos contra fascistas.

Cuando una granada explotó en una de las calles adyacentes, la gente empezó a dispersarse y a volver apresuradamente a sus casas. Pino echó a correr sin rumbo fijo y en zigzag. Cuando llegó a la Piazza del Duomo, seis tanques Panzer alemanes seguían ocupando su perímetro, con los cañones apuntando hacia fuera. Los focos de la catedral continuaban encendidos, iluminando toda la iglesia, y las campanas aún repicaban, pero, por lo demás, la piazza estaba desierta. Pino tragó saliva y avanzó rápidamente y en diagonal por el espacio abierto, rezando por que no hubiese francotiradores en las plantas superiores de los edificios que rodeaban la plaza.

Llegó a la esquina de la catedral sin ningún incidente y caminó bajo la sombra de la enorme iglesia mientras levantaba la vista y veía que el hollín tras varios años de bombardeos y fuego había oscurecido la fachada de mármol de color rosa claro. Pino se preguntó si las manchas de la guerra desaparecerían alguna vez de Milán.

Pensó entonces en Anna y se preguntó si se habría instalado en la nueva casa de Dolly en Innsbruck y si estaría durmiendo. Le consoló pensar en ella así, segura, abrigada y tan elegante.

Pino sonrió y caminó más deprisa. En diez minutos estuvo en la puerta del edificio de apartamentos de sus padres. Buscó sus papeles en el bolsillo, subió los escalones y abrió la puerta de la calle, esperando ver a los guardias de las SS. Pero no había nadie y, cuando el ascensor pasó en su ascenso por la quinta planta, los guardias de allí tampoco estaban.

«¡Se han ido! ¡Han huido todos!».

Estaba realmente feliz cuando sacó sus llaves y las metió en la cerradura. Abrió la puerta y vio que se estaba celebrando una pequeña fiesta. Su padre había sacado el violín y había abierto dos botellas de buen Chianti, que estaban sobre la mesa de la sala de estar junto a dos botellas vacías. Michele estaba borracho y se reía junto a la chimenea con Mario, el hijo de su primo, el piloto. ¿Y la tía Greta? Estaba sentada en el regazo de su marido cubriéndole de besos.

El tío Albert vio a Pino y levantó los brazos en señal de victoria.

—¡Oye, tú, Pino Lella! —gritó—. ¡Ven aquí a darle un abrazo a tu tío!

Pino soltó una carcajada y corrió a abrazar a todos. Bebió vino y escuchó el dramático relato del tío Albert sobre el amotinamiento de la prisión de San Vittore, cómo se habían impuesto a los guardias fascistas, habían abierto las celdas y habían liberado a todos.

—El mejor momento de mi vida, aparte de cuando conocí a Greta, ha sido el de salir por las puertas de esa prisión —dijo el tío Albert con una sonrisa—. Nos habíamos quitado los grilletes. Éramos libres. ¡Milán es libre!

—No del todo —dijo Pino—. He recorrido esta noche buena parte de la ciudad. Los acuerdos que el cardenal Schuster ha pactado no se están cumpliendo. Hay luchas por todos sitios.

Después, les habló de Mimo, de cómo había puesto boca abajo a todos aquellos alemanes él solo. Su padre estaba perplejo.

—¿Solo?

—Completamente solo —contestó Pino lleno de orgullo—. Yo creo que tengo agallas, papá, pero mi hermano pequeño es otra cosa.

Cogió la botella de vino y se sirvió otro vaso sintiéndose increíblemente bien. Si Anna hubiese estado a su lado celebrando con su familia la insurrección, habría sido casi perfecto. Pino se preguntó cuándo volvería a verla, cuándo tendría noticias de ella. Cogió el teléfono y, para su sorpresa, vio que funcionaba. Pero su padre le dijo que no habían recibido ninguna llamada antes de que él llegara.

Mucho después de la medianoche, encendido y achispado por el vino, Pino se metió en la cama. Por la ventana abierta oía el bramido de los tanques Panzer que se ponían en marcha y, después, el ruido metálico de sus ruedas por los adoquines, alejándose hacia el noreste. Dormitó antes de oír explosiones y rifles automáticos en la dirección que habían tomado los tanques.

Durante toda la noche, los sonidos de batalla en Milán se elevaban y caían como un coro tras otro, cada voz entonando canciones de guerra, cada canción alcanzando un *crescendo* y, después, menguando hacia ecos y acordes. Pino se cubrió la cabeza con la almohada y, por fin, se quedó dormido profundamente sin parar de soñar: con aquella mirada de desprecio que el general Leyers le había lanzado al alejarse, con francotiradores que le disparaban mientras atravesaba corriendo la ciudad, pero, sobre todo, con Anna y su última noche juntos, lo mágica y poderosa que había sido, perfecta y providencial.

Pino se despertó el jueves, 26 de abril, y miró el reloj.

¿Las diez de la mañana? ¿Cuándo había sido la última vez que había dormido tanto? No lo sabía, pero se sentía de maravilla. Después, notó el olor a beicon. ¿Beicon? ¿De dónde lo habían sacado?

Cuando se vistió y llegó a la cocina, encontró a su padre disponiendo beicon crujiente en un plato y señalándole un cuenco lleno de huevos frescos que Mario tenía en la mano.

—Un partisano amigo de tu tío Albert acaba de traerlos —dijo Michele—. Albert está en el pasillo hablando con él. Y yo estoy preparando el último espresso que tenía escondido en el armario.

Entró el tío Albert. Parecía tener una fuerte resaca y expresión de preocupación.

—Pino, te necesitan para que hables inglés —dijo—. Quieren que vayas al hotel Diana y que preguntes por un hombre que se llama Knebel.

—¿Quién es Knebel?

—Un americano. Es lo único que sé.

«¿Otro americano? ¡El segundo en dos días!».

—De acuerdo —dijo mirando con deseo el beicon que se estaba friendo, los huevos y el café—. Pero ¿tengo que ir ahora mismo?

—Después de que comas —contestó su padre.

Mario el aviador le hizo a Pino unos huevos revueltos y él los engulló con el beicon y un espresso doble. Pino no sabía cuándo había sido la última vez que se había dado un festín así para desayunar, hasta que lo recordó: en Casa Alpina. Pensó en el padre Re, se preguntó cómo les iría a él y al hermano Bormio. En la siguiente ocasión que tuviera, subiría a Anna a Motta para que conociera al sacerdote y para pedirle a este que les casara.

Ese pensamiento le hizo sentir más feliz y seguro de lo que se había sentido nunca. Debió de notársele, pues el tío Albert se acercó mientras Pino lavaba los platos.

—Estás sonriendo como un tonto con la mirada perdida, lo cual quiere decir que estás enamorado —susurró.

Pino se rio.

—Puede ser.

—¿Aquella jovencita que te ayudó con la radio?

—Anna. La chica a la que le encanta lo que haces.

—¿Lo sabe tu padre? ¿Y tu madre?

—No se han conocido. Pero pronto lo harán.

El tío Albert dio una palmada a Pino en la espalda.

—Ser joven y estar enamorado. ¿No resulta sorprendente que algo así pueda ocurrir en medio de una guerra? Dice algo de las bondades intrínsecas de la vida, por mucha maldad que hayamos visto.

Pino adoraba a su tío. Había muchas cosas dentro de la cabeza de aquel hombre.

—Debería irme ya —dijo Pino mientras se secaba las manos—. A conocer al *signor* Knebel.

Pino salió del edificio y fue en dirección al hotel Diana en Viale Piave, no muy lejos de la central telefónica y el Piazzale Loreto. A dos manzanas vio un cadáver, un hombre, boca abajo en la cuneta, con una herida de bala en la nuca. Vio el segundo y el tercer cadáveres a cinco manzanas del apartamento: un hombre y una mujer con ropa de dormir, como si les hubiesen sacado de sus camas. Cuanto más se alejaba, más muertos veía, casi todos con disparos en la cabeza, casi todos tirados boca abajo, en la cuneta, bajo el creciente calor.

Pino se sentía horrorizado y mareado. Cuando llegó al hotel Diana, había contado setenta cadáveres pudriéndose al sol. Continuó oyendo disparos esporádicos hacia el norte de su ruta. Alguien dijo que los partisanos habían rodeado a un gran número de Camisas Negras que trataban de huir de Milán. Los fascistas estaban luchando a muerte.

Pino tiró de la puerta de la calle del hotel Diana y vio que estaba cerrada con llave. Llamó, esperó y no obtuvo respuesta. Dio un rodeo por la parte de atrás, probó la puerta y la abrió. Entró en una cocina vacía que olía a carne recién hecha. Unas puertas de vaivén al otro lado de la cocina llevaban a un restaurante oscuro y vacío y otras, a una sala de baile apenas iluminada.

—¿Hola? —gritó tras abrir la puerta de la sala de baile.

Oyó el roce metálico de un rifle cargándose. Pino levantó las manos.

—Tira el arma —le ordenó un hombre.

—No tengo ningún arma —dijo Pino oyendo el temblor de su voz.

—¿Quién eres?

—Pino Lella. Me han dicho que venga a ver a un americano llamado Knebel.

Oyó una risa áspera antes de que un hombre grande y desgarbado, vestido con un uniforme del ejército estadounidense, saliera de entre las sombras. Tenía una nariz ancha, entradas en el pelo y una amplia sonrisa.

—Baja la pistola, cabo Daloia —dijo—. Este viene con invitación.

El cabo Daloia, un soldado bajito y fornido de Boston, bajó su arma.

El americano más grande se acercó a Pino y le extendió la mano.

—Comandante Frank Knebel, Quinto Ejército de Estados Unidos. Escribo para el Quinto, redacto algunos artículos para *Stars and Stripes* y participo en operaciones psicológicas.

Pino no entendió ni la mitad de lo que le había dicho, pero asintió.

—¿Acaba de llegar, comandante Knebel?

—Anoche —contestó Knebel—. Entré por delante de la Décima División de Montaña con este grupo de avanzadilla para ver con antelación el estado de la ciudad para mis informes. Así que cuéntame qué está pasando ahí afuera, Pino. ¿Qué has visto cuando venías?

—Hay muertos en las cunetas fruto de la venganza y los nazis y los fascistas están tratando de huir —contestó Pino—. Los partisanos les están disparando a todos. Pero anoche se encendieron las farolas por primera vez en varios años y no hubo bombarderos y, durante un rato, fue como si la guerra se hubiese acabado de verdad.

—Eso me gusta —dijo Knebel sacando un cuaderno—. Muy gráfico. Repítelo.

Pino así lo hizo y el comandante tomó nota de todo.

—Voy a ponerte como luchador partisano, ¿de acuerdo?

—De acuerdo —respondió Pino. Le gustaba cómo sonaba—. ¿En qué más puedo ayudarle?

—Necesito un intérprete. Me habían dicho que hablas inglés, así que aquí estás.

—¿Quién le ha dicho que hablo inglés?

—Un pajarito —contestó Knebel—. Ya sabes cómo va esto. La cuestión es que necesito ayuda. ¿Te parece bien echar una mano a un americano en apuros, Pino?

A Pino le gustaba el acento del comandante. Le gustaba todo en él.

—Claro.

—Bravo —dijo Knebel mientras ponía una mano sobre el hombro de Pino y continuaba como si fuesen dos cómplices de toda la vida—. Bien, pues hoy lo que necesito de ti son, en realidad, dos cosas. Primero, que me metas en esa central telefónica para poder hacer algunas llamadas e informar de algunas historias.

Pino asintió.

—Eso puedo hacerlo. ¿Qué más?

Knebel le sonrió enseñando mucho los dientes.

—¿Puedes buscarnos un poco de vino? ¿Whisky? ¿Quizá chicas y música?

—¿Para qué?

—Para una maldita fiesta —contestó Knebel ampliando aún más su sonrisa—. Unos amigos van a colarse aquí cuando oscurezca y esta puta guerra casi ha terminado, así que van a querer desahogarse un poco, celebrarlo. ¿Qué te parece?

El comandante tenía una forma contagiosa de decir las cosas que hizo que Pino sonriera.

—¡Me parece divertido!

—¿Puedes hacerlo? ¿Traer un gramófono, una radio? ¿Algunas chicas italianas guapas con las que mover el esqueleto?

—Y vino y whisky. Mi tío tiene de las dos cosas.

—Por la presente, tu tío se ha ganado una Estrella de Plata por actuar muy por encima de su deber —dijo el comandante—. ¿Puedes traerlo todo para las nueve de la noche?

Pino miró su reloj y vio que era mediodía. Asintió.

—Le llevo a la central de teléfonos y nos ponemos en marcha.

Knebel miró a los soldados americanos y les hizo un saludo militar.

—Creo que amo a este chico.

—Si nos trae algunas chicas, comandante, propondré al muchacho como candidato a la Medalla de Honor —dijo el cabo Daloia.

—Eso es mucho decir para un tipo que opta a una Estrella de Plata por su valor en Monte Cassino —repuso Knebel.

Pino miró de nuevo al cabo sorprendido.

—¿A quién le importan las medallas? —preguntó Daloia—. Necesitamos mujeres, música y alcohol.

—Os buscaré las tres —dijo Pino y el cabo le hizo un saludo de inmediato.

Pino se rio y se quedó mirando el uniforme del comandante.

—Quítese la camisa. Va a llamar la atención.

Knebel obedeció y siguió a Pino al exterior del hotel Diana con su camiseta, los pantalones de su uniforme y sus botas. En la central telefónica, unos guardias partisanos bloqueaban la entrada, pero, en cuanto Pino les enseñó la carta que le habían dado la noche anterior y les explicó que Knebel iba a escribir la gloriosa historia del levantamiento milanés para su público americano, le dejaron pasar. Pino llevó a Knebel a una habitación con una mesa y un teléfono. Una vez conectado, el comandante se tapó el auricular.

—Contamos contigo, Pino.

—Sí, señor —contestó Pino intentando hacer el saludo con la misma elegancia que el cabo Daloia.

—Casi —dijo Knebel riéndose—. Ahora ve a prepararnos una fiesta digna de recordar.

Dotado de una nueva energía, Pino salió de la central y se dirigió al norte por Corso Buenos Aires hacia el Piazzale Loreto mientras trataba de pensar en cómo iba a encontrar todo lo que Knebel le había pedido en ocho horas y media. Una mujer guapa de unos veinte años, sin anillo de casada, se acercaba por la calle en dirección a él, con expresión de preocupación.

—*Signorina, per favore,* ¿le gustaría venir esta noche a una fiesta? —le preguntó Pino sin pensárselo.

—¿A una fiesta? ¿Esta noche? ¿Contigo? —preguntó mofándose—. No.

—Habrá música, vino y comida y soldados americanos ricos.

Ella se sacudió el pelo.

—Aún no hay americanos en Milán.

—Sí que los hay. Y habrá más en el hotel Diana, en la sala de baile, esta noche a las nueve. ¿Viene?

Vaciló antes de contestar.

—¿No me estás mintiendo?

—Por mi madre, le juro que no.

—Entonces, me lo pensaré. ¿En el hotel Diana?

—Eso es. Lleve un vestido de baile.

—Me lo pensaré —repitió antes de alejarse.

Pino sonrió. La vería allí. Estaba casi seguro.

Continuó caminando y, cuando pasó la siguiente mujer atractiva, le dijo lo mismo y obtuvo, más o menos, la misma respuesta. La tercera mujer reaccionó de forma distinta. Aceptó ir a la fiesta de Pino de inmediato y, cuando él le dijo que habría soldados americanos ricos, ella le contestó que llevaría a cuatro amigas.

Pino estaba tan emocionado que hasta entonces no se dio cuenta de que había llegado a la esquina del Piazzale Loreto y a la tienda de frutas y verduras de Beltramini. La puerta estaba abierta. Adivinó la silueta de un hombre entre las sombras.

—¿Carletto, eres tú?

El antiguo amigo de Pino trató de cerrar la puerta con un golpe. Pero Pino echó el hombro sobre ella y pudo más que Carletto, que era más pequeño y cayó de espaldas al suelo.

—¡Sal de mi tienda! —gritó Carletto arrastrándose hacia atrás—. ¡Traidor! ¡Nazi!

Su amigo había perdido mucho peso. Pino se dio cuenta cuando cerró la puerta al entrar.

—No soy ningún nazi ni ningún traidor.

—¡Vi la esvástica! ¡Y papá también! —espetó Carletto señalando al brazo izquierdo de Pino—. Ahí mismo. ¿En qué te convierte eso si no es en un nazi?

—Me convirtió en un espía —contestó Pino, y le contó todo a Carletto.

Al principio, vio que su viejo amigo no le creía, pero, cuando Carletto escuchó el nombre de Leyers y se dio cuenta de que había sido a él a quien Pino había estado espiando, cambió de opinión.

—Pino, si lo hubiesen sabido, te habrían matado —dijo Carletto.

—Lo sé.

—¿Y, aun así, lo hiciste? —preguntó su amigo negando con la cabeza—. Esa es la diferencia entre nosotros dos. Tú te arriesgas y actúas, mientras que yo... me quedo mirando asustado.

—Ya no hay nada de lo que tener miedo —dijo Pino—. La guerra ha terminado.

—¿De verdad?

—¿Cómo está tu madre?

Carletto dejó caer la cabeza.

—Murió, Pino. En enero. En medio del frío. No pude darle calor suficiente porque no había combustible ni productos para vender. Estuvo tosiendo hasta que murió.

—Lo siento mucho —dijo Pino notando cómo la emoción se le agarraba a la garganta—. Era tan buena como divertido tu padre. Debería haber estado aquí para ayudarte a enterrarlos a los dos.

—Estuviste cuando se suponía que debías estar. Y yo también —dijo Carletto con una expresión tan abatida que Pino quiso alegrarle.

—¿Sigues tocando la batería?

—No desde hace mucho tiempo.

—Pero ¿la sigues teniendo?

—En el sótano.

—¿Conoces a más músicos que vivan por aquí?

—¿Por qué?

—Hazme caso.

—Sí, creo que sí. Si es que siguen vivos, claro.

—Bien. Vamos.

—¿Qué? ¿Adónde?

—A mi casa a comer algo —contestó Pino—. Y luego vamos a buscar vino, comida y más chicas. Y, cuando tengamos suficientes, vamos a celebrar una fiesta de fin de guerra que va a ser la mejor de todas las fiestas de fin de guerra.

29

A las nueve de la noche del segundo día de la insurrección general en Milán, Pino y Carletto habían llevado seis cajas de vino y veinte litros de cerveza artesana de la bodega privada del tío Albert al hotel Diana. El padre de Pino contribuyó con dos botellas de grappa. Y Carletto encontró tres botellas de whisky sin abrir que alguien le había regalado a su padre años antes.

El cabo Daloia, mientras tanto, había descubierto en el sótano del hotel un escenario desmontado y mandó que lo colocaran en el otro extremo de la sala de baile. La batería de Carletto se colocó en el fondo del escenario. Estaba tocando el bombo y ajustando los platillos mientras un trompetista, un clarinetista, un saxofonista y un trombón afinaban sus instrumentos.

Pino se sentó en el piano vertical que los americanos habían subido al escenario y se puso a juguetear nervioso con las teclas. Llevaba casi un año sin tocar. Pero, después, se soltó con unos cuantos acordes de cada mano y se detuvo. Era suficiente.

La gente empezó a abuchear y gritar. Pino se colocó la mano en la frente con gesto teatral, miró hacia abajo y vio a veinte soldados americanos, un pelotón de neozelandeses, ocho periodistas y, al menos, treinta mujeres milanesas.

—¡Un brindis! —gritó el comandante Knebel antes de subir al escenario de un salto con una copa de vino, derramando un poco, pero sin que le importara. Levantó su copa—. ¡Por el final de la guerra!

La muchedumbre contestó con un rugido. El cabo Daloia saltó junto al comandante.

—¡Por el final de los dictadores homicidas con extraños flequillos morenos y diminutos bigotes cuadrados!

Los soldados estallaron en carcajadas y vítores.

Pino también se reía, pero se las arregló para hacer de traductor para las mujeres, que asentían con gritos y levantaban sus copas. Carletto se bebió el vino con un largo trago que terminó con un chasquido de labios y una sonrisa.

—¡*Boogie-woogie*, Pino! —gritó Carletto golpeando sus baquetas.

Tras levantar los brazos, codos, muñecas y manos y dejar colgando los dedos por encima de las teclas, Pino empezó haciendo un tintineo con notas agudas antes de que el contrabajo comenzara con un ritmo alegre que fue adentrándose en una de esas melodías que solía ensayar antes de que empezaran los bombardeos.

Esta vez, se trataba de una variación del «Pinetop's Boogie Woogie», auténtica música de baile.

La gente se volvió loca y más aún cuando Carletto empezó con las escobillas y platillos y el contrabajo le siguió por encima. Los soldados empezaron a agarrar a las chicas italianas y a bailar al estilo del swing, expresándose con las manos, moviendo las piernas, agitando las caderas y dando vueltas. Otros soldados de la sala se mantuvieron alrededor de los que bailaban mirando nerviosos a las mujeres o quedándose inmóviles, copa en mano, y con el dedo índice de la otra mano siguiendo el ritmo a la vez que balanceaban las caderas y levantaban los hombros al compás de la estupenda música de Pino. De vez en cuando, uno de ellos soltaba algún grito movido por el alcohol.

El clarinetista tocó un solo. También el saxo y el trombón. La música cesó y empezaron los aplausos y los gritos que pedían más. El trompetista dio un paso al frente y los calló al empezar a tocar los primeros compases de «Boogie Woogie Bugle Boy».

Muchos de los soldados cantaban la canción de memoria y el baile se volvió frenético mientras el resto de soldados bebía, gritaba y se reía a carcajadas, y bailaban y bebían más y se dejaban llevar por la diversión. Cuando Pino terminó la canción, la sudorosa multitud de bailarines lanzó vítores y empezó a golpear rítmicamente el suelo con los pies.

—¡Más! —gritaban—. ¡Otra!

Pino estaba empapado en sudor, pero no creía haberse sentido nunca más feliz. Lo único que sentía que le faltaba era Anna. Ella nunca había visto a Pino tocar una nota. Se habría caído redonda. Se rio al pensar en aquella imagen y, después, pensó en Mimo. ¿Dónde estaba? ¿Seguía luchando contra los nazis?

Se sentía un poco culpable por estar de fiesta mientras su hermano pequeño seguía ahí fuera luchando como un guerrero, pero luego miró de nuevo a Carletto, que estaba sirviéndose otra generosa copa de vino mientras sonreía como un tonto.

—Vamos, Pino —dijo Carletto—. Dales lo que quieren.

—De acuerdo —gritó Pino hacia la multitud—. ¡Pero el pianista necesita una copa! ¡Grappa!

Alguien le subió rápidamente una copa del licor. Pino se la bebió hasta el fondo e hizo una señal a Carletto, que golpeó sus baquetas. Y empezaron otra vez a tocar el *boogie-woogie* mientras Pino probaba con cada tema que había oído y practicado.

«1280 Stomp». «Boogie Woogie Stomp». «Big Bad Boogie Woogie».

A la gente le gustaban todos. Pino nunca se había divertido tanto en su vida y, de repente, entendió por qué a sus padres les encantaba tener músicos en sus fiestas.

Cuando se tomaron un descanso a eso de las once de la noche, el comandante Knebel se acercó a él.

—Impresionante, soldado. ¡Simplemente impresionante!

—¿Se ha divertido? —preguntó Pino con una sonrisa.

—La mejor fiesta de la historia. Y eso que no ha hecho más que empezar. Una de tus chicas vive cerca y me ha jurado que su padre tiene todo tipo de alcohol en el sótano.

Pino vio que unas cuantas parejas abandonaban la sala de baile cogidas de la mano y subían las escaleras. Sonrió y fue a por algo de agua y vino.

Carletto se acercó y echó el brazo por encima de Pino.

—Gracias por hacerme caer de culo esta tarde.

—¿Para qué están los amigos?

—¿Amigos para siempre?

—Hasta el día en que muramos.

La primera mujer a la que Pino había invitado a la fiesta se acercó a ellos.

—¿Eres Pino?

—Así es. ¿Cómo te llamas tú?

—Sophia.

Pino le extendió la mano.

—Encantado, Sophia. ¿Te estás divirtiendo?

—Muchísimo, pero no sé hablar inglés.

—Algunos de los soldados, como el cabo Daloia que está allí, hablan italiano. Y con los demás limítate a bailar y a sonreír y deja que tu cuerpo hable con el idioma del amor.

Sophia se rio.

—Haces que parezca fácil.

—Te estaré vigilando —dijo Pino antes de volver al escenario.

Tomó otro chupito de grappa y empezaron a tocar de nuevo un *boogie-woogie*. Después juguetearon con otros ritmos y, luego, otra vez *boogie-woogie*. Y la gente mientras golpeaba el suelo con los pies y bailaba. A medianoche, miró hacia la pista de baile y vio a Sophia doblando la espalda hacia atrás y haciendo giros con el cabo Daloia, que tenía una sonrisa de oreja a oreja.

Las cosas no podían estar saliendo mejor.

Pino se tomó otra grappa y, después, otra más y siguió tocando sin parar oliendo el sudor de los que bailaban y el perfume de las mujeres, fusionándose todo ello en un almizcle que le embriagaba de otra forma. Sobre las dos, todo se nubló y, finalmente, se volvió negro.

Seis horas después, la mañana del viernes 27 de abril de 1945, Pino se despertó en el suelo de la cocina del hotel con un agudo dolor de cabeza y el estómago revuelto. Consiguió llegar al baño y vomitó, lo que hizo que el estómago le mejorara y la cabeza empeorara.

Pino se asomó a la sala de baile y vio gente despatarrada por todas partes: en sillas, en mesas y en el suelo. El comandante Knebel estaba acurrucado en un sofá; el cabo Daloia en otro, abrazado a Sophia, lo cual hizo que Pino sonriera entre bostezos.

Pensó en su cama y en lo que le gustaría dormir la resaca en ella en lugar de sobre el suelo duro. Bebió un poco de agua y salió del hotel Diana para dirigirse, más o menos, hacia el sur, hacia Porta Venezia y sus jardines. Hacía un día espectacular, con el cielo azul y sin nubes, cálido como el mes de junio.

A menos de una manzana tras salir del hotel Pino vio el primer cadáver, boca abajo en la cuneta, con un disparo en la nuca. En la siguiente manzana, vio tres muertos. Ocho manzanas después, vio a cinco. Dos de ellos eran Camisas Negras fascistas, por su uniforme. Tres llevaban ropa de cama.

A pesar de todos los muertos que vio esa mañana, Pino sabía que algo había cambiado en Milán durante esa noche, que se había llegado a un punto crítico y que había pasado mientras él estaba de fiesta y durmiendo, porque las calles que quedaban cerca de Porta Venezia estaban atestadas y llenas de ruido. Sonaban violines. También acordeones. La gente bailaba, se abrazaba, reía y lloraba. Pino sintió como si el espíritu de la fiesta del hotel Diana hubiese salido fuera para seducir a todos y celebrar el final de un largo y terrible suplicio.

Entró en los jardines para tomar un atajo hacia su casa. Había gente tumbada en el césped, disfrutando del sol, pasándolo bien. Pino miró hacia delante, hacia el sendero lleno de gente que había tomado para atravesar el parque, y vio un rostro familiar que venía hacia él. Vestido con un uniforme de la Fuerza Aérea Italiana, su primo Mario sonreía con expresión de estar pasándolo en grande.

—¡Eh, Pino! —gritó antes de darle un abrazo—. ¡Estoy libre! ¡Se acabó lo de estar sentado en el apartamento!

—Eso es estupendo —dijo Pino—. ¿Adónde vas?

—Adonde sea, a todos sitios —contestó Mario mirando su reloj de aviador, que brilló bajo la luz del sol—. Solo quiero caminar y empaparme de todo, de la alegría de la ciudad, ahora que los nazis y los fascistas están *kaputt*. ¿Conoces esa sensación?

Pino sí que la conocía. Y, al parecer, también el resto de los milaneses ese día.

—Voy a casa a dormir un poco —dijo Pino—. Demasiada grappa anoche.

Mario se rio.

—Debería haber ido contigo.

—Lo habrías pasado bien.

—Te veo después.

—Hasta luego —se despidió Pino, y siguió caminando.

No había avanzado más de seis metros cuando oyó unos insultos detrás de él.

—¡Fascista! —gritó un hombre—. ¡Fascista!

Pino se giró y vio a un hombre pequeño y corpulento en el sendero, apuntando a Mario con un revólver.

—¡No! —gritó Mario—. Soy piloto de la libre…

La pistola disparó. La bala salió por detrás de la cabeza de Mario. El primo de Pino cayó al suelo como un muñeco de trapo.

—¡Es un fascista! ¡Muerte a todos los fascistas! —gritó el hombre mientras agitaba la pistola.

La gente empezó a correr entre gritos.

Pino estaba tan traumatizado que no sabía qué hacer ni qué decir y se limitó a quedarse mirando el cuerpo de Mario y la sangre que le salía por la cabeza. Empezó a sentir arcadas. Pero, entonces, el asesino se agachó junto a Mario y comenzó a intentar quitarle el reloj de pulsera de aviador.

La rabia se fue arremolinando dentro de Pino. Estaba a punto de atacar cuando el asesino de su primo le vio allí.

—¿Qué estás mirando? Oye, tú estabas hablando con él. ¿Eres un fascista también?

Al ver que trataba de apuntarle, Pino se dio la vuelta y echó a correr haciendo una serie de giros y amagos. La pistola sonó detrás de él, alcanzó a uno de los pocos árboles que quedaban en el parque. Pino no se detuvo hasta que estuvo lejos del parque, casi en San Babila. Solo entonces se permitió sufrir por lo que acababa de presenciar. Toda el agua que había bebido se le revolvió y tuvo arcadas hasta que le dolieron los costados.

Siguió caminando aturdido, dando un rodeo hacia su casa.

Mario estaba vivo en un momento y, al siguiente, muerto. Lo aleatorio de la muerte de su primo le hacía temblar y estremecerse mientras caminaba por las calurosas calles. ¿Nadie estaba a salvo?

En el distrito de la moda, la gente había salido a celebrar, sentada en sus portales, riéndose y fumando, comiendo y bebiendo. Pasó junto a la ópera y vio una muchedumbre. Fue hacia ella mientras trataba de no ver a Mario agonizando en su mente. Los partisanos habían acordonado el hotel Regina, la sede central de la Gestapo.

—¿Qué pasa? —preguntó.

—Están haciendo un registro —respondió alguien.

Pino sabía que no iban a encontrar muchas cosas de valor ahí dentro. Había visto cómo lo habían quemado todo. Había visto al general Leyers y al coronel Rauff quemar tantos papeles que aún se sentía perplejo. Su mente trató de huir del horror de la muerte de su primo refugiándose en preguntas sobre las cosas que los nazis habían destruido. ¿Qué podría haber en aquellos documentos? ¿Qué papeles habían conservado? ¿Y por qué?

Pensó en Leyers dos noches atrás. El general le había pedido volver a casa de Dolly antes de que Pino le arrestara, ¿no era así? Algo sobre que tenía que recoger unos papeles antes de marcharse de allí y algo más. Había mencionado esos papeles, al menos, dos veces.

Pensando que Leyers podría haber dejado algo que le incriminara en el apartamento de Dolly, se sintió más alerta, menos destrozado por la muerte de Mario.

La casa de Dolly estaba a pocas manzanas, en Via Dante. Iría allí antes de volver a casa para contarle a su padre lo de Mario. Buscaría esos papeles y se los daría al comandante Knebel. Así podría hablarles a los americanos de Leyers, tenía que haber ahí una historia. Pino y Knebel le hablarían a todo el mundo del general y sus «trabajadores forzados», de cómo les había llevado hasta la muerte, de la labor del negrero del faraón.

Veinte minutos después, Pino subía corriendo los escalones del edificio de Dolly, entraba en el portal y pasaba junto a la vieja, que le miró parpadeando a través de sus gruesas gafas.

—¿Quién anda ahí?

—Un viejo amigo, *signora* Plastino —respondió Pino mientras seguía subiendo.

Cuando llegó a la puerta de Dolly, vio que la habían forzado y que colgaba de los goznes. Habían abierto maletas y cajas. Su contenido estaba esparcido por el recibidor.

Pino empezó a sentir pánico.

—¿Anna? ¿Dolly?

Fue a la cocina, vio los platos rotos y los armarios vacíos. Estaba temblando y pensó que iba a marearse de nuevo cuando llegó a la habitación de Anna y abrió la puerta. Habían sacado el colchón de la cama. Sus cajones y su armario estaban abiertos y vacíos.

Entonces, vio algo que sobresalía del colchón y tiró. El bolso de piel que su tío le había regalado a Anna en Nochebuena salió de allí. En su mente, oyó cómo ella decía: «Jamás en mi vida me han hecho un regalo más maravilloso. Lo llevaré siempre».

¿Dónde estaba Anna? Pino empezó a sentir que la cabeza le retumbaba. ¿Se había ido hacía dos o tres días? ¿Qué había pasado? Ella nunca se habría dejado el bolso.

Entonces, se le ocurrió quién podría saberlo. Salió corriendo de nuevo escaleras abajo y se dirigió a la vieja.

—¿Qué ha pasado en el apartamento de Dolly? —preguntó jadeando—. ¿Dónde está? ¿Dónde está Anna, la doncella?

A través de sus gruesas gafas, los ojos parpadeantes de la anciana parecían dos veces su tamaño cuando una fría sonrisa de satisfacción le retorció los labios.

—Se llevaron a esas zorras alemanas anoche —dijo riéndose a carcajadas—. Deberías haber visto las cosas que sacaron después de ese antro de perversión. Cosas horribles.

Pino sintió cómo su incredulidad se convertía en terror.

—¿Adónde las han llevado? ¿Quién se las ha llevado?

La *signora* Plastino entrecerró los ojos y, a continuación, se inclinó hacia delante para mirarlo bien.

Pino la agarró con fuerza del brazo.

—¿Adónde?

—Yo te conozco —siseó la vieja—. ¡Eres uno de ellos!

Pino la soltó y dio un paso atrás.

—¡Un nazi! —gritó ella—. ¡Es un nazi! ¡Hay un nazi aquí!

Pino salió corriendo por la puerta mientras oía la voz estridente de la anciana detrás de él.

—¡Detenedle! ¡Es un traidor! ¡Un nazi! ¡Amigo de las putas alemanas!

Corrió todo lo rápido que pudo, intentando dejar de oír los fuertes gritos de alarma de la vieja. Cuando por fin se detuvo, se apoyó contra un muro sintiéndose desorientado, aturdido y asustado. «Se han llevado a Anna y a Dolly», pensó mientras notaba cómo el miedo amenazaba con dejarle inmóvil. «Pero ¿adónde? ¿Y quién se las habrá llevado? ¿Partisanos?». De eso estaba seguro.

Pino podía salir corriendo en busca de un partisano, pero ¿le escucharían? Lo harían al ver la carta que le habían dado tras entregar a Leyers, ¿no? Buscó en sus bolsillos. No estaba allí. Volvió a buscar. Nada. Bueno, de todos modos, iría sin más en busca de un comandante partisano que estuviese por la zona. O, como no tenía la carta, ¿pensarían que era un colaboracionista porque conocía a Dolly y a Anna y terminaría poniéndose en peligro? Necesitaba ayuda. Necesitaba a su tío Albert. Iría a buscarlo para pedirle que hiciera uso de sus contactos para...

Pino oyó gritos a lo lejos, voces que no podía distinguir. Pero los gritos se iban volviendo más fuertes y frenéticos y se sintió aún más desorientado. Por razones que no podía explicar, empezó a andar, pero no hacia su casa, sino hacia los gritos, como si las voces le estuviesen llamando. Serpenteó por las calles con rapidez, tratando de localizar el escándalo, hasta que se dio cuenta de que procedía de Parco Sempione, del interior del Castello

Sforzesco, donde él y Anna habían estado paseando aquel día nevado cuando habían visto cuervos volando en círculos.

Ya fuera por la resaca, el cansancio, el miedo paralizante de saber que se habían llevado a Anna o las tres cosas juntas, de repente sintió que perdía el equilibrio, como si pudiera caerse desmayado. El tiempo parecía ir más lento. Cada segundo adquiría el tono surrealista del cementerio al que había ido a recoger el cadáver de Gabriella Rocha.

Solo que, ahora, los sentidos de Pino parecían cerrarse de uno en uno hasta que, como si fuese un hombre sordo que hubiese perdido el gusto y el tacto, solo veía mientras seguía caminando en zigzag y mareado junto a una fuente sin agua en dirección al puente levadizo bajado que cruzaba por encima del foso vacío hacia el arco de la puerta principal de la fortificación medieval.

Por delante de Pino iba otro grupo de personas que se apelotonaban sobre el puente levadizo y pasaban por la puerta apretándose unos a otros. Había más gente agrupándose a su alrededor y detrás de él, dándole empujones, con los rostros encendidos por la emoción. Sabía que todos iban gritando y bromeando, pero no entendía ni una sola palabra mientras avanzaba con el gentío. Miraba hacia arriba. En un cielo azul brillante, unos cuervos daban vueltas de nuevo alrededor de las torres bombardeadas.

Pino se quedó embelesado con los pájaros hasta que estuvo casi en la entrada. Y, entonces, alguien le empujó y entró en un enorme patio soleado y lleno de cráteres provocados por las bombas que se extendía a lo largo de cien metros hasta un segundo muro de la fortificación —no tan alto, de una altura de tres plantas— lleno de ventanas hechas para que los arqueros medievales dispararan flechas a sus enemigos. En aquel espacio abierto entre los dos muros de la fortificación, la multitud que rodeaba a Pino se relajó y la gente empezó a pasar rápidamente por su lado para unirse a otros cientos de personas que se apretaban contra una fila de partisanos armados que estaban a tres cuartos del camino en el patio, de espaldas al muro del Castello Sforzesco.

Mientras Pino se acercaba a la muchedumbre, fue recuperando los sentidos, uno a uno.

Primero, recuperó el olfato y olió el agridulce olor de todos los seres humanos que se apiñaban bajo el calor. El tacto regresó a sus dedos y a la piel de su nuca, que notó el sol que caía sobre él sin piedad. Y, después, pudo oír a la gente y sus abucheos y silbidos de venganza.

—¡Matadlos! —gritaban hombres, mujeres y niños por igual—. ¡Sacadlos! ¡Que paguen por lo que han hecho!

La gente que estaba en la parte delantera de la muchedumbre vio algo y empezó a dar gritos de aprobación. Trataron de acercarse más, pero los soldados partisanos los retuvieron. Sin embargo, a Pino no se lo iban a impedir. Usó su fuerza, su altura y su peso para abrirse paso hacia delante hasta que no hubo más de tres hombres entre él y la primera línea de espectadores.

Ocho hombres vestidos con camisas blancas, pañuelos rojos y pantalones y capuchas negras salían desfilando al patio por detrás de los soldados. Llevaban carabinas sobre los hombros y se esforzaban por mantener la disciplina mientras ocupaban sus puestos a unos cuarenta metros justo por delante de Pino.

—¿Qué pasa? —preguntó Pino a un anciano.

—Fascistas —contestó con una sonrisa sin dientes y haciendo un gesto con el dedo por delante del cuello.

Los encapuchados se detuvieron formando una fila guardando tres metros entre sí, pusieron sus armas y cuerpos en posición de descanso mirando a la pared de la fortaleza interior. La muchedumbre se fue calmando por sí sola y guardó más silencio cuando se abrió una puerta del extremo izquierdo de aquel muro.

Pasaron diez segundos. Después, veinte. Luego, un minuto.

—¡Vamos! —gritó alguien—. ¡Hace calor! ¡Sacadlos!

Un noveno encapuchado apareció en la puerta. Llevaba una pistola en una mano y agarraba con la otra el extremo de una cuerda gruesa. Salió. Casi dos metros de cuerda fueron detrás de él hasta que apareció el primer hombre: rechoncho, con piernas delgadas, de unos cincuenta años y vestido solo con su ropa interior, calcetines y zapatos.

La gente empezó a reírse y a mostrar su aprobación con aplausos. El pobre hombre parecía que iba a desmayarse en cualquier momento. Tras él, iba otro hombre con pantalones y una camiseta con las mangas recortadas. Mantenía la cabeza alta, en un intento por mostrar coraje, pero Pino pudo ver que estaba temblando. Un Camisa Negra salió, a continuación, aún con su uniforme, y la muchedumbre lanzó gritos de desaprobación.

Después, una mujer llorosa de mediana edad que iba en sujetador, bragas y sandalias salió por la puerta y la gente se volvió loca. Le habían afeitado la cabeza. Llevaba algo escrito con lápiz de labios en el cráneo y en la cara.

La cuerda continuó avanzando otro metro antes de que saliera otra mujer calva y, después, una tercera. Cuando Pino vio salir a la cuarta mujer, parpadeando bajo el caliente sol, empezó a sentir que el estómago se le revolvía y que le temblaba hasta el tuétano.

Era Dolly Stottlemeyer. Iba con su camisón marfil y sus zapatillas verdes. Cuando la amante de Leyers vio a los ejecutores empezó a tirar de la cuerda como si fuese un caballo que tirara de sus riendas, tratando de clavar los talones en el suelo, retorciéndose, resistiéndose y gritando en italiano:

—¡No! ¡No podéis hacer esto! ¡No es justo!

Un partisano se acercó y golpeó a Dolly entre los omóplatos con la culata de su rifle, haciendo que se tambaleara hacia delante y tirando de Anna hacia el exterior.

Le habían quitado a Anna toda la ropa dejándola en bragas y sujetador y le habían rapado horriblemente el pelo. Algunos mechones todavía salían de su cuero cabelludo desnudo. Tenía los labios manchados con tanto lápiz de labios rojo que era como una criatura monstruosa de una viñeta. Su terror aumentó cuando vio al pelotón de fusilamiento y oyó los crecientes aullidos de desprecio de la multitud que pedía que la mataran.

—¡No! —dijo Pino, y después lo gritó—: ¡No!

Pero su voz quedó ahogada por un coro de barbarie y ansia de sangre que fue aumentando y extendiéndose por todo el patio del Castello Sforzesco, resonando alrededor de los condenados que se alineaban contra el muro. La multitud volvió a empujar hacia delante y dejó a Pino atrapado por todas partes. Desesperado, mareado e incrédulo, vio cómo empujaban a Anna para que ocupara su lugar junto a Dolly.

—No —dijo él con la garganta cerrada y las lágrimas inundándole los ojos—. No.

Anna se había puesto histérica, con gritos que le atravesaban todo el cuerpo. Pino no sabía qué hacer. Quería volverse loco, luchar, gritar a los partisanos que soltaran a Anna. Pero seguía inmóvil al pensar en la vieja y en que ella le había reconocido y le había gritado nazi y traidor. Y no tenía ninguna carta. También podrían empujar a Pino contra el muro en cualquier momento.

El líder partisano sacó la pistola y la disparó al aire para callar a la muchedumbre. Anna se retorció de miedo y cayó de espaldas contra la pared, temblando y llorando.

—Las acusaciones contra estos ocho son traición, colaboracionismo, prostitución y lucro durante la ocupación de los nazis y de Salò de la ciudad de Milán —gritó el líder de los partisanos—. Su justo castigo es la muerte. ¡Larga vida a la nueva república de Italia!

La multitud vitoreó enérgicamente. Pino no podía soportarlo. Los ojos le ardían llenos de lágrimas y empezó a propinar golpes de frustración dando codazos y patadas hasta que consiguió llegar al frente de la muchedumbre.

Un partisano le vio acercarse y le clavó el cañón del rifle en el pecho.

—Tenía una carta, pero no la encuentro —dijo Pino a la vez que se palpaba los bolsillos—. Soy de la resistencia. Ha habido un error.

El partisano apenas le miró.

—No te conozco. ¿Dónde está la carta?

—Estaba anoche en mi bolsillo, pero... Hubo una fiesta y... —le explicó Pino—. Por favor, deja que hable con tu comandante.

—No sin algo que diga que él debería hablar contigo.

—¡Teníamos que comer! —gritó una voz de mujer. Pino miró por detrás del partisano y vio a la primera mujer de la fila de la cuerda que suplicaba—: Teníamos que comer para sobrevivir. ¿Es eso tan grave?

Al otro lado de la fila, aparentemente resignada a su destino, Dolly se echaba el pelo hacia atrás y trataba de mantener la cabeza alta, pero sin conseguirlo.

—¿Listos? —preguntó el comandante.

—¡No! —empezó a gritar Anna—. ¡Yo no soy una puta! ¡No soy colaboracionista! Soy una sirvienta. Solo eso. Por favor, que alguien me crea. Solo soy una sirvienta. Dolly, díselo. ¡Dolly! ¡Díselo!

Dolly no parecía oírla. Miraba las armas que se elevaban hacia los hombros del pelotón de fusilamiento.

—¡Dios mío! —gimió Anna—. ¡Que alguien diga que solo soy una sirvienta!

—Apunten.

La boca de Pino se abrió. Miró al soldado que tenía los ojos fijos en él, receloso. Pino quería que su diafragma se tensara para gritar que era verdad, que ella era inocente, que todo aquello era un error y…

—¡Fuego!

Los disparos de los rifles resonaron como platillos y timbales.

Anna-Marta recibió una bala en el corazón.

Retrocedió por el impacto, con expresión de sorpresa antes de que pareciera que miraba a Pino, como si su alma lo hubiese sentido allí y gritara hacia él en aquel último momento antes de caer desplomada contra el muro y morir entre el polvo.

30

Al ver cómo el cuerpo de Anna se retorcía mientras una mancha de sangre se desplegaba por su pecho, Pino sintió que el corazón se le rompía y se vaciaba de todo el amor, toda la alegría y toda la música.

La muchedumbre que le rodeaba bramaba y lanzaba aullidos de aprobación mientras él se quedaba allí, con los hombros encorvados, gimoteando por la angustia que le poseía, tan poderosa que casi le hizo pensar que aquello no podía ser real, que su amada no podía estar tumbada allí sobre un charco de sangre, que no la había visto recibir la bala, que no había visto cómo la vida se le iba en un abrir y cerrar de ojos, que no la había oído suplicarle que la salvara.

La multitud que le rodeaba empezó a empujar hacia el otro lado, para salir ahora que el espectáculo había terminado. Pino se quedó donde estaba, contemplando el cadáver de Anna tumbado junto a la parte inferior del muro e interpretando su mirada perdida como una acusación de traición.

—Vete ya —le dijo el partisano—. Se ha terminado.

—No —protestó Pino—. Yo...

—Vete, si sabes lo que te conviene —insistió el soldado.

Tras una última, larga y temblorosa mirada a Anna, Pino se dio la vuelta y se marchó fatigosamente con los últimos rezagados. Atravesó la puerta y cruzó el puente levadizo, incapaz de entender lo que acababa de pasar. Era como si hubiese recibido un disparo en el pecho y ahora empezara a notar cómo llegaba el verdadero dolor. Pero, entonces, una sensación de revelación cayó con todo su peso sobre sus hombros amenazando con destrozarle. No había defendido a Anna. No había muerto por su amor como hacían los grandes hombres trágicos de las historias y las óperas eternas.

El cerebro de Pino le ardía con una sensación de fracaso. El corazón se le llenaba de desprecio por sí mismo.

«Soy un cobarde», pensó con amarga desesperación mientras se preguntaba por qué le habían condenado a un infierno así. En la rotonda que había delante del castillo, no pudo más. Pino se sentía mareado y, después, tuvo náuseas. Caminó dando traspiés hasta la fuente vacía. Dio varias arcadas y fue consciente de que estaba llorando y de que la gente le miraba.

Cuando por fin se incorporó tosiendo, escupiendo y secándose los ojos, le habló un hombre desde el otro lado de la fuente:

—Conocías a alguien de ahí, ¿verdad?

Pino vio recelo y una amenaza violenta en la expresión del hombre. Una parte de Pino quería admitir su amor por Anna y darle un noble final a todo aquello. Pero entonces el hombre empezó a caminar hacia él, acelerando el paso y, después, señalando con el dedo hacia Pino.

—¡Que alguien atrape a ese chico! —gritó.

A Pino le invadió el instinto primario de supervivencia y echó a correr, alejándose a toda velocidad en diagonal desde la fuente en dirección a Via Beltrami. Los gritos aumentaron. Un hombre trató de hacerle un placaje, pero Pino le golpeó con un puño y el hombre cayó a la acera. Corría atropelladamente, consciente de que había gente que iba a por él, y vio que algunos trataban de bloquearle el paso desde el lateral.

Pino dio un codazo contra la cara de uno de ellos, lanzó una patada a otro en la entrepierna y fue esquivando a los coches que entraban en Via Giuseppe Pozzone. Saltó por encima del capó de uno de ellos antes de atajar por Via Rovello, donde pasó por encima de un cráter provocado por una bomba lleno de agua y consiguió distanciarse de sus perseguidores. Cuando miró hacia atrás en la esquina de Via San Tomaso, vio que seis hombres seguían corriendo tras él mientras gritaban: «¡Es un traidor! ¡Colaboracionista! ¡Detenedlo!».

Pero Pino conocía esas calles como la palma de su mano. Aumentó la velocidad, giró a la derecha en Via Broletto y a la izquierda en Via del Bossi. Había un grupo de personas más adelante, en la Piazza della Scala. Pino temió pasar junto a ellos y por la Galería antes de que los gritos de «traidor» le alcanzaran.

Cruzó la calle en diagonal y en la pared de la gran ópera vio una puerta abierta. Corrió hasta ella, entró por un pasillo y avanzó entre las sombras hacia la oscuridad. Pino se detuvo allí, seguro de que no podrían verlo desde fuera, mientras observaba y esperaba a que los seis hombres pasaran corriendo en dirección a la plaza. Jadeando en la oscuridad, se quedó allí, hasta asegurarse de que los había esquivado.

En el interior de La Scala, un tenor empezó a cantar, recorriendo la escala musical.

Pino se giró y, sin querer, dio una patada a algo metálico. Provocó tal estrépito que, al mirar hacia la puerta, vio al hombre de la fuente, que se había asomado desde la acera.

Entró limpiándose el polvo de las manos.

—Estás aquí dentro, ¿verdad, traidor?

Pino no dijo nada y se quedó quieto, en la oscuridad de las sombras, casi seguro de que el hombre no podría ver que se giraba hacia él y se agachaba muy despacio. El hombre siguió avanzando y Pino tanteó por el suelo y encontró una barra de acero, probablemente dejada allí tras los trabajos de rehabilitación de la ópera después de que cayera la bomba. Tenía el grosor del dedo pulgar de Pino y la longitud de su antebrazo. Y era pesada. Cuando el hombre de la fuente estaba a solo un par de metros de él y entrecerraba los ojos para ver mejor, Pino dio un revés con la barra apuntando hacia sus espinillas. Pero el golpe acabó más alto y le alcanzó en la rótula.

El hombre gritó. Pino se levantó rápidamente, dio dos grandes pasos y le lanzó un puñetazo en la cara. Cayó al suelo. Pero detrás de él aparecieron otros dos de los perseguidores de Pino. Este se giró y echó a correr adentrándose en la oscuridad, con las manos extendidas, tanteando en dirección al tenor, que había empezado a cantar. Pino se tropezó dos veces y se le enganchó el pantalón en un alambre mientras trataba también de escuchar a los que venían detrás, por lo que no reconoció, al principio, el aria que el tenor estaba ensayando.

Pero después, sí. «Vesti la Giubba», «Ponte el traje», de la ópera *Pagliacci*. El aria contagiaba tristeza y sensación de pérdida y los pensamientos de huida de Pino quedaron invadidos por las imágenes del impacto de la bala y el cuerpo de Anna desplomándose. Tropezó, se golpeó la cabeza con algo, vio estrellas y casi cayó al suelo.

Cuando se levantó, el aria había entrado en su segunda estrofa. Canio, el payaso desconsolado, se decía a sí mismo que siguiera adelante, que se pusiera una máscara para ocultar su dolor interior. Pino había oído grabaciones del aria docenas de veces y se sintió alentado por la música y por el sonido de los pasos que avanzaban por los pasillos por detrás de él.

Siguió adelante, tanteando hasta que sintió aire en su mejilla, entonces se giró y vio delante de él un rayo de luz. Echó a correr, abrió una puerta y se dio cuenta de que se encontraba detrás del escenario de la gran ópera. Había estado varias veces allí para ver ensayar a su prima Licia. Un joven tenor permanecía de pie en el centro del escenario de La Scala. Pino pudo entreverlo allí bajo las luces tenues mientras daba comienzo a la tercera estrofa.

«*Ridi, Pagliaccio, sul tuo amore infranto!*».
(Ríe, payaso, por tu amor roto).

Pino atravesó una cortina y bajó unas escaleras que llevaban al pasillo lateral que daba al palco. Empezó a avanzar por él hacia la salida mientras el tenor cantaba: «*Ridi del duol, che t'avvelena il cor!*». (Ríete del dolor que te envenena el corazón).

Aquellas palabras parecían clavarse en Pino como flechas que le iban debilitando hasta que el tenor se detuvo y gritó alarmado:

—¿Quiénes son ustedes? ¿Qué quieren?

Pino miró hacia atrás y vio que se refería a tres de los hombres que le perseguían y que se habían unido al tenor en el escenario.

—Estamos buscando a un traidor —contestó uno de los hombres.

Pino abrió una puerta y provocó un chirrido ensordecedor. Echó a correr otra vez, atravesó un rellano, bajó las escaleras y llegó al vestíbulo. Las puertas estaban abiertas. Salió corriendo mientras se arrancaba la camisa, quedándose con una camiseta blanca sin mangas.

Miró a su izquierda. Su casa estaba a tan solo cinco o seis manzanas de distancia. Pero no podía ir allí y poner en peligro a su familia. En lugar de ello, atravesó las vías del tranvía y se unió a un grupo de gente que celebraba el final de la guerra alrededor de la estatua de Leonardo da Vinci. Trató de mantenerse concentrado, pero la cabeza no dejaba de escuchar el aria desolada del payaso y seguía viendo a Anna pidiendo ayuda, encorvándose al recibir la bala y, después, desplomándose.

Necesitó de todas sus fuerzas para no caer al suelo y deshacerse en sollozos. Necesitó de todas sus fuerzas para poner una expresión sonriente como si él también estuviese encantado por la retirada de los nazis. Mantuvo la expresión mientras atravesaba la Galería, sonriendo y caminando, sin saber seguro hacia dónde iba.

Entonces, salió del centro comercial y lo supo. Una enorme muchedumbre estaba de celebración en la Piazza del Duomo, comiendo, bebiendo, tocando música y bailando. Pino se fundió entre ellos, lentamente, sonriendo y tratando de aparentar normalidad mientras avanzaba hacia el goteo de personas que entraban en la catedral para rezar.

Para Pino, el Duomo era un refugio. Podrían seguirle al interior de la catedral, pero no podrían sacarle.

Casi había llegado a las puertas de entrada cuando oyó que un hombre gritaba detrás de él: «¡Ahí está! ¡Detenedlo! ¡Es un traidor! ¡Un colaboracionista!».

Pino miró hacia atrás y pudo ver que estaban atravesando la piazza. Siguió a varias mujeres lo suficientemente mayores como para ser su madre y se metió en la basílica.

Con las vidrieras cubiertas por tablas, la única luz que había en el interior del Duomo procedía de las velas de ofrenda que parpadeaban en las distintas hornacinas y capillas que había a ambos lados del pasillo central de la catedral y de otras que ardían en el otro extremo, alrededor del altar.

Incluso con las velas, el interior de la catedral era ese día un lugar lleno de oscuras sombras y Pino actuó rápidamente para aprovecharse de ellas. Se apartó de las capillas del lateral izquierdo del Duomo y fue hacia el pasillo de la derecha y los confesionarios: lugares lúgubres que no ofrecían ninguna intimidad al penitente, que se arrodillaba junto a una caja alta de madera y susurraba sus pecados al sacerdote que estaba dentro.

Resultaba humillante y a Pino no le gustaba confesarse allí. Pero, por las veces que había estado arrodillado junto a los confesionarios del Duomo cuando era más joven, sabía que había un espacio entre la cabina y la pared de treinta centímetros. Cincuenta como mucho. Esperaba que fuese suficiente mientras se metía detrás del tercer confesionario, más lejos de los estantes con las velas.

Se quedó allí de pie, temblando, encorvado para ocultarse del todo, y se alegró de que, al parecer, no hubiera ningún sacerdote confesando el día de la liberación. El aria comenzó de nuevo en su cabeza y con ella el horror de la muerte de Anna hasta que la sacó de su mente y se obligó a escuchar. Oyó los chasquidos y murmullos de las mujeres que rezaban el rosario. Una tos. El chirrido de las puertas de la calle. Voces de hombres. Pino contuvo el deseo de asomarse y esperó mientras oía unos fuertes pasos que se acercaban. Hombres que caminaban rápido.

—¿Adónde ha ido? —preguntó uno.

—Está en algún lugar aquí dentro —respondió otro que, al parecer, estaba justo delante del confesionario.

—Ya voy —dijo una voz de hombre en medio de otros pasos que se acercaban.

—No, padre —respondió otro—. Hoy no. Eh…, vamos a una de las capillas a rezar.

—Si pecáis mientras os dirigís hacia allí, os estaré esperando —dijo el sacerdote antes de abrir la puerta del confesionario.

Pino notó que la cabina se movía por el peso del sacerdote. Oyó que los dos hombres se alejaban hacia el interior de la catedral. Esperó, casi sin respirar, para ganar más tiempo. De nuevo, el payaso cantaba en su cabeza. De nuevo, trató de hacerlo desaparecer, pero el aria no se iba de su mente.

Tenía que marcharse de allí por miedo a ponerse de nuevo a llorar. Trató de salir con cuidado de detrás del confesionario, pero el zapato se le enganchó en el reclinatorio.

—Ah, un cliente, por fin —dijo el sacerdote.

El panel de la celosía se deslizó, pero lo único que Pino pudo ver era oscuridad. Hizo lo único que se le ocurrió y se arrodilló.

—Perdóneme, padre, porque he pecado —dijo con voz entrecortada.

—¿Sí?

—No he dicho nada —se lamentó Pino con un sollozo—. No he hecho nada.

—¿A qué te refieres? —preguntó el sacerdote.

Sintiendo que podría desmayarse si seguía confesándose, Pino se puso de pie y se adentró en la catedral. Cruzó por debajo del transepto y encontró una puerta que recordaba. La atravesó y volvió a estar en la calle, enfrente de Via dell'Arcivescovado.

Había más gente alegre que se dirigía hacia la piazza. Él fue en dirección contraria y rodeó la trasera del Duomo. Estaba pensando en ir a su casa o a la del tío Albert cuando vio que un sacerdote y un obrero salían por una puerta del otro lado del Duomo, cerca de Corso Vittorio. Había una escalera detrás de ellos por la que recordaba haber subido de niño con la clase del colegio.

Salió otro obrero. Pino llegó a la puerta antes de que se cerrara y empezó a subir por unos escalones estrechos e inclinados que se elevaban treinta pisos hasta un pasadizo que recorría el largo de la basílica entre gárgolas, chapiteles y arcos góticos. Mantuvo la mirada fija en la inmaculada estatua policromada de la

Virgen María sobre la torre más alta del Duomo y se preguntó cómo habría sobrevivido a la guerra y cuánta destrucción habría visto.

Empapado en sudor frío, temblando a pesar el calor abrasador mientras se movía entre los contrafuertes que sujetaban el tejado, Pino se detuvo por fin cuando llegó a un balcón que había muy por encima de las puertas de la fachada de la catedral. Miró por él hacia su ciudad bombardeada, su vida bombardeada, que se extendía a su alrededor como una falda hecha jirones y acribillada.

Pino levantó la cabeza hacia el cielo y, desde una angustia que sabía que no tenía fin, susurró: «No he dicho nada para salvarla, Dios. No he hecho nada».

Esas confesiones volvieron a hundirle en la tragedia y, de nuevo, habló entre sollozos:

—Después de todo… Después de todo, ahora no tengo nada.

Pino oyó carcajadas, música y cánticos que se elevaban hacia él desde la piazza. Salió al balcón y miró por encima de la barandilla. Noventa metros más abajo, donde había visto que los obreros levantaban los focos casi dos años antes, sonaban violines, acordeones y guitarras. Podía ver botellas de vino que se pasaban de unos a otros, parejas que empezaban a besarse, a bailar y a quererse una vez acabada la guerra.

El dolor y la pena invadieron a Pino. Ese tormento era su castigo, pensó. Inclinó la cabeza, consciente de que aquello quedaba entre Dios y… El aria del payaso desolado resonó en sus oídos y Anna volvía a encorvarse y a caer una y otra vez y…, en cuestión de segundos, su fe en Dios, en la vida, en el amor y en un futuro mejor fue quedando en nada.

Pino se agarró a un poste de mármol y se subió a la barandilla del balcón. Un traidor, abandonado y solo. Miró hacia las nubes infladas que se desplazaban por el azul del cielo y decidió que esas nubes y ese cielo eran algo bastante bueno a lo que poder mirar mientras moría.

—Has visto todo lo que he hecho, Señor —dijo Pino, soltándose del poste para dar el peor paso de su vida—. Ten piedad de mi alma.

31

¡Alto! —gritó un hombre detrás de él.

Pino se sobresaltó y casi perdió el equilibrio, casi se soltó de la barandilla, casi se precipitó desde los treinta pisos hasta la piazza empedrada y la muerte. Pero tenía muy arraigados sus reflejos de montañero. Sus dedos se agarraron al poste. Recuperó el equilibrio y miró hacia atrás mientras sentía que el corazón se le salía del pecho.

Allí estaba el cardenal de Milán, a menos de tres metros de distancia.

—¿Qué estás haciendo? —preguntó Schuster.

—Morir —contestó Pino sin entusiasmo.

—No harás tal cosa, no en mi iglesia y no en este día tan especial —dijo el cardenal—. Ya ha habido demasiado derramamiento de sangre. Baja de ahí, joven. Ahora.

—En serio, mi señor cardenal, es mejor así.

—¿Mi señor cardenal?

El príncipe de la Iglesia entrecerró los ojos, se colocó bien las gafas y miró con más atención.

—Solo conozco a una persona que me llame así. Eres el chófer del general Leyers. Eres Pino Lella.

—Y por eso saltar desde aquí es mejor que vivir.

El cardenal Schuster negó con la cabeza y dio un paso hacia él.

—¿Eres tú el traidor y colaboracionista que supuestamente se ha escondido en el Duomo?

Pino asintió.

—Entonces, baja de ahí —dijo Schuster extendiendo una mano—. Estás a salvo. Te daré refugio. Nadie va a hacerte daño bajo mi protección.

Pino quería llorar.

—No lo haría si supiera lo que he hecho.

—Conozco lo que el padre Re me ha contado de ti. Para mí es suficiente para saber que debo salvarte. Ahora, coge mi mano. Me estoy mareando al verte ahí de pie.

Pino bajó la mirada y vio la mano de Schuster y el anillo del cardenal, pero no se agarró a ella.

—¿Qué te diría el padre Re? —preguntó Schuster.

Al oír aquello, algo se abrió paso dentro de Pino. Agarró la mano del cardenal, bajó y se quedó allí, encorvado mientras trataba de no echarse a llorar.

Schuster colocó una mano sobre el hombro tembloroso de Pino.

—No puede ser tan malo, hijo mío.

—Es peor, mi señor cardenal —repuso Pino—. Lo peor de todo. El tipo de actos que te mandan al infierno.

—Deja que sea yo quien juzgue eso —dijo Schuster mientras lo alejaba del balcón.

Hizo que Pino se sentara en la sombra de uno de los contrafuertes de la catedral. Pino obedeció, apenas consciente de la música que seguía sonando abajo, apenas consciente de que el cardenal ordenaba a alguien que trajese comida y agua. A continuación, Schuster se agachó junto a Pino.

—Ahora, cuéntamelo —dijo—. Voy a escuchar tu confesión.

Pino contó a Schuster a grandes rasgos su historia con Anna, que se habían conocido en la calle el primer día del bombardeo y que, luego, catorce meses después y por medio de la amante del general Leyers, se habían enamorado y habían planeado casarse, pero que ella había muerto trágicamente delante de un pelotón de fusilamiento una hora antes.

—No dije nada para detenerlos —sollozaba—. No hice nada para salvarla.

El cardenal Schuster cerró los ojos.

—Si de verdad la amaba, yo... —dijo con voz entrecortada—. Yo debería haber estado dispuesto a morir con ella.

—No —dijo el prelado abriendo los ojos y clavándolos en Pino—. Es una tragedia que tu Anna haya muerto así, pero tú tenías derecho a sobrevivir. Todo ser humano tiene ese derecho fundamental y concedido por Dios, Pino, y tú temiste por tu vida.

Pino levantó las manos al cielo.

—¿Sabe cuántas veces he temido por mi vida en los últimos dos años?

—No puedo ni imaginármelo.

—Antes, en cada ocasión, yo tenía fe en hacer lo correcto, sin que importara el peligro. Pero... no he podido creer en Anna lo suficiente como para...

Empezó a llorar otra vez.

—La fe es un ser extraño —dijo Schuster—. Como un halcón que anida un año tras otro en el mismo lugar, pero después sale volando y, a veces, pasa años sin volver y, cuando regresa, es más fuerte que nunca.

—No sé si regresará a mí alguna vez.

—Lo hará. Con el tiempo. Y, ahora, ¿por qué no vienes conmigo? Vamos a darte de comer y a buscarte un sitio donde pasar la noche.

Pino se quedó pensándolo y luego negó con la cabeza.

—Bajaré con usted del tejado, mi señor cardenal, pero creo que me iré cuando oscurezca para volver a casa con mi familia.

Schuster hizo una pausa.

—Como prefieras, hijo mío. Que Dios te bendiga y te acompañe.

Después de que oscureciera, Pino entró en el portal del edificio de sus padres y, de inmediato, recordó la Nochebuena anterior y cómo Anna había engañado a los centinelas para poder introducir sin problema la maleta con el transmisor de radio. El hecho de subir al ascensor le trajo otra ronda de recuerdos abrumadores, de cómo se habían besado tras pasar junto a los guardias de la quinta planta y de cómo…

El ascensor se detuvo. Fue trabajosamente hasta la puerta y llamó.

La tía Greta abrió con una gran sonrisa en la cara.

—¡Por fin has venido, Pino! No hemos cenado para esperaros a ti y a Mario. ¿Le has visto?

Pino tragó saliva antes de responder.

—Ha muerto. Están todos muertos.

Su tía se quedó allí, perpleja, mientras él pasaba por su lado hacia el interior del apartamento. El tío Albert y el padre de Pino le habían oído y se estaban levantando del sofá de la sala de estar.

—¿Cómo que está muerto? —preguntó Michele.

—Un hombre que quería su reloj le ha llamado fascista y le ha pegado un tiro en la cabeza en los jardines que hay junto a Porta Venezia —contestó Pino con voz débil.

—¡No! —exclamó su padre—. ¡Eso no es verdad!

—He visto cómo ocurría, papá.

Su padre se derrumbó y empezó a llorar.

—Dios mío, ¿cómo se lo voy a decir a su madre?

Pino tenía la mirada fija en la alfombra de la sala de estar mientras recordaba cuando Anna y él habían hecho el amor sobre ella. El mejor regalo de Navidad de su vida. No oía las preguntas que el tío Albert le hacía. Solo quería tumbarse allí, llorar por ella.

La tía Greta le acarició el brazo.

—Todo pasará, Pino —le dijo con voz calmada—. Lo que sea que hayas visto, lo que has sufrido, lo superarás.

Las lágrimas inundaron los ojos de Pino y negó con la cabeza.

—No. No lo voy a superar nunca.

—Pobre chico —se lamentó ella llorando en voz baja—. Por favor, ven a comer. Cuéntanoslo todo.

—No puedo hablar de ello —dijo él con voz temblorosa—. Ya no puedo pensar en ello y no tengo hambre. Lo único que quiero es dormir. —Temblaba como si volviera a estar en pleno invierno.

Michele se acercó y rodeó a Pino con su brazo.

—Entonces, vamos a llevarte a la cama. Te sentirás mejor por la mañana.

Pino apenas era consciente de dónde estaba mientras le llevaban por el pasillo hasta su dormitorio. Se sentó en el borde de la cama, casi en estado catatónico.

—¿Quieres escuchar la radio? —preguntó su padre—. Ahora no hay peligro.

—El padre Re tiene la mía.

—Iré a por la de Baka.

Pino se encogió de hombros sin fuerza. Michele vaciló, pero, a continuación, se fue y volvió con la radio de Baka. La colocó en la rinconera.

—Aquí la dejo si quieres escucharla.

—Gracias, papá.

—Estaré al otro lado del pasillo por si me necesitas.

Pino asintió.

Michele cerró la puerta al salir. Pino oyó cómo hablaba con el tío Albert y la tía Greta con susurros de preocupación que se fueron desvaneciendo. A través de la ventana abierta escuchó un disparo al norte y gente que se reía y armaba escándalo en las calles de abajo.

Era como si todos se estuviesen mofando de él con su alegría, ensañándose en su peor momento. Cerró la ventana de un golpe. Se quitó los zapatos y los pantalones y se tumbó en la cama entre temblores de rabia y arrepentimiento mientras apagaba la luz. Trató de dormir, pero estaba obsesionado, no con el aria, sino con la oscura mirada acusadora de Anna en el momento de morir y el amor que se escapó de él con la desaparición del alma de ella.

Encendió la radio y buscó hasta escuchar un solo lento de piano sobre el batir de unos platillos. Jazz suave y cálido. Pino cerró los ojos y trató de dejarse llevar por la música, tan ligera y alegre como un arroyo en verano. Trató de imaginarse el arroyo, trató de encontrar en él la paz y el sueño. Y la nada.

Pero, entonces, la pieza musical terminó y empezó a sonar «Boogie Woogie Bugle Boy». Pino se sentó con un sobresalto, sintiendo que cada rápido compás de la canción sonaba para provocarle y torturarle. Se vio a sí mismo la noche anterior en el hotel Diana con Carletto, tocando y celebrando. Anna estaba viva en ese momento, aún no se la habían llevado. Si él hubiese ido a casa de Dolly en lugar de...

Al volver a sentirse de nuevo destrozado, Pino cogió la radio y estuvo a punto de lanzarla contra la pared con la intención de romperla en mil pedazos. Pero, de repente, se sintió tan abrumado, tan agotado, que simplemente giró el dial hasta que la radio emitió interferencias. Se acurrucó en una posición fetal. Cerró los ojos mientras oía el siseo y el chisporroteo de la radio y rezaba por que la enorme herida de su corazón fuese suficiente como para hacer que dejara de latir antes de despertar.

En los sueños de Pino, Anna estaba viva. En sus sueños, ella seguía riendo como Anna y besando como Anna. Olía a su perfume y le lanzaba esa divertida mirada de soslayo que siempre hacía que él sintiera deseos de abrazarla, de hacerle cosquillas y...

Al notar que alguien le movía el hombro, se despertó sobresaltado en su dormitorio. La luz del sol entraba por la ventana. El tío Albert y su padre estaban de pie junto a su cama. Pino les miró como si fuesen unos extraños.

—Son las diez —dijo el tío Albert—. Llevas durmiendo casi catorce horas.

La pesadilla del día anterior volvió a inundarle de inmediato. Pino deseaba tanto dormir y volver a los sueños en los que Anna seguía viva que casi empezó a llorar de nuevo.

—Sé que te resulta difícil —dijo Michele—. Pero necesitamos tu ayuda.

El tío Albert asintió.

—Tenemos que ir a buscar el cuerpo de Mario al Cimitero Monumentale.

Pino seguía queriendo darse la vuelta y buscar a Anna en sus sueños.

—Lo dejé en los jardines. Eché a correr y dejé allí su cuerpo.

—Yo fui anoche a buscarlo después de que te durmieras —explicó el tío Albert—. Me dijeron que se lo habían llevado al cementerio y que podríamos ir a buscarlo allí junto con todos los demás cadáveres que han encontrado en la calle durante estos últimos días.

—Así que levántate —dijo Michele—. Los tres encontraremos más rápido a Mario que si somos dos. Se lo debemos a su madre.

—Me reconocerán —repuso él.

—No si vas conmigo —contestó el tío Albert.

Pino se dio cuenta de que nada les iba a detener.

—Dadme un minuto. Salgo ahora mismo.

Le dejaron y él se incorporó, consciente del zumbido de su cabeza y del profundo y enorme vacío que le fluctuaba entre la garganta y el vientre. Su cerebro buscó recuerdos de Anna, pero detuvo aquel deseo. No podía pensar en ella. De lo contrario, se limitaría a quedarse allí tumbado para llorar su muerte.

Pino se puso ropa limpia y volvió a la sala de estar.

—¿Quieres comer algo antes de irnos? —preguntó su padre.

—Estoy bien —contestó Pino notando la monotonía de su voz sin que le importara.

—Al menos, deberías beber un poco de agua.

—¡Estoy bien! —gritó Pino—. ¿Es que estás sordo, viejo? Michele dio un paso atrás.

—De acuerdo, Pino. Solo quiero ayudarte.

Él se quedó mirando a su padre, sin fuerzas ni ganas de hablarles de Anna.

—Lo sé, papá —dijo—. Lo siento. Vamos a buscar a Mario.

Las once de la mañana y ya hacía un calor sofocante en la calle. Apenas soplaba una brisa mientras caminaban por las calles, tomaban uno de los pocos tranvías que había en funcionamiento y, después, montaban en el coche de un amigo del tío Albert que había conseguido encontrar gasolina.

Pino recordaría poco de aquel trayecto. Milán, Italia y el mundo mismo se habían convertido para él en algo volátil, desarticulado y salvaje. Veía la ciudad llena de cicatrices como desde la distancia, sin que formara parte en absoluto de la vida bulliciosa que empezaba a volver tras la retirada de los nazis.

El coche los dejó delante de la piazza del cementerio. Pino sentía como si estuviese en un sueño que de nuevo se convertía en pesadilla al dirigirse hacia el Famidio, la capilla de forma octogonal del Cimitero Monumentale y las largas galerías de arcos de dos plantas al aire libre que se extendían desde la capilla a izquierda y derecha.

Gritos de pena resonaban desde las arcadas antes de que se oyeran unos disparos de rifle a lo lejos, seguidos por el fuerte estruendo de algún explosivo. A Pino no le importaba nada de aquello. Estaría encantado de recibir una bomba. Se abrazaría a ella y la golpearía con un martillo si pudiera.

Se oyó el claxon de un camión volquete. El tío Albert apartó a Pino de su camino. Aturdido, Pino miró al vehículo cuando pasó por su lado. Era como cualquier otro volquete que hubiese visto antes hasta que estuvo a barlovento. Salía de él el hedor a muerte. Apilados como si fuesen leña, los cadáveres se amontonaban en el suelo del camión. Unos cuerpos azules e hinchados sobresalían por arriba, algunos vestidos, otros desnudos, hombres, mujeres y niños. Pino se encorvó hacia delante y empezó a sufrir arcadas.

Michele le acariciaba la espalda.

—No te preocupes, Pino, con el calor sabía que tenía que traer pañuelos y alcanfor.

El camión hizo un giro de ciento ochenta grados y fue marcha atrás hacia los arcos más bajos de la galería occidental. Levantaron una palanca. Cien cadáveres o más salieron del camión y cayeron sobre la gravilla.

Pino se detuvo y miró boquiabierto y horrorizado. ¿Estaba Anna allí? ¿Enterrada?

Oyó que uno de los conductores decía que después vendrían cien cadáveres más.

El tío Albert tiró del brazo de Pino.

—Apártate de ahí —dijo.

Como un perro obediente, Pino les siguió al interior de la capilla.

—¿Buscan a un ser querido? —preguntó un hombre parado dentro junto a la puerta.

—Al hijo de mi prima —contestó Michele—. Lo confundieron por error con un fascista y…

—Siento su pérdida, pero a mí no me importa el cómo ni el porqué de la muerte del hijo de su prima —le interrumpió el hombre—. Solo quiero que reclamen el cadáver y se lo lleven. Esto es un tremendo riesgo para la salud. ¿Tienen mascarillas?

—Pañuelos y alcanfor —contestó el padre de Pino.

—Eso servirá.

—¿Están los cadáveres ordenados de alguna forma? —preguntó el tío Albert.

—Por orden de llegada y el lugar donde les encontramos un sitio para tumbarlos. Tendrán que buscar ustedes. ¿Saben qué llevaba puesto?

—Su uniforme de la Fuerza Aérea Italiana —contestó Michele.

—Entonces, lo encontrarán. Suban por esas escaleras. Empiecen por las columnatas orientales de abajo y vayan avanzando hacia la serie rectangular de pasillos que salen de las galerías principales.

Antes de que pudiesen darle las gracias, él ya se había apartado para decirle a la siguiente familia destrozada cómo localizar a su ser querido fallecido. Michele les pasó pañuelos blancos y sacó las bolas de naftalina de una bolsa de papel. Puso el alcanfor en el centro de los pañuelos y ató los extremos para hacer un saquito. Después, les mostró cómo presionarlo contra los labios y la nariz.

—Aprendí a hacer esto en la Primera Guerra Mundial —dijo.

Pino cogió el pañuelo y se quedó mirándolo.

—Vamos a buscar por las galerías de abajo —dijo el tío Albert—. Comienza tú por aquí, Pino.

Su mente apenas funcionaba mientras salía por una puerta lateral abierta en el lado este de la capilla a la planta superior de la galería. Unos arcos abiertos en paralelo cercaban la galería durante unos noventa metros hasta una torre de forma octogonal que marcaba la intersección de tres pasajes.

Cualquier otro día, esos pasillos habrían estado casi vacíos, salvo por las estatuas de estadistas y miembros de la nobleza de Lombardía ya olvidados. Sin embargo, ahora toda la columnata y las galerías del otro lado formaban parte de una morgue descomunal que recibía casi quinientos cadáveres al día al comienzo de la retirada nazi. Los cuerpos de los muertos se alineaban a ambos lados de los pasillos abiertos, con los pies hacia la pared y las caras hacia un espacio de un metro de ancho que se extendía entre ellos.

Otros milaneses recorrían esa mañana las galerías de los muertos. Ancianas vestidas de luto sostenían mantones de encaje negro sobre sus labios y narices. Los más jóvenes acompañaban a esposas e hijos de hombros temblorosos. Habían empezado a aparecer moscardones de cabezas verdes. Emitían chirridos y zumbidos. Pino tenía que espantarlos para que no se le posaran en los ojos y la nariz.

Las moscas se arremolinaban en torno al cadáver más cercano, un hombre vestido con traje. Había recibido un disparo en la sien. Pino no lo vio más de un segundo, pero la imagen se le grabó en el cerebro. Lo mismo pasó cuando miró al siguiente cadáver, una mujer de unos cincuenta años, vestida con camisón y con un rulo aún enganchado a su pelo canoso.

Fue de un lado a otro, examinando las ropas, el sexo, los rostros, tratando de encontrar a Mario entre ellos. Pino avanzaba ahora más rápido, sin dedicar más que un vistazo a las parejas desnudas que supuso que antes habrían sido prósperos y poderosos fascistas con sus esposas. Gruesos. Más viejos. La piel se les había vuelto pálida y jaspeada con la muerte.

Recorrió la primera galería hasta las intersecciones octogonales de los pasillos y giró a la derecha. Esta arcada, más larga que la primera, daba al cementerio.

Allí vio Pino cuerpos estrangulados, cuerpos macheteados, cuerpos fusilados. La muerte se convirtió en una nube borrosa. Eran muchos más de los que podía aguantar, así que se concentró en dos cosas: buscar a Mario. Salir de ese lugar.

Poco rato después, encontró a su primo tumbado entre seis o siete soldados fascistas muertos. Mario tenía los ojos cerrados. Había moscas que revoloteaban por la herida de su cabeza. Pino miró a su alrededor y vio una sábana vacía al otro lado del pasillo. La cogió y la extendió sobre el cadáver.

Ahora, lo único que tenía que hacer era buscar al tío Albert y a su padre y marcharse. Sintió claustrofobia mientras volvía corriendo a la capilla. Esquivó a otros que buscaban cadáveres y llegó sin aliento e invadido por la ansiedad.

Atravesó la capilla, bajó las escaleras a las galerías inferiores. Una familia estaba amortajando un cuerpo a su derecha. Cuando miró a la izquierda, su tío venía hacia él desde el fondo de la galería, con los labios y la nariz cubiertos por el alcanfor y moviendo la cabeza de un lado a otro.

Pino fue corriendo hasta él.

—He encontrado a Mario.

El tío Albert dejó caer el pañuelo con el alcanfor y le miró con ojos lastimeros e inyectados en sangre.

—Bien. ¿Dónde está?

Pino se lo dijo. Su tío asintió y, a continuación, colocó una mano sobre el brazo de Pino.

—Ahora entiendo por qué estabas tan mal anoche —comentó con voz ronca—. Y yo… lo siento por ti. Era una joven estupenda.

A Pino le dio un vuelco el estómago. Había tratado de decirse a sí mismo que Anna no estaba allí. Pero ¿dónde si no?

Miró por detrás del tío Albert hacia la larga galería que tenía a sus espaldas.

—¿Dónde está? —preguntó intentando empujarle para pasar.

—No —dijo el tío Albert bloqueándole el paso—. Tú no vas a ir allí.

—Déjame pasar, tío, o te tiro al suelo.

Albert bajó la mirada y se hizo a un lado.

—Está en el pasillo del fondo, a la derecha. ¿Quieres que te acompañe?

—No —contestó él.

32

Pino encontró primero a Dolly Stottlemeyer.

La amante del general Leyers seguía aún vestida con su camisón marfil. Entre los pechos de Dolly había florecido un crisantemo de sangre, marchito y seco. Habían desaparecido sus zapatillas. Tenía los ojos y la boca a medio abrir, congelados por la rigidez. Sus dedos habían muerto apretados sobre sus pulgares, mostrando el esmalte rojo de las uñas y haciendo que llamara más la atención sobre el color azul de su piel.

Pino levantó entonces los ojos y vio a Anna más adelante. Los ojos se le inundaron de lágrimas y la respiración se le entrecortó mientras trataba de contener la emoción que iba creciendo en algún lugar de su interior y trataba de abrirse paso y salirle del pecho a través de la tráquea. Con la boca abierta y moviendo los labios para formar silenciosas palabras de aflicción, se acercó y se arrodilló a su lado.

Había un agujero de bala bajo el sostén de Anna y una flor de sangre en su vientre expuesto parecida a la de Dolly. Tenía la palabra «Puta» escrita en la frente con el mismo color rojo que los partisanos habían usado para que sus labios tuvieran una apariencia tan llamativa.

Pino bajó la mirada, sumido en la tristeza, tragando saliva para contener la pena y temblando por el dolor. Se quitó el alcanfor de los labios y la nariz. Respirando el espantoso y putrefacto aire del pasillo, desató el saquito y sacó el alcanfor. Usó el pañuelo para limpiarle el lápiz de labios de la frente y de los labios hasta que casi fue la Anna que él recordaba. Dejó el pañuelo, apretó las manos e inhaló el olor de su muerte, haciéndolo llegar hasta lo más profundo de sus pulmones.

—Yo estaba allí —dijo Pino—. Te vi morir y no dije nada, Anna. Hice...

El dolor provocó que las lágrimas le salieran por los ojos y que el cuerpo se le encorvara.

—¿Qué hice? —gimió—. ¿Qué hice?

Las lágrimas le caían por las mejillas mientras balanceaba el cuerpo adelante y atrás y miraba los restos de su amor.

—Te he fallado —dijo Pino con voz entrecortada—. En Nochebuena, estuviste a mi lado, sin importar lo que pasara. Y yo no estuve a tu lado. Yo... no sé por qué. Ni siquiera sé explicármelo a mí mismo. Ojalá hubiese estado ante aquel muro contigo, Anna.

Perdió la noción del tiempo mientras estaba arrodillado allí junto a ella, sin apenas ser consciente de la gente que pasaba por su lado, mirando el pelo arrancado de Anna y haciendo comentarios sobre ella entre susurros. No le importaba. Ya no podían hacerle daño. Él estaba allí y no podrían hacerle nada más.

—¿Pino?

Notó una mano sobre su hombro, levantó los ojos y vio allí a su padre y a su tío.

—Se suponía que lo íbamos a tener... todo, papá —dijo Pino, aturdido—. Se suponía que nuestro amor iba a ser eterno. No nos merecíamos esto.

Michele estaba llorando.

—Lo siento mucho, Pino. Albert acaba de contármelo.

—Los dos lo sentimos mucho —dijo su tío—. Pero tenemos que irnos. Odio tener que decirte esto, pero ahora tienes que dejarla.

Pino deseó levantarse para darle una paliza a su tío.

—Me quedo con ella.

—No —dijo Michele.

—Tengo que enterrarla, papá. Asegurarme de que tiene un funeral.

—No puedes —dijo el tío Albert—. Los partisanos están comprobando quién reclama los cuerpos. Pensarán que tú también eres un colaboracionista.

—No me importa —contestó Pino.

—A nosotros sí —dijo Michele con tono firme—. Sé que es difícil, hijo, pero...

—Ah, ¿sí? —gritó Pino—. Si fuera mamá, ¿la abandonarías?

Su padre se encogió y dio un paso atrás.

—No, yo...

—Pino, es lo que Anna querría... —le interrumpió el tío Albert.

—¿Cómo sabes tú qué es lo que querría Anna?

—Porque vi en sus ojos lo mucho que te quería esa Nochebuena en la tienda. No habría deseado que murieras por ella.

Pino volvió a bajar la mirada hacia Anna conteniendo la emoción.

—Pero no va a tener funeral, ni lápida, ni nada.

—Le he preguntado al hombre de la capilla qué hacen con los cadáveres que no son reclamados y me ha dicho que todos reciben la bendición del cardenal Schuster y son incinerados y enterrados.

Pino movía la cabeza despacio adelante y atrás.

—Pero ¿adónde iré a...?

—¿A verla? —preguntó su padre—. Ve donde los dos fuisteis más felices y ella siempre estará allí. Te lo prometo.

Pino pensó en aquel pequeño parque de Cernobbio, en el extremo sudoeste del lago de Como, donde él y Anna se habían apoyado en la barandilla y ella le había hecho la foto con la cinta en la cabeza y todo había parecido perfecto. Bajó los ojos al rostro frío de Anna. Abandonarla le parecía una segunda traición sin posibilidad de ser perdonada.

—Pino —insistió su padre en voz baja.

—Ya voy, papá. —Se sorbió la nariz y se secó los ojos con el pañuelo manchándose la cara con el lápiz de labios de ella y, a continuación, le metió el pañuelo lleno de lágrimas bajo el sostén.

«Te quise, Anna», pensó Pino. «Y te querré eternamente».

Después, se inclinó hacia delante, la besó y se despidió.

Pino se puso de pie, tambaleándose. Con su tío y su padre sosteniéndole de cada brazo, se marchó sin mirar atrás. No podía. Si lo hacía, estaba seguro de que no podría dar un paso más.

Cuando regresó a la capilla, Pino ya podía caminar sin su ayuda. Estaba tratando de sacarse de la cabeza la imagen de su cadáver recordando a Anna en la cocina de Dolly la noche después de haberle salvado la vida al general, cuando ella le habló de las mañanas de su cumpleaños cuando era niña y salía a navegar con su padre.

Aquel recuerdo le ayudó a sobrellevar el resto del proceso de amortajar a Mario y llevarlo desde la galería superior hasta donde los partisanos hacían una comprobación de los cadáveres. Reconocieron el uniforme de Mario y les hicieron una señal para que pasaran. Encontraron un carro y empujaron el cadáver por la ciudad hasta una funeraria cuyo dueño era amigo de la familia.

No llegaron a casa hasta después de que oscureciera. Pino estaba mareado por el agotamiento, por la pena y por la falta de comida y agua. Se obligó a comer y bebió demasiado vino. Se acostó igual que la noche anterior, con la radio de onda corta emitiendo interferencias. Cerró los ojos mientras rezaba por volver a ver a Anna viva en sus sueños.

Pero no estaba viva, no esa noche. En los sueños de Pino, Anna estaba muerta y yacía sola en las galerías de abajo del Cimitero Monumentale. Tras sus párpados, Pino podía verla, como si estuviese iluminada desde arriba en un lugar oscuro. Sin embargo, cada vez que el Pino de sus sueños trataba de acercarse, ella se alejaba más.

La crueldad de todo aquello le hizo gritar de dolor. Pino se despertó sobresaltado para vivir de nuevo la pesadilla de que Anna había muerto. Respiraba con dificultad y se agarraba la cabeza sudorosa por miedo a que le estallara. Trataba de sacarse a Anna de la cabeza, pero no lo conseguía. Y no podía dormir. Se acabó. O se quedaba allí tumbado mientras los recuerdos y los remordimientos le corroían o se ponía en marcha y dejaba que el movimiento le calmara la mente como lo había hecho cuando era un niño.

Pino miró el reloj. Eran las tres de la madrugada del domingo 29 de abril de 1945.

Se vistió y se escabulló del apartamento, bajó las escaleras y salió por el portal vacío. La noche era oscura y había algunas farolas encendidas mientras callejeaba por San Babila en dirección norte, volviendo a recorrer la ruta que habían llevado cuando traían el cuerpo de Mario a la funeraria. A las cuatro y diez, Pino estaba de vuelta en el Cimitero Monumentale. Unos partisanos le bloquearon el paso para comprobar su documentación. Les dijo que su prometida estaba dentro, que alguien había visto allí su cuerpo.

—¿Cómo vas a verla? —preguntó uno de los guardias.

Otro guardia se encendió un cigarrillo.

—¿Puede darme tres de sus cerillas? —le preguntó Pino.

—No.

—Vamos, Luigi —dijo el primer guardia—. El chico está tratando de buscar a su novia muerta, por el amor de Dios.

Luigi dio una larga calada, suspiró y le pasó la caja a Pino.

—Que Dios le bendiga, *signore* —dijo Pino antes de salir rápidamente por la piazza en dirección a las galerías.

En lugar de caminar entre los cadáveres, Pino dio la vuelta hasta una puerta que le llevaba al largo pasillo donde estaba Anna. Cuando llegó donde creía haberla visto, encendió la cerilla y la movió a su alrededor.

No estaba allí. Miró alrededor para orientarse y pensó que quizá se había quedado corto. La cerilla se apagó. Caminó otros tres metros y encendió otra cerilla. No estaba. No había nadie. El suelo de la galería estaba vacío a lo largo de, al menos, doce metros a cada lado de donde ella había estado. Los cuerpos sin reclamar habían desaparecido. Anna había desaparecido.

Sintió que se asfixiaba al ver que era algo irreversible. Se echó contra la pared y lloró hasta que ya no le quedaron lágrimas.

Cuando por fin Pino bajó fatigosamente los escalones des-de la capilla, sintió la carga de la muerte de Anna como un yugo del que nunca podría despojarse.

—¿La has encontrado? —preguntó el guardia.

—No —dijo Pino—. Ha debido de llevársela antes su padre. Un pescador de Trieste.

Se intercambiaron miradas.

—Claro —dijo Luigi—. Está con su padre.

Pino caminó sin rumbo por la ciudad, rodeando la estación central de ferrocarril, ahora fuertemente vigilada por fuerzas partisanas. Se perdió en una zona sin iluminar y llegó un momento en que no tenía ni idea de dónde estaba. Pero, entonces, el amanecer empezó a res-plandecer entre las nubes bajas que se iban extendiendo y pronto pudo ver suficiente como para darse cuenta de que estaba al noroeste del Piazzale Loreto y la tienda de frutas y verduras de Beltramini. Echó a correr y llegó al puesto de frutas con las primeras luces del día. Llamó a la puerta y gritó hacia las ventanas de arriba.

—¿Carletto? Carletto, ¿estás ahí? ¡Soy Pino!

No obtuvo respuesta. Siguió llamando y gritando, pero su amigo no contestaba.

Desanimado, Pino fue hacia el sur. Hasta que pasó junto a la central telefónica no fue consciente de adónde iba ni por qué. Cinco minutos después, pasó por la cocina del hotel Diana y abrió la doble puerta que daba a la sala de baile. Había unos soldados americanos que dormían con mujeres italianas por aquí y por allá; no tantos como dos noches atrás, pero había botellas vacías por todas partes y unos cristales rotos en el suelo crujían bajo sus zapatos. Miró en el pasillo que llevaba al vestíbulo.

El comandante Frank Knebel estaba allí, sentado en una mesa frente a la pared. Bebía café y parecía tener una fuerte resaca.

—¿Comandante? —dijo Pino acercándose a él.

Knebel levantó la mirada y soltó una carcajada.

—¡Pino Lella, el chico del *boogie-woogie!* ¿Dónde demonios has estado, amigo? Todas las chicas preguntaban por ti.

—Yo… —Pino no sabía por dónde empezar—. ¿Puedo hablar con usted?

El mayor vio la seriedad de sus ojos.

—Claro, muchacho, acerca una silla.

Pero, antes de que Pino pudiese hacerlo, un niño de unos diez años irrumpió por la puerta de la calle gritando con un inglés balbuciente.

—¡Il Duce, comandante K! ¡Traen a Mussolini al Piazzale Loreto!

—¿Ahora? —preguntó el comandante Knebel poniéndose en pie de inmediato—. ¿Estás seguro, Victor?

—Mi padre, él lo oyó.

—Vamos —le dijo Knebel a Pino. Este vaciló, quería hablar con el comandante, contarle…

—Vamos, Pino, vas a ser testigo de la historia —dijo el americano—. Nos llevaremos las bicicletas que compré ayer.

Pino atisbó una rendija entre la niebla de la muerte de Anna y asintió. Se había preguntado qué habría sido del Duce desde la última vez que le vio en el despacho del cardenal Schuster, cuando Mussolini seguía suplicando que Hitler usase el poder de su superarma y aún con la esperanza de conseguir una cama en el búnker secreto del *führer* en Baviera.

Cuando cogieron las dos bicicletas que Knebel había guardado tras el mostrador de recepción y salieron del hotel, había otra gente que corría en dirección al Piazzale Loreto entre gritos: «¡Lo han arrestado! ¡Han cogido al Duce!».

Pino y el comandante americano saltaron sobre las bicicletas y pedalearon con fuerza. Enseguida se les unieron más bicicletas que corrían ondeando pañuelos y banderas rojas, todos ellos deseando ver al dictador ahora que le habían depuesto. Pasaron por la tienda de frutas y verduras de Beltramini y entraron en el Piazzale Loreto, donde una pequeña multitud se estaba reuniendo ya alrededor de la gasolinera de Esso y las vigas donde Pino se había subido para ver la ejecución de Tullio Galimberti.

Pino y el comandante Knebel dejaron las bicicletas a un lado y se acercaron a ver a cuatro hombres que se subían a las vigas. Llevaban cuerdas y cadenas. Pino siguió al americano, que se iba abriendo paso entre la creciente multitud.

Había dieciséis cuerpos tumbados junto a los surtidores de gasolina. Benito Mussolini estaba en medio, descalzo, con su enorme cabeza apoyada en el pecho de su amante. Los ojos del dictador títere estaban vacíos y opacos. La locura que Pino había visto en ellos en la villa junto al lago de Garda no era más que un recuerdo. El labio superior del Duce estaba retraído y mostraba sus dientes, haciendo que pareciera como si estuviese a punto de soltar una de sus diatribas.

Claretta Petacci estaba tumbada debajo de Mussolini con la cabeza girada hacia el lado contrario que su amante, como si se mostrase tímida. Algunos de los partisanos de la muchedumbre decían que Mussolini se encontraba manteniendo relaciones sexuales con su amante cuando llegaron los ejecutores.

Pino miró a su alrededor. La muchedumbre se había cuadruplicado y había más gente que llegaba en tropel desde todas las direcciones, como un coro que se iba reuniendo en un escenario al final de una ópera trágica. Gritando y furiosos, todos parecían querer infligir su venganza personal contra el hombre que había llevado a los nazis hasta sus puertas.

Alguien colocó un cetro de juguete en la mano de Mussolini. Después, una mujer lo bastante vieja como para haber sido perfectamente la anciana del edificio de Dolly, salió de la muchedumbre. Se agachó encima de la amante del Duce e hizo pis sobre su cara.

Pino sintió repugnancia, pero la muchedumbre se fue volviendo salvaje, siniestra, enfermiza. La gente se desternillaba de risa, lanzaba vítores y se alimentaba de la anarquía. Otros empezaron a pedir profanaciones a gritos mientras se iban colocando cuerdas y cadenas. Una mujer se adelantó con una pistola y disparó cinco balas en el cráneo de Mussolini, lo que provocó otra ronda de mofas y silbidos para que molieran a palos a los cadáveres y les arrancaran la carne de los huesos.

Dos partisanos dispararon sus armas al aire para que la multitud se apartara. Otro trató de ahuyentarlos con una manguera. Pino y el comandante Knebel se habían retirado ya, pero más personas seguían abriéndose paso hacia los cadáveres, deseosas de dar rienda suelta a su rabia.

—¡Ahorcadlos! —gritó una voz entre la gente—. ¡Subidlos donde se les pueda ver!

—¡Enganchadlos de los jarretes! —gritó otra—. ¡Colgadlos como cerdos!

Mussolini fue el primero en subir, con la cabeza y los brazos colgando de la viga. La muchedumbre cada vez más numerosa se volvió loca. Lanzaban vítores, golpeaban con los pies en el suelo y levantaban los puños mientras daban gritos de aprobación. Para entonces, ya habían dado tantos golpes al Duce que el cráneo se le había deformado. Su aspecto era peor que monstruoso, la criatura de una pesadilla que no se parecía en nada al hombre con el que Pino había hablado en repetidas ocasiones a lo largo del último año.

A continuación, subieron a Claretta Petacci. La falda le cayó sobre los pechos, mostrando la ausencia de bragas. Cuando un capellán partisano subió junto a ella para sujetarle la falda entre las piernas le empezaron a lanzar basura.

Colgaron cuatro cuerpos más de las vigas, todos ellos fascistas de alto rango. Las profanaciones continuaron bajo el creciente calor hasta que la barbarie penetró en el estado de aturdimiento y tristeza de Pino y le hizo sentir asco. Estaba mareado, tenía náuseas y creía que iba a desmayarse.

Acercaron a un hombre. Se llamaba Starace.

Colocaron a Starace bajo los cuerpos colgados de Mussolini y su amante. Starace hizo el saludo fascista con el brazo en alto y seis partisanos lo mataron a tiros.

El coro sediento de sangre del Piazzale Loreto gritaba en medio del delirio y pedía más. Pero, al ver cómo fusilaban a Starace, Pino recordó la muerte de Anna. Pensó que se iba a volver loco y que terminaría uniéndose a la multitud.

—Así es como caen los tiranos —dijo el comandante Knebel, asqueado—. Ese sería el título si estuviese escribiendo este artículo: «Así es como caen los tiranos».

—Me voy a marchar, comandante —repuso Pino—. No soporto más esto.

—Me voy contigo, amigo —contestó Knebel.

Se abrieron paso entre la multitud que había ido aumentando hasta veinte mil o más. Cuando por fin estuvieron frente al puesto de fruta, pudieron caminar con facilidad a contracorriente de la gente que iba entrando, cada vez más, en el Piazzale Loreto para mostrar su desprecio.

—Comandante —dijo Pino—. Necesito hablar con usted…

—¿Sabes, muchacho? Soy yo el que quiere hablar contigo desde que apareciste esta mañana —le interrumpió Knebel mientras cruzaban la calle.

Ahora, la puerta de la tienda de frutas y verduras de Beltramini se encontraba abierta. Carletto estaba en la puerta, con la cara pálida por la resaca. Sonrió débilmente a Pino y al americano.

—Otra noche de parranda, comandante —dijo Carletto.

—Aquí está el borracho —dijo Knebel con una carcajada—. Pues mejor todavía. Así os tengo a los dos a la vez.

—No entiendo —dijo Pino.

—¿Estaríais dispuestos a ayudar a Estados Unidos, chicos? —preguntó el comandante—. ¿A hacer algo por nosotros? ¿Algo fuerte y peligroso?

—¿El qué? —preguntó Carletto.

—No os lo puedo decir ahora —contestó Knebel—. Pero es muy importante y, si lo hacéis bien, contaréis con muchos amigos en mi país. ¿Alguna vez habéis pensado en ir allí?

—Siempre —contestó Pino.

—Pues ahora podrás —dijo el comandante.

—¿Cómo de peligroso? —preguntó Carletto.

—No os voy a engañar. Podéis terminar muertos.

Carletto se quedó pensando antes de contestar.

—Cuente conmigo.

—Conmigo también —dijo Pino sintiendo que el corazón se le aceleraba con una extraña locura.

—Estupendo —contestó Knebel—. ¿Podéis conseguirme un coche?

—Mi tío tiene uno, pero está destrozado y las ruedas no irán muy lejos.

—El tío Sam se encargará de las ruedas —dijo él—. Tráeme las llaves, dime la dirección donde está el coche y haré que lo tengan listo y esperándoos en el hotel Diana a las tres de la madrugada de pasado mañana. El 1 de mayo. ¿De acuerdo?

—¿Cuándo va a decirnos qué vamos a hacer? —preguntó Carletto.

—A las tres de la madrugada de pasado…

Knebel se detuvo. En ese momento, oyeron los tanques. El rugido de los motores. El traqueteo de las ruedas. Cuando entraron en el Piazzale Loreto, Pino imaginó en su mente a unos elefantes de guerra.

—¡Aquí llegan los Sherman, amigos! —se jactó el comandante Knebel levantando los puños en el aire—. Es la caballería del Quinto Ejército de Estados Unidos. En lo que se refiere a esta guerra, la gorda sigue cantando.

QUINTA PARTE

«Mía es la venganza», dijo el Señor

33

Cuando Pino y Carletto se aproximaron al hotel Diana a las 2:55 de la madrugada, iban casi tan borrachos como lo habían estado antes de perder el conocimiento apenas unas horas antes. Solo que ahora tenían el estómago revuelto y un fuerte dolor de cabeza. Por otra parte, Adolf Hitler estaba muerto. El *führer* nazi se había pegado un tiro en su búnker de Berlín, suicidándose junto con su amante al día siguiente de que Mussolini y Petacci fueran colgados en el Piazzale Loreto.

Pino y Carletto habían oído la noticia la tarde anterior y habían encontrado otra botella del whisky del señor Beltramini. Encerrados en la tienda de frutas y verduras, celebraron la muerte de Hitler mientras se contaban el uno al otro sus historias de la guerra.

—¿Querías a Anna lo suficiente como para casarte con ella? —le preguntó Carletto en un momento dado.

—Sí —contestó Pino mientras trataba de contener la fuerte emoción que le atravesaba cada vez que pensaba en ella.

—Algún día encontrarás a otra chica —dijo Carletto.

—No como ella —repuso Pino con los ojos llenos de lágrimas—. Anna era distinta, Carletto. Era..., no sé, única.

—Como mi madre y mi padre.

—Personas especiales —dijo Pino asintiendo—. Buenas personas. Las mejores.

Bebieron más y se rieron cuando volvieron a recordar los chistes más divertidos del señor Beltramini. Hablaron de la noche en la colina el primer verano de bombardeos, cuando sus padres habían tocado de forma tan impecable. Lloraron por muchas cosas. A las once, se habían acabado la botella y terminaron borrachos para olvidar, inconscientes y sin dormir lo suficiente. Hizo falta una alarma para que se despertaran tres horas y media después.

Con ojos soñolientos, giraron por la esquina y Pino vio el viejo Fiat del tío Albert aparcado en la puerta del hotel Diana, funcionando como la seda, con neumáticos nuevos a los que dio un puntapié admirado antes de entrar. La fiesta del final de la guerra estaba llegando a su fin esa noche. Unas cuantas parejas bailaban lento al ritmo de un disco rayado que sonaba en el gramófono. El cabo Daloia subía las escaleras sujetándose a Sophia, los dos riéndose entre dientes. Pino se quedó mirándolos hasta que desaparecieron.

El comandante Knebel salió por una puerta de detrás del mostrador de recepción, los vio y sonrió.

—Ya estáis aquí. Sabía que podía contar con los buenos de Pino y Carletto. Tengo que haceros unos cuantos regalos antes de explicaros lo que vais a tener que hacer.

El comandante se agachó tras el mostrador y se levantó con dos subfusiles Thompson completamente nuevos con cargador de tambor.

Knebel ladeó la cabeza.

—¿Sabéis usar una metralleta?

Pino se sintió completamente despierto por primera vez desde que había perdido el conocimiento y miró el arma asombrado.

—No —contestó.

—Jamás —añadió Carletto.

—La verdad es que es sencillo —dijo Knebel a la vez que dejaba un arma sobre el mostrador y apretaba el seguro para liberar el cargador de tambor—. Tenéis cincuenta balas de calibre .45 ACP ya cargadas. —Colocó el cargador en el mostrador antes de abrir la culata y enseñarles una palanca por encima y por detrás de la empuñadura trasera—. Por vuestra seguridad —dijo—. Si queréis disparar, empujad esa palanca hasta el fondo. Si queréis ponerle el seguro, la echáis hacia atrás.

El comandante volvió a colocarse el Thompson con la mano derecha en la empuñadura trasera y la izquierda en la delantera, con el lateral del arma apretado al torso.

—Tres puntos de contacto si queréis controlar los disparos. Si no, el retroceso hará que el cañón rebote por todos sitios y que los disparos salgan a lo alto y a lo ancho. ¿Y quién quiere que pase eso? Así que las dos manos en las empuñaduras y la culata pegada a la cadera. Tres puntos de contacto. ¿Veis cómo giro la cadera con el arma?

—¿Y si tenemos que disparar desde el coche? —preguntó Carletto.

Knebel se llevó el arma contra el hombro.

—Tres puntos: hombro, mejilla en la culata y las dos manos. Ráfagas cortas. Es lo único que necesitáis saber.

Pino cogió la otra arma. Le gustaba lo pesado y compacto que era el Thompson. Agarró las empuñaduras, se lo apretó bien al cuerpo e hizo como si estuviese masacrando nazis.

—Vuestros cargadores de repuesto —dijo el comandante colocando dos tambores en el mostrador. Buscó en su bolsillo y sacó un sobre—. Esta es vuestra documentación. Os darán acceso a todos los puestos de control de los aliados. Aparte de eso, estaréis solos.

—¿Nos va a contar en algún momento qué es lo que tenemos que hacer? —preguntó Carletto.

Knebel sonrió.

—Vais a llevar a un amigo de América a lo alto del Paso del Brennero.

—¿El Brennero? —preguntó Pino recordando algo que el tío Albert le había dicho el día anterior—. El Brennero sigue en guerra. Ahí arriba reina la anarquía. El ejército alemán está en completa retirada y los partisanos les están tendiendo emboscadas e intentando matar a tantos como puedan antes de que crucen la frontera de Austria.

Knebel le miró sin mostrar ninguna expresión.

—Tenemos que llevar a nuestro amigo a la frontera —dijo.

—Es una misión suicida —protestó Carletto.

—Es un desafío —repuso el comandante—. Pero os daremos un mapa y una linterna para que podáis guiaros. Muestra todos los principales puestos de control aliados. No saldréis de territorio controlado por los aliados hasta llegar al norte del cuadrante A4 en dirección a Bolzano.

—Voy a necesitar dos botellas de vino para hacer esto —dijo Carletto tras un corto silencio.

—Te daré cuatro —contestó Knebel—. Considéralo una fiesta. Pero no tengáis un accidente.

Pino no dijo nada. Carletto se quedó mirándolo.

—Yo voy con o sin ti.

Pino vio en su viejo amigo una intensidad que nunca le había visto antes. Carletto parecía estar deseando entrar en batalla y morir. Suicidio de guerra. Aquella idea también le gustaba a Pino.

—Entonces, de acuerdo. ¿A quién vamos a llevar ahí arriba? —preguntó Pino mirando a Knebel.

El comandante se levantó y desapareció por la puerta de detrás del mostrador. Segundos después, la puerta se volvió a abrir y Knebel apareció seguido de un hombre vestido con traje y gabardina oscuros y un sombrero fedora marrón que le cubría los ojos. Llevaba a rastras una maleta grande y rectangular de piel amarrada con unas esposas a su muñeca izquierda.

El comandante Knebel salió de detrás del mostrador.

—Creo que vosotros dos os conocéis —dijo Knebel.

El hombre levantó la cabeza y, por debajo del ala de su sombrero, miró a Pino a los ojos.

Este se quedó absolutamente perplejo. Dio un paso atrás mientras la rabia le recorría el cuerpo.

—¿Él? —le gritó a Knebel—. ¿Cómo puede ser amigo de Estados Unidos?

La expresión del comandante se endureció.

—El general Leyers es un héroe, Pino.

—¿Un héroe? —repitió Pino con ganas de escupir al suelo—. Era el negrero de Hitler. Montaba a la gente en trenes hacia su muerte, comandante. Yo lo vi. Lo oí. Fui testigo.

Knebel se inquietó al oír aquello y miró al general nazi antes de hablar.

—Yo no puedo saber si eso es verdad, Pino. Pero estoy cumpliendo órdenes y eso es lo que me han dicho, que es un héroe que merece nuestra protección.

Leyers se limitó a quedarse quieto, sin entender nada de la conversación, pero observándoles con ese placer distante que tanto había llegado Pino a despreciar. Estuvo a punto de decir que no lo iba a hacer, pero entonces otra idea mucho más satisfactoria para él se abrió paso en su mente. Pensó en Anna y en Dolly. Pensó en todos los esclavos y supo que eso era lo que tenía que hacer. Al final, Dios tenía un plan para Pino Lella.

Pino sonrió entonces con expresión cordial.

—*Mon général*, ¿le llevo la maleta?

Leyers negó con la cabeza con gesto tajante.

—Yo llevaré la maleta, gracias.

—Adiós, comandante Knebel —dijo Pino.

—Ven a buscarme cuando vuelvas, muchacho —contestó Knebel—. Tengo otros planes para ti. Estaré aquí mismo, esperando para contártelos.

Pino asintió, seguro de que nunca volvería a ver al americano ni regresaría a Milán.

Salió del hotel con su subfusil en las manos y Leyers detrás. Abrió la puerta trasera del Fiat y se hizo a un lado. Leyers miró a Pino y, a continuación, se metió con dificultad con su maleta.

Carletto subió al asiento delantero del pasajero, con el Thompson entre las piernas. Pino se puso tras el volante, colocó el subfusil entre Carletto y la palanca de marchas.

—Vigila también mi arma —dijo Pino mirando por el espejo a Leyers, que había dejado su sombrero a un lado y se servía de los dedos para peinarse hacia atrás el pelo gris.

—Creo que puedo disparar esto —comentó Carletto mientras examinaba con admiración la superficie engrasada del subfusil—. He visto cómo lo hacen en las películas de gánsteres.

—Es lo único que necesitas saber —replicó Pino antes de poner en marcha el coche.

Condujo mientras Carletto leía el mapa con la linterna y le hacía indicaciones. La ruta les llevaba a través del Piazzale Loreto y, después, al este en dirección a las afueras de la ciudad, donde se encontraron con el primer puesto de control del ejército estadounidense.

—América es la mejor —dijo Pino al escéptico soldado que se acercó a la ventanilla con una linterna. Pino le entregó el sobre con su documentación.

El soldado la sacó del sobre, la iluminó con la linterna y miró con sorpresa. Rápidamente, dobló los papeles y los metió en el sobre.

—Dios mío —dijo nervioso—. Pueden pasar directamente.

Pino se guardó los documentos en el bolsillo de su pechera, atravesó la valla y fue en dirección este hacia Treviglio y Caravaggio.

—¿Qué dicen esos papeles? —preguntó Carletto.

—Luego lo miraré —contestó Pino—. A menos que sepas leer en inglés.

—No sé leerlo. Hablarlo un poco. ¿Qué se supone que lleva en la maleta?

—No tengo ni idea, pero parece pesada —respondió Pino mirando por el espejo retrovisor cuando pasaron bajo una farola. El general Leyers había quitado la maleta de su regazo. Estaba colocada a su lado, a su derecha. Leyers tenía los ojos cerrados, como si pudiera estar soñando con Dolly o con su esposa, o con sus hijos, o con los esclavos, o con nada.

Con aquella única mirada, algo afilado y frío como el hielo se formó en el corazón de Pino. Por primera vez en su corta y complicada vida, conoció la sensación de la crueldad y la dulce expectativa de conseguir que se hiciera justicia.

—Yo creo que lleva algunos de esos lingotes de oro que viste en esas cajas —dijo Carletto haciéndole salir de sus pensamientos.

—O puede que lleve archivos en esa maleta. Cientos. Puede que más.

—¿Qué tipo de archivos?

—De los peligrosos. De los que te proporcionan un poco de poder en épocas en las que estás desamparado.

—¿Qué narices quiere decir eso?

—Influencia. Luego te lo explico. ¿Dónde es el siguiente puesto de control?

Carletto encendió la linterna y estudió el mapa.

—Donde tomamos la carretera principal a este lado de Brescia.

Pino pisó el acelerador y siguieron a toda velocidad a través de la noche. Llegaron al segundo puesto de control a las cuatro de la madrugada. Tras una rápida inspección de los documentos, volvieron a hacerles una señal para que pasaran y les advirtieron de que debían evitar pasar por Bolzano, donde se estaba librando una batalla. El problema era que tenían que pasar por allí para llegar a la carretera del Paso del Brennero.

—Te digo que lleva oro en esa maleta —dijo Carletto cuando volvieron a estar en camino. Había descorchado una de las botellas de vino y le estaba dando sorbos—. No son simplemente documentos. Es decir, el oro es oro, ¿no? Se puede comprar de todo con el oro.

—De todos modos, no me importa lo que lleve en la maleta.

La carretera que tenían por delante estaba llena de cráteres de bombas y desvíos en los lugares donde el deshielo del invierno anterior había hecho desaparecer los conductos de agua, de modo que Pino no podía ir todo lo rápido que deseaba. Eran ya las 4:45 de la mañana antes de que tomara el giro hacia Trento y Bolzano para dirigirse al norte en dirección a Austria. Condujeron a lo largo de la costa este del lago de Garda, en la orilla opuesta a la vieja villa de Mussolini, lo que hizo que Pino se acordara de los actos de anarquía del Piazzale Loreto. Miró al general, que estaba durmiendo, y se preguntó cuánto sabría Leyers, cuánto le importaba y si no era más que un hombre que estaba tratando de salvar el pellejo.

«Favores», pensó Pino. «Con eso es con lo que él comercia. Me lo dijo él mismo. Esa maleta está llena de favores».

Conducía ahora de forma agresiva. Había menos vehículos en la carretera y menos daños de los que habían encontrado en la carretera principal. Carletto llevaba los ojos cerrados y el mentón, apoyado en el pecho, con la botella y el subfusil entre las piernas.

Justo al norte de Trento, sobre las cinco y cuarto, Pino vio unas luces más adelante y se dispuso a reducir la velocidad. Sonó un disparo que dio contra el lateral del Fiat. Carletto se despertó sobresaltado mientras Pino pisaba el acelerador a fondo y empezaba a serpentear por la carretera a la vez que recibían más disparos desde ambos lados, algunos alcanzaron al coche y otros pasaron con un silbido.

—¡Coge tu arma! —le gritó Pino a Carletto—. ¡Dispara!

Carletto trasteó con el subfusil.

—¿Quién nos dispara? —preguntó el general Leyers. Estaba tumbado de lado junto a la maleta.

—Eso no importa —respondió Pino, que aumentó la velocidad en dirección a las luces. Había una barrera delante, unos caballetes y un grupo de hombres desharrapados y armados. No guardaban ningún orden y eso hizo que Pino tomara una decisión.

—Cuando yo te diga, dispárales —dijo Pino—. Quítale el seguro.

Carletto se levantó sobre una rodilla y sacó la cabeza y los hombros por la ventanilla con el subfusil pegado al hombro.

Pino pisó los frenos cuando estaban a setenta metros, como si tuviese intención de parar. Pero a cincuenta metros, con los faros cegando a los hombres de la barrera, Pino pisó de nuevo el acelerador y gritó:

—¡Dispara!

Carletto pulsó el gatillo y el Thompson empezó a escupir balas hacia arriba, hacia abajo y entre medias.

Los hombres se dispersaron. Pino se echó encima de la barrera. Carletto no tenía ningún control. Seguía apretando el gatillo y el subfusil no dejaba de disparar a lo loco. Atravesaron la barrera. El Thompson se cayó de las manos de Carletto. Rebotó en la carretera y desapareció.

—¡Mierda! —gritó Carletto—. ¡Vuelve!

—No —respondió Pino apagando las luces y aumentando la velocidad mientras las armas disparaban tras ellos.

—¡Es mi metralleta! ¡Vuelve!

—No deberías haber apretado el gatillo tanto rato —gritó Pino—. Knebel dijo ráfagas cortas.

—Casi me arranca el hombro —protestó Carletto con rabia—. ¡Maldita sea! ¿Dónde está mi vino?

Pino le pasó la botella. Carletto le quitó el corcho con los dientes, dio un trago y maldijo una y otra vez.

—Está bien —dijo Pino—. Tenemos mi arma y dos cargadores de más.

Su amigo le miró.

—¿Te arriesgas, Pino? ¿Me vas a dejar disparar de nuevo?

—Pero agárralo bien esta vez. Y toca el gatillo. Pulsa y para. No tires de él.

Carletto sonrió.

—¿Te puedes creer lo que acaba de pasar?

—Muchas veces he pensado que eres un conductor increíble, *Vorarbeiter* —dijo Leyers desde el asiento de atrás—. Esa vez del pasado otoño cuando el avión nos estuvo ametrallando en el Daimler… Tu forma de conducir esa noche es por lo que he pedido que me lleves tú a la frontera. Por eso estás aquí. Si alguien puede llevarme al Brennero eres tú.

Pino oía aquellas palabras como si procedieran de un hombre al que no conocía ni quería conocer. Despreciaba a Leyers. Le asqueaba el hecho de que hubiese convencido a algún idiota del ejército estadounidense de que era un héroe. Hans Leyers no era ningún héroe. El hombre que iba en el asiento de atrás era el negrero del faraón, un criminal de guerra, y merecía sufrir por sus actos.

—Gracias, *mon général* —dijo Pino, sin más.

—No hay de qué, *Vorarbeiter* —contestó el general Leyers—. Siempre he creído que hay que reconocer los méritos cuando se debe.

El cielo empezó a iluminarse mientras seguían hacia Bolzano. Pino pensaba que ese sería su último amanecer. Llegó con franjas rosas que se extendían en abanico por un cielo azul enmarcado por montañas de picos nevados que se elevaban más allá de los últimos cuarenta kilómetros de guerra. Pino no dedicó más que un ligero pensamiento al peligro que tenía por delante. Estaba pensando en el general Leyers, sintiendo de nuevo la expectativa, el cosquilleo de la adrenalina.

Pino estiró el brazo y cogió la botella de vino de entre las piernas de Carletto, lo que provocó un leve gruñido de protesta, pues su amigo se había vuelto a quedar dormido.

Tomó un trago de vino y, después, otro más. «Tiene que ser en algún lugar alto», pensó. «Hay que hacerlo en la más magnífica de las catedrales de Dios».

Pino se detuvo en el arcén de la carretera.

—¿Qué haces? —preguntó Carletto aún con los ojos cerrados.

—Ver si hay un camino que rodee Bolzano —respondió Pino—. Dame el mapa.

Carletto gruñó, buscó el mapa y se lo pasó.

Pino lo estudió y trató de memorizar las principales rutas que podría tomar para llegar al norte de Bolzano y a la carretera del Paso del Brennero.

Mientras tanto, Leyers se sirvió de una llave para abrir las esposas de la maleta y salir del coche para orinar.

—Vámonos —dijo Carletto—. Nos repartimos el oro.

—Yo tengo otros planes —contestó Pino mientras miraba el mapa.

El general volvió, se inclinó hacia delante en el asiento de atrás y miró el mapa por encima del hombro de Pino.

—La ruta principal será la más defendida —dijo Leyers—. Es mejor que subas por esa carretera secundaria cerca de Stazione, tómala hacia el noroeste de Bolzano, sigue recto hasta Andriano/ Andrian en la carretera de Suiza. La frontera suiza estará cerrada para nosotros, así que a la Wehrmacht no le preocupa esa ruta. Pasarás por donde están los americanos, luego cruzas el río Adige por el flanco izquierdo de ellos. Al otro lado del río, vuelves por las montañas de allí, justo por detrás de los alemanes, hasta que llegues a la carretera del Paso del Brennero. ¿Lo ves?

Pino odiaba admitirlo, pero su plan parecía la mejor alternativa. Asintió, miró por el espejo retrovisor y vio lo animado que estaba Leyers mientras se volvía a esposar de nuevo a su maleta. El general estaba disfrutando.

«Para él no es más que un juego», pensó Pino, y volvió a enfurecerse. «Todo consiste en un juego de favores y sombras». ¿Leyers quería diversión? Él le enseñaría a divertirse. Puso el Fiat en marcha, quitó el embrague y condujo como un poseso.

Les envolvía ya la plena luz del día cuando llegaron a un puesto de control estadounidense que bloqueaba la carretera cerca del pueblo montañés de Laghetti Laag. Un sargento del ejército se acercó a ellos. Podían oír los ecos y zumbidos del combate que se libraba en algún lugar más adelante, no lejos de allí.

—La carretera no está abierta —dijo el sargento—. Pueden dar la vuelta aquí.

Pino le entregó el sobre. El sargento lo cogió, lo abrió, leyó la carta y soltó un silbido.

—Pueden pasar. Pero ¿están seguros de querer hacerlo? Varias compañías nuestras están enfrentándose a los fascistas y los nazis por Bolzano. Y, en algún momento de las próximas dos horas, los Mustang van a ametrallar la columna alemana y a tratar de aniquilar todo lo que puedan.

—Vamos a ir —respondió Pino antes de coger el sobre y dejarlo en su regazo.

—Son sus vidas, caballeros —dijo el sargento y le hizo una señal al guardia de la valla.

La barricada se abrió a un lado. Pino la cruzó.

—Me duele la cabeza —anunció Carletto mientras se frotaba las sienes antes de dar otro sorbo de vino.

—Deja el vino por ahora —ordenó Pino—. Tenemos una batalla justo delante de nosotros y vamos a necesitar tu ayuda para atravesarla y sobrevivir a ella.

Carletto se quedó mirándolo, vio que hablaba en serio y puso el corcho a la botella.

—¿Cojo el arma?

Pino asintió.

—Póntela a la derecha, en paralelo a la puerta, con la culata hacia arriba apoyada en el lateral del asiento. Así la podrás coger más rápido.

—¿Cómo lo sabes?

—Es lo lógico.

—Tu forma de pensar es distinta a la mía.

—Supongo que eso es verdad —dijo Pino.

Diez kilómetros después del puesto de control, tomó una carretera secundaria que iba al noreste, tal y como Leyers había recomendado. El camino era irregular y pasaba por pequeños asentamientos alpinos que avanzaban en zigzag hacia Saint Michael y el norte de Bolzano.

Se fueron formando nubes. Pino redujo la velocidad lo suficiente como para oír la artillería, los tanques y rifles que se estaban enfrentando a su derecha y al sur, a un kilómetro y medio por lo menos. Quizá más. Podían ver las afueras de Bolzano y los penachos de humos que se elevaban mientras los fascistas trataban de defender terreno y los alemanes intentaban proteger su retaguardia para proporcionar a sus compatriotas más tiempo para llegar a Austria.

—Dirígete de nuevo al norte —dijo el general Leyers.

Pino obedeció y tomó un desvío de dieciséis kilómetros que los llevó a un puente que cruzaba el Adige y que estaba desprotegido, tal y como Leyers había vaticinado. Llegaron a las afueras del noroeste de Bolzano alrededor de las nueve menos veinte de esa mañana.

El combate en el sudeste más cercano era ahora intenso. Ametralladoras. Morteros. Y estaba tan cerca que podían oír cómo giraban las torretas de los tanques. Pero parecía que Leyers volvía a tener razón. Habían conseguido mantenerse casi cuatrocientos metros por detrás de las líneas de combate, pasando a lo largo de una línea trasera del conflicto.

«Pero en algún momento veremos nazis. Estarán en la carretera del Paso del Brennero para...».

—¡Un tanque! —gritó Leyers—. ¡Un tanque americano!

Pino agachó la cabeza, miró de inmediato a su derecha, tratando de ver más allá de Carletto.

—¡Ahí está! —gritó Carletto apuntando hacia un gran espacio abierto a las afueras de la ciudad—. ¡Un Sherman!

Pino continuó avanzando, flanqueando hacia la izquierda del tanque.

—Está girando el cañón hacia ti —dijo el general Leyers.

Pino miró, vio el tanque a setenta metros de distancia, con la torreta y el cañón apuntando hacia ellos. Pisó el acelerador.

El tanque disparó un proyectil que pasó justo por detrás del automóvil pegado al guardabarros trasero y provocó un agujero humeante en una fábrica de dos plantas situada al otro lado de la calle.

—¡Sácanos de aquí! —gritó Leyers.

Pino puso una marcha corta para hacer maniobras evasivas. Pero, antes de poder salir de la línea de fuego del tanque, unas ametralladoras abrieron fuego desde el edificio que echaba humo.

—¡Agachaos! —gritó Pino bajando la cabeza y oyendo cómo las balas restallaban por encima y golpeaban la armadura blindada del tanque y sus ruedas.

Entraron en un callejón para esconderse.

Leyers dio una palmada a Pino en los hombros.

—¡Este chico es un genio al volante!

Pino sonrió con desagrado mientras serpenteaba por las calles laterales. Las fuerzas estadounidenses parecieron quedarse atascadas tras la confluencia de dos arroyos que se unían al río Adige. Leyers encontró un camino alrededor de la zona de peligro, por detrás de la batalla, que después se alejaba de la ciudad en dirección este hacia el pueblo de Cardano/Kardaun.

Pino giró enseguida por la carretera del Paso del Brennero y vio que estaba casi vacía. Aceleró dirigiéndose de nuevo al norte. Por delante, los Alpes desaparecían en el interior de una tormenta que comenzaba a formarse. La llovizna empezó a caer y aparecieron bancos de niebla. Pino se acordó de los esclavos que cavaban en la nieve en ese lugar apenas un mes antes, agitándose bajo el aguanieve, cayendo al suelo y siendo retirados a rastras.

Continuó conduciendo por Colma y Barbiano. Hasta que no llegaron a una curva al sur del pueblo de Chiusa/Klausen no pudo ver a lo lejos en lo alto de la carretera el extremo de una larga columna alemana que obstruía ambos lados de la ruta, un ejército lisiado que se arrastraba al norte en dirección a Austria a través de la ciudad de Bressanone/Brixen.

—Podemos rodearlos —dijo el general Leyers estudiando el mapa—. Pero esta carretera pequeña se desvía al este justo un poco más adelante. Sube hasta aquí, donde puedes tomar un camino al norte y, después, este otro que baja de nuevo a la carretera del Paso del Brennero. ¿Lo ves?

Pino lo vio y, de nuevo, tomó la ruta que eligió Leyers.

Giraron por una pequeña zona embarrada antes de que el camino empezara a subir por una pendiente estrecha que se abría a un valle alpino cerrado en el flanco norte por píceas y prados de pasto que daban al sur. Continuaron subiendo por el lado norte a través de caminos de fuertes altibajos que les llevaron más allá del pueblo alpino de Funes.

La carretera ascendía otros mil metros casi hasta la línea boscosa, donde la niebla y las nubes empezaban a romperse. La carretera que tenían por delante era de dos direcciones y resbaladiza. Atravesaba un mar de flores silvestres amarillas y rosas.

Las nubes ascendieron más y dejaron a la vista los pedregales y la larga pared de los Dolomitas, las más grandiosas catedrales de Dios en Italia: un chapitel tras otro de piedra caliza, dieciocho de ellos que se elevaban miles de metros hacia el cielo y para todos eran como una enorme corona de espinas de color gris claro.

—Para aquí. Necesito hacer pis de nuevo y quiero echar un vistazo —dijo el general Leyers.

Pino sintió como si el destino le hubiese llevado hasta allí, pues se había estado preparando para usar él mismo esa excusa para detenerse. Aparcó junto a un estrecho prado en un gran hueco entre las píceas que dejaba ver los Dolomitas en todo su esplendor.

«Es un lugar perfecto para obligar a Leyers a que confiese y a que pague por sus pecados», pensó Pino. «Al descubierto. Sin poder pedir ningún favor. Sin ninguna posibilidad de esconderse entre las sombras. Solo en medio de la iglesia de Dios».

Leyers se quitó las esposas y salió por el lado de Carletto. Se alejó entre la hierba mojada y las flores alpinas. Se detuvo en el borde del precipicio mientras miraba por el estrecho valle y levantando los ojos hacia los Dolomitas.

—Dame el arma —le susurró Pino a Carletto.

—¿Para qué?

—¿Tú qué crees?

Carletto le miró con expresión de sorpresa, luego sonrió y le pasó el Thompson. Pino tuvo una extraña sensación de familiaridad al tener el subfusil en la mano. Nunca había disparado uno, pero también los había visto en las películas de mafiosos. «Haz lo que el comandante Knebel ha dicho. No puede ser difícil».

—Hazlo, Pino —le alentó Carletto—. Es un monstruo nazi. Merece morir.

Pino salió, sostuvo el Thompson con una mano detrás de sus piernas. No era necesario que se molestara en esconderlo. El general Leyers estaba de espaldas a Pino, con las piernas abiertas mientras orinaba por encima del borde del precipicio y disfrutaba de las espectaculares vistas.

«Cree que es el hombre al mando», pensó Pino con frialdad. «Cree que es un hombre que controla su destino. Pero él ya no tiene el control. Yo sí».

Pino rodeó la parte trasera del Fiat de su tío y dio dos pasos hacia el interior del prado, con la respiración algo entrecortada, sintiendo que el tiempo se detenía igual que cuando había entrado en el Castello Sforzesco. Pero ahora se sentía bien, tan seguro de lo que estaba a punto de hacer como lo había estado del profundo amor de Anna. El negrero del faraón iba a pagar. Leyers iba a caer de rodillas y a suplicar clemencia y Pino no iba a dársela.

El general Leyers se subió la cremallera y volvió a divisar de nuevo el impresionante escenario. Agitó la cabeza maravillado, se ajustó la chaqueta y se dio la vuelta para ver a Pino a diez metros de distancia, con el Thompson pegado a la cadera. El nazi se quedó de piedra.

—¿Qué es esto, *Vorarbeiter*? —preguntó con el miedo filtrándose en su voz.

—Venganza —contestó Pino con voz calmada, con una extraña sensación de estar fuera de su cuerpo—. Los italianos creemos en ella, *mon général*. Los italianos creemos que el derramamiento de sangre le sienta bien a un alma herida.

Leyers movía los ojos a uno y otro lado.

—¿Y me vas a disparar sin más?

—¿Después de lo que usted ha hecho? ¿Después de lo que he visto? Merece ser fusilado por cien pistolas, mil si es que hay justicia.

El general levantó las dos manos en el aire con las palmas hacia Pino.

—¿No has oído al comandante americano? Soy un héroe.

—Usted no es ningún héroe.

—Y, aun así, me dejaron marchar. Y, aun así, me enviaron contigo. Los estadounidenses.

—¿Por qué? —preguntó Pino—. ¿Qué ha hecho por ellos? ¿Qué favor se ha cobrado? ¿A quién ha sobornado con oro o con información?

Leyers parecía no saber qué decir.

—No tengo libertad para contarte lo que he hecho, pero sí puedo decirte que he sido de gran valor para los aliados. Sigo siendo valioso para los aliados.

—¡Usted no vale nada! —gritó Pino, la emoción volviendo a elevarse de nuevo por la parte posterior de su garganta—. A usted no le importa nadie más que usted mismo y merece…

—¡Eso no es verdad! —gritó el general—. Me importas tú, *Vorarbeiter*. Me importa Dolly. Me importa tu Anna.

—¡Anna está muerta! —exclamó Pino—. ¡Dolly también está muerta!

El general Leyers pareció quedarse perplejo y dio un paso atrás.

—No. Eso no es verdad. Se fueron a Innsbruck. Se supone que yo tengo que reunirme con Dolly… esta noche.

—Dolly y Anna murieron delante de un pelotón de fusilamiento hace tres días. Yo lo vi.

Leyers acusó el golpe.

—No. Di órdenes de que tenían que estar…

—Nunca fue ningún coche a por ellas —le interrumpió Pino—. Seguían esperando allí cuando se las llevaron porque Dolly era su puta.

Pino movió despacio el seguro del Thompson para disparar.

—Pero yo di la orden, *Vorarbeiter* —insistió Leyers—. ¡Te juro que lo hice!

—¡Pero no se aseguró de que se cumpliera esa orden! —gritó Pino llevándose el subfusil al hombro—. Podría haber ido usted a casa de Dolly para comprobar que se las llevaban. Pero no lo hizo. Las dejó morir. Ahora soy yo el que va a dejarlo morir a usted.

La cara de Leyers se retorcía con desesperación y levantó las manos como si quisiera protegerse de las balas.

—Por favor, Pino, yo quería volver al apartamento de Dolly. Quería ver cómo estaban, ¿no lo recuerdas?

—No.

—Sí que lo recuerdas. Te pedí que me llevaras a recoger unos papeles que me había dejado, pero, en lugar de llevarme, me arrestaste. Me entregaste a la resistencia cuando podría haber ido a asegurarme de que Dolly y Anna habían salido de Milán y habían llegado a Innsbruck.

El general le miró sin remordimiento.

—Si hay alguien directamente responsable de las muertes de Dolly y de Anna eres tú, Pino.

34

Pino tenía el dedo en el gatillo.

Había planeado disparar al general Leyers desde la cintura, esparcir balas por su abdomen para que cayera al suelo, pero no muriera. Así Leyers habría sufrido, con los disparos en el vientre, quizá durante un largo rato. Y Pino pensaba quedarse allí para ver cada sacudida de dolor y disfrutar de cada gemido y súplica.

—¡Dispárale, Pino! —gritó Carletto—. No me importa lo que te esté diciendo. ¡Dispara a ese cerdo nazi!

«Sí que me pidió que le llevara a casa de Dolly esa noche», pensó Pino. «Pero yo le arresté. Yo le arresté en lugar de...».

Pino volvió a sentir que se mareaba y que tenía náuseas. Oyó el aria del payaso y los disparos de los rifles y vio a Anna caer al suelo una vez más.

«Yo provoqué esto. Podría haber ayudado a Anna. Pero hice todo lo posible por matarla».

En ese momento, Pino se quedó sin fuerzas. Soltó la empuñadura delantera del subfusil. El Thompson quedó colgando a su lado. Se quedó mirando al vacío, hacia la enormidad de aquella magnífica catedral de Dios y altar de expiación y quiso reducirse a huesos y polvo, ser barrido por el viento.

—¡Dispárale, Pino! —gritó Carletto—. ¿Qué narices estás haciendo? ¡Dispárale!

Pino no podía hacerlo. Se sentía más débil que un anciano moribundo.

El general le hizo una brusca señal con la cabeza.

—Termina tu trabajo, *Vorarbeiter*. Llévame al Brennero y terminemos nuestra guerra juntos.

Pino parpadeaba, incapaz de pensar, incapaz de actuar.

Leyers miró a Pino con desprecio.

—¡Hazlo, Pino! —le espetó.

Pino siguió aturdido al general de vuelta al Fiat. Le abrió la puerta de atrás y la cerró cuando Leyers subió. Puso el seguro del Thompson, le pasó el arma a Carletto y se colocó tras el volante.

Detrás, el general se estaba esposando otra vez a la maleta.

—¿Por qué no le has matado? —preguntó Carletto con incredulidad.

—Porque quiero que sea él quien me mate a mí —dijo Pino antes de arrancar el Fiat y meter la marcha.

Salieron derrapando por el resbaladizo barro que pronto cubrió los laterales del coche. Avanzaron a campo través hacia el norte antes de llegar por fin a una carretera de dos sentidos que bajaba en zigzag y largos caminos oblicuos paralelos a la carretera del Paso del Brennero por encima de la ciudad de Bressanone/Brixen. La columna del ejército alemán bloqueaba la ciudad y la ruta durante más de un kilómetro y medio. Nada se movía.

Se oían disparos por debajo. Por la ventanilla, mientras iban dando botes por la carretera, Pino miró hacia el frente de la columna y vio por qué estaban detenidos. Había seis o siete piezas de artillería pesada delante de la columna. Muchas de las mulas que habían tirado de los cañones a través de Italia se habían rendido por fin. Se quedaban inmóviles y se negaban a seguir trabajando.

Los nazis azotaban a las mulas para tratar de apartar la artillería del camino y que el resto de la columna pudiese pasar. A los animales que no avanzaban les pegaban un tiro y los arrastraban al arcén de la carretera. Ya habían casi sacado del camino el último cañón. La caravana nazi estaba a punto de continuar con su retirada.

—Ve más rápido —ordenó Leyers—. Ponte delante de esa columna antes de que nos bloqueen el paso.

Pino puso una marcha más corta.

—Agárrate —le dijo a Carletto.

El camino estaba ahora más seco y Pino pudo doblar y, después, triplicar la velocidad, avanzando aún en paralelo al convoy, casi a la cabeza de la columna. Un kilómetro más tarde, la carretera se cruzó con otro camino rudimentario que bajaba setecientos metros hasta la carretera del Paso del Brennero, donde atravesaba el pueblo de Varna/Vahrn a no más de cien metros de los cañones y de las mulas moribundas.

Pino redujo la marcha y entró con cuidado en un sendero que descendía en una pendiente pronunciada. Pisó a fondo el acelerador. El Fiat rebotaba y bajaba volando el último flanco de la montaña mientras el último cañón se apartaba del camino y los tanques Panzer que iban en cabeza de la columna alemana arrancaban y empezaban a rodar de nuevo en dirección a Austria.

—¡Adelántalos! —gritó Leyers.

Fue necesario todo lo que Alberto Ascari le había enseñado a Pino para evitar que el coche volcara y diera vueltas de campana. Se rio entre dientes mientras recorría a toda velocidad el último tramo del camino a la vez que el primer Panzer ganaba velocidad.

Pero entonces, de la nada y a un kilómetro y medio al sur, un avión caza Mustang P-51 de Estados Unidos empezó a bombardear y abrir fuego sobre la columna nazi, ametrallando toda la fila.

El general debió de ser consciente de todo lo que aquello implicaba, pues empezó a gritar:

—¡Más rápido! ¡Más rápido, *Vorarbeiter!*

Estaban a la par del tanque, que a su vez se encontraba a unos ochenta metros de dejar bloqueado el cruce. Al Fiat todavía le separaban ciento diez metros de la carretera del Paso del Brennero, pero se acercaba a toda velocidad mientras el Mustang se aproximaba por el aire, soltando ráfagas de ametralladora cada pocos segundos.

A cuarenta metros escasos de la carretera, Pino pisó finalmente los frenos y redujo la marcha, lo que hizo que el Fiat hiciera unos fuertes giros en zigzag entre el barro y que, después, se levantara sobre dos ruedas, con el Panzer allí mismo, antes de que salieran disparados por un terraplén y aterrizaran delante del tanque. Derraparon, volvieron a ponerse sobre dos ruedas y casi volcaron antes de que Pino enderezara el Fiat y acelerara.

—¡Un soldado está saliendo del tanque! —gritó Leyers—. ¡Se ha puesto en la ametralladora!

Pino había aumentado el espacio, pero la distancia seguía siendo aún poca cosa para una ametralladora de gran calibre. El tirador podría atravesar el Fiat como si fuese queso. Agachado sobre el volante, Pino mantuvo el acelerador pisado a fondo mientras esperaba recibir una bala en la nuca.

Pero, antes de que el nazi pudiese abrir fuego, el caza estadounidense apareció por la curva y ametralló la cabeza de la columna alemana. Las balas rebotaron sobre la armadura blindada del Panzer y agujerearon la carretera justo por detrás del Fiat. De repente, los disparos cesaron y el avión se ladeó.

Giraron por otra curva y quedaron fuera de la vista de los alemanes. Por un momento, se produjo en el coche un sorprendente silencio. Entonces, Leyers empezó a reírse mientras se daba golpes en los muslos y en la maleta.

—¡Lo has conseguido! —gritó—. ¡Loco italiano, hijo de puta, lo has vuelto a conseguir!

Pino odiaba haberlo conseguido. Había esperado morir en el intento y, ahora que estaba aumentando la distancia entre ellos y los nazis en retirada y que se acercaban a la frontera austriaca, no sabía qué hacer. Parecía destinado a sacar de Italia al general Leyers y, por fin, se rindió a su compromiso.

Los veinticuatro kilómetros de camino entre Bressanone/Brixen y Vipiteno/Sterzing subían hasta el nivel de la nieve acumulada, que tenía un aspecto granuloso, húmedo y casi derretido, pero que aún era profunda. Cuando volvieron a encontrarse con la niebla, resultaba difícil saber dónde terminaba la nieve y empezaba el aire. Bloqueada por la columna alemana por detrás de ellos, la carretera del Paso del Brennero estaba vacía y llena de trozos de nubes y llovizna más gruesa. Redujeron la velocidad hasta avanzar a paso de tortuga.

—Ya no estamos lejos —dijo Leyers después de atravesar Vipiteno. Volvió a subirse la maleta al regazo—. No queda nada.

—¿Qué vas a hacer, Pino? —preguntó Carletto mientras volvía a beber—. ¿Para qué ha servido todo esto si él va a terminar huyendo con el oro?

—El comandante Knebel dice que es un héroe —contestó Pino, aturdido—. Supongo que se irá libre.

Antes de que Carletto pudiese responder, Pino redujo la marcha y frenó con fuerza, entrando en una curva cerrada hacia la última subida hacia la frontera. Un muro bajo de nieve bloqueaba el paso y tuvo que pisar a fondo los frenos y detenerse del todo.

Seis hombres de aspecto duro y ataviados con pañuelos rojos aparecieron detrás del banco de nieve, apuntándoles con sus rifles a corta distancia. Por el lado de Carletto, salió del bosque otro hombre con una pistola en la mano. Un octavo surgió de los árboles a la izquierda de Pino. Iba fumando un cigarrillo y llevaba una escopeta de cañón recortado. Nada más verle, aun después de un año, Pino lo reconoció.

El padre Re le había dicho que Tito y sus hombres se dedicaban a robar a la gente en la carretera del Paso del Brennero y ahí estaba ahora, dirigiéndose hacia Pino.

—¿Qué tenemos aquí? —preguntó Tito cuando llegó junto a la ventanilla abierta apuntando con la escopeta de cañón recortado—. ¿Adónde creéis que vais todos esta bonita mañana de mayo?

Pino llevaba la gorra bajada sobre las cejas. Sacó el sobre.

—Estamos cumpliendo una misión de los americanos —dijo.

Tito lo cogió, lo abrió y miró el papel de tal forma que Pino pensó que no sabía leer. Volvió a meter la carta en el sobre y la tiró a un lado.

—¿Qué misión?

—Llevamos a este hombre a la frontera austriaca.

—¿En serio? ¿Y qué hay en la maleta que lleva esposada a la mano?

—Oro —respondió Carletto—. Creo yo.

Pino soltó un pequeño gruñido.

—¿Sí? —preguntó Tito. Usó el cañón de la escopeta para levantarle la gorra a Pino y poder verle la cara.

Tras uno o dos segundos, Tito soltó una carcajada desdeñosa.

—¿No te parece *perfetto*?

A continuación, golpeó la mejilla de Pino con el cañón de la escopeta y le abrió una brecha por debajo del ojo.

Pino gruñó del dolor y levantó la mano al sentir que la sangre empezaba a brotar.

—Dile a tu hombre de ahí detrás que abra las esposas y me dé la maleta o voy a tener que volarte la cabeza, y después a él.

La respiración de Carletto era fuerte y rápida. Pino le miró y vio que su amigo estaba temblando por el alcohol y la rabia.

—Díselo —ordenó Tito antes de volver a golpear a Pino.

Este se lo dijo, en francés. Leyers no contestó. No movió ni un músculo.

Tito dirigió el cañón de la escopeta al general.

—Dile que está a punto de morir —dijo Tito—. Dile que todos estáis a punto de morir y que me voy a llevar la maleta de todos modos.

Pino pensó en Nicco, el hijo muerto del dueño de la posada, tiró del picaporte de la puerta, lanzó su peso contra ella y la golpeó contra el costado izquierdo del cuerpo de Tito.

Este se tambaleó hacia la derecha, se resbaló con la nieve y estuvo a punto de caer al suelo.

Sonó un disparo desde el asiento trasero del Fiat.

El hombre que estaba junto a la puerta de Carletto murió de una bala que le atravesó la mejilla.

Tito recuperó el equilibrio, se llevó la escopeta al hombro y trató de girarla hacia Pino.

—¡Matadlos a todos! —gritó.

El siguiente segundo pareció eterno.

Carletto apretó el gatillo del Thompson e hizo saltar por los aires el parabrisas del Fiat. En ese mismo momento, el general Leyers disparó por segunda vez y alcanzó a Tito en el pecho. Mientras Tito caía, su escopeta disparó perdigones contra los paneles inferiores del Fiat. La segunda ráfaga del subfusil de Carletto mató a dos de los otros seis hombres que quedaban en la banda de contrabandistas y bandoleros. Los otros cuatro estaban tratando de huir.

Carletto abrió su puerta y corrió tras los hombres que escapaban. Uno de ellos ya había sido alcanzado por una bala y avanzaba dando traspiés. Carletto le disparó mientras seguía tras los tres últimos.

—¡Cabrones partisanos! —gritaba histérico—. ¡Vosotros matasteis a mi padre! ¡Lo matasteis y destrozasteis a mi madre!

Se detuvo dando un patinazo y volvió a abrir fuego.

Alcanzó a un hombre en la espalda y cayó. Los otros dos se giraron para enfrentarse a él. Carletto disparó una ráfaga y los mató a los dos.

—¡Deuda saldada! —gritaba Carletto—. ¡Deuda…!

Con los hombros hundidos y temblorosos, Carletto empezó a llorar. Después, se desplomó de rodillas entre sollozos.

Pino fue detrás de él y colocó una mano sobre el hombro de su amigo. Carletto se dio la vuelta con una sacudida, enloquecido. Apuntó el cañón hacia Pino y parecía dispuesto a disparar.

—Ya basta —dijo Pino en voz baja—. Ya basta, Carletto.

Su amigo se quedó mirándole y volvió a llorar de nuevo. Dejó caer el arma y se levantó para abrazar a Pino, llorando a gritos.

—Mataron a mi padre e hicieron que mi madre deseara morir, Pino. Tenía que vengarme. Tenía que hacerlo.

—Has hecho lo que tenías que hacer —contestó Pino—. Todos lo hemos hecho.

El sol empezó a brillar entre las nubes. No tardaron mucho en quitar la nieve y en apartar los cadáveres del camino. Pino rebuscó entre los bolsillos de Tito mientras pensaba en Nicco hasta que encontró la billetera que le había robado en la Nochevieja de hacía dos años. Miró las botas de Tito y las dejó, pero recogió el sobre con sus documentos. Se detuvo en la puerta del conductor y se asomó al asiento trasero, donde el general Leyers seguía sentado, aún con una pistola US Colt M1911 en la mano, igual a la que tenía el comandante Knebel.

—Estamos en paz —dijo Pino—. No nos debemos ningún favor.

—De acuerdo —contestó Leyers.

Durante los últimos ocho kilómetros hacia Austria, Carletto se comportó como si fuese un retrato. Allí sentado, sin alma en la piel ni en los huesos. Pino no se encontraba mucho mejor. Continuaba conduciendo porque era lo único que podía hacer. Al volante, no pensaba ahora en nada, no sentía pena ni síndrome postraumático. Tampoco remordimientos. Solo pensaba en la carretera que tenía delante. A poco más de tres kilómetros de la frontera, encendió la radio y movió el dial para buscar música de baile entre interferencias.

—Apaga eso —gruñó Leyers.

—Dispáreme si quiere —contestó Pino—. Pero la música va a seguir sonando.

Miró por el espejo retrovisor y vio sus propios ojos derrotados y al general devolviéndole la mirada con expresión de victoria.

Unos paracaidistas americanos y dos vehículos Mercedes-Benz esperaban en la frontera que cruzaba por un estrecho valle boscoso. Había un general nazi de uniforme al que Pino no reconoció de pie junto a uno de los Mercedes, fumando un puro y disfrutando de la luz del sol cada vez más luminosa.

«Esto no está bien», pensó Pino mientras detenía el Fiat. Dos paracaidistas se acercaron a él. Pino abrió el sobre y examinó el papel de dentro antes de entregárselo. Era una carta de acceso libre firmada por el teniente general Mark Clark, comandante del Quinto Ejército de Estados Unidos a instancias del general Dwight D. Eisenhower, comandante supremo de las Fuerzas Aliadas.

Un paracaidista pelirrojo saludó a Pino con la cabeza.

—Has demostrado muchas agallas y coraje para traerle aquí sano y salvo. El ejército de Estados Unidos te da las gracias por tu ayuda.

—¿Por qué le estáis ayudando? —preguntó Pino—. Es un nazi. Un criminal de guerra. Ha sometido a la gente a trabajos forzados hasta morir.

—Solo seguimos órdenes —respondió el soldado mirando al general.

El segundo soldado abrió la puerta de atrás y ayudó a salir a Leyers, con la maleta aún esposada a su muñeca.

Pino bajó del coche. El general le estaba esperando. Extendió la mano que tenía libre. Pino se quedó mirándola durante unos segundos y, a continuación, extendió la suya.

Leyers se la estrechó con fuerza y, después, tiró de Pino para acercarlo a él y le susurró al oído:

—¿Lo entiendes ahora, Observador?

Pino lo miró con incredulidad. «¿Observador? ¿Conoce mi nombre en clave?».

El general Leyers le guiñó un ojo, le soltó la mano y se dio la vuelta. Al alejarse, Leyers no volvió la cabeza. El soldado abrió la puerta del asiento trasero de uno de los vehículos que esperaban. El general desapareció en su interior con la maleta mientras Pino le miraba boquiabierto.

Detrás de Pino, en el Fiat, la radio empezó a emitir un boletín de noticias que Pino no podía oír bien por las interferencias. Se limitó a quedarse allí de pie, con las últimas palabras de Leyers dándole vueltas en la mente y añadiendo más confusión a su sensación de desesperación y derrota cuando ni una hora antes había tenido una clara lucidez homicida, seguro de que la venganza había sido suya y no del Señor.

«¿Lo entiendes ahora, Observador?».

¿Cómo lo había sabido? ¿Desde cuándo lo sabía?

—¡Pino! —gritó Carletto—. ¿Estás oyendo lo que dicen?

El coche donde se había montado el general se alejó y desapareció rápidamente bajando por la carretera hacia Stubaital e Innsbruck.

—Pino —insistió Carletto—. ¡Alemania se ha rendido! ¡Han ordenado a los alemanes que entreguen sus armas mañana antes de las once!

Pino no respondió. Se limitó a mirar el punto de la carretera por donde el general Hans Leyers había desaparecido de su vida.

Carletto se acercó y apoyó suavemente la mano sobre el hombro de Pino.

—¿No lo entiendes? —preguntó—. La guerra ha terminado.

Pino negó con la cabeza y sintió que las lágrimas empezaban a caer por su rostro.

—No lo entiendo, Carletto. Y la guerra no ha terminado. No creo que pueda terminar nunca para mí. No del todo.

POSGUERRA

Al final de la Segunda Guerra Mundial, una tercera parte de Milán estaba en ruinas. Los bombardeos y los enfrentamientos habían dejado dos mil doscientos milaneses muertos y cuatrocientas mil personas sin hogar.

La ciudad y su población empezaron a reconstruirse, enterrando el pasado y los escombros bajo nuevas calles, parques y altos edificios. Limpiaron el hollín de la guerra en el Duomo. Levantaron un monumento en memoria de Tullio Galimberti y los mártires del Piazzale Loreto a la vuelta de la esquina de un banco que antes era la tienda de frutas y verduras frescas de Beltramini. El hotel Diana sigue en pie, al igual que el Palacio del Arzobispado, la prisión de San Vittore y las galerías embrujadas del Cimitero Monumentale.

Las torres del Castello Sforzesco fueron restauradas, pero las marcas de las balas siguen estando en las paredes del interior. En un esfuerzo por olvidar la barbarie que tuvo lugar en el Piazzale Loreto, se desmanteló la estación de servicio Esso. También el edificio que antes había albergado el hotel Regina y la Gestapo. Una placa en Via Silvio Pellico es lo único que conmemora a la gente asesinada y torturada en el interior de la sede de las SS. El monumento del Holocausto de Milán está en el interior de la estación central de ferrocarril, bajo el andén 21.

De los alrededor de cuarenta y nueve mil judíos que había en Italia en la época de la invasión nazi, unos cuarenta y un mil escaparon del arresto o sobrevivieron en campos de concentración. Muchos fueron conducidos a la red de huida católica que recorría el norte a lo largo de varias rutas que se adentraban en Suiza, incluida Motta. Otros recibieron la ayuda de valientes italianos, católicos y miembros del clero que escondieron a refugiados judíos en los sótanos de monasterios, conventos, iglesias, casas e incluso unos cuantos en el Vaticano.

Alfredo Ildefonso Schuster, que luchó por salvar a los judíos y a su ciudad de una mayor destrucción, continuó siendo cardenal de Milán hasta su muerte en agosto de 1954. Un futuro Papa dijo la misa del funeral del cardenal Schuster. Uno de los portadores de su féretro elevó su causa a la santidad. Aquel portador se convirtió en el papa Juan Pablo II, que beatificó al cardenal Schuster en 1996. Su cuerpo bendecido yace en un cajón de cristal sellado bajo el Duomo.

El padre Luigi Re continuó ofreciendo Casa Alpina como refugio para personas en peligro. En los días posteriores al final de la Segunda Guerra Mundial, tuvo el triste honor de proteger a Eugen Dollmann, el traductor de Hitler al italiano, y se negó a las exigencias del ejército de Estados Unidos para que lo entregara.

El padre Re fue condecorado por la comunidad israelí de Milán por haber arriesgado generosamente su vida por salvar a judíos. Murió en 1965 y está enterrado en las pistas de esquí que están sobre Motta, bajo una estatua chapada en oro de la Virgen María que, según se cuenta, fue pagada por todas las personas a las que ayudó antes, durante y después de la guerra. Su escuela de niños ha sido posteriormente convertida en un hotel llamado Casa Alpina. Su capilla ha desaparecido.

Giovanni Barbareschi se convirtió en sacerdote poco después de la ejecución de Tullio Galimberti. También fue el cofundador de OSCAR, un grupo de resistencia clandestina que se enfrentó a la ocupación nazi y a sus objetivos. Asociado con los Aquile Randagie, un grupo prohibido similar a los Boy Scouts estadounidenses, Barbareschi y otros miembros de OSCAR fabricaron más de tres mil documentos de identidad falsos para que los refugiados los usaran en su huida a Suiza. Con la ayuda de OSCAR, más de dos mil judíos escaparon de Italia por el Puerto del Spluga, Motta, Val Codera y otras rutas del norte. Después de la guerra, Barbareschi fue condecorado por la comunidad israelí de Milán y, más recientemente, se plantó un árbol en su honor en un parque milanés que conmemora a los justos de Italia, que arriesgaron sus vidas generosamente por salvar a judíos.

Alberto Ascari, que enseñó a conducir a Pino Lella, hizo realidad su sueño de infancia y se convirtió en un héroe nacional italiano. Al volante de un Ferrari, Ascari ganó el Campeonato del Mundo de Fórmula 1 de 1952 y el de 1953. En mayo de 1955, mientras realizaba un calentamiento en el circuito de Monza, su coche dio varias vueltas de campana y terminó chocando y lanzando a Ascari sobre la pista. Murió en los brazos de Mimo Lella. Miles de personas se congregaron en el Duomo y en la piazza el día del funeral de Ascari. Enterrado junto a su padre en el Cimitero Monumentale, Ascari es considerado por la mayoría como uno de los mejores pilotos de carreras de todos los tiempos.

Se cree que el coronel Walter Rauff, jefe de la Gestapo en el norte de Italia, es directamente responsable de la muerte de más de cien mil personas e indirectamente responsable de los cientos de miles que murieron en la cámara de gas móvil que diseñó y utilizó por el este de Europa antes de su traslado a Milán. Rauff fue apresado, pero escapó del campamento de guerra y terminó en Chile como un oscuro espía por encargo que trabajaba a la sombra de los dictadores del país.

Simon Wiesenthal, el famoso cazador de nazis, localizó a Rauff en 1962. El gobierno alemán trató de conseguir su extradición. Él lo denunció y el caso terminó en el Tribunal Supremo de Chile. Rauff fue liberado cinco meses después. Murió en Santiago en 1984 de un infarto. Su funeral, al que asistieron muchos antiguos oficiales nazis, fue descrito como una estridente celebración de la vida de Rauff, de Adolf Hitler y del Tercer Reich, en general.

El comandante J. Frank Knebel regresó a Estados Unidos, dejó el ejército y retomó su vida de periodista. Fue el editor del *Garden Grove News* de California y, más tarde, del *Ojai Valley News*. En 1963, compró *Los Banos Enterprise*. Knebel y Pino mantuvieron correspondencia de forma ocasional hasta la muerte del periodista en 1973. Knebel dejó poca documentación sobre la guerra, salvo una enigmática nota en uno de sus archivos que aludía a sus planes de escribir una «historia real nunca antes contada de enorme intriga sobre los últimos días de la guerra en Milán». Nunca la escribió.

El cabo Peter Daloia regresó a Boston. Cuando murió décadas después del final de la guerra, su hijo se sorprendió al encontrar una Estrella de Plata al valor por el heroísmo de su padre en la batalla de Monte Cassino. La dejó en una caja en el desván. Como muchos otros, Daloia no le habló a nadie sobre su participación en la guerra en Italia.

Albert y Greta Albanese siguieron prosperando en su negocio. Hicieron una fortuna cuando el tío Albert decidió envolver en cuero pipas de sepiolita y venderlas por todo el mundo. Murieron en los años ochenta. Su tienda del número 7 de Via Pietro Verri es ahora Pisa Orologeria, o Relojería de Lujo Pisa.

Michele y Porzia Lella dirigieron una serie de exitosas empresas de bolsos y ropa de deporte después de la guerra y siguieron en activo durante toda su vida en el barrio de la moda. Antes de la muerte de los dos en los años setenta, el edificio del número 3 de

Via Monte Napoleone, la sede original de la tienda de bolsos, fue reconstruido y ahora alberga una tienda de Salvatore Ferragamo. La calle conocida como Corso del Littorio pasó a ser Corso Matteotti después de la guerra. El edificio de viviendas donde vivieron los Lella sigue en pie, aunque el ascensor de jaula ya no está.

Cicci, la hermana de Pino, se convirtió en una dinámica empresaria como su madre. Promocionó Milán como centro mundial de la moda y trabajó en el negocio familiar concentrándose en las *boutiques* de San Babila. Murió en 1985.

Domenico Lella, Mimo, fue condecorado por su valiente participación en la lucha de la resistencia, especialmente por sus actos el primer día de la insurrección general. Mimo trabajó en el negocio familiar antes de fundar su propia empresa de manufacturas, Lella Sport, que abastecía a los atletas de fin de semana y a los amantes del deporte al aire libre. Hombre bajito y agresivo empresario de éxito, Mimo se casó con una hermosa modelo, Valeria, que era treinta centímetros más alta que él. Tuvieron tres hijos. Se construyó una cabaña en Motta, junto a Casa Alpina, de la que se dice que era su lugar favorito en todo el mundo. En 1974, a los cuarenta y siete años de edad, Mimo murió de cáncer de piel.

Carletto Beltramini y Pino Lella fueron amigos durante toda la vida. Carletto se convirtió en un exitoso vendedor de Alfa Romeo y vivió por toda Europa. Nunca se casó ni habló de la guerra durante cincuenta y tres años. Pero, en 1998, mientras yacía enfermo en el hospital, Pino y un americano de nombre Robert Dehlendorf fueron a visitarle. Carletto hizo un relato de los últimos días de la guerra como si fuese una confesión. Recordó la desenfrenada fiesta en el hotel Diana y la expresión vengativa en el rostro de Pino cuando supo que llevaban al general Leyers a Austria. Carletto seguía convencido de que Leyers escondía oro en su maleta. También confesó haber disparado a los asaltantes cuando trataban de huir, rompió a llorar y pidió a Dios que le perdonara por la locura de sus acciones.

Carletto murió pocos días después con Pino a su lado.

Tras ver cómo el general Leyers se adentraba en coche en Austria, Pino volvió a Milán y se convirtió en el guía del comandante Knebel en Italia durante dos semanas. El comandante se negó a hablar de Leyers diciendo que esos asuntos eran alto secreto y que la guerra había acabado.

Pero no había terminado para Pino. Estaba devastado por la pena y los recuerdos, con su fe en constante peligro, obsesionado por preguntas que nadie le podía responder. ¿El general Leyers había sabido todo el tiempo que Pino era un espía? ¿Todo lo que había visto y oído mientras acompañaba a Leyers se le había mostrado de forma deliberada para que él pudiese informar al tío Albert y a los aliados a través de la radio de Baka?

El tío Albert aseguró estar tan sorprendido como Pino al saber que Leyers conocía su nombre en clave. Su tío y sus padres estaban más preocupados de que Pino fuese objetivo de represalias. Sus miedos estaban justificados. A finales de mayo de 1945, miles de fascistas y colaboracionistas de los nazis perdieron la vida en ejecuciones y asesinatos por venganza por todo el norte de Italia.

Por deseo de su familia, Pino se fue de Milán a Rapallo. Trabajó en distintos empleos en aquella localidad costera hasta finales de otoño de ese año. Después, regresó a Madesimo, donde fue profesor de esquí y trató de asumir su tragedia con largas conversaciones con el padre Re. Hablaron de amor. Hablaron de fe. Hablaron del aplastante peso de la pérdida que habían sufrido.

Pino rezaba en las montañas para recibir ayuda, para encontrar alivio ante el constante dolor, confusión y tristeza. Pero Anna no abandonaba su mente. Era el recuerdo de los mejores momentos de su vida, su sonrisa, su olor y la música de su risa que seguía sonando en sus oídos. Era una fuerza maldita que se arremolinaba sobre él en la oscuridad de la noche, acusatoria, amarga y exigente.

«Que alguien diga que solo soy una sirvienta».

Pino vivió más de dos años bajo la niebla opaca de la culpa y el dolor, ciego ante cualquier tipo de futuro, sordo ante cualquier palabra de esperanza. Recorría varios kilómetros por la playa en verano y subía a los Alpes en otoño antes de que la nieve cayera sobre las catedrales de Dios y suplicaba a diario un perdón que jamás llegaba. Sin embargo, cada día que pasaba, Pino seguía creyendo que vendría alguien a hacerle preguntas sobre el general Leyers.

No vino nadie. Al regresar a Rapallo para pasar el tercer verano en 1947, Pino seguía lidiando con su experiencia durante la guerra y con el fantasma de Anna. Le pesaba el hecho de que ella nunca le hubiese dicho su apellido de soltera ni el de casada. Ni siquiera podía tratar de ir en busca de su madre para contarle que su hija había muerto.

Era como si Anna nunca hubiese existido para nadie más que él. Ella le había amado, pero él le había fallado. Se había visto en una situación imposible y, con su silencio, había negado conocerla, había negado amarla. Pino había tenido fe y había mostrado una actitud desinteresada en los Alpes al hacer de guía de los refugiados judíos y en su vida como espía, pero había sido infiel y egoísta cuando estuvo ante el pelotón de fusilamiento.

La tortura mental continuó hasta que, durante uno de esos largos paseos por la playa en los que Anna seguía viva en su mente, Pino recordó que ella le había dicho que no creía mucho en el futuro, que trataba de vivir cada momento buscando razones para estar agradecida, tratando de crear su propia felicidad y dicha y sirviéndose de ellas como medio para conseguir una buena vida en el presente y no un objetivo que hubiese que alcanzar cualquier otro día.

Aquellas palabras de Anna resonaron en la mente de Pino y, por algún motivo, después de todo ese tiempo, se ensamblaron y de alguna manera le desbloquearon, haciendo que él admitiera que deseaba algo más que echarla de menos y sentirse destrozado por no haber tratado de salvarla.

En aquella playa desierta, penó por Anna por última vez. Pero, en su mente, sus recuerdos no eran de su muerte, ni de su cuerpo sin vida en el suelo de la galería, ni del aria del payaso que se mofaba de él durante los momentos de falta de fe.

En lugar de ello, oía el aria del príncipe Calaf, «Nessun dorma», sonando en su mente mientras recordaba instantáneas de su extraña forma de enamorarse: Anna en la puerta de la panadería el primer día de los bombardeos; Anna desapareciendo tras el tranvía; Anna abriendo la puerta de la casa de Dolly un año y medio después; Anna descubriéndole en el dormitorio de Dolly con la llave del general; Anna haciéndole la foto en el parque junto al lago de Como; Anna fingiéndose borracha delante de los guardias aquella Nochebuena; Anna desnuda esperándole.

Al oír que el aria «Que nadie duerma» avanzaba hacia su *crescendo,* Pino miró hacia el mar de Liguria y dio gracias a Dios por haber tenido a Anna en su vida, aunque solo hubiese sido durante un periodo tan corto y trágico.

—Todavía la quiero —le dijo al viento y al mar donde ella había sido tan feliz—. Doy las gracias por ella. Fue un regalo que siempre guardaré en mi corazón.

Con el paso de las horas, Pino sintió cómo el puño de hierro con el que se aferraba el espíritu de ella se iba soltando, se separaba y se alejaba con el viento. Cuando salió de la playa, Pino juró dejar atrás la guerra, no volver a pensar ni en Anna, ni en el general Leyers, ni en Dolly, ni en las cosas que había visto.

Buscaría la felicidad por encima de todo y lo haría *con smania.*

Pino regresó a Milán y durante un tiempo trató de buscar esa felicidad y pasión trabajando con sus padres. Recuperó su personalidad sociable y fue un buen vendedor. Pero se impacientaba en la ciudad y se sentía feliz en las catedrales de Dios, a pie y sobre los esquíes. Sus talentos alpinos le llevaron de forma indirecta a convertirse en entrenador e intérprete del Equipo Nacional de Esquí de Italia que fue a Aspen, Colorado, en 1950 para los primeros campeonatos del mundo tras la guerra.

Pino fue primero a Nueva York y escuchó jazz en un club nocturno lleno de humo y vio a Licia Albanese, su prima, cantando como soprano en *Madama Butterfly* bajo la dirección de Toscanini en la Ópera Metropolitana de Nueva York.

Su primera noche en Aspen terminó entablando conversación y tomando unas copas con dos hombres que conoció en un bar por casualidad. Gary era de Montana y un enfervorecido esquiador. Hem había esquiado en Italia, en Val Gardena, una de las montañas preferidas de Pino.

Gary resultó ser el actor Gary Cooper, que trató de convencer a Pino para que se presentase en Hollywood para unas pruebas de cámara. Hem resultó ser Ernest Hemingway, que bebía mucho y hablaba poco. Cooper terminó siendo amigo de Pino durante toda la vida. Hemingway, no.

Cuando el equipo de esquí regresó a Italia, Pino no estaba con ellos. Fue a Los Ángeles, pero no hizo nunca ninguna prueba de cámara. La idea de que millones de personas examinaran cada uno de sus movimientos no le resultaba atractiva y dudaba de que pudiera recordar los guiones.

En lugar de ello, gracias a su amistad con Alberto Ascari, consiguió un trabajo en International Motors en Beverly Hills vendiendo Ferraris y otros coches de lujo. El inglés fluido de Pino, sus conocimientos de los coches de alto rendimiento y su amor por la diversión le convirtieron en la persona ideal para el puesto.

Su táctica de ventas preferida era coger uno de sus Ferraris y aparcarlo en un puesto de comidas enfrente de la Warner Bros. Conoció así a James Dean y declaró haber advertido al joven actor sobre el Porsche que quería comprarse, diciéndole a Dean que no estaba preparado para su potencia. Quedó destrozado al saber que Dean no le había hecho caso.

En International Motors, Pino trabajó con los mecánicos Dan Gurney, Richie Ginther y Phil Hill, unos chicos de Santa Mónica que se convertirían en pilotos de Fórmula 1. En 1952, Hill empezó a correr para Ferrari después de que Pino se lo presentara a Alberto Ascari en Le Mans. Al igual que Ascari, Hill seguiría corriendo como piloto hasta convertirse en campeón mundial.

En invierno, Pino viajaba a Mammoth Mountain, en el centro de Sierra Nevada, en California, para participar en la escuela de esquí local. En las pistas, enseñando, encontró su mayor felicidad y la pasión de su vida. Daba clases de esquí como forma de diversión y de experiencia creativa. Dave McCoy, fundador del centro de esquí de Mammoth, dijo que ver a Pino esquiar en la nieve en polvo era «como ver un sueño».

Pino se hizo enseguida tan popular que la única forma de contratarle era como profesor particular, lo que le llevó a hacerse amigo de Lance Reventlow, el hijo de la millonaria Barbara Hutton —la «pobre niña rica»— y a una cita a ciegas con Patricia McDowell, la heredera de una fortuna que su familia había conseguido con *Los Angeles Daily Journal,* el *San Diego Times* y el *San Bernardino Sun.*

Tras un breve noviazgo, Pino y Patricia se casaron, compraron una casa en Beverly Hills y tuvieron una vida de altos vuelos, pasando su tiempo entre California e Italia. Pino ya no vendió más Ferraris. Era propietario de alguno de ellos y los conducía en circuitos deportivos. Esquiaba. Escalaba montañas. Tuvo una vida llena de energía y fue realmente feliz, día tras día, durante años.

Pino y Patricia tuvieron tres hijos: Michael, Bruce y Jamie. Adoraba a sus hijos y les enseñó a esquiar y a amar las montañas. Y siempre fue el alma de la fiesta, fiesta que parecía seguirle cualquiera que fuese el lugar del mundo donde se encontrara.

Pero, de vez en cuando, a altas horas de la noche, a menudo al aire libre, recordaba a Anna y al general Leyers y, de nuevo, le invadían la melancolía, la confusión y la sensación de derrota.

En los años sesenta, cuando Pino estaba en mitad de la treintena, él y Patricia empezaron a tener discusiones. Él pensaba que ella bebía demasiado. Ella pensaba que él prestaba demasiada atención a otras mujeres y le reprendía por no haber llegado más que a instructor de esquí de primer orden.

En aquel ambiente tóxico, Pino recordaba cada vez más a Anna y fue sintiendo una desesperación cada vez mayor ante la idea de que nunca volvería a conocer un amor tan profundo y verdadero en su vida. Se sentía enjaulado y con una abrumadora necesidad de caminar, de moverse, de deambular, de buscar.

Tras un año viajando, Pino terminó pidiendo el divorcio a su mujer. Había conocido a una joven increíblemente guapa llamada Yvonne Winsser, que estaba emparentada con la familia Sukarno de Indonesia. Pino se enamoró nada más conocerla. El divorcio y el nuevo matrimonio supusieron un duro golpe para la primera familia de Pino. Patricia se dejó llevar por el alcohol. Pino envió a los niños a un internado suizo. Estuvieron enfadados con él varios años.

Cuando los padres de Pino murieron, heredó una tercera parte del negocio familiar, lo que provocó un distanciamiento entre él y su hermana. Cicci estaba molesta por el hecho de que, mientras él había estado lejos buscando su felicidad, ella había estado trabajando por construir la marca Lella y ahora Pino se llevaba una tercera parte de los beneficios sin haber hecho casi nada.

El dinero le proporcionó aún más libertad, pero durante muchos años aquel deseo de deambular por el mundo desapareció. Yvonne y él tuvieron dos hijos, Jogi y Elena. Y él trató de ser mejor padre para sus hijos mayores, con los que se reconcilió.

Sin embargo, tras la muerte de Mimo, regresaron las viejas inquietudes. Empezó a soñar y a tener pesadillas con Anna. Pino emprendió un viaje que se suponía que empezaría en Frankfurt, en un avión de la Pan Am con destino a Detroit vía Londres y Nueva York. Pero un viejo amigo le convenció de que retrasara un día su salida para que pudieran ponerse al día. Pino así lo hizo y supo después que su vuelo original, el 103 de la Pan Am, se había estrellado en Lockerbie, Escocia, provocando la muerte de todos los pasajeros que se encontraban a bordo.

En esa ocasión, Pino estuvo fuera meses, viajando, buscando, aunque sin saber realmente qué. Cuando regresó, tras trece años de matrimonio, Yvonne decidió que, a pesar de que le amaba, no podía seguir viviendo con él. Lo curioso es que, aunque divorciados, continuaron siendo grandes amigos.

Pino fue envejeciendo. Veía a sus hijos crecer y su cuenta bancaria reducirse, pero continuó manteniendo un buen ánimo a lo largo de su sesentena. Esquiaba. Escribía sobre deportes de motor para varias publicaciones italianas. Tenía interesantes amigos y novias. Ni una sola vez hablaba de Anna, del general Leyers, del padre Re, de Casa Alpina ni de lo que había hecho durante la guerra.

Una investigadora del Instituto de la Personalidad Altruista y el Comportamiento Prosocial de la Universidad Estatal de Humboldt, en California, se puso en contacto con Pino en los años ochenta. Estaba realizando un estudio sobre personas que habían puesto en peligro sus vidas para salvar a otras. Dijo que había conseguido su nombre por medio del Yad Vashem, lo cual sorprendió a Pino. Nunca se había puesto nadie en contacto con él con referencia a sus actividades con el padre Re.

Pino habló brevemente con la joven, pero el enfoque de su estudio le molestó y le trajo recuerdos de Anna que le llevaron a terminar la entrevista con la promesa de rellenar su cuestionario detallado y devolvérselo después. Nunca lo hizo.

Pino mantuvo su silencio hasta finales de los años noventa, cuando tuvo un encuentro casual en el norte de Italia con Robert Dehlendorf, un próspero empresario americano dueño, entre otras cosas, de una pequeña pista de esquí en California. Dehlendorf estaba jubilado y se alojaba en el lago Maggiore.

Los dos hombres, casi de la misma edad, se hicieron amigos. Almorzaron. Charlaron. Se rieron. A última hora de la tercera noche, Dehlendorf le hizo una pregunta: «¿Cómo fue para ti, Pino?».

Pino mantuvo la mirada perdida y, tras vacilar durante un largo momento, contestó: «Nunca le he hablado a nadie de mi guerra, Bob. Pero una persona muy sabia me dijo una vez que cuando abrimos el corazón y mostramos nuestras cicatrices, nos volvemos humanos, imperfectos y completos. Supongo que estoy preparado para ser completo».

Bien entrada la noche contó algunos fragmentos de su relato. Dehlendorf estaba asombrado. ¿Cómo era posible que se supiera tan poco sobre esa historia?

Aquel encuentro casual entre Dehlendorf y Pino condujo finalmente y por casualidad a una cena en Bozeman, Montana —la noche del peor día de mi vida—, y a mi decisión de volar a Italia para escuchar esa historia de primera mano y completa. Pino tenía algo menos de ochenta años cuando aterricé en Milán por primera vez. Mantenía el ánimo y el vigor de una persona veinte años más joven. Conducía como un loco. Tocaba muy bien el piano.

Cuando me marché tres semanas después, Pino parecía mucho más viejo de lo que era. Abrir una historia que había mantenido cerrada con llave durante seis décadas había resultado traumático y seguía obsesionado por preguntas para las que nunca en su vida había encontrado respuesta, sobre todo con relación al general Leyers. ¿Qué había sido de él? ¿Por qué no le habían acusado de crímenes de guerra? ¿Por qué no había acudido nadie a escuchar la versión de Pino de aquella historia?

Fue necesaria casi una década de investigación por mi parte para poder dar a Pino Lella la respuesta a algunas de sus preguntas, especialmente porque al general Leyers se le había dado tremendamente bien borrar su rastro de la historia. Pasaba lo mismo con otros oficiales de la Organización Todt. Aunque los nazis guardaban registros de todo de forma compulsiva, y aunque la Organización Todt había tenido literalmente miles de prisioneros y esclavos a su mando, los documentos de la Organización que habían sobrevivido podrían caber tan solo en tres muebles archivadores.

El general Leyers, que, según él mismo había dicho, había estado sentado a la izquierda de Adolf Hitler y supuestamente había sido el segundo hombre más poderoso de Italia durante los dos últimos años de la Segunda Guerra Mundial, dejó atrás algo menos de cien páginas de su época en el país ocupado. En la mayoría de esos documentos, su nombre apenas aparece como participante de alguna que otra reunión. Es difícil ver algún papel en el que Leyers aparezca como firmante.

Sin embargo, por los documentos que sí han sobrevivido, resulta claro que, después de que Pino entregara a Leyers a los paracaidistas en el Paso del Brennero, los activos del general en Alemania y Suiza quedaron congelados. A Leyers lo llevaron desde el Brennero a un campamento aliado de prisioneros de guerra a las afueras de Innsbruck. Curiosamente, no quedan registros de los interrogatorios de Leyers, ni se han hecho públicos, ni se le menciona en los procedimientos de los juicios de crímenes de guerra de Núremberg.

Sin embargo, el general sí que escribió un informe para el ejército de Estados Unidos sobre las actividades de la Organización Todt en Italia. El informe está guardado en los Archivos Nacionales de Estados Unidos y, en resumidas cuentas, se trata de un lavado de imagen de los actos de Leyers.

En abril de 1947, veintitrés meses después del final de la guerra, Hans Leyers salió de prisión. Treinta y cuatro años después murió en Eschweiler, Alemania. Esas dos fechas son las únicas cosas que supe de Leyers con seguridad durante casi nueve años.

Después, en junio de 2015, mientras trabajaba con una estupenda investigadora y traductora alemana llamada Sylvia Fritzsching, localicé a la hija del general Leyers, Ingrid Bruck, que seguía viviendo en Eschweiler. Aunque se encontraba en su lecho de muerte, la señora Bruck aceptó hablar conmigo sobre su padre y sobre lo que le había ocurrido después de la guerra.

—Lo llevaron al campamento de prisioneros de guerra mientras esperaban su juicio en Núremberg —dijo pálida y enferma en su dormitorio de la gran mansión alemana que había heredado de sus padres—. Le acusaron de crímenes de guerra, pero...

La señora Bruck empezó a toser y se puso demasiado enferma como para poder decir más. No obstante, resultó que el consejero espiritual del general Leyers durante veinticinco años y su amigo y ayudante durante tres décadas se mostraron dispuestos a contarme el resto o, al menos, lo que Leyers les había contado a ellos sobre su época en Italia y su milagrosa liberación del campo de prisioneros de guerra.

Según Georg Kaschell y el reverendo ya jubilado Valentin Schmidt, de Eschweiler, el general Leyers sí fue acusado de crímenes de guerra. No conocían los cargos al detalle y aseguraban no saber nada ni sobre si Leyers había transportado esclavos, ni sobre si había participado en algún genocidio con su cumplimiento de la *Vernichtung durch Arbeit*, la política nazi de «Exterminio a través de los trabajos forzados» que formó parte de la solución final de Hitler.

Sin embargo, el reverendo y el administrador sí que estaban de acuerdo en que a Leyers lo juzgaron en Núremberg junto con otros nazis y fascistas que cometieron crímenes de guerra en Italia. Pasaron dos años tras el final de la guerra. Durante ese tiempo, la mayoría de los secuaces de Hitler que habían sobrevivido fueron juzgados y ahorcados, muchos de ellos tras haber sido acusados por el ministro de Armamento y Guerra del *führer* y jefe de la Organización Todt, Albert Speer.

En Núremberg, Speer declaró no saber nada sobre los campos de concentración, a pesar de que la Organización Todt los había construido y a pesar de que en muchos de los campamentos había carteles que los identificaban como campamentos de trabajo de la Organización Todt. Ya fuera porque los abogados de la acusación aliados creyeron a Speer o simplemente porque valoraron el testimonio acusatorio que este ofreció, el tribunal salvó al arquitecto de Hitler de la horca.

Tras enterarse de que Speer había acusado al círculo íntimo de Hitler para llevarlos a la horca, el general Leyers puso fin a su acuerdo con los abogados de la acusación. A título personal, Leyers proporcionó pruebas de que, entre otras cosas, había ayudado a varios judíos a escapar de Italia, había protegido a católicos de alto rango, incluido el cardenal Schuster, y había salvado a la empresa Fiat de la absoluta destrucción. El general aceptó también testificar a puerta cerrada contra su jefe, Albert Speer. Basándose en parte en las pruebas que Leyers había proporcionado, el arquitecto de Hitler fue finalmente condenado por esclavismo y lo enviaron a la prisión de Spandau durante veinte años.

Al menos, eso es lo que el confesor y el asistente de Leyers contaban al relatar la historia de por qué el general fue liberado del campamento de prisioneros de guerra en abril de 1947.

Aunque aquella versión resultaba, en general, creíble, la leyenda de la familia Leyers era, sin duda, algo más compleja. Menos de dos años después del fin de la guerra, el mundo estaba harto de sus consecuencias y se mostraba cada vez más apático en cuanto a los juicios de Núremberg que se estaban celebrando. Había, además, una creciente preocupación en la política por la expansión del poder del comunismo en Italia. Existía la idea de que una serie de juicios sensacionalistas contra fascistas y nazis solo daría ventaja a los comunistas.

El «ausente Núremberg italiano», como el historiador Michele Battiti lo ha llamado, nunca tuvo lugar. A nazis y fascistas que habían cometido indescriptibles atrocidades, incluido el general Leyers, se les permitió marcharse sin más durante la primavera y el verano de 1947.

No hubo juicio para los crímenes de Leyers. Ninguna sentencia de culpa por los esclavos que murieron bajo su control. Toda la maldad y el salvajismo que tuvieron lugar en el norte de Italia durante los dos últimos años de la guerra quedaron enterrados y olvidados en un agujero legal.

Leyers volvió a Düsseldorf con su esposa, Hannelise; su hijo, Hans-Jürgen, y su hija, Ingrid. Durante la guerra, la mujer del general había heredado Haus Palant, una mansión y una finca medievales en Eschweiler. Hicieron falta seis años de disputas legales después de la guerra para que Leyers recuperara el control absoluto de la enorme propiedad, pero lo consiguió y pasó el resto de su vida restaurándola y dirigiéndola.

Empezó con la reconstrucción de la gran mansión y los establos que, irónicamente, habían quedado arrasados por un incendio poco antes de que la guerra terminara a manos de unos polacos que habían sido esclavos de la Organización Todt. El confesor y el administrador de Leyers dijeron que él nunca habló de los casi doce millones de personas que fueron secuestradas por los alemanes para llevarlas a campos de trabajos forzados por toda Europa.

Ni tampoco sabían cómo había conseguido el general las enormes cantidades de dinero necesarias para reconstruir su casa, aparte de decir que tras la guerra había prestado servicios de asesoría para una variedad de grandes empresas alemanas, incluida la siderúrgica Krupp y la fábrica de municiones Flick.

Leyers, según decían, contaba con una increíble red de contactos y siempre parecía haber alguien que le debía un favor. Quería algo —digamos, un tractor— y, zas, alguien le regalaba un tractor. Siempre pasaba lo mismo. Se decía que Fiat le estaba tan agradecido a Leyers que la empresa solía enviarle un coche nuevo gratis cada dos años.

La posguerra resultó buena para Hans Leyers. Como había predicho, le había ido bien antes de Adolf Hitler, durante Adolf Hitler y después de Adolf Hitler.

Leyers fue también un devoto practicante tras salir del campo de prisioneros aliado. Contribuyó a la construcción de la iglesia de la Resurrección de Eschweiler, que está a apenas un paseo desde su finca en Hans-Leyers-Weg, una calle que recibió su nombre en memoria del general.

Se decía que Leyers era del tipo de personas que «se salen con la suya» y la gente, incluidos su confesor y su asistente, le instó a entrar en política. El general se negó diciendo que prefería ser «el hombre en la sombra, en la oscuridad, el que mueve los hilos». Nunca quiso ser el que estuviese al frente.

Mientras envejecía, vio cómo su hijo crecía y conseguía un doctorado en ingeniería. Su hija se casó y tuvo una familia. Rara vez hablaba de la guerra salvo para jactarse en ocasiones de que nunca había trabajado para Albert Speer y que siempre había respondido directamente ante Hitler.

Poco después de que el arquitecto de Hitler saliera de la prisión de Spandau en 1966, Speer fue a visitar a Leyers. Según se dice, Speer se mostró simpático al principio y, después, borracho y hostil, insinuando que sabía que el general había testificado contra él. Leyers echó a Speer de su casa. Cuando Leyers leyó *Memorias,* el éxito de ventas de Speer donde cuenta el ascenso y caída de Hitler, se puso furioso y dijo que todo el libro era «una mentira tras otra».

Tras un periodo de problemas de salud, el general Leyers murió en 1981. Está enterrado bajo una enorme lápida en un cementerio entre la iglesia que él construyó y la casa donde vivió, mucho después de dejar al joven Pino Lella en el Paso del Brennero.

—El hombre al que yo conocí era una buena persona, un hombre que se oponía a la violencia —dijo el reverendo Schmidt—. Leyers fue un ingeniero que entró en el ejército porque se trataba de un buen trabajo. No fue miembro del partido nazi. Si estuvo implicado en crímenes de guerra, lo único que se me ocurre creer es que se vio obligado a participar en ellos. Debieron de ponerle una pistola en la cabeza y no vio otra alternativa.

Una semana después de enterarme de todo esto, fui a visitar de nuevo a Pino Lella al lago Maggiore. Para entonces, él ya tenía ochenta y nueve años, una barba blanca, gafas de montura metálica y una elegante boina negra. Como siempre, se mostró afable, divertido y vivaz y vivía *con smania,* lo cual resultaba extraordinario, pues había tenido recientemente un accidente de motocicleta.

Fuimos a una cafetería que a él le gustaba a orillas del lago en la ciudad de Lesa, donde vivía. Mientras tomábamos unas copas de Chianti, le conté a Pino qué había sido del general Leyers. Cuando terminé, él se quedó sentado un largo rato mirando al agua, con el rostro lleno de emociones. Habían pasado setenta años. Habían terminado siete décadas de ignorancia.

Puede que fuera el vino o quizá es que yo llevaba demasiado tiempo pensando en su historia, pero, en ese momento, Pino me pareció como la puerta a un mundo desaparecido mucho tiempo atrás donde los fantasmas de la guerra y la valentía, los demonios del odio y la crueldad y las arias de fe y amor seguían actuando en el interior del alma bondadosa y decente que había sobrevivido para contarlo. Sentado allí con Pino, recordando su historia, sentí escalofríos al pensar de nuevo en lo privilegiado que yo era y en el honor que sentía por haber podido escuchar su relato.

—¿Estás seguro de todo esto, amigo mío? —preguntó Pino por fin.

—He estado en la tumba de Leyers. He hablado con su hija y con su confesor.

Pino meneó por fin la cabeza, incrédulo, se encogió de hombros y levantó las manos al cielo.

—*Mon général* se mantuvo en la sombra, siguió siendo el fantasma de mi ópera hasta el final.

Después, echó la cabeza hacia atrás y se rio ante lo absurdo e injusto que era todo aquello.

—¿Sabes una cosa, joven amigo? —dijo Pino tras unos segundos de silencio—. El año que viene cumplo noventa años y la vida sigue siendo para mí una sorpresa constante. Nunca se sabe lo que va a pasar, lo que vamos a ver ni qué persona importante aparecerá en nuestra vida. La vida es cambio, cambio constante y, a menos que tengamos la suerte de ver lo cómico que en ella hay, los cambios son casi siempre un drama, si no una tragedia. Pero, al final, y aunque los cielos se vuelvan de un amenazante color escarlata, yo sigo creyendo que, si tenemos la suerte de estar vivos, debemos dar las gracias por el milagro de cada momento de cada día, por muy imperfecto que sea. Y debemos tener fe en Dios, en el universo y en un futuro mejor, aunque esa fe no siempre es merecida.

—¿Esa es la receta de Pino Lella para una vida larga y feliz? —pregunté.

Se rio al oír aquello y sacudió un dedo en el aire.

—Al menos, la parte feliz de una vida larga. La canción que debe sonar.

Pino miró entonces hacia el norte, a sus queridos Alpes del otro lado del lago, elevándose como catedrales imposibles bajo el aire del verano. Bebió un poco de su Chianti. Los ojos se le nublaron y se abrieron y, durante un largo rato, nos quedamos sentados en silencio mientras aquel anciano se encontraba muy lejos.

El agua del lago sonaba contra el muro de contención. Un pelícano blanco pasó aleteando. Se oyó el timbre de una bicicleta detrás de nosotros y la chica que la llevaba soltó una carcajada.

Cuando por fin se quitó las gafas, el sol se estaba poniendo, proyectando sobre el lago colores cobrizos y dorados. Se limpió las lágrimas y se volvió a poner las gafas. Después, me miró con una sonrisa triste y dulce y se llevó la mano al corazón.

—Perdona a este viejo por sus recuerdos —dijo Pino—. Hay amores que nunca mueren.

(Firma del titolare)

AGRADECIMIENTOS

Quiero dar humildemente las gracias a Giuseppe Lella, Pino, por haberme confiado su increíble historia y por abrirme su desgarrado corazón para que yo pudiera contarla. Pino me ha enseñado muchas lecciones sobre la vida y ha hecho que yo cambie a mejor. Que Dios te bendiga, viejo.

Agradezco a Bill y Deb Robinson por invitarme a su casa el peor día de mi vida y a Larry Minkoff por contarme los primeros fragmentos de esta historia durante una cena. Estoy profundamente agradecido a Robert Dehlendorf, que fue el primero que intentó escribir sobre Pino y que, después, me pasó el proyecto cuando llegó a un callejón sin salida. Aparte de mi esposa y de mis hijos, es el mayor regalo que he recibido nunca.

Me siento bendecido por estar casado con Elizabeth Mascolo Sullivan. Cuando llegué a casa después de esa cena y le conté, de buenas a primeras y casi sin dinero, que estaba pensando en viajar a Italia sin ella para ir en busca de una historia que llevaba sesenta años sin ser contada, ella no dudó ni trató de quitarme la idea de la cabeza. La inquebrantable creencia de Betsy en mí y en este proyecto ha sido esencial.

Michael Lella, hijo de Pino, ha leído todos los borradores, me ha ayudado a buscar a más testigos y ha sido fundamental para entender bien todo lo que estaba en italiano. Gracias, Mike, no podría haberlo hecho sin ti.

También me siento en deuda con el estudiante del programa Fulbright Nicholas Sullivan, que me brindó una inmensa ayuda durante las semanas que pasamos en los Bundesarchiven de Berlín y Friedrichsberg, Alemania. Le estoy igualmente agradecido a Silvia Fritzsching, mi traductora de alemán y ayudante en la investigación, que me ha ayudado a entretejer la vida del general Leyers después de la guerra para poder encontrar respuesta a las preguntas de Pino.

Mi más profundo agradecimiento a todas las personas de Italia, Alemania, Gran Bretaña y Estados Unidos que me han ayudado en la investigación de la historia de Pino. Parecía como si, cada vez que me daba contra un muro, apareciera una persona generosa que me señalaba la dirección correcta.

Entre estas personas están, aunque no son todos, Lilliana Picciotto, de la Fondazione Memoria della Deportazione, y Fiola della Shoa en Milán, el reverendo jubilado Giovanni Barbareschi y Giulio Cernitori, otro de los chicos que el padre Re tenía en Casa Alpina. El amigo de Mimo y antiguo combatiente partisano Edouardo Panzinni resultó de enorme ayuda, al igual que Michaela Monica Finali, mi guía en Milán, y Ricardo Surrette, que me llevó a la ruta de huida del Paso del Brennero.

También están Steven F. Sage, del Centro Mandel de Estudios Avanzados sobre el Holocausto del Museo del Holocausto de Estados Unidos, Paul Oliner, del Instituto de Personalidad Altruista y Comportamiento Prosocial de la Universidad Estatal de Humboldt, los investigadores de los Archivos Nacionales de Estados Unidos: el doctor Steven B. Rogers y Sim Smiley, el historiador e investigador sobre Italia y el Vaticano Fabian Lemmes y Monseigneur Bosatra, de los archivos del arzobispado de Milán.

En Madesimo, recibí la ayuda de Pierre Luigi Scaramellini y de Pierino Perincelli, que perdió un ojo y una mano en la explosión de la granada que acabó con la vida del hijo del dueño de la posada. Gracias también a Victor Daloia por contarme el hallazgo de la medalla de guerra escondida de su padre; y a Anthony Knebel por compartir conmigo la correspondencia de su padre; y a Horst Schmitz, Frank Hirtz, Georg Kaschell, Valentin Schimdt e Ingrid Bruck por llevar la saga del general Leyers a su fin.

Ha habido varias organizaciones, historiadores, autores e investigadores que también me han sido de gran ayuda mientras trataba de comprender el contexto en el que se desarrolló la historia de Pino. Entre ellos, el personal del Yad Vashem, los miembros del Axis History Forum y los escritores e investigadores Judith Vespera, Alessandra Chiappano, Renatta Broginni, Manuela Artom, Anthony Shugaar, Patrick K. O'Donnell, Paul Nowacek, Richard Breitman, Ray Moseley, Paul Schultz, Margherita Marchione, Alexander Stille, Joshua D. Zimmerman, Elizabeth Bettina, Susan Zuccotti, Thomas R. Brooks, Max Corvo, Maria de Blasio Wilhelm, Nicola Caracciolo, R. J. B. Bosworth y Eric Morris.

También doy las gracias a los pacientes lectores de los primeros borradores, entre los que se encuentran Rebecca Scherer, de la Agencia Jane Rotrosen, el corresponsal de la NPR en el Pentágono Tom Bowman, David Hale Smith, Terri Ostrow Pitts, Damian F. Slattery, Kerry Catrell, Sean Lawlor, Betsy Sullivan, Connor Sullivan y Lawrence T. Sullivan.

Meg Ruley, mi increíble agente, supo ver el enorme peso emocional de la historia de Pino la primera vez que le hablé de ella y me ha apoyado en mis investigaciones para este proyecto cuando pocos lo hacían. Soy un hombre afortunado por tenerla a mi lado.

Cuando nos dispusimos a buscar una editorial para este libro, dije que quería un editor que tuviese tanta pasión por esta historia como yo. Mi deseo se hizo realidad con Danielle Marshall, mi editora de Lake Union y la defensora de las novelas en Amazon Publishing. Ella y su compañero David Downing creyeron en esta historia y me han alentado a afinar la narrativa hasta su versión definitiva. No puedo estar más agradecido a los dos.